U0101336

「经 典」

发现的惊喜·阅读的欢愉

凯瑟琳·安·波特
中短篇小说全集

THE COLLECTED STORIES OF KATHERINE ANNE PORTER

［美］凯瑟琳·安·波特 著
KATHERINE ANNE PORTER

王家湘 鹿金 李文俊等译

CNS PUBLISHING & MEDIA
湖南文艺出版社
HUNAN LITERATURE AND ART PUBLISHING HOUSE

出发吧小书

这部故事集已经以三个小集子的形式，多年来在许多国家、以许多语言和版本在世上流传。这次增加了四篇从来没有收入过任何集子的故事。它们能够出现在这里，纯属偶然。《无花果树》现在放到了其应在的位置——《旧秩序》系列之中，1944年当《斜塔》出版的时候，《无花果树》干脆就消失了，直到1961年才出现在另一个州、另一个城市、另一所房子里的一个盒子里，里面除它之外放的都是未完成的手稿。《假日》体现了我的持久的挣扎之一，不是在形式和风格问题上的挣扎，而是在遇到的一个有关人性问题的处境中，我个人在道德和情感之间的冲突，我当时太年轻，不知道如何应对。这个故事多年来一直萦绕于心，使我不得安宁，我一共为它写过三个单独的文本；但三个文本都在某一点上偏离了主题。于是我把它们放在了一边，它们随即消失了，我也把这事给忘了。四分之一个世纪后，它们出现在我的一个文件盒里，我异常激动地坐下来重读了这三个文本。我立刻意识到第一个文本是最恰当的，至于很久以前那个使我突然停笔的伤脑筋的问题，在生活的过程中非常缓慢、深刻、隐秘地自我解决了，以至于我感到奇怪，为什么当初竟然会为之苦恼。我更改了一个小段落和结尾处的一两行，就完成了这个故事。《玛丽亚·康塞普西翁》是我发表的第一个故事，接着是《童贞女比奥莱塔》和《殉情者》，都是有关墨西哥、我深爱的第二国度的故事，先后被友好、宽厚、体谅的卡尔·范多伦接受并发表在现已不再存在的旧《世纪》杂志上。他是阅读我写的故事的第一个编辑——更确切地说，是这样做的第一个人，我记得他毫不犹豫地、热情地说，“我认为你是一个作家！”那是1923年。

一些作家或在某些方面和文学有关系的人，时不时地在出版的回忆录中给我面子，他们说，可以说是他们“发现”了我。

不必提他们的名字了，但是我此时此刻只想说明，以正视听：是卡尔·范多伦，一个有才华的作家、编辑以及青年作家的多谋善断的朋友，带着一副不足为奇的神情——事实也是如此——把我的故事轻轻一扔送去付印，从而开启了我漫长的事业。我在快乐和惊奇中离去，完全没有把自己想成是“被发现了”——我一直清楚自己的位置——也并没有将此看作是未来的“事业”。在这一语境下，这些词是多么的令人不快。《童贞女比奥莱塔》和《殉情者》没有收入第一版中。我忘记了是什么原因，可能是疏忽了。一个朋友把它们从陈旧的《世纪》杂志档案中捞了出来，四十多年后再版时放了进去，这样，它们就加入了伙伴们的行列之中。我完成并出版了的每一个故事都在这儿了。我恳请读者帮一个小忙，我会感激不尽的：请不要把我的短篇小说称作Novelettes，或者更糟的Novella。Novelettes是对一种无足轻重、廉价小说之类的东西的传统称呼；Novella是一个有气无力、瘫软无骨、装腔作势的词。我们不需要用它来形容任何东西。请以正确的名称称呼我的作品：我们有四个词可以包括所有的类别：短篇故事、长篇故事、短篇小说、小说。在这四个标题下我都有作品的实例，它们看来十分清晰、够用，而且是单纯平易的英语。

人们常说（每一种我能够阅读的文字都这么说）分别是点滴的死亡，但是我和这些故事的告别是快乐的，这是它们生命的重生，它们在世上岁月的延续，这正是每一个艺术家最为期盼的——有人阅读，有人铭记。

出发吧小书……

凯瑟琳·安·波特

1965年6月14日

目　录

灰色马，灰色的骑手

斜塔及其他故事

精雕细刻的艺术家凯·安·波特

1980年9月18日，美国马里兰州的一家小疗养院里，一位九十高龄的女作家停止了呼吸。这位孤独的老妇人把自己的一生献给了文学事业，尽管她先后结过三次婚，在临终时却没有一个家庭。她曾经坦率地谈到过几任丈夫同她离婚的原因："他们没法跟我一起生活，因为我是一个作家，而且当时跟现在一样，写作第一。"是的，她是一个严肃的作家，但是不仅如此，她还是美国文学界公认的一个出色的文体家。这位女作家就是凯瑟琳·安·波特（Katherine Anne Porter）。

1890年5月15日，凯瑟琳·安·波特出生于得克萨斯州迈阿密海滩附近的印第安溪地区一个信仰天主教的家庭里。波特算得上出身美国南方世家，但是在她出生的时候，家道已经中落了。用波特自己的话来说，她是"一场打败了的战争的孙女儿"。所谓"打败了的战争"，当然就是指那场南北战争。波特在两岁的时候，就失去了母亲，由祖母抚养，在路易斯安那州的农场上度过了她的童年，八岁到十二岁在一所私立学校上学，十二岁到十六岁在厄苏林修道院读书。她后来说，在那所修道院里，她受的是"零零碎碎、完全没有用的装饰性教育"。天主教修道院里刻板、烦琐的清规戒律不但束缚不了波特的倔强的性格，反而激起了她强烈的反感。她抛弃宗教信仰，从修道院里出奔，同人结婚，从此结束了她的正规的学习生活，也因此，她同她的家里人，尤其是同她的父亲的关系产生了一道始终没有弥合的裂痕。这次婚姻持续到了1915年。1911年，她在芝加哥一家报馆里工作。1914年，她回到得克萨斯州，短期里靠演唱苏格兰民歌为生。后来，她从事卖文生涯，主要是写剧评和社会小品文。1917年，她进《评论家》周刊编辑部工作。1918年起，她在丹佛的《落基山新闻》当记者和艺术评论员。1919年，因病辞职去纽约，重以卖文为生，有时候为了糊口，还不得不代人捉刀。20年代初期，她离开美国，到墨西哥为杂志社工作，在那里曾经参与左翼政治活动。1922年12月，她的第一篇短篇小说《玛丽亚·康塞普西翁》在《世纪》杂志上同读者见面了。这是一篇描绘一个墨西哥印第安女人的刚强的性格和火一般的感情的作品。1930年，她的第一部短篇小说集《开花的犹大树》问世，尽管销量不佳，却受到美国评论界的好评，并且为她赢得1931年古根海姆奖。她因此重游墨西哥。1932年，她从墨西哥出发去欧洲观光。她先后住在瑞士、法国和德国，直到1937年才回国。30至40年代初，其间她两次结婚，终因不能适应婚后生活而先后离异，从此过着独身生活。

波特从未上过大学，但是以名作家的身份在许多大学中担任过教职，如斯坦福大学、密歇根大学、比利时列日大学等。1958年，她继威廉·福克纳在弗吉尼亚大学担任驻校作家，还当过美国国务院派到墨西哥去的美国文学讲师（1960年、1964年）和在巴黎举行的国际艺术节的美国代表。她的文学创作为她赢得许多荣誉：她先后两次获得古根海姆奖（1931年、1938年）、福特基金会奖学金（1959年）、欧·亨利奖（1962年）、美国国家图书奖（1966年）和普利策奖（1966年）等，1967年，她荣获美国艺术与文学学院颁发的、表彰有卓越贡献的小说家的金质奖章。

这些荣誉当然应该归功于她在创作上的成就，但是她在创作上的成就得到承认的过程，却是一个非常有趣的现象。继《开花的犹大树》

以后，她出版了两部小说集：《灰色马，灰色的骑手》（1939年）和《斜塔》（1944年）。尽管这两部集子得到许多有声望的诗人、小说家和评论家交口赞美，波特仍然不是一个畅销书作家。换句话说，她的作品并没有被广大的美国读者所接受。这个情况同福克纳有点相似。但是1962年，她的第一部也是唯一的长篇小说《愚人船》出版，完全改变了这个局面。这部作者断断续续写了二十多年的作品不但立即引起批评界的密切注意并在读者中广泛流传，而且还被拍成影片，轰动一时。《愚人船》是一部政治小说，也是哲理小说，或者说是个寓言。情节完全发生在一艘从墨西哥到德国去的船上。作者把这艘船描写成一个小型世界，其中充满偏见、自私和贪婪，是一个愚蠢、残忍而道德堕落的世界，影射第二次世界大战前夕西方中产阶级在纳粹阴影的笼罩下的“世纪末”状态。虽然当时西方的评论家对这部作品看法不一，毁誉参半，但是这部作品也使波特从此不必为生活操心，而随着时间的推移，评论家对《愚人船》的评价越来越高，因为船上那些乘客互相以冷漠的态度对待彼此，被不少评论家认为正是西方社会中人和人之间关系的缩影。

1965年，波特出版《凯瑟琳·安·波特中短篇小说全集》，集子包括她以前出版过的三部小说集（《开花的犹大树》《灰色马，灰色的骑手》和《斜塔》）中的全部作品和从未收进集子的四篇短篇小说。这使读者有可能欣赏她在中短篇小说的创作上所达到的深度和广度，也有助于评论家对她在这方面的成就做出更恰当的评价。这部集子使作者获得了1966年的美国国家图书奖和普利策奖。这时，她已经是一个具有世界声誉的作家了。

她晚年最后一部书是1977年出版的关于20年代被美国反动当局无辜处死的两个工人萨科和万泽蒂的著作《千古奇冤》。这说明她虽然年逾八十，对社会上的不公正的现象仍然有强烈的正义感。

这样不嫌烦琐地叙述波特的经历和她的作品的遭遇，无非是为了让认真的读者对她的作品有更深切的了解。实际上，波特的小说不是带有自传性质，就是从她自身的见闻中提炼出来的。如果本书的读者有兴趣按照下列次序读一下：《马戏》《坟》《老人》《灰色马，灰色的骑手》《偷窃》《庄园》，就会发现这些小说中的主人公米兰达（有时候干脆用第一人称“我”）的出身和生活背景同作者惊人地相似：一个犟脾气的南方小姑娘成长为一个性格倔强、反抗习俗的作家的过程。她对童年的辛酸而执着的记忆、她清苦的记者生涯、她那次被病魔扼杀的绝望的爱情、她在异国卷入左翼政治运动后对无政府主义感到格格不入的思想都会清晰地浮现在读者眼前。虽然波特说，《开花的犹大树》中的女主人公劳拉的原型是她当时在墨西哥的一个当教师的朋友，但明眼的读者不难看出这个人物主要是她自己。甚至《斜塔》中那个美国青年画家查尔斯·厄普顿也是作者的化身。不过，这一次作者无意刻画自己，而是精心描绘了一幅第一次世界大战之后的柏林世态画。难能可贵的是，作者在处理这些以自身的经历为题材的小说时，从不满足于仅仅生动地叙述故事，或是描绘出具有强烈地方色彩和时代风貌的画面，而总是使作品具有更深的寓意。譬如说，在《老人》中，米兰达对人人赞美的艾米姑妈的美貌表示的怀疑，她对加布里埃尔姑父的反感，最后她针对她父亲和伊娃表姐那些怀旧的对话而吐露的那段不无痛苦的内心独白，实际上是年轻一代对老一代的审美观念、生活方式、风俗习惯，也就是说对南方古老的既成秩序的一种反抗和背叛。米兰达尽管对茫茫来日毫无所知，但是作为年轻一代的人，她势必将按照自己的理解去观察和经历生活。这才是全篇的主旨。在《灰色马，灰色的骑手》中，作者关心的也并不只是亚当和米兰达的爱情，尽管她把那个爱情故事写得那么动人；更重要的是，在不算长的篇幅中，她揭示了在疾病、战争和死亡的威胁下人的处境和态度。这是个人人关心的问题，虽然采取的态度各有不同。这篇小说之所以那样扣人心弦，原因就在这里。顺便提一下，这篇小说是作者最心爱的作品。

波特的另一类作品取材于她的见闻。她的童年是在南方的农场上度过的，她熟悉南方农村，所以她的非自传性小说以农村题材居多。据她自己说，这些作品是从她的一些根深蒂固的记忆中逐渐酝酿出来的，收在本书中的有《绳》《他》《被遗弃的韦瑟罗尔奶奶》和《中午酒》等。《绳》写的是一对贫苦夫妻的一场纠纷。妻子本来憋着一肚子火，咖啡和绳不过是导火线罢了。由于丈夫委曲求全，一场风波终于烟消云散。和好的结束也完全符合生活的逻辑。如果夫妻关系还没有恶化到破裂的程度，争吵总会以和解告终，因为两口子还得共同生活下去嘛。波特成功地截取一个生活片断，演化成这幕小小的悲喜剧。《他》写的是母子情。惠普尔太太心高气傲，是个爱面子的女人。他，她的二儿子，却是个智力低下的孩子。她在人前装出一副对他特别疼爱的模样。由于家境贫穷，她的孩子都不得不承担家务。他反而比别的孩子干得更多，而最危险的活儿总是落到他的头上。惠普尔一家的光景越来越糟。他害上重病，卧床不起，最后只得被送到县救济院去。在去救济院的路上，他忽然淌下了眼泪。这使惠普尔太太大吃一惊，她原来一直以为他不谙人事，不懂好歹哩。这篇小说对惠普尔太太的交织着疼爱、怨恨和内疚的心理有非常精彩的刻画。《被遗弃的韦瑟罗尔奶奶》虽然也是农村题材的作品，却不像《绳》和《他》那样反映所谓“穷白人”的痛苦，而是刻画一个倔强的老妇人临终前的悲愤心情。韦瑟罗尔奶奶一辈子虔诚地信仰宗教，但是两次遭到遗弃：第一次是被她的未婚夫，而第二次却是被她笃信的上帝。上帝没有显示奇迹，把她从死亡的深渊中救出来。她终于含恨去世。波特自己虽然不信宗教，但是由于她的家庭出身，她非常熟悉一些虔诚的宗教信徒的心理状态，所以才能绘声绘色地塑造出韦瑟罗尔奶奶这样的典型。《中午酒》是一个叫人毛骨悚然的乡村悲剧。瑞典人赫尔顿是个精神病人，他在发病时杀死了自己的弟弟，被关进精神病院。后来，他从那里逃了出来，来到得克萨斯州，给对他的病情一无所知的农场主汤普森当雇工。他同汤普森一家一直相安无事。不料以追踪逃犯和精神病患者为生的哈奇前来捉拿赫尔顿回院，与汤普森发生了冲突。汤普森认为自己有挨刀的危险，一时冲动，操起一把斧子劈死了哈奇。出事以后，汤普森一直处在自我欺骗、虚伪和同家人及邻居隔绝的状态中。他精神上受不了这种折磨，最后用自杀结束这个局面。在这篇作品中，哈奇这个人物是邪恶的化身，但是披着法律的外衣，所以显得格外可憎。《中午酒》描绘的是平凡的日常生活中邪恶酿成的悲剧；哈奇的出现就像阳光下突然出现了鬼魂，揭示了现实生活中的恐怖和荒谬，引起读者对这种不公平的社会现象深思。

除了以农村为题材外，波特还写过一些以城市为背景的故事。《一天的工作》中的情节就发生在纽约，时间是在“大萧条”时期。哈洛伦失业在家，但是还力图维持男人的尊严，最后只得去求他的老朋友帮忙，搞竞选活动。他的妻子多年来装出一副正经女人的模样，看不起政治这种肮脏的勾当，但是一看到哈洛伦带了几块钱回来，就完全改变了原来的看法。在贫穷的压力下，她的假正经的面具粉碎了。作者用辛辣的嘲讽笔调揭露了不景气的社会中一个貌似虔诚、正直的女人的虚伪、丑恶的内心，同时对她的遭遇又不乏同情和怜悯。《斜塔》严格说来，并不是以第一次世界大战以后的柏林作为背景的故事，而是一个柏林寓言。这篇小说的真正主人公，应该说不是那个年轻的美国画家查尔斯·厄普顿，而是柏林——是在第一次世界大战之后，被贫穷和绝望像寒冷和落雪的冬天那样包围着的战败了的德国的缩影。这里有敲诈勒索的小旅馆主人、胖得像猪的抱着狗在橱窗前看食品的德国中产阶级、对外国人嫉妒得近乎憎恨的大学生、不惜用欺骗手段出售商品的小店主、保藏着被通货膨胀弄得一文不值的巨额纸币的膳宿公寓女房东……他们逃避现实，或者陶醉在过去的美好时光中，或者对第一次世界大战中德国的军事失误耿耿于怀，而对打赢下一次战争充满信心，把未来的命运押在未来的战争上。这种心理状态为纳粹上台铺平了道路。作者用查尔斯和一个理发师的谈话含蓄地反映了当时希特勒在德国人心目中的地位，巧妙地烘托时代气氛。而那一碰就碎的比萨斜塔的模型则是查尔斯·厄普顿的柏林梦幻灭的象征。不过，使他寒心的不仅是那个贫穷和绝望的柏林，而主要是那里的人和人之间的隔阂与憎恨。

从上面提到的一些作品中，我们不难看出波特总是用严峻的态度来处理她的题材。在她的作品中，欢乐就像阴沉的天空偶尔淡淡露出的一抹阳光，很快就被浓云掩没。她因此获得了“阴暗的寓言的制造者”这一称号。那么，她制造这些“阴暗的寓言”的用意何在呢？最好的回答可能是她自己的一段话。她在现代文库版的《开花的犹大树》一书的前言中说：

> ……至于我自己，而且不仅仅是我一个人，从我有意识和有记忆的年纪起，直到今天，这一生始终处在世界性灾难的威胁下，而我的绝大部分智力和精力一直用在努力领会这些威胁的意义，追溯它们的根源上，用在努力了解西方世界人的生活中这个巨大而可怕的缺陷的逻辑上。现代的不幸情况是这么严酷，压力是这么沉重；面对这些不幸，艺术家个人的声音可能就像青草丛中一只蟋蟀的跳跃声那样无足轻重；但是艺术会不断地生存下去，而且艺术确实依靠信念生存；艺术的名称、形态、效用和基本意义都毫无变化地存在于一切有关的事物中……艺术没法被彻底摧毁，

因为它们体现信念的实质和唯一的真实。

既然波特认为西方世界始终处在世界性灾难的威胁下，作为一个严肃的艺术家，她只能用艺术的真实反映生活的真实。她从周围的世界中敏锐地观察到贫穷、贪婪、死亡、绝望的爱情、辛酸的遭遇、旧秩序的崩溃等令人沮丧的场面，我们怎么能要求她描绘出明朗、绚丽的画面呢？她自称她的政治思想是“自由主义的理想主义者的可悲的‘政治文盲’……可以说是杰斐逊主义的一种”。这就决定了她没有能力追溯那些威胁的根源，也无法为读者预期美好的未来。

但是凭着高明的写作艺术，波特无疑是一个具有独特风格的文学家。远在她被广大的读者发现以前，她那用遒劲的勾勒来刻画人物性格和心理活动的艺术手法就已经受到美国许多评论家和作家的激赏，如艾伦·塔特、黛安娜·特里琳、罗·佩·沃伦等，南方女作家尤多拉·韦尔蒂赞美波特不惜精益求精，追求完美，而且“幸运地获得了成功”。埃德蒙·威尔逊干脆说，她“确实是第一流的艺术家”。而这些都是不轻推许的人。

波特在创作上取得这样的成就绝不是偶然的。她曾经透露过她为什么对写作始终怀着执着的爱好：

约莫三岁，我刚学会在纸上写出字母，我就开始写故事了，这一直是我首要的和全力以赴的工作，我一生中从未中断过的行当，写作指导我的行动，决定我的观点，深深地影响我的个性和品格、我的社会信仰和经济地位，以及我跟哪种人交朋友。

她是一个把一生奉献给文学的作家。她的写作态度认真，几乎达到了一丝不苟的程度，甚至一个标点符号也不让出版社编辑改动。

她又是一个具有艺术创作特色的作家，她擅于劈头揭开故事情节，把读者投入情节的冲突或规定的氛围之中，在读者心目中形成悬念。试读《偷窃》的开头：

> 她刚才进来的时候，手里有只钱包。她站在地板中央，兜住身上的浴衣，一只手提着条湿毛巾，她仔细思量了一下刚刚过去的事情，一切都记得清清楚楚。不错，她用手帕揩干钱包后，把钱包盖子打开，摊在长凳上。

又如《老人》，作品一开始就展示出一幅年轻女人的画像。为什么她使年轻人感到“心惊肉跳”，老年人却个个夸她“可爱”，认识她的人个个称她“美丽和妩媚”？

而且，波特善于运用精炼和细腻的手法来刻画人物的感情和心理活动，这是她的作品中一个重要的特点，也是她被推崇为文体家的重要因素。波特所处的时代正是西方文艺界现代主义流派风起云涌的时期，尽管她并不是一个沉湎于文学“实验”的作家，基本上采用白描的写作方法，但是也并不排斥“意识流”手法，而且按照内容需要，对这种创作方法运用得得心应手，创造出不少精彩的篇章，《灰色马，灰色的骑手》就是一个突出的例子。下面引用的这一段曾经受到不少西方评论家的赞赏。米兰达大病初愈，得悉她的男友亚当已经患流行性感冒去世，而亚当却是因为照料她才染上病的。她在出院前写一张购物单时，悲痛一直折磨着她的心。请看波特是怎样描写米兰达这时的心情的：

> ……米兰达一边说，一边在边上空白的地方写，“一根配得上我其他东西的好手杖。请查克为我去挑吧，玛丽。式样美观而

不太沉。”拉撒路，出来。不出来，除非你给我带来大礼帽和手杖。那你就待在老地方，你这势利鬼。我才不干哪。我出来啦。

米兰达这样无情地嘲讽自己的死里逃生，正是对自己的悲痛心情的一种无可奈何的发泄。但是她怎么能轻易忘却为她丧生的恋人呢？

……亚当，她说，现在你不用再死了，可是我仍然希望你在这儿；我希望你已经回来了，亚当，你在想我受到了这样的欺骗，为什么还要回来吗？

于是，在米兰达刻骨铭心的相思的幻觉中，亚当出现了。

他一下就出现在她身旁了，看不见，但是分明在场，一个幽灵，但是比她更生气勃勃……她说：“我爱你。”接着抖抖簌簌地站起来……

着墨不多，却把米兰达真挚的爱情和绝望的心境刻画得淋漓尽致。如果不运用意识流手法，恐怕很难勾勒出这样绘声绘色、活灵活现的精彩场面。《被遗弃的韦瑟罗尔奶奶》的情节几乎完全是在韦瑟罗尔奶奶的脑子里开展的。她已经时而昏迷，时而清醒，奄奄一息，处在弥留的时刻了。这样的题材当然更适于运用意识流手法了。回忆和现实的交叉出现，产生一种强烈的艺术感染力：

亮光在她闭着的眼睑上闪过，一阵深沉的轰隆声把她吓了一大跳。科妮莉亚，是闪电吗？我听到了霹雷。马上要下暴雨了。把所有的窗子都关上。把孩子们叫进来……“妈，我们来了，我们大伙儿都到了。”“是你吗，哈普西？”“啊，不是，我是莉迪娅。我们尽快坐车赶来了。”……我亲爱的主，原来我快要死了……我的孩子们来为我送终。……我要把那套紫水晶首饰给科妮莉亚……啊，我亲爱的主，千万等一等。我打算把那四十英亩地安排一下，吉米不需要它；莉迪娅跟她那个不中用的丈夫过日子，以后会需要的。

回忆和现实巧妙地交织在一起，成功地呈现出韦瑟罗尔深厚的母爱。叫喊把孩子领回来的幻象和对那四十英亩地的安排这两个细节把相隔几十年的事情衔接在一起，使那个刚强而善于治家的老妇人的性格更加鲜明、更加饱满。这是作者千锤百炼的精心设计，显示出她运用意识流手法的功力。

最后，必须谈一谈波特怎样通过故事来表示她自己对事物的态度了。这也许是她最重要的艺术特点。她撷取现实世界的事物为题材，没有曲折的情节，也缺乏表面的装饰，但是那些平淡的故事却能引起读者的共鸣和思索。这是因为她凭着富于想象力的构思和高明的艺术手法使那些故事成为隐喻，意在言外，所以特别耐人寻味。拿《坟》来说，故事是极简单的。米兰达和她的哥哥保罗在一些迁掉了棺材的墓坑里觅宝。她找到了一个银鸽子，保罗找到的是一个金戒指。两人都更喜欢对方的宝贝，随即自愿交换。后来，保罗用猎枪打死一只怀孕的野兔，并且剖出了几只兔崽。接着，保罗把兔崽重新塞进兔腹，一起埋掉。他对米兰达说：“……这可是桩秘密。跟谁也别说。”米兰达确实跟谁也没有说，而且把这事也忘了。到此为止，这显然是一个描写儿童心理的故事。但是事隔将近二十年，她在一个陌生国家的陌生城市里，看到一个印第安小贩正在她眼前举起一盘各种小动物形状的染色糖块。这突然使她回想起当年的那幕情景，并且使“她又清晰地看见哥哥……两眼流露出得意而从容的笑意，一再在他手心里翻弄着那只银鸽子”。添上这个结尾，就使读者亲切地体会到作者满怀深情地怀念她久已埋葬在心底的童年的心情，所以美国评论家肖雷·J. 韦斯特说，这个故事中实际上有三座坟：一座是那些迁走了棺材的墓坑，另一座是埋那只野兔和它的兔崽的坟，最后一座是米兰达心头的那座埋葬她的童年的无形的坟。《开花的犹大树》的结尾，劳拉的那场噩梦也同样起着开拓作品意境、赋予故事寓意的作用：

> ……吃这些花，可怜的囚犯，欧亨尼奥用怜悯的声音说，拿着吃吧；从那棵犹大树上，他摘下暖乎乎、淌着鲜血似的汁水的花，递到她的嘴旁。……她狼吞虎咽地吃下那些花，因为那些花既消饥又解渴。杀人犯！欧亨尼奥说，又是吃人肉的！这是我的肉体和鲜血！劳拉嚷叫着，不！听到她自己嚷叫的声音，她醒了，直打哆嗦，害怕再睡熟。

作者在这里暗用犹大出卖耶稣的典故，形象地表现劳拉的内疚的心情，不仅深化了劳拉对欧亨尼奥的同情，而且表现了她对冷酷的布拉焦尼的强烈的厌恶，反映出她对革命队伍中不同人物的不同态度。

从以上简略的论述中，我们可以看到波特的艺术特点是善于刻画人物的内心世界。埃德蒙·威尔逊在评论《开花的犹大树》一书时，曾经抱怨波特的故事极少提供可以为读者把握的外在现象，因为她的作品并不呈现特有的表现手法或者模棱两可之处，好让评论家来评说。戴顿·科勒引用了上述的话以后，指出威尔逊实际上是从反面来赞美波特，他真正的意思是，波特的每一篇小说都是一个整体，都是经过她苦心经营，巧妙地把素材、主题、结构和风格融为一体的完整的艺术品。

但是我们也应该看到，她的作品往往带着紧张而压抑的气氛，作品的色调也比较阴冷，字里行间流露出悲观的情绪，而勾起读者惆怅之情。这无疑同她没有探索到西方世界中那些“威胁的根源”有关。

总之，波特的作品数量虽然不多（她一生只写了一部长篇、二十个短篇和六个中篇小说），触及的范围也不广，她却能涉及许多现代作家关心的主题和感受：幻想和现实、个性的崩溃和真正的自我的找寻、辜负和内疚、人的隔阂和合群，以及人类对邪恶的迁就。这是因为她善于观察、体验和反映人的内心世界，并且深信把艺术当作终生事业是值得的。她甚至牺牲了个人的幸福，把自己的一生奉献给写作艺术，孜孜不倦，精雕细刻，才获得这样的成就。她的一生遭遇是现代世界的一部分，她的作品是精神世界的神经末梢。

鹿　金

1996年12月

开花的犹大树和其他故事

玛丽亚·康塞普西翁

玛丽亚·康塞普西翁小心翼翼地走着，一直走在布满尘土的白色小路的中间，因为龙舌兰尖刺和仙人掌弯弯曲曲的带刺的茎块在小路中间堆积得不那么密集。她很想在路旁的浓荫下休息一会儿，但是她不能把时间浪费在拔掉脚上的仙人掌刺上。在埋在地下的城市里的潮湿的沟堑里，胡安和他的头儿会在等她送食物去。

她右肩上挂着大约一打捆住脚的活鸡，其中一半垂在平展的背上，剩下的不安分地挂在她胸口，麻木肿胀的腿在她脖子旁扭动，鸡们转动着呆滞的眼睛，探询地盯着她的脸。她既没有看它们，也没有想着它们。她拎着食物篮的左胳膊感到疲累，她已经干了整整一个上午的活，也饿了。

她挺直的背部的轮廓凸显在干净鲜亮的蓝色棉披巾下。两只离得很远、眼角微微上翘的黑色的杏仁眼，因天性宁静而显得柔和。她像一个怀孕的原始女人走路时那样，从容自然，谨慎而又轻松。她体态自在，隆起的腹部并未使她变形，而是一个女人应有的必然的比例。她非常满足。丈夫在干活，她自己正走在去市场卖鸡的路上。

她家的小屋坐落在一座平缓的小山的半山坡上，掩映在胡椒树丛中。离路最近的一边，大片的仙人掌像一堵墙一样包围着小屋。这时她下到了山谷里。谷底有一条狭窄的小溪，在养蜂女玛丽亚·罗莎和她的老教母巫医卢佩住的茅屋附近，有座碎石路面的小桥，她在这里过了小溪。对卢佩卖给村里病人的猫头鹰的焦骨、烤焦的兔皮、猫的内脏等各种杂七杂八的东西以及油膏什么的，玛丽亚·康塞普西翁一概不信。她是个虔诚的基督徒，头疼和肚子疼的时候就喝点一般的草药汤，或者在城里市场附近的药店买些瓶装药，那些瓶子包装上面印着她看不懂的服用方法，反正她几乎天天都要去市场的。不过她常常从才十五岁的漂亮羞涩的小姑娘玛丽亚·罗莎那里买上一罐蜂蜜。

玛丽亚·康塞普西翁和丈夫胡安·比列加斯俩人都刚过十八岁。她在邻居中口碑很好，人们说她是个充满活力的、虔诚的女人，讨价还价时不达目的不会罢休。谁都知道，如果她想给自己买一条新披巾，或者给胡安买件新衬衫，她是拿得出一袋的银角币来的。

将近一年前，玛丽亚付费获得了那张盖章有效的、在教堂结婚的许可证。在她和胡安于圣周[1]后的星期一共同走向圣坛之前，玛丽亚就把钱交给了牧师。村民们一连三个礼拜日到教堂去，听牧师公布胡安·迪奥斯·比列加斯和玛丽亚·康塞普西翁·曼丽克斯的结婚预告，这对于他们来说是个异乎寻常的经历。他们俩确实是在教堂里面结的婚，而不是按惯例在教堂后面结婚，后者既省钱，也和其他婚礼仪式具有同样的约束力。但是玛丽亚·康塞普西翁总是十分高傲，仿佛她拥有一座大庄园似的。

她在桥上停了下来，两只脚戏着水，眼睛避开阳光，凝视着远处飘浮的云团下的深蓝色的山峦。她突然想吃新鲜的蜂蜜皮。蜜蜂怡人的香气，沉缓颤动的嗡嗡声，唤醒了她想在嘴里含上一片甜甜的蜂蜜皮的愉快欲望。

“要是我现在不吃，会影响孩子的。”她一面想着，一面透过厚厚的仙人掌丛的缝隙张望着。仙人掌光秃秃地陡直向上，就像安放在四

---

① 圣周，又称受难周，在基督教传统中，是复活节之前的一周，用来纪念耶稣受难。

周的出鞘的刀，保护着这片小小的林中空地。这地方现在一点动静都没有，不禁使她怀疑罗莎和卢佩不在家。

倾斜的小茅屋是把长长的小树枝深插进地里，将干蒲条和玉米壳捆扎在小树枝上搭建起来的，屋顶用压平了的枯黄的龙舌兰叶，像盖屋板那样交叠着铺盖而成。茅屋在正午的炎热中弯着身子，懒洋洋地散发出芳香。同样搭建起来的蜂房散布在林中空地的后部，像一个个小小的洁净的植物垃圾堆。每一堆上方都环绕着闪着灰黄色微光的蜂群。

从茅屋后面传来一阵轻快欢乐的大笑声，一个男人短促的笑声加入了进来。“啊，哈哈哈哈！”两个笑声一起，一高一低地继续着，就像一首歌。

“原来玛丽亚·罗莎有男朋友了！”玛丽亚·康塞普西翁微笑着突然停下了脚步，稍稍移动了一下挂在肩膀上的东西，弯身向前挡住射进眼睛的阳光，好通过树丛间的空隙看得更清楚一些。

玛丽亚·罗莎奔跑着，躲开蜂房，跑过来的时候分开了两个矮小的茉莉花丛，她高抬膝盖快速跳跃，一面回过头去张望，激动地颤声大笑着。她奔跑的时候，罐柄挎在手腕上的沉重的水罐碰撞着她的大腿。她的脚趾会突然踢起阵阵尘土，半松开的发辫一缕缕卷曲着披散在肩头。

胡安·比列加斯在她身后追了出来，也古怪地笑着。他咬着牙，露出了两排闪亮的牙齿。唇边和下巴上稀疏地长着柔软的小黑胡子，避开了如少女般光滑的棕色面颊。当他抓住玛丽亚·罗莎的时候，由于他拽得太狠，她的上衣被扯坏了，从肩头滑下。这时她止住笑，推开他，默默地站在那儿，力图用一只手把撕坏的袖子拉上去。她尖尖的下巴和深红的嘴唇难以捉摸地蠕动着，好像她又要笑了；长长的黑睫毛随着幽深的双眼中迅速闪动的光芒忽闪忽闪地扑动。

有好几秒钟，玛丽亚·康塞普西翁既没有动，也没有呼吸。她额头冰冷，然而又似乎有滚开的水正慢慢沿着她的背脊浇下。她的膝盖莫名其妙地痛了起来，好像断了似的。她怕胡安和玛丽亚·罗莎会感觉到她的眼睛在盯着他们，会发现她在那里动弹不得，监视着他们。但是他们没有走出这片场地，甚至都没有朝路旁树丛间的空隙瞄上一眼。

胡安拿起玛丽亚·罗莎的一条散开的辫子，顽皮地拍打着她的脖子。她温柔地微笑着，任由他拍打。俩人一起穿过蜂房走了回去。玛丽亚·罗莎把水罐搁在一边的臀部上保持住平衡，每走一步都摆动着她那宽大的长裙。胡安挥舞着他的阔边帽，像只斗鸡般趾高气扬地走着。

玛丽亚·康塞普西翁摆脱了包围着她的脑袋、扼住她喉咙的浓云，发现自己不知不觉地在沿着那条路小心地摸索着继续前行，她的耳朵里塞满了混乱的嗡嗡声，似乎玛丽亚·罗莎所有的蜜蜂都在里面做了窝。她谨慎的责任感使她向那座埋在地下的城市走去，胡安的头儿，那位美国考古学家，正在那儿午休，等着吃饭呢。

胡安和玛丽亚·罗莎！她浑身灼热，仿佛她皮肤下钻进了一层像玻璃丝一样尖利的仙人掌细刺。她希望静静地坐下，等待死亡的到来，但是必须在她割断了正在玉米秸下欢笑接吻的她男人和那个姑娘的喉管之后。她还是个年轻女孩的时候，有一次从市场回家，发现她的小茅屋烧成了一堆灰，那点银角币也不见了。她充满了黑沉沉的空虚感，在那里走来走去，不相信自己的眼睛，期望一切在她面前重现。但是一切都消失了。尽管她知道是一个仇人干的，却找不出究竟是谁，只能对天诅咒威胁一顿。现在这件事更糟，但是她知道谁是自己的仇敌，玛丽亚·罗莎，那个罪恶的女孩，不要脸！她听见自己针对玛丽亚·罗莎说出了这粗鲁而确切的话，她大声说了出来，仿佛期望有人会赞同她："是的，她就是个婊子！她没有权利活在世上。"

就在此时，吉文斯那个头发灰白蓬乱的脑袋在一条沟堑的边沿上露出来，这是他让人在自己的发掘场所新挖的。沟堑又长又深，人站在里面也可能不会被看见，它们纵横交错，像是一把巨型手术刀切割出来的整齐的切口。村社里几乎所有的男人都在给吉文斯干活，帮助他发掘自己祖先的湮灭了的城市。他们一年到头干活，日子好了起来。他们每天挖掘，寻找那些黏土小人头，陶器碎片，还有画着东西的残墙。都是些破碎了的东西，表面还包着一层泥土，在世间没有什么用处。他们自己都能够做出更好的东西来，又新又坚固，拿到城里兜售给外国人换来真钱。头儿在发现这些破旧东西时那种不可思议的狂喜始终让他们感到困惑。有时候他会在头顶上舞动着一个破罐子或者人的头盖骨开心地狂笑，呼喊摄影师过来照相。

现在他出现了，苍老的刻满深深皱纹的晒成土红色的脸上，一双年轻的、狂热者的眼睛欢迎着玛丽亚·康塞普西翁："希望你给我带来了一只大肥鸡。"玛丽亚·康塞普西翁沉默着在沟堑旁俯下身去，他从挂在那里离他最近的一捆里挑了一只："给我收拾出来，好姑娘，我烤着吃。"

玛丽亚·康塞普西翁抓住鸡的头，不声不响飞快地用刀子抹过鸡的喉管，干脆而不经意地拧下了鸡头，就像拧下个甜菜头那样。

"天哪，娘儿们，胆子够大的，"吉文斯看着她，说道，"我可不行，会浑身起鸡皮疙瘩的。"

"我是瓜达拉哈拉人。"玛丽亚·康塞普西翁一面给鸡褪毛，取出内脏，一面平静地解释道。

她站在那里，带着几分优越感注视着这个有趣的白人。他没有自己的老婆给他做饭，而且看起来也不觉得自己给自己弄吃的有失身份。这时他蹲在那儿，眯着眼，皱着鼻子躲开烟，忙着转动扦子上正在烤着的鸡。一个神秘的男人，毫无疑问很富有，而且是胡安的头儿，因此应该受到尊敬，得到安抚。

"玉米饼是新做的，热的，先生，"她低声温柔地说道，"如果你允许，现在我要去市场了。”

“好，好，去吧；明天再给我送这么一只鸡来。”吉文斯转过头又看了看她。她高傲的举止有时候会让他想起流放中的贵族。他注意到了她反常的苍白，“太阳太晒了，是吧？”他问道。

“是的，先生。不过，胡安很快会来吗？”

“按理说他此刻就该到了。把他的饭留下吧。别人会吃的。”

她离开了，在灰红色土地上腾起的热浪中，她披巾的蓝色成了一个跳动的小点。吉文斯最喜欢他的印第安人的时候，是在他对他们原始幼稚的作风感到一种父亲般的宽容时。他讲述胡安可笑的恶作剧的故事，讲在过去五年中，胡安由于各种各样并且总是意想不到的不轨行为陷入困境时，他是如何解救了胡安，使他免于坐牢，甚至免于被枪毙的。

“我总是在最后一刻把他从这样那样的困境中救出来，”他会说，“哎，他是个好工人，而且我知道怎么对付他。”

胡安结婚以后，他常常怀着恰如其分的优越感，责备他对玛丽亚·康塞普西翁的许多出轨行为，他总爱说，“她早晚会抓住你的，求上帝保佑吧！”而胡安却总是乐得大笑。

玛丽亚·康塞普西翁没有想到要告诉胡安她已经发现了他的出轨行为。一天下来，她对胡安的怒气消失了，而对玛丽亚·罗莎的怒气却增加了。她不断地对自己说，“当我像玛丽亚·罗莎那样小小年纪的时候，如果有个男人这样抓住我，我会把水罐砸破在他脑袋上的。”她完全忘记了，胡安第一次抓住她的那天，她连玛丽亚·罗莎这点抗拒都没有。再说，后来她和胡安在教堂里结了婚，那当然就是完全不同的事情了。

那晚胡安没有回家，而是去打仗了，玛丽亚·罗莎和他一起去了。

胡安肩挎步枪，腰插两把手枪。玛丽亚·罗莎也佩带一支步枪，她把步枪和毯子以及炊具都一起背在背上。他们加入了战场上最近的一支小部队，玛丽亚·罗莎和一队有经验的女战士一起行军，她们如蝗虫般仔细寻找作物，为部队收集给养。她和她们一起准备食物，一起吃男人们吃完后剩下的东西。战斗结束后她和她们一起到战场上，趁阵亡者的尸体没有在高温下开始胀大前，把他们的衣服和枪支弹药收集起来。有时候她们会和对方的女战士遭遇，这时就会发生一场战斗，和刚结束的那场同样残忍。

这件事在村子里并没有特别引起人们的愤慨。大家耸耸肩，咧嘴笑笑。他们走了更好。邻居们都说玛丽亚·罗莎在军队里比和玛丽亚·康塞普西翁待在一个村子里更为安全。

胡安离她而去时，玛丽亚·康塞普西翁并没有哭，婴儿出生后四天就死去时，她没有哭。“她就是块石头。”老卢佩说，她到她家提出用魔咒保存婴儿的尸体。

“但愿你和你的魔咒一起下地狱。”玛丽亚·康塞普西翁说。

要不是她如此有规律地去教堂，点燃圣徒前的蜡烛，两臂呈十字架形伸开一连几小时地跪在那里，每个月接受圣餐，可能会有人说她被魔鬼缠身了：她的脸变化太大了，神情木然。但这是不可能的，因为她毕竟是由牧师主持结婚的。人们据此推断，她太骄傲了，受到了惩罚。他们认定这就是一切的真正根源：她简直太骄傲了。因此人们怜悯她。

在胡安和玛丽亚·罗莎离开的一年里，玛丽亚·康塞普西翁卖鸡，照管菜园，麻袋里的硬币越来越多。卢佩不会养蜂，蜂群没有繁盛起来。她开始责怪玛丽亚·罗莎的逃跑，并称赞玛丽亚·康塞普西翁的行为。她常常在市场或者教堂看到玛丽亚·康塞普西翁，总是说，现在看到她，谁也看不出她是承受着如此沉重的痛苦的女人。

“我向上帝祈祷，愿玛丽亚·康塞普西翁从此一切顺利，”她会说，“因为她已经够苦的了。”

当某个无所事事的人把这话说给这位弃妇听了以后，她去到卢佩家，站在小空地上，对坐在门口搅拌着那堆治疗疮疔的灵药的女巫医喊叫着说，“卢佩，把你的祈祷留着给自己吧，要不就送给需要的人。至于我在人世想要的，我会自己向上帝祈求的。”

“那么你认为你能得到吗，玛丽亚·康塞普西翁？”卢佩问道，她一面刻毒地窃笑着，一面闻着搅拌用的木勺，“你为今天所得祈祷过吗？”

在那以后，每个人都发现，玛丽亚·康塞普西翁更频繁地到教堂去；在集市结束后，更少到村子里去，和别的那些沿着路缘石坐着、一边给孩子喂奶一边吃水果的女人聊天。

“她把我们当作敌人是不对的，”爱思考的和事佬老索莱达说，“是女人就有这种苦难。嗯，我们都应该有难同当。”

但是玛丽亚·康塞普西翁独自一个人生活。她骨瘦如柴，似乎有什么东西从体内一点一点咬啮着她，她两眼深陷，只要能不说话就不说话。她比以前更加努力地干活，她的那把屠宰刀几乎从不离手。

胡安和玛丽亚·罗莎厌倦了军旅生活。有一天，他们未经许可就回了家。战场是个恼人的长画卷，不断地展开着，直到其终端在离胡安的村子二十英里左右的地方磨烂了，于是他和玛丽亚·罗莎不辞而别，离开部队，步行回家。这时的玛丽亚·罗莎瘦得像条饿狼，怀着孕，已经到了临产期。

他们在凌晨时分到达。驻守在镇子边上小军营里的一队宪兵一见到胡安就将他逮捕并带到监狱，主管军官不带个人感情地高兴地告诉他，他将在次日早晨枪决的十个逃兵之外再加一个。

玛丽亚·罗莎尖叫着扑倒在大路上，被两个卫兵架着胳肢窝迅速送回到她那已经破败不堪的小茅屋里。情况危急，卢佩出于职业素养立刻开始为她接生。

胡安穿着不知从哪儿弄来的、蒙了一层土的漂亮的新衣服、因脚疼而一瘸一拐地来到军营的长官面前。长官认出他是自己好朋友吉文斯的头号挖掘工，便给吉文斯送去了一张条子，上面写着，"胡安·比列加斯现扣押在我处，等候你进一步的处理。"

当吉文斯出现时，长官把胡安交给了吉文斯，并且急切地要求他千万不能把军方这一极为人道且明智的做法泄露出去。

胡安大摇大摆地走出了令他感到窒息的战地军事法庭。他那顶大得出奇的、绣着银线的帽子压在一边眉毛上，由一条坠着鲜亮的蓝色流苏的银色绳子系在脑后。他穿着绿黑相间的格子衬衫，白布裤子上系着一条压印着红色图案的黄皮带。他光着脚，脚上满是石头硌出的瘀伤，趾甲参差不齐。他嘴唇很厚，大嘴巴上叼着一根香烟，接着他拿开香烟，摘下了那顶华丽的帽子。这时，紧贴在前额上的潮乎乎的、落满灰尘的黑头发突然在头顶上像一团茅草般蓬起。他对军官鞠了个躬，军官则似乎在看着一片空白。他朝着监狱的窗户向上挥舞胳膊画了个大圆圈，窗台上探出了愁苦无告的脑袋，热切的眼睛紧追着离去的幸运儿。其中两三个人向他点了点头，六只手极力模仿他那不经意的飘飘然的样子向他挥动着。

胡安保持着这难以容忍的可笑动作，直到拐过了第一丛仙人掌才停下来。这时，他一把抓住吉文斯的手激昂慷慨地说，"祝福您的仆人胡安·比列加斯第一次受到您的青睐的那个日子。从今以后，我的生命无条件地属于您了，我衷心地表示对您的千恩万谢！"

"看在上帝的份上，别装傻充愣了，"吉文斯烦躁地说，"总有一天，我会来晚一步的。"

“咳，枪毙也算不了什么，头儿——你肯定知道我并不害怕——但是和一帮逃兵一起，在一堵冷冰冰的墙前，就在我回家的那一刻，下命令的又是那个……”

炫目多彩的侮辱词语如烟花爆炸般滚滚涌出，和动物及植物世界关联的所有诽谤中伤性的比喻都被他以生动、独特、人身攻击的方式，用到刚刚释放了他的那位军官的个人生活、爱情和家庭历史上。当他骂得几近口干舌燥，火气消了以后，才加了一句：“对不起，头儿。”

“玛丽亚·康塞普西翁对这一切会怎么说？”吉文斯问道，“作为一个在教堂结婚的人，胡安，你太轻率了。”

胡安戴上帽子。

“呃，玛丽亚·康塞普西翁！没事儿。我说，头儿，在教堂结婚对男人来说是极大的不幸。从那以后他就不再是他自己了。甚至在节日我都不能真正喝得酩酊大醉，那个女人还有什么可抱怨的？我不打她，从来、从来没有打过她。我们一直都是和睦相处。我对她说，过来，她马上就过来。我说，去那儿，她很快就去了。不过有时候我看着她会想，现在我和那个女人在教堂里结了婚，就觉得身体里有什么在往下沉，好像有什么重重的东西压在肚子上。和玛丽亚·罗莎在一起就完全不同了。她不是个沉默的人，她爱说话。她说个没完的时候，我就扇她一巴掌，说，住嘴，汝个笨蛋！而她就会哭起来。她只不过是个任我摆弄的姑娘而已。你知道她以前是怎样把那些干净的小蜜蜂养在蜂巢里的吗？对我而言，她就像蜂蜜。我发誓。我不会伤害玛丽亚·康塞普西翁，因为我是在教堂里和她结的婚；但是，头儿，我也不会离开玛丽亚·罗莎，因为她是最合我意的女人。”

“我告诉你，胡安，事情的发展不像你想的那么好。你小心点。总有一天玛丽亚·康塞普西翁会用她那把切肉刀剁下你的脑袋的。你好好记住这一点。”

胡安的表情恰当地混合了男子汉的胜利和伤感的忧郁。

在两个如此令人喜爱的女人的生活中扮演主角是件愉快的事情。毕竟他刚刚从令人不快的威胁中摆脱出来。他穿着漂亮的新衣服，而且没花一分钱。玛丽亚·罗莎每打完一仗就在战场上四处给他收集衣服。他正行走在清晨的阳光中，闻到的是好闻的气味：成熟中的仙人果、桃子和甜瓜的香味，胡椒树上垂下的胡椒豆的辛辣味，以及他鼻子底下的香烟的烟味。他即将跟着他宽容的头儿又开始过平民生活了。他的状况之完美难以言表，而且他全盘接受了这一切。

"头儿，"他像一个老于世故的人对另一个老于世故的人说话那样，得意地对吉文斯说道，"女人是好东西，但是眼下不是。如果你允许，我现在要到村子里去吃点什么了。上帝啊！我得狠狠大吃一顿！明天一大早我就到那座埋在地下的城市去，一个顶七个地干活。咱们忘了玛丽亚·康塞普西翁和玛丽亚·罗莎吧。她们各有自己的位置。到时候我会管控好她们的。"

胡安的历险记很快就传开了，他发现一上午有许多朋友来到他身边。他们直率地盛赞他离开军队的方式，这本身就是英雄的行为。这位新英雄大吃了一顿，喝了点酒，这种场合比节日更美好。等他回去看望玛丽亚·罗莎的时候几乎已经是中午了。

他看见她坐在一块干净的草垫上，在往她出生三小时的儿子身上抹油。眼前这幅喜庆的景象使胡安情绪激动得回到村子里，邀请在"死亡与复活"龙舌兰酒馆里所有的人和他一起喝酒。

他喝得东倒西歪地开始往玛丽亚·罗莎的住处走，却发现自己莫名其妙地回到了自己家里，打算痛打玛丽亚·康塞普西翁一顿，以重新确立自己在合法家庭里的地位。

玛丽亚·康塞普西翁知道那不快的一天中发生的一切，因此毫无屈从的心态，不愿挨打。她既没有叫喊，也没有乞求，她毫不退让地进行反抗。她甚至打了他。胡安大感惊奇，不由自主地后退几步，似乎在透过嵌入他眼后的缓慢旋转的胶卷好奇地凝视着她。肯定地说，他甚至连碰一碰她的想法都没有。啊，好吧，没出什么坏事。他放弃了原来的打算，半睡半醒地转过身子，醉态可掬地倒在一个阴暗的角落里，开始打起呼噜来。

玛丽亚·康塞普西翁看到他安静下来，就开始捆扎鸡脚。那天有集市，她已经晚了。她匆匆忙忙地摸索着用绳子胡乱捆好鸡脚就出发了。她没有走平常走的路，而是穿过犁好的田地，满脑子惊慌、两腿磕磕绊绊地跑着。她时不时会停下来四面张望，企图搞清楚自己在哪儿，然后往前走几步，直到她意识到自己不是在往集市走。

她立刻完全恢复理智，认识到了如此可怕地折磨着她的事情，也明确了自己想要的是什么。她静静地在一片隐蔽的带刺的灌木丛旁坐下，放任自己发泄长期吞噬着她的悲哀。长期以来把她整个身体挤压成紧紧的麻木的一团痛苦的那个东西，突然以惊人的力度爆裂开来。她像个受到重击的人那样因不由自主地收缩而猛烈抽搐，全身大汗淋漓，仿佛一生所受伤害的伤口都在排放含盐的液体。她把披巾拉上来盖过头，将额头埋在抬起的膝盖上，无声无息、一动不动地坐着。她时不时地抬起头来，因为汗水不断涌出，顺着脸流下，湿透了衬衫的前襟。她的嘴像是在哭泣的样子，却没有眼泪，没有哭声。她的全部存在只是夜里在她身体里燃烧的阴郁混乱的痛苦记忆，和白天咬啮着她的致命的无望的怒火，直到舌头发苦，脚沉重得仿佛雨季时陷进了泥泞的道路里。

过了很久，她站起身来，把披巾从脸上扒拉开，又开始往前走了。

胡安慢慢醒来，打着长长的呵欠，嘟嘟囔囔的，夹杂着短短的充满了幻觉和叫喊的回笼觉。当他企图睁开眼睛的时候，一团橘黄色的光刺痛了他的眼球。从什么地方传来一阵没有眼泪的低泣声，一遍又一遍地嘟哝着一些毫无意义的词语。他开始聆听。他极力想摆脱自己麻木呆滞的状态，拼命想抓住那些尽管听不太清却使他恐惧的字眼。这时他突然清醒过来——突然得令他惊恐——坐起身子，目不转睛地看着穿过用玉米壳做的墙、从西下的落日的高度照射进来的那一道尖利的金光。

玛丽亚·康塞普西翁站在门口，在他失真的眼睛里显得如巨人般高大。她正快速地说着话，叫着他的名字。这时他清楚地看到了她。

"天啊！"胡安吓呆了，"我在这里面对着自己的死亡！"因为她平时习惯挎在腰带上的那把长刀这时在她手里拿着。但是她却把刀扔了，扔在她够不着的地方，然后跪了下去向他爬来，就像他多次看到过她向瓜达卢佩别墅的神龛爬去那样。他如此恐惧地看着她爬近，以至头发好像都要从他头上飞出去似的。她脸朝下向前倒下，缩成一团趴在他身上，嘴唇翕动着发出幽灵般的低语。她的话变得清楚了，胡安全都听懂了。

瞬间，他既不能动也说不出话来。然后他两手抱着她的头来安慰她，急切地要她放心，快速地、几乎喋喋不休地说道：

"啊，你个可怜虫！啊，疯女人！啊！我的玛丽亚·康塞普西翁，真是不幸！听着……别害怕。听我说！我会把你藏起来。我是你男人，会保护你。安静！别出声！"

他力图使自己镇静下来。他抱着她，在渐深的暮色中低声咒骂一阵。玛丽亚·康塞普西翁俯下身子，脸几乎贴地，双脚盘在身下，似乎要藏在他身后。胡安平生第一次意识到了危险。这就是危险。玛丽亚·康塞普西翁会被两名宪兵拽走，也许会在贝伦监狱里度过余生，而手无寸铁的他只能无能为力地跟在后面。危险！黑夜中云集着威胁。他站起身子，把她一起拽了起来。她一声不响，全身僵直，毫无抵抗力地抓着他，双手在他的手臂上变得僵硬。

“把刀给我拿来。”他低声说道。她听从了，双脚滑过坚硬的泥土地面，肩膀挺直，胳膊贴在身体的两侧。他点了一根蜡烛。玛丽亚·康塞普西翁伸手把刀递给了他。这把刀从刀身到刀把都沾满干了的血迹，黑乎乎的。

他注意到她上衣和手上有着同样的血迹，狠狠地对她皱起了眉头。

“脱下你的衣服，洗洗手。”他命令道。他仔细把刀洗干净，把水泼在离门口很远的地方。她看着他，把自己的洗澡水也倒在了远处。

“把砖灶点上火，给我做点吃的。”他以同样不容置疑的口气对她说道，然后拿起她的衣服走了出去。他回来的时候，她穿着一件肮脏的旧衣服，正在扇着木炭炉里的火。他盘腿坐在她边上，像看一个不认识的人那样看着她，这个人使他困惑，完全无解。她没有回头，而是继续沉默着，一动不动，只有有力的双手扇动着火焰。火焰投射出火星和小股白烟，随着扇子的扇动有节奏地一闪一灭，交替着使她的脸一明一暗。

胡安的声音勉强打破了沉默：“仔细听我说，对我说实话，等宪兵来这儿找我们的时候，你就没有什么可害怕的了。但是事后咱们俩之间还有事情要解决。”

她眼中映现着木炭炉里的火光，黄色的磷光在黑色的虹膜后面闪烁。

“对我来说，现在一切都已经解决了。”她回答道，口气是如此温柔、庄重、充满痛苦，胡安感到自己的五脏六腑都紧缩了起来。他渴望坦率地，不是作为一个成人、而是作为一个很小的孩子那样表示忏悔。他琢磨不透她，琢磨不透自己，也琢磨不透人生命运之神秘：当一切似乎如此快乐和简单的时候，会立刻变得如此混乱。他同时还感到，她已经变得无比珍贵，一百万个女人里没有一个能够比得上她，而且他还说不出是为什么。他大大地叹了一口气，连胸口也震响起来。

“是的，是的，一切都解决了。我不再离开了。我们必须一起在这儿生活。”

他低声问她，她低声回答，他一遍遍地教她，直到她记住了一切。充满敌意的黑夜向他们袭来，飘过狭窄的门槛，侵入他们的心中，带来了叹息和低语，近处道路上偷偷摸摸的脚步声，夜风穿过仙人掌叶片时断断续续刺耳的呜咽。所有这些熟悉的、曾经是友好的抑扬顿挫的声音，现在却都充满了不祥和恐怖；一种无形的、无法控制的恐惧紧紧地抓住了他俩。

“再点上一根蜡烛，”胡安大声说道，口气过于坚决，过于严厉，“咱们吃饭吧。”

按照原来的习惯，他们面对面坐着，共用一个盘子吃饭，俩人都是食而无味。胡安快把食物送到嘴边时，停下静听起来。从沿着仙人掌树墙的那条大路拐弯的地方，人声越来越大，传得越来越远。一道灯笼的光穿过树篱，一个声音划过黑暗，扯开了悬在茅屋上的一层脆弱的寂静：

“胡安·比列加斯！”

“进来，朋友们！”胡安快乐地大声回答。

他们站在门口，都是来自村子里的单纯、谨慎的宪兵，本身都是混血儿，同情印第安人，社区居民和他们很熟悉。他们几乎是含着愧疚用灯笼照着这幕夫妻俩愉快地、无辜地共进晚餐的场景。

“对不起了，兄弟，”队长说，“有人杀死了玛丽亚·罗莎这个女人，我们必须询问她的邻居和朋友。”他稍作停顿，然后为了表现出事情的严重性，补充道，“这是当然的。”

“当然，”胡安同意道，“你知道我是玛丽亚·罗莎的好朋友。这可真是个坏消息。”

他们一起离开。男人们走在一起，玛丽亚·康塞普西翁在几步之外跟着，挨近胡安。谁也没有说话。

玛丽亚·罗莎头旁的两点烛光不安地跳动着，阴影在沾满污渍发黑的墙上移动、闪躲。对玛丽亚·康塞普西翁来说，这间令人窒息的封闭的屋子里的一切东西，都有着一种不祥的躁动。被招来作证的那些人，以及老朋友们，脸上都是一副戒备的神情，他们眼中猜测的神色使他们形同陌路。盖在尸体上面的玫瑰色披巾的隆起部分不断变化，仿佛盖在下面的死者并没有完全安息。玛丽亚·康塞普西翁的眼睛扫过躺在敞开的油漆棺材里的尸体，从头旁的蜡烛顶部直到向上伸出的瘦削的双脚。满是伤疤的小脚掌伸在外面，刚刚洗过，上面全是扭曲的、没有痊愈的、荆棘刺破或尖石划破的伤口。她的目光回到了蜡烛的火焰上，回到胡安警告她的眼睛上，回到相互交谈着的宪兵身上。她控制不了自己的眼睛。

她震惊地一晃，使她的目光落在了玛丽亚·罗莎的脸上。刹那间，她血液的流动重又平稳下来：没有什么可害怕的。就连那不停地跳动着的烛光也不能给那张僵硬的脸带来任何生命的气息。她死了。玛丽亚·康塞普西翁感到自己的肌肉缓缓地放松下来，心脏开始不费劲地平稳地跳动起来。她对那个盖着精美的丝质披巾、漠然地躺在蓝色棺材里的可怜东西不再有任何的怨恨了。死者的两边嘴角陡然下垂，像是半路打住哭泣后的怪相。她眉间露出痛苦，死亡的肉体无法摆脱最后的恐怖所造成的样子。一切都结束了。玛丽亚·罗莎吃了太多的蜂蜜，得到了太多的爱。现在她必须坐在地狱里，永远、永远为她的罪孽和横死哭泣。

老卢佩喋喋不休的声音响了起来。她整个上午都在为玛丽亚·罗莎助产，非常艰难。婴儿一落地就吐血，一个不好的兆头。那时她就想，这房子里的人要厄运临头了。然后，大约在太阳下山的时候，她正在后院把西红柿和胡椒磨碎，任由母婴在屋子里熟睡。突然她听见屋子里有种奇怪的声音，一种窒息的、透不过气来的喊声，就像有人在睡梦中哀叫那样。咳，这种事情再自然不过了。但是随后紧跟着一种又轻又快的砰砰砰的声音——

“就像用拳头击打的声音？”一个军官打断她，问道。

“不，一点儿也不像。”

“你怎么知道不像？”

“我对那种声音太熟悉了，朋友们，”卢佩反驳道，“这是另一种声音。”

她没法把那声音确切地形容出来。过了一会儿，传来了卵石滚动和在脚下滑动的声音；于是她知道有人曾经在屋里呆过，正在逃走。

“你为什么等了这么久才去看呢？”

“我老了，关节发僵了，”卢佩说，“我追不了人啦。我尽我所能快步走到仙人掌树篱旁，因为人只有从这里才能进来。路上没有人，先生，没人，只有被一只狗驱赶着的三头奶牛。等我走到玛丽亚·罗莎身边，她躺在那里，身体缩成一团，从脖子到肚子全是刀子捅的窟窿。那种景象连上帝也会动容的！她的眼睛——”

“先不说这个。她出走之前谁到她家来得最勤？你知道她有仇人吗？”

卢佩的脸凝固住了，没有了任何表情，海绵状的皮肤缩成一片讳莫如深的皱纹之网。她把冷漠而毫无表情的眼睛转向宪兵们。

“我是个老太婆了，眼睛看不清了，脚也走不快了。我不知道玛丽亚·罗莎有没有仇人。我没看见有人离开那片空地。”

“你没有听见桥边小溪里有溅水的声音吗？”

“没有，先生。”

“那么，为什么我们的狗循着嗅迹追到那里就断了呢？”

“只有上帝才知道，朋友们。我只是一个老——”

“好吧。那脚步声听起来是什么样的？”

“像魔鬼的脚步声！”卢佩突然提高声音，以神谕的口气爆出这句话来，使人们大为吃惊。印第安人不安地骚动起来，看看死者，然后看看卢佩。他们几乎指望她马上从他们之中指认出那个魔鬼来。

那个宪兵开始发脾气了：

“不是，可怜的倒霉鬼；我的意思是，脚步声是重还是轻，是男人的还是女人的？那人穿着鞋还是光着脚？”

看了一眼四周的人，卢佩确信他们都激动地把注意力集中在了她的身上。目前这种危险而重要的处境使她感到很受用。她一句话就可以毁掉玛丽亚·康塞普西翁，但是捉弄一番这些暗中侦察监视老实人的宪兵更让人开心。她又一次提高了声音。她没法描述她没有看见的东西，感谢上帝！没有人能够因为她膝盖发僵，就是为了抓杀人犯也跑不动而伤害到她。至于说辨别脚步声，穿鞋的还是光脚的，男人的还是女人的，甚至是人的还是鬼的，谁听到过这种胡说八道的话？

“我的眼睛不是耳朵，先生们，”她庄严地结束道，“但是我发誓，那些脚步落下的时候就像是魔鬼的脚步声！”

“笨蛋，”队长尖吼道，“你们谁把她带出去！现在，胡安·比列加斯，告诉我——”

胡安耐心地讲述了他所知的情况，反复讲了好几遍。那天他回到了妻子那儿。和往常一样，她去了市场。他帮她准备好了鸡。她在半下午的时候回来了，他们聊天，她做了饭，他们吃了饭，没有什么不对劲的事情。后来宪兵们来了，告诉他们玛丽亚·罗莎的事情。情况就是这样。是的，玛丽亚·罗莎和他私奔过，但是这并没有在他和妻子之间生出嫌隙，也没有在他妻子和玛丽亚·罗莎之间生出嫌隙。谁都知道他的妻子是个温和的女人。

玛丽亚·康塞普西翁听到自己一刻不停的回答声。确实，丈夫离家后，起初她很苦恼，但是后来就不再为他发愁了。她认为男人都这样。她是个在教堂里结婚的女人，知道自己的身份。而且，他最终还是回到家里来了。她去了市场，但是回来得早，因为她得给自己的男人做饭。说完了。

其他声音插了进来。一位没牙的老汉说："在我们中间她是个名声很好的女人，而玛丽亚·罗莎不是。"年轻妈妈阿尼塔怀里抱着在吃奶的宝宝，微笑着说："如果谁都不这样想，你们怎么能够指控她呢？是失去了孩子而不是丈夫才使她有了这么大的变化。"另一个人说："玛丽亚·罗莎的生活很特别，和我们不在一起。我们怎么知道不会有人从别的地方来做掉了她呢？"老索莱达大胆地说道："我今天在市场看见玛丽亚·康塞普西翁的时候，我对她说，'祝你好运，玛丽亚·康塞普西翁，今天是你幸福的一天！'"她长久而平静地看着玛丽亚·康塞普西翁，露出了一个天生女巫般的微笑。

玛丽亚·康塞普西翁突然感到，忠实的朋友们在守护着、包围着、支持着自己。他们在她的周围，为她说话，为她辩护，生命的力量无敌地站在了她这边，面对被击败的死者。玛丽亚·罗莎丧失了在他们中的那份力量，她躺在他们中间，被抛弃了。玛丽亚·康塞普西翁一个个地看着围在四周的热切的脸。他们的眼睛回报以慰藉、理解，以及一种隐秘而巨大的同情。

宪兵们不知道该怎么办了。他们也感觉到了她周围铸起的那道无法穿透的庇护墙。他们很肯定这事是她干的，可是他们无法指控她。不能指控任何人，没有丝毫确凿的证据。他们耸耸肩，打着响指，脚在地上挪来挪去。那么，好吧，晚安，诸位。打搅了，请多多原谅。祝大家健康！

躺在棺材头旁的墙边的一个小包袱像条鳗鱼般扭动着，传出了一声啼哭，声若游丝。玛丽亚·康塞普西翁把玛丽亚·罗莎的儿子抱在了怀里。

“他是我的，”她明确地说，“我要把他带走。”

没有人说出同意的字样，但是当他们为她让开一条路的时候，他们或赞成地点点头，或发出一声同意的轻叹。

玛丽亚·康塞普西翁抱着孩子，跟在胡安后面走出了那块空地。茅屋里只剩下燃着的蜡烛，和一群彻夜坐在那里的老妇人，喝喝咖啡，抽抽烟，讲讲鬼故事。

胡安的兴奋之情已经燃尽，连一点激动的余烬都没有留下。他累了。一场危险的冒险结束了。玛丽亚·罗莎业已消失，永远不会回来了。他们一起行军，吃饭，吵架和在战斗间隙做爱的日子全都结束了。明天他将回到无尽的单调的劳动中，要下到埋在地下的城市的沟堑中去，就像玛丽亚·罗莎必须埋进她的坟墓一样。他感到自己的血管里充满了愤懑，充满了暗无天日难以忍受的忧郁。啊，上帝啊！人会遭到怎样的厄运啊！

唉，现在一切已无法摆脱。眼下他唯一渴望的就是睡觉。他困得两只脚都不听使唤了。女人偶尔轻触他的手肘，他感到像一片树叶拂过他的脸那样虚幻、那样朦胧。他不知道自己为什么要拼命救她，而现在他已忘记了她。他心里空空的，只有如一块隐蔽的伤口那样巨大的无名的痛苦。

他走进了茅屋，没等点上蜡烛，就一把脱掉衣服，在一进门的地方坐了下来。他移动着迟缓麻木的双手，摘下身上沉重的饰物。他如释重负地、长长地、呻吟般地叹了一口气，直接倒在地上，伸展着两臂，几乎立刻就睡着了。

玛丽亚·康塞普西翁手里拿着一个小陶罐，走到拴在一棵小树上的温顺的小山羊妈妈跟前，小树随着山羊扯着绳子的一头去吃周围最远处的青草时一弯一弯的。拴在几英尺外的小羊羔站起来咩咩叫着，轻软的细毛在清新的风中飘动。她蹲在地上，抓着系羊羔的绳子，让它吃了一会儿奶。然后——她所有的动作都极其从容平稳——她为孩子挤了所需的羊奶。

她在家门口附近靠墙坐着。吃饱睡着了的孩子像被放在摇篮里那样，放在她盘起来的两条腿中间的空当里。世界溢满了寂静，天幕均匀地垂落在山谷的边缘，月亮悄悄地爬上来，斜挂在群山之间。她全身都感到轻松温暖；她梦见新生的婴儿就是自己的，她正在美美地休息着。

玛丽亚·康塞普西翁能够听见胡安的呼吸声，声音从低矮的门口平静地散发过来。屋子似乎处在难以负担的沉重的一天以后的休息之中。她也极其缓慢平静地呼吸着，每吸进一口气都使她充满了安详。婴儿轻微的呼吸只不过是银色空气中飞蛾掠过般的朦胧声音而已。那黑夜，那身下的大地，似乎都随着这无限的、舒缓的、温和的呼吸一起一落着。她垂下头，闭上了眼睛，感受到了身体内部缓慢的一起一落。她不知道这意味着什么，但是全身都放松了下来。即使她正在慢慢入睡，头垂向婴儿的时候，还仍然意识到一种奇特的、清醒状态下的幸福。

纽约，1922年

（王家湘　译）

童贞女比奥莱塔

比奥莱塔快十五岁了，她坐在一个厚垫子上，抱着双膝，望着表哥卡洛斯以及姐姐布兰卡，他们俩正坐在长桌前轮流朗读诗歌。

偶尔她垂眼看看自己穿着厚底棕色凉鞋的脚，脚趾稍微有点内倾，很难看。这使她挺苦恼，便把短裙拉下盖住脚，直到裙腰从宽大的深蓝色毛外衣里面松垂了下来。然后她无声地吸了一大口气，直起身子，凉鞋又露了出来。每一次她的目光在羞涩的眼皮下转向卡洛斯，看看他是不是注意到了这些，但他根本没有注意到。失望，有点苦恼的比奥莱塔会一动不动地坐一阵子，倾听，观察。

> 我心中感受到爱的折磨：
> 我知道这使我痛苦，却不知为了什么。

布兰卡声音很细，带点沙沙声。她似乎很希望只有她和卡洛斯分享这诗歌。每当她俯身向灯的时候，她那绣着黄色图案的灰色丝披巾就会从肩头滑下。卡洛斯就会用拇指和食指捏起离他最近的披巾的流苏，灵巧地一甩使披巾复位。布兰卡的点头、微笑完美地表现出了友好的冷淡，但是她的声音微颤，结巴，总是要把正在读的那行诗再从头读起。

这时卡洛斯浅色的眼睛就会斜向布兰卡；然后继续摆出原来的样子，目光盯在比奥莱塔头顶上方、镶有白色嵌板的墙壁上的一幅小小的画上。雕花的金色相框上有一块薄薄的金属牌子，上面写着："圣母和她最忠实的仆人圣依纳爵·罗耀拉[①]的虔诚会见。"圣母珐琅般光滑的脸上带着超然的呆笑，额头上秃秃的没有眉毛，一只手远远地伸在圣依纳爵剃去了一圈头发的脑袋上，后者狂喜而如木头般地趴在那里。太难看太过时了，比奥莱塔心想，但这画绝对合乎体统，没什么可以盯着看的地方。但是除了看一眼布兰卡，卡洛斯的眼皮却不断诡秘地眯着斜向那儿，纹丝不动。他毛茸茸的金黄色的双眉紧皱，很像一团乱糟糟的勾织用的毛线。除了轮到他读诗以外，他似乎总是一副兴趣索然的样子。他读时声音震颤。比奥莱塔觉得他的嘴和下巴非常漂亮。他微微湿润的下嘴唇上一个细小的光点使她心神不宁，她不知道是为什么。

布兰卡停下不读了，她低下头，半张着嘴，轻轻地叹了一口气。这是她的一个习惯。嗡嗡的人声已经使妈妈在缝纫篮旁昏昏入睡，现在寂静使她惊醒。她环顾四周，整个脸上布满了生气勃勃的微笑，只有眼睛是呆滞而疲倦的。

"接着念，亲爱的孩子们。每个字我都听见了。比奥莱塔，别乱动，劳驾了，可爱的小女儿。卡洛斯，几点了？"

妈妈喜欢做布兰卡的陪护。比奥莱塔很奇怪，为什么妈妈认为布兰卡这么有吸引力。可妈妈就是这么想的。她总对爸爸说"布兰基塔像光彩照人的百合花"。爸爸就会说，"她要是表现得像一朵百合花就更好了！"妈妈对卡洛斯说："即便你是我的外甥，在适当的时间也必须回家了！"

"时间还早呢，帕斯夫人。"卡洛斯低头向着姑妈，那姿势所表现出的尊敬，就是圣安东尼本人也无法超越。妈妈微笑着重新进入浅睡

---

① 圣依纳爵·罗耀拉（St. Ignatius of Loyala，1491—1556），于1540年创立罗马天主教耶稣会。

状态，就像一只猫咪从炉边小地毯上站起，转了转身，又躺了下去。

比奥莱塔没有动，也没有回应妈妈。她有着一只野生小兽的沉寂和警惕，但是不具备本能的智慧。她在塔库巴亚女修道院几乎一年了，这是第一次回家。在那儿他们教她谦虚稳重，贞洁高雅，沉默安静，驯服顺从，还教一点法语、音乐和一些数学。人家怎么说，她就怎么做，但是她感到很困惑，因为她无法理解，为什么发生在人的外部世界的事情，会如此不同于她心里面的感受。大家每天做着同样的事情，就像永远不会有别的事情发生；可是她一直都确信，在女修道院外面，有着令人极其兴奋激动的事情在等待着她。生活将像一条鲜艳的长地毯在她面前展开，好让她在上面行走。她看到自己穿着长长的婚纱，在她走出教堂的时候，婚纱会拖在身后，在长毯上飘舞。会有六名女花童和两名小男傧相，就像表姐桑查的婚礼那样。

当然她的意思不是婚礼。真傻！桑查表姐年纪很大了，都快二十四岁了，而比奥莱塔打算立刻——无论如何，明年——开始生活。那会更像一个节日。她要把红罂粟花插在头上跳舞。生活将会永远是欢快的，没有人老在旁边对你说，几乎你说的、做的一切都是错误的。她也能随心所欲地读诗歌了，还有关于爱情的故事，不用再把它们夹在习字本里了。就连卡洛斯也不知道，她几乎能够背他所有的诗。已经有一年了，她把他的诗从杂志上剪下来，夹在书页间，好在学习的时间看。

她把好几首短诗藏在了弥撒书里，诗中陌生的词像令人激动的乐声，淹没了钟声和唱诗班的声音。其中有一首是关于修女们的幽灵回到她们破败的修道院前的旧广场上，在月光下和生前禁止拥有的爱人的影子翩翩起舞，赤裸的双脚踩在碎玻璃上，作为这种爱的自我惩罚。读到这首诗时，比奥莱塔会浑身颤抖，将含泪的双眼抬向圣坛上蜡烛柔和的光束上。

她知道自己有一天终将和那些修女一样。她会在碎玻璃上为欢乐而起舞。但是始于何处呢？从她记事的时候起，她就在这个房间里，就坐在这个厚垫子上，舒慰地靠近妈妈身边，度过夏天假期的夜晚。有的时候，得知大家对她没有别的要求，只要跟着妈妈做个好孩子就行了，是很幸福的。这给了她时间去幻想生活，也就是说，幻想未来。因为，当然啦，一切美好和难以预料的事情会在以后发生，在她长得和布兰卡一样高，被允许回家，不再去女修道院的时候。那时她将会奇迹般的活泼可爱——在她身旁，布兰卡会显得呆笨无趣——她将和迷人的小伙子跳舞，就像那些星期日早晨骑马经过，在去往查普特佩克公园里的林荫道的路上，在明亮、平缓的街道上策马腾跃的年轻人。她将会出现在俯临的阳台上，身穿蓝色连衣裙，于是每个人都会问，那个迷人的姑娘会是谁。而卡洛斯，卡洛斯！他终于会明白，她始终读着并热爱着他的诗：

> 修女们赤裸着双脚
> 在卵石路面的碎玻璃上起舞。

她最爱这首诗。她感到这是为她写的。她甚至是其中的一个修女，最小、最受喜爱的那个，像幽灵般沉默，伴着古旧的小提琴颤动的旋律，在月光下跳舞，跳啊跳，永不停歇。

妈妈不舒服地挪动了一下膝盖，比奥莱塔的头便滑了下来，差点失去平衡。她坐了起来，感到羞怯不安，很怕别人会知道她为什么要把脸藏在妈妈的腿窝里。但是没有人看见她。妈妈总是为各种事情训她，这种时候就很难相信她不偏爱布兰卡：“你不可以像这样跑着穿过屋子。”“你必须把头发梳刷得更光溜一点。”“听说你用了你姐姐扑面的香粉，怎么回事？”

一旁听着的布兰卡总是极其平静地看她一眼，一句话也不说。这也太让人难受了，明知布兰卡仅仅是因为可以擦粉用香水所以更讨人喜欢，她却还这么摆架子。卡洛斯以前总在市场买糖渍酸橙和长条的榅桲干给她，管她叫他亲爱的、好玩的、害羞的比奥莱塔，现在干脆都不知道她的存在了。很多时候比奥莱塔都想哭，纵情大哭，好让大家都能听得见。可是为什么哭呢？又怎样向妈妈解释呢？她会说，"你有什么可哭的？再说，你得考虑屋子里别人的感受，控制自己的情绪。"

爸爸会说，"你缺的是好好修理修理。"这是他指打屁股时的用词。他会严厉地对妈妈说，"我认为她的品德需要整修一下。"他和妈妈之间对于事物似乎有一种神秘的理解。妈妈看爸爸时的眼神永远是清澈的，她总是会说，"你说得对，这事我来处理。"于是她会非常严厉地对待比奥莱塔。爸爸总是对女儿们说："妈妈生你们的气的时候，绝对都是你们的错。所以小心着点。"

但是妈妈生气的时间从来不会很长，等她气消了以后，蜷起身子紧挨着她，偎依在她肩头，闻着她颈背上细柔、拳曲、喷了香水的头发，真是太美好了。可是在生气的时候，她的眼中有种思虑的神情，仿佛你是个陌生人，她会说，"你是我最大的难题。"比奥莱塔常常是个难题，真是太丢人了。

可怜的我！[1]比奥莱塔猛地叹了一口气，直直地坐了起来。她想向上伸直胳膊打个哈欠，倒不是因为她很困，而是因为她感到身体里面有什么东西，好像被关在一个太小的笼子里，使她喘不过气来，就像市场里那些可怜的鹦鹉，被塞在小小的柳条笼子里，身体挤在柳条间，气喘吁吁，上气不接下气，等待有人来把它们救出去。

教堂是个可怕的巨大的笼子，但是似乎又太小。"啊，天哪，我总

① 原文为西班牙语。

在笑，是为了不哭出来！”卡洛斯总说这是一首愚蠢的诗。透过她的睫毛，他的脸看上去突然变得苍白柔和，仿佛面颊上有眼泪。啊，卡洛斯！但是，当然，什么也不会让他哭泣的。她惊恐地发现自己的眼里满是泪水，就要流下面颊，她无法止住眼泪。她将头深深垂下，下巴都好像往上翻卷了起来。她的手绢究竟跑哪儿去了？一条很大的、干净的白色亚麻布手绢，差不多和男孩子的手绢一样。真讨厌！手绢折起来的角剐蹭着她的眼皮。在教堂里，当音乐呜呜咽咽，戴着修女头巾的姑娘们一排排坐着，除了念珠滑过指间的叮咚声之外是一片死寂，有时候她便会哭泣。那个时候，对于她，她们就都是陌生人；要是她们知道了她的思绪会怎么样？如果她大声说出“我爱卡洛斯！”会怎么样？这念头使她满脸通红，直到额头出汗，双手发红。这时她便会疯狂地祷告：“啊，圣母玛利亚！啊，圣母玛利亚！怜悯之天后！”而深藏在字面之下，她的想法狂乱着涌流而出：啊，亲爱的上帝，这是我的秘密，是你我之间的秘密。要是别人知道了，我会死的。

她又把眼光转向了长桌旁的那一对，正好又一次看到披巾开始从布兰卡的肩头一点点地滑下，比奥莱塔感到一阵紧张的战栗，像无数绷紧的细线在捉弄她的皮肤，当他伸出手用他长长的手指拿起流苏，她更加难以忍受。他轻转手腕微微一甩，披巾复位，布兰卡微微一笑，打了个结巴，咬住了嘴唇。

比奥莱塔无法忍受眼前的景象。不，不，她想把手紧紧捂在胸口，以压下那缓缓的、火辣辣的渴望之痛。她感觉就像一只充满火焰的小罐子，她无法压灭其火焰。布兰卡和卡洛斯太残酷了，他们坐在那儿读诗，两情相悦，一次都没有想到过她！可是，如果他们注意到了她，她又能说些什么呢？他们确实从来都没有注意到她。

布兰卡站起身来。

“我讨厌这些旧诗歌，全都那么悲伤。我们可以读点别的什么吗？”

“咱们来读一大堆欢快的新式诗歌吧。”卡洛斯建议道，他自己的诗被看作是极其欢快和新式的。当他声称自己的诗歌逗乐的时候，比奥莱塔总会感到震惊。他不可能是这个意思。他只不过是以这种方式假装他创作的时候并不悲伤。

“把你所有新写的诗再给我念一遍。”布兰卡总在表示对卡洛斯的赏识。你能从她的声音背后听出来，就像一条涓涓的糖浆细流。卡洛斯听凭她这样做。他对布兰卡似乎总有那么点优越感，但是布兰卡却从来看不到，因为她除了她的发式或者人们是不是觉得她漂亮之外，其实什么别的都不去想。这会儿布兰卡正俯向桌子，姿势很可笑，比奥莱塔特别想冲着布兰卡做个鬼脸。

在红色丝质灯罩的上方，布兰卡的脸不像平时那样发黄了。瘦鼻子和小嘴唇在她的面颊上投下了黑影。她最恨脸色苍白，在阅读时习惯性地用两根手指一圈又一圈地摩挲自己的脸，摩挲完一边的脸又摩挲另一边，直到双颊好长时间都保持通红。每次看着布兰卡一连几小时地这样做，比奥莱塔真想尖声大叫。妈妈为什么不说她？这是最糟的小动作了。

“我没有带着新写的诗。”卡洛斯说。

“那就读以前写的吧。”布兰卡欢快地同意道。

她走到书架旁，卡洛斯跟在她身边。他们找不到他的诗集。手指搜寻着书名时，他们的手触碰在一起。他们亲密的低语声里有什么东西深深地伤害了比奥莱塔。他们分享着某个愉快的秘密，故意将她排除在外。她开口说话了：

“如果你想要你的那本书，卡洛斯，我能找到。”听到自己的声音，她感到平静而坚强，能够面对一切。她力图通过自己的语气将布兰卡排除在外。

他们回过身来，毫无兴趣地打量着她。

“书会在什么地方，小东西？”卡洛斯不在朗读的时候，声音里总带着那种令人心寒的调子，眼睛查探着。他似乎一眼就能看到你所有的缺陷。比奥莱塔想起了自己的脚，把裙子往下拉了拉。布兰卡窄窄的灰色软缎便鞋真够可恨的。

“在我那儿。在我那儿整整一个星期了。”她瞟了一眼布兰卡的鼻子尖，希望他们会明白她想说的是，“你看，我珍藏着这本书呢！”

她自觉有点笨手笨脚地站起身来，古怪地模仿着布兰卡成人的步态走开了。这使得她可怕地意识到布兰卡穿在螺纹长筒袜里的又长又直的腿。

“我帮你找。”卡洛斯似乎想到了什么有趣的事情，大声说着，跟在她后面走来。越过他突然接近的肩头，她看见了布兰卡的脸，模糊而遥远，像个伤心的玩偶的脸。卡洛斯的眼睛很大，他沉稳地微笑着。她真想逃走。他低声说了些什么，她一点也没有听懂，而在逼仄、黑暗的过道里也没有可能找到电灯的拉绳。他们沉默着穿过阴冷的餐厅，里面弥漫着在不通风的地方放了一整天的水果的气味，他的橡胶鞋底发出的柔和的啪嗒啪嗒声紧随身后，使她感到害怕。当他们走进露台入口处上方小小的敞开的阳光房时，因为走出了屋子的阴暗角落，月光特别明亮，几乎令人感到是温暖的。比奥莱塔把小桌子上的一堆书翻了个遍，但是她看不清楚；她的手也抖得厉害，什么东西也拿不住。

卡洛斯的手弯成弧形伸出，落在她的手上，紧紧握住不放。他微圆的光滑的面颊和金黄的眉毛逗留在近旁，猛地扑下。他的嘴接触到她的，发出轻微的吧唧声。她感到自己被猛地扭拧开去，仿佛有一只手在使劲推她。就在那一刻，他的手捂住了她的嘴，轻柔、温暖，眼睛凝视着她，近得吓人。比奥莱塔也睁大了眼睛，向上和他对望。她期待沉溺在温柔的目光里，就和他手掌的触摸一样。但是，她感到突然的剧痛，就好像在黑暗中撞在了椅子上。他的眼睛明亮浅薄，几乎和金刚鹦鹈佩佩的眼睛一样。浅色的、毛茸茸的眉毛弓起，嘴巴不自然地笑着。她心口开始怦怦乱跳，就和每次她被叫去向女修道院院长说明事情的时候一样。事情非常不对劲。她的心脏猛烈跳动，她感到似乎要窒息了。她怒极，猛地把头一扭：

“把手从我嘴上拿开！”

“那就别出声，你个傻孩子！”他的话令她震惊，但是他说这话的方式更令她震惊，好像他们合伙拥有着某个可耻的秘密似的。她的牙齿打起了寒战。

“我要告诉妈妈！你吻我了，真不要脸！”

“比奥莱塔，我只不过像哥哥一样稍稍吻了吻你，和我吻布兰卡完全一样。别瞎说了。”

“你没有吻布兰卡。我听见她对妈妈说，她从来没有被男人吻过。”

“可是我确实吻过她——仅仅作为表哥吻她而已。这不算数的。我们依然是亲戚。你想什么呢？”

啊，她犯了个可怕的错误。她知道自己脸红了，前额抽痛。她喘不上气来，但是她必须解释。“我以为——吻——意味着——意味着——”她说不下去了。

“哎，你太年轻了，像只初生的小牛犊。”卡洛斯说。他的声音奇怪地颤抖着，“你身上有着刚刚用透明皂洗过澡的可爱的小宝宝的气味。想象一下这样一个小宝宝竟会因为表哥吻了她一下生起气来！你真该害臊，比奥莱塔！”

他真让人讨厌。她看见自己站在他面前，他的脸几乎像是一面镜子。她的嘴太大，脸简直就是个月亮，头发编成紧紧的修道院式的辫子，难看之极。

“啊，非常抱歉！”她喃喃道。

“抱歉什么？”他的声音里又流露出了挖苦的调子，“好啦，书在哪儿？”

“我不知道。”她说，使劲忍住不哭出来。

“那好吧，回去吧，不然妈妈要骂你了。”

“啊，不，不。我不能回到那儿去。布兰卡会看出来——妈妈会问。我想待在这儿。我想逃走——杀死自己！”

“胡说！”卡洛斯说道，“马上跟我走。你一个人和我到这里来的时候，你认为会怎么着？”

他转身走去。她可耻地、难以置信地成了有错的一方。她表现得像个不正派的女孩子。一切都真实得可怕，难以相信，就像一场噩梦，没完没了，没有人听到你喊叫着要醒来的声音。她跟在他身后，力图抬起头来。

妈妈下巴贴在白色衣领上打着盹，闪亮、卷曲的头发紧拢在一起。布兰卡像一块石头般坐在她那张深椅里，手里拿着一本带着灰色和金黄色的小书放在膝头上。怒火中烧的眼睛里射出的目光如同抽出后又盘绕回来的鞭子，和卡洛斯一样，她的瞳仁突然变得毫无表情，清澈明亮。

比奥莱塔缩身坐在了厚垫子上，把膝盖收拢起来。她盯着地毯，以遮掩发红的眼睛，意识到眼睛能够怎样泄露人们极其痛心的真情，她感到非常害怕。

“我在这里找到了这本书，就在它应该在的地方。”布兰卡说，“我累了。太晚了。我们不要读了。”

比奥莱塔现在真想大哭一场。布兰卡居然找到了书，这是最终的一击。接个吻根本什么意义也没有，而且卡洛斯就像已经忘记了她一样走了开去。河水般的白色月光，成熟水果的气味，以及发出轻微的吧唧声的她唇上的冷湿感混在了一起。她颤抖着，倾下身子，直到前额贴在了妈妈的膝头上。她不能抬起头来了，再也、再也不能了。

低低的声音听起来像是在争吵，空气中弥漫着拨弄细细的金属丝发出的嘣嘣声。

“可是我告诉你，我不想再读了。”

“好吧，我马上就走。不过我星期三去巴黎，要秋天才能再见到你了。”

“只有你才会连个再见都不过来说一声就走的。”

即使在他们生气的时候，他们仍旧像共同怀有秘密的两个成年人那样交谈。他的橡胶鞋底柔和的啪嗒声渐渐接近。

“晚安，最亲爱的帕斯夫人。我度过了非常美好的一晚。”

妈妈的膝盖动了起来，她打算站起来。

“什么——睡着了，比奥莱塔？嗯，好吧，常来信，亲爱的外甥，我和你的小表妹们会非常想念你的。”

妈妈已经毫无睡意，她微笑着拉着卡洛斯的手。他们吻别。卡洛斯转向布兰卡，弯身要亲吻她。她将他扫入灰色披巾的皱褶中，但还是转过脸颊给他吻。比奥莱塔站起身，膝盖在发抖。她向两边晃动着脑袋，以便不要看见那双越来越近的金刚鹦鹉的眼睛，以及就要扑下来的那不自然地笑着的嘴。当他触碰到她的时候，她摇晃了片刻，然后身体向上靠在墙上。她听见自己控制不住地尖叫了起来。

妈妈坐在床边，轻轻拍着比奥莱塔的面颊。她弯成弧形的手温暖柔和，她的眼睛也是这样。比奥莱塔微微哽咽着转开了脸。

“我对你爸爸解释说，你和表哥卡洛斯吵架了，对他很无礼。爸爸说你需要好好地修理修理。”妈妈的声音温柔，使她感到安慰。比奥莱塔躺在那里，没有枕枕头，她睡袍领子的皱褶饰边竖起在她下巴周围。她没有回答。就连低语也使她痛苦。

“这星期我们要到乡下去，整个夏天你都要住在园子里。这样你就不会这么紧张不安了。现在你已经是个大姑娘了，必须学会控制自己的情绪。”

“是的，妈妈。”她受不了妈妈脸上的神情。她似乎在问些有关极其隐秘的想法的问题——那些想法根本不是真的，永远无法对任何人谈起。在她整个一生中所能记得的一切似乎都已融在一起，混乱、悲苦，难以解释，因为一切都改变了，难以预料。

她想坐起来，搂住妈妈的脖子，说，“在我身上发生了某种可怕的事情——我不知道是什么事情。”但是她的心紧紧关闭着，痛苦不堪，她使劲叹了一口气。就连妈妈的胸脯也变成了一个冰冷、陌生的地方。血液在她体内涌流，拼命呼喊，但当声音到了唇边却只是一声轻轻的呜咽，如一只幼犬发出的声音。

“不要再哭了。”长时间停顿后，妈妈说道，然后又说，“晚安，可怜的孩子。这种感觉会过去的。”比奥莱塔感到妈妈在她面颊上的吻是冰凉的。

不论感觉是否过去，此事不再有人提起。比奥莱塔和家人在乡间度过了夏天。虽然妈妈鼓励她读卡洛斯的诗，但她拒绝了。甚至读他从巴黎的来信时她也不听。她和姐姐布兰卡吵架时处于更为平等的地位，感觉已经不再有巨大的经历上的差距将她们区别开来。有时候她会感到痛苦、不快乐，因为她无法解决盘绕在心中的问题。有时候她把卡洛斯画成丑陋的漫画形象，自娱自乐。

初秋时节她回到学校，对母亲哭诉说她恨修道院。看着自己的箱子被捆上时，她宣称在那儿什么也学不到。

1923年

（王家湘　译）

殉情者

墨西哥最杰出的画家鲁文爱上了他的模特伊莎贝尔，而她却多情浪漫地热恋着鲁文的一个姓名无足轻重的竞争对手。

伊莎贝尔喜欢把鲁文叫作自己的小“吉事果”，一种美味糕点，此外，墨西哥人也爱给小型宠物犬取名吉事果。鲁文觉得这是一个非常可爱的名字，他会对来画室参观的人说，“现在她叫我‘吉事果’！哈！哈！”当他大笑的时候，身体在西服背心里面颤动，因为他在发福。

这时，又高又瘦，有着长长的敏捷的手指的伊莎贝尔，就会把手插在鲁文为她买的花束中快速滑动，使花瓣散落，要不就会高声嘲笑地喊道，“耶！耶！”并把颜料轻轻涂抹在他的鼻尖上。也有人看见她无情地揪他的头发和耳朵。

当真心实意的人们沿着狭窄的石子路，小心地避开院子里的水坑，咔嗒咔嗒地爬上摇摇晃晃的楼梯去朝圣，为的是看一眼那位伟大却又如此单纯的人物时，她会喊叫说：“可爱的羊儿来了！”他们因她的大胆而投来的惊讶目光使她感到很受用。

她常常感到无聊，因为有时在鲁文画她的素描的时候，她得整整一天站在那里，把头发编成辫子又散开，他们会到很晚才想起吃饭；可是她无处可去，得等鲁文的竞争对手、她的恋人把画卖掉才行，因为大家都说，鲁文一旦看到那个甚至只是企图把伊莎贝尔从他身边抢走的人，就会杀了他。因此伊莎贝尔留了下来，鲁文为他的壁画画了十八张她的不同的素描，而她偶尔给他做做饭，和他吵架，对她不喜欢的来客伸出红红的长舌头。鲁文爱极了她。

他刚刚开始画伊莎贝尔的第十九张素描的时候，他的对手卖了一幅很大的画给一位有钱人。这位有钱人的室内装修师告诉他，新房子的某一面墙上必须有一片橙绿色的装饰。出乎意料的幸运，他这幅画满是橙色和绿色。有钱人付了高价，但也非常高兴，他的解释是，如果用挂毯，费用是画的六倍。鲁文的对手也很高兴，尽管他没有解释为什么高兴。第二天，他和伊莎贝尔到哥斯达黎加去了，对我们来说，以后他们就与我们无关了。

鲁文读了她的告别便条：

> 可怜的老吉事果！很遗憾你的生活是如此无聊，我再也无法这样生活了。我和一个人一起走了，他永远不会让我为他做饭，但是会画一幅壁画，里面有五十个而不是只有二十个我的形象。我也会有红拖鞋和心满意足的快乐生活。
>
> 你的老朋友，
>
> 伊莎贝尔

鲁文读此信时，感觉自己像个正在溺水的人。他无法呼吸，猛烈地摆动手臂；然后他喝了一大瓶龙舌兰酒，既没放柠檬也没放盐来减弱酒的烈度。他躺在地板上，脑袋枕在新调好了颜色的调色板上，恸哭起来。

从此，他完全变了一个人。除非谈伊莎贝尔，否则他无话可说；谈她天使般的脸庞，她可爱的小花招和癖性："她老爱把我的小腿踢得青一块紫一块的。"他会满怀溺爱地说，眼睛里会溢满泪水。他总是吃放在画架旁一个袋子里的松脆的甜糕点，在吃上一口之前举起一块来，

“瞧，”他会说，“像这样，她总是叫我‘吉事果’。”

伊莎贝尔离开了，他的朋友们都很高兴，私下里说，他很幸运失去了这个精瘦的母夜叉。他们着手帮助他忘掉她。但是鲁文就是钻牛角尖，“没有什么别的女人和那个女人一样，”他会一边说，一边顽固地摇着头，“她离开的时候，带走了我的生命。我连报仇的心都没有了。”然后他会补充说，“我告诉你，我可怜的小天使伊莎贝尔是个凶手，因为她撕碎了我的心。”

有时候他会忧心忡忡地在画室里转来转去，把拖鞋踢进乱七八糟、四处堆着、灰尘越积越多的画幅中去，或者会磨上几分钟颜料，用忧伤的声音说：“她一度为我做着这一切。想想她有多好！”但是他总会回到窗边，吃袋子里的糖、水果、杏仁糕点。当朋友们带他出去吃饭的时候，他会默默地坐在那儿，就着甜葡萄酒吃满满的一大盘又一大盘各种各样的食物，然后他就会开始哭泣并谈论伊莎贝尔。

他的朋友们都认为，这事变得相当无聊了。伊莎贝尔离开几乎六个月了，而鲁文连碰都不碰第十九张她的素描，更不用说开始第二十张了，而且那幅壁画也毫无进展。

“我说，亲爱的朋友，”为杂志画漫画和漂亮姑娘的头像的拉蒙说，“就连我这个不是大画家的人都知道，女人会怎样毁掉男人的工作。我告诉你，当特立尼达离开我的时候，整整一周我什么也干不了。什么东西的味道都不对劲，我分辨不清颜色，完全听不出音调。那个无耻的骗子差点毁了我。但是你，朋友，振作起来，为了世界，为了未来，完成你伟大的壁画，然后只在为伊莎贝尔的离去感谢上帝的时候才想到她。”

鲁文瘫坐在长沙发上，津津有味地嚼着糖衣杏仁，摇着头大声说道：

“我心痛，这会要了我的命的。没有什么别的女人和那个女人一样。”

突然，他下巴底下的领子扣不上了。他把皮带松了三个眼，解释说，"我坐着不动是因为我没法再活动了。我的精力被悲伤耗尽了。"一层又一层的脂肪不知不觉地堆在了他身上，他膨胀到连他自己都觉得奇怪了。拉蒙在把自己新画的鲁文的漫画给朋友们看的时候声称，"我发誓，我也可以用圆规来画这漫画。扣子都从他衬衫上崩下来了。这绝对很不妥。"

但是鲁文仍然呆坐着，独自郁郁寡欢地吃东西，在夜里喝完第三瓶甜葡萄酒后为伊莎贝尔哭泣。

他的朋友们讨论这事，结论是，事态已经变得极为严重，是时候告诉他他痛苦的真正原因了。可是每个人都希望别人被挑出来做这件事。结果发现，在这群人里、可能在整个墨西哥，也不会有人如此唐突。他们决定把这个重任转嫁到大学的一位医生身上去。在这样一个人的头脑里，足够的细致的感情和最高超的技术知识会结合在一起。做这件事情需要外交手腕、谨言慎行和一丝不苟。就这么办了。

这位大夫发现鲁文坐在画架前，面对着半完成的伊莎贝尔的第十九张素描。他在哭泣，在抽泣之间正就着加香料的杧果一勺又一勺地吃着托卢卡软奶酪。他像一堆揉好的面团，从坐着的画凳四周垂下。他首先对大夫讲到了伊莎贝尔，"我忠实地向你保证，我的朋友，即使是我也不能在画中捕捉住伊莎贝尔的大腿和脚背线条之美。此外，她是仁慈的天使。"稍后他说，他心中的痛苦会要了他的命。大夫深受感动。他长时间地坐在那里安慰他，没有勇气为一个在情感上如此难以改变适应的人开出世俗的良方。

"我只有粗俗平庸的疗法，"——以一个优雅的手势，他似乎在拇指和食指之间将疗法奉献了出来——"但它们是众生世界唯一能够提供、用以愈合受伤的灵魂的疗法。"他一项一项地将它们列举出来，构成了简明但并不给人深刻印象的一行：节食，新鲜空气，长距离步行，经常做剧烈运动，最好做单杠活动，冰淋浴，几乎不喝红酒。

鲁文似乎没有在听他说话。他那持续不断、不知不觉的喃喃低语，热切地流过大夫句子间严肃停顿的片刻：

“在夜里，痛苦几乎是难以忍受的。当我孤零零地躺在自己的床上，穿过狭窄的窗户望着空荡荡的天空，我心里想，‘不久我的坟墓就会比那扇窗户还要狭窄，比那苍穹还要黑暗’，于是我的心就一阵剧痛。啊，伊莎贝尔，我的刽子手！”

大夫充满敬意蹑手蹑脚地走了出去，留下他坐在那儿吃奶酪，泪汪汪的眼睛凝视着伊莎贝尔的第十九张素描。

朋友们绝望地厌烦了，越来越频繁地听任他独处。好几个星期，除了那家叫“小猴子”的小餐馆的老板之外，没有人见到过他。鲁文曾经常和伊莎贝尔去那里吃饭，现在则独自一个人去找吃的。

有一晚，就在这儿，鲁文突然猛地捂住心口，从椅子上站起来，打翻了那盘他正吃着的浇胡椒肉汁的玉米粉蒸肉。老板跑到他面前，鲁文匆匆低声说了点什么，一条胳膊举过头做了个令人印象相当深刻的手势，然后，用尽可能柔和的说法来说，死了。

第二天，他的朋友们赶忙去见老板，关于这悲伤的事件，他给了他们一个充分戏剧性的描述。拉蒙甚至那时就在收集资料，要为他们国家最卓越的画家写本详尽的传记，用大量他自己画的人物画像做插图。他已经写好了献词，献给他的“朋友和大师，美洲大陆上受神灵启示的、无与伦比的艺术天才”。

“可是，”拉蒙要刨根问底，“在最后那个重大的时刻，他对你说了些什么？这非常重要。一位伟大艺术家最后的遗言，应该是极其意味深长的。亲爱的朋友，精确地重复一下他说的话吧！这将为传记增添光彩，不，如果他的话是意味深长的，那将给艺术史本身增添光彩。”

老板点着头，仿佛对一切了然于胸。

“我知道，我知道。呃，当我告诉你，他最后的话是留给你、留给他忠实的好朋友们以及整个世界的，是真正崇高的启示，也许你不会相信我。先生们，他说：‘告诉他们我是为爱而死。我死于值得为之牺牲的目标。我是心碎而死！’然后他说，‘伊萨贝丽塔，我的刽子手！’就这些，先生们。”老板简单而虔诚地结束道。他低下了头。他们都低下了头。

“确实太动人了，”在应有的默哀时间结束后，拉蒙说，“我感谢你。这是绝佳的墓志铭。我非常满意。”

“他也非常喜欢我的浇胡椒肉汁的玉米粉蒸肉，”老板以谦虚的口气补充道，“这是他最后的享受。”

“别担心，我的好朋友，人们会在恰当的场合提到这一点的，”拉蒙大声说道，丰富的感情消解了他的声音，“甚至会提到你小餐馆的名字。当人们知道这详情以后，这里将会成为艺术家的圣坛。相信我，为了未来，我会忠实地保留这位伟大的天才生活和性格上每一个最微小的细节。每一个情节都具有自己神圣的、珍贵的和特有的重要性。是的，真的，我将会提到玉米粉蒸肉。”

1923年

（王家湘　译）

巫　术

而且，布兰查德夫人，您要相信我很乐意在这里为您以及您的家人服务，因为这里的一切是如此宁静；而在此之前我在一家妓院干了很长时间——也许你不知道妓院是什么？当然了……无论是谁想必都在什么时候听说过。呃，夫人，哪儿能找到活干，我就在哪儿干，因此，在那个地方我不停地卖力干活，看到了太多的事情，您不会相信的事情，我也不会想到要对您说，只不过，在我给您梳刷头发的时候，也许会让您感到舒缓。您还得原谅我，我免不了会听到您对洗衣女仆说，说不定有人对您的内衣裤施了巫术，这么快就洗破了。嗯，在妓院里有个姑娘，一个可怜的东西，很瘦，但是来的男人都很喜欢她；您知道的，她和经营妓院的那个女人合不来。她们吵架，老鸨在姑娘的牌子上欺诈她：每次姑娘都会得到一个牌子，一个黄铜的牌子，周末她把这些交还给老鸨，是的，这是她们的做法，然后得到按比例分给她的那一份钱，是她挣来的钱中极少的一点点：要知道这是做生意，和别的任何生意一样——老鸨总是声称姑娘只交回了这么多牌子，要知道，其实她交回的要多得多，但是一旦牌子离开了她的手，她能怎么办？因此她说，我要离开这地方，又哭又骂的。于是老鸨就会打她的脑袋。她总是用瓶子打人家的脑袋，她就是这么打架的。我的老天啊，布兰查德夫人，有时候，人们会看到一个姑娘叫骂着跑下楼去，老鸨扯着她的头发往回拉，用瓶子猛砸她的脑袋，那是怎样的一番混乱景象啊。

一切几乎总是和钱有关，姑娘们这样欠了债，如果她们想离开，除非付清每一分钱。老鸨和警察之间有着充分的默契；姑娘们必须跟着警察回妓院去，要不就进监狱。呃，她们总是跟着警察回去，或者跟着老鸨的另一种男性朋友回去：我告诉您吧，老鸨能够让男人也为她服务，但是给他们丰厚的报酬。就这样，姑娘们除非生病都留了下来；如果生病了，如果病得太厉害，她会再次把她们送走。

布兰查德夫人说，“你有点拽到我这儿的头发了。”她小心翼翼地松开一缕头发：“后来呢？”

请原谅——但是这个姑娘，她和老鸨真的彼此仇恨。她曾多次说，我比这里任何人赚得都多，而且每周都要大吵大闹。终于，在一个早晨，她说道，现在我要离开这个地方了。她从枕头下面拿出四十块钱来，说道，给你，你要的钱！老鸨开始大喊大叫，你从哪儿搞到这些钱的，你——？并且指控她榨光了来照顾她生意的男人的钱。姑娘说，你别碰我，否则我砸烂你的脑袋。听到这话，老鸨一把抓住她的肩膀，开始抬起膝盖拼命踢姑娘的胃部，甚至踢她的私处，布兰查德夫人，然后她又用瓶子打她的脸，姑娘退回到我正在打扫着的她自己的房间里。我把她扶到床上，她坐在那里抱着腰，脑袋耷拉着，当她再站起来的时候，她坐过的地方都是血。这时，老鸨又一次进到房间里，叫喊说，现在你可以滚出去了，你对我没什么用处了：我没有把一切都重复出来，您知道，太过分了。但是老鸨拿走了能够找到的所有的钱，在门口用膝盖使劲推那姑娘的后背，使她又一次倒在大街上。她爬起来走了，衣服几乎都被扯掉了。

此后，熟悉这个姑娘的男人不断问，妮内特呐？而且此后持续不断地打听，使得老鸨没法再说，我把她赶出去了，因为她是个小偷。她开始明白她不该赶走这个妮内特了，于是她说，她过几天就会回来的，别担心。

现在，布兰查德夫人，如果您想知道的话，我就要讲到那怪异的部分了，这是您说到您的内衣裤被施了巫术时我想起来的。那地方做饭的是个女的，和我一样是黑人，一样有不少法国血统，也和我一样总是和会巫术的人生活在一起。但是她心特别硬，她在所有事情上都帮老鸨，喜欢观察发生的一切，而且搬弄有关姑娘们的是非。老鸨最信任她。老鸨说，呃，我在哪儿能够找到那个婊子？因为在老鸨让警察再把她带回来之前，她已经彻底离开了贝森街。呃，厨娘说，我知道有一种在新奥尔良这里行之有效的巫术，黑人女子用来召回自己的男人的：七天之内他们就高高兴兴地回来了，而他们也说不出原因来：即使是你的敌人，也会相信你是他的朋友，回到你身边来。毫无疑问，这是新奥尔良的巫术，肯定是的，他们说，甚至在河对岸就不灵了……于是她们就按照厨娘说的，把这个姑娘的便盆从她的床底下拿出来，用水和牛奶把她们找到的她遗留下的所有东西混合在一起：她发刷上的头发，粉扑上的搽脸粉，甚至还有在地毯边缘找到的趾甲碎屑，她习惯坐在那里剪手指甲和脚指甲；她们把沾着她的血的床单浸在水里。做这一切的时候，厨娘一直对着这些东西低声说着什么；我没法听到所有的话，但是最后她对老鸨说，现在往里面吐唾沫吧。老鸨吐了，然后厨娘说，当她回来的时候，就会任你摆布了。

布兰查德夫人轻轻地咔的一声盖上了香水瓶："后来呢？"

后来，在七个夜晚以后，姑娘回来了，看上去病恹恹的，还是那身衣服，一切如旧，但是她很高兴能回到那里。其中一个男人说道，欢迎回家，妮内特！当她要对老鸨说话的时候，老鸨说，闭嘴，上楼打扮打扮。于是妮内特，这个姑娘，说道，"我马上就下来"。此后她安静地住在了那里。

1924年

（王家湘　译）

绳

他们搬到乡下的第三天，他从村里走回来，提着一篮吃的，还有一卷二十四码长的绳子。她一边在身上的绿罩衣上擦手，一边走出来接他。她的头发乱蓬蓬，鼻子给太阳晒得通红；他跟她说，她看起来已经像个土生土长的乡下女人了。他灰色的法兰绒衬衫紧紧地贴在身上，沉重的皮鞋上尽是尘土。她向他保证，他看上去好像戏剧中的乡巴佬角色。

他带咖啡来了吗？她等咖啡已经等了整整一天了。他们第一天向食品铺订货的那会儿，把咖啡忘了。

啊呀，没有，他没带来。老天啊，现在他只得回去了。可不是，哪怕是要他的命，他也会回去的。不过，他觉得其他东西他都带来了。她提醒这只是因为他自己不喝咖啡。他要是喝咖啡的话，很快就会记起来的。假定说他们烟卷抽完了，那会怎么样呢？接着她看到了绳。那有什么用？哦，他想，绳可以用来晾衣服，或是用在别的什么地方。她便问他，他是不是以为他们要开洗衣铺？他们不是明明已经有一条五十英尺长的绳挂在他的眼前了吗？嘿，难道他真的没看到吗？对她来说，这条绳实在是煞风景。

他认为绳子可以派上许多用处。她想要知道，绳有什么用，举个例子吧。他想了一会儿，一个用处也想不出。他们能等着瞧嘛，对不对？你把家安在乡下，需要各种各样稀奇古怪、零零碎碎的东西。她说，是啊，这话不错；可是眼下每个子儿都得掂量着花，多买一条绳似乎有点可笑。就是这么一回事。她的话并没有别的意思。她只是想不出，一开头就想不出，为什么他觉得需要买绳。

得了，少啰唆，他买绳子，就因为他想要买，就是这样，没有别的理由。她认为这倒算得上是个理由，可弄不懂他一开头干吗不这么说。不用说，绳总是有用的，二十四码绳嘛，能派几百种用处哪，眼下她一种也想不出，可是将来会用上的。当然喽，他刚才说过，乡下老是有这样那样的事情发生。

不过，她对喝不上咖啡有一点儿失望。啊呀，瞧，瞧，瞧那些鸡蛋！啊呀，天啊，蛋都碎啦！他把什么摆在鸡蛋上面来着？难道他不知道鸡蛋是压不得的吗？压到了，谁压它们来着，他倒想要知道。说这种话的人真蠢。他只是把鸡蛋跟别的东西一起放在篮里提回来。蛋要是压碎了的话，那是食品商的过错。他应该懂得不要把重东西压在鸡蛋上面。

她认为是绳。绳是提篮里最重的东西；他从大路上走过来的那会儿，她清楚地看到了他，那一大卷绳压在一切东西的顶上。他巴不得全世界的人都来做见证，证明这不是事实。他是一只手拿绳，另一只手提篮的；要是她的眼睛对她最好的效劳只能是这样的话，那她长着眼睛有什么用呢？

得了，不管怎么样，有一件事情她知道得挺清楚：早饭没有鸡蛋吃啦。他们现在就得把蛋炒好，当晚饭吃。糟透了。她原本打算晚饭吃牛排。没有冰，肉放不久。他倒想要知道，她干吗不能把蛋一股脑儿打在一个碗里，放在阴凉的地方。

阴凉的地方！他要是能给她找到一个阴凉的地方的话，她哪会不乐意把蛋放在那儿。唉，那么，在他看来，他们完全可以同时既烤牛肉又煮鸡蛋嘛，然后明天热上一热再吃。这主意简直是要她的命。他们完全可以吃新鲜的，可偏偏要把肉热上一热。不作最好的打算，鸡零狗碎的，凑合应付，哪怕煮块肉也是这样！他轻轻地蹭蹭她的肩膀。这实在算不上什么大事，对不对，亲爱的？有时候，他们开玩笑，他会蹭蹭她的肩膀；她呢，会弓起身子，像猫似的高兴得喵呜喵呜叫。这一回，她却咬牙切齿地发出嘘嘘的声音，差一点没用手挠他。他正准备说，他们肯定能够想办法对付过去的；这时候，她恶狠狠地冲着他说，他要是告诉她，他们能够想办法对付过去的话，她肯定掴他耳刮子。

他把这些火一样的话硬吞下去，脸臊得通红。他提起绳，把它往架子的顶层上放去。她不许他把绳摆在顶层，那上面得摆坛坛罐罐；她说什么也不会让架子的顶层上乱糟糟地塞上许多绳。在城里的那套公寓里的时候，她只得忍受到处乱塞东西，那她是有思想准备的嘛，这儿至少有的是地方，她打算把东西摆得整整齐齐。

好吧，既然这样，他倒想知道铁锤和钉子为什么摆在那上面？既然她明明知道，他要用铁锤和那些钉子修楼上的窗框，那她干吗要把它们摆在那儿呢？只因为她有把东西挪来挪去和藏起来的怪毛病，她才把样样事情都拖慢了，叫人在一件事情上费两番手脚。

她真心诚意地请他耐着性子听听她的想法，要是她有任何理由相信今年夏天他会修窗框的话，她原会让铁锤和钉子留在他摆的老地方的：卧房的地板中央，天一黑，他们就可能踩在那上面。现在，要是他不把所有乱七八糟的东西都从那儿搬走的话，她就把它们撂到井里去。

啊，好吧，好吧——他能把那些东西放在壁橱里吗？当然不行，壁橱里摆着扫帚、拖把和畚箕，再说他干吗不能在她的厨房外给他的绳找一个地方呢？难道他竟然想不到这所房子里有七间倒霉的房间，可只有一间厨房吗？

他想要知道，她到底怎么了？她意识到自己在扮演一个彻头彻尾的大傻瓜吗？再说，她把他当成什么，一个三岁的白痴吗？跟她在一起生活，麻烦就麻烦在她需要一个比她软弱的男人，能听凭她数落和作威作福。老天在上，他真希望他们有两个孩子，她可以拿他们出气，这样他也许能耳根清净些。

一听到这话，她的脸顿时变色；她提醒他，是他忘了买咖啡，还带回来一条毫无用处的绳。只要一想到，为了要像样地住在这地方，他们确实需要那么许多东西，唉，她就忍不住要哭，就是这么回事。她看上去这么可怜巴巴、这么失魂落魄、这么绝望，他简直没法相信，仅仅一条绳竟然引起了这场争吵。看在老天的份上，到底是怎么回事？

啊，请闭上嘴，走开，要是他办得到的话，离开五分钟，好不？当然行，完全可以，他一定照办。只要她愿意，他就离开，要多久就多久。老天啊，可不是，没有比离家出走、永不回来更让他喜欢的事情了。她这辈子也闹不清是什么拴着他。这是个大好机会。她被困在这儿，距离铁路几英里，有一所半空着的房子要拾掇，兜里一个子儿也没有，事情多得干不完；对他来说，这是个天赐良机，正好开溜嘛。事实上他没有一直待在城里，等到她出来干完活，把事情都拾掇好，他就赶来了，这倒叫她感到惊奇。他老是耍这样的花招。

在他看来，这话扯得太远了一点。要是她不介意他打个比方的话，这简直是远得沾不到边儿。他夏天以前到底干吗待在城里呢？干了六七种临时工，挣的钱都带给她了嘛。事情就是这样。她知道得一清二楚，那时候他们没有别的办法。她当时是同意他的安排的。他敢赌咒，只有这么一回，他让她独自干了些活儿。

啊，他这话可以去告诉他的曾奶奶。他到底被什么给留在了城里，她可有她的想法。还远远不止一个想法哪，他要是想知道的话。这么说，她又要把这一切都翻出来了，对不对？好吧，她可以爱怎么想，就怎么想。他感到腻烦了，不想解释了。听起来也许挺滑稽，可是他确实被女人勾引了，他有什么办法呢？没法相信，她会对这事情认真的。可不是，可不是，她知道男人的德行：要是让他独自待上一分钟，就包管会有女人来把他骗走。他当然不能拒绝啦，拒绝了岂不要伤害她的感情！

得了，她胡吣些什么啊？难道她忘了她自己跟他说过，在乡下的那两个礼拜是她四年来过得最快活的吗？她这么说的时候，他们结婚才多久哪？得了，闭嘴！她难道没想到这话叫人受不了。

她的意思并不是说，她感到快活，是因为她跟他不在一起。她的意思是说，她把那所糟透了的房子拾掇好，等他来住，所以感到快活。这才是她真正的意思，嘿，瞧他的德行！他忘了买咖啡，打碎鸡蛋，还买了一条倒霉的绳，他们哪有钱这么糟蹋啊，他反过来却把她一年前说过的一句话翻出来为他自己辩护。她真的认为，这会儿该撂掉这个话题了；她眼下只要他做两件事。她要他从脚旁拿起绳，回到村里去，把她要的咖啡买来；他要是记得的话，不妨买一个长柄平底煎锅上用的金属长护手，还要两根窗帘杆，村子里要是能买到任何橡皮手套的话，也要一副，她的手都开裂了，还要在药店里买一瓶镁乳。

他望出去，深蓝色的天空下，午后的山坡上热得人气也透不过来；他擦去额头上的汗水，沉重地叹一口气说，不管什么东西，她只要能等一下，他就赶回去买。他们一发现他忘了买什么东西，他就说过这话，对不对？

啊，可不是，好吧……去吧。她要去洗窗了。乡下可真美啊！她拿不准他们是不是抽得出一点儿时间看看景致。他打算去，可是临走前，他忍不住说，她要不是一个没有希望的忧郁症患者的话，就会发觉这样忙乱的日子只有几天而已。难道前几个夏天里的有趣的事情她一件也记不得了吗？难道他们从来没有享乐过吗？她没有时间谈这些；现在能不能请他把那条绳从地上拿起来，免得她在那上面摔一跤？不知什么缘故，那卷绳已经倒在桌子旁，他把它捡起来，夹在胳膊底下，走出去。

他马上就去吗？当然啦。她想是这样。有时候，在她看来，他好像有预见的能力，总是挑最恰当的时刻撇下她。她原打算晒褥垫；他们要是这会儿把褥垫晒出去的话，至少还能晒三个钟头；他今天早晨一定听她说过打算把褥垫晒出去。所以他当然要走掉了，让她去干活。她猜想他认为她这样锻炼锻炼对身子有好处哪。

嘿，他不过是给她去买咖啡啊。走上四英里路去买两磅咖啡，真滑稽，可是他心甘情愿地去干。喝咖啡这个习惯在损坏她的身子，不过她要是想损坏自己的身子的话，他有什么办法呢。他要是认为咖啡在损坏她的身子的话，她祝贺他：他一定没有一点良心。

有良心也罢，没良心也罢，他弄不懂褥垫干吗不能等到明天再晒。不管怎么样，看在上帝分上，到底是他们住房子呢，还是要让房子把他们累死？一听这话，她气得脸色煞白，嘴唇发青，变得恶狠狠的，她提醒他，跟他一样，她也没有义务要包揽家务事嘛；她也有别的活儿要干；他想想看，这样下去的话，她什么时候才有时间干呢？

难道她又要提这事了吗？她跟他一样清楚地知道，他去干活，能按时挣钱回来；可她呢，挣钱只是偶然的，要是他们依靠她挣的钱的话——在这个问题上还是干脆闹闹清楚的好！

关键肯定不在这儿。问题是他们两人都要在业余时间干活，那么家务事要有个分工呢，还是不要分工？她不过是想知道罢了，她自己得订个计划。什么，他以为一切都已经安排好了。用不着明说，他会帮忙的。在过去那些夏天里，他不是老这么干的吗？

不过，他干过吗？啊，他的确干过吗？那是在什么时候，在哪儿，干了些什么呢？天啊，真是个叫人笑掉牙的笑话！

这么一个叫人笑掉牙的天大的笑话，害她笑得脸都有点发紫了；她尖声大笑。她笑得这么厉害，不得不坐下来，最后从她的眼睛里涌出一阵眼泪，淌到她翘起的嘴角里。他向她冲过去，把她从椅子上拉起来，想要把水泼在她的头上。长柄勺用绳挂在钉子上，他把勺子拽了下来。然后，他想用一只手舀水；而她呢，在他的另一只手里挣扎。因此，他只得打消这个主意，换成摇晃她的身子。

她猛的一扭，挣开他的手，接着高声喊叫，叫他拿着他的绳见鬼去吧，她已经干脆不要他了；说罢，她跑了。他听到她在卧房里穿的高跟拖鞋在楼梯上发出磕磕绊绊的啪嗒啪嗒的声音。

他从房子里走出来，走到小路上；他突然发觉脚跟上有一个水疱，感到他的衬衫像是着了火似的。事情来得这么突然，他简直搞不清自己的处境。她可以平白无故就大发脾气。她糟透了，真该死；一点儿不讲道理。那个女人一打开话匣子，就没完没了，别人一句也插不上。他要是浪费自己的生命去讨好她，就不是爹妈生的！嘿，现在怎么办呢？他不得不把绳送回去，换一样别的东西。东西越来越多，东西堆积如山，你没法搬动或是整理它们，又不能把它们处理掉。它们就这么摆着，白白糟蹋坏。他却不得不把绳送回去。去他妈的，他干吗一定要这么办呢？他要绳。不管怎么说，这有什么关系呢？一条绳嘛。想想看，居然有人对一条绳比对一个男人的感情更关心。她有什么权利对这事说长道短呢？他记起了她给她自己买的所有没有用处、没有价值的东西：凭什么？就因为我想要，这就是理由！他站住脚，挑中路旁一块大石头。他要把绳先搁在石头后面。他一回到家里，就把绳摆在工具箱里。他听够了关于这条绳的唠叨，一辈子都不愿再听了。

他回来的时候，她靠在大路旁的信箱上等着。时间很晚了，烤牛肉的香味在阴凉的微风中飘到鼻子旁。她的脸显得年轻、光滑、滋润。她一头梳不服帖的滑稽的黑头发竖起着。她老远就向他招手，他加快了脚步。她高声喊叫，晚饭已经准备好，就等他来了，他饿了吗？

那还用说，他当然饿了。咖啡买来了。他向她摇摇咖啡。她望着他另一只手。他那只手里拿的是什么?

嘿,那条绳又来了。他突然站住脚。他原打算把绳换成别的东西,可是忘了。她想要知道,他干吗非把它换掉不可呢,要是他真的想要这玩意儿的话。这会儿,空气不是挺新鲜,住在这儿不是挺好吗?

她走在他的身旁,一只手勾在他的皮带上。他一路走过去,她微微地推他,搡他,还靠在他的身上。他用一条胳膊一把搂着她,轻轻地拍拍她的肚子。他们交换着谨慎的微笑。咖啡,给小宝贝儿的咖啡!他觉得他好像带给了她一件美丽的礼物。

她坚决相信,他是一个可爱的人,她要是今天早晨就有咖啡的话,她的行为就不会那么滑稽……有一只夜鹰仍然在发牢骚,想想看,坐在酸苹果树上独自嘀咕着,完全不合时宜。也许是他的女朋友对他失约了。也许是她。她希望再听到他嘀咕,她喜欢夜鹰……他知道她是个怎么样的人,对不对?

当然啦,他知道她是个怎么样的人。

(鹿　金　译)

他

惠普尔两口子的日子过得很困难。他们很难填饱所有挨饿的肚子，很难让他们的孩子在冬天穿上法兰绒衣服，尽管冬天很短。“咱们要是住在北方的话，天知道会落到什么地步。”他们会说：让他们穿得干干净净，不显得寒酸，可真难啊。“看来咱们永远交不上好运了，不会有松口气的机会了。”惠普尔先生说，可是惠普尔太太却不管什么遭遇都甘心情愿地承担，而且认为都是好事情，反正在邻居们听得到他们讲话的时候，她总是这么说。“千万别让哪一个人听到咱们在抱怨。”她一直跟她的丈夫这么说。她受不了被人同情。“不，哪怕咱们沦落到不得不住在大车里，在这一带地里摘棉花，也不能让人觉得可怜，”她说，“没有人能瞧不起咱们。”

惠普尔太太爱她的二儿子，那个呆子，超过她对其他两个孩子加在一起的爱。她老是这么说。而她跟有些邻居交谈的时候，甚至会把她的丈夫和妈妈也算在内，来加重说话的分量。

“你用不着老是说这话，”惠普尔先生说，“你会让别人以为，除了你以外，其他人对他一点都不关心。”

“对一个做妈妈的来说，这是很自然的嘛。”惠普尔太太会提醒他，“你自己也知道，做妈妈的这样子是比较自然的。闹不清是怎么一回事，人们对做爸爸的倒没有这么多的要求。”

邻居们背着惠普尔两口子谈论这件事的时候，这两口子就没法不让他们说心里话了。“要是他死了的话，那倒是老天爷做了一件大好事。”他们说。“那是他们祖上作的孽。”他们背地里都这么说。“准是祖上做人缺德，干了坏事，包管错不了。”背着惠普尔两口子，他们说的就是这一套。当着他们的面啊，人人都说：“他的情况并不太糟。他还会好起来的。看他长得多快！”

惠普尔太太最不愿谈论这件事，她想方设法地不让自己想到它，可是每回有人走进她家，总要谈到这个话题，所以她不得不在谈别的事情以前，先提到他。这样做似乎才叫她安心。“我再怎么也不会让他出什么岔子的，不过，看来我好像没法叫他不淘气。他是这么结实、欢蹦乱跳的人，什么事都要插上一手；打他会走路起，他就是这个样。有时候，瞧他那副无所不能的模样，确实好玩；瞧他忙忙乱乱干那些调皮的事情，真逗乐儿。埃姆莉闯的祸更多，我老是给她包扎伤口；阿德纳从一英尺高的地方摔下来，都免不了摔断骨头。可是他什么都干得了，而且一点儿皮也不会蹭破。那会儿，那个传教的在这儿说过，真是个好小子。他还说：‘这个天真的孩子的行动受到老天爷的庇护——所以他不会受伤。’我会记着这句话，直到我咽气那一天。”每逢惠普尔太太重复着唠叨这些话的时候，她总是觉得胸口有一个暖乎乎的池塘在漫出水来，眼眶里会全是眼泪；接下来，她就能谈别的事情了。

他确实长大了，而且他从来没受过伤。养鸡棚的一块木板被风吹下来，砸在他的脑袋上，他看上去好像没一点感觉。他原来识几个字，可是挨了一木板以后，把那些字都忘了。他不像其他孩子那样哭哭啼啼地吵着要吃的，而是等着别人端给他；他蹲在角落里吃，一会儿舔嘴咂舌，一会儿抿着嘴嚼。他胖得尽是一嘟噜一嘟噜的肥肉，像是穿了一件大衣；他搬运起木头和水来，能比阿德纳多拿一倍。埃姆莉总是感冒——“她这病像我。”惠普尔太太说——所以在刮风下雪的坏天气，他们从他的小床上抽出一条被子来给她添上。他似乎从来不在乎冷。

尽管这样，惠普尔太太在日常生活中一直提心吊胆，害怕他出什么事情。他爬起桃树来，比阿德纳利索得多，像一只猴子似的在枝叶中间穿来穿去，简直就是一只猴子。“啊，惠普尔太太，你不该让他这么干。他可能会失去重心的。他并不真正懂得自己在干什么。”

惠普尔太太差一点冲那个邻居尖叫起来。“他完全懂得他在干什么！他跟别的孩子一样能干！从树上下来，你！”他最后回到地面上的时候，她几乎没法把搂着他身子的双手挪开，因为他当着人们干出这样的举动，脸上还露出龇牙咧嘴的微笑，还因为她一直担惊受怕地为他操心。

“都是那些邻居，”惠普尔太太跟她的丈夫说，“啊，我多希望他们别管咱们的事。我没法叫他做什么事情，因为害怕他们来插嘴。喂，瞧那些蜜蜂。阿德纳对付不了它们，它们把他螫怕了；而我哪有时间样样都自己来干，但这会儿，我可不敢差他了。话得说回来，他要是挨了螫的话，才不在乎哪。”

“这是因为他不懂事，不知道对什么东西应该害怕。”惠普尔先生说。

“你这么说你的亲生儿子，”惠普尔太太说，“你真应该为你自己感到害臊。咱们要是不点拨他，那谁还会点拨他呢，我倒想知道？许多事情的来龙去脉他都留神看着，他一直留心听着种种事情。不管我叫他干什么，他都会去干。千万别让谁听到你说这样的话。他们会以为你爱别的孩子超过爱他。”

“得了，我可不是这样的啊，这你也知道。对这件事这么激动有什么用呢？你老是去想最坏的情况。别去管他就行了嘛。不管怎么样，他总会活下去的。他不缺吃的，也不少穿的，对不？”惠普尔先生突然觉得筋疲力尽，“反正现在也没有法子了。”

惠普尔太太也感到疲劳了，她用疲劳的声音抱怨，“事已定局，无可挽回，我跟别人一样明白这话；不过，他是我的孩子，我不愿让人家说长道短。我讨厌人家一直上这儿来转悠，说这说那。”

初秋，惠普尔太太收到她弟弟写来的一封信，信上说他下礼拜天要带着妻子和两个孩子来串一天门。“把锅里的一股脑儿装进肚里。”他在结尾写了这一句。惠普尔太太把这句高声念了两遍，她非常高兴。她的弟弟是个很会说笑话的人。“咱们要让他看看这可不是开玩笑的事情，”她说，“咱们要宰掉一头乳猪。”

“这是浪费，咱们眼下过着这种日子，我不赞成浪费，”惠普尔先生说，“那头猪到了圣诞节能值不少钱哪。”

“我家的亲戚偶尔来看咱们一回，咱们竟然拿不出一餐像样的饭菜来，那才叫丢人现眼哪，多寒碜啊，”惠普尔太太说，“我可不愿让他的妻子回去说，在我家没有一点儿吃的。我的老天，这总比到镇上去买一大块肉来要好。那么办你得花钱啊！”

“好吧，那你就自己动手吧，”惠普尔先生说，“全能的基督，怪不得咱们的日子好不起来！”

伤脑筋的是怎么把那头小猪从它妈妈身旁撵出来，那头母猪凶得要命，比一头泽西母牛还厉害。阿德纳不肯尝试，说：“那头老母猪会把我的五脏六腑都掏出来，撒得圈里满地都是的。”“没关系，胆小鬼，”惠普尔太太说，“他可不怕。瞧他的吧。”接着，她哈哈大笑起来，好像这一切只是一个善意的玩笑似的，轻轻地把他向猪圈推去。他偷偷摸摸地走近那头乳猪，把它一下子从母猪的乳头上抢下来，飞快地往后跑，跳过围栏，狂怒的母猪紧紧追在后面。那头小黑猪扭动着身子，像一个发脾气的娃娃似的尖叫，绷紧背脊，嘴张得老大，几乎要碰到耳朵。惠普尔太太绷着脸，接过乳猪，在它喉咙上划了一刀。当他看到鲜血的时候，身子一晃，喘了一口粗气，跑掉了。“尽管这样，但他会忘掉的，还会吃许多肉。”惠普尔太太想。每当她这么想的时候，她的嘴唇就会扭动着说话，“我要是不阻拦他的话，他会把一头猪一股脑儿都吃下去。我要是让他放开肚子吃的话，那其他两个一口也吃不上。”

她对这事感到不愉快。他现在十岁，身子比阿德纳大三分之一，而阿德纳快要十四岁了。“真不像话，不像话，”她一直低声说，“阿德纳啊，脑子多灵！”

她一直对种种事情都感到不愉快。首先，宰猪是男人干的活儿；看到那头猪刮去了毛，显出粉红色的皮肉，她感到恶心。它太肥，太软，太可怜相了。事情不得不这么办，实在太不像话了。等到她把事情办好，她几乎巴不得她的弟弟待在家里别来了。

礼拜天一大早，惠普尔太太撂下一切事情，把他拾掇得干干净净。他爬到围栏底下去追一只负鼠，接着在牲口棚的顶棚里沿着一根根椽子，迈开大步找鸡蛋。过了一个钟头，他又脏兮兮的了。“我的老天，我花了那么多工夫把你打扮好，瞧你现在这副模样！阿德纳和埃姆莉不是乖乖地待在这儿吗。我都烦了，没心情把你打扮得体面了。脱掉这件衬衫，另外去穿一件，不然人们会说我连一件像样的衣服都不给你穿！”她狠狠地掴他耳刮子。他眨眨眼，又眨眨眼，擦擦脑袋，他的脸刺痛了惠普尔太太的心。她的膝盖开始颤抖，她不得不坐下来，给他扣衬衫纽扣，“这一天还没有开始，我已经累得撑不住了。”

弟弟带着丰满、健康的妻子和两个五大三粗、一副馋相的棒小子来了。他们美美地吃了一餐，桌子中央放着那头皮烤得咔吧脆的乳猪，猪肚子里塞满了好吃的东西，猪嘴里摆着一个蜜饯桃子，可口的土豆上浇满肉汁。

“这看起来确实很气派，”弟弟说，“待会儿我吃得动不了，你们就得把我像一个桶似的滚回去了。”

人人都哈哈大笑起来；听到他们围在桌旁一下子都笑起来，真有意思。惠普尔太太对这个场面感到兴奋和高兴，“啊，我们还有六头这样的猪哪；唷，你们真是难得来看我们，这么一顿我们是办得到的。”

他不愿到餐室里来，这件事惠普尔太太应付得很得体。“他比其他两个孩子腼腆，”她说，“他得跟你习惯了才能在一起。不是人人他都合得来的，你知道有些孩子就是这样，哪怕是表兄弟也没法凑合。”没有人说什么不恰当的话。

“就像我们家阿尔菲，”弟媳妇说，“我有时候得揍他，才能让他跟亲姥姥握握手。”

事情就这样解决了，而惠普尔太太在别人还没有吃的时候，就先给他盛了一大盆。“我老是说，哪怕别人没有，都不能亏待他。”她一边说，一边亲自把肉端去给他。

“他可以用下巴把自己挂在门顶上。”埃姆莉一边说，一边分菜。

“那很好嘛。他过得很好啊。”那个弟弟说。

吃罢晚饭，他们走了。惠普尔太太收起盆子，打发孩子们去睡觉，坐下来解鞋带。“你瞧见了吗？”她跟惠普尔先生说，“我们家里的人都是这样的。为人亲切，对一切事情都设想周到。没有不恰当的话——他们谈吐文雅。我对人家的说长道短烦死了。猪烤得好吗？”

惠普尔先生说：“好，可咱们损失了三百磅肉，就是这么一回事。你上别人家去吃饭，有礼貌还不是件挺容易的事情。谁知道他们心底里到底一直在想些什么？”

“可不是，就像你，”惠普尔太太说，“我料到你不可能有别的想法的。接下来，你就会告诉我，我的弟弟会到处去张扬，咱们让他在厨房里吃饭！啊，我的老天！”她双手捧着头乱摇，额头正中剧痛起来，“现在，一切都给破坏了，刚才还样样都显得挺愉快、挺顺利。得了，你不喜欢他们，再说，你也从来没有喜欢过——得了，他们也不会很快再上这儿来的，你尽管放心！不过，他们不能说，他的穿着有哪一点及不上阿德纳的——啊，说真的，有时候我巴不得自己死了的好！”

“我希望你别闹了，”惠普尔先生说，“你不闹，就已经够糟了。”

这是一个困难的冬天。在惠普尔太太看来，他们以前好像除了重重困难什么也没有遇到过，而这个冬天遭遇的困难却超过了过去遇到的一切困难。庄稼的收成跟他们的估计相比约莫只有一半光景；收了棉花以后，付掉食品账，就没有剩下多少了。他们换了一匹犁地的马，受了骗，换来的那匹马害气喘病死掉了。惠普尔太太一直在想，有一个保不住就会受骗上当的男人，简直糟透了。他们削减一切开支，可是惠普尔太太总是说，有些开支是没法削减的，他们得花钱。阿德纳和埃姆莉需要许多保暖的衣服，他们在上课的那三个月里，要走四英里去上学。“他几乎老待在炉火旁，用不着穿那么多。”惠普尔先生说。“这倒也是，”惠普尔太太说，“他到户外去干活儿的时候，可以穿你的油布雨衣。我想不出更好的办法了，只得这么凑合吧。”

二月里，他病倒了，蜷缩在被窝里，看上去脸色铁青，透不出气来。惠普尔先生和太太折腾了两天，尽一切可能照料他，后来他们慌了，去请医生。医生跟他们说，他们一定要确保他浑身暖和，给他吃大量的牛奶和鸡蛋。“我怕他不像看上去那么结实，”医生说，“孩子们变得这副模样的时候，你们得好好护理他们。你们还一定要给他多盖一些被子。”

“我刚把他的大被子拿去洗了，”惠普尔太太说，感到害臊，“被子一脏，我就受不了。”

“好吧，等被子干了，你最好就给他盖上，”医生说，“要不，他会害肺炎的。”

惠普尔先生和太太从他们自己的床上拿了一条被子给他，还把他的帆布床挪进来，摆在炉火旁。“他们没法说咱们没有为他尽一切努力，”她说，“为了他，咱们甚至自己睡觉挨冻。”

冬天一过，他看上去好像又好起来了；不过，他走起路来，好像脚痛似的。在那个季节里，他顶起了种棉花的活儿。

“以后养牛的事情，我已经跟吉姆·弗格森都谈妥了，”惠普尔先生说，“这个夏天，我要把那头公牛送去放牧，到秋天给吉姆一点儿饲料。这比还没有挣钱就先掏腰包好。”

“我希望你没有跟吉姆·弗格森谈过这件事情，”惠普尔太太说，“你不应该让他知道咱们手头紧到这个地步。”

“全能的上帝啊，不会有人说咱们手头紧的。一个人有时候总得瞧瞧将来嘛。今天，他可以去放那头公牛。我需要阿德纳待在这儿。”

起先，惠普尔太太觉得打发他去放牛挺好的。阿德纳动不动就大惊小怪，办事不可靠。跟牲口打交道，你一定要沉稳。他走以后，她开始思索起来，过了一会儿，她再也忍受不了了。她站在小巷里，盼着他回来。差不多要走三英里，而且是大热天，可是他不应该去这么久啊。她把手遮在眼皮上盯着看，直看得眼睛里飘浮着一个个彩色的泡儿。这就像她在生活中遇到的其他一切事情那样，她老是得担心，不管遇到什么事情，她得不到一刹那的安宁。过了好久，她看到他一瘸一拐地拐进了这条小巷。他走得很慢，一只手抓着那头巨大、迟钝的牲口的鼻子眼上的一个环，另一只手转动着一根树枝；他从不向后面或是旁边看一眼，而是像个梦游病人似的半闭着眼，一路走来。

惠普尔太太对公牛怕得要命；她听到过一些可怕的故事，说什么公牛原来老老实实地跟在后面，冷不防大吼一声，猛扑上来，用蹄踢，用角撞，把人折腾得稀烂。这头黑不溜秋的畜生现在随时都会扑到他的身上，我的老天，他可再怎么也不会想到逃跑的。

她千万不能发出响声，或是挪动身子；她千万不能惊了那头公牛。公牛把脑袋转向一边，牛角猛地对空中一挑。她不由自主地发出一声尖叫，接着她高声喊叫，看在老天分上，叫他赶快跑来。他看上去好像没有听到她嚷嚷，还是一边转动着他手里的树枝，一边一瘸一拐地走着，公牛笨重地跟在后边，温驯得像牛犊似的。惠普尔太太不再喊叫，而是跑进屋去，低声祈祷："主啊，别叫他出什么事。主啊，你知道人们会说我们不应该差他去。你知道他们会说我们不关心他。啊，让他回家吧。平平安安地回家，平平安安地回家，我会把他照料得更好！阿门。"

他把牲口牵进来，系在牲口棚里的那会儿，她从窗口望出去。硬撑下去是没有用的，惠普尔太太怎么也受不了再出事了，她坐下来，把围裙蒙在头上，摇晃着身子哭起来。

一年年过去，惠普尔两口子越来越穷。不管他们干活干得多卖力，他们的境况还是一个劲地差下去。"咱们快要凑合不下去了，"惠普尔太太说，"咱们干吗不能像别人那样，去找一找有什么好机会呢？他们快要管咱们叫穷白人了。"

"等我到了十六岁，我就走，"阿德纳说，"我会在鲍威尔的食品杂货店里干活。那可挣钱哪。我说什么也不种地了。"

"我要去当老师，"埃姆莉说，"可是，不管怎么样，我得先念完八年级。那样我就能够住在镇上。我在这儿看不到什么机会。"

"埃姆莉像我家里的人，"惠普尔太太说，"他们个个都劲头十足，谁也不肯为别人退而求其次。"

到了秋天，埃姆莉在附近镇上一家铁路食堂里找到一个当女侍者的工作，工资既高，还供应伙食，不接受这个职位未免太不应该了，所以惠普尔太太决定让她接受，在下学期以前，不用为学校操心了。"你多的是时间，"她说，"你还年轻，而且精明能干。"

阿德纳也走了，惠普尔先生只得靠他来帮忙种地了。他干自己那份活儿，还干一部分阿德纳的活儿，一句话也不嘀咕，看上去好像过得挺不错。他们平平静静地过日子，直到圣诞节期间，有一天早晨，他从牲口棚里走出来，在冰上滑了一跤。他没有站起身来，而是在地上滚来滚去。惠普尔先生来到他身旁的时候，他有点痉挛。

他们把他扶进屋子，试着让他坐起来，可是他又哭又闹，翻来滚去，他们只得让他躺在床上，接着惠普尔先生就骑马到镇上去请医生。他在来回的路上一直想着他上哪儿去弄这笔钱呢；看来他能遇到的苦恼，确实差不多都遇到了。

从此以后，他一直躺在床上。他的两条腿肿得粗了一倍，而且他一再痉挛。四个月以后，那个医生说："好不了啦，我想你还是马上把他送到县救济院里去治疗的好。我会为你们办妥手续的。他在那儿会得到很好的照料，你们就不用操心了。"

"我们对照料他这件事并不抱怨，而且我也不愿把他弄到见不到的地方去，"惠普尔太太说，"我不愿被人说，我把生病的孩子塞到陌生人的手里。"

"我明白你的感受，"医生说，"你不用跟我解释，惠普尔太太。我自己也有一个儿子。不过，你还是听我的话好。我没法再给他治疗了，这是实话。"

惠普尔先生和太太那宿躺在床上谈了很长的时间。"这是救济，"惠普尔太太说，"咱们已经落到这个地步，靠救济啦！我可从来没有想到过。"

"咱们跟别人一样也纳税，帮助维持这个机构的嘛，"惠普尔先生说，"我不认为这是靠救济。我想还是送他去的好，他在那儿会得到最好的照料……再说，我再也付不起医生的那些账单了。"

"也许这就是医生为什么要咱们把他送走的缘故——他害怕拿不到诊费。"惠普尔太太说。

"别说这种话，"惠普尔先生说，感到很懊丧，"要不，咱们还没法把他送进去哪。”

“啊，可咱们不要让他待得太久，”惠普尔太太说，“等他好一点儿，咱们就马上把他接回家来。”

“医生跟你说过，而且一再跟你说过，他好不了了，你还是别唠叨了。”惠普尔先生说。

“做医生的并不是样样都知道。”惠普尔太太说，几乎感到快活了，“可是不管怎么样，埃姆莉在夏天能够回来度过假期，阿德纳也能在礼拜天回来；咱们大伙儿会在一起干活，再度站稳脚跟，不至于挪东补西；孩子们呢，也会觉得他们有个能回来落脚的地方。”

她一下子又看到盛夏光景了，园子里景色迷人，房子上尽是崭新的遮阳光的白窗帘，阿德纳和埃姆莉都在家里，处处是兴旺的气派，他们都快活地生活在一起。啊，这可能会成为事实，他们的光景会好起来的。

他们当着他的面谈得不多，可是他们始终不知道他到底知道多少。医生最后确定了日期；有个邻居有一辆双人座的载客汽车，自愿开车送他们去。医院原来会派救护车来，可是惠普尔太太受不了看他给这么送去，好像他病重得不得了似的。他们拿被子把他裹起来；那个邻居和惠普尔先生把他抬到载客汽车后面的座位上，靠在惠普尔太太身旁，她穿着一件黑色的仿男式衬衫。她受不了显出一副靠救济的模样。

“我想，你去就行，我留下来，”惠普尔先生说，“似乎用不着大伙儿一起去。”

“再说，他看样子也不会老待在那儿的，”惠普尔太太跟那个邻居说，“只是待一阵子罢了。”

他们动身了；惠普尔太太抓住被子的边，免得他斜到一边去。他坐在那儿，眼睛一眨一眨。他好不容易才把双手从被窝里挣出来，用指关节擦着鼻子，后来用被子的一头擦起来。惠普尔太太简直没法相信她看到的景象：他在擦掉从眼角里涌出来的大颗大颗的泪珠。他抽抽搭搭地哭起来，发出一阵抑制的哭声。惠普尔太太不断地说："啊，宝贝儿，你不会觉得太难受吧，对不对？你不会觉得太难受吧，对不对？"因为他似乎在指责她什么。也许他记起了那一回她掴他的耳刮子，也许那一天他被那头公牛吓坏了，也许他睡觉着了凉，可没法告诉她，也许他知道他们打算干脆把他送走，一了百了，因为他们太穷，养不起他。不管是哪一桩，惠普尔太太一想到就受不了。她大哭起来，用胳膊紧紧地搂着他。他的脑袋靠在她的肩膀上；她是尽可能爱他的，但还有阿德纳和埃姆莉啊，那也得考虑嘛，她没有办法给他安排一个像样的生活。啊，他生到世上来就是一件不幸的事。

他们看见那家医院了，因为那个邻居开汽车开得很快，他不敢回头看后面。

（鹿　金　译）

偷　窃

她刚才进来的时候，手里有只钱包。她站在地板中央，兜住身上的浴衣，一只手提着条湿毛巾，她仔细思量了一下刚刚过去的事情，一切都记得清清楚楚。不错，她用手帕揩干钱包后，把钱包盖子打开，摊在长凳上。

她本来打算乘高架铁路，自然要先看一看钱包，弄清楚自己有没有车钱，结果在放硬币那一层里找到了四十美分，这令她十分高兴。她也准备自己付车钱，哪怕卡米洛总要送她登上踏板，在机器里放下一枚镍币后，把旋转车门稍微一推，把她送进门去，并鞠一个躬。经过一再让步后，卡米洛总算能够只行一整套相当地道的小礼节，而不搞其他繁文缛节了。她同他在倾盆大雨中走到车站去，因为她知道他简直同她一样穷，所以在他硬是要叫出租汽车时，她坚决地说："你知道的，这就是不行。"他戴着一顶漂亮的淡褐色新帽子，他从来没有买过一样色泽看得上眼的东西，他第一次戴上这顶帽子，就让雨给糟蹋了。她心里不住地想："这可真糟，他哪能再去另买一顶？"她拿他的帽子跟埃迪那些帽子作比较，埃迪那些帽子总是看起来好像用了整整七年，仿佛一直故意不让那些帽子淋雨，那些帽子随随便便地戴在埃迪头上，却显得很端正。可是，卡米洛就大不相同了，如果他戴上寒酸的帽子，那他就会显得很寒酸，而且还会因此而显得垂头丧气。如果她不怕卡米洛会误会，她准会在他们离开托拉家时对他说："请回家吧。我自己肯定到得了车站。”无奈他硬是要把他决定要做的那点礼节做到底。

“明摆着我们今天晚上一定要淋雨了，”卡米洛说，“所以要淋就一起淋吧。”

在站台踏脚板旁，她有点蹒跚——他们俩都在托拉的鸡尾酒会上喝得很有点醉意了——说道：“卡米洛，至少请帮个忙吧，你现在这副模样，就别爬这些踏级了，因为这不过是使你马上再下来而已，可你一定会跌断颈骨。”

他急急地鞠了三个躬——他是西班牙人，接着便跳了开去，冲进漆黑的雨里。她一边站着瞅他，他是个十分优雅的年轻人，一边想，明天早晨，他会清醒地瞪眼看着自己那顶淋坏了的帽子和那双湿透的鞋子，而且可能一想起她，就会想到他自己的苦境。在她这样瞅着的时候，他在老远的角落里停了下来，摘下帽子，把它藏进大衣里面。她觉得这样看他，就等于拆穿了他的秘密，因为如果他想到她甚至在猜想他是在设法保护他的帽子，他准会觉得有失面子。

在雨打踏级顶棚的叮叮咚咚声中，她听到身后传来了罗杰的说话声。罗杰想知道这样深更半夜，她干吗要冒雨出来，她可是把自己当成只鸭子吗？他那张冷静的长脸上淌着水，他轻轻拍一下扣紧的大衣胸前一个隆起的地方：“帽子，”他说，“走吧，咱们去坐出租汽车。”

罗杰搂着她的肩，她往后靠着他坐定，紧跟着这个姿势彼此互丢一个完全是多年老友的眼色，接着，她透过窗子看着雨里一切东西都变了形，换了色。出租汽车在高架铁路的柱子间闪进闪出，每次拐弯时微微倾斜，她说：“它越是倾斜，我越是感到镇静，因此，我的确是喝醉了。”

“你一定是喝醉了，”罗杰说，“这家伙是个杀人狂，我这会儿也不妨来杯鸡尾酒。”

他们在第四十街和第六大道交叉口等着过马路，有三个小伙子走在出租汽车前头。在街灯灯光下，他们活像三个快活的稻草人，全都十分瘦，都穿着时髦而脏兮兮的套头衣服，打着鲜艳的领带。他们也不太清醒，他们在车子前头站了一会，身子摇来晃去，在争论什么。他们弯身凑在一起，仿佛准备唱歌。第一个人说："等我结婚的时候，我绝不会是光为了结婚而结婚。我是为爱情而结婚的，知道吗？"第二个说："啊，把这番话说给她听去吧，干吗不去呀？"第三个发出一阵轻蔑的叫声后说："见鬼，这家伙吗？他搞到什么啦？"第一个人说："呀，住口，我搞到的可多啦。"接着他们尖叫着，匆匆过了马路，打着第一个人的背，把他推来推去。

"疯子，"罗杰说，"纯粹的疯子。"

两个姑娘穿着透明的短雨衣，轻快地走过去，一个穿着绿色的，一个穿着红色的，她们缩着头，顶着雨。其中一个对另一个说："不错，那事情我全都知道了。可我呢？你老是为他那么难过……"她们往前奔去，那两双腿就像小塘鹅的腿似的飞快地来回摆动。

出租汽车突然往后一退又往前一冲，过了一会，罗杰说："我今天收到斯特拉一封信，她二十六日到家，因此，我认为她已经打定了主意，一切全都定了。"

"我今天也可以说是收到一封信，"她说，"使我也打定主意了。我想，该是你和斯特拉快刀斩乱麻的时候了。"

等出租汽车停在西五十三街拐角时，罗杰说："如果你添十美分，我这就够了。"因此，她打开钱包，给了他十美分，他说："真漂亮，这只钱包。"

"这是件生日礼物，"她对他说，"我喜欢它。你的展出怎样啦？"

"啊，还没结束，我想。我也不往那附近去。到现在什么也没有卖出过。我有心要按自己的打算这样干下去，他们要就要，不要就算了，我也不再争了。"

“这纯粹是个坚持的问题，是不是？”

“坚持是桩很费劲的事儿。”

“再见，罗杰。”

“再见，你应该吃片阿司匹林，洗个热水澡泡一泡，你看起来好像着凉了。”

“好，我会的。”

她夹着钱包上楼，在楼梯的第一个平台那里，比尔听到她的脚步声，探出头来，他头发乱蓬蓬，眼睛红通通，他说：“天呀，进来跟我喝一杯吧。我有一些不好的消息。”

“你完全湿透了。”比尔看着她那双湿淋淋的脚说。他们在喝酒时，比尔对她说，挑了两次角色，排练了三次后，导演把他的剧本扔了，“我跟他说，‘我没有说那是个杰作，我说那准会是个好戏。’可是，他说，‘它就是没法上演，你知道吗？它需要修改。’因此我走投无路了，完全走投无路了。”比尔说，他眼看又快要哭了。他对她说：“我已经酩酊大醉地哭过一场了。”他又问她是否知道他妻子用钱大手大脚，害得他就要破产了，“我从我的倒霉生活中，每星期挤给她十块钱，我其实不必这样做。她扬言说，如果我不给她寄钱，她就要叫我坐牢，可是，她不能那样做。天啊，她这样对待我，我倒要让她试试看！她也知道，她没有权利要赡养费。她总是说，为了那个孩子，她必须要赡养费，因此，我一直给她寄钱，因为我不忍心看到任何人受罪。所以，钢琴和留声机款我都还没付清，两样东西——”

“唔，可这张地毯很漂亮啊。”她说。

比尔瞪眼看了一下地毯，擤擤鼻子。“我在里奇的店里买来的。九十五块钱，”他说，“里奇告诉我说，它从前是玛丽·杜丝勒[1]用过的，

① 玛丽·杜丝勒（Marie Dressler，1868—1934），美国与加拿大女演员，曾于1931年获得奥斯卡最佳女主角。

本来值一千五百块，可是在长沙发下面那块地方烧了一个洞。你买得到吗？”

“买不到。”她说。她正在想她那只空钱包，关于她最近那篇评论文章，她不指望会在三天内拿到支票，但如果她不先付地下室餐厅一点钱，她同餐厅的往来就不可能再维持下去了。“现在不是谈地毯的时候，”她说，“我可是一直希望你现在会付给我第三幕中那场戏的五十块钱，哪怕那出戏不演出，你也总得从你的预支中付给我报酬。”

“可怜的老天爷啊，”比尔说，“你也？”他掩着他那潮湿的手帕，发出一声响亮的唏嘘声，也可以说是打嗝声，“你的东西毕竟并不比我的高明。你倒想想看。”

“可你多少还是拿到些钱了呀，”她说，“七百块。”

比尔说：“帮我个忙，好吗？再来一杯，把这件事给忘了吧。我付不出，你知道我付不出，如果我付得出的话，我准会付，可是，你知道我的困境。”

“那么，算了吧。”她发觉自己说话简直不由自主了。她本来想对此事寸步不让。他们一声不吭地又喝了一杯后，她上楼到她自己的房里去了。

她现在记得清清楚楚，她在房里把钱包摊开晾干之前，确实从钱包里拿出了信。

她当时曾坐下来，把信再念了一遍。可是，有些词句硬是非念多次不可，这些词句有自己的生命力，独立于其他一些词句以外，每当她想读过去和跳过去时，这些词句总是随着她的眼光的移动而移动，她简直无法回避这些词句……“想念你远远超过我原来要想的……不错，我甚至还谈到你……你干吗要那么急于毁坏……哪怕我现在能看到你，我也不……不值得所有这种可恶的……完了……”

她把信仔细地撕成窄条，放在壁炉里，又擦了一根火柴，点燃它们。

第二天一清早，她坐在浴缸里时，照看房屋的女门房敲敲门后走了进来，大叫大喊地说，要在冬天生炉子以前，先检查一下散热器。那个女门房在屋子里转来转去走了几分钟后出去了，把门关得很响。

她打浴室里出来，想从放在钱包里的一包香烟里拿支烟，钱包不见了。她穿好衣服，煮了咖啡，坐在窗旁喝咖啡。肯定是那个女门房把钱包拿走了，要拿回那只钱包，就得大吵大闹一顿，还是随它去吧。可是，她心里一做出这个决定，血液里同时冒出一股非常的、简直是势不可挡的怒火来。她小心地把杯子放在桌子中央。她镇定地走下楼去，走了三段长长的楼梯，经过一条短短的过道，又走了一小段陡峭的楼梯，来到了地下室，那女门房就在那儿，脸上有一缕缕煤灰，她正在生炉子。"请你把钱包还给我好吗？钱包里并没有钱。那是人家送给我的礼物，我不想弄丢它。"

那个女门房腰也不直地就回过头来，一双闪烁着火红光芒的眼睛盯着她看，炉子的红光反照在她眼睛里，"你什么意思，你的钱包？"

"就是你打我屋子里木凳上拿走的那只金线锦的钱包。"她说，"我一定要把它拿回来。"

"老天爷在上，我见都没见到你的钱包，这是百分百的实话。"女门房说。

"啊，那么，好吧，你留着吧，"她说，可是声音十分悲痛，"如果你很喜欢它，就留着吧。"说着，她走了。

她记得，她心里有一种抗拒的原则，使她对拥有东西感到不舒服，所以她一生从来不锁门，而且在她的朋友们警告她时，还发表奇论，夸口说她从来没有让人家偷走过一分钱。她过去对这个具体的例子所反映的那种凄凉的、逆来顺受的态度感到高兴，因为这正好可以用来说明某种坚定的、本来没有根据的普遍信念，并且证明它是正确的，这个信念不顾她自己对事情的意志，指挥着她生活中的一切行动。

此刻她觉得自己不由自主地丢失了大量贵重的东西，不论是有形的还是无形的，由于她自己的过失而丢失了或者打碎了的东西，她搬家时忘记了、遗落在屋里的东西；人家借了她的而没有归还的书，她打算要出门而没有出门，她等着人家说给她听而她没有听到的，以及她本来要回答而没有回答的话，痛苦的抉择和无法容忍的替代品，比一无所有更坏，然而无可避免；长期耐心地忍受友谊行将消逝和爱情莫名其妙死亡的痛苦——她有过的一切，她想望过的一切，全都失去了，而且在这次记忆中的损失像山崩似的袭来中，这一切又失去了一次。

那个女门房手里拿着钱包跟着她上楼，她眼睛里还是像刚才那样闪烁着火红的颜色。女门房在她俩相距还有六七步之遥的地方，猛地把钱包塞到她面前，说，“别告发我了。我准是疯了。我有时候脑子是要发疯的，我发誓是这样。我儿子可以作证。”

过了一会，她收下钱包，那个女门房又说下去：“我有个快要十七岁的侄女，她是个标致的姑娘，我想把这只钱包送给她。她需要一只漂亮的钱包。我准是发疯了。我想你也许不会在意，你到处丢东西，好像无所谓。”

她说：“我记得这只钱包，因为这是人家送给我的礼物……”

那个女门房说：“如果你丢了这一只，他准会再送你一只。我侄女年轻，需要漂亮的东西，我们应该给年轻人一个机会。她有小伙子追求她，也许会娶她。她应该有漂亮的东西。她这会儿真需要漂亮东西。你是个成年妇女，你已经有过你的机会了，你应该知道那是怎么回事。”

她把钱包递给女门房，说：“你不知道自己在说些什么。喏，拿去，我改变主意了。我确实不要它了。”

女门房抬眼望着她，憎恨地说：“我这会儿也不要它了。我侄女又年轻又漂亮，她不必打扮就很漂亮，总之，她又年轻又漂亮！我想你才比她更需要哪！”

“首先，这个钱包确实不是你的，”她掉过头去说，“你不能说得仿佛是我偷你的。”

“你不是偷我的，而是偷了她的。”女门房说，转身下楼了。

她把钱包放在桌上，拿着一杯凉了的咖啡，坐了下来，心里想：“我不怕任何窃贼是对的，倒是要害怕我自己，我到头来会什么也不给自己留下。”

（曹　庸　译）

那棵树

其实他真正想做的是一个快乐的懒汉，在气候宜人的地方躺在树下写诗。他写了满大篮子的诗歌，都不怎么样，即使在他动笔的时候他也明白这一点。知道自己的诗不怎么样并没有减少写诗带给他的乐趣。他喜欢的就是那样一种生活：没有体面的身份，没有要负的责任，没有值得一提的钱财，穿着破旧的凉鞋和一件可能褴褛却得体的蓝衬衫，躺在一棵树下写诗。本来这就是他来到墨西哥的初衷。他确信这是最适合他的国家。在他成为举足轻重的新闻工作者、有关拉丁美洲革命的权威人士和畅销书作者以后很久，他向任何愿意倾听他的朋友和熟人坦承——他喜欢这种坦白，这给了他一个机会来谈论他认为是自己最热爱的事情，即一个诗人自由懒散的浪漫生活——说米丽娅姆把他踢出家门的那一天是他一生中最幸运的日子。她真的离开他了，在一阵沉默而冷酷的盛怒之下，她突然收拾打包，而当他企图搂抱她的时候，她则用胳膊肘戳他，还时不时地从紧咬着的牙缝里放出短短一句话，伤透了他的心；但是正如他自己总是解释的那样，他觉得是自己被踢出了家门。她把他踢了出来，他活该如此。

就像从长睡中突然惊醒一样，这一打击使他彻底醒悟过来。他在空空的、干净的屋子里，在草席和米丽娅姆痛恨的刷漆的印第安式椅子之间，在突如其来的冰冷的寂静之中，双手抱头麻木地几乎坐了一整夜。他甚至都没有想到要躺下。当他站起来，因长久地坐着不动，全身的关节都发僵的时候，天都几乎快亮了；尽管他不能说自己一直在思考，然而他已经做出了一个新的决定。几乎可以说就从那一天起，他开始在新闻工作中做出了一番自己的事业。他说不出来他为什么会想到这一点，只是感到“新闻工作”这个词会给他妻子留下深刻的印象。这种工作需要足够的智力，能够挽救他尚有的那点自尊，即使对他而言，对于一个像他这样突然变得一心想在事务性世界中取得成就的人，也似乎是个恰当的职业。他注意到，对于任何人来说，事情都不会突然发生，仿佛他刚刚才想到这一点似的；其实可能是很久以来，这个想法已经在他的脑子里逐渐形成了，在他没有注意到的时候就出现了。他的妻子曾经管他叫“寄生虫！”她也说过他“一事无成！”而在她反复重复这些话，到事后证明是最后一次重复的时候，他突然意识到，以前她经常这样说，那时这些话并未进到他心里去。他把这些相对无害的词语立刻转化为它们恰当的同义词：游手好闲者！懒汉！米丽娅姆当过老师，无论她可能有过怎样的失望和受过怎样的刺激，你也不可能指望她很轻易地就忘记这样的准则。她已经形成了拘谨的职业习惯；此外，她是个被中规中矩地养大的女孩，不是一个刻板的令人生厌的人，完全不是的，但她是个——好吧，就是这样，是个有很好教养的中西部女孩，严肃认真地对待生活。对此你能怎么办？她可爱，快活，充满了小小的怪念头，但是真的，她从来没有听任这些念头支配自己，或者说，至少从来没有在它们可能具有某种意义的时候这样做过。她从来都看不到一个具有威胁性、如果认真对待会破坏一切的处境所具有的有趣可笑的一面。不会的，她的幽默感从来不起救赎的作用，而只是在无论如何都会是个好时光的情况下的额外装饰而已。

他不知道别人是否曾经想到过，要解释或让别人看到你所爱的人具有的特殊品质，是多么难以做到的事——啊，咳，当然，所有别的人都想到了，他总是不可思议地发现，别人一直都是知道的。在米丽娅姆身上有如此特别的一种美。在某些角度和心态下，当他看着她的时候，他会感到心口一阵发紧。在一天中的任何时候，在他做最普通的事情的时候，这种情况都会发生。他感到，和同一个人一年到头日夜生活在一起，还是有点可取之处的。它会显示出人最坏的一面，但是也会显示出最好的一面，而米丽娅姆最好的一面还真他妈够出色的。他无法加以描述。谈论她的缺点很容易。他记得她所有的缺点，能够把它们加在一起，就像大量未偿还的债务表上的行行数字。他和她一起生活了四年。即便是现在，他有时会在沉睡中满身大汗地从对自己的狂怒中醒来，再一次问自己，为什么会在她身上浪费一分钟的时间。她不具有他喜欢的美。他承认自己偏爱那种使他瞠目结舌的美。她对白天衣着的想法是定做的套装，配圆领衬衫和一顶像弯铁锹、拉下来能盖过眼睛的小毡帽。晚间，她穿黑色女式小礼服，完全隐身其中。但是她头发打理得很好，穿的睡袍是他见过的最好看得体的。你一眼就可以看穿她的心思。她没有那种他习惯的墨西哥女孩子的秉性。她也不赞成他使用“秉性”这个词。她认为这是艺术家的一种职业病，或者是他们用来使自己有趣的手法。总之，她不相信艺术家，不相信秉性。可是她身上有一种特性。在冷静的时候他能够对她做出评断，但如果别人，哪怕只是暗示对她的批评，他都会怒不可遏。他的第二个妻子曾刻意十分刻薄地评价米丽娅姆，最后，他几乎情愿承认，这导致了他的第二次离婚。他无法忍受听到别人叫米丽娅姆为胆小的笨蛋——起码不能听到那个女人这样叫……

他们俩都被街上的爆炸吓了一跳，是一辆汽车的回火声。

“又一场革命。”邻桌坐着的一个穿着太紧的有点发紫的西服、脸色通红的年轻胖子说。他看上去像一根烤得半熟的、随时会从肠衣里爆出来的香肠。这是墨西哥独立以来最最老掉牙的玩笑了，他却拼命摆出一副此话是他的原创的样子来。新闻工作者回过头来，越过斜溜的肩膀看了那个人一眼，“又一个抖机灵的报纸记者，”他厉声说道，故意把声音提得很高，“坐在瑞吉酒店的大堂里，在痰盂边上消磨时间。”

那位抖机灵的人明显地膨胀起来，脸色变成了深红。“你以为自己在说谁呢，你这个没下巴、长着班卓琴眼睛的奇葩？你？”他针对着新闻工作者问道，胸部趴过了桌面。

“无疑是高高在上的什么人，”新闻工作者用正常的声音说道，“我敢打赌，是和政府一气的人。”

“想打架？”报纸记者问道，一面使劲要把自己从夹着他的桌子和靠墙放着的椅子之间挣扎出来。

“啊，要是你想打，”新闻工作者说，“我愿意奉陪。”

报纸记者的朋友全都把劝慰的爪子伸向了他，把他摁住。“别搭理那个矮子。”朋友之一说。他湿漉漉的发红的眼睛拼命想显得清醒和有担当，“天哪，乔，难道你看不见，他块头只有你的一半，再说还是个蠢货？你不会去打一个蠢货的，乔，是不是？”

“我就打蠢货了。”报纸记者说，一面在众人的控制下无力地扭动着。

“先生们，先生们，”小个子的墨西哥侍者敦劝道，“有体面的女士和先生们在场呢，劳驾声音低一点，行为端正一点，劳驾了。”

“你他妈谁啊？”躲在朋友的手的保护下，在侍者瘦瘦的身躯旁，报纸记者冲新闻工作者问道。

“不是你想认识的人，乔，”另一个用手摁住他的朋友说，“在这些墨西哥佬报警之前马上停下来。你知道，在你最想不到的时候警报就会响起来的。停下，现在就停下，乔，你只要想想上次发生的事情就行了，乔，你有什么可在乎的啊？”

“先生们，”小个子侍者说，一面把仿佛是安在木棍上的两只伸开的红褐色的手交替地上下挥动着，“必须停止，否则先生们必须离开。”

争吵停止了，似乎蒸发掉了。旁边桌上的四个报纸记者平静了下来，他们乱哄哄地围成一圈，脑袋聚在一起，喝着高杯酒[1]，低声咕哝着。新闻工作者回转身来，又要了一轮饮料，继续低声谈了起来。

他从来都没有喜欢过这家小餐馆，在这里从来都没有过好运气。总会出些什么事破坏他的夜晚。如果世上有一种懒汉是他看不起的，那就是报纸记者懒汉。至少是那些被合众国际社和美联社认为似乎已经足以在墨西哥和南美工作的、醉醺醺的无知外行。他们总是搅和进与他们完全无关的事件之中，把时间花在力图在什么地方制造麻烦上，以便从中弄出个故事来。他们总是不光彩地被政府赶出去。他恰好知道邻桌的那个懒汉将被驱逐出境了。刚才开玩笑说他无疑在墨西哥官方很受重视，这话说起来是相当安全的……他觉得这无疑会让他想起什么来，肯定的。

一天晚上，他和米丽娅姆一起到这里来吃晚饭、跳舞，就在旁边一桌，坐着四个北边来的胖将军，蓄着牛角八字胡，大腹便便，大皮带上满是子弹和手枪。那是过去在奥夫雷贡[2]刚刚占领了这座城市的时候。城里到处都是将军。他们大批出没于蒸汽浴室，在那里脱下肮脏的战时装备，蒸出一身汗，蒸掉龙舌兰酒和男欢女爱的气味。然后他们又出没于小餐馆，再次喝香槟喝到烂醉，找个为总统就职典礼的庆祝活动专门引进的法国妓女。这四个人正低声争论着，凶恶的小眼睛紧盯着彼此的脸。他和妻子正在距离这张桌子一臂之遥的地方跳舞，这时，其中一个将军突然站了起来，猛拽自己的手枪，手枪卡住了，其他三个人跳起来抓住了他，没有一个人说话；所有在那儿的人立刻看到了这一幕。至此一切尚属正常。关键是，每个思维正常的墨西哥女子都一

① 高杯酒，用威士忌或白兰地等烈酒掺入水或汽水加冰块制成的饮料，盛在高玻璃杯内饮用.

② 奥夫雷贡(Alvaro Obregón，1880—1928)，曾任墨西哥总统(1920—1924)，1928 年再度当选总统后遇刺身亡。

把紧紧抓住了男方的手腕，把他转到背对那些将军的位置，让他像个盾牌那样竖立在自己面前。满屋子的人僵立了片刻，音乐完全停顿了。他的妻子米丽娅姆已经挣脱了他，躲在一张桌子下面。他不得不在众目睽睽之下，拽着她的胳膊把她从桌子底下拉出来。“咱们再喝一杯吧。”他说着停了下来，环顾四周，仿佛再一次看见了大约十年前那个晚上这儿的样子。他眨了眨眼，继续说道，那是他整个受折磨的一生中最为丢人的时刻。那一刻他觉得他没法拾起他们的东西，把她弄出这个地方，继续活下去。将军们都已重新坐下，大家继续跳舞，仿佛什么事情都没有发生过……的确，除了他自己之外，别人什么事情也没有发生过。

当晚，以及之后几乎一年的时间里，他会一连几个小时地企图向她解释他在这件事上的感受。她根本无法理解。有时候她说这一切全是胡扯，要不就扬扬得意地指出，她压根儿就没有想到要牺牲他来救自己的命。她认为对于那些脑袋里只有一个念头的墨西哥女孩来说，耍这种花招是可以的，而且只要能把男人搂得比应该的更紧，什么借口都是可以的。但是她无法、无法明白为什么他会指望她去模仿她们的做法。再说了，她觉得桌子底下更为安全。这是她的第一个、也是唯一的念头。他对她说，子弹很可能穿过木头，一块木板根本保护不了她，而人体在阻挡子弹方面和一个羽绒枕头一样出色。她不断说，她根本没有想到什么别的做法，真的和他没有任何关系。他无法使她哪怕片刻地了解他的观点，这应该是和他有点关系的。所有那些墨西哥女孩天生就知道应该怎么做，并且马上就这样做了。米丽娅姆只不过是彻底地证明了她的直觉是多么不合调。当她绷紧嘴咬着嘴唇说“直觉”的时候，她能使之听起来像任何语言中最为下流的一个词。这是个令人震惊的词，而且她并没有就此住口。最后她说道，她对墨西哥女孩天生如何没有任何兴趣，但是她不打算在吹捧男性的虚荣自负方面浪费生命。"我为什么要在任何事情上信任你？"她问道，"你给了我什么理由来相信你？"

自从第一次在明尼阿波利斯和她相遇以来，她的变化使他吃惊。他宁愿相信是她在学校教书的结果。他告诉她，他认为这是现有的最为有害的职业，应该通过法律，禁止三十五岁以下的漂亮女人从事这一行。她提醒他，他们是靠她教书挣来的钱生活的。他们订婚已经三年了，他认为这种长距离的禁欲状态是病态的、不自然的。当然他不得不做点什么来打发时间，因此当她在明尼阿波利斯攒钱、把一只巨大的箱子装满家用织品的时候，他一直在墨西哥城和一个给一批他认识的画家做模特的印第安姑娘生活在一起。他在一个技工学校教英文——真他妈怪，他也当过老师，但是直到此刻才以这样的方式看待这件事——依靠他的工资和这个印第安姑娘很舒服地过日子，自然，这些画家并不付给她模特费。她快活地把时间分派给了画家们、炊具和他的床第，而且在仅仅中断了几天这些工作的情况下生了个孩子。后来，她被其中一个有一点名气、有一点成就的画家包养了，变得非常世故，成了个"人物"。但是当时和他在一起的时候，她还是个单纯善良的女孩。后来她喜欢上了戴土著的工艺饰品，穿着土著服装跳土著舞，还学画画，几乎达到了一个七岁孩子的水平，"你知道，"他说道，"原始风格的画。"那个时候，他自己也有了麻烦。到米丽娅姆要过来和他结婚的时候——后来他意识到，整个婚期的延迟，都是源于米丽娅姆对新娘应该有怎样的装备的奢华想法——那个印第安姑娘很高兴地、事实上是过于高兴地和新的男朋友走了。三天后她回来说，她终于要正正经经地结婚了，她觉得他应该把家具送给她当嫁妆。他帮她一起把家具堆放在两辆印第安小车的后面，女孩就走了，婴儿的头垂着露在她的大披巾外面。当他看见婴儿的脸时，有那么一刹那他产生了一种奇怪的感觉，"那是我的孩子。"他自言自语道，并立即加上了

“也许是”。他无法知道实情，而婴儿看上去也确实像任何一个头发乱蓬蓬的印第安小宝宝。当然，姑娘并没有结婚；她甚至从来没有想过要结婚。

当米丽娅姆来到的时候，他家几乎空无一物，因为他连一个比索[1]的积蓄也没有。他有一张床和一个炉子，墙上装饰的是他的墨西哥朋友画的素描和绘画，屋子里还凌乱地放着一些彩绘葫芦、木雕和色彩美丽的陶器。他不觉得很糟糕，但是他不得不承认，米丽娅姆踏进第一个房间时，她的脸色是很值得细究的。她没有说什么，但是开始对一些事情感到不悦。在头几周，她会为了最诡秘和牵强的原因断断续续地哭泣。他会在夜里醒来，发现她绝望地哭着。当她早晨坐下来喝咖啡的时候，她会双手托着头哭起来。“没事，真的没事，”她会对他说，“我不知道是怎么回事，就是想哭。”现在他知道是怎么回事了。她在计划了三年之后，千里迢迢地来和他结婚，她无法想象自己回老家去，以及回去后要面对的后果。这种心态并没有延续下去，却使得他们的蜜月过得相当沮丧失败。她对那个印第安女孩一无所知，她相信，或者说声称相信，结婚的时候，他和她一样，仍是童子身。她没有多少好奇心，道德标准也很严格，因此他没有任何可能就他的过去向她完全交心。令他气恼的是，她想当然地认为，除了他们订婚的那三年之外，他没有什么值得提起的过去，而那三年，当然，是他们之间已经共有了的。他一直相信，所有的处女，无论她们的行为多么古板，都是急切地想了解世事人生，你甚至可以说，直到她们在婚姻所提供的安全的、然而又不受约束的有利条件下初尝禁果之前，都是岌岌可危的。米丽娅姆颠覆了这个理论，正如到时候她会颠覆他大多数的理论一样。他想扮演一个饱经世故的男人，教育一个纯洁但有趣的、可教育的新娘的打算被

---

① 比索，墨西哥货币单位。

消灭在了萌芽状态。她根本不可教育，也没有费心思使自己变得有趣一点。在他们最亲密的时刻，她的心好像是在别的地方，进入了它本身的某个暗处，似乎过去的一个更大的认知上的震撼已经抢先占据了她的注意力。由于她自己不愿或不能说出的原因，他不可能赢得她。他甚至无法扮演一个诗人的角色。她对他的诗歌不感兴趣。她喜欢弥尔顿，而且告知了他这一点。她还让他知道，她认为他们相互为对方献出了童贞，这是他们婚姻中最重要的行为，而这一神圣的仪式一旦完成，整个事情就落入了相当低的层面了。她有个可怕的短语——“沿着粉笔线行走[1]”，并将此运用到各种各样的情况之中。在婚姻中要沿着粉笔线走，这在过去是从来没有过的；而当他们躺在一起的时候，在他们之间似乎画上了一条粉笔线……

最终击垮他的是米丽娅姆可怕的前后不一。她花了人生中的三年时间给他写信，说她的生活是多么沉闷、可怕和平凡，她对于小家子气的习俗和娱乐是多么腻烦、厌倦，她周围的每个人心胸是多么狭隘，她又是多么渴望在一个美丽而危险的地方，在一群画画、写诗的有趣的人之中生活，以及他的信又是如何像一阵自由的山风，吹进了她小小的窒息的世界，等等。“看在上帝的份上，”他对客人说，“咱们再来上一杯吧。”唉，他有点儿觉得自己是在把一只可爱的小鸟从笼子里放出来。一旦自由以后，她就会充满感激地停落在他手中。他写了一首关于一只获得自由的笼中鸟的诗，是献给她的，并寄给了她一份。她忘记在下一封信里提到这首诗。然后她带着两百磅重的箱子，里面装满了家用织品和足够她穿一辈子的丝绸内衣裤，来到了这里；你很可能设想，她期望能在一套现代化的、蒸汽取暖的公寓里安下家来，每周三晚上，邀请住在美国人聚居区的正派的、有艺术范儿的年轻夫妻来共进

① 沿着粉笔线行走，俚语，指“循规蹈矩”。

晚餐。怪不得她看到新居的第一眼时，脸色就变了。他的墨西哥友人把花散放在新居里的四处，在门把手上捆上一束束的康乃馨，在地板上几乎铺满了红玫瑰，在松垂的棉质窗帘上别上鲜艳的小花束，在高低不平的床上覆盖了一层栀子花。他们在这儿那儿，甚至在白灰泥涂层的墙上，写下了快乐鼓励的留言后，都谨小慎微地离开了……眼中带着些许的恐怖神情，她走过各处，用往前迈进的脚把枯萎中的花推开。她把栀子花扒拉到一旁，好在床边坐下，始终一言不发。欢迎，婚姻之神！接下来会怎样？

他几乎立刻就失去了教职。学校校长的靠山、教育部长突然丢了官，自然，他党派里的每一个人、下至学校的看门的，都和他一起走人了，就是这么回事。一段时间以后，你学会了平静地接受这类事情。你等待着，直到你的人官复原职，要不就和新官结盟……都可以……与此同时，运动和变革表现得如此出色，使你几乎忘记了它在食物供给方面造成的影响。米丽娅姆对政治或当地历史的变动不感兴趣。她只看到他失业了，他们靠米丽娅姆的积蓄过日子，以及靠米丽娅姆过生日和圣诞节时她父亲寄来的支票来弥补不足。她父亲不断威胁说要来看他们，尽管米丽娅姆焦虑万分地写信警告说，这个国家很可怕，这里的气候肯定会毁了他的健康。米丽娅姆去市场的时候仍然捏着鼻子，力图在一个烧木炭的小炖锅里做出有益于健康的、文明的美式食物来，在露台上冷水龙头下的石头盆子里洗衣服；过去和那个印第安女孩过日子的时候，一切似乎是如此快乐、自然、便宜，如今和米丽娅姆在一起，简直损耗太大、太昂贵了。她的钱渐渐消逝，而他们却一无所获。

她不肯雇一个印第安仆人在身边：他们脏，再说，她怎么雇得起？他不明白她怎么会这么看不起和不愿意做家务，何况他还主动提出来帮她干。他曾经认为在室外阳光下、周围三角梅爬满墙头、椿树繁花盛开，洗一大堆色彩鲜艳的印第安陶器器皿，是件挺好玩的事情。米丽娅姆可不这么想。米丽娅姆甚至为此鄙视他。他第一次记起了他小时候母亲做家务活的情况。当时有六个各色各样的孩子，她的活儿很辛苦，没完没了。但是她脸上露出平静、确信和快乐专注的神情，仿佛她的双手在自动地干活，而她的想象力在远方活动着。“啊，你妈妈。”他的妻子说，语气并没有什么特别着重的地方。他觉得受到了巨大的伤害，仿佛她在侮辱他的母亲，并且为她把这样一个儿子带到世界上来而诅咒她。毫无疑问，米丽娅姆具有力量，她能够令人不快地、不祥地感受到她的个性，也用不着任何人真正尊重她的个性。她有自己的背景，脚下是坚固的土地，有观点和结实的脊梁：即使在和他一起跳舞的时候，他也能感觉到她紧张控制着的臀部，僵直的膝盖，这使得她跳舞具有极其引人注目的、没有任何柔软度的力量和轻快。没错，就像一匹好马，她有自己的长处，但是缺了美。她本身不具备这一点。当她提醒他，如果他是个病人，她会很乐意为他干活，照顾他；但是他显然非常健康，却甚至连工作都不找，还在写那些诗，这就是那根最后的稻草。她的这些话使他畏缩。她称他为失败者。她说他一文不值、得过且过、懒散轻浮、毫无信念。她给他看她被毁坏了的两只手，问他，她还有什么可以指望的，并且一而再、再而三地对他说，她不习惯跟那些不断在她家进进出出的、简直难以名状的野蛮人和讨厌鬼交往。不仅如此，她也不打算习惯于这种状态。他试图告诉她，这些人是墨西哥最优秀的画家、诗人等一切人物，她应该努力去赏识他们；这些就是他在写给她的信中对她说过的艺术家。她想知道的是，为什么卡洛斯从来不换衬衫。“我告诉她，”新闻工作者说，“很可能是因为他没有别的衬衫。”还有，为什么海梅是这么个吃货，俯在盘子上狼吞虎咽？毫无疑问，那是因为他饿极了。这正是她无法理解的。他们为什么不去工作，挣钱过日子？打算向她解释方济各会[1]关于神圣贫困是艺术家的天然伴侣的概念，是一点用处也没有的。她说，“这样说来，你认为他们是故意贫困的？除了你，谁也不会这么傻。”真是，瞧那个女人说的话。他对她的总体印象是，她像只猫一样沉默。他继续以他讥诮的方式，尽力使她明白他对这些人的神秘的信任。他们破衣烂衫、饥肠辘辘，是因为他们彻底在他严肃地称作灵魂的东西和世俗之间做出了选择。米丽娅姆可不这样想。她知道他们在寻找一个最重要的机会。“可恶地、讨厌地是，她是对的。我是多么恨那个女人啊，对别人我从来没有这么恨过。她对我保证说，他们并不像我想的那么愚蠢；我也亲眼看到海梅和一个老富婆搞在了一起，里卡多决定去演电影，卡洛斯舒舒服服地干上了政府的活儿，根据要求画革命的壁画，我问自己，为什么人不应该能怎么活着就怎么活着？”但是他内心某种固执的感觉却不肯相信，他对艺术家以及他们的命运有着大量浪漫的想法，他仍保持着这些想法。米丽娅姆用半只眼睛就看穿了他们，他是多么希望能够想出一招来对付她，使她从此完蛋。但是他没招。他们全都先后离开了他，最后他也离开了。“所以你知道，我最后这样做了，但是并不觉得好受一些，不过我可以说我没有什么与众不同之处。我是可以这样说的。问题是米丽娅姆是对的，该死的。我不是诗人，我写的诗很臭，我对艺术家的看法想必是从书本里来的……你知道，一个异于常人的群体，大大凌驾于普通的人类需求和理想之上的献身的人们……我是说，艺术是一种宗教……我就是这个意思，当米丽娅姆老是说……”

他的意思是，所有这些冲突开始严重地伤害了他。米丽娅姆成了个复仇女神，而他却不能谴责她。恨她，是的，这几乎是过于简单了。他的老派的、体面的、勤劳工作的美国中产阶级的血统和教养涌上心

---

① 方济各会，天主教托钵修会主要派别之一，1209 年由意大利人方济各所创，提倡过清贫节欲的苦行生活。

头，同米丽娅姆站在了一边战斗。他感到自己为了远离并忘却这些，拼碎了一身的骨头，而现在，他最后被战胜了，被迫顺从了，这和他的理智与感情无关。仿佛是他的血统背叛了他。找一份工作，做一个裤子和袖肘磨得发亮的小职员——他一想到工作就觉得是这个样子——似乎是一种过早的死亡，连失忆都比这个强。他没有采取任何措施。他干点零活，挣点小钱，但是从来都不够用。他能够理解她的看法，至少他努力去理解。当双方摊牌的时候，他连一个站得住脚的、有利于他的生活方式的论据也说不出来。他一直都在努力按他自己希望的、最终能够成为一个诗人的方式去生活和思考，但是没有成功。就是这么回事。如果米丽娅姆在四年以后——四年了？是的，老天啊，四年一个月零十一天——没有写信问家里要钱，然后收拾好自己剩下的东西，临别骂了他几句后离开了他，他很可能就这样继续下去，直到某种无法想象的悲惨结局。很长时间以来，她衣衫褴褛、骨瘦如柴、失魂落魄，他已经记不起来看到过她别的样子了，然而，突然，他完全认不出来她在门口的侧影了。

就这样，她走了，而她在不知情之下对他做了件大好事。他曾怯弱地习惯性地认为他们的婚姻是天长地久的，无论他们的婚姻是如何可厌，只要他们相爱，因此不管他们如何残酷相待都没有关系；他也逐渐对她说的话完全充耳不闻了。到最后，他眼中既没有她，耳里也没有她了。后来，当记忆中的她眼中的神情和口里的话语开始咬啮他心灵深处时，他才意识到了这一点。他很感激她。如果她没有离去，他可能还会继续晃来晃去，浪费时间企图写诗，在肮脏别致的小餐厅里，和新的一帮伶牙俐齿、穷困潦倒的年轻墨西哥人消磨时光，这些人画画，写作，或者谈论准备画画或写作。他会恢复信心；这些家伙是纯艺术家——他们永远不会背叛，他们也不是懒汉。他们总是在做些有关艺术的事情。“神圣的艺术，”他说道，“我们的酒杯又空了。”

但是试着把这一类的事情对米丽娅姆讲讲看？不知怎的，他从来也没有能够到达他打算在下面躺着的那棵树。如果他终于到达了，肯定会有人为此来收房租的。他和一帮跟他一样的美国人，躺在美味摩尔或者黑猫餐馆的桌子下面消磨了大量时间，这些人和他一样，过着自由自在的生活，研究当地的习俗。他对米丽娅姆解释说，他正在为了今后能够躺在一棵树下而进行演练，希望哪怕就这么一次，她能够接受一个玩笑。没有成功。她情愿为工作而死，也不会对此一笑。所以后来……他以最投入的方式去从事了一项事业。事情非常容易。他现在几乎说不出他最初的步骤是什么了，但是事情非常容易。如果没有米丽娅姆，他就会是一个可厌的失败者，就像那些在美味摩尔里的懒汉，依旧在桌子下面打滚，研究当地的习俗。他进入了新闻报道这一行，干得不错。在有关二十几个拉丁美洲国家的革命方面，他是个公认的权威，他的同情恰好和具有自由人道主义倾向的高价位杂志完全一致，他们为他向世界报道被压迫人民的情况而付给他高额的报酬，而他也真的很会写；即使说这话的是他本人，他确实有自己的散文风格。他达到的那种成就，是可以从报纸上剪下来、粘贴在本子上，可以数一数存入银行，可以用来吃喝、穿戴，可以在茶会、晚宴时从别人眼里看得到。很好，现在该做什么了？在这一切的基础之上，他又结婚了。事实上是又结了两次婚，离了两次婚。这就是三次了，不是吗？这可够多的了。他花费了大量的时间和精力，做了各种各样他根本不愿意去做的事情，为了向曾经是明尼苏达州明尼阿波利斯的一个二十三岁的教师、他的第一任妻子证明，他不只是一个什么也不行，只能躺在一棵树下——如果他曾找到过他心目中的那棵理想之树的话——写写诗，享受生活的懒汉。

现在他成功了。他把拿在手里翻来翻去的信展平了，像抚摸一只猫一样地抚摸着。他说，“我一直在逐步向巅峰进发。你知道，有效的出其不意的策略。好吧，准备好啊。”

分开五年以后，米丽娅姆给他写信，要求他重新接受她。你信不信吧，他打算妥协，就这样答应她。她父亲去世了，她非常孤单。她有了时间重新考虑一切，她相信许多事情应该怪她自己，她真的爱他，一直爱他，真的，她很后悔，啊，对一切感到后悔，希望还不算太晚，他们能再次共同幸福地生活在一起……她读了所有能够找到的他发表的文章，她都喜欢。就在那天早晨，他给她汇去了路费，他打算重新接纳她。她将再一次住在一栋没有任何方便设施的墨西哥屋子里，她不会有现代化的公寓住。她将接受并且要喜欢他打算交给她的无论什么东西。而且他不打算再和她结婚。他才不呢。如果她愿意在这些条件下和他生活在一起，那很好。如果不愿意，她可以再次回到明尼阿波利斯她的那所学校去。如果她留下，她就得沿着粉笔线、一条不是她给自己画的粉笔线行事。他拿起一把切奶酪的刀子，在方格桌布上画下了一道长长的、清晰的线。相信他吧，她会沿着此线走的。

钟的指针指向了两点半。这位新闻工作者咽下了最后一口酒，用手放松地继续在桌布上画下更多的交叉小格。他的客人想说，“别忘了邀请我参加你的婚礼。”但是转念一想住了口。新闻工作者抬了抬抽搐的眼皮，把半聚焦的眼睛转向对面的人影，说道，“看来你以为我不知道——”

客人挪到椅子边上，看着乐队收拾家伙准备打烊。小餐馆几乎已经空了。新闻工作者停下来，不是为了等待对方的回答，而是为了突出他将要做出的重要陈述。

“我不知道会怎么样，这一次，”他说，“不要欺骗你自己。这一次，我知道。”他似乎是在一面镜子前面训诫自己。

（王家湘　译）

被遗弃的韦瑟罗尔奶奶

她利索地从哈里医生那胖嘟嘟的谨慎的手指头下抽出手腕，把被单拉到下巴那儿。这小鬼还应该穿短裤哪，居然鼻子上架着眼镜在这一带乡下行医！“走吧，带着你的教科书走吧。我没有病。”

哈里医生伸出一只温暖的手，像垫子那样按在她的额头上，那儿交叉的青筋在悸动，使她的眼皮一抽一抽，“喂，喂，做个乖孩子，我们很快就会让你起床的。”

“一个将近八十岁的女人，只因为她躺倒了，就跟她说这种话，这可不合适。我要教你尊敬老人，小伙子。”

“好吧，小姐，对不起。”哈里医生轻轻地拍拍她的脸颊，“不过，我不得不提醒你，对不对？你的身子骨是个奇迹，可是你也得当心，要不，你后悔都来不及。”

“别跟我说我会怎么样。简直可以说，眼下我的病全好了。都是因为科妮莉亚，我不得不躺在床上，免得她老缠着我。”

她觉得自己的骨头架在皮肤下松开来，飘来飘去，哈里医生也像个气球似的在床脚前飘来飘去。他飘浮着，拉挺他的背心，摇着他那副系在绳子上的眼镜，“好吧，躺着别动，这对你当然不会有害处。”

“去吧，去治你的病吧！”韦瑟罗尔奶奶说，“别跟一个没病的女人啰唆。我需要你的时候，会叫你的……四十年前，我产后害股白肿和双侧肺炎那会儿，你在哪儿哪？你还没出生哪。别让科妮莉亚牵着你的鼻子走。”她大声说，因为哈里医生好像飘到天花板那儿，飘出去了，“我得自己付账，我可不想胡乱把钱撂掉。”

她打算摆摆手说再见，可是太费劲了。她的眼睛自动闭上了，好像一片黑帘子把床围了起来。枕头从她身子底下升起来飘动着，像微风中的吊床那样舒服。她留神听着窗外沙沙的树叶摇曳声。不对，有人在飒飒地翻报纸；也不对，原来是科妮莉亚和哈里医生在一起悄悄地说话。她猛地一跳，完全醒了，她还以为他们在她耳朵旁悄悄地说话哪。

“她从来没有这样过，从来没有这样过！”“唉，咱们还能指望什么呢？”“是啊，八十岁啦……”

得了，八十岁又怎么样？她还有耳朵哪。科妮莉亚就是那种会在门口鬼鬼祟祟地说话的人。她老是这么公开地谈论要保守秘密的事情。她老是办事得体，心地厚道。科妮莉亚是尽本分的，麻烦就麻烦在这儿：尽本分而且好心眼。“这么尽本分而且好心眼，”奶奶说，“我恨不得打她一顿屁股。”她想象自己在打科妮莉亚的屁股，而且狠狠地在打。

“你在说什么，妈？”

奶奶觉得她的脸好像打了许多梆硬的结。

“人不能只是想想什么吗，我倒想要知道？”

“我以为你可能要什么呢。”

“我要，我要许多东西哪。马上滚开，别鬼鬼祟祟地说话。”

她躺着，迷迷糊糊地打起了盹，巴不得在睡熟以后，孩子们会走开，好让她休息一下。这一天真长，倒不是因为累，时不时地抽空休息一下总是件高兴事。老是有这么多事情要做，让我想想看：明天。

明天还远得很，先不用去操心。时间一到，不知怎么的，事情也就应付过去了；感谢上帝，越过一条小小的界线，总是能得到平静；人就能按自己的打算生活，把一切安排得有条有理，妥妥帖帖。把样样东西拾掇得干干净净、整整齐齐可是好事情，头发刷和装护发液的瓶子端端正正地摆在绣花的白麻布上；新的一天消消停停地开始，食品架上放着一排排半透明的玻璃瓶、棕色罐子，还有白色的小陶坛，那上面印有蓝色的回旋花纹和文字：咖啡、茶叶、白糖、姜、肉桂和甜胡椒；还有那个顶上有只狮子的青铜钟，擦得一点灰尘也没有。那只狮子身上二十四个钟头时刻在积灰尘哪！所有的信都扎起来放在顶楼上那个盒子里，对了，她明天得仔细检查一下。所有那些信——乔治的信和约翰的信，还有她给他们两人的信——都放在那儿，将来会被孩子们发现的，这可叫她不自在。是啊，这是明天的事情。用不着让他们知道她从前有多傻。

她在翻来覆去地思考的那会儿，发觉死亡在她的脑子里，它叫人感到冷冰冰且陌生。她已经花了这么多时间来迎接死亡，用不着再为它费工夫了。现在让它自便吧。六十岁那一年，她觉得自己已经很老，玩儿完了，便出门去一家家向她那些孩子和孩子的孩子告别，心里藏着一个秘密：这是你们的妈妈最后一次跟你们见面喽，孩子们！后来，她写了遗嘱，发烧了好久。跟许许多多别的事情一样，那不过是胡思乱想罢了，可是也挺幸运，因为她自此就彻头彻尾地摆脱了死亡这个念头。现在，什么都不能折磨她了。她现在希望自己脑子清醒些。她爸爸活到了一百零二岁，在他最后一个生日喝了一杯兑热水的烈酒。他告诉那些新闻记者这是他每天的习惯，他的长寿应该归功于这种饮料。他这话引得不少人说长道短，他感到很高兴。她想她也不妨给科妮莉亚添一点小小的麻烦。

“科妮莉亚！科妮莉亚！”没有脚步声，可是一只手突然按在她的脸颊上，“唉，你刚才在哪儿？”

“在这儿，妈。”

“哦，科妮莉亚，我要一小杯兑热水的烈酒。”

“你冷吗，亲爱的？”

“我身上冷，科妮莉亚。躺在床上血脉不通。这话我一准告诉过你上千回了。”

嘿，她偏偏能听到科妮莉亚在跟她的丈夫说，妈妈变得有一点儿孩子气，他们不得不哄哄她。叫她最恼火的是，科妮莉亚以为她是聋子、哑巴和瞎子。科妮莉亚在她身旁和头顶上瞟着小小的、匆促的眼色，做着小小的手势，提醒别人：“别惹她生气，让她由着性儿吧，她八十岁啦。”她坐在那儿，就像生活在一个薄玻璃笼子里似的。有时候，奶奶几乎打定主意，拾掇行李，搬回她自己的家去，那儿没有人能时时刻刻提醒她，她老了。等着吧，等着吧，科妮莉亚，等到你自己的孩子在你背后鬼鬼祟祟地说话！

在她精力旺盛的年头，她对待客人更周到，有更多的活儿要干。当时，对莉迪娅来说，她还不老。当莉迪娅的一个孩子有了不检点的行为时，做妈妈的驱车从八十英里外赶来征求她的意见；吉米还抽空来跟她讨论各种事情：“我说，妈妈，你处理起事情来脑子挺灵的，我想听听，你对这件事怎么个看法？……”现在她老了。科妮莉亚要是不问一声的话，就没法调换房间里的家具。小东西啊，小东西！他们小时候多可爱啊。奶奶巴不得过去的日子倒退回来，孩子们个个年轻，样样事情再来一遍。过去的生活得费很大的劲儿，可是她对付得了。她想到那会儿她煮多少人的饭，缝多少人的衣服，还得种多少菜地——嘿，孩子们就是活证据。他们都在嘛，都是她生的，这件事他们可赖不掉。有时候，她想再看到约翰，指着他们，对他说，怎么样，我干得不赖吧，对不对？不过，还得再等等。这是明天的事。她以前总认为他是个男子汉，可是眼下所有的孩子都比他们的爸爸年纪大了；眼下，她要是再看到他的话，跟她一比，他就成了孩子了。这想起来挺怪的，这个念头有点儿不对头。唷，他可能不认识她了。她从前用栅栏圈了一百英亩地，她自己挖洞竖木桩，只有一个黑人小男孩帮忙扎铁丝。这使一个女人变了样。约翰会去寻找一个头发上插着山峰似的西班牙式梳子、手里拿着描画的扇子的年轻女人。挖洞竖木桩使一个女人变了样。还有一件事，在女人们生孩子的时候，骑着马在冬天的乡村道路上奔波；还有整宿整宿地不睡觉，照顾害病的马、害病的黑人和害病的孩子，几乎一个也没少。约翰，我简直一个也没失去嘛！约翰一眼就会看出来的，他会明白这种事情，她用不着说明什么！

这使她又想要卷起袖子，把所有的地方都拾掇得整整齐齐。不管科妮莉亚是不是打定主意马上样样都接管起来，这个地方还有好多事情没有干哪。她明天会开始，一件件干。身子骨硬朗得什么都干得了，真是好事情，哪怕你干的一切都消失了，改变了，在你手下滑过去了，结果是到你快要完蛋的时候，你几乎忘掉你一直为什么在干了。我打算干什么呢？她一个劲儿地问自己，可是她记不得了。雾从山谷中升起，她看到雾越过小河，吞没树丛，像一群幽灵似的登上小山。一会儿，它就要来到果园边上了；那么，回屋去点灯的时间到了。进来，孩子们，天黑了，别待在户外。

点灯是叫人愉快的事情。孩子们蜷缩着身子紧挨在她身旁喘着气，像苍茫的暮色中等待在牛圈里的那些牛犊子似的。他们的目光跟随着火柴，望着火焰升起，变成弯弯的稳定的蓝色火苗；然后他们就从她身旁走开。灯点亮了，他们就用不着再担惊受怕，赖在妈妈的身旁了。永远，永远，永远不会再这样了。上帝啊，我一辈子感谢您。没有您，我的上帝，我绝对做不到。万福，玛利亚，恩情无边。

我要你把今年产的水果都收回来，做到一点浪费也没有。总是有人能用上的。别因为没什么用处，就让好东西烂掉。你浪费可以吃的东西，就是浪费生命。别让东西白白糟蹋掉。糟蹋东西是令人心痛的。

得了，别让我想下去了，这会儿我累了，在吃晚饭前要打个盹儿哪……

枕头抬起来撑住她的肩膀，紧紧地顶着她的心，把她的回忆从心中硬挤出来；啊，把枕头推得低一点，来个人啊；要是她听凭枕头顶下去，她会闷死的。吹来的微风是这么清新，天气是这么晴朗，没有一丝阴云。可是他还是没有来。一个女人披着白面纱，摆出了雪白的蛋糕等一个男人来，可是他不来，那她怎么办呢？她设法回忆。不，我敢起誓，除了这件事以外，他从来没有伤害过我的心。除了这件事以外，他从来没有伤害过我的心……要是他伤害了，怎么办呢？那一天，那一天，可是一溜黑烟旋转着升起，把那一天遮掉了，它悄悄地上升、蔓延，蔓延至晴朗的田野，田野里仔细地种着一溜溜整齐的庄稼。这是地狱，她一看就知道是地狱。六十年来，她一直祈祷，千万别再记起他，别让她的灵魂落入地狱的深渊，眼下这两件事情混在一起了，对他的想念变成从地狱里冒出来的一片烟云，在她的脑子里移动，蔓延，偏偏在她刚把哈里医生打发走，想要休息一下的时候。受损害的虚荣心，埃伦，一个严厉的声音在她脑子里冒出来。别让你受损害的虚荣心控制你。有许多姑娘被抛弃。你被抛弃了，对不对？那么，坚强地忍受吧。她的眼睑颤动着，一道道蓝灰色的亮光射进她的眼中，像纱纸盖在她的眼睛上。她一定要起床，放下遮光帘，要不，她再怎么也睡不着。她又躺在床上了，遮光帘没有放下来。怎么回事？还是翻个身，避开亮光好了，睡在亮光里你要梦魇的。“妈，你现在觉得怎么样？”接着她的额头上感到一阵刺痛的潮湿。可是我不喜欢别人用凉水给我洗脸啊！

哈普西？乔治？莉迪娅？吉米？不，科妮莉亚，她的面目变得虚幻，脸上尽是小水滴。“他们都在赶过来，亲爱的，他们很快就会到这儿了。”去洗洗脸，孩子，你看上去挺可笑的。

科妮莉亚不听她的，反而跪在地上，把头靠在枕头上。她看上去好像在说话，可是没有声音。“怎么啦，你的舌头拴住了吗？是谁的生日？你要举行宴会吗？”

科妮莉亚的嘴使劲动着，样子很怪。“别做出这种样子来，你把我闹糊涂了，女儿。”

“啊，别，妈。啊，别……”

胡闹。孩子们真怪。他们顶撞你的每句话。“别什么啊，科妮莉亚？”

“哈里医生来了。”

“我可不想再看到那家伙。他五分钟以前才离开嘛。”

“那会儿是早晨，妈。现在是夜晚了。护士来了。”

“我是哈里医生，韦瑟罗尔太太。我从来没有看到过你显得这么年轻，这么快活！”

“啊，我再也不会年轻啦——可是我会快活，要是他们让我安静地躺着，好好休息的话。”

她自以为说得很响，可是没有人回答。她的额头上压着一个暖乎乎的砝码，她的手腕上套着一个暖乎乎的手镯，微风不断地发出飒飒的低声，想要告诉她什么。永恒的上帝的手中拿着一堆乱糟糟的树叶，他吹动那些树叶，树叶就纷纷飘扬，发出沙沙的响声。“妈，别恼，我们要给你打一针了。”“喂，女儿，蚂蚁怎么爬到床上来了？昨天我看到了红蚂蚁。”你究竟派人去叫哈普西了吗？

她真正想要见的是哈普西。她不得不走好长的回头路，穿过许许多多房间，才找到哈普西，她用一条胳膊抱着个娃娃站着。她似乎觉得自己也成了哈普西，而哈普西抱着的那个娃娃同时既是哈普西，又是他自己和她自己，这次会面却一点也不叫人感到惊奇。后来，哈普西从身子里面开始溶化了，变得像灰色的薄雾那样飘忽；那个娃娃则变成了薄雾似的影子；哈普西走近，说：“我原以为你永远不会来了。”接着睁大眼睛盯着她看，说：“你一点也没有变！”她们两人向彼此探过身去亲吻，这时候，科妮莉亚在很远的地方开始低声说：“啊，你有什么事情要跟我说吗？有什么事情我能为你做吗？”

有啊，过了六十年，她改变主意了，她想要见见乔治。我要你去找到乔治。找到他，一定要告诉他，我心里已经放下他了。我要他知道我还是有了丈夫，有了孩子和家，跟任何别的女人一样。而且还是一个美满的家庭，我有心爱的好丈夫和跟他生的乖孩子。甚至比我期望的更好。告诉他，他拿走的一切我又都重新得到了，而且更多。啊，不，啊，上帝啊，不，除了家庭、男人和孩子以外，还有别的什么哪。啊，不用说，那不是一切吧？还有什么呢？反正有什么我还没有到手……一股气涌到她肋骨底下，顶出一个大得吓人的肚子，叫人痛得像被刀割；那股气往上冲，冲进她的脑袋，这种痛苦叫人没法相信：可不是，约翰，现在去叫医生，别说了，我要生了。

生了这一个，再也不生了。最后一个。这一个应该最先生，因为她真正想要的就是这一个。样样都来得正是时候。没有遗漏什么，没有剩下什么。她身子骨硬朗，三天以后，她就跟平时一样健康了。甚至更健康。一个女人需要身子里有奶汁才算得上完全健康。

“妈，你能听到我的话吗？”

“我一直在跟你说……”

“妈，康诺利神父来了。”

“我上礼拜才领过圣餐。告诉他，我还不至于有那么多罪孽。”

“神父只是要跟你谈谈。”

他高兴说多久，就说多久嘛。他总是顺便过来，问问她的灵魂，好像她的灵魂是个正在出乳牙的娃娃似的，接下来他就待着，喝上一杯茶，玩一圈牌，聊聊天。他老是会讲一个有点好笑的故事，经常是关于一个犯了一些小错误来忏悔的爱尔兰人的事情，故事的妙处全在于那个人在忏悔室里，虔诚的天性和犯罪的本能在斗争的时候，会脱口说出的那些荒谬绝伦的话。奶奶对她的灵魂感到放心。科妮莉亚，你怎么变得不懂规矩了？去给康诺利神父搬张椅子来。她跟几个她特别喜爱的圣徒有个叫人安心的秘密协定，那些圣徒为她开辟了一条直通上帝的大路。像新买的四十英亩地的地契一样经过签字盖章，所以万无一失。永远……永远的继承人和受让人。自从那一天，那个结婚蛋糕没有被切开，而是被白白扔掉，糟蹋掉以来。整个世界似乎变成无底深渊了，她眼前漆黑，浑身是汗，脚底下是空的，四面的墙壁在倒下去。他的手搂住了她的腰，她没有摔倒。刚擦得闪闪发亮的地板上铺着绿地毯，跟从前一模一样。他像一只水手的鹦鹉那样诅咒着，说："我会为你宰了他的。"别碰他，看在我的分上，有些事情就留给上帝去处理吧。"好吧，埃伦，你应该相信我跟你说的话……"

那么，再也没有什么可担心的了，除了夜晚有时候有一个孩子会在梦魇中尖叫，他们两人就赶紧跑出来，浑身颤抖，一边找火柴，一边叫："喂，等一等，我们来啦！"约翰，现在去叫医生吧，哈普西快要生了。可是哈普西戴着一顶白帽子站在床旁。"科妮莉亚，告诉哈普西，把帽子脱掉。我看不清她。"

她的眼睛睁得很大，房间很显眼，像她在哪儿看到过的一张相片似的。深颜色带着长长的角落里的阴影向天花板延伸上去。高高的黑色梳妆台闪闪发亮，那上面除了一张约翰的相片以外，一无所有，那张相片是按一张小相片放大的，相片上约翰的眼睛很黑，可他的眼睛应该是蓝色的。你从来没有看到过他，你哪能知道他是什么长相呢？可是那个人硬说，相片放大得很完美，很有气派，很漂亮。拿一张相片来说，这话不错，可那不是我的丈夫嘛。床旁那张桌子上铺着一块亚麻布台布，桌上放着一支蜡烛和一个钉着耶稣的十字架。科妮莉亚的绸灯罩使灯光显得蓝幽幽的。压根儿算不上灯光，只是个花里胡哨的装饰品罢了。你得在生活中跟煤油灯打上四十年交道，才能欣赏没有花里胡哨的灯罩的电灯光。她觉得自己还很硬朗，她还看到哈里医生周身有玫瑰色光轮。

“你看上去像个圣徒，哈里医生，我敢起誓，你这样子很可能真的会成为圣徒。”

“她在说什么哪。”

“我听到你在说话，科妮莉亚。干什么这么大惊小怪的？”

“康诺利神父在念……”

科妮莉亚说话的声音结结巴巴、断断续续，像一辆运货马车在凹凸不平的路上颠簸。它遇到拐角就拐弯，又折回去，哪儿都到不了。奶奶很利索地登上运货马车，伸手去拉缰绳，可是有一个男人坐在她的身旁，在赶马车，她一看到那双手就知道他是谁。她不看向他的脸，因为她不看也知道。她低着头看大路，路上的树都弯着树身，像在互相鞠躬似的，上千的鸟儿在唱弥撒。她也想唱，可是她把手伸进胸前的衣服，掏出一串念珠，而康诺利神父一边用很庄严的声音低低地念着拉丁语，一边在她的脚上挠痒痒。我的上帝啊，你别这么胡闹行吗？我是个结了婚的女人。他要是真的逃走了，留下我独自来应付这个教士，又有什么关系呢？我找到了另一个，不知比他好多少哪。我才不愿拿我的丈夫去换哪一个哪，除非是圣·米迦勒[①]本人；你不妨替我告诉他，再加上一声谢谢你。

亮光在她闭着的眼睑上闪过，一阵深沉的轰隆声把她吓了一大跳。科妮莉亚，是闪电吗？我听到了霹雷。马上要下暴雨了。把所有的窗子都关上。把孩子们叫进来……“妈，我们来了，我们大伙儿都到了。”“是你吗，哈普西？”“啊，不是，我是莉迪娅。我们尽快坐车赶来了。”他们的脸在她上方移动，接着移开了。那串念珠从她的手里掉

① 圣·米迦勒，《圣经》中的天使。

下来，莉迪娅把它放回她的手中。吉米动手帮忙，他们的手触碰在一起了，奶奶用两个手指头圈住吉米的大拇指。念珠没有用，一定得是有生命的东西。她对自己的思想没完没了地转悠感到非常惊奇。我亲爱的主，原来我快要死了，可我连想也没有想到过。我的孩子们来为我送终。可是我还不能死，这时还死不得。啊，我一直讨厌措手不及。我要把那套紫水晶首饰给科妮莉亚——科妮莉亚，这套紫水晶首饰归你，不过哈普西要是想戴的话，她也可以戴，再说哈里医生，闭上你的嘴。没有人叫你来过。啊，我亲爱的主，千万等一等。我打算把那四十英亩地安排一下，吉米不需要它；莉迪娅跟她那个不中用的丈夫过日子，以后会需要的。我打算把圣坛的台布做完，送六瓶酒去给博尔贾修女治消化不良。我要送六瓶酒去给博尔贾修女，康诺利神父，可别让我忘了这事。

科妮莉亚的声音急促地重复着，结结巴巴，最后急叫起来，“啊，妈，啊，妈，啊，妈……”

“我不见得就会死哪，科妮莉亚。我只是措手不及地被病困住了。我死不了。”

你会再看到哈普西的。她怎么啦？“我原以为你再怎么也不会来了。”奶奶出了一次远门，去找哈普西。我要是找不到她的话，那怎么办呢？那么，怎么办呢？她的心沉下去，沉下去，死亡的深渊没有底，她沉不到深渊底。从科妮莉亚的灯罩下映出来的蓝光集中在她的脑子里一小点上，灯光闪烁，像一只眼睛在眨巴。它微微地颤抖，越来越小。奶奶躺着，她的身子蜷缩起来，她盯着那点灯光看，灯光就是她自己，她感到惊奇又心存戒备；她的身子这时候只是无边无际的黑暗中一个颜色比较深的影子，而这黑暗会使那点灯光蜷缩，而且把它吞没。上帝啊，显一个奇迹吧！

奇迹没有再次降临。房子里又没有新郎和教士了。她没法记得任何其他的悲伤，因为这个极大的痛苦把一切都排除了。啊，不，没有比这更狠心的事情了——我永远不会原谅的。她深深地叹了一口气，伸直自己的身子，吹熄了灯。

（鹿　金　译）

开花的犹大树[1]

布拉焦尼这么大的个子，坐在一张对他而言实在太小的直背椅边上，用浑浊、沮丧的声音对着劳拉唱歌。劳拉已经开始找寻种种理由，尽可能晚地回到自己的住处来，因为布拉焦尼几乎每晚都在那儿。不管她回去多晚，他总是带着阴郁、等待的表情坐在那儿，一会儿拉他黄色的鬈发，一会儿拙劣地拨动吉他的弦，压低了声音乱糟糟地哼一支曲子。卢佩，那个印第安女用人，在门口迎着劳拉，向北屋稍微瞟了一眼，说："他等着。"

劳拉巴不得躺下，头上的发夹和箍紧的长袖口使她很不好受，可是她跟他说："今儿晚上，你有什么新歌唱给我听吗？"他要是说有的话，她就请他唱。他要是说没有的话，她记得他那支心爱的曲子，就请他再唱一回。卢佩给她端来一杯巧克力和一盘米饭。劳拉先请布拉焦尼吃，他老是用同样的话回答："我吃过了，再说，巧克力会使嗓音浑浊。"她就在灯下一张小桌旁吃饭。

劳拉说："那就唱吧。"接着布拉焦尼就挺起胸来唱歌。他亲切地弹起吉他，好像在给宠物搔痒，唱得热情洋溢，可是走调，凡是高音的地方都唱成拖长了的痛苦的尖叫。劳拉时常到市场上去听民谣歌手唱歌，还天天站在九月十六日大街上听那个瞎眼的男孩吹芦笛，她冷

---

[1] 犹大树，即南欧紫荆，据传出卖耶稣的犹大自缢于此种树上，这使树木因此感到羞耻，以至于白色的花全都变成了紫红色。

冷地、毕恭毕敬地听布拉焦尼弹唱，因为她不敢讥笑他糟透了的演奏。没有人敢讥笑他。不管对谁，布拉焦尼都狠心得很，摆出一副特有的蛮横态度，不过他对自己的才能却非常自负，对轻蔑也非常敏感，所以只有比他更狠心和更自负的人，才会去捅他那个治不好的巨大的自高自大的伤口。何况还需要勇气，因为惹他生气是危险的，而没有人有那份勇气。

布拉焦尼爱他自己爱得一往情深，体贴入微，而且对自己永远宽大为怀，所以他那些追随者——因为他是人们的领袖，一个手段高明的革命者，他的皮肤还在光荣的战斗中被刺穿过——在这种反射的光辉中得到温暖，对彼此说："他有一种真正崇高的感情、一种对人类的爱，超越于仅仅是个人的爱慕之上。"这种自我之爱漫无节制地泛滥，涌到了劳拉的身上，给她带来了不方便，她跟其他许多人一样全靠他才有舒适的职位和工资。他兴高采烈的时候，往往跟她说："我总是想原谅你外国妞的身份。外国小妞！"而劳拉呢，气得浑身发热，恨不得突然探出身去，反手狠狠给他一个耳刮子，把他脸上油滑的微笑掴掉。这种时候，他即使注意到她的眼神，也没有流露一点痕迹。

她知道布拉焦尼会向她提出什么，而她一定要顽强地抵制，而且不显出抵制的痕迹，要是她能阻止的话，她甚至会不让他慢腾腾地向她表明意图。在这漫长的一个月里，她那些漫长的黄昏都给糟蹋了，她每天黄昏时坐在她那张宽大的椅子上，一本书摊开在膝盖上，她的眼光停留在给人安慰的、一行行字印得崭齐的书页上，这时候，布拉焦尼的歌唱的形象和歌声越来越跟她记得的一切苦恼混在一起，她原本对未来就有一种不安的预感，而布拉焦尼的行为加重了这种预感的压力。布拉焦尼这个贪吃的大胖子已经变成她许多幻灭的象征，因为一个革命者既然有崇高的信仰，就应该长得瘦削、生气勃勃，是一切抽象的美德的化身。这是胡说，她现在知道了，而且对这感到害臊。革命必须要有领袖，而当领袖是精力充沛的人的专业。她的同志们跟她说，她尽是浪漫主义的错误想法，因为她把这个解释当作挖苦话，而在他们看来，这只是一种“发展了的现实感”。她几乎心甘情愿地说：“我错了，我想自己并不真的懂得这些原理。”后来，她悄悄地停止思想斗争，下定决心，不让自己向这种权宜之计的逻辑屈服。不过，她不由自主地感到，自己已经被无可挽回地引入歧途，因为她对生活应该是怎样的有一个想法，而她现在的生活方式跟这个想法简直对不上号；有时候，她却几乎心满意足地安息在这种痛苦的感觉中，认为那是她个人获得安慰的所在。有时候，她恨不得逃走，可是她还是待下来了。现在，她巴不得飞快地逃出这个房间，从狭窄的楼梯逃下去，逃到街上，在唯一的一盏街灯下，一所所房子像一伙搞阴谋的人那样紧挨在一起，让布拉焦尼去唱给他自己听吧。

她没有这样做，而是开朗而真诚地望着布拉焦尼，像一个懂规矩的好孩子。她裹在坚实的蓝哔叽底下的膝盖并得很紧，她的白圆领并不是故意裁得像修女的衣领的。她因为某种信念才穿这身好像是制服的服装，而且已经抛弃了一切虚荣。她生在一个信仰天主教的家庭里，尽管她害怕被人看见到教堂里去，因为那可能会引起流言蜚语，但她还是一再不由自主地悄悄地溜进一座快要倒塌的小教堂，跪在冷冰冰的石头上，瞧着她在特万特佩克买的那本金色的《玫瑰经》，念一段“万福玛利亚”。这没有用；临了，她细细欣赏起来，什么圣坛啊、圣坛上的金银箔花朵和破旧的锦缎啊，甚至还对一个像破损的玩具娃娃那样的男圣徒感到亲切；在他那件神圣、庄严的紫袍底下，抽纱花边的白衬裤软绵绵地贴在他的脚踝上。她已经把自己束缚在从早年的训练中得到的那一套条条框框里，每一个细微的动作，或者说每一种细微的个人爱好无不受到影响，因为这个理由，她不穿有机器织造的花边的衣服。这是她暗地里违反革命原则的行为，因为在她那一伙亲密的人中间，机器是神圣的，将会使工人得到拯救。她喜爱精致的花边，在她这个衣领上就有一道像蝉翼一样薄的细花边，她的衣柜上面的抽屉里，蓝纱纸包着二十来条几乎跟这一模一样的领子。

布拉焦尼全神贯注地迎着她瞟来的一眼，好像一直在等这一瞟似的；他探出身子，两个膝盖分得很开，让他的大肚子搁在中间，他拼命大声地唱着，加重歌词的分量。歌词诉说着，他没有爹，没有妈，连一个安慰他的朋友也没有；他来来去去像海浪那样孤独。他的嘴一会儿张得滚圆，一会儿歪向一边张开；他唱得很费劲，气球似的脸颊显得油光发亮。他穿着一身豪华的服装，身体在衣服下鼓了出来。衣服领子是淡紫色的，领子下系着一条紫色领带，一个金刚钻别针夹着他的领带，他一起一伏的腰上紧紧地束着一条印花镶银的皮革弹药带，他的黄皮鞋面闪闪发亮，他带着咄咄逼人的老练姿态，摆出一副衣着时髦的大人物架势，他的紫红丝质紧身裤笔挺，脚踝上系着结实的皮鞋带。

他抬起眼睑望向劳拉的时候，她又注意到他的眼睛跟黄褐色的猫眼睛一模一样。他告诉她，他钱倒不多，可是权力很大，而这种权力使他能毫无过错地占有许多东西，而且能满足他对小小的奢侈品的爱好。“我喜欢优美文雅的东西。”他有一次说，在她的鼻子前摇摇一条黄色丝手绢，“闻到了吗？是‘赛马俱乐部’，从纽约进口的。”不过，他的感情还是受到了生活的伤害。他很快就会这么说的。“的确，东西一到手，就变成粉末，一入口就变成苦胆。”他叹了一口气，他的皮带像马肚带那样吱吱嘎嘎地响。“我对一切得到了的东西感到失望。一切东西。”他摇摇头，“你，可怜的姑娘，你也会感到失望的。你生来就是要失望的。咱们两人在有些事情上比你认识到的更相像。等着瞧吧。有一天，你会记得我跟你说过的话，那时候你会知道布拉焦尼是你的朋友。”

劳拉隐隐约约地感到一阵寒冷，一种肉体层面的危险感，内心冒出一个预兆：暴力、肢体残缺、惨死越来越不耐烦地等待着她。她已经把这种恐惧转化成近在眼前、即将发生的事情；有时候，她在穿过马路前都要犹豫一下。“除了用来证明一种理想以外，我个人的命运算不了什么。”她从一本忘了名字的哲学入门书上引用这句话来提醒自己，还通情达理地加了一句，“尽管这样，要是能避免的话，我还是不想被汽车碾死。”

“也许我在另一方面真的跟布拉焦尼一样腐败，”她不由自主地想，“一样冷酷，一样有许多缺点。”如果情况的确是这样，那么，哪一种死亡看来都是可取的。不过，她仍然安静地坐着，并不逃跑。她能上哪儿去呢？她并没有受到过邀请，是自愿上这地方来的；她不再能想象自己生活在另一个国家里，何况回想一下她来这儿以前的生活，也丝毫没有欢乐嘛。

确切地说，这样献身的性质，它真正的动机是什么呢，它的义务是什么呢？劳拉说不上来。她把一部分日子花在霍奇米尔科附近，教一些印第安孩子讲英语：“猫在席上。”她在教室里出现的时候，他们挤在她周围，聪明、天真、像泥土似的脸上带着微笑，用纯洁的声音嚷叫：“早晨好，老思（师）！”他们天天把她的桌子布置得像一个鲜花盛开的花园。

她空闲的时候，会去参加工会的会议，听那些热闹而神气的声音为策略、方法和国内的政治吵吵咧咧。她到牢房里去探望那些信仰相同的囚犯，他们在那儿数蟑螂，对自己的不谨慎表示后悔，创作回忆录，为那些仍然行动自由、手插在裤袋里、呼吸着新鲜空气的同志写出声明和计划，借此苦中作乐。劳拉带给他们食品、烟卷和一点儿钱；有些在外面的人害怕消失在为他们空着的牢房里，不敢跨进监狱，她就为他们传递用暧昧的词句伪装的消息。要是那些囚犯分不出白天黑夜，诉苦说：“亲爱的小劳拉，在这个地狱似的牢房里，时间简直一动也不动，我没法知道睡觉的时间，除非有什么东西提醒我。”她就给他们带去他们喜爱的致幻剂，说：“今夜对你们来说是一个真正的夜晚。”她说起话来一点也不流露出会刺痛他们的怜悯声调。尽管她的西班牙语使他们觉得好笑，但他们发觉她给人安慰，是个有用的人。要是他们失去了耐心和一切信念，诅咒他们的朋友迟迟不运用金钱和权势把他们营救出去，他们相信她不会把他们的话和盘托出；要是她问：“你们认为我们能从哪儿弄到金钱，或是权势呢？”他们肯定会回答：“喂，布拉焦尼为什么不想想办法？”

她把总部的一些信偷偷地捎给那些为了躲避行刑队、藏在冷僻的街道上霉迹斑斑的房子里的人，他们坐在被褥乱得一团糟的床上，咬牙切齿地谈着，好像整个墨西哥都在追踪他们，而劳拉确实知道，他们不妨在礼拜天早晨出现在阿拉梅达的音乐会上，没有一个人会注意他们。可是布拉焦尼说：“让他们稍微担点儿心。下一回，他们就能够谨慎点。让他们从眼前消失一阵倒清净得多。”她不怕在半夜过后敲响街上任何一扇门，走进黑暗之中，跟他们中间一个真正处境危险的人说：“他们会来找你的——我这话千真万确——在明天早晨六点以后。这点儿钱是比森特给你的。上韦拉克鲁斯去等着。”

她向那个罗马尼亚鼓动家借了钱，去给他的死对头，那个波兰鼓动家。布拉焦尼的欢心是他们争夺的领域，而布拉焦尼呢，为了要两个人都受他利用，巧妙地维持着平衡。那个波兰鼓动家在咖啡馆桌子旁跟她谈爱情，他认为她在感情上对他暗暗地偏爱，希望从中捞到好处，他还向她提供错误的消息，要求她一再把这种消息当作千真万确的真相转告某些人。那个罗马尼亚人比较机灵。他对一切正当的事业都慷慨地出钱，还装出一副坦率的神情对她说谎，好像他是她的好朋友和推心置腹的知己。不管他们说些什么，她从来不转述给别人。布拉焦尼也从来不问。他有别的方法知道一切他希望知道的关于他们的事情。

没有人招惹她，可是人人都夸赞她的灰眼睛和柔软、丰满的下嘴唇，这种嘴唇叫人想象她性情愉快，可是她老是神情严肃，嘴唇几乎老是紧紧地闭着；他们也没法理解她为什么待在墨西哥。她皱着眉头，带着一个夹着图画、音乐和学校作业的小文件夹，来来往往地跑腿。没有一个舞蹈家跳的舞比劳拉走路的姿态更美，她引起一些人的有趣的、想不到的爱慕，免不了被人说长道短，因为那些人的爱慕都毫无结果。一个年轻的上尉，原来是萨帕塔部队里的士兵，有一次，在库埃纳瓦卡骑马的时候，打算用适合一个粗犷的民间英雄的身份的、高尚而干脆的举动，来表明他对她的爱慕，不过，动作很温和，因为他为人温和。这温和给他带来了失败。当时他下了马，把她的一只脚从马镫中脱出来，正要把她拉下马来，搂在怀里，没想到她骑的那匹相当驯顺的马突然受惊，好像发了疯似的用后腿站起来，接着一溜烟似的跑掉了。那个年轻的上尉骑的那匹马盲目地跟在它的同伴后面飞跑，那位英雄那天黄昏很晚才回到旅馆。第二天吃早饭的时候，他穿着全副牛仔装束：灰色的鹿皮短上衣和长裤，一直垂到大腿的两排银纽扣；他来到她的桌旁，心情很好，满不在乎。“我可以跟你坐在一起吗？”他接着说，“你是个了不起的骑手。我吓得要命，只怕你可能会摔下来，被马拖着跑。那我永远不会原谅自己。不过，我对你的骑术可佩服得没话说！”

“我在亚利桑那学会骑马的。”劳拉说。

“今天早晨，你要是再跟我一起骑马的话，我一定给你挑一匹不会带着你惊跑的马。”他说。可是劳拉记得她得在中午赶回墨西哥城。

第二天早晨，孩子们为了欢迎她，利用游戏时间，在黑板上写着：“我们爱老思（师）”，还在字的周围用彩色粉笔画上花环。那个年轻的英雄给她写了一封信：“我是一个很蠢、很不中用、很任性的人。我应该先说我爱你，那你就不会跑掉了。不过，你一定会再见到我的。”

劳拉想："我得送一盒彩色笔给他。"可是同时她也在设法原谅自己在不恰当的时刻用马刺踢了马一下。

一个棕色皮肤、头发乱蓬蓬的小伙子，有一夜跑来，站在她的院子里，失魂落魄地唱了两个钟头，可是劳拉却想不出一个办法来应付这个局面。月光映在清晰的花园空地上，呈现出一片透明的银色，而一片片影子是钴蓝色的。那棵犹大树上的猩红色的花变成暗紫色，各种颜色的名字在她的脑海里自动地重复出现，这时候，她望着的不是那个小伙子，而是他的影子，人影像一件深色的衣服，倒映在池子的水面上，在水中摇晃。卢佩悄悄地走来，在她的耳朵旁老练地低声出主意："你要是扔给他一朵小花的话，那他再唱上一两支歌就会跑掉了。"劳拉扔了花，他唱了最后一支歌，把那朵花插在帽子的缎带上，跑掉了。卢佩说："他是印刷工会的组织者之一；在那以前，他在梅塞德市场上卖民谣歌本；在那以前，他在瓜纳华托，我就是在那儿出生的。我决不会信任哪一个男人，尤其是那些瓜纳华托人。"

她没有告诉劳拉，下一宿，再下一宿他会回来，也没有告诉她，他会保持一定的距离，跟着她在梅塞德市场上转悠，穿过索卡洛，来到弗朗西斯科·马德罗大街，然后顺着拉雷福马大道径直走进查普特佩克公园，来到哲学家小径，那朵枯萎的花仍然插在他的帽子上，他的眼光盯着她，一刹那也不离开。

劳拉既然习惯了他的存在，这就压根儿算不上什么，值得一提的只是：他十九岁，而且是在循规蹈矩地按惯例办事，好像这是以自然规律为依据似的，这似乎也完全可以证明这样做是自然规律嘛。他开始写诗，用木版把诗印出来；他把那些诗像传单似的塞进她的门内。他那双黑眼睛老是迷惘地、眼巴巴地盯着她看，她对这种干扰感到高兴，反正到时候这种眼光会很轻易地转到另一个人身上去的。她跟自己说，扔那朵花给他是个错误，因为她已经二十二岁，而且比较懂事；可是她不愿后悔，还使自己相信，她对外界发生的一切事情采取否定态度，是一种迹象，表明她清心寡欲、坚忍不拔的性格正在渐渐养成，这是她努力培养、用来抵制她所害怕的灾难的，虽然她说不出那是什么灾难。

她与这个世界格格不入。她天天教那些孩子，但那些孩子对她来说，始终是陌生人，尽管她喜爱他们柔软、滚圆的手和他们在适当的时机表现出来的可爱的野蛮行为。她敲着一扇扇不熟悉的门，不知道应门的是个朋友呢，还是个陌生人。哪怕是一张认识的脸吧，从那黑魆魆、阴森森的一无所知的屋子里探出来，也变成陌生人的脸了。不管那个陌生人跟她说些什么，也不管她传递给他的是什么消息，她的肉体的每一个细胞都用一个单音字拒绝跟他变得熟悉和亲切。不。不。不。她从这一个神圣的、护身符似的字中汲取力量，使她不至于被引上邪道。拒绝了一切，她就可以安全地到处奔走，她毫不惊奇地望着一切。

不，她血液里一再响起这个坚决的、始终不变的声音；她毫不惊奇地望着布拉焦尼。他是个大人物，他希望给这个纯朴的姑娘一个深刻的印象，她用深色的厚料子盖着她圆滚滚的大乳房，把那双长长的、美得迷人的大腿藏在沉甸甸的裙子底下。她几乎可以说是身材瘦削的，只是她的乳房丰满得叫人想不通，简直像是喂奶的妈妈的乳房，而布拉焦尼自以为是一个判断女人的专家，又思索起她以私生活严肃著称这个谜来，他说话肆无忌惮；她却毫不腼腆地，说真的，不流露出一点困窘的迹象，容忍着他的谈吐。

"你自以为天性冷淡，外国小姑娘！等着瞧吧！有一天，你会使自己感到惊奇的！但愿我那时能在场给你出出主意！"他抬起眼睑望她，两只阴郁的猫眼睛神情独特地瞟了一眼，闪烁的眼神像两个发光点，标明她那乳房的高耸的曲线中间那光滑的小径的两头。他没有被她的蓝哔叽衣服，也没有被她坚定的凝视挡住。反正有的是时间嘛。他鼓起了脸颊唱歌。"啊，黑眼睛的姑娘，"他唱着，又考虑起来，"可你的眼睛不是黑的。我要把这改掉。啊，绿眼睛的姑娘，你偷去了我的心！”接着，他的心思溜到唱歌上去了。劳拉感到他的注意力正在转移到别处去。这样唱歌的时候，他看上去好像不会伤害人，他决不会伤害人。没有什么事情可做，只得耐心地坐着，等那个时刻来到，说“不”。她深深地吸了一口气，她的心思也溜开去了，不过溜得不远。她不敢溜得太远。

布拉焦尼费尽心机当一个优秀的革命家和专业的人类爱好者，并不是没有好处的。他永远不会为干这一行送命的。他有的是阴毒的念头、机灵的才干、邪恶的手段、敏锐的机智、冷酷的心肠，坚决做到有利可图地爱这个世界。他永远不会为干这一行送命的。他会活着看到自己被其他饥饿的世界拯救者从饲料槽旁踢开。他告诉劳拉，尽管他的生活驱使他流血，但按照传统，他不得不歌唱，因为他的爸爸是个托斯卡纳庄稼人，他漂流到尤卡坦，跟一个玛雅女人结了婚，那是一个来自名门贵族的女人。他们给了他爱和音乐的知识，就是这样；接着他的拇指甲一划，吉他的弦像裸露的神经似的诉说起痛苦来。

从前，那些追求他的姑娘和结了婚的娘儿们都管他叫“瘦子”；他瘦得只剩一副骨头架，单薄的棉布下显出全身的骨头，他双手使劲紧握自己没有肉的身子时，可以握到脊骨。当时他是个诗人，革命只是一个梦；有太多的女人爱上了他，消耗他的青春，当时不管在哪儿，不管在哪儿，他都无论如何也找不到足够吃的！现在，他是群众的领袖，鬼点子多的人把嘴凑向他的耳朵悄悄地说话；饿肚子的人在他的办公室外等上几个钟头，只为了要跟他说一句话；形容消瘦、神情像疯子的人在街上大门口拦住他，怯声怯气地说：“同志，让我告诉你……”接着他们把从空肚子里冒出来的臭气直喷到他的脸上。

他一直是富于同情心的。他从自己的衣袋里掏出一把把小硬币给他们，他答应给他们工作；将要发动一次次示威游行，他们一定要参加工会，出席会议，最要紧的是，他们一定要提防奸细。他跟他们的关系比跟他的亲兄弟更密切，没有他们，他什么也干不成——直到明天，同志！

直到明天。“他们愚蠢，他们懒惰，他们靠不住，他们会无缘无故地割断我的喉咙。”他跟劳拉说。他享用上好的饭菜和大量的美酒；他租了一辆汽车，礼拜天早晨在大道上兜风，在一张柔软的床上美美地睡上许久，身旁躺着那个不敢打扰他的妻子；他坐着对劳拉唱歌，他的骨头舒适地裹在一堆堆软绵绵的肥肉里；劳拉呢，她知道且想着他这些事情。他十五岁的时候，曾试图淹死自己，因为他爱上一个姑娘，他的第一个情人，而她却嘲笑他。“上千个女人为这件事付出了代价。”接着他那张绷紧的小嘴的嘴角耷拉向下了。现在，他在自己的头发上洒“赛马俱乐部”牌香水，还向劳拉吐露隐私：“说真的，在黑暗里，一个女人跟另一个一样好。我个个喜欢。”

他的妻子在烟卷厂的女孩子们中间组织工会，在纠察线里活动，甚至在晚会上发言。可是，他没法使她承认真正的自由的好处。“我跟她说，我必须要有自由，不折不扣的自由。她不懂得我的观点。”这些话劳拉听到过许多回。布拉焦尼胡乱弹着吉他，沉思起来，“她生来是个规矩女人，像金子一样可贵，这错不了。她要不是这样的话，我会把她锁起来，这她也知道。”

他的妻子为工厂里的女孩们的利益工作得非常辛苦，却会花费一部分空闲时间躺在地板上哭，因为世界上有这么多女人，而她却只有一个丈夫，她从来不知道上哪儿去和什么时候去找他。他告诉她：“除非你能学会我不在这儿的时候才哭，否则我一定永远不回来。”那一天，他离开家，在马德里饭店租了一个房间。

为了更高的原则，他们分离了一个月，这次分离，不但叫布拉焦尼太太受尽煎熬——她的现实感是无可批评的嘛，而且还使劳拉吃足苦头，她觉得自己陷在一场梦魇中。今夜，劳拉可羡慕布拉焦尼太太哪，她一个人待着，为了亲身受到的委屈，可以爱哭多久就哭多久。劳拉刚才探监回来，正带着痛苦的焦急心情在等待明天，好像明天可能不来似的，可是她眼下却不得不呆呆地坐着，布拉焦尼在没完没了地唱着，而欧亨尼奥的尸体还没有被看守发现，时间在这个时刻也许停住不动了。

布拉焦尼说："你要睡了吗？"她几乎还来不及摇头，他就开始告诉她，在即将来到的五一节，莫雷利亚要出乱子，因为天主教徒把那一天定为赞美圣母的节日，而社会主义者呢，却在那一天纪念他们的烈士。"两支独立的游行队伍将从城市的两头出发，浩浩荡荡地前进，直到相遇，其余的事就全凭……"他请她给他的手枪擦油，上子弹。他站起来，解下他的子弹带，把它沉甸甸地铺在她的膝盖上。劳拉坐着，用蘸油的擦布一颗颗地擦着子弹，接着他又说他弄不懂她为什么为革命理想干得这么辛苦，除非她爱上了革命队伍中什么人。"没有。"劳拉说。"也没有人爱上你吗？""没有。""那么，这是你自己的过错了。没有女人需要去乞讨啊。嘿，你怎么啦？连阿拉梅达公园里那个没有腿的女乞丐也有个痴心的情人嘛。这你知道吗？"

劳拉低头盯着枪管，一声不吭，可是她感到有点头晕，晕了好一会儿才恢复；布拉焦尼把他粗大的手指弯起来，握住吉他的颈部，轻轻地掐灭了音乐声，当她再听到他说话的时候，他看上去好像已经把她忘了，而是在用催眠的声调说话，他在小房间里对一群挤得很紧、专心静听的人讲话的时候就是用的这种声调。眼下，这个世界看起来似乎非常平静，而且会天长地久地存在下去，但有一天将遍地都是纵横交错的壕沟、颓垣残壁和残缺不全的尸体，直到每一个海洋的边上。样样东西都免不了从习惯的地方被拔出来，它们在那些地方腐烂了几百年了，它们免不了被扔到天空中，散布开来，像雨点似的又完全洒下来，分不出各自的形状。穷人用粗硬的手为有钱人创造的东西，一样都不会剩下来；没有一个人能保全性命，只有那些被选中的人除外，他们是预定用来消除残酷和不公正、产生一个由仁慈的无政府主义统治的新世界的。“手枪是好东西，我爱它们，大炮甚至更好，不过，归根结底，我把信心寄托在优质的甘油炸药上。”他下了个结论，接着摸摸他手里的手枪，“我一度梦想毁掉这个城市，要是它竟敢反抗奥尔蒂斯将军的话，没想到它像一只熟透了的梨那样落到了他的手中。”

他被自己的话弄得心神不定了，便站起来等着。劳拉捧起子弹带递给他。“束上吧，到莫雷利亚去杀个把人吧，那样你会快活些。”她温和地说。房间里出现了死亡的阴影，使她胆大起来，“今天，我发现欧亨尼奥快昏迷了。他不让我去叫狱医。他把我昨天带给他的安眠药片一股脑儿吞下去了。他说他之所以吞下这些药片，是因为他腻烦了。”

“他是个蠢货，他要死，那是他自己的事情。”布拉焦尼一边说，一边小心地束上子弹带。

“我告诉过他，只要他稍微等久一点，你会设法让他被释放的，”劳拉说，“他说他不想等了。”

“他是个蠢货，没有他对咱们更好。”布拉焦尼一边说，一边伸手去拿帽子。

他走了。劳拉知道他的心情变了，她会有一阵子看不到他。什么时候他需要她跑腿，到陌生的街上，去跟那些会出现的陌生人讲话时，他会派人来传话的。那些陌生人的脸就像会说人话的泥做的面具，他们嘟嘟囔囔地感谢布拉焦尼对他们的帮助。现在，她自由了，她想，趁此机会，她一定要逃走。可是，她没有走。

布拉焦尼走进他自己的房子，一个月来，他妻子天天晚上躺在枕头上哭，还扯乱自己的头发。这会儿，她就在哭，一看到他这个害她伤心的冤家，她哭得更厉害了。他看了看房间里。没有什么改变，气味很好闻，而且是熟悉的，向他走来的那个女人也是他熟悉的，她的脸上丝毫没有埋怨的神情，只是显得悲伤。他温柔地跟她说："你真好，别再哭了，你这亲爱的好人儿。"她说："你累了吗，我亲爱的人儿？坐在这儿，我来给你洗脚。"她端来一盆水，跪着解开他的鞋带，当她跪在地上从发黑的眼睑下抬起悲哀的眼睛的时候，他为一切感到伤心，忍不住掉下眼泪。"啊，可不是，我饿了，我累了，咱们一起吃点东西吧。"他一边抽抽搭搭地哭，一边说。他的妻子把头靠在他的胳膊上，说："原谅我！"接着她的眼泪像一场神圣的、没完没了的雨，洗得他神清气爽。

劳拉脱掉身上的哔叽衣服，穿上一件白麻布睡袍，躺在床上。她把头稍微侧向一边，一动也不动地躺着，提醒自己是该睡觉的时间了。在她的脑子里，数字像小钟似的嘀嗒嘀嗒地响着，无声的门在她周围一一自动关上。你要想入睡的话，决不能去回想任何事情，那些孩子明天会说，早上好，老师，那些可怜的囚犯天天给看守带鲜花来。1—2—3—4—5——把爱情和革命、白天和黑夜、生和死混淆起来，真是荒唐可笑——啊，欧亨尼奥！

午夜的钟声是个信号，可是这表示什么意思呢？起来，劳拉，跟我走；离开睡乡，离开床，离开这所陌生的房子。你在这所房子里干什么？没有一句话，没有害怕，她站起来，伸出手去握欧亨尼奥的手，可是他带着机灵、淘气的微笑避开她，飘开去。事情还没有完哪，你一定要看到——杀人犯，他说，跟我走，我会给你看一个新的国家，不过，那很远，咱们得赶快。不，劳拉说，不，除非你握住我的手，不；她先紧紧抓住楼梯扶手，接着抓住那棵犹大树的那根最高的枝条，它慢腾腾地弯下来，把她送到地面，接着她来到峭壁的突出的岩石上，又转到波浪起伏的海面上，那是没有水的海，只是一片碎石。你带我上哪儿去，她惊奇地问，可是并不害怕。上死亡那儿去，路远得很哪，咱们得赶快走，欧亨尼奥说。不，劳拉说，不，除非你抓住我的手。那么，吃这些花，可怜的囚犯，欧亨尼奥用怜悯的声音说，拿着吃吧；从那棵犹大树上，他摘下暖乎乎、淌着鲜血似的汁水的花，递到她的嘴旁。她看到他的手是没有肉的，几根又小又白的木化石似的枝条，他的眼窝里没有光。她狼吞虎咽地吃下那些花，因为那些花既消饥又解渴。杀人犯！欧亨尼奥说，又是吃人肉的！这是我的肉身和鲜血！劳拉嚷叫着，不！听到她自己嚷叫的声音，她醒了，直打哆嗦，害怕再睡熟。

（鹿　金　译）

破 镜

丹尼斯听见罗萨琳在厨房里说话，还有一个男人回答的声音。他坐在那里，两只手从膝头垂下，第一百次在想，有的时候罗萨琳的声音是他的一个伴，而在别的日子里，他整天希望她不要对什么事情都有这么多话可说。岁月越来越多地使人沉静，相同的事情一说再说根本毫无意义。就连思考同样的想法，过了一会儿也会变得索然无趣。但是罗萨琳还是一如既往地喋喋不休。如果不是对他说，就是对无论哪一个做片刻停留的过路人说，而如果没有人停留，她就对猫和她自己说。如果丹尼斯走近她，她仅仅提高声音，然后继续说下去，因此当她突然大叫"别捣乱，好了——我对你说了多少遍了不许上桌子"的时候，根本就算不得什么事，而那些猫就会一脸有愧地四散逃走。丹尼斯总会抱怨说，"这足够把人吓个跟斗的。""亲爱的，不是对你说的。"罗萨琳会说，仿佛这话就能平复一切似的。假如他没有立刻离开，她就会开始某种叙述。但是今天她接连不断嘘嘘地赶他出去，嘴里一句好话也没有。被赶出去的丹尼斯觉得，在这里，什么人什么事都受欢迎，只有他除外。他第二十次蹑手蹑脚地走到客厅的钥匙孔前偷听。

罗萨琳正在说："也许它的前腿看起来比活猫的显得臃肿，但是在这幅画里不是什么大事。我对凯文说，'你永远不可能把那只猫画活了。'可是凯文做到了，用和在浅碟子里的刷房子的漆和一把小刷子，他便画出了那些纤细的线条。它的腿之所以那个样子，是因为我要他画在桌子上的猫，但是其实猫一直都在我的膝上。它逮老鼠简直绝了，天生的猎手，从早到晚逮回来——”

丹尼斯坐在客厅的沙发上，心里在想：“又来了，她又讲这事了。”他不知道这个男人是谁，陌生的声音，但他是个大嗓门、张口就来、说话急促不清的人，似乎可能想兜售什么东西。“这是幅很好的画，奥图尔夫人，”他说，“你说那画家是谁来着？”

“一个叫凯文的年轻人，和我的亲弟弟一样，他走了，出去发财去了，”罗萨琳答道，“他是个房屋油漆工。”

“和真猫一模一样！”那声音大声吼叫道。

“没错，”罗萨琳说，“活生生的猫咪比利。这儿，猫咪内莉是它的亲姐妹，猫咪吉米、猫咪安妮和猫咪米奇是侄儿女，它们这一家子长得特像。彭德尔顿先生，发生在猫咪比利身上的事情太奇怪了。它有时候在天黑以后才回来吃晚饭，因为它太迷恋于追寻猎物了。后来，有天晚上它根本没有回家，第二天也没有回来，再一天还是没有回来，我心里惦记着它，睡不着觉。第三天午夜我才睡着了，那猫咪比利走进了我的房间，跳到我枕头上说，‘北边那块地外面有一棵枫树，暴风雨折断了它的一根树枝，留下了一个大疤。在那棵树附近有一块平平的石头，你会在那儿找到我。我被捕兽夹夹住了，’它说，‘虽然不是为我下的夹子，’它说，‘但是还是夹住我了。现在别为我担心了，’它说，‘因为一切都结束了。’然后它就走了，就像一个人那样回头看了我一眼，于是我叫醒丹尼斯，告诉了他。彭德尔顿先生，我百分之百肯定，这些都是真的。就这样，丹尼斯走到北边那块地外面，把它带回了家，我们把它葬在花园里，为它大哭了一场。”她语不成声，声音低了下来，丹尼斯浑身打战，生怕她会在这个陌生人面前掉眼泪。

“看在上帝的份上，奥图尔夫人，”大嗓门男人说，“这事老在你心里，绕不过去是吧？哎呀，这是我听到过的最不寻常的事情了！”

丹尼斯站起身来，发出一丝嘎吱声，一瘸一拐地转到房子的东边，正好看见一个圆滚滚的、有着肌肉松弛的红脸盘的男人，爬上了一辆车门上漆着“总有点货”字样的锈迹斑斑的老破车。丹尼斯把头伸进厨房门，评论道，“总爱来些无稽之谈！”

“没错，”罗萨琳毫不愧疚地说道，“他要听故事，于是我给他讲了个好听的。这就是我身上的爱尔兰特性啊。”

“总是夸大其词，”丹尼斯说，“这是你的习惯。”

罗萨琳有点生气了。“你出去！”她大声喊道，那些猫纹丝不动。“厨房不是男人待的地方！我得对你说多少遍才行？”

“好吧，把帽子递给我，好吗？”丹尼斯说，他的帽子挂在日历上方的一颗钉子上，并且自从他们住进这所农舍以来就一直挂在那里，伸手就能拿到。几分钟以后他要他的烟斗，就放在放灯的搁板上，他总是把烟斗放在那儿的。然后他马上需要他在谷仓穿的靴子，虽说他已经有一个月没有看到这双靴子了。最后他想起有话要说，便把门打开了几英寸。

“过去十年我能坐着不受干扰的地方在哪儿？”他问道，一面看着放在大桌子一侧的他的安乐椅，椅子的头枕刚刚被拍得松软鼓起，“今天就不是我该坐的地方了？”

“你要是再发牢骚，一定会后悔的，”罗萨琳毫不客气地说，“现在趁我还没有扔东西砸你，赶快滚吧。”

丹尼斯把帽子放在客厅的桌子上，把靴子放在沙发下面，坐在前阶上点燃了烟斗。很快天气就要变冷了，他真希望从厨房门后的挂钩上拿下他那件旧皮夹克。罗萨琳究竟在搞些什么？他确信，罗萨琳总是把自己的毛病归咎于她的爱尔兰特性，这对爱尔兰人太不公平了。他感到，做个爱尔兰人就是要像他这样，是个清醒、实际、爱思考的人，一个酷爱真相的人。罗萨琳根本看不到这一点。“没别的，就是你的脑袋像块石头！”有一次她对他说，假装开玩笑，但她是认真的。她从来没有赏识过他，就是这么回事。他的第一个妻子也是这样。无论他给了她们什么，她们总想要别的东西。他年轻贫困的时候，第一个妻子想要钱。当他成了一个踏实的、银行里有了存款的人的时候，他的第二个妻子想要一个充满活力的年轻人。他认定，“她们反正都是些天生忘恩负义的人。”他立刻感到好多了，仿佛他终于有了坚实的立脚之处。在九月份，人这样坐在台阶上会送命的，而她毫不关心！他咔嗒一声咬住牙，感觉上下牙不再咬合了，他的手脚好像是用绳子捆在身上的。

在这段时间里，罗萨琳始终看上去一点都没有变。她这样做几乎可能是在故意气他，只不过她不是那种心怀恶意的人。他必定会这样为她辩护。但是她忘不了她在爱尔兰辉煌的少女时代，总是对他讲述有关的故事，而且讲个没完。在他心里，他对她的青春时代比对他自己的还要清楚。他记不得发生在自己身上的种种事情。他的过去在他心里是巨大的一团；在那里，一切都堆在一起，当他想到的时候，就像收拾好后放在一边的箱子，知道里面所有的东西，却不会费神说出是什么东西，或者去清点一下这些东西。总而言之，对在英格兰布里斯托尔的丹尼斯·奥图尔来说，生活可不是容易的。他在布里斯托尔长大，过早地开始工作。他把他的英格兰妻子连根拔起，带到他的兄弟姐妹所在的纽约来，有了比较好的工作，为此妻子永远没有原谅他。他先在一家纽约的旅馆里当服务员，后来当服务员领班，漫长的岁月在他心里不知怎的一下子叠缩在了一起。不错，这不是最好的旅馆，可是他终究是个领班，挣钱多，足够在康涅狄格州买下这个农场，有点稳定的收入，罗萨琳还有什么不满足的？

他第一个妻子在他们离开英国几年以后去世了，他没有感到难过，因为他们从来不曾真正相爱过。他现在似乎觉得，即使在她去世以前，他就决定，如果她真的死了，他也永远不再结婚了。他一直坚持到快五十岁，那时他在遥远的东八十六街上的斯莱戈县大礼堂的舞会上遇见了罗萨琳。她是个快乐的大个子姑娘，跳舞第一流，小伙子们简直抢着找她跳。她带着他跳了一支舞，两年以后才接受了他。她说，其实对他也没有什么不满的，就是他来自布里斯托尔，以及这个外来的爱尔兰人的名字让人无法信任。她说不出来为什么——就是他们的一个名字，比都柏林人本身还要糟。没有哪个正经的斯莱戈姑娘会嫁给一个都柏林人，即使他是地球上最后一个男人。丹尼斯不相信这话，他从来没有听到过像这样对都柏林人反感的话；他认为一个乡下姑娘会抓住机会嫁给一个不论什么样的城里人的。罗萨琳说，“也许。”不过他会看得到她会不会抓住机会，嫁给一个布里斯托尔来的爱尔兰人的。她是一个有钱女人家的侍女，罗萨琳说，世上要是有黑暗里的恶魔，那就是这个女人了。起初，丹尼斯对整个事情感到不安，害怕一个不得不拼命干活的年轻女子，可能会为了钱嫁给一个年纪大的男人，但是不到两年之后，他就不再这样想了。

婚后没多久，丹尼斯有时候几乎开始希望，不如让那些胳膊结实的小伙子中的一个娶了她，可是他喜欢她，她是个挺好的姑娘，在她热情减退了一些以后，他知道自己做对了。唯一的遗憾就是，他希望在布里斯托尔第一次结婚的时候娶的是罗萨琳，年龄相近，那现在他们就会一起安安稳稳地过日子了。三十年的年龄差距确实是太大了。但是他从来没有对罗萨琳说过这些。男人应该自己有担当。他在脚垫上磕掉了烟斗里的烟灰，觉得实在是需要进厨房去找根烟斗通条。

罗萨琳说：“请进，欢迎！”他站着仔细向四周看去，琢磨着她在做什么。她提醒他道，“我要去挤牛奶了，记住管好你的眼睛。那头母牛——那家伙！很快就会跳出石墙去找苹果，在地里疯跑吼叫，仅仅就为了再怀上一头牛犊子，可怜的被欺骗的家伙！”丹尼斯说：“我看不出那里头有什么欺骗可言。”“啊，你看不出吗？”罗萨琳说着，一面把奶桶收集到一起。

厨房里很暖和，丹尼斯又感到自在了。水壶的水慢慢烧开，可以泡茶了，那些猫随意地蜷缩着或四肢伸开躺着，他坐在那儿沉思着，现出虚弱的笑容，一面清理他的烟斗。在谷仓里，罗萨琳卷起紫色条纹布裙子，前额贴在奶牛温暖平静的腹部的侧面，用手引出两道浓浓的奶流，落入奶桶。她对奶牛说：“不是生活，根本不是生活。他这个岁数的男人不能给女人以安慰。”她缓慢而低声地继续述说着，但并不是在抱怨自己生活中的事物。

有时候她希望他们没有到康涅狄格州来，在这里连可以说句话的人都没有，只有俄国人、波兰人和意大利人的后裔，说到底，这些人并不比黑人新教徒好到哪里去。本地人就更糟了。住在山上的邻居的形象出现在了她的心头：一个一脸挨饿相的女人，穿一件黑灰色的裙衣；一个患黄疸病的、眼眶发红的男人；以及他们智力低下的儿子。礼拜日他们穿着破旧的鞋子蹒跚地经过，步行去到礼拜堂，但是这就是他们全部的宗教活动了，罗萨琳轻蔑地想道。在工作日，他们责打那个可怜的男孩和牲口，两口子干仗。没有节日，穿的衣服丝毫没有鲜艳的色彩，眼睛里也从来没有对任何活人露出过友好关怀的神情。“就是一天又一天地活在现世的罪孽之中。”罗萨琳说。但是使她感到心灰意冷的是丹尼斯的日渐衰老。而他那一头漂亮的头发，她没有在别的男人身上见到过。一个帅哥，啊，当年丹尼斯可真是个帅哥！丹尼斯身穿黑色西装、戴着白手套在她眼前出现，他是一个有见地的人，能告诉最有钱的人一顿好的晚餐应该点些什么。一个何等的绅士啊，穿着挺括的白色衬衫，一手管理着服务员，一手照管着顾客，大把挣着钱。而现在呢？不，她无法相信这竟然是丹尼斯。丹尼斯现在在哪儿？凯文又在哪儿？现在她很后悔因为他的女朋友伤害了凯文。其实就是闹着玩儿的，没有恶意。不能对好朋友说实话不是很奇怪的事情吗？有一天，就像晴空霹雳，在罗萨琳甚至都没有听说他有女朋友的情况下，凯文给她看了那女孩的照片。女孩是纽约一个餐厅的服务员。要是罗萨琳这辈子看到过什么厚颜无耻的轻佻女人、那种男孩子在家里拿来开玩笑的、那种去到纽约然后堕落了的，那么就是照片上的这个了。"你永远、永远不会和她确定关系的，是吧？"罗萨琳当时就叫了起来，眼睛里满是眼泪。"为什么不会？"凯文问道，方正的下巴现出坚定的样子，"我们好了三年了，谁要是说她的坏话，就是说我的坏话。"就这样，他们算不上是在吵架，但是当时肯定也不是朋友了，凯文一边把照片放回口袋里，一边说："这是咱们俩最后提这事了。把这事告诉你，我真是大错特错了！"

那晚，他在睡觉前收拾好了衣物，不过还是下楼来和他们在台阶上坐了一会儿，他们什么话都没有说，好像什么事情也没有发生一样，和好了。"男人活着必须做点什么，"凯文解释道，"在世界上总会有用武之地的，我要去纽约，也许波士顿。"罗萨琳说："给我写封信，别忘了，我会等着的。""我一搞清楚自己在什么地方，就马上写。"他答应道。他们分别时脸上带着假笑，胳膊搂着对方一直走到大门口。从纽约寄来过一张印着伍尔沃斯百货连锁店大楼的明信片，上面写着，"这是我的旅馆。凯文。"五年来，从此再也没有片言只字。这个小坏蛋，乡巴佬！他背上捆着箱子消失在路的尽头以后，罗萨琳回到屋子里，看着厨房窗子旁边那面方镜子里的自己。镜子玻璃上有一道波纹，中间有条裂缝，照镜子时就好像看见自己倒映在水里的脸。"天哪，我可不是这个样子的。"她说道，一面把镜子挂回到钉子上，"我要真是这个样子，那他离开就不奇怪了。可是我不是啊。"她心里明白，他跟着那个长相粗俗的女孩跑了，不会有好结果的；但也许他不久就会看穿她，回到这儿来的。凯文可不傻。她等待着、留神守候着凯文回来，并且向她承认她是对的。他会说："我很抱歉，为了一个连看你一眼都不配的人伤害了你的感情！"可是现在已经五年了。她把一块钩针编织的蕾丝悬挂在镶着比利猫咪那幅画的画框上，并且把画放在厨房里的一张小桌子上，这有时候给了她一个提起凯文的名字的借口，尽管这声音对于丹尼斯的耳膜是一声霹雳。"别谈他，"丹尼斯不止一次地说，"他应该给我们写信的。正是这种忘恩负义让我没法忍受。"她心想，现在该拿丹尼斯怎么办呢，一边对着奶牛的侧腹沉重地叹了一口气。把一个男人用法兰绒像包裹婴儿那样包裹起来，给他放上热水袋，根本找不到一点做妻子的感觉。她叹着气站起身来，把小凳子踢了回去，对奶牛说，"行了。"

看到灯光和炉火令一切变得温馨起来，她不禁立刻感到了快乐，香草的香味使她想起了香水。丹尼斯过滤牛奶的时候，她摆好餐桌，在桌子上铺了一块带白色流苏的桌布。

"好了，丹尼斯，今天是个大日子，咱们要好好吃上一顿。"

"是万圣节吗？"丹尼斯问道，他已经不再看日历了。什么日子都差不多。

"不是的，"罗萨琳说，"把椅子拉近点。"

丹尼斯又猜是圣诞节，罗萨琳说是一个甚至是比圣诞节还要好的日子。

"我想不出来是什么了，"丹尼斯说，一面看着那只油亮亮的烤鹅，"我谁的生日也不在意。"

罗萨琳托起像一堆新雪般的、点着蜡烛的蛋糕，"你数数有多少根蜡烛，就知道今天是什么日子了，好吗？"她敦促道。

丹尼斯食指来回移动，数着蜡烛，"是的，罗萨琳，是的。"

他们不断斗嘴。他把这事全忘了。罗萨琳想知道，他什么时候没有忘记过？要是按他想没想到过来算的话，他们压根儿就和从来没有结过婚差不多。“不是这么回事，”丹尼斯说，“我清清楚楚记得和你结了婚，忘记的只是具体的日子。”

“你还不如是个英格兰人呢，”罗萨琳说，“还不如这样呢。”

她看了一眼钟，提醒他那是二十五年前的这个早晨的十点钟，以及就在和今晚一样的时候，他们坐下吃了婚后的第一个晚餐。丹尼斯觉得，说不定就是所有这些年告诉别人吃什么、然后看着他们吃的工作，使他失掉了胃口，“你知道我不能吃蛋糕，”他说，“吃了胃里难受。”

罗萨琳很肯定，她的蛋糕连吃奶的婴儿都能吃。可是丹尼斯很清楚，对他来说，任何蛋糕都像块石头那样难以消化。他们一边继续斗嘴，一边都快把几乎入口就化的烤鹅吃光了，最后晚餐以一块块切成楔形的蛋糕和源源不断的茶结束。丹尼斯不得不承认，多年以来他都不曾有过这么好的感觉了。他看着坐在桌子对面的罗萨琳，认为她是个非常优秀的女人，他再次注意到她红色的头发和黄色的睫毛，她粗壮的胳膊和结实的大牙齿，心想，现在他对她一点用处也没有了，不知道她对他是怎么个想法。这就是他，全废了，而且已经很多年了。有时候他在罗萨琳面前感到内疚，她并不总能理解，到了时候一个男人是会耗尽的，在那方面没有办法了。罗萨琳倒了两小杯家酿樱桃白兰地。

“今晚我感到像在跳舞一样，丹尼斯，”她对他说，“你记得咱们第一次在斯莱戈县大礼堂见面的时候吗，当时乐队正在演奏？”她又给了他一杯白兰地，自己也端了一杯，俯过身去，眼睛闪着光，仿佛在对他说着一件以前他从来没有听到过的事情。

“我记得在爱尔兰有个小伙子，踢踏舞跳得可好了，最棒的，而且他痴迷于我，可是我是他的小恶魔。嗳，丹尼斯，是什么东西让一个姑娘成了这个样子？而且他是个很好的对象，所有姑娘有机会和他在一起时都会很高兴，可我不。他对我说了一千遍，‘罗萨琳，你为什么一次都不肯和我跳舞？’我会说，‘不用我浪费自己的时间，就有很多人和你跳。’因此，长长的一个夏天里，他一次舞也没有跳，大家简直把他取笑苦了，直到最后我和他跳了。舞会结束后，他陪我和一大群人一起走回家。头上是满天繁星，远处传来狗狗的吠叫声。那时我答应做他的女朋友，可当时我就后悔了。我就是那样。那时我们常常一整天都在为跳舞做准备，洗头发，卷头发，试穿并修饰连衣裙，谈起男孩子来捧腹大笑，编造些东西来对他们讲。当我姐姐霍诺拉结婚的时候，丹尼斯，我穿着有褶裥饰边、长及脚跟的白色连衣裙，头上戴着花冠，他们把我当成了新娘。人人都为我这个舞会上的头号美女的健康干杯，并且说下一个新娘肯定会是我。霍诺拉叫我保留点羞涩，要不然到自己的婚礼上就剩不下多少了。她向来都嫉妒我，丹尼斯，一直到今天都这样，你是知道的。”

“也许吧。”丹尼斯说。

“没有也许不也许的，”罗萨琳说，“不过我们小时候在一起可开心了。我记得太爷爷九十岁临死时，那晚我们轮流——”

“他拖得够久的。”丹尼斯为了表明他感兴趣，说道。他已经困得抬不起头来了。

“就是，”罗萨琳说，“于是那晚霍诺拉和我在守护，我们俩哈欠连天，因为前一天晚上参加了个盛大的舞会。母亲告诉我们，‘时不时摸摸他的脚，当你们觉得越来越凉的时候，就知道他快不行了。他拖不过今晚了，’她说，‘但是要陪在他身边。’因此我们俩在那儿，喝着茶，低声说笑以保持请醒，老人躺在那儿，下巴支在被子上。‘等等，’霍诺拉说，她摸了摸他的脚，‘脚变冷了。’她说，然后继续告诉我她在舞会上对沙恩说了些什么，他又是如何嫉妒特伦斯，他问她，当她没有在他眼前的时候，他能不能信任她。霍诺拉对他说：‘不，你不能。’啊，他气得大声咆哮！这时霍诺拉把拳头塞进嘴里，压下自己咯咯的笑声。我摸了摸太爷爷的脚和腿，膝盖以下像黏土一样，于是我说：‘也许我们该叫人了。’但是霍诺拉说：‘啊，他还有点气力，还不会变冷呢！’就这样，我们倒了茶，开始互相梳头编辫子，开始悄悄诉说各自的秘密，笑得更厉害了。然后霍诺拉把手放在了被子下面，说道：‘罗萨琳，他的肚子也冷了，现在他肯定已经走了。’这时，太爷爷睁开了一只充满狂怒的眼睛，说：‘没这回事，你们见鬼去吧！’我们大声尖叫起来，人们飞奔而入，霍诺拉大声说道：‘啊，他肯定已经死了，走了，上帝保佑他安息吧！’你信吗，就是这样。他走了。当老太太们给他洗身子的时候，霍诺拉和我坐下来，又哭又笑……就在整整六个月以后，一天不差，太爷爷出现在我的梦里，就像我告诉过你的那样，他仍旧对霍诺拉和我在守护的时候大笑不依不饶。‘我真想把你们揍个半死，’他对我说，‘只不过因为我最后对你们说了那些话，现在这一刻正在炼狱里哀号呢。去为我灵魂的安息再加做一次弥撒，因为是你们的不当行为，我才会在这里的，’他对我说，‘快点，’他说，‘你个该死的！’”

“于是你就在满身大汗中醒来，”丹尼斯说，“天没亮就去做弥撒了。”

罗萨琳点点头，“啊，丹尼斯，要是我一心看上了那个小伙子，我根本就不需要离开爱尔兰了。当我想到他最后的结局的时候，我在这么遥远的地方，而他脑袋被砸了，然后被当成死人丢到了水沟里。”

“那是你梦见的。”丹尼斯说。

“我就是梦见了，就是那样的。当我为他哭了又哭的时候——”罗萨琳对自己的哭很自豪——“并不知道自己在这里会有多好的运气。”

丹尼斯想不出来她说的是什么好运气。

“不说那个了。”罗萨琳说。她又走到屋角的架子那里，“今天来的那个人是卖烟斗的，”她说，“我买了他最好的那个。”那是一个仿造的海泡石烟斗，雕着一头从丛林里向外怒目而视的、有饰章的狮子，烟斗有人的拳头那么大。

丹尼斯说："想必你花了不少钱吧。"

"这你不用管，"罗萨琳说，"我想送你一个烟斗。"

丹尼斯说："雕刻很棒。不知道烟道通不通气？"他装满烟丝，点燃烟斗，说用新烟斗没什么味道，而他举着它累得慌。

"我父亲曾经有过这么一个烟斗，"罗萨琳为了鼓励他，说道，"他说，很快就能使你大吃一惊的。所以，有朝一日这会是个很棒的烟斗。"

"有朝一日我会在坟墓里的，"丹尼斯愤懑地想道，"而她会找到一个能让她安静下来的男人。"

他们睡觉的时候，罗萨琳把他的头搂在自己肩旁，"丹尼斯，当我想到我们结婚那天有多幸福，我一眨眼就能哭出来。"

"从你那份折腾劲来看，"丹尼斯说，借着白兰地的酒劲突然想开个玩笑，"我可不那么觉得。"

"睡觉吧，"罗萨琳假作正经地说，"不能这样说话。"

丹尼斯的头像一袋沙子落回到枕头上。罗萨琳睡不着，躺在那儿想到婚姻的事：不是有关她自己的婚姻——因为你一旦许诺了，就没有什么可想的了——而是其他各种各样的婚姻。不幸的：丈夫酗酒，或者不干活，或者虐待妻子和孩子；妻子离家出走，或溺爱孩子或疏忽他们，或者变成彻头彻尾的淫妇，和别的男人调情；女人嫁了个过于年轻的男人，男人感到自己受骗了，跟在别的女人身后转悠，直到丢尽了脸；或者一个年轻姑娘嫁了个老头子，即使他有钱，她也肯定会在某些方面感到失望。如果丹尼斯不是这样的一个好人，上帝才知道这个婚姻的结果会如何。她很走运。老是琢磨这事会让人伤心的。低沉的情绪向她压了下来，她想在地上走来走去，捧着头，记起世界上每一件苦恼的事情。她只有灾难，一个又一个，无论是多久以前发生的，她都无法从中挣脱出来。有一次，她听任一个完全不合适的人吻了她，她和他在一起几乎惹出了大麻烦，即使是现在，当她一想到自己差一点就成了没有人格的女孩的时候，心脏都不跳了。还有比利猫咪，它的好心和悲惨的死亡，而这件事在时间上和她父亲喝了酒以后，被一匹脱缰的马撞倒的事情混在了一起；还有那次她不得不穿补过的长袜去参加一场盛大的舞会，因为那个鬼头鬼脑的霍诺拉偷去了唯一的一双好袜子。

现在她希望自己有一打子女，而不仅仅是出生两天就死去了的那个。这个已经几被忘却的孩子突然又活在了她心里，她像最初感受到这痛苦时那样哭泣起来。现在他本该长成了一个英俊的男人，她心中的最爱。他的形象清清楚楚地浮现在她眼前，变成了凯文，把谷仓和猪圈漆上了彩虹的所有颜色，油漆刷子像个铃铛般在他手里摆动。他会像个狂人般一连干上许多天，然后在大树下面躺上许多天，懒散得像个流浪汉。亲爱的，这个和她亲生的儿子一样的亲爱的孩子。油漆工是个很好的谋生手段，但是想到他四处和酿制烈酒、方言古怪的异教徒俄国佬、波兰佬、南欧佬搭伙，她就受不了。这一切她都对凯文说过。

“这不是一个基督徒的生活方式，而你是个斯莱戈县的正派小伙子。”

因此，凯文像斯莱戈县的任何一个小伙子一样和她开玩笑，“我对自己说，如果说我曾经瞅见过梅奥县的女人的话，这个就是了。”

“住嘴，”罗萨琳像鸽子般轻柔地说，“说得好像你不知道似的，你是在和一个斯莱戈的女人说话！”

“是吗？”凯文一脸惊奇地说，“嗯，很高兴我错了。对我来说，梅奥的人太傲了。”

“对我来说也是，”罗萨琳说，“他们在毫无理由地看不起人这方面是世界第一。”

“就是，”凯文说，“但是斯莱戈人有权利感到自豪。”

“而你有权住在一所像样的爱尔兰房子里，”罗萨琳说，“所以你最好跟我们一起走。”

“我会像个梅奥人那样为此感到骄傲的。”凯文说，一面继续往罗萨琳家的大门上涂漆。他们站在那儿互相微笑着，感到他们想法已经足够一致，该是时候想一想，从现在起，怎样才能从聊天中了解对方的优点。在一年多的时间里，他们努力从聊天中了解对方的优点，有的时候是这个，有的时候是那种，但总是欢乐和惬意的时光，抑制不住的喜悦就像水快开时水壶的噗噗的鸣响。“你待我像姐姐一样，罗萨琳，只要有口气我就不会忘记你。”最后那晚他是这么说的。

丹尼斯咕哝着，轻轻地打着鼾。罗萨琳想大声哀悼一切，但是可不能惊醒丹尼斯。吃了那么多烤鹅，他正沉睡着。

罗萨琳说：“丹尼斯，我晚上梦见凯文了。有一座坟墓，一座老坟，但是坟上有鲜花，墓碑上清楚地刻着名字，可是似乎是别的语言，我认不出来。那时候你走过来了，我说：‘丹尼斯，那是谁的坟墓？’你回答说：‘那是凯文的，难道你不记得了吗？是你自己放的那些花。’然后我说：‘嗯，这么说是一座坟了，咱们别再想这事了。’咳，你想想，凯文死了这么久了，我一点都不知道，你说怪不怪？”

丹尼斯说：“这个人不值得一提，咱们对他那么好，他就那样一走了之，而且一点消息都没有。”

“那是因为他无能为力了，”罗萨琳说，“你不该对他有怨气了。我那样判断他是错的。咳，可是想想吧！凯文死了，而所有这些本地人和外国人还活着，凯文给他们的谷仓和房子刷的漆还在。太让人气不忿了。”

她的思想从对凯文的哀悼，逐渐移向在她周围拥有农场的本地人和外国人身上。她说她太害怕他们了，他们异教徒的脸看你的样子：外国人一脸无耻、本地人狡猾刻薄。“他们卖酒给所有的人，相互把对方烧死在床上，用斧头劈开对方的脑袋，”她抱怨道，“正派人待在家里也不安全。”

昨天她看见那个本地人盖伊·理查兹又喝得烂醉、一副什么犯罪的事都做得出来的样子走过她家。他极大地触怒了罗萨琳：粗浓的小胡子、衬衫破旧得露出了棕色的皮肤；以轻蔑的眼光东张西望，丢人之极；独自住在一间棚屋里，邀些狐朋狗友来喝酒，直喝得像地狱里出来的魔鬼一般不断大呼小叫，在乡间横冲直撞。他会在早饭前酩酊大醉地站在摇摇晃晃的马车上、赶着他那匹骨瘦如柴的灰马全速奔跑，用像废铁落下似的声音高唱着经过她的房子。有一次罗萨琳穿着一件绿色的方格连衣裙站在自己家门口时，他对她喊道，“嘿，罗西，想来兜兜风吗？”

“胆大妄为！”罗萨琳对丹尼斯说，“他要是敢用手指头碰碰我，我会开枪打死他。”

“你要是白天管好自己的事，”丹尼斯声音干枯地说道，“晚上闩好门，就没有必要向谁开枪。”

“你知道什么！”罗萨琳说。她眼前常常出现一连串的幻象：理查兹用手指触碰她、她自己当时当地开枪把他打死。“没有你我可怎么办，丹尼斯？”她问道。那天晚上他们坐在台阶上，夜色柔和，周围飞着许多萤火虫，满耳都是蟋蟀的鸣叫声。“当我想到世界上那些各色各样的男人的时候。那个理查兹！”

“男人年轻的时候就是喜欢寻欢作乐。”丹尼斯和蔼地说，一面开始打哈欠。

“年轻，是吗？”罗萨琳说，怒气使她激动起来，“那个老东西！他都该有成年的子女了，和我一样，而我是个已经安定下来的女人，不再胡闹了。”

丹尼斯差点要说，“我永远不会说你老的，”但是突然他也烦躁起来，“你能不能不说长道短了？”他挑剔地问道。

罗萨琳沉默地坐着，没有怨气，但是不可否认的是，老头越来越老了。他站起身来，仿佛用胳膊收集起自己的骨头架子，把自己抱进了屋子。在他体内某处必定有个丹尼斯，但是在哪儿呢？“世界是一片荒原。”她告诉蟋蟀、青蛙和萤火虫。

理查兹从来没有要用手指头碰碰她，但是当他没有喝得太醉的时候，他会时不时地下午在她家大门口停下车，和他们一起坐在门口台阶上。他身上还有一些痕迹，表明在酗酒使他潦倒之前，他是个行为良好的人。他会对他们讲述他生活中的故事，以及总的说来，他曾经是一个多么胆大妄为的放荡家伙。不过他小的时候不是这样。他母亲活着的时候，他从来没有做过一件使她伤心的事情。人们不会把她看作一个强壮的女人，因为一点点事都会使她感到不适。她是个十分虔诚的教徒，整天低声祷告，干活的时候祷告，甚至吃饭的时候也祷告。他曾参加过一个叫作戒酒者的社团，乡村里所有的男孩联合起来，立誓永不接触任何形式的烈酒：“即便是为了医疗目的使用也不行。”他会举起右臂严肃地直视前方，引用誓词。他还经常会突然高唱起激动人心的进行曲，那是他记得的、他们每周的歌唱活动时唱的歌：“戒酒之旗飘扬，横幅洁白如雪。”而且他仍然几乎能够逐字背出那首他喜爱的诗，在每一次集会上人们都会要求他背诵：“午夜时分，在守护着的帐篷中，那土耳其人躺在那里，梦想着那个时刻——”

有时候罗萨琳想打断她，告诉他那不算生活，他年轻的时候应该在爱尔兰。但是她不会说这话。她僵坐在丹尼斯身边，从眼角严厉地看着理查兹，心想不知道他是不是还记得他大声喊她“嘿，罗西”的时候。嘴里找不到一个词来怼这种胆大妄为之徒，足够让一个女人发狂了。他脸皮够厚的，装作什么事也没有的样子。有一天，他在讲述着他们一伙人，经常带着一桶家酿啤酒，在小溪旁岩石堆后面举行烤蛤蜊野餐会；以及铁路街乐队全班人马每周六晚上在温斯顿的舞会。“我们总是搞些恶作剧，”他说，两眼直视着罗萨琳，她都没有来得及说滚开，这讨厌鬼已经对她眨了眨左边的那只眼睛。她耷拉着嘴角转开了头，在漫长的一分钟后，她冷冰冰地说：“再见，理查兹先生。”随即走进了屋子里。她拿下镜子，想看看自己脸上是什么神情，但是有波纹的地方使她眼睛像她的手掌一样变宽、模糊，在裂缝中她分不清自己的鼻子和嘴……

一个月后，卖烟斗的人来的时候带来一个专利烹调锅，可以不加水做出很好的蔬菜。“这是健康得多的烹调方法，奥图尔夫人。”丹尼斯听见他那唠叨的声音越来越小，“我是作为朋友告诉你的，因为你是个好顾客。”

“是吗？”丹尼斯想，心中升起恼怒之情。

“你会发现，这对你丈夫的健康而言是件完美的天赐之物。老人吃东西需要特别谨慎，而你比我更清楚，奥图尔夫人，健康或始于厨房，或止于厨房。你丈夫现在看上去不像他应有的那么结实，那是因为，尽管你做的东西很好吃，但是你一直在把所有的维生素，阳光照射的赋予生命的成分直接倒进了污水井里……直接倒进了污水井，奥图尔夫人，你往那里面倒的，是你丈夫和你自己的健康。我说这太不像话了，像你这么好看的一个女人，居然站在灶台边浪费时间和精力，其实从现在起，你只需要把你计划好一餐要吃的东西，放进这个科学的小发明物里面，然后食物在烧煮的时候，你可以走开去到起居室里读一本好书——或者卷卷头发。”

“我的头发是自然卷。”罗萨琳说。丹尼斯在躲藏之处几乎大声抱怨起来。

“哎呀——奥图尔夫人，你这话不是真的吧！我第一次看见你那头发的时候，我对自己说，呦，太完美了，看起来像是人造的！我正准备问你是怎么弄的头发，好告诉我的妻子。嗯，如果你的头发没有任何维生素就能够这样卷起来，那我想在你使用这个小锅两周以后，再回来看看你的头发。”

罗萨琳说：“我操心的不是我的模样，而是我的丈夫已经大不如前了，事实就是这样，彭德尔顿先生。啊，如果能够看到这个人年轻时候的样子，你会感到高兴的！他健壮如牛，没有人敢激怒他。我曾多次看到我的丈夫挥动拳头，把人打趴在地上摔出二十英尺，而且，记住，还只是为了一点小事！但是丹尼斯从不记仇，你会看见他马上扶起那人，像兄弟那样拍去他身上的尘土，并且说‘现在咱们一笔勾销了’。他总是太宽容了。这是他的大毛病。”

“再看看他现在。”彭德尔顿先生难过地说。

丹尼斯只觉得耳朵周围发热。他站在房子的角落处向前倾身听着。他最重的时候也没有超过一百三十磅，一直是个瘦高个，对自己优美的体型略感自豪，自从他在布里斯托尔离开学校以后，就从来没有对任何生灵动过手，野兽也罢，人也罢。“他曾是个女人能够依靠的优秀男人，彭德尔顿先生，”罗萨琳说，“动起拳头来迅如猛虎。”

“听她那么说，我好像已经死去，尸骨成灰了，”丹尼斯心里想，“而她在那里一掷千金，仿佛已经是一个快乐寡妇了。”他踉踉跄跄地走出来，一心想要说出自己的想法，阻止这种愚蠢的行为。兜售人转向他松垮垮地一笑，精明的小眼睛盯着他。“你好，奥图尔先生，”他以对丈夫们使用的男人间的热情说道，“我正要把给你的一件小小的生日礼物留在你太太这里呢。”

“今天不是我的生日。”丹尼斯说，酸得像只柠檬。

“只是这么个说法而已！”罗萨琳愉快地打断了他，“好啦，非常感谢你，彭德尔顿先生。”

“非常感谢你，奥图尔夫人。”兜售人答道，一面把九美元崭新的纸币折好收起。除了再见，他没有再说什么，而罗萨琳站在那里，用手遮在眼睛上方挡住光，看着那辆福特车沿着崎岖不平的车道颠簸而去。“那是个正派的、忠于家庭的好男人，”她对丹尼斯说，仿佛在责备他的邪恶想法，“他在纽约以外做旅行推销，他总是有最新和最好的东西。他对你还充满了钦佩，丹尼斯。他说他想不起还有哪个和你岁数一样的人像你一样健康。”

“我听见他说的话了，”丹尼斯说，“我知道他所说的一切。”

“呃，那么，”罗萨琳平静地说，“就没有必要再说一遍了。”她急忙去洗土豆，好放在能使头发卷起来的锅里煮。

冬天一拥而来，暴风雪席卷而至。丹尼斯受不了一点点的冷，差点就坐在了炉灶里，带着围脖手套，流着清鼻涕，不满地嘟嘟囔囔。罗萨琳开始感觉厨房里热到她不想穿这么多衣服，而当她在谷仓干活的时候，又不断冷得发抖。她抱怨说，她的两只手一直冷到骨头里。丹尼斯现在有没有意识到这一点，他是不是打算整个冬天都像块木头那样坐在那儿，答应过帮她干室外的活儿的那个小伙子在哪儿？

丹尼斯想，对于一个身强力壮的女人而言，她要干的活实在太少了，而且事实是，她在为他没有办法的事情唠叨他，她的不讲理使他坐在那里无话可说。眼下她说的仍然是些他无法掌控的事情，只有在壶里的水烧干了或者火要灭了的时候，她才会呵责他。总有一天，她会直截了当地说出，“这里过的不是日子，我在这里再也待不下去了。”她就会把他拽回到纽约的一套公寓里去，或者甚至会离开他。她会吗？她会做这样的事情吗？他以前从来没有产生过这种想法。他眯眼看着她，仿佛是在通过锁眼观察她。他企图努力想起点什么来让她宽宽心，但是脑子里什么打算也没有。她会看着屋子里的某件好好的东西，比方说——日历，突然一把将它从墙上扯下来塞进火里。"我瞧见它就来气。"她会解释说，而她总是一看见这样或者那样东西就来气，甚至那头奶牛；猫虽然还没有到这个份上，但是也差不多了。

一天早晨，罗萨琳极其疲累愁苦地坐了起来，丹尼斯几乎连一只眼睛都还没有能够睁开，她就开始说道："夜里我做了个梦，梦见我姐姐霍诺拉生病卧床，快不行了，喊我去呢。"她双手捧着低垂的头，断断续续地呼吸着，呼出的气息触及脚趾。她又说，"自然啦，我必须去波士顿亲自看看是怎么回事，对不对？"

丹尼斯一面穿上护胸，这是她为他编织的圣诞节礼物，一面说，"我想是的，确实如此。"

喝咖啡的时候，她开始制定自己的计划，"假如我有件大衣就能去。在这种天气，得是一件毛皮大衣。这些年我需要的就是一件大衣。如果我有大衣，我今天就会去。"

"你有一件带毛皮的长大衣。"丹尼斯说。

"一件破烂大衣！"罗萨琳大声说道，"我不能让霍诺拉看见我穿着它。她一向嫉妒我，丹尼斯，看见我没有大衣她会得意的。"

"如果她病得快死了，说不定她不会注意的。"丹尼斯说。

罗萨琳表示同意，"而且也许在那儿买一件更好，或者在纽约买——买件新款的。"

"走纽约绕得太远了，"丹尼斯说，"去波士顿有更近的路。"

"我就是要从纽约去，因为坐火车更好，"罗萨琳说，"我想要那么走。"她脸上有一种神情，仿佛就算被绑在肢刑架上她都不会屈服。丹尼斯没再说话。

当邮递员经过的时候，她请他给山上的那家本地人带个话，派他们家的小伙子下来帮着干几天杂活，工资和以前一样。还有，明天早上，如果他不介意的话，她想搭他的车去火车站。一整天里，她把头发卷在卷发垫纸里，整理好自己的东西，放在一个闲置的旧帆布包里。她烤上火腿，把面发酵做面包，在厨房外面的小房间里放满了木柴。“也许会来个信息，说霍诺拉好点了，我用不着去了。”她好几次这样说，但是她眼里满是激动，在屋子里轻快地走来走去，连地板都直颤。

下午晚些时候，盖伊·理查兹敲门后，跺着脚上的大靴子踉跄而入。他几乎是清醒的，不过不会保持多久。罗萨琳说：“我得到了关于我姐姐的难过的消息，她可能快死了，我要到波士顿去一趟。”

“希望不是什么严重的情况，奥图尔太太，”理查兹说，“咱们为她的健康喝点这个吧。”他拿出了半瓶看着就很让人上头的酒。丹尼斯说他不介意喝点儿，理查兹说：“女士和咱们一起喝吗？”如果罗萨琳曾经看到过魔鬼的话，那么此时就在他的眼睛里了。

“我不喝，”她说，“我有更好的事情要做。”

他们喝酒的时候，她坐在那里收拾连衣裙的下摆，开始再一次对他们讲述她认识的数不清的人，从死亡的国度里带回自己的信息，在这方面丹尼斯本人也会支持她。她又讲了比利猫的故事，声音亲切，几度哽咽，差点落泪。

丹尼斯咽下了酒，弯下身去开始摸索着鼓捣他的鞋带，他的脸缩成了一把皱纹，他自己清楚地想道：“她说的没有一个字是真的，一个字都没有。而她会像传播上帝的真理那样继续讲下去，直到世界末日。”他感到茫然，仿佛自己被卷入了某种可耻的骗局之中。他很想大胆地、坚决地说出来：“罗萨琳，这是撒谎，是你瞎编的，别再说了。”但是理查兹坐在那里，拉长了耳朵，把丹尼斯的话堵在了嗓子眼里。失去了时机。罗萨琳一本正经地说：“我的梦从来没有骗过我，理查兹先生。梦是我唯一遵循的东西。”“这事从来都没有发生过，”丹尼斯执拗地在心里对自己说，“只不过是比利猫咪被捕兽夹夹住了，我埋葬了它。”这真的就是一切吗？他有种噩梦般的感觉，事情的真相就在他刚刚触摸不到的某处，他无法肯定，然而他几乎愿意发誓说，这就是一切。理查兹站起身来，说他得走了，去参加温斯顿的一个盛大的集会。“明天我送你去火车站，奥图尔太太，”他说，“我爱为女士们效力。”

罗萨琳生硬地说：“我和送信的人一起走，不过还是要谢谢你。”

丹尼斯睡觉时，她极其温柔地给他掖好被子，在他身旁坐了几分钟，往自己的脸上涂着润肤霜。“我不会离开很久的，”她对他说，“这期间你会受到很好的照顾。也许承蒙天恩，我会看到她已经痊愈了。”

“也许她根本就没有生病。”丹尼斯想说，但是说出来的却是，“我希望如此。”对他来说没有意义。别的都不说，把霍诺拉重新翻出来似乎是小题大做，她想什么时候死都无所谓，丹尼斯都不会为之所动的。

直到最后一分钟，丹尼斯都希望罗萨琳会清醒过来，放弃这次旅行，但是最后一分钟她戴着帽子、穿着破旧的大衣，下巴上一道粉色的脂粉，正在戴上有股石脑油气味的棕褐色手套，挥动着有股蓝色鼠尾草香味的手绢，隔一分钟就走到窗前，寻找着邮递员的踪影。“在这样的雪天他也许会晚到，”她声音颤抖着说，“他要是干脆不来了怎么办？”她在镜子里最后看了一眼自己。“有一件事我必须记住，丹尼斯，”她用另一种口气说，“那就是带回一面不会使我的脸看着像个怪物的镜子来。”

“这面镜子够好的，”丹尼斯说，“用不着瞎花钱。”

邮递员仅仅晚了几分钟。丹尼斯吻别了罗萨琳，关上了厨房门，这样就看不见她上车了，但是他听到她在笑。

“她就是个天生撒谎精。”丹尼斯坐在火炉旁自言自语道，立刻他感到自己一头栽进了一个非常黑暗的深坑里。他人性中善良的一面竭力要和他辩出个结果来。“对你的妻子有这样的想法，你不觉得羞愧吗？”他人性中善良的一面问道。而较为卑劣的丹尼斯坚持着，“我还说轻了呢，”他严厉地回答道，“把我一个人留在这里，为了什么？”那可是个大问题。肯定不是去探望霍诺拉，无论她是活着，还是快死了，还是已经死去。那么她是去哪儿呢？究竟为了什么？他完全停止了思考。脑子里一丝念头都没有。他胸口有一团东西堵着，如果他在感冒，那肯定就是肺炎，但是他并没有感冒。他的脚疼得简直像是犯了关节炎，可他从来没有得过关节炎。他仍然没有在思考。两天的时间里，他都是这种状况，所有的活，甚至洗碗，都是从山上本地人农场下来的那个智力低下的小伙子干的。考虑到他经受的痛苦，可以说丹尼斯胃口还是不错的。

罗萨琳在舒适的座位上坐好，想起自己一直是个喜爱旅行的人。火车对于她而言向来就像家一样，各种各样的人坐在附近，报纸的气味，某种家具擦拭剂的好闻气味和皮毛衣领散发出的香水气味，还有火车的灰尘以及四处充斥着的她说不清道不明的某种气味，但是那就是旅行的气味，也许是水果、或是机器的气味？她买了巧克力条，尽管她并不饿；买了一本刊登爱情故事的杂志，尽管她从不是个爱阅读的人。她只是希望对自己证明，她正又一次乘坐火车去往某个地方。

她看着人们到站后上车下车，打招呼，吻别，她一张悲哀的面孔也没有看见，觉得这似乎是个好兆头。寒冷、温柔的阳光照在雪地上，城里人看上去并没有冻僵了且包得严严实实的样子。看惯了乡下冻伤了的、红肿的、疙里疙瘩的脸，城里人的脸看起来很光滑。纽约的中央车站一点都没有变，每一个方向都有人群急急忙忙地转来转去，嘈杂的声音里面几乎有着一种协调，是那样地稳定不变。她紧抓住那些黑人想从她手里拿走的包，站在人行道上，努力回忆放映电影的百老汇在哪个方向。她已经有五年没有看过电影了，现在该看上一个了！她希望自己有一个小时，能去看看她在一百六十四号大街上的老公寓——只要围绕街区转一转就够了，但是没时间了。以前对霍诺拉的怨恨又在心中升起，她天生就是个坏事精，要是能行，她一定会坏了自己的这次旅行。她继续往前走，找到了方向，感到有点垂头丧气，因为她一度曾是个地道的城市女孩，心里想的只有衣服和开心享乐，而现在她几乎分辨不出哪条街是哪条街了。她走进了看到的第一家电影院，因为她喜欢电影的名字。"《爱情王子》"，她暗自说道。演的是两个漂亮的年轻人，一个有卷曲黑发的男孩和一个有金色卷发的女孩，他们相爱、遭遇巨大的烦恼，但是最后一切如愿。整部电影里就是一个又一个漂亮的舞厅或花园，还有这么好看的衣服！她在蓝色鼠尾草香味的手绢里抽了抽鼻子，吃了巧克力，提醒自己这两个人充满了活力，而且看起来就是那样子的，但是很难相信，有生命的东西能够如此的美丽。

从银幕上温暖跳跃的光中走出，街道又冷又黑又难看，雪泥浆、喧嚣声、无数的人急匆匆地赶往某处，却没有一张脸是她熟悉的。她决定乘船去波士顿，过去她去看望霍诺拉的时候就是乘船去的。她出神地往橱窗里看着，心想内衣的式样变化太大了，她简直无法相信自己的眼睛，她琢磨着，不知道如果她买了那条有茶色花边的贴身绿色丝绸衬裙，丹尼斯会怎么说。啊，他现在是按她所说的在吃火腿吗？那个小伙子有没有按照他答应的那样来帮忙呢？

她吃了加草莓果酱的冰激凌，买了个粉扑，认为还有时间再看一场电影。电影名字叫《情圣君王》，讲的是一个乔装在外的国王，他是个有卷曲黑发的可爱的年轻人，眼神无比温柔，娶了个比这个国家里所有的公主和贵妇都漂亮的贫穷的农村姑娘。从屏幕上涌出了音乐，谈话的声音响起，罗萨琳哭了，因为情歌像把匕首插进了她的心房。

看完电影，剩下的时间只够坐出租车到克里斯托弗街去赶船。她脚一踩上船就觉得高兴些了，她总是很喜欢坐船啊！她吃晚饭时心里在想，“那个小伙子在侍奉人方面不怎么得体，丹尼斯是绝对不会留他在酒店里工作的”；晚饭后，她坐在娱乐室里听无线电广播，几乎在众人面前睡着了。她在狭窄的铺位上伸展开身子，感觉到引擎在身下敲击，那宏大的、持续的、有节奏的敲击声震动着她全身，直入骨髓。雾角号穿过黑暗、越过奔腾的海浪咆哮长嚎，罗萨琳转身侧卧，“为我咆哮吧，我在那个无望的、异教徒的地方，夜间可能就是这样哭喊的。”这个时候，康涅狄格州似乎已是千里之遥、百年之外了。她睡着了，一夜无梦。

早晨她感到了好兆头。她在普罗维登斯又坐上了火车。随着和霍诺拉见面的时间越来越近，她变得沮丧和厌烦起来。她心里想，“霍诺拉总是惹事。”她拿着包，站在火车站外面，觉得很奇怪，她竟忘记了波士顿是个多么令人生厌的丑陋的地方；她想不起来在这里有过什么快乐时光。出租车司机当面冲着她喊叫。也许应该去教堂为霍诺拉点支蜡烛。出租车匆匆驶过弯曲的街道往最近的教堂开去，罗萨琳心想，要是能够永远不用走路，一整天坐在车子里转悠，拿什么来交换她都愿意。

她跪在靠近主圣坛的地方，心头涌起某种感情，使眼中流出了泪水，祈祷词开始从唇间翻滚而出。她已经有多久没有看到教堂本该有的样子了，为宗教的节日用蜡烛和鲜花布置起来、满是焚香和蜡烛的气味。温斯顿那小小的忧郁的教堂，谁还能真在里面祷告？“怜悯我们吧。”罗萨琳祈祷说，同时祈求五十位圣徒的保佑，“我坦白……”她捶胸三次，然后突然站起，拿着包，往每一间忏悔室里仔细看，希望能够在某一间里看见一位神父。“现在太早了，要不今天日子不对，但是我会回来的。”她温情地对自己承诺道。她为霍诺拉点燃了蜡烛，感到温暖而平静地离开了。同时她也感到茫然和困惑，无法决定下面该做什么。她究竟该往哪儿去？世界上还有饥饿的穷人的时候，把钱花在出租车上是极大的罪过，但是不管怎样她还是叫了一辆，给了司机霍诺拉家的门牌号。是的，就在那儿，跟过去一样。

她读着门铃上方贴的纸条上所有的人名，所有的楼层，前前后后，但是里面没有霍诺拉的名字。看门人从来没有听说过特伦斯·戈加蒂太太，也没有听说过霍诺拉·戈加蒂太太。也许在电话号码簿里会有。有不少姓戈加蒂的，但是没有叫特伦斯或霍诺拉的。罗萨琳压下了她的冲动：告诉看门人、一个好心的爱尔兰人，她的梦不管用了。“衷心地感谢你，没关系的。”她说道，再一次走到了大街上。风透过破旧的大衣劈着她的肩膀，包包简直太重了。什么样的本性使得霍诺拉不写封信说她搬家了？

思绪一片混乱地乱走着，罗萨琳来到了一个肮脏昏暗的小广场，里面有铁质的长凳和一些光秃秃的树木。她坐下来，又开始哭了起来。一条手绢湿了，她又拿出了一条，清新的香气使她振作起来。她环顾四周，眼角的余光瞥见了一个阴影，长凳的另一端弓身坐着一个困窘的、长着雀斑的小伙子，衣领翻起在耳朵周围，红色的头发在鼓鼓囊囊的帽子下软塌塌地贴在前额上。他斜着醋栗般的眼睛看着她，说道，“在这个世界上我们都有哭泣的理由，不是吗？”

罗萨琳说：“我哭是因为我大老远地来这里，可是白跑了一趟。”

小伙子说：“我一看见你，就知道你是个斯莱戈县的妇女。”

“愿上帝为此保佑你，”罗萨琳说，“我确实是。”

“我自己也是斯莱戈人，好久以前了，真该诅咒我打算要离开那里的那一天。”小伙子说，他是如此气愤，使得罗萨琳最终擦干眼泪，转身好好地看了看他。

“究竟是什么让你这样说呢？”她问道，“这是个好国家，这里每个人都有机会。”

“我听多少人无数次这么说过了，”小伙子说，“这里有广阔世界上的一切机会，会饿得人枯萎干缩，为寻找工作把鞋底走穿，并且有很大的概率最后死在排水沟里。上帝饶恕我第一次冒出的要来到这个地方的念头。”

“你出来还没有很久吧。”罗萨琳问。

“到今天十一个月零五天。”小伙子说。他把双手深深插进口袋里，看着黏结在自己倒霉的鞋的四周的冻泥块。

“你靠什么谋生呢？”罗萨琳问道。

“我是个马夫，”他说，“我以前甚至在都柏林赛马场干过，没人比我更懂马了。”他自豪地说，“如果能够找得到，这是很好的工作。”

罗萨琳关心地看着他冻得发红的尖鼻子，眼里露出的痛苦神情，以及手腕处突出的骨头，对自己在看到他第一眼时会觉得他像凯文感到惊奇。现在她看到不同了，但是想一想，如果是凯文呢！还是死了消失了的好。“我又饿又冷，”她对他说，“要是我知道什么地方有东西吃，咱们就能去吃点午饭，已经不早了。”

他眼睛里带着行将溺亡者的神情。“能吗？我知道一个地方！”他一跃而起，仿佛打算跑过去。他们确实几乎是跑到了广场边上最远的角落。这是一家叫咖啡壶的店，充满了热糕点的香味。“我们要在这里吃个够，”罗萨琳说，一面摘下手套，“尽管我不会说它是个了不起的地方。”

小伙子吃了一样又一样，仿佛永远停不下来：烤牛肉、土豆、意大利面条、蛋奶馅饼、咖啡。罗萨琳要了一包香烟。她就是这样的，她喜欢烟草的气味，她丈夫是个有名的烟鬼，烟斗从不离手。“瞒着也没用，”小伙子说，“我一个子儿也没有。昨天到今天，直到现在才吃上东西，我几乎要去上吊，或者进监狱好有个地方躺一躺。”

罗萨琳说：“我是个不用考虑钱的女人，我想要的一切都有，像你这样的小伙子有权利认为借点钱不还没什么大不了的，人家也不缺这一点。”她在钱包里摸索着，拿出了一张十美元的钞票，揉皱了以后压在他碟子边缘下，这样柜台后面的那个人就不会注意到了。“这是祝你在新世界走运的，”她微笑着对他说，“你有可能是凯文，或者我的亲兄弟，或者我自己的小孩，在世上举目无亲。将来万一我有需要，它肯定会回到我这里来的。”

小伙子说：“我从来没有想到会有今天。”并把钱放到了口袋里。

罗萨琳说：“而我竟然连你的名字都不知道。”

“我玷污了沙利文这个姓，”他说，“名字叫休——休·沙利文。”

“这名字不错，”罗萨琳说，“我有姓沙利文的表亲在都柏林，可是我一个都没有见过。有个姓沙利文的男人娶了我姨妈，是布里吉德姨妈，她到都柏林去了。你和都柏林的沙利文家不是亲戚吧？”

“我从来没有听说过，可是说不定是亲戚呢。”

“我觉得你有沙利文家的人的样子，”罗萨琳说道，“而他们是我的表亲，有些是。”她又点了咖啡，他则又点燃了一支香烟，她告诉他自己是如何在二十五年前来到这里，像他一样是个新移民，对她和她在这里的家人来说，结果都不错。然后她谈到了她的丈夫，他怎样当过服务员领班，是个有钱人，但是他现在老了；谈到农场，如果有人帮她，他们能够做出成绩来；还有关于凯文以及他如何离开、死去，并托梦把死讯告诉了她；这又联系到了关于霍诺拉的梦，她来到这里，这是她的梦第一次失灵了。她接着说，如果他懂马，一个健壮肯干的小伙子在乡下总是有机会的；只要他知道到什么地方去寻找，他可以得到一切，而他却饿着肚子在大街上流浪，太遗憾了。她俯身向他，急切地抓住了他的胳膊。

“你有权利住在一所像样的爱尔兰房子里，”她对他说，“你为什么不跟我回家，像家人一样安宁舒适地在那里生活？”

休·沙利文目光呆滞的绿眼睛沿着尖鼻子朝下望着她，脸上露出了狡猾的神情。“这也许会很危险，”他说，“我不打算尝试。”

“危险，是吗？”罗萨琳问道，“在安宁的乡间会有什么危险？”

“一点也不安全，”休说，“有一次在都柏林我被抓了现行，吵得昏天黑地！她和你一样是个漂亮女人，她丈夫全程都在从墙缝往里偷看。啊呀，那可真够尴尬的！”

在她的理智领会之前，罗萨琳的内心深处已经明白了。“究竟——”她开始说，血液在脸上翻腾，直到她的脸仿佛罩着一层红色的面纱。“你个狗崽子，”她说道，使劲想喘过一口气来，“这么说你是那种东西，对不对？我该知道的，你是从都柏林来的！我这辈子从来没有——”怒气像篝火腾起在她心中，她停住了。“如果我在找男人，”她说，“我会选择一个男子汉，而不是一个半生不熟的小……”她深吸了一口气，重又开口道，“脸皮真厚，”她说，“侮辱一个能够当你妈的女人。上帝保佑我！显然你只不过是个无知的新移民，不知道体面人的作风，现在滚吧——”她站起来，对柜台后面的人做了个手势，“马上从那个门出去——”

他也站了起来，惊恐地用他绿色的小眼睛扫视四周，并伸出一只手，仿佛试图与她和解，“我的天啊，别那么大的声音，你这样，任何男人都会以为——”

罗萨琳说：“住嘴，不然我拔掉你的舌头！”她右胳膊像是有目的地往后一摆。

他忽地低头弯身，冲过她身旁，然后镇定下来，吊儿郎当地走到她够不着的地方。“再见了，斯莱戈县的女人，”他奚落道，“我本人是科克县人！”说完冲出了门。

罗萨琳浑身发抖，几乎找不到钱来付账，也看不见面前的路。但是当冷风袭向她的时候，她的头脑清醒了，甚至几乎要诅咒霍诺拉给她带来了这么多的麻烦。

她坐火车走近路回家，因为对她来说，旅行已经整个变得令人厌恶。她哪儿都不想去，只想回家。那个无耻的小伙子，他到底在想些什么？“都知道男孩子心里有坏想法。”她对自己说，血液几乎在她的血管里凝缩住了。但是他说了，“和你一样是个漂亮女人。”也许他遇到了太多的放肆女人，以为她们都一样；也许因为他是爱尔兰人，看上去是那么穷困悲哀，她自己的行为太不检点了。不过事情就是这样了，他是个卑劣小人，如果她没有阻止他，说不定会和她做爱。一个念头闪过，她清清楚楚地意识到了——一直以来凯文都爱着她，而她却把他打发到那个连一半都配不上他的平庸姑娘身边去了。而凯文，一个宁愿剁下自己的右手，也不会对她说出一个不得体的字的可爱的正派小伙子！凯文爱她，她爱凯文，啊，她没有能够及时明白这一点！她欠身缩在角落里，胳膊肘放在窗沿上，旧毛皮领子拉起在脸的周围，为凯文久久地痛哭，如果她说了出来，他会留下来的——而现在他走了，消失了，死去了。她将躲开世人，再也不和任何人说话了。

“她好好的，安然无恙，丹尼斯，”罗萨琳告诉他，“她曾经病危，但是挺过来了，我离开的时候她很健康。”

“那挺好的。”丹尼斯毫无热情地说。他摘下了有护耳的帽子，用手指梳理了一下柔软的白发，又戴上了帽子，站在那里等着听这次旅行的奇事；但是罗萨琳没有故事可讲，满心都是归家的关切。

“厨房太不像话了，”她一面说一面收拾东西，“但是我决不会在城市里生活，丹尼斯。那是个疯狂的、无情的地方，四面八方，目力所及之处都充满了罪犯。我无时无刻不在担心会遇到不测。点上灯，好吗？”

那个土生土长的少年坐在那儿，在炉灶旁烤他的大脚，牙齿不仅仅是因为寒冷而在格格打战。他突然大声说道：“刚才我看见有东西沿路走过来了。黑颜色的。先是像只狗一样四脚着地走，后来它站起来用两只后腿在我身边走。我吓坏了，确实吓坏了。我嘘嘘地赶它走，它像盏灯一样熄灭了。”

“也许就是一只狗。”丹尼斯说。

“不是狗，不是。”少年说。

“也许是只猫直立起来爬篱笆。”罗萨琳说。

“也不是猫，”少年说，“我以前从来没有看见过这种东西，你也没有看见过。”

“你不用担心，”罗萨琳说，“我小时候在爱尔兰见过这东西，而且还见过许多次。这在那边很有名，它黑黑的一团在你前面沿着道路滚动，但是如果你呼唤圣名，画十字，它就消失了。现在吃你的晚饭吧，今晚在这里睡觉。你不能独自出去，恶魔等着你呢。”

她安排他在凯文的屋子里过夜，整夜没让丹尼斯睡觉，给他讲她在斯莱戈见到的幽灵。波士顿之行似乎已经完全被她抛在脑后了。

次日早晨，在厨房门打开的时候，少年的饿得骨瘦如柴的黑狗站了起来，忧伤地看着自己的主人。猫咪们一起飞奔而出，默默地、专注地把狗追赶到大路的远处。少年站在门槛上，又开始哆嗦起来。“老妈昨天让我回家吃晚饭，”他茫然地说，“现在我怎么能回去吃晚饭呐？老爸会活剥了我的。”

罗萨琳用绿色的羊毛披肩包住头和肩膀。“我和你一起回去，把情况告诉他们，”她说，“他们知道了真相就不会打你了。”他害怕得哆嗦到腿都站不直了。“他脑子有毛病，”她心里想，“他们怎么就看不出来，不去折腾他呢？”

小路几乎有一英里一直是上坡，然后变成一条崎岖不平的小道，通向一座破败的房子，台阶破损，周围是乱扔在那儿的垃圾。少年越来越退缩在后，当那个憔悴的、牙齿长长的、穿着那件灰色连衣裙的妇人，拿着一根柴火棍走出屋子的时候，少年突然停住了。妇人认出罗萨琳的时候也突然停住了，脸上露出了冷冰冰的了然于胸的神色。

“你好，”罗萨琳说，“昨晚你儿子看见了个幽灵，我不忍心打发他走夜路。他安全地在我家睡了一晚。”

妇人发出了一声尖利的干号，像只狐狸。“幽灵！”她说道，“据我所听到的，夜里你家四周可不止有幽灵，奥图尔太太。”她摆动着脑袋，褪了色的黄褐色头发一条条地飞了起来，“你可是个不错的例子啊，奥图尔太太，家里有个年迈的老公和年轻小伙子，还有巡回推销员和不管什么时候都在你家台阶上懒散地闲待着的醉鬼——”

“别在你儿子面前说这种话。”罗萨琳说，脖子后面开始发紧。这完全出乎她的预料，以至于找不到一个脱口而出的回答，只是呆立在那里听着。

“你那样子真够好看的，奥图尔太太，”妇人说，她把尖细的声音提高了一点，但是语速缓慢，带着致命的冷酷，“离开你丈夫的旅行，以及你花哨的衣服和染过的头发——”

“你要是这么说我的头发，愿上帝处死你！”罗萨琳突然提高了声音说，“对于你说的其余的话，愿你恶毒的舌头和你的牙齿一起烂在你的脑袋里！我不会在你身上白费口舌了！这儿是你可怜的儿子，愿上帝怜悯他，这个家里的灾星！如果我家的房子着火烧塌了，我会知道是谁干的！”她回头走开，转过身来高声说道，“祝你不得好死！”

“你可以咒骂，奥图尔太太，但是你在整个乡下可是无人不知无人不晓！”对方高声道，像挥舞着一支矛一样挥舞着那根柴火棍。

“他们会为此吃到苦头的！”罗萨琳叫喊着，在盛怒中大步离去。

“染的，是吗？”她举起了紧握的拳头，向世人挥舞着，“啊，说谎大王！”她的暴怒如一面鼓，为她快步行进的双腿打着拍子。这些天出了什么事，以至于她遇到的每一个人都有肮脏的心灵和肮脏的舌头？

啊，为什么她不够强大有力，能够立刻同时把他们掐死？她眼睛灼热得都无法合上眼皮。她继续瞪眼凝视着往前走，直到一不留神看到了自家的房子，像一只母鸡安静地趴在雪窝上。她放慢了脚步，怦怦直跳的心脏和缓了一点，她坐在路旁的一块石头上歇口气，在必须见丹尼斯之前得保持头脑清醒。坐着的时候，她醒悟到，此地夜间在路上游荡的恶魔，就是人们流传的有关她的狠毒的谎言，而在许多别的女人会走上歧途的情况下，她却一直是个好女人。现在记起所有那些她有可能做错事而并没有去做的情况，并不能给她任何慰藉。如果她反正都被诽谤中伤，这些又有什么用呢？那个波士顿的小伙子——那个小崽子。她往冰冻的地上啐了一口，抹了抹嘴。然后她把胳膊肘支在膝盖上，手捧着头，心里想，"这么说这地方就是这样子的，是吗？我一辈子就落到了这个份上，我是一个在邻居中声名狼藉的女人。"

老是琢磨着这个奇怪的念头，她逐渐开始感觉好过一点了。嫉妒，当然了，就是这个原因。"为了能够拥有我的头发，那个可怜东西有什么不愿意做的？"她轻轻拍了拍头发。从一开始就是这样的，女人们嫉妒她，因为到处的男人都追她，就好像这是她的错似的！好吧，让她们去说吧。让她们去吧。她自己心里知道她是什么样的人，丹尼斯也知道，那就够了。

"生活就是一场梦，"她说出声来，忧郁中带着平静和宽容，"只不过是场梦。"这个想法和这些词很合她的心意，她愉快地凝视着路对面的墙上松动掉落的石头，深褐色的石头上覆盖着一层薄薄的发亮的冰。她安逸地发着呆，直到开始感觉到脚发冷。

"我别坐在这儿，还没老就找死。"她告诫自己道，一面站起身来仔细地用披巾把自己包好。她在想，这个悲惨的乡村是多么需要一些年轻人，她是多么希望凯文能够回来和她一起笑对山上那个女人；和他一起，她能够当面笑话她们！那个关于霍诺拉现在情况的梦，根本没有成为事实，也许关于凯文的梦也不是事实。如果一个梦失灵了，那么认为另一个不可能失灵就太傻了：不是吗，不是吗？她对坐在炉子边的丹尼斯微笑着。

“那家本地人今天早晨说了些什么？”他问道，尽力装作他不在乎他们说了些什么的样子。

“啊，我们互致了节日的祝贺，”罗萨琳说，“没说别的了。”她唱着歌走来走去，心里感到如一片树叶般轻快，而即使这会要了她的命，她也说不出来是为什么。但她是一个好女人，她要给他们看看，直到她生命的最后一天，她都会是一个好女人。啊，她会让他们看到的，这帮心灵肮脏的东西。

晚上他们在炉边安顿下来，丹尼斯擦靴子，给靴子上油，罗萨琳继续做她已经做了十五年的那块长桌布。丹尼斯总在琢磨她在波士顿、或者她去到的无论什么地方，遇到了什么事。他知道他永远也不会听到客观如实的情况，但是他想知道罗萨琳的描述。而她一声不响地坐在那里，在即使做完了——而她永远也不会做完——也永远不会使用的东西上毫无意义地缝着。

“丹尼斯，”过了一会儿她说，“我不像过去那样重视梦了。”

“那也许是件好事，”丹尼斯谨慎地说，“不过为什么呢？”

“我一整天都在想，凯文根本没有死，用不了多久我们就会在这所房子里看到他的。”

丹尼斯在嗓子眼里发出一点愤愤的咆哮。“那根本不是什么征兆。”他说。为了表示对她的不满，他放下了海泡石烟斗，往旧的欧石楠根烟斗里装满烟叶，点燃了。罗萨琳根本不去注意他。她的刺绣活掉落在了她的膝盖上，她正倾听沿路驶来的双轮轻便马车发出的哐啷哐啷的声音，伴以理查兹大声唱歌的声音，“我在铁路上干活，整整长长的一天！”她站起来，把发卡摘下又别回去，双手颤抖。然后她跑向镜子，在里面看见了自己的脸，闪现出让她害怕的形状。“啊，丹尼斯，”她大叫道，仿佛是这个念头把她赶出了椅子，“我忘了买镜子了，我把它忘得一干二净的了！”

“这镜子够好的。”丹尼斯再次说道。

轻便马车在大门口哐啷哐啷响。歌声停止了。啊，他走进来了，肯定的！一个想法闪过了她的脑海，和这样的男人在一起，女人一辈子就被毁了，让他迈进门槛会招来危险和死亡。

她没有跑向门口，并在他的敲门声响起之前就将手按在门把手上。然后车轮又开始吱吱嘎嘎地转动起来，歌声再次响起；如果他曾想要停留，现在必定已经改变了主意，继续往前走了，不做买卖，转而和他的无赖密友到温斯顿参加周六晚上的舞会去了。

罗萨琳不知道那时会发生什么，也不知道以后会发生什么：肯定他不会再停下？还是肯定他不会继续前行？她重又坐下，心不在焉，拿起桌布，但是好久都看不见缝线的针脚。她纳闷自己的生活变成什么样子了；她每天都觉得要发生什么大事，但都只是不由自主地从一个可怕的失望走进另一个可怕的失望。在这里，灯光下坐着丹尼斯和猫咪们；以外，在黑暗和冰雪中是温斯顿，纽约和波士顿；在那之外，是遥远的、她从来没有看到过甚至没有听到过的、充满了活力和欢乐的地方；而在一切之外，宛如朝阳照耀下的绿色田野，有着青春和爱尔兰，仿佛是她梦中的事物，或是故事中虚构的情景。啊，现在有什么可以回忆的、或可以期盼的呢？她想也没有想，就俯身把头放在了丹尼斯的膝盖上，“你究竟是为什么，”她用平常的声音问他道，“娶了我这样的女人？”

“小心椅子别翻倒了，”丹尼斯说，“我很清楚这是我做得最棒的一件事了。”他的胸口开始解冻并慢慢地沸腾起来。一切都会好的，他可以看到这一点。

她坐直身子，小心地摸着他的衣袖。“我要你在这么冷的天气里包得暖暖和和的，丹尼斯，”她告诉他，“穿两双袜子，戴上护胸，要是你出了什么事，我在这个世界上怎么办？”

“咱们别想这些。”丹尼斯说，两只脚在地上蹭着。

“那就别想了，”罗萨琳说，“你就是朝我钩钩手指我都会哭的。”

墨西哥城–柏林，1931年

（王家湘　译）

庄园

掏钱买一张火车票，看肯纳利在一伙黑皮肤的下等人中间冲上火车，是划得来的。我们在匆忙中错误地爬上了二等车厢，肯纳利迈开大步，横冲直撞地穿过这节车厢（他不过是个普通身高的人罢了，也许比离他最近的那个印第安人高一个头；可是他在精神上的高度这会儿是没法计算的），安德烈耶夫和我都毫无目的地紧跟在他后面……如今那场真正的革命在墨西哥已经成为往事，只落得许多事物的名称有了改变，几乎总是着眼于装点门面，表示全体人民的生活水平有所提高。所以不管你多么穷，或是多么自卑，或是多么爱钱如命，你都不能坐三等车。你可以摆出一副兴高采烈、忽略身份、和蔼可亲的派头去坐二等车；要不，就神态庄重、从容自在地坐头等；要不，你要是喜欢的话，可以花一笔大钱待在尽是长毛绒的富丽堂皇的普尔曼式豪华车厢[①]里，就像任何从北方来的功成名就的将军那样完全同别人隔绝，却引人眼红。"啊，这简直跟普尔曼一样美好！"墨西哥的中产阶级真正希望赞美什么的时候，就这么说……这列火车没有普尔曼车厢；要不，我们肯定免不了在那里待着。

肯纳利就是这么旅行的。他迈着大步硬闯过去，挥动那条空着的胳膊，用公事包和手提皮包猛撞，尽可能引人注目地绷紧他的鼻子眼，

① 普尔曼式豪华车厢，源自美国普尔曼公司（由乔治·普尔曼创立）于1867年打造的火车卧铺车厢，也泛指豪华车厢。

防止那股味儿“涌过来”，他说，“简直像发霉的豌豆汤那样涌过来！”那股味儿是从许多乱糟糟、臭烘烘的吃奶的娃娃啊、又脏又湿的火鸡啊、发脾气的小猪啊、一筐筐的食物啊、一捆捆的蔬菜啊，还有一桶桶一篮篮的家用品散发出来的，每堆物品都乱七八糟地堆得像座小山，然而都各自分开；物品的主人呢，都坐在货堆中央，抬着黑黢黢的、神情喜悦的脸，小心谨慎地瞟着走过的陌生人。他们的喜悦跟我们是不相干的。他们感到喜悦，因为他们只要一动也不动地坐着，连驴子也不用费心去赶，他们马上就能被送到想去的地方了，一个钟头以后就到了，要不然，他们得背着所有的家当辛辛苦苦地走上整整一天才到得了哪……等他们终于在他们的货物中间安顿好，具有神秘而强大的力量的火车头就会轻松地拉着他们经过许多英里，这时候，几乎没有东西能够打扰他们内心的欢喜了，以前这么长的路他们经常得一步步数着走的啊。他们并不对那个嚷嚷咧咧的白人感到讨厌，因为现在他们习惯他了。在印第安人的眼里，白人的模样都差不多；他们以前看到过许多回这个浅色眼睛、黄头发的发疯似的家伙不顾死活地穿过他们的车厢。每列火车上总有一个他那样的人。他们都有自己要关心的事情，可是只要能挤出一点时间来，就可以观看他的表演；他是旅途景致的一部分。

当我们表示打算站在那儿，不再走动的时候，他在车厢门口转过身来，发狂似的向我们招手。“不行，不行！”他吼叫起来。“不行！这儿不行。你们再怎么也不能待在这儿。”他一边说，一边神气地看了我一眼，他在保护我哪，女人嘛。我跟他一路走过去，用点头和挥手设法让他放心。安德烈耶夫走在后面，小心地跨过大大小小有生命和没生命的东西，跟许多双平静而活泼的黑眼睛迅速地互相瞟上一眼。

头等车厢拾掇得干干净净，那儿根本说不上有土著，大多数窗子都开着。肯纳利把手提包猛地扔在行李架上，粗暴地推搡身旁的座位靠背，把大衣和围巾铺好，他吵吵闹闹地给我们安排了一个窝，让我们可以面对面地蜷缩着；统治阶级的知识阶层中三个具有广泛代表性的出类拔萃的上等人待在这样糟糕的一个国家里，实际上毫无安全措施，给他这么一安排，就暂时不至于受可怕的环境侵害啦！肯纳利正想开口谈这事的当儿，差一点激动得说不出话来。事实上，他是为自己搭的这个窝；他对自己的身份心里完全有数。安德烈耶夫和我是为了表示礼貌才被包括在内的。安德烈耶夫是个共产党人；我呢，是个作家：也许是别人这么告诉他的。一个礼拜以前，他还从来没有听说过我这个人哪，也不知道任何听说过我的人。实际上，安德烈耶夫应该照料我，毕竟是他邀请我参加这次旅行的嘛。可是安德烈耶夫干什么都从容自在，不疑神疑鬼，决不问长问短，丝毫不觉得有社交责任——至少没有肯纳利老是会说的那种社交责任，所以是不可能指望他的。

肯纳利事前通知我，等他们从另一个城市抵达的时候，让我在头等车厢的售票窗口跟他们会面；我先到了火车站，还给自己买了票，这已经证明我办事欠妥了。肯纳利一发现这件事，就一个劲地让我感到害臊和狼狈。“你原该是我们的客人。”他一边气呼呼地跟我说，一边接过我手中的车票，交给列车员，好像是我从他的兜里偷了钱买来的似的，这似乎当着大伙儿的面永远剥夺了我当客人的身份。安德烈耶夫也数落我：“肯纳利那么有钱，又那么爱做好事，咱们哪一个都不该乱花钱。”肯纳利藏好钱包，站住脚，直愣愣地盯着安德烈耶夫看了一会儿，突然发作起来，好像发现自己身上被捅了个窟窿似的，说：“有钱？我，有钱？你这是什么意思，有钱？”接着，他怒气冲冲地嚷了一会儿，希望听到恰当的反驳，可是没有。他随即生了一会儿闷气，站起身来，移动他那两个手提包，坐下去，再在他所有的衣兜里摸索，想要找到什么东西，接着靠在椅背上，跟我说他想知道我有没有注意到他全程都是自己拿手提包。这是因为他对那些人的欺骗感到腻烦了。每一回他让别人给他拿手提包，就得豁出命去战斗，而仅仅是为了自卫。毫不夸张地说，他这一辈子从来没有遇到过像这些搬行李工人那样的强盗。再说，要是让他们肮脏的手抓着你的行李的提手，你就要担害传染病的风险。要他们拿东西，真是危险得要命。

我想，不管在哪儿，旅行的外国人像唱片似的只有那么三四种。而肯纳利那种人是他们中间我最不喜欢的。安德烈耶夫难得用他那双清澈、端正的灰眼睛看他，他的眼睛里许多种不同的对肯纳利的不满混合在一起，整个表情变成一种恼火的忍耐。他背靠在座位上，取出一个照相夹，其中都是他们之前在这个国家的各地拍的电影中的场面；他把相片平放在膝盖上，从他上次停住的地方讲起俄国来……肯纳利转移到他那个角落里，躲开我们，脸向窗口，好像他不愿偷听一场秘密的谈话似的。我们离开墨西哥城的时候，阳光灿烂，随后一英里一英里地穿过两旁尽是金字塔似的山峰的庄严的峡谷，爬过种着暗绿龙舌兰的田野，向东边堆得严严实实的、雷声隆隆的蓝色的云驶去，直到阴云化为一场悄悄地欢迎我们的苍白而寂静的细雨。每一回火车停住，我们都把头伸出窗外，在那些印第安妇人的心中引起虚假的希望，她们仰着脸，胳膊向上伸着，在我们身旁奔跑，甚至火车开动以后还不停止。

“新鲜的波尔卡[①]！”她们一边捧起盛满那种稠稠的灰白色饮料的陶罐，一边悲惨地吆喝。“新鲜的龙舌兰虫[②]！”她们绝望地喊叫，声音盖过车轮转动的响声，像挥舞花束那样挥舞着树叶做的袋子，袋子鼓鼓囊囊地盛满了黏滑的虫子，这是她们从仙人掌上一个个捉来的。波尔卡酒就是用那种仙人掌中心淌出来的甜汁酿的。她们仍然怀着希望一路跑着，棕色的手指轻轻地提着袋口，只要旅行者改变主意，打算买

① 波尔卡，一种用龙舌兰草原料经过发酵而制造出的发酵酒类。

② 一种飞娥或象鼻虫幼虫，当地有用来泡龙舌兰酒的习惯。

虫子，她们随时准备好把一袋袋虫子扔进车窗；直到火车头超过她们，她们的声音越来越远，她们被撇下，挤在一起，在冷漠的雨中成了一个由褪色的蓝裙子和围巾组成的小疙瘩。

肯纳利开了三瓶温温的苦啤酒。“水真脏！”他认真地说，凑着瓶口咕嘟喝了一大口。“他们那些吃的喝的是要吓死人吗？”他问，好像不管我们疯疯癫癫地（因为他对我们两人也不信任）可能说些什么，他已经知道了那个唯一可能的回答似的。他打了个冷战，一时连他的香甜的方块美国巧克力也吞不下去了。他试图跟我解释他为什么对这一类事情极端敏感，说：“我刚从上帝的家乡回来。”他说的是加利福尼亚。他剥了一个用紫色油墨印着商标的橙子。“我简直不得不重新习惯这一切。能吃到没什么细菌的水果，那才叫人放心。我在回来的时候，一路上带来的。”（我之前分明看到他带着满满一背包橙子急匆匆地穿过索诺拉沙漠。）“来一个吧。不管怎么样，是干净的。”

肯纳利也是很干净的，他的仪表就是对肮脏的一种谴责：脸洗得很干净，胡子刮得精光，头发剪得很短，衣服熨得笔挺，皮鞋擦得锃亮，浑身散发着香肥皂味儿，穿着一套淡黄花呢衣服，动作利索，神情坚定。就这些来说，他是个身材漂亮的人，跟强壮的动物一样非常健美。在这方面你在他身上挑不出一点岔儿。总有一天，我要写一首诗描写早晨洗澡的小猫；描写印第安人在中午沿着河岸，在树荫下用大块喷香的硬肥皂和龙舌兰纤维把他们的衣服擦成破烂，把他们的身子擦得柔滑；描写马一边打响鼻，一边躺着打滚，在青草上擦干净它们健康的皮毛；描写赤条条的孩子在池塘里喊叫；描写母鸡一边洗泥浴，一边歌唱；描写家庭里严肃的爸爸在水龙头的不大不小的水流下陶醉在自己的歌声里；描写鸟儿在树枝上愉快地竖起羽毛，使它们发亮；描写姑娘和小伙子为对方把自己打扮得像一篮篮水果；描写一切打扮得干干净净、仪表堂堂的欣欣向荣的人物。不过，肯纳利的气派有点不对头，他表演得过火了：他装出一副处于破产边缘的人的苦恼相，硬撑着豪华的排场，因为他不敢紧缩开支。他的神经像一捆捆干树枝，只要有一个念头在他的脑子里一折腾，那些神经就会刺痛他的五脏六腑，使他那双茫然的蓝眼睛显出呆呆的凝视神情。他老是无可奈何地狂怒，下巴的肌肉猛地抽搐。他跟我说，给三个俄国电影工作者在墨西哥当了八个月业务经理，差一点没送掉他的命，好像安德烈耶夫，三个人当中的一个，压根儿不在场似的。

"啊，他应该在中国和蒙古给我们当当业务经理呢，"安德烈耶夫跟我说，好像在谈论一个并不在场的肯纳利似的，"在那儿干过以后，墨西哥就不可能叫他烦恼啦。"

"得怪那高地！"肯纳利说，"我心跳老是漏一拍似的。我完全没合眼！"

"在特万特佩克压根儿没有高地，"安德烈耶夫带着高兴的神情固执地说，"你原本能在那儿看到他的。"

肯纳利像生病的孩子那样迫不及待地诉苦。

"都是那些墨西哥人。"他说，好像在墨西哥遇见墨西哥人使他恨得咬牙切齿似的，"他们很快就会把任何人逼疯。在特万特佩克简直可怕极了。"他需要花上一个礼拜才能讲完全部经过；再说，他一直在记笔记，总有一天他会写一部这方面的书；不过，"先举一个例子吧，他们不懂得时间的意义，而且说出话来完全不算数。"他们每走一步都不得不行贿。从一大早到天黑，尽是受贿，行贿，受贿，行贿，各种名目都有，从给市政府里那些精明的家伙五十比索到给外省的市长一袋糖；不这么干，他们就不被允许架起摄影机来。那蚊子啊，简直要把他活活吃掉。还有臭虫啊、蟑螂啊、食物啊、天气热啊、水啊，害得他们人人生病。斯捷潘诺夫，那个摄影师，病了；安德烈耶夫也病了……

"病得不重。"安德烈耶夫说。

甚至那个著名的乌斯宾斯基也病了；至于肯纳利自己嘛，他不止一次地想到，自己再怎么也活不下去了。阿米巴痢疾。说不准他是怎么挨过来的。嗨，这是个奇迹，他们全都没有死，也没有抹脖子。嗨，这儿比非洲更糟……

"你也去过非洲吗？"安德烈耶夫问，"你干吗老挑这些不方便的国家呢？"

唷，没有，他没有去过那儿，可是他有几个朋友生活在俾格米人[①]中间拍了一部电影，你简直没法相信他们吃了多少苦。至于他，肯纳利，干脆让他老是跟俾格米人，或是猎头人，或是吃人的生番打交道吧。至少你知道跟他们在一起时自己是在什么地方。好吧，就算举个例子：他们为了服从这个国家的法律，让墨西哥城里的审查部门通过瓦哈卡地震的影片，花掉了整整一万块钱——这种事没有别人肯干的！在这期间，当地有几个熟悉内情的无法无天的浑蛋瞒着他们抢先把一部完整的新闻片送到纽约去了。有了良心却得不到好报，可是你要是有了良心的话，拿它又有什么办法呢？只是浪费你的时间和金钱罢了，就是这么一回事。他写信向审查官员提出抗议，指责他们让墨西哥影片公司趁火打劫，逍遥法外，控诉他们心存偏袒，故意刁难，扣住俄国人拍的电影——把一切都写在一封五页长的打字信上。他们连回答也不回答。瞧，你拿这样的人有什么办法呢？受贿，行贿，行贿，受贿，情况就是这样。好吧，他也学着办就是。"不管他们要多少钱，我给他们半数，直接交审查部门，"他说，"我跟他们说：'喂，听着，我给你们半数，超过这个数目就是行贿和贪污啦，你们懂吗？'他们拿吗？马上就伸出手来。哈！"

他那压倒一切的刺耳的声音像驴叫似的响个不停，折磨得别人好

---

① 俾格米人，这一名称源于古希腊人对于非洲中部侏儒的称呼，后来在人类学上泛指男性平均身高不足 150 厘米的人种。

不痛苦；一切进入他瞪视范围的东西都让他不顺意。他的像干树枝似的神经末梢只要一受到回忆最轻微的挑动，跟眼前的现实一接触，被未来的冷风一吹拂，就毕毕剥剥地爆起来。他说个没完……他害怕他的姐夫，一个狂热的禁酒主义者，要是他听到肯纳利一离开加利福尼亚州就又公开地喝起啤酒来，肯定会大发脾气。从某种程度上来说，他在拿自己的差使冒险，因为是他的姐夫在他的朋友们中间筹集了这次拍片的大部分经费的，他的姐夫有可能会叫他滚蛋，虽然肯纳利没法想象，要是没有他，那个家伙怎么能指望应付下去。他是他姐夫在世上最好的朋友。要是那个人能认识到这一点就好了。再说，要是还没有开始的话，那些朋友也很快就会大喊大叫要收回一部分投资。除了他自己，没有别人会考虑干这个买卖！……他说到这儿，直勾勾地紧盯着安德烈耶夫。

安德烈耶夫说："我可没要求他们投资！"

肯纳利只信得过啤酒——啤酒既是食物，又是药，还能解渴，称得上三位一体，而他周围的其他一切，水果啊、肉啊、水啊、面包啊，都是有毒的……影片得在三个月内完成，可眼下他们已经在那儿待了八个月，天知道他们还得拖多少日子。影片没有及时完成，他开始担心它会失败。

"怎样才算及时，"安德烈耶夫问，好像他以前已经这样回答过很多次似的，"什么时候完成，就完成了。"

"是啊，可是仅仅你高兴什么时候完成就在什么时候完成，是不够的。一定要在恰当的时刻让公众有思想准备。"他接着解释一定要有各种各样神秘莫测的连锁计划才能够获得成功；一定要安排在某一天，一定要有艺术；当然啦，这是用不着说的，一定要一炮打响，引起轰动。引起轰动一半的条件是在最适当的时机亮出你的货来。有几千桩事情得考虑，他们只要忽略一点，那么砰的一响，一切都砸啦！……他举着一把想象中的来复枪瞄准，扳动扳机，接着筋疲力尽地倒在座位靠背上。他一辈子的努力和绝望像一部电影似的在他松弛着的脸上隐隐约约地闪过；他一辈子不择手段地达到目的；一辈子兵来将挡，寸步不让；一辈子躺在床上熬夜，一边喝着冒泡沫的啤酒，一边绞尽脑汁，想出种种主意，早晨起来，脸色灰白，神情迟钝，硬撑着去冲一个凉水澡，灌饱热咖啡，再奋不顾身地投入一场搏斗，在那场搏斗中既没有规则，又没有裁判员，而且处处都是对手。"天啊，"他跟我说，"你不知道。不过，我将要把这一切写成一部书……"

他坐在那儿，谈他的书，吃美国巧克力条，喝第三瓶啤酒的时候，他突然睡熟了，虽然他是坐着，而且一句话只说了一半。他那股拼劲儿一下就垮了，睡眠仁慈地抓住了他的颈窝，让他平静下来。他的身子蜷缩在他那套花呢衣服里，领子耸到脖子上面；从他闭着的眼睛和柔软的嘴来看，他好像马上要哭了。

安德烈耶夫继续给我看他们在酿波尔卡酒的庄园里拍的那部分影片……他们仔细挑选了那个地方，他说：那是一座真正的老式封建庄园，建筑风格一点也没有走样，没有改进的现代设备，庄园里有最典型的雇农。不用说，一个酿波尔卡酒的庄园就该是这样一个地方。从第一个印第安人用生牛皮袋把流汁发酵，刺穿并挖空葫芦，把暗绿龙舌兰中心的汁用嘴吸出来以后，波尔卡酒的酿造方法跟一开始一样，并无改变。从那以后，没有发生什么变化，也不可能发生什么变化。看来没有更好的酿造波尔卡酒的方法了。他说，一切都完美得简直不像是真的。一个西班牙老绅士离开了那座庄园五十年，旧地重来，到处转悠，高兴地看着一切。"没有改变，"他说，"一点都没有改变！"

摄影机拍下的那个没有变化的世界是有人物的风景画，可是那些人是被压在风景强加给他们的厄运下的。绷紧的黑黢黢的脸上尽是直觉的痛苦，没有个人的记忆，或者说只有动物可能有的那种记忆，他们在挨鞭子的时候，知道自己在吃苦头，可是不知道那是为了什么缘故，也想象不出一个解救的办法……在这些相片上，死亡是一溜儿拿着点亮的蜡烛的人，爱情是没有表情的庄重的事情，只见手紧紧地握着手，两个雕像似的人偎依在一起。有一个印第安人穿着破烂、松弛的白衣服，他浑身显出日晒雨淋的痕迹，而且尽是泥巴，连他平坦的屁股和瘦削的腰部也是这样，他倚在暗绿龙舌兰的刺中间，嘴凑着葫芦；他的那匹驴子两边都是桶，耷拉着脑袋等着驮运，即使是那样一个人也有那种传统的悲剧色彩，美丽而空虚。还有一排排姑娘，像在走动的黑色的雕像，斗篷从光滑的额头上披下来，水罐扛在肩膀上；妇人们跪在洗衣石旁，她们的宽大的罩衫从肩膀上褪下来——“多么生动的画面啊，这一切，”安德烈耶夫说，“我们要是给她们打扮一番的话，那就会受到指责。”摄影机捕捉住并留下了短暂的暴力和无意义的激动、残酷的生活和痛苦的死亡的场面，以及在墨西哥的空气中弥漫着几乎似醉似狂的死亡的期待。墨西哥人也许知道什么时候危险才是真实的；或者，他们也许不在乎这种刺激到底是真的还是假的，可是在外国人看来，不管是不是有真正的危险逼近他们，他们的骨头里能体会到死亡的锋芒。肯纳利对这害怕得要命；他对周围的食物、水和空气感到害怕，只是对这种恐惧的一种反映罢了。在印第安人的心中，对死亡的爱好已经变成一种习性。这种习性使他们的脸光滑、滋润，显得完全不动声色，这种神情看上去好像是故意装出来的，不过装的时间太久，现在毫不费力就挂在脸上了；在他们的内心里，都蕴藏着共同的失败的记忆。在肉体上摆出一副骄傲的姿态，不过是在外表上掩饰消极、隐藏的抗拒罢了；昂首阔步、神气活现的外貌是对他们逆来顺受的性情的一种嘲讽。

我们看了那个庄园主的住所的许多生活场面，影片中的人物穿着一八九八年的时装。他们很有派头。其中一个姑娘尤其出众。她是典型的墨西哥混血美人，面具似的脸上粉擦得雪白，硬邦邦的嘴滚圆而丰满，硬线条的黑眼睛眼梢向上。她的波浪似的黑头发从低额头上往后梳；她穿着灯笼袖衬衫，戴着小小的硬水手帽，显得俊俏极了。

"不过，这准是个女演员。"我说。

"啊，不错，"安德烈耶夫说，"只有这一个是。我们需要一个女演员担任那个角色。那是洛莉塔。我们是在宝石剧院里发现她的。"

洛莉塔和唐娜·胡莉娅的故事是很有趣的。故事的开头是洛莉塔和酿造波尔卡酒的庄园主堂[1]赫纳罗的一个老掉牙的故事。他的妻子，唐娜·胡莉娅发现他把一个情妇带回家来，跟他大发脾气。她说她自己是新派的，非常新派的，一点不是老古板，可是她仍然认为自己受到了侮辱。相反地，堂赫纳罗对女演员的趣味是很老派的。再说，他原来认为自己一向为人谨慎，而且他一被发现，就真心诚意地赔不是了。可是小唐娜·胡莉娅嫉妒得要命。她开始在夜晚尖叫、大哭，闹得不可开交。接着她开始让堂赫纳罗嫉妒别的男人。于是，男人看到唐娜·胡莉娅都非常害怕，几乎一看见她就逃走。想想看，那可能会闹出的一切乱子！毕竟，还得考虑这部影片的拍摄啊……后来，唐娜·胡莉娅威胁要杀死洛莉塔——要割断她的喉咙，捅穿她的身子，毒死她……听了这话，堂赫纳罗干脆撇下一切，直接溜掉了。他跑到首都去住了两天。

他回来的时候，第一眼看到的景象是他的妻子和他的情妇互相用胳膊搂着对方的腰，在草坪高处散步，当时整个拍摄进度被耽误了，因为洛莉塔不愿离开唐娜·胡莉娅去工作。

堂赫纳罗原来对自己的行动迅速感到扬扬得意，却看到这个突然的变化，不由得愣住了。他耐心容忍妻子的吵闹，只因为他尊重妻子

---

① "堂"，西班牙语中对男性的尊称。

的权利和特权。做妻子的第一个权利就是嫉妒和威胁要杀死她丈夫的情人。洛莉塔也有她明确的特权。在他离开以前，一切都准确无误地自动按照应该发展的方向发展。而眼下这种情景简直叫人受不了。他压根儿没法叫她们分离。整个早晨，她们继续在草坪的树底下一边走，一边谈，亲切地搂在一起，头靠着头，一个像电影中的中国人——唐娜·胡莉娅喜爱一个好莱坞服装师做的中国服装，另一个穿着硬邦邦的一八九八年的时装。她们仍然不把那两个准备大吵一场的男人的催促摆在心上：乌斯宾斯基要求洛莉塔马上去拍戏；堂赫纳罗呢，派一个印第安孩子来传话，说主人已经回家，有一件极要紧的事情希望见唐娜·胡莉娅……

两个女人仍然在散步，要不，就一起坐在喷泉旁，悄悄地说话，胳膊毫不拘束地勾着对方的腰，尽管人人看得见她们。最终，洛莉塔走下台阶，开始扮演她的角色，而唐娜·胡莉娅就坐在附近，在亮得叫人睁不开眼的阳光下，对着她的小圆镜拍粉点胭脂，妨碍拍片；她们两人的眼光一遇上，她就向洛莉塔微笑。他们请她离摄影机远一点儿，她噘起了嘴，挪开三英尺，说："我也要在这场戏里，跟洛莉塔在一起。"

洛莉塔低沉的喉音向唐娜·胡莉娅流露出柔情蜜意。她从耷拉的眼睑下用古怪的眼光瞟着唐娜·胡莉娅；她骑上马的时候，忘掉了自己的角色，一条腿跨上马鞍去，一八九八年的贵妇人是不可能用这样的方式跨上马的……唐娜·胡莉娅温柔、亲热地招呼她的丈夫；堂赫纳罗没有先例可循，不知道做丈夫的在这样的情况下该怎么办，就大吵大闹，假装他嫉妒贝当古，乌斯宾斯基的一个墨西哥顾问。

我们又翻起相片来，再次看着其中一些相片。在田野上，暗绿龙舌兰中间，印第安人穿着破烂得不像样的衣服；在庄园的房子里，墙上通常挂着一个华丽而俗气的框子，框子里隐隐约约地现出波菲里奥·迪亚斯[1]的石印彩色肖像，被安排在那幅肖像前面的是一些衣着豪华得像穿着戏装的人。“这是用来表明，”安德烈耶夫说，“这一切都是确实发生在迪亚斯执政时期的。”他拍拍那些印第安人的相片，“这一切现象呢，已经被革命消灭了。这是我们在这儿的协议中第一件必须照办的事。”他说这话的时候，既没有笑，也没有看我的眼睛，“不管怎么样，我们已经拍到影片的第三部分了。”

我真想不通，他们是怎么应付过来的。他们从加利福尼亚上这儿来的那会儿，在政治上背着颠覆分子的黑名声。人还没到，骇人听闻的谣言已经先到。传说他们是受政府当局的邀请来拍一部电影的。又传说他们不是这样被请来的，而是共产党人和其他背景暧昧的组织促成这件事的。什么墨西哥政府付给他们许多钱啦；什么莫斯科为了获得电影摄制权付钱给墨西哥啦；什么乌斯宾斯基是莫斯科派来执行一项任务的最危险的特务分子啦；什么莫斯科将要跟他断绝关系啦，他是不是被允许回俄国还拿不准哪；什么他压根儿不是个真正的共产党员，而是德国间谍啦；什么美国共产党人在付拍影片的经费啦；什么墨西哥的反对党暗地里同情俄国，悄悄地向俄国人提供巨款，要拍一部抹黑现政权的影片啦。连政府官员看来也不知道将要发生什么事情。他们马上采取全面的措施。一批官员被派去船上会见俄国人，并且把他们押进了监狱。监狱里又热又不舒服。乌斯宾斯基、安德烈耶夫和斯捷潘诺夫担心他们的摄影器材，那些器材在海关上被非常仔细地一件件翻查过；肯纳利呢，担心的却是自己的名誉。他习惯于上帝喜爱的好莱坞那套干净利落、光明正大的做买卖的方式，一想到自己可能陷入的麻烦，他就直打哆嗦。在他们离开加利福尼亚以前，他就按照他所能考虑到的情况，帮助做出了一切安排。可是他如今也没有什么把

① 波菲里奥·迪亚斯（1830—1915），墨西哥政治家，曾于1876年至1911年担任墨西哥总统，后被革命派要求辞职，流亡巴黎。

握了。是他第一个造谣说乌斯宾斯基不是共产党员，还说三个人当中有一个甚至不是俄国人。他希望这样说会使这整件事更体面。一夜混乱以后，来了另一批官员，比第一批的显赫，他们满面堆笑，又是解释，又是道歉，把他们释放了。于是，有一个人造谣说，整个事件是精心策划出来的，目的是为了宣传。

政府官员们仍然密切关注这些拍电影的人。他们要利用这个机会拍一部反映光辉灿烂的墨西哥历史的影片，反映它遭受过的委屈和苦难，以及通过最近的革命取得的最后胜利；于是，那些俄国人发现他们被全体职业宣传家所包围，那些宣传家把他们跟他们的创作素材隔绝开来。那些宣传家本来是在他们访问期间，奉命归他们支配的。几十个有用处的评论家啊、艺术专家啊、摄影师啊、有才能的作家啊，还有旅行向导啊，拥在他们周围，正确地指点他们，让他们看到这个国家的物质和精神生活中一切最美丽、最有意义和最典型的事物；要是偶尔有什么不美的东西遇上了摄影机的镜头，还有一个严格执行指示、眼光非常凶的审查委员会哪，那些审查官的职责就是密切注视，别让出乖露丑的场面漏出剪辑室。

“看到他们大伙儿是怎样忠于艺术的，”安德烈耶夫说，“真叫人惊奇。”

肯纳利动了一下，咕哝了一声；他睁开眼睛，接着又闭上了。他的脑袋不自在地转来转去。

“等一等，他马上要醒了。”我低声说。

我们一动也不动地坐着，望着他。

“也许还不会醒哪。”安德烈耶夫说。他接着加了一句：“一切都混乱极了，而且越来越糟。”

我们默不作声地坐了一会儿，安德烈耶夫仍然不带个人感情地望着肯纳利。

“他在动物园里倒是挺好的，”他说，并不特别带有恶意，“可是这些天来，一路上带着他，又没有笼子，实在糟透了。”停顿了一下，他接着又谈起俄国来。

在我们到达庄园前的最后一个车站上，在影片里演主角的那个印第安小伙子走进车厢来找我们。他像在舞台上演戏似的走进来，后边跟着几个把他当英雄崇拜的人，一些肚子没有吃饱、衣着破烂的小伙子，他们快活地生活在荣耀的反光中。他担任电影演员这件事已经足够使他们完全拜倒在他的脚下了；不过，他早就是村子里的一个名人了，因为他是个拳击手，而且很出色。斗牛有点过时了；拳击才是最新、最时髦的事情，而一个长着运动员体型的年轻人真正有雄心，并且上帝给予他力量的话，就会选择拳击，而不是牛。一个荣誉接着一个荣誉，使这个小伙子显出一副显赫的自信神气。他走近我们，皱着眉头，神态从容沉着，完全是一副见过大世面的人的派头；登上火车，会见朋友只是一件稀松平常的事情罢了。

不过，这份气派他没摆多久。他的脸，从高颧骨到方下巴，从丰满的阔嘴到低额头，通常带着职业拳击手有意装出来的凶狠表情，这时候一下子流露出天真、兴奋的微笑，变得坦率可爱。他对重新看到安德烈耶夫感到高兴，不过还有其他原因哪：他有一条值得一听的消息，而且要首先告诉我们。

那天早晨，庄园里乱得不像样啦！……甚至我们在逐个握手的时候，他就大叫大嚷地说起来。“胡斯蒂诺——你们记得胡斯蒂诺吗？——杀死了他的姐姐。他开枪打死了她，逃到山里去了。比森特——你们知道比森特是谁吗？——骑马追赶他，把他带了回来。现在他们把胡斯蒂诺关在村子的监狱里，就是我们刚离开的那个村子里。”

正像他所希望的，我们全都大吃一惊，充满好奇。可不是，事情就发生在那天早晨，约莫十点钟光景……没有，出事以前，没有人知道要出乱子。胡斯蒂诺没有跟人闹翻过。没有人看到他干这件事。他整个早晨心情都很好，在工作，在拍内景。

安德烈耶夫和肯纳利都不懂西班牙语。那个小伙子说的是土语，我听起来很费劲，可是我抓住关键词句，尽可能快地翻译出来。肯纳利跳起身来，急得眼睛都翻白了。

“在拍内景？我的老天爷！咱们玩儿完啦！”

“怎么会玩儿完呢？怎么会？”

“她家里人会告咱们，要求赔偿！”

那个小伙子想知道这话是什么意思。

“法律！法律！”肯纳利哼哼唧唧地说，“他们会因为失去了女儿向咱们要钱。这件事会怪到咱们头上。”

小伙子听了这话，完全给闹糊涂了。

“他说他不懂，”我跟肯纳利说，“他说没有人听过这样的事情。他说出事的时候，胡斯蒂诺是在他自己的房子里；再说，这事谁也怪不了，哪怕是胡斯蒂诺也怪不得。”

“啊，”肯纳利说，“啊，原来是这样。好吧，把事情讲下去，讲给我们听听。他当时要是不在拍内景的话，那就不要紧。”

他马上神情镇定，坐了下来。

“可不是，坐下吧。”安德烈耶夫轻声轻气地说，恶狠狠地看了肯纳利一眼。那个印第安小伙子看到了安德烈耶夫的眼神，看得出他脑子里在反复琢磨这眼神，明显在怀疑这是针对他的。他站着，眼光从一个人身上瞟到另一个人身上，紧皱着的眼睛里顿时流露出戒备的眼光。

“坐下吧，”安德烈耶夫说，“别告诉他们各种各样奇怪的想法，这会扰乱每个人的平静的。”

他伸出一只空着的手，拉那个小伙子坐在座位的扶手上。其他小伙子都聚集在车厢门附近。

“把事情的经过告诉我们。”安德烈耶夫说。

短短地停顿了一下，那个小伙子神情变得和善，继续讲起来了。胡斯蒂诺回到他自己的木屋里去吃午饭。他的姐姐在磨玉米，准备做饼子；他呢，一边站在旁边等着，一边把手枪扔到空中，然后用手接住。手枪走火了，子弹在她这儿穿了一个窟窿……他用手摸摸心口的肋骨……她马上向前倒下去，倒在石磨上，死了。人们顿时纷纷从四面八方跑来。看到闯了祸，胡斯蒂诺拔腿就跑，跳跳蹦蹦像个疯子；在逃跑的时候，他扔掉了手枪，穿过暗绿的龙舌兰田，向山上逃去。他的朋友比森特骑着马在后边追，摇着枪大声嚷：“站住，要不，我要开枪啦！”胡斯蒂诺嚷着回答：“开枪吧！我可不在乎！……”不过，当然喽，比森特没有开枪；他只是飞快地赶上去，用枪托在胡斯蒂诺的脑袋上狠狠地揍了一下，把他揍倒在地上，然后把他横放在马鞍上带了回来。现在他在监狱里，不过堂赫纳罗已经在村子里，正在设法把他弄出来。胡斯蒂诺不是有意杀人。

“这会使一切都停摆，”肯纳利说，“一切停摆！也就是说，要浪费更多的时间。”

“事情还不止这样。”那个小伙子说。他神态暧昧地微笑起来，把嗓音压低一点，装出一副鬼头鬼脑、小心谨慎的模样，说：“还有，那个女演员走了。她回首都去了。三天以前。”

“跟唐娜·胡莉娅闹翻了吗？”安德烈耶夫问。

“不是，”那个小伙子说，“归根结底，她是跟堂赫纳罗闹翻了。”

三个人都哈哈大笑起来，接着安德烈耶夫跟我说：

“你知道宝石剧院里的那个野姑娘。”

小伙子说：“因为堂赫纳罗在一个不合适的时刻去干别的事了。”他变得比之前更小心谨慎了。

肯纳利坐着，下巴绷紧，神情严厉，几乎在跟安德烈耶夫和那个小伙子做怪脸，想方设法地要他们闭上嘴。安德烈耶夫装出一副愣头愣脑不懂事的模样回盯着他。那个小伙子看到这种神情，又变得默不作声，非常高傲地坐在座位扶手上，握紧了的拳头一本正经地摆在大腿上，他的脸扭开一点儿。火车渐渐慢下来，他突然站起身来，在我们前面冲了出去。

我们从容地走下又高又窄的踏级，这时候，他已经站在骡车旁，跟那两个来接我们的印第安人打招呼了。他那伙年轻的崇拜者向我们摇摇帽子，朝一条穿过暗绿的龙舌兰田的近路走去。

肯纳利咋咋呼呼的，把提包交给那两个印第安人去放在那辆又小又旧的骡车上，把我们安排好，让大家坐下来，我坐在他和安德烈耶夫中间，他又过分殷勤地亲手把我的裙子在膝盖周围塞紧，使我的衣服尽可能少地接触那些肯定尽是传染病细菌的外国东西。

小骡尖锐的蹄尖在轨道的石头和青草间陷下去，最后它总算在一块枕木上找到一个过得去的踏脚处，用稳得有点过分的小跑出发了，它脖子上的铃铛像铃鼓那样叮叮当当地响着。

我们一路摇摇晃晃地前进，三个人并排挤在一起，面面相觑，提包塞在座位底下，坐垫上有干草掉下来。赶车的时常伸出脖子去看看骡子，用缰绳在它的背上啪地抽一下，还加上一些议论：一个不幸的家庭；这是第二个被做弟弟的杀死的孩子；妈妈伤心得几乎送命；再说胡斯蒂诺啊，他是个好小伙子，结果被关在监狱里哪。

坐在他身旁的是个大个子男人，这人穿着条纹骑马裤，帽子用有红穗子的带子系在下巴上，他接着说，现在胡斯蒂诺遭了殃，愿上帝保佑他吧。不过，他从哪儿弄到那把手枪的呢？他从拍影片用的火器里借来的。他真的不应该碰那些手枪，这是他的第一个错误。他原打算马上放回去的，可是你知道一个十六岁的小伙子多么爱玩手枪。没有人会怪他……那个姑娘十九岁。她的尸体已经送到村子里去埋葬了。这件事轰动得太过分了。只要她还被放在那地方，那就什么事也干不成啦。堂赫纳罗按照风俗将她双手交叉，合上眼睛，在她身旁点上一支蜡烛。一切办得井井有条，他们毕恭毕敬地说，眼睛带着丰富的、令人愉悦的感情骨碌碌地转动。一个你认识的人遭到这么轰动的厄运，总是叫人遗憾和激动的。啊，我们活在深邃的苍穹下，坐着铃声叮当的骡车一路在盛开着芥末黄鲜花的田野里穿过去，田野里尽是长着有穗状花序的暗绿的龙舌兰；我们迂回曲折地前进，从沿直线走到沿曲线走，到按菱形走，还往回走，一英里又一英里地尽是暗绿的龙舌兰，一直延伸到高入云霄的山脚下。

"他们应当不会在拍影片用的手枪里装上子弹吧？"我相当突兀地问那个帽子用有红穗子的带子系着的大个子。

他张开嘴来要说什么话，接着嘴又突然闭上了。冷场。没有人说话。这回轮到我不自在了，别人都迅速看向我，互相交换眼色。

印第安人的脸上又显出戒备和谨慎的表情。尴尬的沉默笼罩着我们。

安德烈耶夫刚才一直勇敢地在学讲西班牙语，这会儿说："如果我不会讲，我还能唱嘛，"接着就用他洪亮、欢乐的俄罗斯嗓音唱起来，"啊，多美啊，多美啊，妈妈，老天在上！"所有印第安人听到他奇怪的发音把那些字眼变得全然陌生，都兴高采烈地叫起来。安德烈耶夫也哈哈大笑。这阵笑声赢得了他们的信任。突然响起了用俄语唱的歌声，原来是那个年轻的拳击家在安德烈耶夫的笑声逗引下，无拘无束地接着唱起来。于是，人人抓住这个机会像发疯似的友好地大笑，甚至肯纳利也这样。在皱紧的眼睑防卫下，他们的眼光互相接触，而那头小骡一路走着，没有人赶它快跑。

一只大兔子被几条瘦削的饿狗撵着，横蹿过小路。它逃得心都快要从嘴里跳出来了，两只眼睛从脑袋上暴出来，像两个透明的水泡。“快跑，兔子，快跑！”我嚷叫。“快跑，狗！”那个用红带子系帽子的大个子喊叫，他爱好较量的性情顿时被激发了。他向我转过脸来，眼睛里要冒出火来似的：“你愿意赌什么，小姐？”

庄园出现在我们眼前，像一座修道院，又像一座用围墙围起来的堡垒，屹立着，是赤陶土色和珊瑚色的，背后的群山像是在庇护它。一个披围巾的老妇人打开两扇沉重的大门，我们悄悄地来到庄园大院里。靠近我们的这一头，楼上的窗口都点着灯。斯捷潘诺夫站在一个阳台上；贝当古站在他旁边的那个阳台上；一转眼，著名的乌斯宾斯基出现在第三个阳台上，挥着胳膊。他们甚至还没有认出我们是谁，就冲我们打招呼了；看到他们一伙的任何人从城里回来，都令他们感到高兴，因为这一天出了乱子，什么也干不成了，有人来倒可以消除一天漫长的单调。一些瘦得皮包骨的马装着马鞍，站在院子里，它们的屁股滚圆、光滑，它们的长鬃毛和长尾巴像波浪似的起伏。行动斯文、品种昂贵的大狗出来迎接我们，庄严地在我们身旁走上宽阔而不陡的台阶。

房间里很冷。那盏圆形的吊灯简直一点也不能对那些幢幢黑影造成干扰。为了表明这是迪亚斯执政时期的墨西哥建筑风格，几个门洞都是所谓的波菲里奥哥特式的，镀金、印花的墙纸一路糊到屋顶，下面摆着一些有弹簧坐垫的扶手椅，椅面是用紫色、红色、橙色的长毛绒做的，垂着穗子和流苏。这样的地方是用来接待偶然的来客的，以挡掉出现在各条走廊旁的几十个房间里的叫人沮丧的阴暗景象，而这种景象还时不时地在院子里、花园里和牲口栏附近出现。一架没有罩子的、淡色木头的自动钢琴摆在角落里。我们一起站在这儿，又谈起那个姑娘的死亡和胡斯蒂诺的麻烦的处境，大伙儿的声音都带着无法消除的无限厌烦，变得含糊不清，这种厌烦的气氛弥漫在这地方的空气中，裹住我们凑在一起的脑袋。

肯纳利担心可能要打官司。

“他们压根儿不懂得这些，”贝当古叫他放心，“再说，这可不是咱们的过错。”

几个俄国人在考虑明天的事情。不只是那个可怜的姑娘叫人非常惋惜，还因为她和她的弟弟都在拍电影；那个小伙子的角色挺重要，所以一切都得停下，直等到他回来；要是他回不来的话，一切又都得从头干起。

贝当古生在墨西哥，是法国和西班牙血统的混血儿，受的是法国式教育，坚持认为做人应该态度文雅，不偏不倚，始终在跟他那一点儿墨西哥民族主义做斗争，这种民族主义就像遗传性的神经衰弱那样使他苦恼。他既叫人信得过，又有文化修养，所以他的正式职务是不让有损民族尊严的事物出现在外国摄影机前面。他这个任务不明确的职位看来一点也不使他感到为难。多少年来，他第一次干脆地表示快活和心满意足。要饭的、穷人、破相的、老人和相貌丑陋的，听凭贝当古挥手把他们撵开。“我对这一切感到遗憾。”他一边说，一边举起一只瘦长而动作傲慢的手，撵开人的庸俗的怜悯，那种怜悯就像是老在他脑子周围转悠的嗡嗡响的苍蝇。“不过，要是你们考虑到”——他几乎难以觉察地弯了弯身子，对公认是俄国人普遍代表的社会观点表示尊重——“她今后在这个地方会过怎么样的生活，还是死了好得多……”

他眼睛里冒出火焰似的疯狂的光芒，小嘴在哆嗦。他的骨头像芦苇。

“这是件悲惨的事，可是这种事经常发生。”他说。

被他轻描淡写地这么一说，那个姑娘便确实死了，埋葬了，连姓名也没有留下……

唐娜·胡莉娅悄无声息地走进来，她穿着像中国女人穿的那种色彩鲜艳的鞋，一双小脚走起来很轻。她约莫二十岁光景。她的黑头发光滑地贴在圆滚滚的脑壳上，眼眶画过，看起来好像嵌在她那张仿佛用蜡做成的脸上。

“我们实际上从来不住在这儿。”她一边用温柔、讨好的声音说，一边眼光呆呆地瞟着这个奇怪的环境，处在这样的环境里，她好像一个会说话的外国玩具娃娃。“这儿很脏，可是你们千万别介意。压根儿没办法把这地方拾掇干净。印第安人粗心大意，糟蹋一切。我们现在待在这儿是因为对拍影片感兴趣。真叫人兴奋。”接着，她又说下去：“那个可怜的姑娘真惨。什么乱子都会闹出来。那个可怜的弟弟真惨……”我们向餐厅走去，她一路上在我身旁咕哝：“真惨……惨得很……真惨……”

堂赫纳罗的祖父不在家，他出去看朋友，耽搁了好久还没有回来。我听人说他是一位非常老派的绅士。他对他的孙媳妇没有一点儿看得上眼；他在社交场中出风头的那些日子里遇到的太太小姐，都不会像她那样打扮的。这种打扮实在叫他恼火。他是个见多识广的男人嘛，原来只要对女人瞅上一眼，总是能估量、评判并正确地断定她属于什么路数儿。跟这样一个年轻女人一起混一阵子，他认为是每一个绅士的一部分教育。结婚可完全是不一样的事了。在他出风头的那些日子里，她最多只能在戏院子里找份差事。他的孙子，独一无二、确凿无误的继承人，已经摆出一副一家之主的架势，对谁也不买账；他冷不防地结婚了，叫人大吃一惊；做爷爷的愣得话也说不出来，可是对自己的想法却深信不疑，一点也没有改变。他不理解那个孩子，也不想浪费时间去理解。他把自己的家具和纪念品，还有他本人一起搬走，搬到南边草坪上的老花园里最远的一个院子里，他住在那儿，孤独地保持着可怜巴巴的尊严，既没有希望也没有思想信仰，也许他对这两种玩意儿也瞧不起，只有在吃饭的时候他才跟家里人待在一起。他的座位是餐桌的末座，空着；周末来观光的人都走了；我们这伙人只占了上座的一部分。

乌斯宾斯基穿着正式的外套和条纹工装裤坐在那儿，他的脸好像一张有非凡的知识的猴子的脸，上面长满了类人猿的络腮胡子。

他对待生活采取一种玩世不恭的态度，这种态度几乎成为他的处世作风。这样既免去了解释，而且能摆脱他最忍受不了的那种讨厌人。他在首都下等的戏院里寻找乐趣，奉承墨西哥人，说他们确实是他在全世界遇到过的最好色的人。他喜欢在下午开阔的大路上上演古老的俄罗斯乡村喜剧，所有演员却都穿着墨西哥服装。那当儿，他会满嘴粗话地嚷着台词，在他最高兴的时候，还会用一只像男性生殖器似的葫芦去捅一只老是吃苦头、受叱喝的耐心的驴子的屁股。"啊，是啊，我记起来啦，"他在遇到有些南方女人的时候，会用调情的口吻说，"你们就是那些老是被可怕的黑人强奸的太太小姐啊！"不过，现在他在发烧，心情烦躁，一声不吭；他用来掩饰和伪装其他情绪的那些下流的笑话都消失了。

斯捷潘诺夫是网球和马球冠军，穿着法兰绒网球裤和开领短袖的马球衬衫。贝当古穿着裁剪得很好的马裤，打着裹腿，这倒不是因为他在可以不必骑马的时候也总是骑马，而是一九二一年在加利福尼亚的时候，他学到这是电影导演的恰当的服装。说实话，他还不是导演，可是他在给影片拍摄帮点儿小忙嘛；在工作的时候，他还老是戴上一顶绗着绿线的软木遮阳帽，这样一来，他在心中给自己塑造的那个宝贵的幻象就大致完成了。安德烈耶夫的没有染色的羊毛衬衫跟肯纳利的时髦的花呢衣服胳膊肘贴着胳膊肘。我穿了一件编结的衣服，跟其所处场合比起来，这种衣服看起来总是在其他任何场合更合适。总的说来，我们跟坐在主座上的唐娜·胡莉娅形成了叫人吃惊的对比，她穿着装饰着彩虹色绸带的黑缎睡衣睡裤，宽松的袖子垂到她娃娃似的手上，尖尖的指甲上涂着猩红的指甲油，活像好莱坞喜剧中的人物。

"咱们千万别等我的丈夫，"唐娜·胡莉娅说，"他老是很忙，所以老是迟到。”

“老是用最高速度前进，”贝当古神情可爱地说，“至少一个钟头七十公里，可是到哪儿去都从来不准时。”他对自己的严格准时和关于速度、速度的运用和滥用的理论感到自傲。他喜欢发表高论。说什么人要是像他所做的那样，集中力量发展精神世界的话，就永远不需要借助于机械来征服时间和空间。同时，他承认，尽管他自己能够运用传心术跟任何一个他挑中的人进行思想交流，而且有一次单凭意志就使自己离开地面三英尺，对控制机械却感到极大的愉快的刺激。我对他开汽车时的愉快心情倒多少知道一点儿。举一个例子吧，他有个习惯，在汽车靠近火车以前，他总是脚踩在油门上，横冲直撞地越过铁轨。速度，他说，是“现代化”的，而人人都应该在他的工具所允许的范围内现代化。我从贝当古的话中揣摩出这样的意思：堂赫纳罗凭着他的财富至少可以比贝当古现代化的程度高一倍。他买得起马力大的汽车，完全可以把他前面的那些开汽车的吓得滚到路边去；他在考虑买一架飞机来缩短庄园和首都中间的距离；花巨额费用去追求速度和轻便是他的理想。贝当古说，堂赫纳罗决不会嫌什么东西行动得太快的，不管是一匹马啊、一条狗啊、一个女人啊，或是一样内部装着金属机械的东西啊。唐娜·胡莉娅用微笑表示赞同她认为是在赞扬她丈夫的话，而且根据叫人高兴的推论，这也是赞扬她的话。

过道里、房门口、房间里，突然一下子乱哄哄起来。用人们散开，后退，又冲上前去，手忙脚乱地拉开一张椅子，接着堂赫纳罗走了进来。他穿着墨西哥乡下骑装，灰色鹿皮短上衣和紧身的灰色马裤，裤腿口有一条带子扣住马靴底。他是个身材高大、神情强硬、蓝眼睛的西班牙年轻人，肌肉结实，薄嘴唇，态度文雅；他在发火。他指望我们同情他这样发火；他捺住火，跟在场的人一一招呼，接着一屁股坐在他妻子身旁的他那张椅子上，一边用拳头砸着桌子，一边哗啦哗啦地说起来。

看来那个白痴似的乡村法官不同意他把胡斯蒂诺带回来。看来有一条关于过失罪的愚蠢的法律。那个法官说，法律并不承认一般人认为的意外事故。永远应该从怀疑那些最接近受害者的人不说实话出发，进行仔细的调查。堂赫纳罗模仿那个白痴似的法官卖弄法学知识。洪水啊、火山爆发啊、革命啊、马逃跑啊、天花啊、火车翻身啊、街上打架啊，这一切事情，那个法官说，都是天意。开枪杀人嘛，不是。永远应该对一件开枪杀人案进行严格的调查。“我告诉他，那一切跟这件案子毫不相干。”堂赫纳罗说，“我告诉他，胡斯蒂诺是我的雇农，他一家人在我们的庄园住了三百年啦，这是我的事。我知道发生了什么事，还知道事情的全部经过；你呢，什么都不知道；关于这件案子，你该做的就是马上让我把胡斯蒂诺带回去。我告诉他，我的意思是说今天，明天也不行。”没有用。那个法官要两千比索，才肯放胡斯蒂诺。“两千比索！”堂赫纳罗嚷叫起来，砰地捶了一下桌子，“你们想想看！”

“真荒唐！”他的妻子说，带着亲切的同情，眼睛里闪烁着微笑。他盯着她看了一下，好像不认识她似的。她回盯着他，眼光闪烁，嘴角上口红开始淡下去的地方浮着一丝捉摸不定的微笑。他怒气冲冲地不睬她，摇摇身子，摆脱僵局，又急急忙忙地讲下去；他简直气糊涂了，不知道怎么办才好，一边说，一边对着他的听众一次接一次地转动他的身子。倒不是为了那两千比索，他气不过的是，为了一些最荒谬透顶的事情，这儿也要花钱，那儿也要花钱；每一回他转过身去，总有一个小偷似的政客伸出了手，站在他身旁。“好吧，只有一个办法。我要是给那个法官钱的话，事情就没个完。今后，我的任何一个雇农只要在村子里一露脸，他就会给抓起来。我要到墨西哥城去找贝拉尔德……”

人人都同意贝拉尔德正是他应该去找的人。他是墨西哥最有权势的革命者。他拥有两座酿波尔卡酒的庄园，那是在那次伟大的土地再分配中落到他手中的产业。他还经营着国内最大的奶牛场，向国内每一个慈善机构：孤儿院啊、疯人院啊、教养院啊、感化院啊，供应牛奶、黄油和干酪，比任何其他奶牛场的要价高一倍。他还拥有一座大鳄梨庄园；他控制军队；他控制一家实力雄厚的银行；共和国的总统没有听到他的意见，不会颁布任何命令。他跟反革命和政治腐败现象作斗争，天天在二十家报纸的头版上露脸，他就是为了这个目的才买下这些报纸的。他有几千个雇农。身为雇主，他会懂得堂赫纳罗在跟什么做斗争，作为忠诚的革命者，他会懂得怎么对付那个下流的、索贿的小法官。"我要去找贝拉尔德。"堂赫纳罗说，声音突然变得有气无力，好像他感到绝望，或是感到腻烦，不愿再在这个话题上谈下去似的。他靠在椅背上，灰心丧气地望着他那些客人。人人说了一些话，说什么倒无关紧要。今天早晨那件事情眼下似乎很遥远了，不值得去想了。

乌斯宾斯基双手捂住脸打喷嚏。他一大清早就跟斯捷潘诺夫一起站在饮马池里，下半身在凉水里泡了两个钟头，将摄影机架在突出的小石头上，指导拍摄一个他相信在其他角度拍不到的镜头。他着凉了；他这时候咽下一口油炸豆，咕嘟一口吞下半玻璃杯啤酒，悄悄地从长椅上溜开。只见他跳了两跳，穿过最近的那扇门，他那条过于肥大的条纹工装裤不见了。他走出去，好像去找寻另一种氛围似的。

"他发烧了，"安德烈耶夫说，"要是他今晚没有好一点儿的话，我们一定要派人去请沃尔克医生。"

一个胖得尽是一嘟噜一嘟噜肉的大个子，穿着褪色蓝工装裤和法兰绒衬衫，在末座附近的一个座位上坐下。他点点头，并不是特别对哪一个，而贝当古拘泥地点头招呼。

"你连他也不认识吗？"贝当古低声问我，"那是卡洛斯·蒙塔尼亚。你发觉他的相貌改变了吗？"

他看上去好像很急切，认为我应该发觉卡洛斯的相貌有很大的改变。我说，过去了十年，我们多少都有点儿改变。再说，卡洛斯留了一大把络腮胡子。贝当古向我瞟了一眼，明显地承认我跟卡洛斯一样变了，而且是变得不如以前，可是他不相信自己也变了。“也许是这样，”他不情愿地说，“可是我想，我们大多数人是变得更好。可怜的卡洛斯啊，不光是长了一把络腮胡子，还有一身膘。你知道，他成了一个倒霉蛋。”

“一架蛾式飞机，”堂赫纳罗对斯捷潘诺夫说，“我昨天驾驶了半个钟头，棒极了。我也许会买一架。我需要一样真正快的东西，还要轻便，不过一定要快，一样我随时能依靠的东西。”斯捷潘诺夫是个内行的飞行员。他在堂赫纳罗看得上眼的各种活动上都是顶尖的。堂赫纳罗专心地听着斯捷潘诺夫向他提供的清晰而合理的意见：买哪一种飞机，用什么方法保养，通常飞机有什么用处。

“飞机！”肯纳利在一旁听到了，说，“我才不会跟一个墨西哥飞行员乘一架飞机呢，不管给多少钱……”

“飞机！总算要有啦！”唐娜·胡莉娅高声说，像一个乐得有点儿神魂颠倒的孩子似的。她趴在餐桌上，像叫醒睡熟的人那样用西班牙语轻声轻气地叫着：“卡洛斯！你听到了吗？赫纳里托总算要给我买一架飞机啦！”

堂赫纳罗只管跟斯捷潘诺夫谈下去，好像没有听到这些话似的。

“你有了飞机后要干什么？”卡洛斯说，浓密的眉毛下的圆眼睛里流露出亲切的眼光。他没有从他的手旁抬起头，仍然在吃油炸豆和青椒酱，完全按照墨西哥乡下的吃法，用调羹吃，而且吃得津津有味。

“我要在飞机里翻筋斗。”唐娜·胡莉娅说。

“一个倒霉蛋，”贝当古继续用卡洛斯听不懂的英语说，“不过我得声明他今天看起来比往常更有倒霉相。今天早晨，他在澡盆里滑了一下，受伤了。”好像这件偶然的事故又是一个对卡洛斯不利的例子，象征性地证明他性格中那种无可挽回地走下坡路的趋势。

“我原以为墨西哥的流行歌曲有一半是他创作的，”我说，“十年前，我在这儿听到的歌都是他写的。出什么事了？”

“啊，别忘了，那是十年前。他现在什么也写不出。他啊，不知有多久不是宝石剧院的导演啦！”

我打量着这个倒霉蛋。他看上去好像相当高兴。他用调羹柄打拍子，向安德烈耶夫哼着一支歌；安德烈耶夫一边听，一边点头。“就像那样，两拍子，”卡洛斯用法语说，“接下来，就像这样。”他一边打拍子，一边哼。“接下来，这是跳舞的音乐……”安德烈耶夫哼着曲调，左手食指轻轻敲着桌子，右手微微摇动。贝当古看了他们一会儿。“他现在觉得好一点了，可怜的家伙，”他说，“因为我给他找了这份差使，这也许是他的新的开始。不过，他有时候很疲劳，而且喝酒喝得太凶，没法总是尽职尽责。”

卡洛斯斜靠在椅子上，圆滚滚的肩膀垂着，肿起的眼睑盖在眼睛上，他恼火地拨弄着他那盆酸奶油拌辣椒。“你会看到，”他用法语跟安德烈耶夫说，“贝当古压根儿不会喜欢这个想法。这个想法总会有点儿不对头……”他看上去并不生气，也不胆怯，而是显出一种不愉快的肯定神情，“要么是不够现代化，要么是不够老派，要不，就是不够墨西哥派……反正你会看到的。”

贝当古年轻的时候，花了很大的功夫去解开关于“宇宙和谐”的种种难解的秘密；他求助于各种方法，什么数字命理学啊，天文学啊，占星术啊，传念气功法啊，结合美国最新的个性发展理论的权力意志的锻炼啊，一些复杂的巫术仪式啊，还有一些经过精心选择的东方哲学流派中的教义啊，这些流派时常被非常顺利地介绍到加利福尼亚来。凭着这些素材，他创立了一种可以传授给任何人的生活方式，新入门的信徒一旦掌握了这种方式，就可以无声无息地、但是万无一失地逐渐发迹：没有辛苦的发迹，几乎用不着花力气的发迹，这种发迹即使要花一些力气，也叫人花得愉快；这种发迹带有精神上和美学上的美，而且还带来叫人羡慕的物质报酬。财富本身当然不能成为一个目的，单有财富并不等于发迹。但是，它是一切真正发迹的不引人注目的同伴……从这个观点出发，他对卡洛斯的看法是真诚而坦率的。卡洛斯老是瞧不起永恒的规律。他老是只管写他的曲子，从来不想一想更深奥的音乐推理，事实上，音乐是以宇宙的和谐为基础的……他，贝当古，提醒过卡洛斯许多回，但压根儿不管用。卡洛斯一直自作自受。

“我也提醒过你，”他亲切地跟我说，“我问过自己许多回，你干吗不愿或是没法接受那些能为你打开一个完整宝库的神秘事物……凭着经过严格训练的直觉，”他说，“一切都是可能的。你要是全靠智力的话，一定会倒霉。”

“你一定会倒霉。”他一直以来总是跟单纯、可怜的卡洛斯这么说。“他倒霉了。”他对别人这么说卡洛斯。他这会儿几乎是欢喜地看着这个他一手造成的人，卡洛斯坐在那儿，有点邋里邋遢、愁眉苦脸，这个人曾干出过出色的成绩，而且还没有彻头彻尾地完蛋。我身旁那个整洁、轻巧的人挺直了瘦长的脊背，装模作样地摆出一副优美的架势，那双长得太美的、瘦长的双手有节奏地在不结实的手腕上摇晃。我记得卡洛斯从前为贝当古所做的一切事情；他大大咧咧，不可救药地只想到人情，把巨大的报恩负担压在贝当古的身上，压得他两个瘦削的肩膀撑不住了。贝当古开动他所能掌握的“宇宙和谐”规律的机器来帮助他自己向卡洛斯报复。效果很慢，可是他从来不厌烦。

“不用说，我不懂得你说的倒霉，或是发迹，是什么意思，”我最后跟他说，“你知道，我永远都不会懂。”

“这倒是实话，你不会懂，”他说，“这可是个大麻烦。”

“至于卡洛斯呢，”我说，“你应该原谅他……”

贝当古真心诚意地说："你知道我再怎么也不会为任何事情责怪任何人。"

大家推开椅子，开始从几个门洞里慢腾腾地走出去，这时候，卡洛斯走过来，跟我握手。他对胡斯蒂诺及其不幸的遭遇表示了富于人情味和心平气和的看法。"那些家庭里的爱情纠纷，"他说，"你能指望什么呢？"

"啊，这次可不是。"贝当古不自在地说。他轻轻地发出带鼻音的、颤抖的笑声。

"啊，这次还是，"卡洛斯一边说，一边在我身旁走，"我要写一支关于胡斯蒂诺和他的姐姐的小调。"他开始用低得几乎像耳语的声音唱起来，模仿在市场里叫卖印刷品的歌唱家的声音和姿势……

啊，可怜的小罗萨莉塔
给自己找了一个新情人，
这就激怒了热情的弟弟
责怪她不该无端变心……

如今她已去世，可怜的罗萨莉塔，
两颗子弹打进了心房……
小心啊，我年轻的姐妹，
别撇下你们的兄弟去找情郎。

"一颗子弹，"贝当古说，举起一根细长的手指头对卡洛斯摇着，"一颗子弹！"

卡洛斯哈哈大笑。"好吧，一颗子弹！真是个精确的人！明儿见。"他说。

肯纳利和卡洛斯很快就不见了。堂赫纳罗跟斯捷潘诺夫两人打台球来消磨黄昏。斯捷潘诺夫老是赢，堂赫纳罗台球打得很好，可是斯捷潘诺夫是冠军，拿过各种各样的奖杯、奖牌，所以输给他算不上丢人。

在那个布置成会客室的通风的房间的上层，安德烈耶夫关掉自动钢琴上那些附属的机械装置，一边唱俄国歌，一边双手在琴键上掠过，利用这段时间，他在回想别的歌曲。唐娜·胡莉娅和我坐着听。他为我们，可是主要为他自己在歌唱，跟那天下午一样，有意忘却他的环境，置身于自我造成的神情恍惚的境界中；那天下午，他一直讲俄语。

我们坐到很晚。唐娜·胡莉娅时不时地捂着嘴打呵欠；每次引得安德烈耶夫或是我向她瞟上一眼，她总是沉着地微笑，她那条小狮子狗直挺挺地躺在她的膝盖上打呼噜。"你不累吗？"我问她，"你不想我们很晚才睡吧？"

"啊，不累，咱们继续听音乐。我喜欢坐上整整一宿。我要是能坐着，就再怎么也不上床。再坐一会儿。"

一点半，乌斯宾斯基派人来叫安德烈耶夫和斯捷潘诺夫。他发着烧，心情烦躁，希望有人跟他聊聊天。安德烈耶夫说："我已经派人去请沃尔克医生了。还是别拖延的好。"

唐娜·胡莉娅和我看着楼下的台球房，那儿斯捷潘诺夫和堂赫纳罗在算分数。几个印第安人从窗外探进头来，默不作声地看着，他们的大草帽向前倾斜。唐娜·胡莉娅问她的丈夫："那么，你今儿晚上不打算去墨西哥城了？"

"我干吗要去呢？"他沉着脸反问，看也不向她看。

"我原以为你可能会去哪。"唐娜·胡莉娅说。"明儿见，斯捷潘诺夫，"她说，她的黑眼睛在画成银蓝色的长眼睑下闪闪发亮。

"明儿见，胡莉塔。"斯捷潘诺夫说，他的坦率的北方人的微笑包含着一切意义，要不，就是一点意义也没有。他不笑的时候，他的脸是严肃的，富有表情，而且生气勃勃，一副热情的模样。他的微笑好像是一个很年轻的孩子的，给人一种错误的天真的印象。他再怎么也算不上天真；他这会儿微笑着，像从木偶剧院里散落出来的一个蠢头蠢脑的小木偶，脸上呈现着一片快活、天真的神情。唐娜·胡莉娅转过头去，也斜着眼睛，用任何好莱坞影片中那种销魂荡魄的美人的闪闪发亮的眼睛看他。他仔细察看着自己手里的球杆尖端，仿佛是凑在显微镜上看似的。堂赫纳罗恶狠狠地说了声："明儿见。"接着恶狠狠地穿过那扇通往院子的门，不见了。

唐娜·胡莉娅和我穿过她的房间，那是一个长而窄的房间，位于台球房和放盛酒的大牛皮袋的房间中间。那个房间里尽是鼓鼓囊囊的鸭绒绸被褥，擦得闪闪发亮的新木器和大镜子，多得叫人心烦的小摆设啊、一盒盒糖果啊、一个个穿着褶裥裙戴着白假发的法国玩具娃娃啊。空气里弥漫着浓郁的香味，这是用来抵制另一股更冲的味儿的。从放盛酒的大牛皮袋的那个房间里不断传来压低的叫声和酒桶滚动声，酒桶从木头的滑板上滚到平板驴车上，驴车就停在经过门洞口的那些小路上。我来到庄园以后，鼻子里总是闻到这股气味，可是在这儿这股气味变成一阵浓雾，从一大群嗡嗡叫的苍蝇中间升起，又酸又臭，像变质的牛奶和血。这种声音和气味混合在一起，而且跟断断续续的木桶滚动声和印第安人的拖长了的唱歌似的叫声搅和在一起。在狭窄的楼梯上，我转过头去看唐娜·胡莉娅。她皱起了她的小鼻子，正在向上看，并把她那条皱着鼻子、一直在表示厌恶的小狮子狗抱在脸旁。"波尔卡酒！"她说，"真是讨厌死了！不过，我希望吵闹的声音不会让你睡不着觉。"

在我的阳台上，山上吹来的刺人的冷风中不再带有香味，或是放盛酒的大牛皮袋的房间里散发出来的那股气味。"二十一！"印第安人用拉长了的、像合唱似的、既疲倦又兴奋的悦耳的声音一起喊叫，接着第二十一桶新鲜的波尔卡酒从滑板上滚下去，由两个人抓住，搬到我窗下的平板车上。

从我隔壁的窗口里，传来三个俄国人一直在悄悄地说话的声音。猪在洗衣池附近的泥塘里呼噜呼噜地叫，用鼻子拱来拱去；女人呢，在黑暗中跪在洗衣池那儿，一边在石头上捶打衣服，一边叽叽呱呱地闲聊，大笑。看来那天夜晚所有的女人都在笑；午夜早就过了，院子的一边，一长溜雇农的住房里一次又一次地冒出响亮、欢乐的声音。驴子互相呜咽和哀号，处处能听到牲口的懒洋洋的没有睡熟的声音，它们在蹬蹄子，喘气，打响鼻。楼下放盛酒的大牛皮袋的房间里，突然有一个声音唱起一支粗鲁的歌中的十几个音符来；洗衣池旁的那些女人静了一会儿，接着吃吃地笑起来。通往内院的拱门口发生了一场小小的骚乱。一条有礼貌的、名贵的狗撇下它的尊严，恼火地汪汪叫着，把一个小个子、大屁股的士兵撵回到他应该待的地方去——印第安人住的小屋对面靠墙的营房里。那个士兵毫不抗拒、一声不吭、慌慌张张、磕磕绊绊地跑开，他那盏暗淡的提灯一个劲地摇晃。到了某一个地方，好像那儿有一条无形的分界线似的，狗就站住脚，看那个士兵跑过去，然后回到拱门下它自己的岗位上去。那些士兵是由政府派来监管农民的；他们游手好闲，什么也不干，白吃堂赫纳罗的豆子。他忍受着，恨透了他们，那些狗也是如此。

印第安人用拖长了的唱歌似的声音在放盛酒的大牛皮袋的房间里数酒桶，而我就在那片叫声中睡熟了；第二天早晨，我在夏天太阳升起的时候醒来，听到他们漫长而悲伤的早晨的歌声、金属和硬皮的碰撞声、驴子给套上平板车的时候的蹬蹄声……赶车的挥着鞭子，吆喝着；装着酒桶的平板车排成一溜儿吱吱嘎嘎地移动起来，去赶把波尔卡酒运往墨西哥城的火车。那些种地的赶着驴子，向暗绿的龙舌兰田里走去。他们也嚷嚷咧咧，用木棍揍着驴子，可是并不真正急着要去，也并不真正兴奋。这不过又是一天的工作，一天的疲劳罢了。一个三岁的男孩跑在他爸爸身旁，他赶着一头刚断奶的驴子，它长着毛的背上驮着两个极小的酒桶。两个小家伙各自模仿着长辈的姿势，学得像极了。那个孩子一边用木棍揍，一边喊叫；那头驴子呢，艰难地迈着脚步，每挨一下揍，耳朵就动一下。

“我的老天爷！”一个钟头后，肯纳利说道，他面前摆着一杯咖啡，“你记得吗——”他撵开一群黑压压的苍蝇，用颤抖的手倒满咖啡——“我想了整整一宿，睡不着——你不记得了吗？”他死乞白赖地问斯捷潘诺夫，斯捷潘诺夫一只手掌盖在咖啡杯上，他刚抽罢一支烟卷。“咱们在两个礼拜以前刚拍的那些镜头，那时候胡斯蒂诺演一个无意中杀死了一个姑娘的角色，他试图逃走；一伙人把他从马背上抓下来，比森特就是其中一个？嘿，同样的人在现实中发生了同样的事情！还有——”他转过来跟我说，“最奇怪的是，咱们还得重拍那个镜头，原来的拍得不怎么好；瞧，我的老天爷，咱们真的遇上这样的事情了，可当时没有一个人想到！当时倒是个机会。咱们原可以给那个真的死了的姑娘拍一个特写镜头，还拍个胡斯蒂诺的脸的特写镜头，鲜血从被比森特揍出的伤口里淌下来；我的老天爷，咱们却一点也没想到。这一类事情嘛，”他抱怨道，“咱们来了以后，一直发生。真是不断发生……到底是怎么回事，我真想不通。”

他盯着斯捷潘诺夫，眼里尽是埋怨的神情。斯捷潘诺夫从咖啡杯上举起手掌，撵开苍蝇，喝起咖啡。“也许是光线不好。”他说。他的眼睛向肯纳利的方向睁开，眨了眨，一下子又闭上，好像拍完了一张相片，于是这一幕就结束了似的。

“你要是认为光线不好的话，那有什么办法，”肯纳利怨恨地说，“不过，话说回来，事情明摆着就这样发生了，不是咱们的过错，咱们当时要是拍下来了就好了。”

“咱们总是可以再拍的，”斯捷潘诺夫说，“等胡斯蒂诺回来，光线好一点的时候。光线，”他跟我说，“总是跟我们过不去。我们在这儿五天中只有一天有好的光线，或者还不到哪。”

“想想看，”肯纳利说，抓住这话大做文章，“不妨想想看——那个可怜的小伙子回来以后，要再经历一次以前已经历过两次的场面，一次是拍电影，一次是在现实中。现实啊！”他显出一副幸灾乐祸的表情，“你想他会是什么滋味。唉，那准会把他逼疯的。”

“他要是回来的话，”斯捷潘诺夫说，“咱们一定要考虑这件事。”

院子里，五六个印第安小伙子穿着破烂的白衣服，露出光滑的黄褐色皮肤，他们正在把一副副镶着银子和珍珠母的鹿皮大马鞍放在一匹匹光背马上。女人们又回到洗衣池旁来了。猪跑出来，在它们喜爱的泥塘里用鼻子拱来拱去，而在放盛酒的大牛皮袋的房间里，日班的工人已经默不作声地在把新取来的暗绿的龙舌兰汁灌满一个个牛皮袋。卡洛斯·蒙塔尼亚也起得很早，他享受着清晨的新鲜空气，看着三条狗把一头长腿猪从泥塘里撵到牲口棚前。那头猪不断地尖叫，像一匹摇摆木马那样向它熟悉的那个安全地带——猪圈——跑去；三条狗紧跟在它的脚后，正好撵得它只得用最快的速度跑。卡洛斯高兴得乱叫，手按在胸前；那些印第安小伙子跟他一起哈哈大笑。

那个西班牙监工是影片中的反角——其中一个——穿着一条绷紧的新骑马裤，裤子跟马鞍一样是鹿皮的，装饰着银线刺绣，他没精打采地坐在拱门附近的那张长椅上，面对着印第安人和士兵们居住的那个大院。他在那儿几乎要坐整整一天，就像他已经坐了许多年，而且还可能要继续坐上许多年似的。他那张西班牙北方人的扭曲的长脸上显出一副腻烦得要命的神情。他没精打采，一顶英国式便帽拉到那双挤在一起的眼睛上，对逗得卡洛斯哈哈大笑的那个场面连一眼也不瞟。安德烈耶夫和我向卡洛斯招招手，他马上走过来。他还在笑。他看上去好像已经忘掉了那头猪，而是在笑那个监工，这个人已经有了四十条花里胡哨的骑马裤，可是认为没有一条配得上拍影片用，就吩咐去做了眼下他穿的这一条，花了许多钱哪，可这条裤子实在太紧了。他指望天天穿能绷得肥一点。他实在太可怜了，因为不知怎么回事，他就是为了裤子才活着的。"他在生活中所能做的，"安德烈耶夫说，"就是天天换一条花里胡哨的裤子，坐在长椅上盼望发生什么事情，什么事情都行。"

我说，我原以为在过去的几个礼拜里发生的事情够多了……或者说至少在过去几天里。

"啊，不，"卡洛斯说，"不管什么事情都不能叫人比较长久地记住。我是指最近那个农民党人突然袭击那样刺激的事情……塔楼上都架着机关枪，在场的人个个带着来复枪和手枪。他们感到这样的生活有意思。他们把袭击者撵走，然后把剩下的子弹都打向空中，来表示庆祝；可是第二天，他们就腻烦了。他们期待整个事件再重演一回。向他们解释节日已经结束是难的。"

"那么，他们确实恨农民党人吗？"我问。

"不，他们喜欢刺激。"卡洛斯说。

我们穿过那个放盛酒的大牛皮袋的房间，在坑坑洼洼的烂泥地中间找路，那些水坑都是渗进泥地中的汁水汇成的；散发着臭味的汁水从挂在木头架中间的带毛的牛皮袋里渗出来，我们站住脚，悠闲地望着许多苍蝇淹死在那种液体里，一句议论也不发。圣母玛利亚端端正正地站在她的蓝漆的壁龛里，框子上尽是沾满苍蝇屎的纸花，她的脚前点着一盏长明灯。墙上尽是褪了色的壁画，画的是暗绿的龙舌兰汁的传说：一个年轻姑娘怎样发现了这种神圣的汁水，把它献给皇帝，皇帝重重地赏了她；她死了以后，几乎成了神。一个古老的传说，也许是最古老的了；这个传说反映了男人对女人和植物的繁育能力的那种莫名其妙的崇拜和恐惧……

贝当古站在门里，勇敢地呼吸着那股气味。他用专家的眼光向周围墙上瞟了一眼。“这是一个很好的范本，”他一边说，一边对着壁画微笑，“真的，是最好的范本……当然喽，越老的总是越好。事实上，”他说，“西班牙人在墨西哥被征服前的酿波尔卡酒的作坊里发现的壁画……画的总是这个传说。就这样一直画下去。不管什么事情都没个完。”他摇摇他又长又美的手，“它总是一直流传下去，渐渐变成另一件事情。”

“我管这叫完结，反正这也是一种说法。”卡洛斯说。

“啊，不错，你说的是。”贝当古微笑着说，对他的老朋友非常纵容，反正他已经渐渐变成另一个人了。

十点钟，堂赫纳罗又出发去拜访那个乡村法官了。唐娜·胡莉娅、安德烈耶夫、斯捷潘诺夫、卡洛斯和我在屋顶上走着；天上一会儿阳光灿烂，一会儿浓云密布；我们眺望着田地和高山组成的那一片辽阔的景色。斯捷潘诺夫带着他那个小照相机给我们、也给那些狗拍照。我们已经在台阶上跟一头吃奶的驴子，还跟印第安娃娃一起拍过照；在南面长草坪上的水池旁，堂赫纳罗爷爷住的地方拍过照；在关着门的教堂前（让卡洛斯扮成一个虔诚的胖神父）拍过照；在更后面的院子（那儿有古老的修道院的一个石澡池的遗迹）里以及酿波尔卡酒的作坊里拍过照了。

所以我们对拍照感到腻烦了，一溜儿靠在屋顶上，看堂赫纳罗上路……他跳下那几个不陡的台阶，五六个印第安孩子往后退去，让他走过；他猛地跨上他那匹阿拉伯母马的马鞍，他那个手下人马上放开马勒，跳上自己那匹马；堂赫纳罗不顾一切地纵马跑出大院，那个骑马的人跟在后面，离开他二十英尺。狗啊、猪啊、驴子啊、女人啊、娃娃啊、小伙子啊、小鸡啊，在他面前纷纷逃开；他来到士兵们跟前的时候，他们猛地推开外面的大门；两个人拼命地穿过去，消失在空荡荡的大路上……

“那个法官拿不到钱决不会放胡斯蒂诺的，我知道，人人都知道。赫纳罗也知道。可是他仍然会去跟那个人一次次斗下去。”唐娜·胡莉娅用单调而温柔的声音说，并没有责备的意思。

“啊，也不能说绝对不可能，”卡洛斯说，“只要贝拉尔德派人来传话，等着瞧吧——胡斯蒂诺就会一下子跳出来！就像这样！”他把食指和大拇指一弹，好像弹走了一颗看不见的豌豆似的。

“可不是，不过你想这样一来赫纳罗得付给贝拉尔德多少钱！”唐娜·胡莉娅说，“太煞风景啦，偏偏在影片拍得很顺利的时候。”她望着斯捷潘诺夫。

他说：“就这个样子别动，只要一秒钟。”举起照相机，咔嚓按了一下机钮；接着转动一下，从镜头中盯着站在下面院子里一个人看。这个缩小了的人靠在肮脏的灰黄色墙前，是肮脏的灰白色的，帽子拉到眼睛上面，胳膊交叉着。比森特站着，一动也不动。他站在那儿好一会儿了，在盯着什么。后来，他动了；突然下了决心似的走开去，几乎走到大门口，待在拱门洞里再站着看。斯捷潘诺夫又拍了一张他的相片。

我和安德烈耶夫一起从大伙儿身旁走开一点，我跟他说：“我想不通，他干吗不让他的朋友胡斯蒂诺逃走，或是至少给他个机会试一试……我真想不通，他干吗去追他。”

“出气，”安德烈耶夫说，“想想看，一个男子汉的朋友干出这么对不起他的事情，还牵涉到一个女人，而且是姐姐！他火了。他不知道当时他在干什么，也许……我想他现在在后悔哪。”

两个钟头以后，堂赫纳罗和他的用人回来了，他们用适当的速度骑近庄园，可是一看到庄园近在眼前，就立刻用鞭子催马快跑，等他们冲进大院的时候，速度已经跟出去那会儿一样快了。用人们突然警觉，来回奔跑，在台阶上跑上跑下，到处打转；那些牲口跟刚才一样匆匆找寻逃避的所在。三个印第安小伙子扑上去抓那匹母马的马勒，可是比森特是第一个。那匹母马使劲向前冲，拼命要把脑袋挣开，他跳啊蹦的抓住不放，眼睛紧盯着堂赫纳罗；堂赫纳罗一下子跳到地上，落地的时候身子轻灵得像马戏演员，接着他迈开大步走去，脸上一点表情也没有。

一无所获。那个法官仍然要到手两千比索，才肯放胡斯蒂诺。这也许是比森特意料之中的回答。他整个下午靠墙坐着，下巴搁在蜷起的膝盖上，帽子压到眼睛上，他脚上蹬着一双松松垮垮的旧凉鞋。半个钟头以后，连在暗绿的龙舌兰田里最远的人也知道这个坏消息了。堂赫纳罗坐在餐桌旁一声不吭，匆忙地吃喝，像是一个为了一次攸关生死的旅行必须去赶最后一次火车的人似的。"不行，我决不容许这样胡来，"他发作了，在桌面上他的盆子旁砰的捶了一下，"你们知道那个白痴似的法官跟我说了些什么？他问我，干吗为一个雇农这么操心？我告诉他，我高兴为什么操心是我的事。他说，他听说咱们在这一带拍影片，影片中有双方开枪的场面。他说，他的监牢里挤满了等待枪毙的犯人；他乐意把他们送来，让咱们在影片中把他们枪毙。他说，他不明白咱们干吗要假装杀人呢，明明咱们需要杀多少人，都可以真的杀嘛。他认为胡斯蒂诺也该枪毙。让他试试看！反正我再怎么也不会给他两千比索！"

太阳下山的时候，男人们赶着驴子从暗绿的龙舌兰田里回来了。在放盛酒的大牛皮袋的房间里干活的人开始把发酵了的波尔卡酒倒进木桶，把新鲜的暗绿的龙舌兰汁倒进臭气熏人的大牛皮袋。夜晚，唱啊，记数啊，木桶在滑板上滚下去啊，又开始了。白色的波尔卡酒像洪流似的不停地流着；整个墨西哥的印第安人都会喝这种跟尸体一样白的液体，靠消耗河流般的波尔卡酒来换取遗忘和舒适；白花花的银钱会流进国库；堂赫纳罗和他同样身份的庄园主会恼火和诅咒；农民党人会袭击，首都的野心勃勃的政客会千方百计地捞到足够的钱，为他们自己买这样的庄园。一切都已经安排好了。

我们在台球房里度过黄昏。沃尔克医生已经来到，跟乌斯宾斯基一起待了一个钟头，他只是喉咙痛，有可能患扁桃体炎罢了。沃尔克医生会治好他的病的。这时候，沃尔克医生在跟斯捷潘诺夫和堂赫纳罗打台球。他是个医术高明、态度认真、工作勤奋的医生，一个俄国人；他并不掩饰他高兴的心情，因为他又跟俄国人待在一起了，而且只是轻松地护理一个归根结底病得并不很厉害的病人，还有机会打打他喜爱的台球。轮到他打台球的时候，他趴在台球桌边上，微笑着，半靠在绿呢桌面上，闭上一只眼，放平他的台球杆，瞄准，又放平他的台球杆。他没有用球杆击打台球，而是一转身从桌面上下来，微笑，另换了一个角度，又瞄准，几乎是趴在桌面上，再瞄准，用球杆打台球，没打中，又微笑。接下来，轮到斯捷潘诺夫打台球了。“我简直没法理解。”沃尔克医生说，摇摇头，望着斯捷潘诺夫，流露出无限钦佩的神情，甚至眼睛里淌出了眼泪。

安德烈耶夫坐在一张矮凳上，一边弹吉他，一边用连续不断的低语唱俄国歌。唐娜·胡莉娅蜷缩在他附近的一张长沙发上，她穿着黑色睡衣睡裤，那条小狮子狗盘在她的脖子上，像一条围巾。这头畜生感到非常轻松愉快，鼻子里发出呜呜的声音，还哼哼唧唧地叫，眼睛骨碌碌地转动。那些大狗在它周围紧张地皱起了额头嗅闻。它向它们一会儿呜里呜里地叫，一会儿恶狠狠地叫，一会儿又抱怨地叫。“它们没法相信它是一条真的狗。”唐娜·胡莉娅高兴地说。卡洛斯和贝当古坐在一张小桌子旁，他们面前摊着音乐和服装的设计稿。他们交谈着，好像又在细谈一个他们两人都感到厌倦的话题似的……

我在向一个又瘦又黑的年轻人学习一种新的纸牌游戏，他可以算是贝当古的助手。他打扮得很时髦，腰很细，据他说，“只有现代的”壁画才值得他倾全力研究，他告诉我，“像里维拉的，我研究他的方法，而不是他老派的画风。我正在库埃纳瓦卡装饰一所房子，来看看，你就会明白我的话是什么意思。你不应该打梅花，”他加了一句，“现在我打国王，瞧，你就输了。”他把牌收拢，洗牌，“胡斯蒂诺在这儿的那会儿，导演在拍严肃的场面的时候，老是对他不满意，因为胡斯蒂诺认为样样事情都是闹着玩的。在死亡的场面中，他满脸堆着微笑，糟蹋了许多胶卷。眼下他们在说，胡斯蒂诺回来以后，谁也用不着再跟他说：‘别笑，胡斯蒂诺，这是死亡，不是开玩笑。’”

唐娜·胡莉娅把那条小狮子狗翻了个身，摆在膝盖上滚来滚去。“事情一过去，他会忘掉一切的……连同他的姐姐啊，什么都忘掉，”她轻声轻气地说，用温柔、空虚的眼光望着我，“他们是畜生。对他们来说，什么都不要紧。再说，”她加上一句，“他很可能回不来了。”

如同轻微的恍惚的沉默，笼罩着整个房间，房间里所有这些偶然聚在一起的人没有什么可以交谈，一时被禁锢了起来。他们在一起时都是用行动来对抗尴尬处境的，可是眼下没有事情在发生。空气中的提心吊胆的气氛好像马上就要爆炸了，这时候肯纳利踮着脚走进来，像在走进教堂。人人向他转过脸去，好像他这个人是一支救兵似的。他大声宣布他的坏消息：“我今晚不得不回墨西哥城，那儿有种种麻烦，关于影片的。我还是回那儿去的好，跟那些检查官员谈出一个结果来。我刚跟那儿通过电话，那个人说，听说要剪掉整整一卷……你知道的，就是那些要饭的在节日里的镜头。”

堂赫纳罗放下他的台球杆。“我今晚要回去，”他说，“你可以跟我一起走。”

“今晚吗？”唐娜·胡莉娅向他转过脸去，她的眼睛向下，“有什么事？”

"洛莉塔，"他简短而恼怒地说，"她一定得回来。他们得重拍三四个镜头。"

"啊，那太好啦！"唐娜·胡莉娅说。她把脸埋在她那条小狗的皮毛里，"啊，太好啦！洛莉塔又要来啦！赶紧去找她——我等不及啦！"

斯捷潘诺夫回过头来跟肯纳利说话，脸上毫不掩饰地流露出不耐烦的神情："我才不担心那些检查官员哪——他们爱怎么办，就让他们怎么办！"

肯纳利的嘴猛地一抽，颤抖着声音说："我的老天爷！我有点担心了，总得有人考虑考虑这儿的将来啊！"

十分钟后，堂赫纳罗的马力强大的汽车轰鸣着开过台球房，在荒凉、漆黑的公路上飞也似的向首都开去。

早晨，人们陆续撤回城去，有的坐火车，有的坐汽车。"待在这儿。"一个又一个人都对我这么说，"我们明天会回来的，乌斯宾斯基的病会有所好转，工作就又会开始的。"唐娜·胡莉娅赖在床上不起来。我下午跟她去告别。她睡眼蒙眬，没精打采，她那条小狮子狗蜷缩在她的肩膀上。"明天，"她说，"洛莉塔会来这儿，那就会叫人兴奋了。还要重拍一些最好的镜头呢。"我没法在这个死气沉沉的地方等到明天。"你要是在约莫十天以后回到这儿来的话，"那个赶车的印第安人说，"就会看到完全不一样的景色。眼下，这儿很凄惨。可是到那时候，嫩玉米已经成熟，啊，那就又有足够吃的啦！"

（鹿　金　译）

灰色马，灰色的骑手

老　人

第一部：1885—1902

她是一个神情活泼的年轻女人，鬈曲的黑头发铰得很短，梳着分头，一张短短的鹅蛋脸，两条端正的眉毛，一张弯弯的大嘴。她那件纽扣扣得严严实实的黑紧身上衣的领圈上露出白色的圆领；白色的圆袖口衬托得那双懒洋洋的手格外明显，手上有一个个小窝；她穿着一条有荷叶边的褶裥裙，褶裥都贴着裙撑，那双手舒适地放在褶裥上。她这样坐着，永远摆着一副照相的姿势，一个一动也不动的形象，在她那个四角包着银栎树叶的深色胡桃木照相框里；一双微笑的灰眼睛跟踪着任何一个在房间里走来走去的人。那是冷淡的、漠不关心的微笑，叫她的侄女玛丽亚和米兰达有点心惊肉跳。她们时常想不通为什么每个望向那张相片的上了年纪的人都会说一句："真可爱。"为什么认识她的人个个都认为她长得非常美丽和妩媚。

背景是一瓶鲜花和悬挂着的天鹅绒帷幕，带着一种褪了色的欢乐色彩；那样的花瓶和帷幕没有人再会有了。衣服连富有浪漫色彩也说不上，而只是老式得叫人受不了。在那两个小姑娘的心目中，这张相片是整个儿同死去了的东西联系在一起的：奶奶的掺了药的烟卷的味儿啦，她那些挥发着蜂蜡的家具啦，还有她那橙花老牌香水啦。相片上的那个女人是艾米姑妈，不过在照相框里，她只是一个幽灵，一个往昔的悲伤而美丽的故事。她曾经是美丽的，有许多人钟情于她，后来她遭到了不幸，年纪轻轻就断送了生命。

玛丽亚和米兰达，一个十二岁，另一个八岁，都知道自己年纪还很轻，可是她们觉得自己活得很久了。在她们看来，她们不但活了自己的那些岁月，而且她们的回忆好像在出生以前很久就已经开始，就已经在她们周围的成年人，大多是四十岁以上的老人的生活中开始了，那些人往往硬是说自己从前也是年轻的。这简直叫人没法相信。

她们的爸爸是艾米姑妈的哥哥哈里。她是他心爱的妹妹。他有时候向那张相片瞟一眼，说："照得不大好。她主要是头发和微笑美，这可压根儿没有照出来。她比相片上也苗条得多。咱们的亲戚中从来没有胖女人，感谢上帝。"

玛丽亚和米兰达听爸爸说这样的话的时候，并不会表示异议，只是弄不懂他到底是什么意思。她们的奶奶瘦得像根火柴；她们的妈妈去世很久了，从相片上看，也差不多像条烛芯。打扮得花枝招展的年轻小姐们——叫米兰达大吃一惊的是，她们原来跟她自己一样，不过是奶奶的另一些孙女罢了——在假期里来她家做客，夸耀她们十八英寸的腰围。可是，爸爸怎么解释伊丽莎姨婆的情况呢？她穿过房门的时候，总得相当费劲地挤一挤；坐在椅子上，从地板到脖子就像一座结结实实的金字塔形纪念碑。还有在肯塔基的凯齐娅姑婆呢？她的体重达到二百二十磅以后，她的丈夫，约翰·雅各布爷爷就不让她骑他的那些好马。"不行，"约翰·雅各布爷爷说，"对女人献殷勤的热情在我心底里还没有熄灭，不过，我的常识也没有丧失啊，更不用说我对忠诚的哑巴朋友的恻隐之心了。恻隐之心是最了不起的。"有人提醒约翰·雅各布爷爷，要是他有恻隐之心，他就不该用这样的话来评论凯齐娅姑婆的身段，损伤她作为女人的虚荣心。"女人的虚荣心会恢复，"约翰·雅各布爷爷铁石心肠地说，"可我的马脊背会怎么样呢？再说，要是她原先有女人的虚荣心，她也不会长成这副模样。”嘿，凯齐娅姑婆是以体重出了名的，难道她不是咱们的亲戚吗？可爸爸一想到他年轻时亲戚中的那些姑娘时，他的记忆力就好像出了毛病，他斩钉截铁地说，不管哪一辈，她们毫无例外地都苗条得像芦苇，优雅得像仙女。

尽管证据确凿，同爸爸所想的正好相反，但他对亲戚的感情却源源不绝地激起他这种忠心，而且他同其他人一样也爱好传说。他们喜欢讲故事，浪漫而富于诗意的故事，或者是有浪漫的幽默感的滑稽故事；他们不美化表面的情节，要紧的是要有感情。他们的心思和想象力被他们的往事所占有，在那些往事中，世俗的打算起着非常次要的作用。他们的故事几乎永远是爱情故事，发生在晴朗、空阔、可爱的蓝天下。

两个小姑娘的长辈用栩栩如生的描摹在她们心中塑造了一些鲜活的人物，她们想方设法地拿那些相片啊、光想讨好而技巧拙劣的画师画的肖像画啊，还有那些同干香草和樟脑放在一起的折叠着的节日盛装啊，去配合她们心中的那些人物，但是那些玩意儿叫人大失所望。奶奶生来不得不服从季节的变化，一年两回，几乎总有整整一天坐在那个堆旧杂物的房间里，坐在那些旧衣箱和旧盒子跟前，摊开一叠叠衣服和小纪念品；她在自己周围的地上铺开一张张床单，把那些东西摆在床单上，对着其中几件东西哭起来，而且几乎总是那几件东西；她又把天鹅绒盒子里的一些相片拿出来看，打开一个个小包，包里面是一绺头发或是干枯了的花朵；她轻轻地、自如地哭着，好像眼泪是她剩下的唯一乐趣。

要是这时玛丽亚和米兰达可以非常安静，除了给她们看的东西以外什么也不摸，那么，她们就可以坐在奶奶身旁，或是进进出出。大家心照不宣地认为，奶奶的悲伤是严格属于她自己的，别人不应该注意或提及。两个小姑娘仔细察看着一件件东西，可是这些东西并没有在她们心头留下深刻的印象。这些过时的小头箍和项链，有些是珍珠贝做的；这些被蛀虫咬坏了的一束束装饰头发用的粉红色鸵鸟羽毛；这些做工粗陋的金的和彩色珐琅的大胸针和手镯；这些式样难看的梳子，一边是长长的梳齿，顶端镶嵌着细小的珍珠和人造宝石。不知道为什么，米兰达感到忧郁。这些褪了色的东西，这些泛黄的长手套和奇形怪状的缎鞋，这些褶纹都已经开裂的阔缎带，要是那些消失了的姑娘当年都不得不用这些玩意儿来打扮自己的话，真是一件非常可怜的事情。那些姑娘，她们眼下在哪儿呢？还有那些戴着古怪的衣领的小伙子呢？年轻的男人们穿着纽扣一直扣到脖子上的上衣，打着蓬起来的领带，留着上了蜡的小胡子，浓密的鬈发小心地梳在额头上，看上去好像比姑娘们更不真实。这么一副模样，谁能认真地对待他们呢？

不行，玛丽亚和米兰达没办法对那些相当尴尬地坐在照相机前面、老式得不像话的年轻人有好感；可是，她们却被那些活人的神秘的爱所吸引和控制，她们记得并且珍爱那些去世了的人。肉眼看得见的遗物算不了什么，那些残迹同肉体一样也会化为乌有；印在纸上和金属上的容貌也算不了什么，可是他们给活人留下的栩栩如生的记忆却迷住了两个小姑娘。她们一心一意地听着，在随口的谈论中零零碎碎地这儿收集一些，那儿收集一些，尽可能地把那些像断断续续的诗句或是歌词似的故事片断拼在一起，说真的，那些故事使她们联想起她们听过或是念过的诗，联想起音乐和剧院。

"再跟我讲一遍，艾米姑妈结婚的那会儿，是怎么走出去的？""她跑到灰蒙蒙的寒冷的天空下，跨进马车，扭过头来微笑，脸苍白得好像眼看就要咽气似的，高声喊叫：'再见，再见！'她不肯披上斗篷，还说：'给我一杯酒。'此后，我们没有一个人再见过活着的她。""她干吗不肯穿斗篷，科拉表姐？""因为她不在恋爱，亲爱的。"如今，潦倒已经教会我这么思索，这个时刻早晚会来到，把我的爱情夺走。“她真的美丽吗，比尔大叔？”“像个天使，我的孩子。”金发天使穿着蓝色百褶长裙，环绕着圣母的宝座在跳舞。她们跟艾米姑妈没有一点儿相像，两个小姑娘所受的熏陶也使她们并不喜欢这种类型的美。一个人美不美是严格按照几条审美标准来判断的。首先，一个美人一定要个儿高；不管眼睛是什么颜色，头发的颜色一定要深，越深越好；皮肤一定要是乳白色而且光滑。动作轻灵和麻利是重要的标准。一个美人一定要舞跳得好，而且是个出色的骑手，任何时刻都神态安详，脸带亲切的喜悦而不失庄严的身份。不用说，要有美丽的牙和手，而最最重要的是，要有能吸引和抓住人心的神秘魅力。这种魅力既叫人兴奋异常，又叫人沮丧万分。

米兰达长得又矮又瘦，小塌鼻子上密密麻麻地尽是雀斑，一双灰眼睛上带有斑点，而且动不动就发脾气，但她整个童年里却总是相信，她会奇迹般地长成一个细高个儿、皮肤是奶油色的黑发女人，像伊莎贝尔表姐那样，她老是穿着一件曳地的白缎长袍。而玛丽亚生来就很理智，从不抱这种幻想。“咱们将来会长得像妈妈家里的人，”她说，“没办法，咱们准会这样。咱们永远不会长得美，咱们永远会有雀斑。而你呢，”她对米兰达说，“连性情也不好。”

米兰达承认这句尖刻的话既真实又公正，不过她仍然在心底里相信，有一天自己会获得美貌，就像继承一笔遗产似的，不是靠自己的作为，而是财富突然落到她的手里。有好一阵子，她相信，有一天她会长得像艾米姑妈，不过不是相片上的那副模样，而是那些看到过她的人的回忆中的艾米姑妈。

米兰达看到伊莎贝尔表姐穿着黑色的紧身骑装，被小伙子们簇拥着走出去，她优雅地跨上马背，一拉缰绳，双腿夹紧，那匹马就懂事地在原地腾跃，而这当儿其他骑手都以同样的又稳又快的姿势纷纷跃上鞍桥，每逢这样的时候，米兰达的心就会被强烈得几乎是痛苦的羡慕、忌妒和由于共鸣而引起的骄傲所折磨；但是在场总会有一个年纪比较大的人给她激动的情绪泼冷水。“她骑得几乎跟艾米一样好，是不？不过艾米是纯粹的西班牙式，她能使一匹马跑出出乎别人意料的速度来。”另一个同名的年轻的艾米穿着打褶裥的白塔夫绸长袍窸窸窣窣地穿过大厅去跳舞的时候，会像灯光下的飞蛾似的闪闪发亮，她的胳膊肘始终一动也不动地向后突出，像一双翅膀似的，她用当时流行的步姿一路滑行过去，好像穿着四轮溜冰鞋。在任何舞会中，她都被认为是舞跳得最好的，而玛丽亚一闻到艾米身上散发出的一阵阵香味，就会交叉紧握着手，说：“啊，我都等不及要长大成人了。”但是年纪比较大的人都坚持认为，第一个艾米跳华尔兹的时候更轻盈、更飘逸、更文雅；年轻的艾米始终比不上她。莫莉·帕林顿表姑妈早就不是个青春少女，实际上她比艾米姑妈还年长一辈，是个大名鼎鼎的迷人精。对她的一生很熟悉的那些男人，还个个拥在她的周围；她既然幸运地第二次当上了寡妇，不用说，她仍然会再婚。但是年纪比较大的人说，艾米有着同样兴高采烈的态度和机智的谈吐，而且不显得粗俗，何况莫莉表姑妈实在说不上为人检点。她染头发，而且拿染发开玩笑。她习惯于把身边的男人吸引到一个角落，给他们讲故事。她有一个难看的女儿伊娃，却对她没有一点骨肉之情。女儿是个四十出头的老处女，而做妈妈的仍然是舞会上的美人。“你记得的，我十五岁那年生的她。”莫莉会不知羞耻地说，眼睛直勾勾地盯着从前的一个情人，两个人都记得她第一次结婚的时候，他是傧相，而当时她已经二十一岁出头了。“人人都说我像个抱着洋娃娃的小姑娘。”

伊娃，腼腆而且没有下巴，上嘴唇绷紧在她的两颗大门牙上，会坐在角落里，望着她妈妈。她看上去好像在挨饿，眼神紧张而疲劳，她穿着她妈妈的改过了的旧衣服，在一所女子学校里教拉丁语，她信仰妇女选举权，到各地去旅行，发表演讲。她妈妈不在场的时候，她会稍微焕发出一点青春气息，斯斯文文地跳舞，微笑着露出她一副牙齿，像是一棵缺水的小树被移植在细雨中。莫莉拿她的丑闺女开玩笑。“我真幸运，我的女儿是个老处女。”莫莉恶作剧地说，“她没本事让我做姥姥。”伊娃的脸涨得通红，好像挨了耳刮子似的。

伊娃是挺差劲的，这是明摆着的嘛，不过两个小姑娘觉得她属于她们的日常生活的世界，在这个世界里尽是沉闷的课堂学习啊，得穿一阵子才会变软的硬皮鞋啊，在冷天不得不穿的叫人浑身发痒的法兰绒衣服啊，麻疹和失望的期待啊。她们的艾米姑妈呢，却属于诗的世界。加布里埃尔姑父对她的旷日持久而没有回应的恋爱经过，她的早逝，就像人们在一些古老的书中发现的故事：那些脱离尘世的，然而又真实的书，就像《新生》[①]、莎士比亚的十四行和斯宾塞的《祝婚曲》，还有埃德加·爱伦·坡的诗。“她的被捉弄的灵魂如今平静地安息，忘却了，或者是绝不怀念玫瑰。……”她们的爸爸把这句诗念给她们听，接着说：“他是咱们最伟大的诗人。”而她们知道“咱们”的意思就是指他是南方人。艾米姑妈是真实的，就像霍尔拜因和丢勒的陈旧的画册中的那些画是真实的一样。两个小姑娘趴着，翻阅那些书页很容易脱落的破旧画册，凝视着一个充满奇迹的世界，看到圣母坐在一段有孔的树干上给圣婴喂奶并不感到奇怪，也不怀疑死神或魔鬼怎么是一个骑马疾驰的狰狞的骑士，也不追问托马斯·莫尔爵士家中的那些小姐穿得浑身僵硬，庄严地坐在地板上，或者说看起来好像坐在地板上，是不是有失体统。她们从没看过一场小狗和马驹的演出，也没看过放映幻灯片，但是她们的爸爸带她们去看了《哈姆雷特》《驯悍记》和《理查三世》，还有一部悲惨的长戏，戏中讲到了苏格兰女王玛丽。米

① 《新生》，意大利诗人但丁早期的代表作，记述了他对贝雅特丽齐（后来成为他一生的缪斯）的爱情和她芳魂早逝的悲剧。

兰达以为那位穿黑天鹅绒的锦衣华服的贵妇人真的就是苏格兰女王，后来她才知道真正的女王是在很久以前去世的，而不是在她米兰达在场的那一夜去世的，这令她痛心不已。

两个小姑娘喜爱剧院，这个世界里的人物比普通人高大，他们匆匆登场，出现在舞台上，他们的声音比普通人洪亮，他们的动作像统治一个宇宙的男神和女神。但是，总是有人发表谈话，回忆其他更盛大的场面。奶奶年轻的时候听过珍妮·林德，所以认为内莉·梅尔巴受到了过分的赞扬。爸爸看过伯恩哈特，莫杰斯卡夫人根本没法跟她比。帕岱莱夫斯基第一回到他们的城里来演奏的那会儿，分散在全国的亲戚都赶来住在奶奶的房子里，去听他弹琴。两个小姑娘没有份儿参加这个盛会。她们分享出发前的兴奋，还分享回来后的美妙时刻，那时候，那些亲戚东一堆、西一堆地站在一起，手里拿着一杯咖啡或是酒，低声谈着，神情敬畏而快活。两个小姑娘感到这是件了不起的事情，便穿着睡袍，赖在那儿不走，听他们说话，直到有人发觉她们，把她们撵走，使她们对这件光荣的事情连边儿都沾不上。有位老先生，从前时常听鲁宾斯坦演奏，他不得不认为鲁宾斯坦在音乐表演上已达到顶峰，而在他看来，帕岱莱夫斯基还差一大截哪。两个小姑娘听他嘟嘟囔囔地叨咕，看他举起一只手，轻轻地在空中一按一按，好像在要求别人保持安静似的。其他人都望着他，注意听着；他们严肃而亲切的心情一点也没有受到打扰。他们从来没有听过鲁宾斯坦；他们一个钟头前听到了帕岱莱夫斯基，为什么人都非回忆过去不可呢？米兰达磨磨蹭蹭地走开，对那个老先生的话似懂非懂，心里暗暗恨他。她觉得自己也听过帕岱莱夫斯基了。

那么，除了在这个世界上的生活以外，还有另外一种生活喽，也是另一个世界上的生活吧；像这样的一些生活插曲给两个小姑娘证实了人的感情的崇高性、人的精神幻觉的神性、生和死的重要性、人心的深度、悲剧的浪漫的意义。伊娃表姐有一次来她们家，设法引起她们学习拉丁语的兴趣，告诉了她们约翰·威尔克斯·布思的故事，他在刺杀林肯总统以后，漂亮地披着一件黑色的长斗篷，跳上舞台。“Sic semper tyrannis.[1]”他声震全场地喊叫，尽管断了一条腿。两个小姑娘从没有怀疑过事实真相是不是这样，而故事的寓意看来是人应该随时都有拉丁语的，或者说至少要有优秀的古典诗歌的引句，在伟大的或是绝望的时刻可以援引。伊娃表姐提醒她们，没有人，哪怕是一个品行优良的南方人，会赞成约翰·威尔克斯·布思的行为，到头来，这到底是谋杀。她们一定要记住这一点。但是，米兰达已经对书本上和家庭传说中的悲剧感到习惯——两个爷爷辈的亲戚自杀，祖上的一个远房女亲戚为了爱情发疯——所以要是没有谋杀的话，穿得整整齐齐跳上舞台去用拉丁语喊叫，那岂不是毫无意义了吗？所以她怎么能不赞成这种行为呢？这是一个绝妙的故事。她认识一位沾点远亲的老先生，那个人崇拜布思的艺术，看过许多他演的戏，但是，遗憾的是，他没有看到那个最伟大的时刻。米兰达对这事感到惋惜；如果亲戚当中有人看到刺杀林肯，那会叫人多高兴啊。

狂热地爱着艾米姑妈的加布里埃尔姑父仍然住在什么地方，不过米兰达和玛丽亚从来没有看到过他。她去世以后，他便走掉了，走得很远。他仍然养着赛马，在全国各地有名的赛马场上参加比赛，而在米兰达看来，再没有比这更出风头的行当了。他丧妻后不久就又结婚了，写了一封信给奶奶，请求她认他的新妻子做女儿，代替艾米。奶奶冷冷地回了一封信，表示同意，请他们来玩一次，但是不知怎么着，加布里埃尔姑父从来没有把他的新娘子带到家里来过。哈里倒是去新奥尔

① 拉丁语，意为“这就是暴君的下场”。

良看过他们，回来说他第二任妻子是个相貌标致、很有教养的金发姑娘，不用说，她会成为加布里埃尔的好妻子，不过，加布里埃尔姑父的心碎了。他忠诚地一年写一封信给哪一个亲戚，寄钱来买一个花圈摆在艾米的坟墓上。他写过一首刻在她墓碑上的诗，甚至把他的第二任妻子留在亚特兰大，自己专程回家来，确保诗一定要刻得妥当。他始终说不清怎么会写出这首诗来的；自从他离开学校以后，他从来没有写过一句韵文。不过，有一天，他在想念艾米的时候，诗就从他心里涌出来了，像是从天上掉下来的似的。玛丽亚和米兰达看到过这首诗，用金字印在黑边卡片上。加布里埃尔姑父寄来许多这种卡片，好分发给亲戚。

> 她饱经生的痛苦和死的痛苦，
> 又生活了，如今已自由自在，
> 成了位唱歌的天使，全忘却
> 老人的悲哀。

“她真的会唱歌吗？”玛丽亚问爸爸。

“嘿，这有什么关系呢？”他问，“这是诗。”

“我认为这首诗很美。”米兰达被感动了，说道。加布里埃尔姑父同她爸爸和艾米姑妈原是远房表亲。这层关系使诗意显得很亲切。

“作为墓碑上的诗，这不算太差，”她们的爸爸说，“不过，应该写得更好一些。”

加布里埃尔姑父等了五年才同艾米姑妈结婚。她生病了，她的肺不行；她同别的小伙子订过两次婚，后来都无缘无故地解除了婚约；那些年纪比较大、心肠比较好的人看到加布里埃尔这样漂亮、浪漫的年轻人，何况跟她还是表亲呢，对她这么一片痴心，而她却毫无反应，都认为她未免太难以捉摸了；听了他们的劝告，她只是笑笑；她总不见得要跟一个陌生人结婚吧。听说她冷淡的态度折磨得加布里埃尔生活放荡起来，甚至酗酒呢。他的爷爷很有钱，而加布里埃尔是他心爱的孙子；他们为了养赛马的事情吵起来；加布里埃尔喊叫："天啊，我总得有点儿什么。"仿佛他不是已经样样都有了：青春啊、健康啊、美貌啊、继承一大笔遗产的前景啊，还有一批同他处得很好的亲戚啊。他的爷爷说他简直是个忘恩负义的人，而且已经露出了苗头，将来准是个窝囊废。加布里埃尔说："你也养过赛马，而且从中得到过不少好处啊。""我可从来不靠赛马过活，先生。"他爷爷说。

加布里埃尔从萨拉托加、从肯塔基、从新奥尔良写信给艾米谈这件事情和其他许多事情，给她寄来礼物、装在盒子里同冰放在一起的鲜花，还有电报。礼物都很有趣，譬如一个装满绿色小鹦鹉的大鸟笼，或是一件头饰，一朵盛开的珐琅玫瑰，上面有玻璃做成的露珠，旁边用金丝缀着一只颤悠悠的彩色珐琅蝴蝶；但是，艾米的妈妈老是被电报吓一跳；那些鲜花，通过火车和公共汽车送到乡下时，早就蔫得没法戴了。他家玫瑰花圃里的玫瑰花盛开的季节，他就会寄玫瑰花来。艾米看到了，总是忍不住微微一笑，而她妈妈却不住嘴地说，加布里埃尔真能打动人心，真可爱。这一定向艾米证明了她时时刻刻在他的心中。

"那不是我待的地方。"艾米说，但是她说这话的方式和语调，使别人拿不准她到底是什么意思。也许，她可能一直是认真的。而且她不肯回答问题。

"艾米的结婚礼服。"奶奶说着，一边抖开一件鸽灰色刻花天鹅绒大斗篷，在它旁边摊开着一件银灰色波纹绸上衣，还放着一顶灰色天鹅绒无边小圆帽，帽子的一边插着几根深红色的羽毛。伊莎贝尔表姐，那个美人，同她坐在一起。她们在交谈；米兰达呢，要是愿意听的话，是听得到她们的谈话的。

“她不愿意穿白礼服，也不愿意戴面纱，”奶奶说，“我没法反对她，因为我说过我的女儿个个都可以称心如意地穿上她自己想穿的结婚礼服。可是，艾米叫我大吃一惊。‘我穿了白缎礼服会变成什么模样？’她问。的确，她脸色苍白，不过穿着白缎礼服的她像个天使；我们大伙儿都这么对她说。‘我要是喜欢的话，会穿上丧服的，’她说，‘这是我的丧礼，你知道。’我提醒她，当初卢和你的妈妈都是穿白礼服，戴面纱的；我的女儿都这么打扮的话，会叫我很高兴。艾米说：‘卢和伊莎贝尔不像我。’可是，我没法说服她解释给我听，她这句话到底是什么意思。有一天，她在生病，说：‘妈妈，我在这个世界上活不长。’不过，她说话的口气不像是认真的。我对她说：‘你可以活得跟任何人一样长，只要你做人通情达理就行。’‘麻烦就在这儿。’艾米说。‘我为加布里埃尔感到难受，’她对我说，‘他不知道自己要的是什么。’”

“我再一次设法告诉她，”奶奶说，“结婚和生孩子会治好一切。‘咱们家的女人年轻那会儿，个个都是病恹恹的，’我说，‘嘿，我在你那个年纪，没有一个人认为我能活上一年。这叫绿色贫血[①]，而且人人都知道只有一个办法能治。’‘我要是活上一百年，变得跟草一样绿的话，’艾米说，‘我仍然不想嫁给加布里埃尔。’既然她这么说，我就一本正经地告诉她，要是她真的这么想，她就决不可以跟他结婚，而且应该直截了当地告诉加布里埃尔，把他打发走。他会想通的。‘我告诉过他，也打发他走过，’艾米说，‘他就是不听。’我们两人都笑他这种态度，接着我告诉她，年轻姑娘找得出一百种方法来否认她们想要结婚，还找得出一千种方法来检验她们控制男人的能力，不过她这一套已经要

① 又称低色素性贫血，指红细胞的颜色比正常的要淡，由血红素生成障碍造成。历史上人们曾认为结婚并生育是治愈此病的方法。

得过分了，现在是她诚心诚意地下决心的时候了。拿我来说，”奶奶说，“我是一心一意想嫁给你爷爷的，要是他不向我求婚，我会毫不含糊地向他开口的。艾米斩钉截铁地说，她想象不出要嫁给任何人。她说，她会像伊娃·帕林顿那样变成一个正派的老姑娘。因为哪怕在那个时候，伊娃明摆着会是个老姑娘，生来就是。哈里说：‘啊，伊娃——伊娃没有下巴，这可是她的麻烦。你要是没有下巴，艾米，也会跟伊娃一样困窘，准是这样。’‘女人等到一无所有的时候，就会拿选举权来安慰自己。一个非常乏味的伙伴。’你的比尔叔叔说。‘我真正需要的是一个好的舞伴，引领我一辈子，’艾米说，‘这才是我要找的配偶。’根本没法说服她。”

她那些哥哥回想起她来，都充满温情地认为她是个通情达理的姑娘。听了他们对她的性格和生活作风的议论以后，玛丽亚断定，他们之所以认为她通情达理，是因为她出去参加舞会的时候，会征求他们对她打扮的意见。要是他们指出哪一方面的缺点，她就会换掉衣服或是改变发型，直到他们满意为止，还会对他们说：“你真是个好人，不让你可怜的妹妹看起来像个丑八怪。”但是她不听她爸爸的话，也不听加布里埃尔的话。要是加布里埃尔夸赞她穿的上衣，她往往会溜走，另换一件回来。他喜欢她长长的黑头发：有一次，在她生病的时候，他从枕头上把她的头发捧起来，说：“我喜欢你的头发，艾米，这是世界上最美的头发。”而他下一次来看她的时候，发现她的头发已经铰短，鬈曲在她的头上。他吓坏了，好像她故意截断了自己的胳膊和大腿似的。她不愿再把头发留长，哪怕是让她那些哥哥高兴也不干。挂在墙上的那张相片就是她在那个时候照了送给加布里埃尔的，他把相片寄了回来，没有附一句话。这叫她很高兴，她给相片配了个框儿。相片下部的一个角落里有一行墨迹暗淡、字体潦草的字句：“送给喜欢我铰短头发的亲爱的哥哥哈里。”

人们曾用戏谑的口吻提到一件非常严重的丑事。两个小姑娘时常望着她们的爸爸，想不出要是他那一枪真的打中了那个小伙子，会闹出什么事来。据说当时那个小伙子和艾米姑妈根本没有谈到过嫁娶，他就亲了艾米姑妈。人们认为加布里埃尔姑父一定会跟那个小伙子决斗，但是爸爸先到了那儿。他是个和蔼可亲的爸爸，跟一般做爸爸的差不多，要是他的女儿们打扮得漂亮，举止乖巧，他就把她们抱在膝盖上；要是她们头发没有梳好，指甲又没有修齐，他就把她们推开。"走开，你真邋遢。"他会用理所当然的口气说。他会注意她们的袜缝是不是穿歪了。他强迫她们用精炼过的白垩土、木炭末和盐混合起来的那种叫人恶心的粉末刷牙。一看见她们干蠢事，他就受不了。她们模模糊糊地懂得这一切都是为了她们将来好；她们伤风流鼻涕的时候，他吩咐给她们喝可口的兑水热甜酒，而且会看着她们喝下去。他老是希望她们长大后不要蠢头蠢脑，有时候，在某种情况下，在他看来，她们是蠢头蠢脑的；有时候，她们忘掉了他在场，说出武断的话来，他就用一种叫人尴尬的口气问："你怎么知道的？"结果总是闹得很尴尬，因为她们压根儿就不知道，只是在重复从旁人那里听说的事情罢了。因此，跟他谈话很困难，因为他会布下圈套，而她们会摔进去；不过，这样倒使她们感到有一件事情的重要性，那就是千万不能让爸爸把她们当蠢货。而正是这个爸爸，曾经去过一次墨西哥，而且待了差不多一年，因为艾米姑妈在跳舞的时候同她的舞伴调情，而他却向那个男人开了一枪。他的行为大错特错，因为他应该像加布里埃尔姑父所做的那样，约那个男人决斗。他没有这样做，却向他开了一枪，这可是最失身份的行为了。这件事情在附近一带引起了极大的骚动，差一点使艾米姑妈和加布里埃尔姑父就此一刀两断。加布里埃尔姑父咬定那个小伙子亲了艾米姑妈，可艾米姑妈则斩钉截铁地说那个小伙子只是出于恭维地闻了闻她的头发。

在大斋期[1]前的那些狂欢的日子里，总有一次盛大而欢乐的化装舞会。哈里化装成斗牛士，因为他的爱人玛丽安娜有从墨西哥带来的一条新的抽纱黑头巾和大梳子。玛丽亚和米兰达看到过她们的妈妈这么打扮的相片，在山峰似的梳子下，她那张可爱的脸从一条大抽纱头巾下显露出来，神情严肃，没有一丝卖弄风情的表情，一朵玫瑰花牢牢地贴在她的耳朵上。艾米模仿的是一件德累斯顿出品的小小的牧羊女瓷像的服装，那个瓷像摆在客厅里的壁炉架上；有缎带的宽边帽、镀金的弯柄手杖、胸前的花边很低的紧身胸衣、喇叭形的短裙边和绿色便鞋等等，她模仿得挺认真。她换上这身打扮，戴了一个遮住上半部脸的面具，不过这压根儿算不上化装。"不管隔多远，你一看就认得出是艾米。"爸爸说。加布里埃尔尽管身高六英尺三英寸，仍换上了同艾米相配的打扮；他穿了淡蓝的缎短裤，套上扎缎带的鬈曲的金假发，一副模样实在丢人现眼。"在这场舞会结束以前，他觉得自己是个傻瓜，"比尔叔叔说，"看上去也像个傻瓜，而且他的一举一动也像傻瓜。"

一切都很顺利，直到大家都聚在楼下准备去参加舞会。艾米的爸爸——他一定生来就是爷爷，米兰达想——对他的女儿瞟了一眼，只见她雪白的脚踝闪闪发亮，胸脯露出一大片，两边脸颊上抹了两片红晕，顿时气得不顾面子，发疯似的破口大骂起来。"真丢脸，"他大声说，"我的女儿绝不能穿着这种怪里怪气的服装抛头露面。这是下流，"他吼叫起来，"真下流。"

艾米拿下面具，对他微笑。"怎么啦，爸爸？"她声音甜美地说，"这有什么不对呢？瞧壁炉架上，她一直站在那儿，可你从来没有发脾气啊。"

---

① 大斋期，基督教的斋戒节期，自大斋首日开始至复活节前止，为期四十天。

“这完全不一样，”她的爸爸说，“完全不一样，小姐，而且你也知道。你赶紧上楼去，把紧身外衣的对襟用别针别上，把裙边放到长得像样，然后才能离开家。还要把你的脸洗一下！”

“我看没有什么不合适嘛，”艾米的妈妈说，口气很硬，“你不应该在一帮天真的女孩面前说这种话。”她和艾米同几个帮忙的女亲戚一起坐下来；她们利索地把这件事情办好了。十分钟以后，艾米走出来，脸上洗得干干净净，紧身外衣的花边遮住了胸脯，牧羊女的裙子端庄地在她身后的地毯上一路拖过去。

而当艾米从化妆室里出来同加布里埃尔跳第一支舞的时候，她紧身外衣上的花边不见了，她的裙边折得比刚才更大胆，脸颊上的红晕像石榴一般。“喂，加布里埃尔，老实告诉我，破坏我的装扮难道不是大煞风景的事吗？”加布里埃尔听到她向他征求意见，心花怒放，马上表示她这身打扮好极了。他们带着友善的宽容态度一致认为，老人往往叫人讨厌，不过犯不上公开顶撞他们，惹他们恼火；他们的青春已经消逝，他们为什么还得活下去呢？

哈里同玛丽安娜在跳华尔兹；在每一次旋转的时候，她熟练地旋转沉重的裙裾。而他开始不放心他的妹妹艾米。她实在太出风头了。他看到小伙子们排成一溜溜，从舞场中走过去，眼睛盯着她那双雪白而光滑的脚踝。有几个小伙子他根本不认识，另外一些他太熟悉了，而且也不赞成他们去招惹他的妹妹艾米。加布里埃尔穿着他那身富有抒情诗风味的缎子服装，套着假发，站在一旁，拿着系丝带的弯柄手杖，好像手杖上长出了刺似的，一脸不快活的神情。他简直挨不到跟艾米跳舞；跟别人跳舞呢，他又不乐意，所以他一直在活受罪。

一个年轻的克里奥尔绅士化装成让·拉斐特[1]，很晚的时候独自在

---

[1] 让·拉斐特（Jean Lafitte，1780—1823），十九世纪初一位活跃在墨西哥湾的法国海盗。

舞会上露面了。他两年前曾一度同艾米谈婚论嫁。他直截了当地走到她跟前，态度像是个快活的情人，用附近的人都听得到的清晰声调说："我上这儿来，只是因为我知道你一定会来的。我只要跟你跳舞，跳罢，我又要走了。"艾米满脸高兴，像对情人似的嚷起来："雷蒙德！"她跟他跳了四次舞，接下来挽着他的胳膊走出了舞场。

哈里和玛丽安娜已经堂堂正正地订了婚，他们的幸福是有保障的，在传统的富有浪漫色彩的化装下，他们按照一支心爱的歌曲的拍子，慢腾腾地跳着华尔兹，那是一支摩尔人的国王离开格拉纳达的时候唱的哀伤的告别歌。他们用半吊子的西班牙语对彼此轻轻地唱着，这支歌诉说了爱情、离别和暴力威胁下的痛苦，这种痛苦使人人都对其他一切落难和被剥夺了继承权的人深表同情：啊，爱情的大厦，我世上的乐园……我将再也看不见……可怜的燕子，疲倦而无家，在没有庇护的地方找寻庇护，将飞向何处？我也离家很远，却无法飞行……到我的心窝里来吧，宝贝的鸟儿，可爱的流浪者，在我的床边筑你的窝，让我听你歌唱，为我失去了的欢乐的土地哭泣吧……

加布里埃尔打破了幸福的氛围。他已经扔掉了那根牧羊人的弯柄手杖，却还套着假发。他想马上同哈里谈话，玛丽安娜还没有闹清楚出了什么事，只好坐到她妈妈身旁，听凭两个神情激动的小伙子走了。她等着，心神不安，还大不高兴。艾米跟一个扮成魔鬼的小伙子在跳华尔兹，他的脚还不合适地化装成猩红色偶蹄[①]。艾米跳过玛丽安娜身旁的时候，玛丽安娜对她笑笑。哈里和加布里埃尔几乎马上就回来了，沉着脸；哈里冲向舞池，带着艾米走回来。姑娘们和她们年长的女伴马上都被请过来，她们得被送回家去。这一切显得太神秘和突然了；哈里对玛丽安娜说："我会告诉你出了什么事的，不过不是

① 偶蹄，有时被视作恶魔撒旦的标志。

现在……”

奶奶回想起这件丢人的丑事来，只记得加布里埃尔独自带着艾米回家，哈里进来得稍微晚一点。其他参加舞会的人在不同的时间零零落落地回来，所以传来的消息也是零零碎碎的。艾米默不作声，她妈妈后来发现她烧得浑身滚烫，“我一眼就瞧出肯定出了非常糟糕的事情。‘出了什么事，艾米？’‘啊，哈里向舞会上的人开枪了。’她一边说，一边坐下去，好像筋疲力尽了似的。‘这是因为你的缘故，艾米。’加布里埃尔说。‘啊，不，不是的，’艾米说，‘别相信他的话，妈妈。’我随即说：‘得了，别争啦。告诉我出了什么事，艾米。’艾米说：‘妈妈，事情是这样的。雷蒙德当时进来了；你也知道我喜欢雷蒙德，他舞跳得很好。所以我们俩一起跳舞，也许跳得太久了。我们走到阳台上透透气，站在那儿。他说：“你的头发真美。我喜欢这种新式的短发。”她向加布里埃尔瞟了一眼，接着另一个小伙子走出来，说：“我到处都在找你。这次轮到咱们俩跳了，对不？”我随即进去跳舞了。没想到加布里埃尔似乎马上走了出来，不知为了什么事，他要跟雷蒙德决斗，可是哈里等不及了。雷蒙德已经走到外边去吩咐备马，我想没有人会穿着化装服装决斗的。’她一边说，一边望着加布里埃尔，他穿着蓝缎的牧羊人衣服，显得蔫头蔫脑，‘哈里干脆跑出去向他开枪了，我认为这是不公道的。’艾米说。”

她妈妈同意这的确不公道，这甚至不体面，她简直不能想象她儿子哈里对他自己干的事情是怎么想的。“这可不是保护你妹妹的荣誉的好办法。”她后来对哈里说。“我不愿加布里埃尔去决斗，”哈里说，“那也没有多大用处。”

加布里埃尔站在艾米面前，弯着身子，又在问她了，显然他在回家的路上一直在问那个问题，“他亲过你吗，艾米？”

艾米脱掉她那顶牧羊女的帽子，把头发捋到后面去。“也许他是亲了，”她回答，“也许我当时巴不得他这样做呢。”

“艾米，你不可以说这种话，”她的妈妈说，“回答加布里埃尔的问题。”

“他没有权利问。”艾米说，但是并没有发火。

“你爱他吗，艾米？”加布里埃尔问，他额头上冒出了汗珠。

“这无关紧要。”艾米一边回答，一边向椅背靠去。

“啊，这很要紧，这最要紧了，”加布里埃尔说，“你一定要现在回答我。”他抓住她的两只手，想要握住它们。她从容而坚决地把双手抽回来，使他不得不放开。

“别去缠她，加布里埃尔，”艾米的妈妈说，“你现在还是走的好。咱们都累了。咱们明天再谈这件事情吧。”

她帮艾米脱衣服，发觉了她改过了的紧身外衣和改短了的裙子。“你不该这么做，艾米。你这样是不明智的。你本来不应该这样。”

艾米说：“妈妈，我厌烦了这个世界。我不喜欢世界上的一切。多么沉闷啊。”她说，那会儿她看上去好像快要哭出来似的。她从来没有眼泪汪汪过，哪怕是小孩子的时候；她妈妈慌了。接着她发现艾米在发烧。

“加布里埃尔真沉闷，妈——他绷着脸，”她说，“那会儿，我每次经过他的身旁，都能看到他绷着脸，很扫兴。”她说，“啊，我要去睡了。”

她妈妈坐下望着她，想着自己怎么会生下这么一个美丽的孩子。“她睡着的时候，”她妈妈说，“脸简直像天使似的。”

在艾米发烧的那个夜晚，在双方朋友的调解下，加布里埃尔和雷蒙德原定的决斗取消了。只剩下哈里一时冲动开了一枪这个问题尚未解决，这可不怎么容易解决。雷蒙德看来是很可能要报仇的，也许他会存心找碴儿。哈里接受加布里埃尔、他那些弟兄和朋友的劝告，断定为了避免再闹出丑事来，最好的办法是出走一段时期，避避风头。事情就这样决定了，天约莫蒙蒙亮的时候，那伙年轻人回来，给哈里那匹最好的马备上马鞍，帮他拾掇了一些东西，在加布里埃尔和比尔的陪同下，哈里向国境出发，心情相当快活，而且挺有冒险精神。

艾米被房子里的走动声吵醒，发现了这个计划。他们走了五分钟，她就穿着一身骑装走下楼来，给她自己的那匹马备上鞍，快马加鞭去追赶他们。她几乎天天早晨骑马，所以她的父母还没有为她迟迟不回来感到担心，就已经发现了她留下的字条。

情况本来很凶险，可能会变成一出悲剧，结果成了嘻嘻哈哈的游戏。艾米一路骑马送到国境线上，亲了亲她哥哥哈里，同他告别，又同比尔和加布里埃尔一起骑马回来。一路上走了三天；他们到家的时候，艾米不得不被人从马背上扶下来。她确实一直在生病，但是高兴极了。她父母原来准备对她严加管教，但是一看到她这副模样，又改变了想法。他们拿比尔和加布里埃尔出气。“你们干吗让她这么做？”他们问。

“你们知道我们俩拦不住她，”加布里埃尔无可奈何地说，“而且那几天她过得多快活啊！”

艾米哈哈大笑起来，“妈妈，那几天真精彩。我从来没有过这么愉快的旅行。再说，我要是非做这部小说的女主人公不可的话，那我干吗不淋漓尽致地扮演这个角色呢？”

玛丽亚和米兰达猜想，这件丑事准是闹得糟透了。艾米干脆躺在床上不起来；哈里呢，快快活活地溜到外国去，等着这场无聊的风波过去。家里其他人不得不接待来客、写信、上教堂、回话，就像他们所说的，忍受所有压力。他们处在他们那个小天地里，在丑事的阴影笼罩下，摆出非常僵硬的姿势，被同一件事情弄得神经紧张，好像他们的神经都是源自一个共同的神经中枢。这个神经中枢受到了一次打击，整个家族的神经都打了个冷战，甚至传到了最遥远的肯塔基。到了一定的时候，曾姑婆萨莉·雷亚写了一封信给艾米·雷亚小姐。深棕色的墨水像干涸的血迹，字迹细得像蜘蛛丝似的，曾姑婆熟练地运用古体符号和缩写词告诉艾米，她完全相信，这场灾祸只是全能的上帝不久将要降给一个家族的一连串灾祸的前兆，这个家族由于作恶多端已被上帝判罪；这是一个警告，提醒人寿短促，人人都必须准备迎接世界末日。拿她自己来说，她早就预料到了，她已经完全顺从于将来要面对造物主的这个前景；而艾米同她那邪恶的哥哥是一丘之貉，同样必须把自己交诸上帝之手，准备应付最恶劣的局面。"啊，我亲爱的不幸的年轻亲戚，"萨莉曾姑婆嘁嘁喳喳地说，"我们必须在另一个世界上携手，并且作为一个统一的家族出现在可怕的审判者的宝座前，如果有一头羊不在羊群中间，耶稣会怎么说呢？"

萨莉曾姑婆的宗教生涯早已成为滑稽的传说。她当初为了一个小伙子抛弃了她从小就信仰的天主教，那个小伙子的家里人是皈依坎伯兰长老会的。然而，她没法接受他们的观念，随即改信态度僵硬的浸礼会；对她的丈夫一家人来说，这个教派的可恶程度同天主教可以说是不相上下。她一辈子居心险恶并且随心所欲地用她的宗教信仰折磨人；正像哈里批评的："宗教给萨莉姑婆安了爪子，而且给了她磨尖爪子的砂石地层。"她跟和她同时代的整整一代人不断地争论、搏斗，终于熬了过来，比他们都活得长，但是她并不惦记他们。她不停地折磨第二代，而且开始贪婪地把爪子伸向第三代了。

艾米一边看这封信，一边忍不住放声大笑起来，这种笑声总是逗得她身旁的人也个个跟着大笑，甚至那些人还没有弄明白为什么发笑，笑声还引得笼中那些小小的绿鹦鹉转过身来，一本正经地端详她。"想想看，在天堂里坐在萨莉姑婆身旁的座位上，"她说，"这前景太妙啦。"

“别笑得太早，”她的爸爸说，“天堂是为了萨莉姑妈定做的。她在那儿可是在自己的领土上。”

“由于我的罪孽，”艾米说，“我一定会跟萨莉姑婆一起到天堂去。”

在哈里出走的那一段不愉快的时期里，艾米继续拒绝同加布里埃尔结婚。在许多漫长的白天里，她的妈妈能够听到他们没完没了的谈话声。有一天下午，加布里埃尔走出去，脸色非常阴沉和沮丧。艾米的妈妈坐着在做针线活；他站住脚，低头望着她，说：“我想一切都完了，我现在相信艾米永远不会嫁给我。”奶奶后来老是说：“我从来没有像可怜当时的加布里埃尔那样可怜过别人。不过，我当时却非常坚决地对他说：‘那就别去缠她，她在生病。’”加布里埃尔随即走了；后来，艾米有一个多月没有从他那儿得到一点信息。

那一天，加布里埃尔走掉以后，艾米从床上起来，看上去好像气色好极了，她同她的哥哥比尔和斯蒂芬一起去打猎，买了一条天鹅绒披肩，又把头发铰短，卷起来，写一封封长信给哈里，他在墨西哥城倒过着最最快活的侨居生活。

她在一礼拜里跳舞跳了三个通宵，有一天早晨，她醒过来，吐血了。她好像吓坏了，立刻打发人去请医生，答应凡是他的嘱咐，她都照办。她安静了几天，专心看书。她问起加布里埃尔。没有人知道他在哪儿。“你不妨写一封信给他，他的妈妈会把信转给他的。”“不行，不行，”她说，“我惦记的是他绷着脸走进来的那副模样。信没有用。”

只过了几天，加布里埃尔走进来了，脸绷得很紧，带来了坏消息。他的爷爷生了一天病，死了。老天在上，他临死以前，头脑清醒而且安排得有条有理，用一块钱取消了他心爱的孙子加布里埃尔的遗产继承权。“老天在上，艾米，”加布里埃尔说，“该死的老东西用一句话就把我毁了。”

他那些直系亲戚对这件事的态度使他格外痛心，他说。他们几乎没法掩饰兴高采烈的心情。他们早就知道并且嫉妒加布里埃尔的正当而可靠的指望。他们没有一个人提出私下给他一笔财产。甚至没有一个人想到对老人这一咽气前的报复行为采取什么补救措施。他们私下里庆幸自己的幸运。“一块钱就取消了我的遗产继承权,”加布里埃尔说,“而他们呢,都为这件事情感到高兴。我想他们都莫名其妙地认为,这恰好证明他们对我的每一点攻击都是有道理的。他们对我的看法一向是正确的,我是个不中用的穷亲戚,”加布里埃尔说,“我的老天,我巴不得你能看到他们。”

艾米说:“我不知道你现在还怎么能养活一个老婆?”

加布里埃尔说:“啊,那倒还没有糟到这个地步。你要是愿意的话,艾米……”

艾米说:“加布里埃尔,咱们要是现在就结婚的话,正好赶上在新奥尔良过大斋期前的狂欢节。要是咱们等到过了大斋期才结婚,可能太迟了。”

“为什么,艾米,”加布里埃尔说,“怎么可能太迟呢?”

“你可能会改变主意,”艾米说,“你也知道你这个人多么三心二意!”

奶奶有许多包信,玛丽亚和米兰达在长大后看过其中两封。一封是艾米寄来的。写信的日期是她结婚以后的第十天。

> 亲爱的妈妈,新奥尔良的变化不及我最近同你分别以后的变化大。我现在是个稳重的、上了年纪的有夫之妇了,加布里埃尔非常恩爱和体贴。足焰昨天给我们跑赢了一场,它被认为最有希望夺得胜利,果然成绩出色。我天天去看赛马;我们的马跑得太好了;我可以在爱尔兰万岁和露西小姐之间选一匹,结果我选了露西小

姐。它现在是我的了，跑起来快得像闪电似的。加布里埃尔说，我犯了个错误，爱尔兰万岁的耐力比较好。我想露西小姐的耐力对我来说也够了。

我们将要进行一次有趣的游览。我将在大斋期前的狂欢节期间的某一天，戴上面具斗篷，同加布里埃尔一起上街去。我在阳台上看表演看腻了。加布里埃尔说这样不安全。他说，我要是一定要去的话，他就带我去，不过我怀疑他的话。妈妈，他待我很好。别为我担心。我有一件准备参加普罗托乌斯舞会穿的漂亮的黑红两色天鹅绒长袍。老太太，我的新婆婆，在犯嘀咕，怕这有点太扎眼了。我对她说，我希望这样，要不，我早就受骗上当了。这件长袍衬在紧身外衣里合身极了，简直太妙了，胸前开得很低——爸爸会不赞成的——裙子呢，在正面腰部和膝部间都缝上银色阔缎带，下面像层层波浪，而且是大片的黑色，后面拖着一个足足有一码长的裙裾。我现在腰围是十八英寸，谢谢迪雷太太。我指望显得很扎眼，把婆婆吓得愣住。她是经常被吓得愣住的。加布里埃尔向你问好。请好好照看小灰和游荡儿，我回家来还是要骑的。我们将要去萨拉托加，我还说不上什么时候出发。向每个人致以我最最亲切的问候。对了，这儿一天到晚下雨……

再者，妈妈，我只要有一分钟清静，就会非常非常想家。再见，我亲爱的妈妈。

另一封信是艾米的护士写来的。写信的日期是艾米结婚以后六个礼拜。

我剪下了这绺头发，因为我确信您愿意保存它。此外，我不希望您认为我粗心大意，把她的药丸摆在她自己拿得到的地方，医生写明服法，而且说得清清楚楚。药丸不会对她有什么害处，除非她的心脏衰弱。她不知道自己要服多少，她时常对我说，这些小胶囊多服一个对她没有一点害处，所以我告诉她要小心，不要自己乱服，一定要我拿给她。她有时候要求我给她服药，但是我完全遵照医生的嘱咐，一点也不多给。那天夜里，我睡着了，因为她看上去并不病得很厉害，再说医生也没有吩咐我坐着陪她。请接受我的歉意，让您遭受这个重大的损失，同时请您不要误以为别人对您亲爱的女儿疏忽大意。她生前吃了不少苦，如今她安息了。她的病无法痊愈，但是她原来可能多活一些日子。此致敬意……

这两封信和其他奇怪的纪念品都被包了起来，被遗忘了许许多多年。看来在这个世界上没有容纳它们的地方。

第二部：1904

玛丽亚和米兰达等到放假的日子，就待在奶奶的农场里；她们自然而然地、不断地看起书来，就像小马吃草似的，而且得到的乐趣也几乎完全一样；借由一个幸运的机会，她们找到了一些禁书，不用说，这些书肯定是哪个信仰新教的亲戚怀着传教的意图带回来，留在家里的。如果说，这些书的目的无非是逗笑解闷，那么它们落到了最合适的人手里。这些书都是用质地很松的纸印的，印的字体很差，书中装饰着模糊不清的插图。两个小姑娘摸不清那些无头无尾的插图到底画的是什么，所以觉得它们格外叫人激动。书中的故事都是讲一些美丽而不幸的姑娘，她们都由于莫名其妙的理由，落进了那些阴谋勾结、伤天害理的修女和修士的圈套；于是，她们被“禁闭”在女修道院里，在那里她们被迫出家当修女——这是一项叫人丧胆亡魂的仪式，举行仪式的时候，受害人都免不了要发出吓人的尖叫——并且被规定从此以后一直要过最不愉快和最不正常的生活。她们的时间看起来好像只花在两件事情上：不是身上拴着链子，躺在黑暗的密室里，就是在破旧的、尽是耗子的地牢里，帮助其他修女把被掐死的婴儿埋在石头底下。

“被禁闭”！这个词儿正是玛丽亚和米兰达一直需要用来叙述她们在新奥尔良的圣婴耶稣女修道院里的处境的，她们在那里度过一个个漫长的冬天，设法逃避受教育。圣婴耶稣女修道院里没有地牢，玛丽亚和米兰达所过的女修道院生活和那些令人毛骨悚然的平装本小说中所描写的那种生活有许多显著的不同的地方，没有地牢不过是其中一点罢了。想要拿故事配合生活，那压根儿是瞎胡闹，所以她们连试也不试。她们早就懂得在生活、诗歌和小说，或者说禁书中间划清一道道界限，生活是现实和热烈的，而坟墓不是它的终点；诗歌呢，是真实的，却不现实；至于小说，或者说禁书，其中的情节都是最最不着边际和完全靠不住的胡诌，在其他的地方也从来没有发生过这种事情，所以读者压根儿用不着当真，因为其中没有一句真话。

不错，女孩子们是被树篱圈起来的，不能出去，不过是关在一座绿树成荫的大花园和一所洞穴似的房子里；在夜晚，她们被关在一间上了锁的寒冷的大寝室里，窗子都敞开着，房间的两头都睡着一个嬷嬷。她们的床都用细布幕拦着，故意通宵点着的小灯使两个嬷嬷能够透过布幕看到女孩子，而女孩子却看不到她们。米兰达闹不清她们到底睡不睡觉，难道她们整宿都静悄悄地坐在那儿，透过布幕监视着那些睡着的人不成？她想要通过这件事培养一种大难临头的恐怖感，但是她发现自己不可能太关心那两个嬷嬷在干些什么。她们是非常沉闷的好心肠女人，想方设法地把整个寝室治理得看上去死气沉沉。事实上，圣婴耶稣女修道院中天天是沉闷的，件件事情是沉闷的，而玛丽亚和米兰达一天到晚盼着礼拜六。

没有人暗示过她们要当修女。恰恰相反，米兰达心里明白，克劳德修女、奥斯汀修女和厄休拉修女一听到她表示想当修女的志向，就流露出那种叫人沮丧的态度，只是不愿直截了当地说明她们对她心灵上的缺点极为不满罢了。尽管这样，玛丽亚和米兰达在她们夏天看的书里找到一个极妙的新词儿，她们把自己说成“被禁闭”。这使她们的生活产生了一些浪漫色彩的闪光，要不然，那种生活实在太沉闷了，只有赛马季节的愉快的礼拜六下午才是例外。

要是那些修女能对玛丽亚和米兰达的家里人证实，她们两人的行为和学业至少是过得去的，就总有哪一个亲戚笑嘻嘻地前来，心情好得像是过节似的，带她们去看赛马，在赛马场上她们各人会得到一块钱，她们爱押在哪匹马上都行。不过玛丽亚和米兰达时常碰到倒霉的礼拜六，她们乖乖坐好，帽子拿在手里，鬈曲的头发光滑地紧贴在耳朵后面，褶裥分明的藏青裙子铺开着，等啊等的，等得她们的心越来越沉，似乎慢腾腾地掉进了她们系带的黑高筒皮靴里似的。除非看到有人来，否则她们决不戴上帽子，因为万一到头来亨利表姐夫和伊莎贝尔表姐，或是乔治姑父和波莉姑妈不带她们去看赛马，那她们戴上了帽子岂不是糟糕透顶。碰到哪个礼拜六没有人来，她们只得白白浪费一天，真叫人受不了，到那时候，她们才得到通知说，这是对她们这一个礼拜成绩不好的惩罚。她们总是等得很迟才知道，所以总是免不了要感到失望。这真叫人腻烦。

有一个礼拜六，她们被叫到楼下会客室里去等着，没想到来的是她们的爸爸。他是老远地从得克萨斯一路赶来看她们的。一看到他，她们跳了起来，接着突然站住脚，猜疑起来。他是来带她们去看赛马的吗？如果是这样，那她们就太高兴了。

“你们好，”爸爸一边说，一边亲亲她们的脸颊，“你们一向乖吗？

你们的加布里埃尔姑父今天在克雷森特城有一匹牝马参加比赛，所以咱们到那儿去，把赌注押在它的身上。你们高兴吗？”

玛丽亚戴上帽子，一句话也不说，但是米兰达站着，神情严峻地对着爸爸说话。她这一天心里七上八下，一直不踏实，“你干吗昨天不递个信儿？这样我就可以在这段时间里盼你啦。”

“我们不知道，”爸爸说，摆出一副最最轻松的做爸爸的派头，“该不该让你去啊。还记得上个礼拜六吗？”

米兰达垂下脑袋，戴上帽子，把松紧带圈套在下巴上。她记得太清楚了。她在上礼拜三对自己的算术感到绝望，直挺挺地趴在课室地板上，不肯站起来，最后她被抬了出去。在接下来的那三天里，她被剥夺了一连串的权利，而在上礼拜六足足痛哭了一天；悄悄地痛哭，因为要是哭得太响又是行为不端的表现。

“没什么，”爸爸说，好像这根本算不了什么似的，“今天你可以去了嘛。现在走吧。咱们要来不及了。”

每一次这样出去玩总是处处充满了欢乐，她们首先会看到一辆一匹马拉的出租马车，然后坐进关得严严实实的车厢，里面又暗又闷，弥漫着陌生的香味和烟草的烟雾，从那会儿起，她们就觉得这已经是一件乐事了；之后，她们会走进一家灯火辉煌的饭馆，吃一餐她们在家里从来没有吃过的美味，更不用说在女修道院里了，那会儿她们已经乐得发抖了。她们每人面前摆着一杯透明的粉红色葡萄酒，这使她们觉得她们在享受人世间的欢乐，而且已经长大成人了。

场子里人山人海，人们全都兴奋不已，好像以前从来没有看过赛马似的，处处有穿着奇装异服的漂亮的太太小姐，她们都浓妆艳抹，戴着彩色羽毛和鲜花，还有戴黄手套的文雅的绅士。一个个乐队轮流演奏，鼓声和喇叭声响得震耳。时不时地有一匹烈性子的骏马绕着跑道飞跑，遛遛腿，准备参加比赛，马背上坐着一个瘦得像猴儿的孩子。

面对这一切景象，米兰达有一个秘密的个人愿望，她明白最好不要对任何人吐露，哪怕是玛丽亚。最不能让玛丽亚知道。要不，十分钟以后，家里人就全都知道了。她最近打定主意，长大以后，要当个骑师。有一天，她的爸爸说，她这一辈子都是个小不点儿，永远不会长高；这话的意思当然就是说，她永远不可能成为艾米姑妈或是伊莎贝尔表姐那样的美人。但是她始终不死心，直等到她突然冒出了个想当骑师的念头，而且左思右想，念念不忘的时候，她就彻底放弃了想当美人的希望。夜晚，在临睡前，还有在白天，她应该念书的时候，她也时常这样悄悄地、满心欢喜地设想她的骑师生涯。这个打算的细节是模糊不清的，但是从恰当的距离看去，却前景灿烂。她未来既然需要的是骑马骑得比较好——要骑得很好，那么，再去为算术担心岂不是太愚蠢了吗?“你真该为自己感到害臊。”后来爸爸看她骑着那匹半野的牝马特丽克西从农场的小路上飞快地斜冲下来，这么说道，“每一次跳跃，我都能在你的身子和马鞍中间看到太阳、月亮和星星。”西班牙式讲究人紧贴在马鞍上，全靠缰绳和膝盖来驾驭。骑师们的身子轻松地一上一下，他们的膝盖几乎同马背一样平，像一个橡皮球似的一起一落。米兰达感到自己轻易就能做到。是啊，她会成为一个骑师，像托德·斯隆，至少每隔一场赢一次。在训练期间，她要保守秘密；有一天，她会同其他一些骑师一起出场，身子在马背上一上一下，赢一场大比赛，使人人大吃一惊，尤其是她家里的人。

就在那个礼拜六，她的偶像，伟大的托德·斯隆出场比赛，并且赢了两场。米兰达巴不得把她那块钱押在托德·斯隆身上，但是爸爸说，“现在别下赌注，宝贝儿。今天你一定要押在加布里埃尔姑父的马上。留着你的钱，等到第四场比赛再下注，押露西小姐。你有一比一百的赢钱概率。想想看，它要是跑赢了有多好。”

米兰达很清楚一比一百的赢钱概率根本算不上打赌。她沉下脸来，手里那张团皱了的钞票变得湿乎乎、热乎乎。她原本可以在托德·斯隆身上赢到三块钱。玛丽亚一本正经地说："不把赌注押在加布里埃尔姑父身上可说不过去。押在他的马上，咱们就是把钱交给自己人保管。"米兰达对她的姐姐噘出下嘴唇。玛丽亚一本正经，不愿多说话。她对米兰达皱皱鼻子，就算是回答了。

她们刚把钱交给第四场比赛的赌注登记人，这当儿，有人在正面看台比较低的梯形座位的过道上，越过观众的脑袋招呼他们："嗨，喂，哈里！"那是个大胖子，一张红脸，嘴唇上那两大撇乱蓬蓬的棕褐色胡子已经泛灰白了。爸爸说："啊呀，我的老天啊，那是加布里埃尔。"他向那个人招招手，那个人笨手笨脚地挤出一条路，从很窄的梯级上走上来。玛丽亚和米兰达先盯着他看，接着互相盯着彼此。"难道这就是咱们的加布里埃尔姑父？"她们的眼光在问，"难道这就是艾米姑妈的漂亮而浪漫的情人？难道这就是写那首纪念艾米姑妈的诗的那个人？"唉，大人们说的话到底是什么意思呢？

他是个衣着寒酸的胖子，有一双充血的蓝眼睛，悲伤和沮丧的眼睛，发出响亮而忧郁的笑声，像在呻吟似的。他高大的身子屹立在她们面前，大声对她们的爸爸说："唷，我的老天，哈里，好久不见啦。你该出来到处看看。你还是老样子，哈里，你好吗？"

乐队奏起《在河上》，加布里埃尔姑父的嗓门更大了，"走吧，咱们离开这儿。你怎么跟这些缩手缩脚的赌客一起待在上面？"

"不行，"爸爸嚷道，"我带着我的两个小姑娘。她们就在这儿。"

加布里埃尔姑父的那双烂眼迷糊地、笑眯眯地望着她们。"都出落得挺俊哪，哈里，"他用吼叫似的声音说，"漂亮得像画出来的似的，她们多大了？"

"一个十岁，一个十四，"爸爸说，"似懂非懂的年纪。两个淘气鬼，"他得意扬扬地说，"嘴凶得可厉害。拿她们一点办法都没有。"他撩起米兰达的头发，假装要弄乱它。

“漂亮得像画出来的似的，”加布里埃尔姑父嚷着说，“不过，把她们合成一个，她们也赶不上艾米，对不对？”

“说得对，她们是赶不上，”她们的爸爸扯着嗓门承认，“不过，她们还没有完全长成熟哪。”在河上，在河上，乐队如诉如泣地奏着，我的情人在等我。

“我现在得回去了。”加布里埃尔姑父大声嚷着说。两个小姑娘感到耳朵都震聋了，心里也慌得很。“我得了一个世界上最该死的骑师，哈里，算我走运。应该把他绑在马背上。昨天他从游荡儿的身上摔下来了，直接从马屁股上摔下来了——还记得艾米的牝马露西小姐吗？唔，这一匹跟它同名，露西小姐四世。不过，哪一匹都比不上第一匹。待在老地方别走开，我会回来的。”

玛丽亚鼓起勇气来口齿清晰地说：“加布里埃尔姑父，告诉露西小姐，咱们把赌注押在它身上了。”加布里埃尔姑父弯下身子，他红肿的眼睛里看上去好像眼泪汪汪。“愿上帝保佑你这个乖心肝，”他吼叫似的说，“我会告诉它的。”他一路又钻过人群，向下走去，他穿着宽大衣服的肥胖的脊背微微弯着，他的粗脖子在衣领上转动。

米兰达和玛丽亚被渺茫的赢钱机会、同她们的浪漫的加布里埃尔姑父的第一次会面——原来他的谈吐这么粗鲁——闹得心情沮丧，没精打采地坐着，什么也不看，她们错过了机会，钱也打水漂了，她们感到心痛。她们一动也不动，直等到她们的爸爸探出身子，把她们拉起来。“瞧你们的马，”他急匆匆地提醒说，“瞧，露西小姐回来啦。”

她们站起身来，爬到长凳上站着，她们身子里的每一根血管都突然剧烈地悸动起来，使她们的目光都没法集中了，只见一道赤褐色的影子飞快地越过裁判员的看台，只超出一个脖子，但是她们的露西小姐，啊，她们的宝贝儿，她们的美丽的乖乖——啊，露西小姐，她们的加布里埃尔姑父的露西小姐，已经赢了，已经赢了。她们跳啊跳的，跳个不停，高声尖叫，拍手，她们的帽子落到肩膀上，她们的头发乱蓬蓬地飘着。《吁，小牛犊》，乐队用喇叭演奏，声音响得刺耳，观众都发出一阵长久的呼喊，就像耶利哥的城墙倒塌[①]时的场景似的。

两个小姑娘坐下来，感到头很晕，这时候，她们的爸爸试着把她们的帽子戴正，掏出一条手绢来，凑到米兰达的脸前，很轻地说："喂，擤擤鼻子。"接着把手绢挪到她眼睛上，把眼泪擦干。他随即站起身来，摇摇她们，使她们从迷惘中清醒过来。他在微笑，笑容使他眼睛周围显出很深的皱纹；他对她们说话的态度好像她们是两位长大成人的年轻小姐，而他在向她们献殷勤似的。

"咱们去向露西小姐致敬，"他说，"它是今天的明星。"

马儿一匹匹往回走来，它们的皮毛看上去好像在水里泡过，用肥皂擦过似的，它们的肋骨一起一伏，鼻孔一开一合。骑师们坐在马背上，弓着背，浑身放松，脸色沉静，随着马的步子微微摇动着他们的腰。米兰达注意着这种姿势，准备将来应用；比赛回来，不管输赢，大家都是这副样子，轻松而安详。露西小姐终于来了，少许几个赢了钱的赌客拍手欢迎着它，向骑师致意。骑师微笑着，举起马鞭，抬起眼睛和那张尽是皱纹的褐色脸庞，神情安详极了。露西小姐的鼻子在淌血，两道黏糊糊的红色细流正在它柔软的嘴和下巴上凝结起来，在米兰达看来，这个圆滚滚的天鹅绒似的下巴是世界上最漂亮的下巴。它的眼睛流露出发狂的神情，膝盖在颤抖；它吸气的时候，鼻子里呼噜呼噜地直响。

米兰达站着，睁大了眼看。这也算是赢到的。她的心抽紧了，这就是露西小姐赢到的。她的心顿时彻底排斥起这次胜利来，她不知道

① 据《旧约·约书亚记》记载，耶利哥是一座城墙无比坚固的约旦古城，犹太人围城行走七日，然后一起吹号，上帝以神迹震毁城墙，使犹太军轻易攻入。

是从什么时候发生的，但是她憎恨这种胜利，并且感到害臊，因为刚才露西小姐鼻子淌着血，心跳得快要爆开来，以超过一个脖子的优势跑过裁判员的看台的时候，她还高兴得尖叫和流泪呢。现在她只感到空虚和恶心，死命地抓住爸爸的手，他有点不耐烦地挣开，说："你怎么啦？别这么紧张。"

加布里埃尔姑父站在那儿等着，他已经完全喝醉了。他看着那匹牝马进去，接着趴在柱子刷白的栅栏上，毫不掩饰地抽抽搭搭哭起来。"它流鼻血，哈里，"他说，"从昨天开始的。我们原以为已经给它治好了。不过，它确实跑得很出色。它有一颗狮子似的心。我要好好养它，哈里。单拿它那颗心来说，就值一百万。愿上帝保佑它。"眼泪从他红砖色的脸上一路淌下来，淌到他乱蓬蓬的胡子上。"要是它现在出什么事，我要开枪崩掉自己的脑袋。它是我最后的希望。它救了我的命。我交上了好运。"他说着，掏出一条大手绢来按住自己的呻吟，接着又擦遍了他的脸，"我交的好运会使我驯服一头调皮捣蛋的公山羊的。天啊，哈里，咱们上哪儿去喝一杯吧。"

"我得先把孩子送回学校去，加布里埃尔。"她们的爸爸说着，一手拉住一个。

"不，不，现在别走，"加布里埃尔死乞白赖地说，"在这儿等一下，我要去找那个兽医再看看露西小姐，我马上就会回来的。别走，看在老天的份上。我要跟你谈几分钟。"

玛丽亚和米兰达望着加布里埃尔姑父的背影，他迈的步子笨重而不稳，她们心里在想，这是她们第一回看到一个她们知道是喝醉了酒的人。她们看到过图画，读到过文章，还听人家说过，所以她们一下子就认出了醉态。米兰达觉得从许多方面说来，这都是一个紧要的时刻。

"加布里埃尔姑父是个醉汉，对不对？"她问她的爸爸，有点得意。

"嘘，别说这种话，"爸爸说，深深地皱紧眉头，"不然，我就再也不带你们上这儿来了。”他看上去忧心忡忡，而且很不高兴，不过最明显的是好像拿不定主意。两个小姑娘直挺挺地站着，对这么不公正的说法感到愤怒。她们挣开他的手，冷淡地走开，两个人默不作声地站在一起。她们的爸爸没有注意，而是望着加布里埃尔消失的地方。一会儿，加布里埃尔回来了，他仍然在擦脸，好像脸上有蜘蛛网似的，还戴着他那顶大黑礼帽。他在不远处向他们招手，兴高采烈地嚷叫：“它会好起来的，哈里。血现在止住啦。主啊，这对霍尼小姐是个好消息。走吧，哈里，咱们回家去告诉霍尼小姐。她应该听听这好消息。”

爸爸说：“我还是先把孩子送回学校去的好，然后咱们才去。”

“不，不，”加布里埃尔姑父亲切地说，“我要她看看这两个姑娘。她看到她们不知道会有多高兴，哈里。带她们一起去。”

“咱们要去看另一场赛马吗？”米兰达凑到姐姐的耳朵旁低声说。

“别傻里傻气的，”玛丽亚说，“那是加布里埃尔姑父的第二个妻子。”

“咱们去找一辆马车，哈里，”加布里埃尔姑父说，“带上你的两个小姑娘，去让霍尼小姐高兴高兴。把她们俩合成一个后看上去会很像艾米。我敢起誓，确实是这样。我要霍尼小姐看看她们。她一直喜欢咱们家的人，哈里，不过她当然不是你所说的那种性情开朗的女人。”

玛丽亚和米兰达坐在赶车人对面；加布里埃尔姑父挤在她们的爸爸身旁，面对着她们。他的呼吸顿时使空气里充斥着一股酸臭味。他看上去又悲伤又可怜。他的领带是歪的，他的衬衫是皱的。爸爸说：“你们要去看加布里埃尔姑父的第二个妻子，孩子们。”确实当她们刚才什么也没有听到；接着他转向加布里埃尔，说：“你的妻子一向好吗？我得有二十年没见过她了。”

“她相当闷闷不乐，这是事实，”加布里埃尔姑父说，“多年来，她一直闷闷不乐，而且看起来好像没有什么能叫她摆脱这种心境。她对马一直没兴趣，哈里，你要是记得的话；我们两人结婚以后，她上赛马场还不到三次。我记得艾米无论如何都不肯错过一场赛马……她跟艾米很不一样，哈里，很不一样的女人。只要让她按照她自己的生活习惯过日子，她是个好女人，可是她讨厌改变环境，搬来搬去，她的生活里只有儿子。”

“现在加比在哪儿？”爸爸说。

“快要大学毕业了，”加布里埃尔姑父说，“是个聪明伶俐的孩子，可是太像他妈了。太像了。”他说道，神情忧郁，“她不愿离开他，一心只想安逸地待在同一座城市里，等他念完大学。唉，如果这是她的愿望，我很遗憾，这办不到，除非靠全能的上帝了——可是最近一阵运气太糟，她几乎灰心丧气了。我希望你能使她高兴一点，哈里，她需要鼓鼓气。”

两个小姑娘看到街道变得越来越冷落、越来越邋遢、越来越狭窄，终于越来越寒酸，街上先是衣着整齐的黑人代替了打扮寒酸的白人，接着是打扮寒酸的黑人代替了衣着整齐的黑人；赶了很长一段路，马车停在幸福广场一家荒凉的小旅馆跟前。玛丽亚和米兰达的爸爸扶她们下车，吩咐赶车的等着，接着他们跟着加布里埃尔姑父穿过一个肮脏、潮湿的院子，走进一条点着煤气灯的长过道，过道里充满一股难闻的气味，米兰达说不上那是一股什么味儿，不过它带有苦味；他们在过道里登上一座铺着破旧的地毯的长楼梯。加布里埃尔姑父也不先招呼一声，就推开一扇门，说：“进来，咱们到了。”

里面是一个脸色苍白的高个子女人，淡黄色的头发泛白了，眼睑周围现出淡红色，她顿时从一张吱吱嘎嘎的摇椅上站起身来。她穿着一件笔挺的蓝白条子衬衫，一条发亮的质地挺括的料子做的笔挺的黑裙。一看到他们，她那双关节突出的大手举到她那梳得整整齐齐的、圆鼓鼓的蓬帕杜尔夫人发型上。

“霍尼，”加布里埃尔姑父摆出一副虚假的非常亲热的模样，说道，“你怎么也猜不到谁来看你啦。”他笨手笨脚地拥抱了她一下。她的脸色没有变化，她的眼光始终盯在三个陌生人身上。“艾米的哥哥哈里，霍尼，你还记得吧，对不？”

“当然喽，”霍尼小姐一边说，一边笔直地伸出手，像一支桨一般，“当然喽，我记得的，哈里。”她没有笑。

“还有艾米的两个侄女。”加布里埃尔姑父一边继续说，一边把她们推到前面来。她们慢腾腾地伸出手去；霍尼小姐分别轻轻地碰了一下，就立刻放开了。“我们还给你带来了一个好消息，”加布里埃尔姑父接着说下去，费劲地应付这个难堪的场面，“露西小姐今天出场，露了一手，霍尼。咱们又有钱啦，老伴，高兴吧。”

霍尼小姐把她那张长脸转向客人，一脸绝望的神情。“请坐。”她深深叹了一口气说，自己坐了下来，指指那几张式样不同的歪歪斜斜的椅子。房里摆着一张凹凸不平的大床，床上铺着灰白的床罩，一张大理石面的洗脸台，泛灰的粗纱窗帘挂在两扇小窗前的绳子上，一个可以封闭的小炉子，炉上有一个装烟囱管的窟窿，还有两个箱子，随随便便地放着，好像哪一个刚搬进来，或是马上要搬出去似的。样样东西都陈旧、肮脏、整齐、简陋，连一根针也不乱放。

“我们明天要搬到圣查尔斯去了，”加布里埃尔姑父既是对哈里，也是对他的妻子说，“把你最好的衣服都收好，霍尼，过了这么久苦日子，我们总算熬出头了。”

霍尼小姐的鼻孔收紧，她微微摇晃着身子，两条胳膊交叉着。“我以前在圣查尔斯住过，我以前也在这儿住过，”她用一种刻意的从容的声调说，“这一回，我就待在现在的地方，谢谢你。我不想搬家了，免得三个月以后又再搬到这儿来。我现在要长住在这儿了，我在这儿感到挺舒服。”她一边对他说，一边瞟了哈里一眼，灰色的眼睛里闪着蓝色的火星，嘴唇周围有一条绷紧的白纹。

两个小姑娘坐着，尽可能不盯着她看。她们感到不自在极了。她们的奶奶曾经声称，她常年同年轻人接触，哈里的孩子是她看到过的孩子中最不可教的；但是她们却在不知不觉中懂得了一件事——正经人不当着外人的面吵架。家里人之间吵架是很庄重的，都是用从牙齿缝里发出来的低语、憋在嗓子眼里的嘀咕和咆哮悄悄进行的。要是他们大嚷大叫，跺脚，那门窗一定都关得严严实实的。加布里埃尔姑父的第二个妻子在大发脾气，她看上去好像随时都会向加布里埃尔姑父扑过去，而他坐在那儿，像一条有人在向他摇鞭子的猎狗。

"她不喜欢，也瞧不起这个房间里所有的人，"米兰达冷静地想，"她还怕我们不知道。她用不着担心，我们一进来就知道了。"她恨不得拔腿就走，但是她的爸爸坐着不动，尽管他的脸色很有意思。他看上去好像在动脑筋找一些有趣的谈资。玛丽亚感到心虚，虽然她自己也想不出是为了什么，她迅速地思索："怎么了，她只是加布里埃尔姑父的第二个妻子罢了，加布里埃尔姑父在她以前只是跟艾米姑妈结过婚罢了，噢，她压根儿算不上亲戚，这挺好的。"她舒适地靠着椅背，双手摊开在膝盖上；他们要不了多久就会走的，他们肯定不会再来了。

然后，爸爸说："我们绝不会耽搁你们太久的，只是顺便进来待几分钟。我们来看看你身体怎么样。"

霍尼小姐没有说话，但是她转了转两个手腕，做了一个小小的手势，好像在说："好吧，你们看到了我这个样子，接下来还有什么事呢？"

"我得把这两个孩子送回学校去了。"爸爸说，接着加布里埃尔姑父蠢头蠢脑地说："瞧，霍尼，你不觉得她们有点像艾米吗？尤其是眼睛那儿，尤其是玛丽亚，你不觉得吗，哈里？"

她们的爸爸挨个儿瞟了她们一眼，"我真的说不上。"他做出了判断；两个小姑娘看到他比任何时候都更加窘迫。他转过脸去，对着霍尼小姐，“我很多年没有看到加布里埃尔了，”他说，“我们只是想谈谈过去那些年的事儿。你知道的。”

“是啊，我知道。”霍尼小姐说道，微微摇晃着身子；在她那流露出不可熄灭的憎恨和怨气的、白里泛青的眼光中，她所知道的一切都突然闪现出来了，这种憎恨和怨气看上去能使她从椅子上怒气冲冲地蹦起来，把高高的身子立得笔直，“我知道。”她坐着，眼睛盯着地板。她的嘴颤抖着，随即绷紧。一阵可怕的沉默。等到两个小姑娘看到她们的爸爸站起来，沉默才被打破。她们也站起身来，好不容易才没有向门口冲去。

“我得把孩子送回去了，”她们的爸爸说，“她们这一天也兴奋得够了。她们每人在露西小姐身上赢了一百块。这是一场出色的比赛。”他说，神情狼狈透了，好像他简直没法摆脱这个处境似的，“不是吗，加布里埃尔？”

“这是一场了不起的比赛，”加布里埃尔结结巴巴地说，“一场了不起的比赛。”

霍尼小姐站起身来，向门口跨了一步。“你带她们去看赛马，真的吗？”她问；玛丽亚看到她的眼睑朝她们眨巴，感到她好像把她们当作叫人恶心的虫子似的。

“我觉得应该让她们高兴高兴时，就会带她们去。”她们的爸爸说，语调轻松，但是皱着眉头。

霍尼小姐明确地说：“我情愿，干脆情愿我的儿子死在我的脚旁，也不愿他到赛马场上去转悠。”

接下来的那一会儿有点叫人不知所措，但是最后他们下了楼，穿过院子，终于逃出了这里；加布里埃尔姑父一直把他们送上马车。他的脸松弛地耷拉下来，五官都往下垂着，好像肉同骨头脱离开来了似的；他的眼睑又肿又青。“再见，哈里，”他没精打采地说，“你打算在这儿待多久？”

“明天就回去，”哈里说，“我只是顺路过来处理一点小事情，然后看看两个小姑娘过得怎么样。”

“好吧，”加布里埃尔姑父说，“总有一天，我会顺路到你那一带去。再见，孩子们。”他一边说，一边用他那只温暖而笨拙的大手一一握了握她们的手。“她们是好孩子，哈里。我真高兴，你们在露西小姐身上赢了钱，”他对两个小姑娘亲切地说，“记住了，别傻里傻气地把钱胡乱花掉。好吧，再见，哈里。”马车颠簸着驶去的时候，他站在那儿，胖得肉都耷拉了下来，举起胳膊，向他们招手。

“天啊，”玛丽亚说，摆出一副极力模仿大人的派头，脱掉帽子，挂在一个膝盖上，“我真高兴，总算结束了。”

“我想要知道的是，”米兰达说，“加布里埃尔姑父是一个真正的醉汉吗？”

“喂，别说了，”爸爸严厉地说，“我发胃病了。”

接着是一阵毕恭毕敬的沉默，好像他们是在一座公共纪念碑前。爸爸一发胃病，她们就得百依百顺了。马车一路隆隆地驶去，回到干净和欢乐的街上；二月里天黑得很早，灯光已经亮了；马车驶过闪闪发亮的橱窗、光滑的人行道，一路驶去，驶过藏在幽深的花园里的美丽而古老的房屋，终于驶到那些冒出黑压压的树荫的阴沉沉的墙跟前。米兰达想得出了神，一时忘怀，不假思索地说了出来：“我打定主意了，我不当骑师了。”她像往常一样咬住自己的舌头，但是也像往常一样来不及了。

爸爸倒高兴起来了，对她会意地眨眨眼，好像他对这件事一点也不感到惊奇似的。“好啊，好啊，”他说，“那你不当骑师就是喽！你很明智。我想她应该当驯狮女郎，玛丽亚，你说对吗？那是了不起的女人干的行当。”

米兰达看到十四岁的玛丽亚老气横秋地附和爸爸笑话她，顿时决定同他们一起笑话她自己。这样做比较好。大伙儿都在笑，真是令她大大地松一口气。

“我的一百块钱怎么办？”玛丽亚焦急地问。

“会存到银行里去的，”爸爸说，“你的钱也这么办，”他告诉米兰达，“这是你们的第一笔存款。”

“这样他们就不会拿这笔钱给我去买袜子了，”米兰达说，她一直恨奶奶动用她圣诞节得到的钱，“我的袜子一年都穿不完。”

“我倒想买匹赛马，”玛丽亚说，“可是我知道钱不够。”金额不够使她很烦恼。“一百块钱可以买些什么呢？”她恼火地问。

“不行，什么也买不到，”爸爸说，“一百块钱这个数目正好是让你存银行的。”

玛丽亚和米兰达失去兴趣了。她们在一次赛马中各赢了一百块钱。这似乎已经是好久以前的事情了。她们开始叽叽喳喳地谈别的事情了。

女修道院里做杂务的修女从铁栅栏后面拉开一扇系着长绳的门；玛丽亚和米兰达默不作声地走进她们那个熟悉的世界，那里有擦得闪闪发亮的没有地毯的地板、淡而无味的卫生的食物、凉水澡和刻板的祷告；她们那个穷苦、贞洁和服从的世界，早起早睡的世界，充满苛刻、琐碎的规则和闲谈的世界。她们抬起头来，让爸爸亲吻的时候，脸上流露出听天由命的表情。

“做个乖孩子。”爸爸说，神情莫名其妙的严肃，更确切地说，是无可奈何的神情，他同孩子们分别的时候总是这样。“别忘了，好好地写几封长信给你们老爸。”他一边说，一边把她们的胳膊紧紧地抓住一会儿，然后才放开，接着他便走掉了；那个修女等他一走随即就把门关上了。

玛丽亚和米兰达走上楼，回寝室去洗脸洗手，把头发再梳平，准备吃晚饭。

米兰达肚子饿了。“归根结底，咱们什么也没吃到，”她发起牢骚来，“连一条果仁巧克力也没到手，真小气，连二十五分的硬币也不给咱们一个。”她说。

“没有一口吃的，”玛丽亚说，“没有一个镍币。”她把冷水倒进脸盆，卷起衣袖。

另一个同玛丽亚差不多年纪的姑娘从门外进来，走到靠近另一张床的脸盆架跟前。“你们上哪儿去了？”她问，“玩得痛快吗？”

“我们去看了赛马，跟我们的爸爸一起去的。”玛丽亚一边说，一边用肥皂擦手。

“我们姑父的马跑赢了。”米兰达说。

“我的老天，”那个姑娘含含糊糊地说，“那一定很了不起。”

玛丽亚望着正在卷袖子的米兰达。她极力想把自己比作一个坚持信仰的殉道者，但是办不到。“又得被禁闭一个礼拜。”她一边说，一边把毛巾按到亮晶晶的眼睛下面。

第三部：1912

米兰达跟着乘务员从卧铺车厢的不通风的过道上走到另一头的一张座位前，车厢里的卧铺差不多都放下来了，灰绿色的窗帘也扣上了。“您的铺位准备好了，小姐。”那个乘务员说。

“不过，我想坐一会儿。”米兰达说。一个很瘦的老妇人抬起恼火的黑眼睛盯着她看，流露出毫不含糊的不满神情。她长着两颗暴出的大门牙，一个向后削的下巴，但是看上去倒不像是个性格软弱的人。她把行李堆在她周围，像路障一般；乘务员拿起几件，腾出地方来让刚来的旅客坐，而她则恶狠狠地瞪着他。米兰达一边坐下，一边心不在焉地说："可以吗？"

"当然可以喽，那还用说。"那个老妇人说。尽管她显得手脚麻利、动作灵巧、精力相当充沛，但看上去的确已经老了。她身子一动，穿的塔夫绸裙子就像铰链似的吱吱嘎嘎地响。停顿了半秒钟光景，她气势汹汹地加了一句挖苦话："你还可以行行好，别坐在我的帽子上！"

米兰达顿时吓得跳起来，递给老妇人一个压瘪了的玩意儿，这玩意儿有黑马鬃帽缏和压得粉碎的白罂粟花。"我感到十分抱歉。"她结结巴巴地说，因为她从小一直受到教导要对凶巴巴的老太婆表示尊敬，而这一位看上去好像随时随地都可能给她一个耳刮子，"我没想到那是你的帽子。"

"那么，你觉得那可能是谁的帽子呢？"那个老妇人追问道，接着咬紧牙关，用食指迅速旋转帽子，使它恢复原状。

"我压根儿没想到那是一顶帽子。"米兰达有点歇斯底里地说。

"啊，你没想到那是一顶帽子？你的眼睛到底在哪儿呢，孩子？"她把那个玩意儿摆在自己的头上，角度稍微有点歪，来证实这确实是一顶帽子，但是它看上去还是不太像，"现在你能看出这是什么吗？"

"能，啊，能。"米兰达说，装出一副她指望能叫人消气的温顺态度。她仔细检查了一下她要占用的那一片狭窄的地方，然后鼓起勇气又坐下去。

"得了，得了，"那个老妇人说，"让那个乘务员把这些累赘的行李搬开几件吧。"然后她用又细又尖的食指猛地按了一下铃。接着是一阵手忙脚乱的重新安排，在这段时间里她们两人都站在过道里，老妇人对那个黑人乘务员发了一连串办不到的指示，他沉着地听她说完，转而完全按照自己的意思堆放行李。重新坐下以后，那个老妇人用一种亲切而权威的口气问："你叫什么名字呢，孩子？"

一听到米兰达的回答，她微微眨眨眼，拿出眼镜，恰当地戴在她的高鼻梁上，盯着身旁的那张脸看了好久。

“我要是戴着眼镜的话，”她说，令人惊奇地改变了声调，“那我可能早就认出来了。我是伊娃·帕林顿表姐，”她说，“你的莫莉·帕林顿表姑妈的女儿，还记得吗？你还是个小姑娘的那会儿，我就认识你了。当时你是个活泼的小姑娘，”她加了一句，好像是安慰她似的，“而且很有主见。我听到的最后一件关于你的事情是，你打算当个走钢丝的。你要一边走钢丝，一边拉小提琴。”

“我一定是在杂耍场上看过这样的表演，”米兰达说，“我自己是编不出来的。现在我想要当个飞行员！”

“我从前时常跟你的爸爸一起去参加舞会，”伊娃表姐说，她正忙于回想往事，“到你奶奶的房子里去参加那些盛大的节日舞会，那会儿，你还没有出生呢。啊，真的，是啊，是好久，好久以前了。”

米兰达一下子记起了几件事情。艾米姑妈曾经威胁说要像伊娃那样当个老处女。啊，伊娃，她的麻烦是她没有下巴。伊娃听天由命了，到一所女子学校去教拉丁语。伊娃出去活动，争取妇女选举权，愿上帝保佑她。有一个丑闺女的好处是，她没有本事让我当姥姥……“那些舞会没有给你带来什么好处，亲爱的伊娃表姐。”米兰达想。

“那些舞会没有给我带来什么好处。”伊娃表姐出声道，好像会读心术似的；米兰达吓得头晕了一会儿，只怕是她自己说出声来的。“或者至少可以说，那些舞会没有实现目的，因为我始终没有结婚；不过，我还是觉得那很有趣。我在那些舞会上玩得挺痛快，尽管我不是个美人。这么说，你是哈里的孩子，而我却在这儿跟你吵架。你还记得我吧，是不？”

“我记得的。”米兰达说，心想哪怕伊娃表姐十年以前真的是个老处女，她现在也不可能五十出头太多，不知道为什么，她看上去这么憔悴和疲劳，脸颊瘪了下去，一副吃不饱的模样，而且一脸老相。米兰达自己是个青春少女，同伊娃表姐中间隔着一道深渊，她带着痛苦的预感向对方望过去，“啊，难道我也免不了会变得这副模样？”她出声说：“是啊，你从前时常念拉丁语给我听，告诉我先别忙着弄懂意思，只要记住声音，将来会容易得多。”

“啊，我是讲过，”伊娃表姐说着，高兴起来了，“我是讲过。你不见得会记得，我从前有一件美丽的宝蓝色天鹅绒礼服吧，还有个裙裾哪？”

“啊，我不记得了。”米兰达说。

“那是我妈妈的一件旧衣服改小的，改得好让我穿，”伊娃说，“一点也不适合我，可是我这辈子只有过那么一件真正的好衣服，我还记得那件衣服呢，好像就是昨天的事情似的。我从来都不适合穿蓝色。”她带着幽默而辛酸的神情叹了一口气。幽默看上去好像是暂时的，但辛酸却是一种经久不变的心境。

米兰达设法表示她也有过同样的痛苦，所以理解她的心情，说：“我知道。我穿过改过的玛丽亚的旧衣服，那些衣服总是不合身。真糟糕。”

“哦。”伊娃表姐说，说话的声调似乎表明她并不希望别人分享她的极难得的沮丧。“你爸爸身体好吗？我一直很喜欢他。他在我看到过的小伙子中算得上漂亮了，也很自以为了不起，跟他家所有的人一样。除了他能买到的最好的马以外，他不骑任何马；我过去时常说，他使马腾跃，是为了看自己的影子。我过去时常在宴会上这样说他，所以他为这件事恨我。我完全可以肯定，他恨我。”伊娃表姐的语气中那种沾沾自喜的音调比她的话更能说明，她自有一套引人注意和惹人激动的方法，“你的爸爸身体好吗？我在问你哪，亲爱的。”

“我差不多有一年没有见他了。”米兰达不等伊娃表姐再说，就赶紧回答，“我现在回家是去参加加布里埃尔姑父的葬礼；你知道，加布里埃尔姑父死在列克星敦；他们把他运回来，埋到艾米姑妈身旁。”

“原来这是促使咱们见面的原因啊，”伊娃表姐说，“是啊，加布里埃尔终于喝酒喝死了。我也是去参加葬礼的。自从我参加完我妈的葬礼，就没有回家过；这足足有，咱们来算算看，是啊，到下一个七月足足有九年了。不过，我要去参加加布里埃尔的葬礼。我不想错过。可怜的家伙，他这辈子过的是什么日子啊。要不了多久，他们就都不会在世上了。”

米兰达说：“我们会留下来，伊娃表姐。”她说的是她自己那一代，那些年轻人；伊娃表姐说：“哼，你会永远活下去，你也不会费心来参加我们的葬礼。”她看上去好像并不认为这是一种不幸，而是随口说出她的看法，就像一个心直口快的女人。

米兰达坐着想：“不过，我想要是我能说上几句，使她相信她和他们那一批人全都会受到悼念的话，她应该会高兴的，可是……可是……”她脸上浮出笑意，她指望用这微笑来否定伊娃表姐对年轻一代的挖苦；她说：“你当初那样教我拉丁语是正确的，伊娃表姐。我开始学的时候，你念的那些东西对我大有帮助。我还在学习，”她说，“学拉丁语。”

“你怎么能不学呢？”伊娃表姐厉声问，马上声调温和地接着说下去：“我真高兴，你有点会动脑筋了，孩子，别让你的脑子生锈。你的脑子比你心心念念想望的任何东西都耐久；即使你失去其他的一切，你还可以从它那儿得到乐趣。”米兰达被她的忧郁弄得毛骨悚然。伊娃表姐继续说下去：“在我们那个地区，在我的时代，我们都狭隘得很——一个女人不敢为她自己考虑或是干点什么。当时，到处都有点这样，”她说，“不过，我们是最差劲的，我想。我猜你一定知道我是怎么为妇女的选举权斗争的，而这件事差一点使我变成贱民——我从学校里给撵了出来，当不成教师，可是我为自己从前做过的事情感到高兴，我今后也愿意再这么做。你们年轻人并没有意识到，你们之所以会生活在一个比较好的世界里，是因为我们为这个世界做了贡献。”

米兰达知道一些伊娃表姐的经历。她诚挚地说：“我认为你真勇敢，我也为你做过的事情感到高兴。我钦佩你的勇气。”

“请注意，这可不是出风头的事，”伊娃表姐恼火地说，拒绝被赞美，“哪一个傻瓜都能够显得勇敢。我们当时是为我们认为正确的事情工作，结果才知道干这事需要有很大的勇气。事情就是这样。我没有料到要蹲牢房，可是我蹲了三回，要是有必要的话，我会再去蹲三回。咱们还没有选举权，”她说，“不过，咱们会有的。”

米兰达没敢做出任何回答，但是她深信，只要伊娃表姐没有什么三长两短，妇女真的很快就会有选举权的。伊娃表姐的态度中流露出一种神情，表明这种事情可以放心地交给她去办。米兰达隐隐约约地被点燃了献身于这事业的热情；这看上去好像是英勇的、值得为了它受苦的事业，但是也使那些后继者感到扫兴；因为伊娃表姐已经干脆地把从事这一事业的机会清除干净了。

停顿了几分钟，伊娃表姐搜查起她的手提包，掏出零零碎碎的东西：薄荷片、眼药水、一包针、三条手绢、一小瓶紫罗兰香水、地址本、两个纽扣，一颗黑的、一颗白的，末了，还有一包头痛粉。

“给我倒杯水来，好吗，亲爱的？”她对米兰达说。她把头痛粉倒在舌头上，吞了一口水，又放了两片薄荷片在嘴里。

“现在他们要把加布里埃尔埋在艾米身旁了，”她过了一会儿说，好像她那减轻了的头痛勾起了一连串新念头似的，“霍尼小姐要是知道的话，可怜的亲人啊，她会感到高兴的。听了二十五年关于艾米的故事，她却不得不独自躺在列克星敦的坟墓里，而加布里埃尔却偷偷摸摸地溜到得克萨斯，又跟艾米睡在一起了。这原本有点像是一种终生不忠的行为，米兰达，而如今却变本加厉，变成永远不忠的行为了。他应该为自己感到害臊。”

米兰达拿不准霍尼小姐同加布里埃尔姑父吵吵闹闹了这么些年头，她会是什么心情，说：“他爱的是艾米姑妈嘛。不管怎样，他首先爱的是她。”

“啊，那个艾米，”伊娃表姐说，她的眼睛闪闪发亮，“你的艾米姑妈是个肆无忌惮的淘气鬼，可是我很爱她。我从前时常为她辩护，虽然并不值得为她的名声这样做。”她把手指头捻得像响板那样啪啪地响。“她从前时常带着她那欢乐而温柔的态度对我说：‘喂，伊娃，男孩子请你跳舞的时候，别谈妇女选举权，别对他们背诵拉丁语诗歌。’她会说，‘他们在学校里早就对这玩意儿感到腻烦了。一心跳舞，什么也别说，伊娃。’她带着无所顾忌的眼光对我说，‘抬起你的下巴，伊娃。’我的下巴是我的缺陷，你瞧。‘你要是不留心寻找的话，那你永远不会有丈夫。’她会说。接着，她会一边哈哈大笑，一边飞快地跑开；她跑到哪儿去呢？”伊娃表姐追问，她尖锐的眼光逼得米兰达不得不承认这痛苦的事实真相，“跑到出丑，跑得送命，除此之外，无处可去。”

“她是开玩笑哪，伊娃表姐，”米兰达天真地说，“人人都喜欢她嘛。”

“不是人人，根本不是，”伊娃表姐得意扬扬地说，“她有对手。她虽然知道，却假装不知道罢了。即便她心里计较，却从不说出口。你没法激得她跟人抬杠。她对所有人的态度比蜜还甜。”她接着说下去，“而这可就麻烦了。她像个被宠坏了的宝贝那样生活，随心所欲，让别人为她受苦，跟在她后面收拾残局。我从不认为，”伊娃表姐把嘴凑近米兰达的耳朵说道，一股热乎乎的带着薄荷味的气息直钻进去，“艾米是个不规矩的女人。从来没有这个想法！不过，我告诉你，有许多人是这么认为的。有许多人同情可怜的加布里埃尔，因为他被她瞒得严严实实。许多人听说加布里埃尔在新奥尔良度蜜月的时候心情一直糟透了，他们一点都不感到惊讶。嫉妒嘛。怎么避免得了呢？不过，我过去时常对那些人说，不管从表面上看是什么情况，我相信艾米是清白的。她也许放肆，轻率，无情无义；而清白，我有把握。不过，不管哪一个人抱有疑惑，你都没法怪他。她多年来一直回绝与加布里埃尔·布鲁的婚事，把他当条狗那样对待，又突然在病得快要咽气的时候起来跟他结婚，这种做法，至少可以这么说，显得很古怪。至少可以这么说，"她停顿了一下，接着说下去，"古怪用在这儿是很婉转的词儿了。还有她的去世也有点神秘，结婚后只有六个礼拜啊。"

米兰达精神起来。她觉得自己知道这件事其中的一部分，她可以纠正伊娃表姐关于这件事的想法。"她害肺病吐血死的，"米兰达说，"她病了五年，你还记得不？"

伊娃对这话早有准备。"哈，这不过是个编造出来的故事，提它干什么。你不妨说，这是官方报道。啊，可不是，我都听腻了。不过，你听说过从卡尔克苏教区来的那个叫雷蒙德或是别的名字的家伙吗？几乎是个陌生人，一天晚上，他引诱艾米在舞会上同他私奔，她连斗篷也来不及拿，就赶紧跑进黑夜里去，而你那可怜的、亲爱的好爸爸哈里——当时你这个人连影子也没有呢——不得不追上去，开枪打中了他。"

米兰达被这番滔滔不绝的话逼得靠在座位上，"伊娃表姐，我的爸爸向他开了一枪，你还记得不？他可没有打中他……"

"唉，真遗憾。"

"……可是他们只是在跳舞间隙出去透透气。这全是加布里埃尔姑父的嫉妒心在作怪。我的爸爸向他开枪，是因为他觉得这样做比让加布里埃尔姑父去为艾米姑妈决斗来得好。他们之间根本没什么，全是加布里埃尔姑父的嫉妒心在作怪。"

"你这个可怜的孩子，"伊娃表姐说，怜悯使她的眼睛发出匕首似的光芒，“你这个可爱的天真的姑娘，你——你真的相信吗？你到底多大了？”

“十八刚出头。”米兰达说。

“你要是不明白我告诉你的事情，”伊娃表姐自高自大地说，“你以后会明白的。知识不会伤害你的。你绝不该让浪漫的烟雾笼罩你的生活。反正等你结了婚，你就会明白的。”

“我已经结婚了，伊娃表姐，”米兰达说，几乎第一次感到自己占据了有利地位，“快一年了。我从学校里私奔了。”即使她在说这件事的时候，它听上去好像还是很不真实，好像同未来没有一点关系；不过，这很重要，一定要宣告于众，这似乎是生活中人们最爱挑剔的一种处境，而这在她的内心激起的唯一感情是巨大的厌倦，好像那是一种她希望有一天能根治的疾病。

“真不害臊，真不害臊。”伊娃表姐嚷起来，她真的被气坏了，“你要是我的孩子的话，我会把你带回家去，狠狠揍一顿。”

米兰达哈哈大笑。伊娃表姐看来真的认为事情可以这么处理。她是这么严肃而气势汹汹，这么滑稽而狼狈。

“那我就会马上从最近的一扇窗子里逃出去，”米兰达奚落道，“既然我能逃第一回，干吗不逃第二回呢？”

“可不是，我想也是。”伊娃表姐说，“我希望你嫁了个有钱人。”

“不怎么有钱，”米兰达说，“但还过得去。”真是没有人不想到这桩事！

伊娃表姐把眼镜戴正，然后打量起米兰达的衣服和行李，仔细察看了她的订婚戒指和结婚戒指。伊娃表姐的鼻孔颤动得很厉害，好像可以从米兰达身上嗅到财富的味道似的。

“好吧，总比没有好，”伊娃表姐说，“我这一辈子天天感谢上帝，使我有了一笔小小的收入。这是老天的赏赐。要是一分钱都没有的话，那我会落到什么地步呢？嘿，你现在能为你家里人出点力了。”

米兰达记起了她曾经一直听到的那些谈论帕林顿一家的话。他们都是财迷，他们除了钱，其他什么都不爱，一有点钱，他们就攒起来。只要牵涉到钱，帕林顿家的人打起交道来就血不如水浓了。

“咱们是很穷，”米兰达固执地站在她爸爸一家人那一边，而不跟丈夫家站在一起，“不过，跟有钱人结婚可不是条出路。”她说，因为贫穷而感到优越。她在想：“亲爱的伊娃表姐，你要是这样想的话，那你不了解我家的那一支。”

“你家的那一支，”伊娃表姐说，她有个吓人的习惯，能把别人脑子里的词句掏出来，“跟许许多多孩子一样，想法不切实际。什么都是为了爱，”她说，脸上露出明显的厌恶的神情，“就是这样。加布里埃尔要是不被他爷爷取消遗产继承权的话，他原本会是个有钱人的，可是艾米能够足够明智地嫁给他，并且使他安安定定地过日子，让老人喜欢他吗？不会的。可是加布里埃尔没有钱怎么行呢？我真希望你能看到他让霍尼小姐过的生活，头一天给她买产自巴黎的礼服，第二天就当掉了她的耳环。完全取决于那些马跑得怎么样；它们越跑越糟，加布里埃尔呢，越喝越多。”

米兰达没有说出口的是：“我倒是见识过他们的生活。”她试着想象霍尼小姐穿了产自巴黎的礼服是什么模样。她说：“不过，尽管加布里埃尔姑父发疯似的爱着艾米姑妈，他有钱也罢，没钱也罢，她总是不肯嫁给他，这是不容怀疑的事实。”

伊娃表姐把嘴唇绷紧在牙齿上，又一下子张开，弯过身来，抓住米兰达一条胳膊。“我问自己，我一次又一次地问自己，”她低声说，“那个从卡尔克苏来的雷蒙德和艾米跟加布里埃尔突然结婚，这中间有什么关系，后来艾米为什么这么快就断送了自己的性命？听着，孩子，艾米病得并不那么厉害。那些医生说她有肺病以后，她还到处转悠了好多年呢。艾米断送掉自己的性命是为了逃避出丑，以免自己被揭露。”

黑色的小眼珠闪闪发亮；伊娃表姐的脸凑得这么近，神情这么热切，真是很吓人。米兰达想要说：“别说了，让她安息吧。她到底干过什么伤害你的事呢？”但是她胆小，没有勇气，再说，她尽管听得毛骨悚然，在她内心深处，对伊娃的可怕而黑暗的猜测却入了迷。这个故事究竟是怎么结束的呢？

“她是个放肆的坏姑娘，可是我始终喜爱她，”伊娃表姐说，“她不知招惹了什么麻烦，而且怎么也摆脱不了。我有充足的理由相信，她是用麻醉药自杀的，那药是她吐血以后他们给她当镇静剂用的。要是她不自杀，那要出什么事，出什么事呢？”

“我不知道，”米兰达说，“我怎么会知道呢？她长得很美，”她说，好像这说明了一切问题似的，“人人都说她长得很美。”

“不是人人。”伊娃表姐坚决地说，摇摇头。“拿我来说，我就从来不这么认为。他们把她的事吹得太玄啦。她相貌是不差，可是他们为什么会认为她长得美呢？我真想不通。她年轻的时候，身材太瘦；后来，我一直认为她发福得太胖；而在她最后一年，她简直瘦得皮包骨头。她老是打扮好了让人看；当然啦，人们就看了。她骑马骑得太放肆，跳舞跳得太没有节制，而且她话说得太多；你没法不注意她，除非你是个瞎子、聋子和哑巴。我的意思并不是说，她嗓门大，说话粗鲁，她不是这样的人，不过她太不检点了。”伊娃表姐说。她停下来，透口气，把一片薄荷片摆到嘴里去。米兰达能够想象伊娃表姐在讲台上发表演说的时候停下来含薄荷片的情景。但是，她干吗这么恨艾米姑妈呢？艾米姑妈已经去世，而她还活着嘛。活着不是就够了吗？

“再说，她的病也没有浪漫色彩，”伊娃表姐说，“虽然听他们说她苍白得像朵百合花。可不是，她咯血，要是那算得上浪漫色彩的话。他们要是能使她好好注意自己的身体的话，她要是受到讲究实际效果的护理的话，那她也许能活到今天。可是，没有，压根儿没有。她裹着美丽的披巾，躺在沙发上，身旁放满了花，高兴吃什么就吃什么，或是干脆不吃，吐过血后就马上起床，出去骑马或是跳舞，睡觉的时候把窗子都关上；一天到晚，一大批一大批人来来往往，有说有笑，而她一直坐着，免得她的鬈发弄乱。这样过日子，哪怕是个没病的人也免不了早晚要被折磨死的吧？我这一辈子有两回差一点送命，”伊娃表姐说，“那两回，我都被送进了医院，我安安分分地住在那儿，熬到病好才出院。我一出院，”她说，声音深沉得像喇叭声，“就又去工作啦。”

“红颜不驻，性格难改。”米兰达的耳朵里仿佛听到谁在悄声说着这句寓意深刻的格言。这是一个暗淡的前景。为什么一个坚强的人同时又是这么刻薄？米兰达觉得自己真想变得坚强，但是看到坚强的人这么刻薄，她怎么对付得了呢？

“她的肤色挺可爱，”伊娃表姐说，“简直是透明的，颧骨上有两片红晕。不过，这是因为害肺结核的缘故，难道疾病就是美吗？这病是她自己招来的，因为她要出去跳舞，就喝兑盐的柠檬水来停止月经。当时年轻的姑娘中流传着这种迷信。她们想象小伙子们只要碰碰她们的手，或是甚至只要看看她们，就能说出她们哪儿不舒服。好像这有什么意义似的？可是，在那个时代，她们都特别害羞，而且对男人的处世本领无比崇敬。我个人的看法是男人根本做不到那样——不过，不管怎样，整件事情都很愚蠢。”

“我想，她们要是没有比这更好的处理方法的话，还不如待在家里。”米兰达说，觉得自己很有知识且新派。

“她们不敢。那些宴会啊，舞会啊，是她们的市场，是不能错过的，老是有对头等着挖她的墙脚。竞争——”伊娃表姐说，她抬起头，弓起身子，像一匹骑兵的马闻到了战场的气味，“你没法想象那竞争是怎样的。看那些姑娘钩心斗角的方式啊——真是什么卑鄙的手段，什么弄虚作假的伎俩都要得出来……”

伊娃表姐扭着自己的双手。“无非是情欲在作怪,”她绝望地说,“她们满脑子都是这玩意儿,别的什么也不想。只不过她们不这么叫它就是了,她们用种种美丽的名称把它掩盖起来,不过,说穿了,那无非就是情欲。”她望着窗外的黑夜,离米兰达很近的她那凹陷下去的脸颊红得很厉害。她转过脸来。“当我受到召唤时,我就跨上肥皂箱和讲台,”她骄傲地说,“必要的时候,我就进监牢,我的身体对我一点没有影响。我被喝倒彩、嘲笑、推来推去,而我的身体好像一直是完全健康的。不过,这是我们的原则的一部分:即不要让我们生理上的不利条件对我们的工作产生任何影响。你懂得我这话是什么意思。”她说,好像她刚才的话都是没法理解的似的。“可不是,艾米一直显得比别人超脱,她看上去好像不做任何斗争,可是她也完全受情欲摆布,跟其他人一样。她表现得好像她在世上没有一个对头似的,还假装不知道结婚是干什么的,可是我才不会被她瞒过去哪。她们哪一个都没有,也不想有别的什么要考虑的事情,可是她们对这事又并不真懂,所以她们只得在内心里溃烂——她们在溃烂——”

米兰达发现自己似乎看到一长队有生命的尸体、在溃烂的女人,欢乐地向尸骨存放所走去,她们的腐烂被薄纱衣服和鲜花遮盖着,她们的死人似的脸抬起,微笑着。她心里相当冷静地想:“情况当然不是这样的。这并不比我从前听到的更真实,同样是完全染上了浪漫色彩。”接着她感到自己对感情强烈的伊娃表姐腻烦了,她想要睡觉,想要回家,她巴不得现在就是明天,她可以看到自己的爸爸和姐姐,他们是实实在在的活人,他们会提到她的雀斑,会问她要不要吃点东西。

“我的妈妈生前可不是这样的,”她孩子气地说,“我的妈妈是个完全正常的女人,她喜欢烧菜。我看到过一些她的针线活,”她说,“我看过她的日记。”

“你的妈妈是个圣徒。”伊娃表姐心不在焉地说。

米兰达默不作声地坐着，一肚子火。“我的妈妈压根儿不是那种人。”她想冲着伊娃表姐的大门牙大喝一声。但是伊娃表姐一直在回忆中搜集一件件辛酸的往事，好从中引出话来。

“‘抬起你的下巴，伊娃。’艾米时常对我说，”她开始说道，并握紧两个拳头，微微摇晃，“我这一辈子，家里的亲戚都拿我的下巴折磨我。我的整个少女时期就这样给毁掉了。你能想象吗？”她问，显出一副凶相，为了这样一个原因，露出这样恶狠狠的神情看上去实在太过分了，“自称为文明的人们只因为一个年轻姑娘的脸有一处毛病，就毁掉了她的生活。当然喽，你完全清楚，人人都是带着最大的幽默感说的，人人都是拿这逗笑儿，没有恶意——啊，一点恶意也没有，没有。这是最叫人憎恨的地方。这是我最不能原谅的，”她大声谴责，把双手像拧破布似的拧在一起，“啊，家族，”她说着，透了口气，安静地坐稳，“这个可恨的组织应该从地球上消失。这是人类一切错误的根源。”她说完了，心情也轻松了，脸色也变得平静了。她在发抖。米兰达伸出手去，握住伊娃表姐的手。那只手在微微颤抖，后来一动也不动了。接着，伊娃表姐说：“你一点也不知道我们有些人经历过一些什么事情，而我想要你了解事情的另一面。现在正是你需要在上半夜美美地睡一觉的时候，我却让你老坐着。”她一边绷着脸说，一边挪了一下身子，她的裙子发出一片巨大的窸窸窣窣的声音。

米兰达定下心来，觉得一点精神也没有，接着便站起身来。伊娃表姐又伸出手去，把米兰达拉得弯下身来，凑到她身前。“明天见，你这可爱的孩子，”她说，“想想看，你已经长成大人了。”米兰达踌躇了一下，接着非常突然地在伊娃表姐的脸颊上亲了一下。黑眼睛水汪汪地亮了一下，接着伊娃表姐说起话来，她那偏高的、清晰的演说家声音中流露出兴奋的口气：“明天，咱们又待在家里了。我盼望快点回家，你呢？明天见。”

米兰达一边脱衣服，一边睡着了。一眨眼，又是早晨了。她还在使劲关她的手提箱，这当儿，火车慢腾腾开进那个小站了，她看到了站台上的爸爸，他的神情疲倦而焦急，帽子直压到眼睛上。她敲着窗户引起他的注意，接着跑出去，扑到他的怀里。他说：“唷，我的大闺女回来啦。”说得好像她仍然只有七岁似的，但是他抓住她两条胳膊不让她的身子挨近，他说话的声调是勉强的。她并不受欢迎，自从她私奔以来，她一直就不受欢迎。她没法使自己记住她回家来会是怎样的局面；在两次回家的间隔时间里，她的脑子不肯承认已经知道的事情。她的爸爸从她头上望过去，毫不惊奇地说：“嗨，你好，伊娃，有人给你发了电报，我真高兴。”米兰达又受到了冷待，她又挣开了自己被抓住的胳膊，她的心又感到同样的隐隐作痛的抽搐。

“这一辈子，”伊娃说，她的脸兜在一条显然是为亲戚的葬礼备着的黑色薄面纱里，“我的亲戚没有一个会给我发电报。我是从小凯齐娅那儿得的消息；她呢，是从小加布里埃尔那儿得到的。我想加比在这儿吧？”

“看来似乎人人都在这儿了，”爸爸说，“房子都快住满了。”

“我去住旅馆，要是你不反对的话。”伊娃表姐说。

“该死，这可不行，”爸爸说，“我不是这意思。你要跟我们一起到你住的地方去。”

斯基德，那个干杂活的仆人，抓起那些手提箱，开始向村里的岩石路上走过去。“我们买了汽车。”爸爸说。他握住米兰达的手，接着又放开，向伊娃表姐的胳膊肘伸出手去。

“我自己可以，谢谢你。”伊娃表姐说，并躲开去，不让他扶。

“你要是现在就这么不要人帮助的话，”爸爸说，“等你有了选举权，那就但愿上帝帮助我们了。”

伊娃表姐把她的面纱撩到后面去。她快活地微笑了。她喜欢哈里，她一直喜欢他，他可以爱怎么戏弄就怎么戏弄。她拿胳膊挽住他的胳膊，“这下，可怜的加布里埃尔是完啦，是不？”

“啊，可不是，”爸爸说，“那还用说，是完啦。眼下，一个个相当有次序地挨着上路。下一回，该轮到咱们了吧，伊娃？”

“我不知道，我也不在乎，”伊娃满不在意地说，“时不时地回来转转真不坏，哈里，哪怕只是来参加葬礼。我感到了不应该有的快活。”

“啊，加布里埃尔不会计较的，他喜欢看到你快活。加布里埃尔是我看到过的最最快活的家伙，当时我们还年轻。对加布里埃尔来说，”爸爸说，“生活只是一次永远的野餐。”

“可怜的人。”伊娃表姐说。

“可怜的老加布里埃尔。”爸爸沉重地说。

米兰达挨着她的爸爸一路走去，有一种没有家的感觉，但是并不感到惋惜。他没有原谅她，这她知道。哪一天他会原谅她呢？她猜不出，但是她觉得这件事情会自然而然地取得谅解的，哪一方都用不着说明，也用不着承认，因为到了那时候，他们两人都不需要记住是什么原因促使他们产生分歧的，以及当时为什么这事显得这么重要。当然喽，老人不能永远怀恨在心，因为年轻人也要生活嘛，她武断而骄傲地想着。哪怕是犯错误，我也要自己去犯，不要重复你们的：我对你们的依靠不能超过一定的限度，干吗要依靠呢？另外还有别的事情要做，不过这是要跨出的第一步；她跨出了这一步，默不作声地走在两个年纪比她大的人身旁，他们不再是伊娃表姐和爸爸，因为他们忘了她也在，他们只是伊娃和哈里，他们两人很熟，在一起都感到很轻松自在，是平等的同时代人，他们在不同的、但是两人都熟悉的人生道路上走到了一生中这个阶段，名正言顺地在这个世界上占有地位。他们用不着对不了解他们的老人扮演女儿、儿子，也用不着对他们不了解的年轻人扮演爸爸和老表姐。他们只是他们自己；他们的眼睛清澈，他们的声音轻松得完全是自然的，他们用不着斟字酌句或是考虑他们态度造成的影响。“没有地位的是我，”米兰达心里想，“我自己的人和我自己的时代在哪儿呢？”她慢慢地、深沉地、不露声色地怨恨着同她在一起的这两个陌生人，他们教训她，警告她，他们带着辛酸的心情爱她，不容许她有用自己的眼睛看世界的权利，他们要求她接受他们对人生的看法，然而连最小的事情，他们都不告诉她真相。“我恨这两个人，”在她隐秘的心灵深处，她清楚地说，“我要摆脱他们，我甚至都不会记起他们。”

她同斯基德，那个黑人，一起坐在前座。“到我们后面来，米兰达，”伊娃表姐用尖锐而有点像长辈发号施令的口气说，“这儿空得很哪。”

“不用了，谢谢你，”米兰达说，声调坚决而冷淡，“我很舒服。不必麻烦了。”

他们没有一个觉察她的声调和态度的异样。他们舒坦地靠在座位上，继续用亲切的一家人的口吻不断地交谈，谈他们的死人、他们的活人、他们的事情、他们的未来、他们共有的回忆，互相打断对方的话，互相在引起争执的微小的事情上挑剔，发出欢乐而生气勃勃的笑声，米兰达还从来不知道他们能发出这样的笑声呢。他们把那些陈旧的故事又翻出来，从中找到新的乐趣。

汽车的发动机发出一片噪声，米兰达听不到那些故事，但是她觉得她很熟悉那些故事，或者说像那样的故事。像那样的故事她知道得太多了，她要新的她自己的故事。那种语言是他们所熟悉的，而她却不熟悉，不再熟悉了。她的爸爸刚才说，房子里住满了人。那是说住满了亲戚，其中有许多是陌生人。会不会有哪一个年轻的亲戚是她可以跟他谈谈他们两人都知道的事情的呢？她模模糊糊地感到自己不喜欢看见亲戚。亲戚太多了，她的血反抗血缘的联系。她对亲戚厌恶得要命。她不想再同这所房子有什么联系，她要离开它，也不会回到她丈夫家那儿去。她不愿再有把她在爱和恨中闷得透不过气来的束缚。她现在知道她为什么会逃出去结婚，她还知道她将来会从婚姻的约束中逃出去，而且将来也不会在任何限制她有所发现的地方，同对她说“不”的人一起待下去。她希望没有人住她从前那个房间，她想再在那儿睡一回，她要对那个从前喜欢睡的地方告别，她在那儿睡了醒，醒了睡，等待长大成人，等待开始生活。啊，什么是生活呢？她带着极端严肃的态度用孩子气的、无法回答的语言问，我将怎么安排它呢？这是我自己的嘛，在嫉妒的占有欲疯狂的折磨下，她心里想，我将怎么安排它呢？她不知道，她之所以这样问自己，是因为她最早的一切训练已经证明，生活是一种物质，是一种被使用的材料，只有按照占有者的支配和加工，它才具有形体、方位和意义；生活是一连串连续不断的、各种各样有意志的动作，趋向一个明确的结局。她听到别人很有把握地说，结局有好有坏，人一定要挑选一个。不过，什么算好，什么算坏呢？我憎恶爱，她心里想，好像这是回答似的。我憎恶爱人和被爱，我憎恶爱。一座用歪曲了的形象和错觉苦心构成的古老的建筑就这样突然崩溃，使她那被扰乱的、激动的心灵得到一阵强烈的安慰。“你对生活一点也不懂，”米兰达头脑非常清楚地对自己说，好像她是个年纪比较大的人，在劝诫一个误入歧途的年轻人似的，“你得把它弄清楚。”但是她内心并没有冲动促使她做出决断：“我现在要做这个，我要那样，我要到那边去，我要通过某种途径，达到某种目的。”先得提出问题啊，她想，不过谁来回答呢？一个也没有，或是回答太多了，没有一个是正确的。什么才是真相呢？她问自己，热切得好像这个问题从来没有被提出过似的，真相，哪怕是最微小、最不重要的事实真相，我都要弄清楚，我要从哪儿开始寻找呢？她的脑子固执地拒绝记住的不是过去，而是过去的传说，是别人关于过去的记忆，她从前还浪费生命去惊奇地盯着那些记忆看哪，就像孩子们盯着幻灯片看。啊，不过，还有我自己的生活呢，她想，我自己的现在和未来的生活。我不要任何诺言，我不会有虚假的希望，我不会对自己采取浪漫的态度的。我不能再在他们的世界住下去了，她一边对自己说，一边听着她背后的谈话声。让他们互相把故事讲给对方去听吧，让他们不断地去说明事情是怎么发生的吧，我才不在乎哪。至少我能知道我经历的事情的真相，她默不作声地向自己保证，满怀希望地、天真地对自己许下一个诺言。

（鹿　金　译）

中午酒

时间：1896—1905

地点：得克萨斯州南部一个小农场

两个脏兮兮的长着亚麻色头发的小男孩正在前院的豚草丛里挖着什么东西，这时候，一个黄头发的又瘦又高的男人走进门来。孩子们蹲着直起了腰对他喊了一声“喂”，但是，这人没在大门口停下步子。很久以来，为了方便起见，大门就一直是半开着的，铰链已经断了，门歪斜着，再也不能转动，人们也不打算再把它关上了。这人对这两个孩子连看都不看一眼，更不要说打招呼了。他只是沉重地踏着他那双沾满尘土的大头皮鞋，一步步坚定地走进来，那姿势就像是一个人在扶犁，仿佛他很熟悉这个地方，知道能走到哪儿，又会找到什么似的。他在那排楝树底下绕过屋子右角，走近侧廊，汤普森先生正在那儿来回摇着一只悬在廊上的搅乳器。

汤普森先生是个饱经风霜的壮实汉子，头发又硬又黑，黑上髭一个星期没有剃了。他是个大嗓门的、骄傲的人，脖子老是绷得那么直，因而他的喉结和脸往往一般高，他的黑上髭垂到颈部，和敞开的领子里那片黑压压的绒毛混成一片。搅乳器发出轰隆隆沙拉拉的声音，响得像一匹小跑着的马的肚子，因此汤普森先生也有点儿像用一只手在赶着马，有时勒住缰绳，有时又驱策它快走；他不时还转过半个身子，朝台阶上吐出一大口烟草汁。门阶石被新吐的烟草汁染得又黄又亮。汤普森先生搅了好一阵子牛奶，现在已经腻烦了。他积了一大口烟草汁正准备吐，这时，陌生人绕过屋角停住了脚步。汤普森先生看见站在他面前的是个胸部狭窄的人，面孔瘦长，白眉毛下蓝眼珠的颜色淡得快成了白色。那人视而不见般地望着汤普森先生。汤普森先生见他人中长长的，猜测他又是一个爱尔兰人。

“你好，先生。”汤普森先生客气地说道，继续摇他的搅乳器。

“我要找活儿干。”那人说，口齿很清楚，但是带着某种汤普森先生听不出来是什么地方的口音。不是卡津人的，不是黑人的，也不是荷兰人的，这就把他难住了。“你这儿要雇长工吗？”

汤普森先生使劲推了搅乳器一下，搅乳器趁势来回晃动了好几次。他坐在台阶上，把嘴里那团烟草吐在草丛里，接着说：“坐吧。没准咱们可以谈成买卖。我也有点想找个人帮忙。我原来使唤着两个黑鬼，可是上礼拜他们在小溪那边惹出了大祸，现在一个上了西天，另一个在科尔德斯普林斯的大牢里蹲着。说实在的，这两个废物连弄死他们都不值得。所以我还得另外找人。你以前在哪儿干活？”

“北达科他州。”那人说，并在台阶的那头坐了下来，倒不像是因为累了。他蜷起身子，舒舒服服地坐好，仿佛打算要坐很久似的。他没正眼看过汤普森先生，不过他眼光中倒也没有鬼鬼祟祟的神色。他似乎哪儿也不看。他的眼睛在脑袋上，什么东西来到面前就看什么。这双眼睛仿佛也不指望能看到什么值得一看的东西。汤普森先生等了很久，想让他再说几句话，可是这个人陷入了沉思。

“北达科他州，”汤普森先生说，心里记不起那究竟在什么地方，“离这儿挺远的吧，我估摸。”

“农场上的活儿我都会，”那人说，“工资便宜。我要找活儿。”

汤普森先生开始正式谈生意，“我叫汤普森。罗亚尔·厄尔·汤普森。”他说。

“我是赫尔顿先生。奥拉夫·赫尔顿。”他连身子都没有欠一欠。

“那好吧，”汤普森先生用他最动人的声音说，“我看咱们还是开门见山的好。”

每当汤普森先生想谈成一笔买卖时，他总是变得既热诚又快活。他这人别的毛病没有，只有一个缺点：最恨给别人付工资。他的道理是这样的，“你供他们吃，供他们住，”他说，“完了还得付给他们钱。这太没道理了。再说，你的工具也会用旧，损坏，”他说，“他们光会把事情弄得乱七八糟。”他就这样一边又是笑又是嚷，一边谈他的买卖。

“现在，我要知道，你想敲我多大的竹杠？”他一边拍自己的膝头，一边叫嚷。直等到他叫累了，他才安静下来，这时他也觉得有点不好意思了，就切了一块烟草来嚼。赫尔顿先生远远地瞪着谷仓和果园之间的某一块地方，就像睁着眼睛在睡觉似的。

“我是个好工人，”赫尔顿先生说，声音像是从坟墓里发出的，“人家给我一天一块钱。”

汤普森先生大吃一惊，都忘了纵声大笑，等他再想起来，已经错过了时机。“呵，呵，”他大叫道，“什么，一天拿一块钱，这样我自己都想去当工人了。你拿一块钱一天干的是什么活儿？”

“麦田里的活儿，在北达科他州。”赫尔顿先生说，连一丝笑容都没有。

汤普森先生也敛住笑容。“哦，我这儿可不是麦田。我这儿基本上是一个奶牛场。”他说，感到有点抱歉。“我的老婆，她一心想办奶牛场，她似乎很喜欢在母牛和小牛犊堆里干活，于是我迁就了她。不过我错了。”他说，“结果什么都得由我来干。我老婆身体不太好。今天她又病了，可不是吗？这些天来她太操心了。我们种了一些饲料，一小块玉米地，另外还有一片果树，我们喂了一些猪、一些鸡，不过我们主要的盼头还是奶牛。我跟你说老实话吧，这里头根本没什么钱可赚。我真的没法给你一天一块钱，因为实际上我自己也赚不了那么多。不行，先生，如果把所有的开支都算在内，这块地一天的收益还不到一块钱呢。瞧，我本来给那两个黑鬼七块钱一个月，一个人三块五，管饭。不过我一直认为，任何时候，一个中不溜的白人都抵得上一大帮黑人。所以我可以给你七块钱，你跟我们一块儿吃饭，我们不把你当下人，就像人家说的——"

"行，"赫尔顿先生说，"我干。"

"那么，咱们这笔交易就算做成了，是不是？"汤普森先生跳了起来，好像记起了什么重要事情似的，"你现在拽住搅乳器晃它几下成不成？我要骑马到镇上去办几件小事。我都有一星期走不开了。我想黄油撇出来后你知道该怎么办的，是不是？"

"我知道，"赫尔顿先生连头也不回地说，"我会炼黄油。"他有一种奇怪的拖腔，即使只说两个字，他的声调也要逐渐升高，逐渐降低，重音也念得不在点上。汤普森先生纳闷：赫尔顿先生究竟是哪国人。

"你刚才说你在哪儿干活来着？"他问，好像指望赫尔顿先生会做出不同的回答似的。

"北达科他州。"赫尔顿先生说。

"反正你在一个地方待惯了，就不觉得它跟别处有什么两样了，"汤普森先生不着边际地说，"你是个外国人吧，是不是？"

"我是瑞典人。"赫尔顿先生边说边开始摇晃搅乳器。

汤普森先生迸发出洪亮的笑声，仿佛这是他有生以来听到挖苦人的最妙不过的笑话。"哈，真有你的，"他扯着嗓门说，"我看你在这儿准会闷得慌。这一带林区里，我一个瑞典人也没见到过。"

"那没什么。"赫尔顿说。他继续摇着搅乳器，仿佛他在这里已经干了好多年了。

“老实说，你是我这辈子看到的第一个瑞典人。”

“那没什么。”赫尔顿先生说。

汤普森先生走进起居室，绿窗帘拉着，汤普森太太躺在床上。她身边的桌子上有一碗水，她眼睛上覆着一块湿布。听到汤普森先生的皮鞋声，她把湿布掀开，问道：“外面什么事这么吵？那是谁？”

“外面来了一个人，说自己是个瑞典人，埃莉，”汤普森先生说，“他说他会炼黄油。”

“但愿他不是在说瞎话，”汤普森太太说，“看来我的头疼再也不会好了。”

“你别担心，”汤普森先生说，“你就是太急躁了。我现在要到镇上去买些食品和杂货。”

“你别待得太久了，知道吗，汤普森先生。”汤普森太太说，“别上旅馆去。”她指的是酒吧，酒吧老板在楼上也有空房间出租。

汤普森先生大笑着说：“就喝几杯甜酒，对任何人都没什么害处。”

“我这辈子一滴酒也没喝过，”汤普森太太说，“而且我永远也不想沾它。”

“我没说你们女人家。”汤普森先生说。

搅乳器晃动的声音先是使得汤普森太太微微打盹，接着又催她昏昏沉沉地睡去，后来她突然醒来，知道搅乳器已经停了很久。她坐起来，用手挡住怕见光的眼睛，以免让从帘底和窗台之间平射进来的夏末的阳光照得难受。感谢上帝，她还活着，虽然得准备晚饭，却不用搅牛奶了，尽管还有点头晕，但也松快多了。慢慢地，她意识到，即使在睡着时，她也听到了一种新的声音。有人在用口琴吹奏一支曲子呢，不是那种刺耳的忽高忽低的噪音，而是真正在奏着一支既愉快又哀伤的可爱动听的曲调。

她穿过厨房来到廊上，面朝东站着，用手遮住眼睛。等她眼睛能看清东西时，她看见一个高高的、花白头发、穿蓝色工装裤的男人，在雇工小屋的门口，闭上眼睛自我陶醉地吹着他的口琴，他坐的那把硬板椅往后翘着。汤普森太太的心晃荡了几下，往下一沉。天哪，他看上去又懒惰又无能，没错，就是这样。先是一些成事不足败事有余的黑人，接着又来了一个没有用的白人。汤普森先生好像是专门要找这种人似的。她真希望汤普森多替别人考虑考虑，在活计上多费些脑子。她是想信任自己的丈夫的，可很多时候就是做不到。她也想相信明天，最迟是后天，生活会好起来的。生活充其量不过是一场战斗罢了。

她走过小屋，丝毫也不朝旁边看。她步子跨得很小心，伛着身子，因为她胁部老是发痛，害她不得安生。她朝盖在泉水上的冷藏室走去，一面使自己心肠硬下来，一旦发现这个新来的雇工活儿没有做好，她就要直率地跟他说个明白。

牛奶棚只不过是另一间破屋子而已，几年前他们急于要建牛奶棚，匆匆忙忙用旧木板钉了一间；它本来是临时性质的，事实上也的确是临时的；现在已经走了形，东倒西歪地架在一个小水坑上，冰凉的泉水不断地从一个小泉眼里冒出来，泉眼快给病恹恹的蕨草遮没了。这一带别人地里都没有泉水。汤普森夫妇觉得，如果好好加以利用，这眼泉水是能给他们带来好处的。

歪歪斜斜的木架乱七八糟地围在小水池的四周，水池里放着几大桶牛奶和黄油，它们在冰凉的水里镇着，新鲜、喷香。汤普森太太一只手扶在她那扁平、发痛的胁部，另一只手遮在眼睛上，探出身子朝桶里看了看。奶油已经被撇出来单放在一起，黄油厚厚的有一大块，木模子与浅锅不知多久以来第一次被刮擦、烫洗得干干净净，木桶里盛满了脱脂牛奶，准备拿去喂猪和刚断奶的牛犊，夯实的泥地也给扫得光溜溜的。汤普森太太站直身子，脸上漾出了温和的笑容。她方才还打算去责备他呢，这个来找活干的穷人，他刚来到一个陌生的地方，本来就不该要求他一开始就能把事情干好。她没有别的办法补偿自己心里对他的不公平的判断，只有去告诉他，他活儿干得这么漂亮，这么麻利，她真是高兴。她踩着小心翼翼的步子，鼓起勇气来到小屋门口；赫尔顿先生睁开眼睛，停止了吹奏，把板椅放平，但他既没有瞧她，也没有站起来。她是个弱小的女子，又厚又长的棕发拢成一根辫子，她有一张受苦的病人的嘴和一双病怏怏的爱哭的眼睛。她将两只手的大拇指按在太阳穴上，其他手指交叉，遮在眼睛上方，眨着含泪的眼睑，用客气而又亲切的口气说道："你好，先生。我是汤普森太太，我想告诉你，我认为你牛奶棚里的活儿干得很好。那个地方是不容易拾掇干净的。"

他说："那没什么。"声音徐缓，人一动也不动。

汤普森太太等了一会儿，"你方才吹的曲子真好听。一般人用口琴往往吹不出好听的音乐来。"

赫尔顿先生弓着背坐着，伸出两条长腿，脊背弯曲着，大拇指在口琴木格上滑来滑去；要不是他的手在动，你真要以为他睡着了呢。那只口琴很大，闪闪发亮，还很新。汤普森太太眼光四下里扫了扫，看见他床边架子上一溜儿放着五只口琴，也都是高档且贵重的。"他准是塞在外套口袋里带来的。"她想，注意到屋子里没有一点别的行李的痕迹。"我看你很喜欢音乐，"她说，"我们从前也有一只手风琴，汤普森先生拉得不错，可是被小男孩们拆坏了。"

赫尔顿先生颇为突然地站起来，以致椅子在他起身时发出嘎拉拉的声音。他伸直了膝盖，肩膀却仍然伛着，他瞪着地板，仿佛在专心致志地倾听什么。"你知道小孩子会干些什么事，"汤普森太太说，"你最好把这些口琴放在高架子上，否则小孩会来拿的，他们毛手毛脚的什么都要动。我常常教训他们，可是没用。"

赫尔顿先生两只长胳膊做了个夸张的动作，把口琴都揽到自己的胸前，然后把它们整齐地放在屋顶下墙犄角的旮旯里。他把它们往里面推，几乎都看不见了。

“这样大概没问题了。”汤普森太太说。“奇怪，”她边说边转过身，在西边强烈的光线下无可奈何地眯起眼睛，“这些小家伙跑到哪儿去了。真是看不住他们。”她讲起自己的孩子时，用的是一种特别的口气，仿佛他们是什么做客过久而讨人嫌的外甥似的。

“在小溪边上。”赫尔顿先生瓮声瓮气地说。汤普森太太不知所措地停住了话头，断定方才他是在回答自己的问题。他默默不语耐心地站着。也许不一定在等她快点走，但明显也不是在等着别的什么。汤普森太太知道世界上有各种各样的人，他们身上有各种各样的怪癖，她早就习以为常了。要紧的是弄明白赫尔顿先生的怪癖和别人的有什么不同，然后迁就这些怪癖，让他感到自由自在。她自己的父亲就是个怪人，她的兄弟和叔叔伯伯也都有各自的怪脾气，而且每一个人都不一样；此外她遇到过的每一个雇工也都有自己古怪的行为和想法。现在又来了这个赫尔顿先生，他是个瑞典人，他不爱讲话，另外他还喜欢吹口琴。

“他们马上就要肚子饿了，”汤普森太太有些友好地说，“很快就要饿了，我真不知道晚饭该做什么好？你喜欢吃什么，赫尔顿先生？我们新鲜黄油、牛奶、奶油倒是从来不缺，谢天谢地。汤普森先生老说应该一点不留地全部卖掉，可我说还是自己家里够吃才是第一要紧的。”她淡淡地微笑着，显得怪可怜的，那张瘦小的脸完全变了形。

“我什么都吃。”赫尔顿先生说，他的声调升高降低得完全不对头。

他英语说得不好，这是头一桩，汤普森太太思忖道。在他英语还不熟练时硬要拉住他说话，这是不应该的。她慢腾腾地迈着步子从小屋门口走开，还扭过头来添了一句，“除了礼拜天，我们一般都吃玉米面包，”她告诉他，“我想你在以前待的地方不大吃得到好的玉米面包吧。”

赫尔顿先生没作声。她从眼角余光里看到他又坐了下来，瞧着他的口琴，椅子又翘了起来。她希望他不至于忘记挤牛奶的时间快到了。她走开去时，他又吹起口琴来，还是那个曲调。

挤牛奶的时间到了又过去了。汤普森太太看见赫尔顿先生在牛棚和牛奶棚之间来来去去。他跨着大步，肩膀前伛，脑袋耷拉着，两只大桶像天平秤盘一样垂在他那两只瘦胳膊的末端。汤普森先生从镇上回来了，他坐在马上，身子比平时挺得更直，下巴颏贴在胸前，买来的满满一麻袋东西在马鞍后面晃来晃去。他先上马厩去，接着兴高采烈地来到厨房，他用自己那把又粗又硬的胡髭在汤普森太太脸颊上蹭了蹭，然后又和她亲热而响亮地接了个吻。他到旅馆去过了，这是明摆着的。“我到院子里看过了，埃莉。”他嚷嚷道，“那个瑞典人干活真不含糊。不过像他这样嘴紧的人，我这辈子还没见到过。他好像是担心一张嘴，下巴就会掉下来似的。”

汤普森太太在搅一大盆用脱脂牛奶和的玉米面。“你臭得像个酒鬼，汤普森先生。”她板着脸说，“我希望你让哪个孩子给我再抱一捆柴火来。我打算明天烤一炉小点心。”

汤普森先生立刻闻出自己呼吸里果真有酒气，觉得骂得有理，就乖乖地蹑手蹑脚地走出去，自己抱回来一捆柴火。阿瑟和赫伯特这两个小鬼，从乱蓬蓬的头发直到脚跟，身上也好衣服上也好，无处不是烂泥，他们踩着重重的脚步走进屋来，嚷着要吃晚饭。“先去洗洗脸，梳梳头发。”汤普森太太立刻冲他们说道。于是他们退到廊上，轮流把手伸到水泵下去冲一冲，把额上的头发沾沾湿，用手指把头发往前顺了顺，马上又回到厨房来了，生活中一切美好的东西都集中在这儿呢。汤普森太太另外摆上一个盘子，命令年长的孩子，八岁的阿瑟，去叫赫尔顿先生来吃晚饭。

阿瑟不动窝，坐在原处像只小公牛般地吼道："喂——赫——尔——顿，吃——晚——饭——了！"接着又低声加上一句："你这大个儿瑞典佬！"

"听着，"汤普森太太说，"不能这样没有礼貌。上那边去好好地请他来，不然我让你爹使劲揍你一顿。"

赫尔顿先生高大而阴沉的身影出现在门口。"就坐在那儿吧。"汤普森先生大声说道，朝一张凳子挥了一下胳膊。赫尔顿先生迈开大步，两步就穿过厨房，沉重地往凳子上坐下去。汤普森先生坐在桌子的上首，两个男孩爬上赫尔顿先生对面的座位，汤普森太太坐在下首，靠近火炉。汤普森太太对握双手，垂下了头，匆匆地大声说道："主啊，为了这一切以及您其他的恩赐，我们以耶稣的名义感谢您，阿门。"她想在赫伯特的小脏手碰到最靠近他的碟子之前把祷告念完。不然的话，她就有责任把他从饭桌上撵下来，可是正在成长的孩子是需要吃东西的呀。汤普森先生和阿瑟总会等她把祈祷念完，可是赫伯特才六岁，要他接受训练还早了一点。

汤普森夫妇想吸引赫尔顿先生参加谈话，可是毫无成效。他们先是谈天气，接着谈收成，最后又谈奶牛，可是赫尔顿先生就是不接茬儿。汤普森先生便讲起他在镇上看到的趣事来。讲的是旅馆里的几个老农民，也都是他的朋友，怎样给一只山羊灌啤酒，它喝下去以后又是如何丑态百出。赫尔顿先生好像没有在听。汤普森太太尽义务似的笑了笑，其实她并不觉得有什么可乐的。这故事她以前已经听过好多遍了，虽然汤普森先生每次讲的时候都假装这件事就发生在当天。这件事如果是真的，也是发生在好多年前了。汤普森太太总觉得男女同座时，讲这个故事是不得体的。问题就出在汤普森先生有个弱点：过一阵子就要喝醉一次，虽然他每逢选举都是投票赞成禁酒由本地自决。汤普森太太把菜传给赫尔顿先生，他每样都拨了一点，但都不多，要是他打算一直像方才那样卖力气，这点饭食是不够维持他的体力的。

最后他拿了挺大的一块玉米面包，把盘子擦得仿佛是被狗舔过那样一干二净，然后把面包满满地塞了一嘴巴，一边嚼着一边离开凳子朝门口走去。

“晚安，赫尔顿先生。”汤普森太太说，家里另外那几口子也跟着零零落落地说：“晚安，赫尔顿先生！”

“晚安。”赫尔顿先生音调不准的回答从黑暗里传来，显得不太愿意似的。

“望昂。”阿瑟说，他在学赫尔顿先生的腔调。

“望昂。”赫伯特说，他是阿瑟的应声虫。

“你学得不对。”阿瑟说，“你听我的，望——昂。”他因为学得像，大为得意，顺势唱出了一个低八度。赫伯特乐得简直要发疯。

“你们不许那样，”汤普森太太说，“他那样说话是没法子。你们应该感到害臊，两个人都不学好，竟这样拿一个可怜的陌生人来开玩笑。你们自己愿意在陌生的地方做陌生人吗？”

“我愿意，”阿瑟说，“我想那一定很好玩。”

“他们是一对无法无天的野孩子，埃莉，”汤普森先生说，“简直毫无教养。”他把他那副严父的可怕面孔转向他的孩子，“明年把你们俩都送进学校去，到时候你们的骨头就要收一收了。”

“我再大一点就该进教养院啦，”赫伯特尖声叫道，“那是我该去的地方。”

“什么，进教养院，你？”汤普森先生莫名其妙，“谁说的？”

“主日学校的校长。”赫伯特说，显出一副聪明孩子炫耀自己的神气。

“你听见没有？”汤普森先生说，瞪着他的太太，“我不是早就告诉过你了吗？”他勃然大怒起来。“都给我上床去！”他吼得连喉结都打战了。“快滚，别等我来扒你们的皮！”孩子们走了，过不了一会儿，阁楼卧室里传来了扭打、哼叫、咯咯笑和吼叫的声音，整座房子里都听得见，厨房的天花板震得直抖。

汤普森太太抱住脑袋，用犹豫不定的声音轻轻地说：“他们这么年轻幼稚，老训他们有什么用。我真受不了。”

“我的天哪，埃莉。”汤普森先生说，“我们必须管教他们，不能让他们长大了像野猪那样野。”

她换了一种口气说道：“那个赫尔顿先生看上去不错，虽然没法引他说话。真不知道他怎么会跑得这么远的。”

“我早说过，他不是一个爱嚼舌根的人，”汤普森先生说，“不过他干活的确很内行。在咱们农场上这才是最要紧的。这一带转来转去想找活干的流浪汉有的是。”

汤普森太太正在收拾碗碟，她从汤普森先生下巴底下把他的盘子收走。“跟你说句实话，”她说，“家里有个会干活儿又不爱多嘴的人，这可是件大好事。这就是说，他不会来管咱们的事。倒不是说有什么见不得人的事，不过到底方便得多。”

“这倒不假。”汤普森先生说。“嗬，嗬，”他突然叫了起来，“这就是说，以后话都让你一个人来说，是吗？”

“只有一件事不大对头，”汤普森太太接着往下说，“那就是他饭量不大，这一点我不太喜欢。在我看来，一个男子汉坐着吃饭时就该吃得津津有味。我奶奶常说，吃饭不香的男人靠不住。我希望这一回不至于这样。”

“跟你说老实话吧，埃莉，”汤普森先生说，身子往后靠着，用一把叉子在剔牙，他这时的心情再愉快不过了，“我一直觉得你奶奶是个奇蠢无比的老傻瓜。她脑子里一冒出什么想法，就随随便便地讲出来，还说什么这是上帝的真理。”

“我奶奶根本不是什么傻瓜。她的话十回有九回都是对的。我常说，一个人最初的想法往往是最有道理的。”

“哦，”汤普森先生又叫嚷起来了，“我一说到那个山羊的故事，你倒变得文明起来了，你什么时候在有男有女的人群前讲讲看！你倒试试看。莫非你以为在你面前的是一只母鸡跟一只公鸡吗？浸礼会牧师要是知道了你的想法准会吓一大跳！”他在她那瘦小的屁股上拧了一把。“连兔子都比你肉多一点，”他怜爱地说，“我真想看到这屁股让老玉米喂得肥肥的。”

汤普森太太瞪大了眼瞧着他，脸上红红的。她在灯光底下眼力倒好一些。“哼，汤普森先生，我有时候觉得你是世界上思想最下流的男人。”她攥住一把他头顶的头发，使劲地、慢慢地拉了一下。“也让你尝尝滋味，把人拧得这么疼，还以为是在开玩笑呢。”她温柔地说。

不管经济情况如何，汤普森先生永远也不能消除自己顽固的信念。他认为伺候母牛、轰小鸡都是娘们的事。他爱吹牛说，别的男人干的活儿，诸如犁地，割高粱，剥玉米，赶马，围玉米囤等，他没有干不了的。当然，做买卖也是男人的事。一星期两次，他赶着轻马车，拉着新鲜黄油、少量鸡蛋和时令水果，到市场上去卖。他把零钱揣在兜里，想怎么花就怎么花，就有一条：绝对不去动用汤普森太太的零花钱。

可是打一开始，那些奶牛就让他心烦。它们一天两次等着挤奶，站在那儿用女性得意扬扬的脸色来责怪他。小牛犊也让他心烦，它们为了够到母牛的奶头，死命要挣脱绳子，常常把自己勒得连眼珠都鼓了出来。跟一头小牛犊较劲使他显得有失身份，就像一个大男人在给娃娃换尿片。牛奶也使他心烦，一会儿变苦了，一会儿没有了，一会儿又变酸了。母鸡也使他心烦，整天咯嗒咯嗒叽叽喳喳个没完，你一不留神，它们就把小鸡孵出来了，还领着小鸡到马房前面的空地上去，稍不注意马儿就把小鸡踩死几只；鸡群会因为鸡瘟、歪颈症或鸡虱传染的时疫死去；尽管汤普森太太在饲养房里为它们准备了一排鸡窝，它们还是会在你想都想不到的地方下蛋，因此还没等你找到，一半鸡蛋就已经给糟蹋了。母鸡真是该死的讨厌东西。

在汤普森先生看来，喂猪是应该由雇工来干的。宰猪倒是雇主的活儿，可是刮毛切肉又是雇工的事了；而娘们天生是应该洗肉、熏肉、腌肉、熬油、做香肠的。汤普森先生认为什么事都得有个规矩，他在上帝与外人的面前应该维持体面，这就使他对工作范围做了极细致的规定。“那样看起来不合适。”他不想干什么事的时候总拿这句话来搪塞。

他最操心的是自己的尊严和名声，只有极少数几种活儿算得上是爷们的事，值得他汤普森先生亲自干的。汤普森太太呢，虽说汤普森先生认为好多活儿由她来干最合适不过，可她很早就在他面前显示出自己干不了。汤普森先生很快就发现自己这么要求她是何等的没有眼光；过去他爱上了她纤细的腰身、花边裙子与蓝色的大眼睛，现在这些魅力虽然消失，她已变成了他的埃莉，与芒廷城第一浸礼会教堂的风头无两的主日学校教师埃伦·布里奇斯小姐已经判若两人，可是仍然是他的爱妻，他的身体孱弱的埃莉。得不到贤内助的有力支持，于是他自己还不清楚是怎么回事，便顺从了命运的支配。他头仍然抬得高高的，交税绝不拖延，也年年捐钱给牧师做薪金，俨然是个有产业的人——一家之主、雇有长工的雇主、人缘很好的快活人，可是汤普森先生无须明说也知道，自己是在不断走下坡路。天哪，他马房门前、厨房阶下的垃圾积成了堆，让人看着难受，过一阵就忍不住想拿上家伙来打扫一番。大车棚里堆满了使坏的农械、破烂的马具、旧车轱辘、散架的牛奶桶和朽烂的木头，你简直没法把大车赶进去。家里没有人愿意去收拾。至于他呢，每天必须干的活儿就够他忙的了。到了淡季，他又一连坐上好几个小时为这事发愁，一面把烟草汁吐在柴火堆旁密密的豚草丛上，一面苦思冥想：像他这样条件不好的人该怎么办。他盼望两个男孩快快长大；他要让他们多多经受磨炼，就像他小时候他父亲对待他那样；他要让他们学会怎样守住这份产业，管理这份产业。他不想做得太过分，可是这两个男孩以后得自食其力，否则天下的事情太没道理了。两个只会坐在那儿削木棍的傻大个儿！汤普森先生有时想象他们的前途，一想到他们没准会成为坐在那儿削木棍或是盘算去不去钓鱼的大傻瓜，他就火冒三丈。哼，他得防患于未然，而且决不能拖延。

季节不断替换，赫尔顿先生接过去的活儿越来越多，汤普森先生的心也放宽了一些。似乎没有什么活儿是这汉子拿不起来的，他把一天应该干的活儿全都利利索索地干掉，而且像是理所当然似的。他一清早五点钟就起床，给自己煮好咖啡，煎好咸肉，然后就到母牛群里去了，这时，汤普森先生还在打呵欠，伸懒腰，又吼又闹地到处找他的工裤。赫尔顿先生挤奶、清理牛奶棚、炼黄油；他把母鸡圈了起来，居然做到了让它们在窝里下蛋，而不是在屋子底下和草堆边上；他定时喂食，使它们孵出的小鸡多得让人无法落脚。一点一点地，马厩和房子周围的垃圾堆不见了。他提了脱脂牛奶和老玉米去喂猪，他梳刷掉马鬃毛上的草刺。他对小牛犊很温柔，对母牛与母鸡却有点严厉。从赫尔顿先生的行为来看，他从来没听说过在农场上还分什么爷们的活儿和娘们的活儿。

第二年，他把邮购订货单上的一架压酪机的图样指给汤普森先生看，说道："这东西不错。你去买来，我来做干酪。"压酪机买来了，赫尔顿先生真的做出了干酪，它们和产量越来越多的黄油以及一篓一篓鸡蛋一起卖了出去。有时候，汤普森先生有点瞧不起赫尔顿先生的作风。一个大男人，四处去捡马车从地里回来的路上掉下来的几个玉米棒子，把落在地上的烂水果拾回来喂猪，把旧钉子和机器零件收在一起，花不少时间在准备送到市场上去出售的黄油上压花——这可太小里小气了。汤普森先生高高地坐在弹簧马车的座位上，车子里压了花的黄油装在五加仑的油桶里，外面裹着湿麻袋，汤普森先生吆喝着马儿，用缰绳在马背上抽得啪啪响，把车子赶到镇上去。有时候他想，赫尔顿先生是个有点儿鬼鬼祟祟的人；可是他绝对不让自己的感情影响自己，他是个识货的人。事实是，赫尔顿先生喂的猪更像样，能卖大价钱了。赫尔顿先生把庄稼管理得那么妥善，汤普森先生从此不用再买饲料了。杀牛宰猪的时节，赫尔顿先生把扔掉的下水捡回来，不厌其烦地把它们刮洗干净，用自己的方法把它们制成香肠。总之，汤普森先生没什么好抱怨的。第三年，他提高了赫尔顿先生的工资，虽然赫尔顿先生没有要求加薪。到第四年，汤普森先生不但还清了债，而且在银行里有了点存款，他再次给赫尔顿先生涨了工资。每次都是提高两块五一个月。

“这个人值得这些钱，埃莉，”汤普森先生脸红红的，在为自己的慷慨行为辩护，“他使这个农场有了盈余，我要让他明白我是知道好歹的。”

汤普森一家已经完全习惯了赫尔顿先生的沉默了，他那灰白的眉毛与头发，他那长长的阴郁的下巴，以及他那拒绝注视一切，甚至是他手里的活儿的眼睛。起初，汤普森太太不无怨言：“就像跟一个没有肉身的幽灵在一张餐桌上吃饭似的，”她说，“你总以为他迟早会找点话题来说的吧。”

“别去管他，”汤普森先生说，“他想说的时候自然会说的。”

好几年过去了，赫尔顿先生却一直没打算开口。一天的工作做完以后，他便从马厩、牛奶棚或鸡舍里出来，摇晃着他的提灯，那双大皮鞋像马蹄一样在硬泥地上踩得噔噔响。汤普森一家不管是冬天坐在厨房里，还是夏天坐在后廊上，都可以听到他把木板椅拖出来，听到椅子往后翘的吱嘎声，再过一会，他就会用他那些口琴中的某一只吹起他唯一的曲调。每一只口琴的调性都不一样，有的音调低些，更甜美些，可是每天晚上吹的总是那支重复不变的曲子，那是一支古怪的曲子，某个地方有个突然的转折，有时候连下午坐下来歇口气的那阵子他也吹。起先汤普森一家非常喜欢它，总是停下来听。后来有一个时期他们腻烦透了，每个人都希望他能学会一支新的曲子。最后，他们根本不去听它了，那成了一种天籁，就像晚上起风的声音、牛的哞叫声，或是他们自己的声音。

汤普森太太时时为赫尔顿先生的灵魂担心。他看上去不是一个上教堂的人，连星期天也照样干活。“我想咱们应该邀他去听马丁博士布道，”她对汤普森先生说，“作为基督徒，如果我们不请他，就太不像话了。他不是一个很主动的人。他要等人去请的。”

“随他去吧，”汤普森先生说，“在我看来，宗教信仰是每个人自己的事。而且，他也没有星期天穿的衣服。他不会穿着工裤和工作服去教堂的。我不知道他的钱花到哪儿去了。但他肯定没有乱花。”

可是，汤普森太太既然起了这个念头，她不邀请赫尔顿先生星期天一起去教堂是不会甘心的。赫尔顿先生正在果园后面的地里，用叉子把干草堆成一个个挺整齐的小垛。汤普森太太戴上眼镜与遮阳布帽，一直走到地里去和他谈这件事。他停下活儿，倚在叉子上听她讲，有一阵子，汤普森太太几乎被他的脸吓着了。那双灰白的眼睛仿佛看穿了她的身体，眉头皱着，长下巴发僵。“我得干活。”他直愣愣地说，接着便举起叉子转过身子去堆草。汤普森太太感情上受到了伤害。她一边往回走一边寻思，虽然照说到这时候她也应该摸透赫尔顿先生的脾气了，可是一个男人，即便是外国人，似乎也应该讲点礼貌，特别是人家来请你去做礼拜的时候。“他没有礼貌，这是我唯一不喜欢他的地方。”她对汤普森先生说。“他好像不会像别人一样为人处世。仿佛这个世界亏待了他似的。”她说，“有时候我真不明白这是怎么一回事。”

第二年，出了一件事，使汤普森太太感到不安，这种事情她用言语表达不清楚，连想也不容易想清楚，若是她试着去向汤普森先生解释，那就会不是说得太过分就是显得太轻描淡写。这种怪事像是快出什么灾祸之前的一种恶兆，可是往往又什么事也没有发生。那是一个炎热、宁静的春日，汤普森太太到菜园里去收点新鲜的胡萝卜、洋葱和青豆，好做晚饭。她采摘时，把遮阳帽低压在眼睛上。她把各种蔬菜分开码在篮子里，并注意到赫尔顿先生除草除得多么干净，土地又是多么肥沃。他把厩肥在地里铺得匀匀的，在秋天让肥力渗进土里，蔬菜当然长得又肥又大。她打多瘤的小无花果树底下走回去，在那里，未经修剪的树枝几乎挨到地上，浓密的树叶织成了一道阴凉的帷幕。汤普森太太总是找幽暗的地方走，以保护自己的眼睛。就在她懒洋洋地四处张望时，她穿过树荫看到一幅很奇怪的图景，使她大吃一惊。倘若是吵吵嚷嚷的，那倒不足为奇了。正是那种寂然无声吓住了她。赫尔顿先生抓住阿瑟的肩膀，正在猛烈地摇晃着，他脸色铁青，一副凶相。阿瑟的脑袋一前一后地摆荡着，没有像汤普森太太摇他的时候那样梗着脖子表示反抗，他的眼睛里流露出害怕，却又有惊异，也许更多的是惊异，而不是别的。赫伯特老老实实地站在一边瞧着。赫尔顿先生放开阿瑟，又抓住赫伯特，同样一本正经地恶狠狠地摇晃他，脸上也是那么满怀仇恨。赫伯特的嘴角耷拉着，像是快要哭了，可是他并没有出声。接着，赫尔顿先生放开了他，转过身子迈进小屋。两个小男孩拔腿就跑，仿佛是在逃命一般，一声也不吭。他们在屋前拐角处消失了。

汤普森太太慢腾腾地把篮子放在厨房桌子上，把遮阳帽推后去又拉回来，她又去瞧了瞧炉子里的火是不是还燃着，然后，才去找她的孩子。他们缩着身子坐在从她卧室窗口可以看得清清楚楚的一丛楝树下，仿佛他们发现那里最最安全。

“你们在干吗？”汤普森太太问。

他们头也不抬，眼睛斜瞥过来，一副倒霉相，阿瑟嘟哝道：“没干什么。”

“你是说，现在没干什么是吧，”汤普森太太声色俱厉地说，“好，我正有好多活儿给你们干呢。马上进屋来，帮我拣菜。快来。”

他们巴不得似的急忙爬起来，紧紧地跟在她后面。汤普森太太竭力猜想他们刚才犯了什么错；她不喜欢赫尔顿先生擅自教训她的小孩，可是她又不敢问到底是怎么回事。他们可能会向她撒谎，她还得揭穿他们，把他们打上一顿。或者是她只得假装相信，这样就会养成他们撒谎的习惯。也许他们会向她说实话，那可能是一件使她必须揍他们一顿的错事。一想到这里她就头疼。她想，也许她可以去问赫尔顿先生，可是由她去问也不合适。她还是等一等，之后告诉汤普森先生，让他来查个水落石出吧。她在心里盘算着，同时嘴里不断地差遣那两个孩子，“胡萝卜的头别削得那么多，赫伯特，你给我留点神。阿瑟，豆角别掰得那么细，它们本来就够小的了。赫伯特你去抱一把柴火来。阿瑟，你把洋葱头拿到水泵底下去洗一洗。赫伯特，你这里的事做完，就拿把扫帚，把厨房扫扫干净。阿瑟，你去拿把铁锨来把炉灰清一清。别抠鼻孔，赫伯特。我得跟你说多少回？阿瑟，你去看看我的五屉柜最上面那只抽屉，左手边的，找到凡士林就拿来，我要给赫伯特鼻子上抹一点。赫伯特，上我这儿来……”

他们给差遣得跑过来跑过去。一活动，他们的动物般的元气又恢复了。过不了多久，他们又在前院里扭打起来。他们趴在地上，对打，匍匐前进，扯来扯去，爬起来又嗥叫着倒下去，像两只小狗一样毫无目的，吵吵闹闹，单调无聊。他们学各种动物的吼叫，就是不发出人的声音，他们又小又脏的脸上淌着一行汗水。汤普森太太坐在窗前，怀着硬压制下去的骄傲与怜爱，望着他们。他们是这样的茁壮、健康，长得这样快。可是她心里也有点不安，她的微笑是哀愁的，她眼角里滚动着泪珠，全靠阳光支撑着才不致坠落下来。这两个孩子太懒了，太浑了，仿佛他们根本不用操心未来，无须关切自己的灵魂是否能得救。啊，对了，他们到底干了什么，使赫尔顿先生那样摇晃他们，脸上是那样的杀气腾腾？

傍晚，吃晚饭前，她只告诉汤普森先生，赫尔顿先生不知为了什么事摇晃过两个孩子。她一句没提那情景使她产生了古怪的恐惧感。他上小屋去问赫尔顿先生，五分钟以后他回来了，眼睛直愣愣地瞪着他的孩子。“埃莉，他说这两个小浑蛋弄过他的口琴，把它们搞得一塌糊涂，满是口水，都吹不出好声音来了。”

“他是这么说的吗？”汤普森太太问道，“不大可能吧。”

“哼，反正他的话就是这个意思。不过一提这事他就恼火。”

“真不像话，”汤普森太太说，“太不像话了。我们得惩罚他们，让他们记住以后千万不能动赫尔顿先生的东西。”

“我要给他们一顿好揍，”汤普森先生说，“他们再不留点神，我就去拿牛绳来揍他们。”

“我看还是让我来打吧，”汤普森太太说，“你打小孩子手太重。”

“问题就出在这里，”汤普森先生嚷道，“等到惯得没法再管时，他们就总有一天会进监牢。你根本不是在打他们，只是心疼地拍几下。我爹从前火一上来，随手操起劈柴什么的，打得我都起不来。”

“哼，那样也不见得就对，”汤普森太太说，“我不赞成这样管教孩子，那会逼得他们从家里逃出去。这种事我也见得多了。”

“我要把他们每一根骨头都打断，”汤普森先生说，气一点点消了下来，“假如他们还是一点也不怕你，仍旧犟头倔脑的话。”

“快下饭桌，去洗洗脸和手。”汤普森太太突然命令起孩子来。他们悄没声地走出去，在水泵底下沾了沾水，又悄没声地走进来，尽量把自己蜷缩得更小些。他们很早以前就知道，每逢要有麻烦事，母亲总叫他们先去洗洗干净。他们的眼睛盯住自己的盘子。汤普森先生向他们开火了：

“好，现在你们说，干吗跑到赫尔顿先生的屋子里去弄坏他的口琴？”

两个孩子马上蔫儿了，他们哭丧着脸，显出一副儿童被押上成人的无情法庭时那种绝望的神情；他们惊恐地用眼光交流思想：“这下子真的要挨揍了。”在绝望中，他们把抹了黄油的玉米面包放回到盘子里，双手无力地靠在桌子边上。

“我应该打断你们的筋骨，”汤普森先生说，“我真想这么干。”

“是的，爸爸。”阿瑟低声说，轻得几乎听不见。

“是的，爸爸。”赫伯特说，他的嘴唇在颤抖。

“好了，孩子他爸。”汤普森太太用一种警告的口气说。孩子们没去看她。他们对她的好意不抱幻想。她从一开始就把他们出卖了。对她是不能信任的。现在，她也可能救他们，也可能不救。指望她是没有用的。

“哼，你们该好好给揍一顿。你们罪有应得，对不对，阿瑟？”

阿瑟耷拉着脑袋，“对，爸爸。”

“下一次我看到谁还往赫尔顿先生屋子那儿跑，我就要把他的皮都扒掉，听见没有，赫伯特？”

赫伯特哼哼着，哽咽着，把他那块玉米面包掰得粉碎，“听见了，爸爸。”

“好，现在给我坐直了好好吃饭，不许再出一点声音。”汤普森先生说完，也开始吃饭。两个孩子稍稍振作了些，咀嚼起食物来。可是每回他们抬起眼睛，总碰到父母的眼光牢牢地盯住他们。说不上大人什么时候才会想起别的事情。孩子们小心翼翼地吃着，尽量不让大人看见他们，听见他们，可是玉米面包黏在嗓子眼里不肯下去，脱脂牛奶灌下咽喉时也会发出咕噜咕噜的声音。

“还有一件事，汤普森先生，”汤普森太太半晌之后说道，“告诉赫尔顿先生，以后孩子们跟他捣乱，直接来找我们好了，不必烦扰他自己摇晃孩子。告诉他我们会处理的。”

“他们太不像样了，”汤普森先生答道，眼睛瞪着他们，“他没把他们杀死，一了百了，这倒是件怪事。”可是阿瑟与赫伯特从他语气里可以听出，现在不必再担心会有什么事了。他们深深地舒了一口气，坐直身子，伸手去拿离他们最近的食物。

“我说，”汤普森先生突然开口道，孩子们顿时停止了吃东西，“赫尔顿先生没来吃晚饭嘛。阿瑟，去告诉赫尔顿先生他晚了。好好地跟他说，快去。”

阿瑟垂头丧气地滑下座位，一声不吭地朝门口走去。

发财这样的奇迹是不会降临在一个小奶牛场上的。汤普森一家没有变富，可是，正像汤普森先生老爱挂在口头的，他们也没有进贫民院，也就是说，尽管埃莉身体不好，天气反常，市价莫名其妙的下跌，以及拖累他的他自己也不明白的不利条件，但他总算是站稳了脚跟。赫尔顿先生成了一家的希望和支柱，家里每个人都喜欢他，至少他们不再觉得他有什么不正常，而认为他是一个好人，一个好朋友，虽然彼此之间始终有一段他们不知如何弥合的距离。赫尔顿先生还是照老样子干他的活儿，吹他的曲子。九年过去了。孩子们长大了，学会干活了。他们已经不记得老赫尔顿没来时家里是怎样的了。这倔老头，瘦骨头，挤牛奶的女人赫尔顿，大个儿瑞典佬，这是他们给他起的绰号。若是让他听见了，有一些他怕是不喜欢的。可是他没有听见，再说，他们也没有恶意——字面上不大好听就是了。孩子们管他们的爸爸叫

“老头儿”“老顽固”，自然也是不当他的面。他们全靠体质好，走完了长大成人的那一段污秽、神秘、迂回曲折的路程，平平安安地度过了可能有的危机时刻。他们的父母知道他们是可靠的好小伙子，尽管举止粗鲁，心地却像金子一样。汤普森先生感到很宽慰，他培养了一对不是光会削木头的好青年，虽然他自己也不知道是怎样培养的。他们真不错，汤普森先生开始相信他们生来就是这样的，就仿佛自己从没向他们说过一句重话，更不要说打他们了。赫伯特与阿瑟倒也不和他争辩。

赫尔顿正在劈柴火，他的头发汗湿了，粘在湿淋淋的脑门上，他的蓝工作服深一条浅一条的，紧贴在他的肋骨上。他慢慢地劈，斧子一直劈到木砧上，然后他把柴火码得整整齐齐。接着他绕过屋角，进了他的小屋，屋子和柴堆都遮在一排桑树的浓荫里。汤普森先生懒洋洋地靠在前廊上一张摇椅里，他从来就没有喜欢过这个地方。这张椅子是新的，而汤普森太太要把它放在前廊上，虽然侧廊才是该放的地方，因为那儿凉快些。汤普森先生想要坐这把椅子，所以只好来到这儿。一等椅子用旧，埃莉不稀罕它时，他就要把它搬到侧廊上去。这会儿，八月的暑热几乎使人受不了，空气滞重得都可以给它捅一个洞了。所有东西上的尘土都有几英寸厚，尽管赫尔顿先生每天晚上都要给整个院子洒上水。他甚至还把水管朝天，去冲树顶和屋顶。他们已经把水管接到厨房里，在院子里也安了一只水龙头。汤普森先生准是打了个盹，因为一个陌生人赶着马车来到大门口时，他刚来得及睁开眼睛闭上嘴巴，总算没出丑。汤普森先生站起身来，戴上帽子，把工裤往上提了提，看着陌生人把拉着一辆轻货车的几匹马系在拴柱上。汤普森先生认得这些马和这辆车，它们是从比达的一家马车行里租来的。那个陌生人正在打开大门，那是一扇结实的门，是几年前赫尔顿先生做成并且牢牢地安在合页上的，这时汤普森先生慢慢沿着小路走过去迎接他，想弄清楚到底有什么了不起的事，使这个人风尘仆仆，不怕颠簸，在这个时候上这儿来。

这人不能算是真正的胖子，更像是一个不久以前胖过的人。他的皮肤松弛下垂，衣服显得过于肥大。他照说应该是胖的，可是大概刚刚害过一场病。汤普森先生一点也不喜欢他的模样，可是也说不出为什么。

陌生人脱下帽子，用响亮、亲热的声音说："你是汤普森先生，罗亚尔·厄尔·汤普森先生吗？"

"正是。"汤普森先生不动声色地说，那个陌生人过于随便的态度使他感到意外。

"我叫哈奇，"陌生人说，"霍默·T. 哈奇，我来你这里是想买一匹马。"

"我想你大概是弄错了，"汤普森先生说，"我没有马要卖。一般情况下，如果我有什么要卖，我就会告诉乡邻们，并且在大门上贴上一个小小的告示。"

那个胖子张开嘴，哈哈大笑，露出了颜色像棕黄皮子的兔牙。汤普森先生头一遭觉得这件事根本没有什么好笑的。那个陌生人嚷道："我不过是开个玩笑罢了。"他伸出一只手去握住自己的另一只手，热烈地对握起来，"我去拜访陌生人时总说些这样的笑话，因为我注意到，如果一个人说他是来买什么东西的，人家就不会怀疑他是坏人，你懂吗？哈，哈，哈。"

他的快活使汤普森先生不安，因为这个人眼睛里的神情与他声音里的感情并不一致。"嘿，嘿。"汤普森先生尽义务似的轻轻笑了两声，仍然没觉得有什么好笑。"哦，这一套用在我身上是白费精力，因为我从来不怀疑谁，除非他自己露出了马脚，说了可疑的话或是干了可疑的事，"他解释道，"除非有这样的事，否则，对我来说，谁都是好人。"

“嗯，”那个陌生人说，突然变得非常严肃，非常通情达理，“我来这儿既不是为了买，也不是为了卖。老实说，我来见你是为了一件对我们两人都有好处的事。是的，先生，我要跟你好好地谈一谈，这件事不会让你花一分钱。”

“我看谈谈也没什么坏处，”汤普森先生不太情愿地说，“到屋子边上来，这儿有点树荫。”

他们走过去，在一棵楝树树荫下的两只树桩上坐了下来。

“先生，霍默·T.哈奇的确是在下的名字，敝人的国籍就是美国。”陌生人说，“我想你一定听说过这个姓吧？我从前有个本家兄弟叫詹姆森·哈奇，就住在北边不远。”

“我不记得听说过这个姓，”汤普森先生说，“倒是有几个姓哈彻的住在芒廷城附近。”

“没听说过历史悠久的哈奇家？”那人面带愁容地喊道。他似乎很怜悯汤普森先生的无知，“哦，我们家是五十年前从佐治亚州迁来的。你在这儿住了多久啦？”

“可以说住了整整一辈子，”汤普森先生说，开始有点不高兴了，“在我之前还有我爹、我爷爷。是的，先生，我们一直住在这儿。谁都知道可以在哪儿找到汤普森家。我爷爷是一八三六年迁来的。”

“从爱尔兰，我想？”陌生人说。

“从宾夕法尼亚州，”汤普森先生说，“你凭什么认为我们是从爱尔兰来的？”

那陌生人张开嘴巴，高兴地叫嚷起来，他又和自己握手，仿佛好久没见过自己似的，“哦，正如我经常说的那样，一个人总得从某个地方迁来，是不是？”

他们交谈时，汤普森先生不停地向身边的那张脸瞥去。这人的确使汤普森先生想起了谁，没准他真的在什么地方见到过这个人，可就是记不起面目特征了。最后，汤普森先生断定，所有长着兔子牙齿的人外貌都是相像的。

“话是不错，”汤普森先生承认，但是有点生气，“不过我总说，汤普森一家在这儿住了这么久，他们到底从哪儿来的已经无关紧要了。对了，当然啦，现在是淡季，我们大家都利用这个机会喘喘气儿，不过谁手头都有点杂事要做。我倒不是要催你，不过既然你是来谈买卖的，我看咱们最好还是开始谈吧。”

“正如我所说的，不完全是买卖，但是也可以说是买卖，”那胖子说，“我眼下正在找一个叫赫尔顿的人，奥拉夫·埃里克·赫尔顿先生，从北达科他州来的。北边不远有人告诉我，可以在这里找到他。我希望能和他谈几句话。是的，老兄，如果你不反对的话，我想和他谈上几句。”

“我从来没听说过他还有中间名，”汤普森先生说，“不过赫尔顿先生的确在这儿，来这儿快九年了。他是一个十分靠谱的人，你可以告诉任何人说这是我讲的。”

“听到你这么说我真是高兴。”霍默·T. 哈奇先生说，“听到有人改过自新，安定下来，我很高兴。不过我认识赫尔顿先生时，他相当野蛮，是的，先生，相当野蛮，一点不假。头脑一点也不清楚。嗐，很好，能和朋友重新相逢，发现他安定下来，努力向上，真是件无上乐事。”

“我们都是从青年时代过来的，”汤普森先生说，“那跟出麻疹一样，突然全身都发了出来，连自己都讨厌自己，也给人家添麻烦，可是这不会持续很长时间，而且通常也不会留下后遗症。”他很为自己的这个譬喻得意，忘乎所以地大笑起来。陌生人双手交叉搁在肚子上，也情不自禁地哈哈大笑，连眼泪都流了出来。汤普森先生收住笑声，不安地瞅了瞅陌生人。他跟任何人一样，也喜欢有时痛痛快快地笑一笑，可是总得有点节制呀。现在这家伙笑得都像个疯子了，一点不假。而且他不是因为觉得事情好玩才笑，而是别有原委。汤普森先生不快地保持着沉默，等哈奇先生安静下来。

哈奇先生掏出一块极其肮脏的蓝布印花手帕，擦擦眼睛。“这个笑话正好触到我的笑点了，让我憋不住要笑，”他说，几乎是在道歉了，“我真希望我也能想出这样的如珠妙语。这是一种天才，这是……”

“要是你想和赫尔顿先生谈谈，我就去把他找来，”汤普森先生说，动了一下仿佛要站起身来，“现在这个时候他不是在牛奶棚便是在他自己的小屋里。”时间快五点了。“就在拐角那边。”

“噢，这事倒也不是特别急，”哈奇先生说，“我很久之前就想跟他谈谈了，再等上几分钟也无所谓。我只不过要知道他在哪儿，情况怎样，如此而已。”

汤普森先生不再做出打算站起来的姿态，他又解开一个衬衫纽扣，说，“喏，他就在这儿，他这个人，要是跟你有什么账没了的话，是决不会赖掉的。他决不游手好闲，这一点你可以放心。”

听了这些话，哈奇先生显得有点不高兴。他用手帕擦了擦脸，张开嘴正要说话，这时屋角那边传来了赫尔顿先生的口琴声。汤普森先生举起一只手指。“那就是他，”汤普森先生说，“现在你可以和他去谈了。”

哈奇先生朝屋子东边侧耳听了一会儿，脸上泛出了一种挺古怪的表情。

“这个曲子我再熟悉不过了，”汤普森先生说，“可是我从未听赫尔顿先生提起这是什么歌。”

“那是一首斯堪的纳维亚的什么曲子，”哈奇先生说，“在我的家乡，人们常常唱这歌。在北达科他州，人们也爱唱。歌词的大意是，你一清早起来，心情好极了，你欣喜欲狂，因此不到中午就把酒全都喝光了。那酒是你准备中午休息时喝的，明白吗？歌词没多大意思，可是曲调很美。这是一支饮酒歌。”他坐在那儿，稍稍有点伤感。汤普森先生不喜欢他的表情。那是一种心满意足的神情，颇像一只猫刚刚吃下去一只金丝雀。

“就我所知，”汤普森先生说，“他来这儿以后没沾过一滴酒，到今年九月，就满九年了。是的，先生，就我所知，九年来，他连嗓子都没用酒润过一回。我自己都不敢说能做到这一点。”他既得意，又故作谦虚。

“是的，那是支饮酒歌，”哈奇先生说，“我年轻那阵，也常用小提琴拉这支《棕色的小酒壶》，”他继续说，“可是这个赫尔顿，他居然念念不忘。他就那么坐着，独自吹奏。”

“九年来，他就在这里不断吹奏这支曲子。”汤普森先生说，好像这事是他主办似的。

“这个歌他唱起来很好听，十五年前，在北达科他州，”哈奇先生说，“他实际上老是被裹在紧身衣里，直挺挺地坐着，那会儿他在疯人院——”

“你说什么？”汤普森先生说，“怎么回事？”

“糟糕，我本不想告诉你的，”哈奇先生说，下垂的眼睑里露出一丝后悔的神情，“糟糕，这完全是说溜了嘴。真奇怪，我早就决定一个字也不提的，因为这只会引起轩然大波。我觉得，如果一个人安安静静、老老实实地过了九年，他是不是疯子已经没多大关系了，不是吗？只要他安安静静、从不伤人，这就行了。”

“你是说人们让他穿过紧身衣？”汤普森先生不安地问道，“在疯人院里？”

“常让他穿，”哈奇先生说，“他们把他关在那儿的时候，过不了一阵就得穿。”

“在州立疯人院里，人们也给我的艾达姨妈穿那样的东西，”汤普森先生说，“她撒野的时候，他们就用长袖紧身衣裹住她，把她拴在墙上的铁环上，她乱蹦乱跳，一根血管破裂了，等他们去看她时，她已经死了。我想那种衣服是很危险的。”

“赫尔顿先生被裹在紧身衣里的时候，总是唱他的饮酒歌，”哈奇先生说，“别的他都无所谓，他就怕你逗他说话。他最受不了这个，于是就会撒野，像你的艾达姨妈那样。他一撒野，人家就让他穿紧身衣，然后走开去不管他。他也就心满意足地躺在那儿，像你们知道的那样，唱他的饮酒歌。有一天晚上，他突然不见了。离开了，你可以说，无影无踪了，以后再也没有人见过他的任何踪迹。后来，我一路找来，发现他在这里，”哈奇先生说，“完全安定下来了，却还吹着同一支曲子。”

“他对我从来没有发过狂，”汤普森先生说，“他在我这儿的行为都是很有理性的。首先他从未结婚。再说他非常勤快，像一匹马一样。而且我敢打赌，他到这儿以后，我给他的每一分钱他都存着。他不喝酒，不说一句话，更不要说骂人了。星期六夜晚他也不到处瞎晃悠，浪费时间。”汤普森先生说，“哼，如果那叫发疯，我倒也愿意换换口味，做个疯子。”

“嚯，哈哈，”哈奇先生开口了，“嘿嘿，妙极了！哈，哈，哈，我从来没想到这一点。对了，就这么办！咱们全都变成疯子，甩掉老婆，把钱省下来。怎么样？”他惹人憎厌地笑着，露出了他那些小兔牙。

汤普森先生觉得对方曲解了他的意思。他转过身子，向忍冬棚后面打开的窗子那边指了指。“咱们走开一点，”他说，“我早该想到的。”这个客人使汤普森先生感到心烦。他有一种本事，能把汤普森先生的话头接过来，稍微扭曲一下意思，把内容全弄拧，使得汤普森先生都搞不清楚自己原来说的是什么了。“我老婆身体不太结实，”汤普森先生说，“十四年来她一直病歪歪的。穷人家里有人生病，日子真不好过。她动过四次手术，”他骄傲地说，“一次紧接一次，可是一点也不见效。

五年来连着不断，我挣的每一分钱全都献给大夫了。结果呢，她身体还是弱不禁风。”

“我的那个老太婆，”霍默·T. 哈奇先生说，“倒结实得像匹骡子，是的，先生。她要是真想，连马棚都搬得动。我总说，幸好她不知道自己气力有多大。不过，她已经不在人世了。这样的体质比起病弱的，倒是消耗得更快些。这样的女人对我没有什么用，因为她老是嘀咕个没完。我很快就把她甩掉了，是的，先生，够快的。正如你所说的，养活一个女人确实所费不赀。”

这又完全违反了汤普森先生的初衷；他方才不过是想说明：能养活这么能花钱的老婆，对一个男人来说是件多光彩的事。“我太太是个通情达理的女人，”汤普森先生说，感到自己受了屈辱，“不过要是她知道这么多年来农场上雇了一个疯子，我真不知道她会怎么说，会怎么做。”他们从窗口那儿走开去，汤普森先生领着哈奇先生从屋子前面走过，因为如果打后面走，他们就得经过赫尔顿先生的小屋了。为了某种原因，他不想让陌生人和赫尔顿先生见面或谈话。这事说来奇怪，不过汤普森先生就是这样想的。

汤普森先生在树桩上重新坐下来，他让客人坐在另一个树墩上。“哼，要是在以前，这样一件事也许会使我心烦意乱，”汤普森先生说，“可是，如今，我偏偏不让任何事情使自己激动。”他用他那把牛角柄小刀切了一大块烟草，请哈奇先生用，而哈奇先生也拿出了自己的烟草，打开一把刀刃很长磨得很锋利的大猎刀，切下一大块，放进自己嘴里。接着两个人便互相比较烟草，发现彼此对烟草好坏的看法竟如此悬殊，感到很惊异。

“喏，比方说，”哈奇先生说，“我的颜色淡一些。这是因为，第一，我的烟草没有加糖。我不喜欢甜的，我要天然叶子，不浓不淡。”

“就我来说，加一点糖倒关系不大，”汤普森先生说，“但是必须只能一点点。我现在的口味是要稍微浓一点，要……人们怎么说来着，对了，精工制作。这附近有一个人，叫威廉斯，约翰·摩根·威廉斯，他嚼的烟叶，我的天哪，黑得像你的帽子一样，软得像熔化的柏油。他的烟叶简直往下滴糖浆，就是滴糖浆，嚼起来味道跟甘草一样。不过，我觉得味道不纯。”

“汝之蜜糖，彼之砒霜，”哈奇先生说，“哼，那样的烟叶我闻着都要作呕，实在不敢领教。”

“噢，”汤普森先生说，语气里有一丝歉意，“我也只不过尝尝是啥味道。仅仅往嘴里放了一小块，马上就吐出来了。”

“我连尝都不要尝，”哈奇先生说，“我喜欢不加糖的天然烟草，什么人工香味都不要。”

汤普森先生开始觉得哈奇先生是在炫耀自己是嚼烟草的大行家，而且一直会说下去，不到别人认输决不罢休。他真的讨厌起这个胖子来了。真的，这到底是个什么人？打什么地方来？他居然到处乱转，教训人家该用什么样的烟草。

“人工香味，”哈奇先生顽固地接下去说，“只不过是用来掩盖烟草的低劣质量，让人自己骗自己，像是捞到了什么便宜货。有点甜味也是烟草差劲的一个标志，你记住我的话好了。”

“我在买烟草上从不小气，”汤普森先生执拗地说，“我不是财主，我也不四处招摇撞骗充阔，可是这一点上我是不含糊的：像烟草这样的东西，我只买最上等的货色。”

“加甜味，即使只加一点点，”哈奇先生又开始了，他把嘴里那团烟草挪了一下位置，啪的一口，把烟草汁吐在一株干枯矮小的玫瑰丛上，这株玫瑰日子本来就不好过，它的根牢牢地抓住干裂的泥土，在毒太阳下已经站了整整一天，“也是一个标志，说明——”

“说到这位赫尔顿先生，”汤普森先生说，态度非常坚决，“我看，仅仅因为一个人一生中发过一两次疯就难为他，这是没有道理的，因此我也不想采取什么措施。任何措施也不想采取。我没有理由要对付他，他一直对我不错。”他接着说，“世界上有些事情，有些人，真能活活把人逼疯。在这样的世道里，居然没有更多的人变成疯子，这倒是一个奇迹。”

“不错。”哈奇先生马上接下去说，他接得也太快了，仿佛是存心要把汤普森先生的意思接过来反对汤普森先生，“你恰好说出了我要说的话。并不是每一个套上紧身衣的人都是应该关在疯人院里的。哈哈，你说得对极了。真是一语中的。”

汤普森先生默不作声地坐着，不停地咀嚼烟草，呆呆地瞪着地上六英尺开外的地方，只觉得有一股无名怒火从内心深处慢慢升上来。一点点升上来，扩散到全身各个部位。这个家伙用意何在？他想说些什么？问题不在于他的话本身，而在于他的神情，他的语气：那种躲躲闪闪的眼神，那种声调，仿佛他有意要让汤普森先生难堪。汤普森先生很不喜欢，可是又抓不住把柄。他想转过身去，把这家伙从树墩上推下去。可是这样做也不太聪明，万一这家伙跌下去时出了什么事呢，比方说，他跌在斧子上，受伤了，别人就会问汤普森先生为什么要推他，到时候又该怎么回答呢？倘若告诉人家，自己和他为了一块烟草的事吵了起来，这岂不是显得可笑，让人觉得莫名其妙吗？倒不如就把他推下去，然后告诉别人，这人是个胖子，天气太热他受不了，说说话头一晕就摔倒了，反正是诸如此类的话。不过那也不是实话，因为事实上既不是因为天热，也不是因为烟草。汤普森先生决定尽快把这家伙从自己院子里撵走，不露声色地，但眼睛要紧盯着他，直到他滚蛋为止。犯不着对一个远道而来的人热情。他们总是有所企图才来的，没事他们不会好好地在自己家里待着吗？

“有那么一些人，”哈奇先生说，“还很乐于雇一个疯子在家里干活，他们觉得疯不疯也没多大区别。我总是说，如果人家喜欢那样，他不在乎和谁在一起，那，那，那是他的事，咱们管不着。我完全不想干涉。不过在北达科他州老家，我们的看法不是这样的。我倒想看看那儿有谁要雇一个疯子，特别是在他干出了那样的事以后。”

“我不明白你老家怎么是在北达科他了呢，”汤普森先生说，“我刚才好像听你说是佐治亚。”

“我有一个姐妹嫁到了北达科他，”哈奇先生说，“嫁给了一个瑞典人，不过那倒是一个地地道道的白种人。我刚才说我们，是因为我跟他在那儿经营一点小买卖。因此，说是家乡也不算错。”

“他干出了什么事？”汤普森先生问，他又重新感到非常不安了。

“噢，没什么大不了的，”哈奇先生兴致勃勃地说，“只不过是有一天晒干草的时候，他发了疯，用叉子在他兄弟身上捅穿了一个窟窿。他们本想处死他，可是他们发现，正像人们所说的那样，是天气太热使他发了狂，因此他们就把他关进了疯人院。他就不过干了这么点事。没什么好大惊小怪的，哈，哈，哈！”他说着，又拿出了那把锋利的刀子，像切蛋糕那样小心翼翼地切下了一块烟草。

“唔，”汤普森先生说，“我承认这倒是一条新闻。是的，先生，一条新闻。可是我仍然要说，总有什么原因驱使他这样做。有些人，仅仅是他们瞧着你的那种眼光，就使你觉得非宰掉他不可。他的兄弟没准就是那样一个胡搅蛮缠的下流家伙。”

“他兄弟那时候快要结婚了，”哈奇先生说，“晚上总去向他的姑娘求爱。有一天晚上，他借了赫尔顿先生的口琴去给她奏小夜曲，把口琴弄丢了。那是一只崭新的口琴。”

“他很珍惜他的口琴，”汤普森先生说，“他只舍得在这上面花钱，他过不了一阵就给自己买一只新的。他小屋里准有成打的口琴，各种各样、大大小小的都有。”

“他兄弟不肯赔他一个新的，”哈奇先生说，“赫尔顿先生火了，我不是说了吗，就用他的叉子在他兄弟身上刺了个大窟窿。他准是早就疯了，所以才会为了鸡毛蒜皮的事气得七窍生烟。”

“敢情。”汤普森先生说，要他同意这个讨人厌的不速之客的任何看法，他实在是从心底里不情愿。他一直在想，初次见到一个人就使自己这么憎厌，这样的事他此前从未遇到过。

“我觉得你年复一年听他吹同一个老调子，准是腻味透了。”

“嗯，有时候我想，他若是能学支新曲子，那该多好。”汤普森先生说，“可是他不学，那也没有办法。好在这支曲子还不难听。”

“有一个斯堪的纳维亚人告诉过我那支歌的意思，所以我才知道。”哈奇先生说，“那一段特别有意思。就是：你太痛快了，没到中午就忍不住把手边的酒全都喝完了。看来在北欧佬的国家里，每个人照例都随身带一瓶酒，至少我是这么理解的。这些家伙什么都告诉你，虽然——”他忽然停住了，吐了一口烟草汁。一想起在这样热的天气里喝任何一种烈酒，汤普森先生就觉得昏昏然。正如一想起在这样的日子里竟有人觉得好过，他也会感到厌烦。他觉得热得实在受不了。而那个胖子仿佛已经和树墩生在一块儿了；胖子一屁股坐在那儿，身上潮湿的深色衣服看来太肥了，他的肚子在裤子里显得松松的，他那顶宽边平顶礼帽往后推去，露出长满红痱子的窄脑门。现在来一瓶冰镇好啤酒，倒是不赖，汤普森先生心想。他记起在冷藏室的泉水里还浸着四瓶啤酒呢，他那干涩的舌头在嘴巴里难受地嗫动起来。不过，他可不打算请这个人喝任何东西，连一滴水也不请。他甚至都不愿再和他一起嚼烟草了。他突然地把嘴里的烟草团吐掉，用手背擦了擦嘴，用心地端详起他身边的那颗脑袋来。这个人不是个好东西，他坐在那里也没安什么好心，可是他到底是来干什么的呢？汤普森先生决定再给他一点时间，让他了结他与赫尔顿先生之间的纠纷——不管那是什么纠纷，这以后，要是他还不滚蛋，汤普森先生就要撵了。

哈奇先生仿佛猜到了汤普森先生的内心活动，他把他那双邪恶的，猪一般的小眼转向汤普森先生。“跟你说实话吧，”他说，好像他已经对什么事情作了决定，“我现在要办的这件小事，说不定还需要你的帮助呢，不过绝不会费你多少事。呃，你这里的这个赫尔顿先生，像我所说的，是个危险的外逃疯子，就是这么回事。事实上，过去十二年左右，由我抓回的外逃疯子，肯定要在二十个以上，另外，还有两个逃犯居然撞上了我，老子当然顺带也把他们拿下了。办这些事当然发不了财，可是如果有悬赏——往往是有的——我就能得到赏金。积少也会成多，不过主要的问题还不在这里。事实是，我是在维护法律与秩序。我不喜欢看到犯罪者和疯子逍遥法外。他们不应该在外面乱窜。现在我想你总该同意我的看法了吧，是不是？”

汤普森先生说：“噢，人们常说，具体情况还得具体对待。唉，就我所知，赫尔顿先生并不惹祸，这我已经告诉你了。”汤普森先生看得出来，某种严重的事情快要发生了。他再也不动脑子去思考了。他干脆让这家伙把脑子里的想法一五一十全说出来，然后再看有什么法子对付。他未假思索，就拿出刀子和烟草，想切一块来嚼，随后又记起了自己的决定，便把东西放回口袋。

哈奇先生说：“法律是完全支持我的。至于这个赫尔顿先生，他成了我最棘手的一个案子。他使我没能完美达成业绩。他变疯以前我就认得他，我也认得他一家人，所以我把搜捕他的事接了过来。哼，先生，他已变得像泥鳅一样滑了，因为我们本以为他肯定早就死了。我们本来无论如何也不会发现他的踪迹的，可是你知道他干了什么？哼，先生，大约两星期以前，他的老母亲收到了他的一封信，你猜她在信里发现了什么？哼，一张镇上小银行的八百五十美元的支票，居然是一张支票；信上没有多少话，光说他把自己的一小笔积蓄寄给她，也许她需要买点什么，可是名字、邮戳、日期，都是齐全的，老太婆简直乐得忘乎所以。她变得像个孩子，好像已经忘了她唯一活着的孩子杀了自己的兄弟，变成了疯子。赫尔顿先生说他日子过得很好，还叫她千万别告诉任何人。哼，她当然保守不了秘密，毕竟还得去兑现支票什么的。正是因为这样，我才知道的。”他变得情不自禁了。“我简直是又惊又喜。”他又用自己的两只手对握了握，又是摇头又是晃脑，嗓子眼里不断发出“呵，呵”的声音。汤普森先生只觉得自己的嘴角在往下耷拉。好一只卑鄙下流的猎狗，竟如此鬼鬼祟祟地刺探别人的隐私，然后去领取血腥的犒赏，真是卑鄙透了！让他再讲下去！

“不错，是的，真叫人喜出望外啊，”他说，尽量想使他的声音显得平静些，“我得说这真是件意外的事。”

“哈，老兄，”哈奇先生说，“我越琢磨这档子事，越觉得有必要深入调查一番，于是我去找那老太婆谈了谈。她已经老态龙钟，眼睛也半瞎了，身体不行了，可是她还想立刻搭火车来看她的儿子。我老老实实告诉她——她身体太弱，没法出门，如此等等。我还说，算是做好事，我愿自费到南边去看望赫尔顿先生，把他的情况带回来，一五一十地告诉她。她交给我一件她亲手缝制的新衬衣，还有一块瑞典式的大糕饼，让我带给她儿子，可是我不知在路上什么地方弄丢了。其实这也没多大关系，他哪有心思来欣赏这些礼物呢。”

汤普森先生坐直了，在树墩上转过身子，望着哈奇先生，尽可能平静地问道：“那么，你现在打算怎么办呢？这可是个实际问题。”

哈奇先生懒洋洋地站起来，抖了抖身子。“嗯，我是做好了跟他扭打一场的准备的。”他说，“我带来了手铐，不过只要能不动武，我就尽可能不动。我没有声张，就是不想弄得沸沸扬扬的。我估计咱们两人能对付得了他。”他把手伸进衣服里面的大兜，把它们拿了出来。手铐，天哪，汤普森先生想。在一个平静的下午上人家家里来，惹是生非，把人弄得心绪不宁，还在正派人的院子里从兜里掏出一副手铐，好像在干极平常的农活似的。

汤普森先生脑袋里嗡嗡作响，他也站了起来。“好吧。”他严厉地说，“我要告诉你，我认为你在干的是一件很糟糕的事，你准是穷极无聊了，才干这种事。现在我想好好地奉劝你几句。你趁早死了这条心，别以为可以在这儿难为赫尔顿先生，另外，你越早赶了你那辆租来的马车离开我的大门，我就越是称心。”

哈奇先生把一只手铐塞进衣兜，让另一只吊在外面。他把帽子拉得低低的，盖在眼睛上，使汤普森先生不知怎的想起他像一个警长。他好像一点也不紧张，也一点不在乎汤普森先生的话。他说：“现在你听我说几句，像你这样一个人，居然想拦住我，不让我把一个外逃的疯子弄回他该待的地方去，那真是异想天开。你突然有这样的表现，我知道只消把你甩开就行了，可是我仍然把你看作是一个正派人，希望你能帮我一起执行法律。当然，倘若你不肯干，我只得去找别人了。你窝藏一个杀死亲兄弟的外逃疯子在先，继而又拒绝把他交出来，这在你的乡邻看来不见得光彩吧。他们会觉得你这人十分古怪。”

不用他说，汤普森先生自己也觉得挺怪。这会使他处境非常尴尬。但他继续说：“可是我不是告诉你了吗，这个人已经不疯了。九年来他一直老老实实。他是——他是——”

汤普森先生也想不出用什么词来说明赫尔顿现在的情况。“哼，他就跟我们家里人一样，”他说，“我还从没见到过比他更可靠的雇工。”汤普森先生想找到一条出路。的确，赫尔顿先生随时可能再度发疯，而现在这个家伙倘若在村子里到处乱讲，也会使汤普森先生陷入困境。这种情况真是可怕。他想不出有什么解决的办法。“你才是疯子哩，”汤普森先生突然吼叫起来，“在我们当中，疯的是你，你比他疯得还厉害！你快滚，否则我把你的手铐上，扭送法院。你犯了非法入侵私人住宅的罪。”汤普森先生大嚷大叫道，“快滚，小心我揍扁你！”

他向那胖子跨过一步，胖子畏缩地后退了一步，一边说：“你倒试试看，你倒试试看，来呀！”紧接着事情发生了。事后，汤普森先生虽然尽力想把事情经过重新拼凑起来，却怎么也没法回忆清楚。他只记得看见那胖子手里拿着那把长猎刀，看见赫尔顿先生拐过屋角急急忙忙地跑过来，长下巴耷拉着，胳膊挥动着，眼睛里充满了狂暴的神情。赫尔顿先生插到他们的中间，紧握着双拳，可是他突然停住了，呆呆地瞪着胖子，巨大的身躯瘫了似的，浑身打战，像一匹受惊的马；接着那胖子向他冲过去，一只手攥着刀，另一只手里拿着手铐。汤普森先生看见事情发生了，他看见那把刀子捅进了赫尔顿先生的肚子，他知道他自己把树墩上的斧子拔出拿到手里，他只觉得他双手高举过头，把斧子砸在哈奇先生脑袋上，就像在敲晕一只待宰的牛。

汤普森太太一直不安地听着窗外的说话声，已经听了好一阵，其中一个人的声音是陌生的。起初，她因为太累，不想起床出去看看发生了什么事。但是突如其来的惊叫声使她站起身来，连拖鞋也没穿，头发松松地拢着，就穿过前廊跑了出来。她把手挡在眼睛上方，先是看见赫尔顿先生猫着腰跑着穿过了果园，慌慌张张的，仿佛后面有一群狗在追他；又看见汤普森先生用斧子把支撑着自己，弯下腰去摇一个陌生人的肩膀，那人对折着身体瘫坐在地上，头顶被砸得稀烂，血不断地涌流出来，汇成了一摊黏稠的血潭。汤普森先生的手一直没有从那人的肩膀上松开，他用含混不清的声音在说：“他杀了赫尔顿先生，他杀死了他，我看见的。我只好把他打晕，”他大声地嚷道，“可是他醒不过来了。”

汤普森太太有气无力地尖叫道：“可是，赫尔顿先生在那边跑呢。”她指着那边。汤普森先生站起身，朝她手指的地方看去。汤普森太太顺着屋子的墙壁慢慢地软瘫下来，脸一点点地俯向地面；她只觉得自己好像沉溺在水里，怎么也浮不到水面上来，她唯一的想法是：亏得孩子都不在家，他们出去了，到哈利法克斯钓鱼去了，噢，上帝，她真高兴孩子们不在家。

日落时分，汤普森夫妇驱着马车来到他们的马房前。汤普森先生把缰绳交给老伴，自己下去开那扇大门，汤普森太太吆喝老吉姆进了马房。那辆马车因为尘土与破旧，显得灰蒙蒙的，汤普森太太的脸因为尘土与疲累也显得灰蒙蒙的，汤普森先生这会儿正站在马脑袋旁边解马套，他的脸除了刚剃过的下巴与腮帮是铁青的以外，也是灰蒙蒙的，灰中带青，凹陷了下来，但是显得很沉毅，像一张死人的脸。

汤普森太太从马车上走下来，站在马房地上那片压得很瓷实的马粪堆上，抖了抖她那条印着浅色花枝的裙子。她戴着黑眼镜，她那顶围着枯萎的红、蓝两色勿忘我花圈的宽边遮阳帽拉得低低的，遮住了前额，是用一个难解的结系住的。

那匹马垂下头，深深地出了一口气，弯了弯发僵的腿。汤普森先生的话传了进来，声音发闷，瓮声瓮气的。“可怜的老吉姆，”他说，清了清嗓子，“它的肋部陷下去了好些。我看这个星期它也够受罪的。”他把连成一片的马套举起来，从马身上卸开，吉姆迟疑不决地从车辕中间走出来。“好了，这是最后一回了，”汤普森先生说，还在跟吉姆聊天，“这下子你可以好好歇息了。”

汤普森太太闭上黑眼镜后面的眼睛。最后的一次，最重要的一次，他们以后再也不用去了。现在，安乐的黑暗再度降临，她不用再戴黑眼镜了，她的眼睛老是泪汪汪的，虽然她并没有哭；戴上眼镜会令她觉得好过些，躲在黑眼镜后面似乎更安全些。她双手颤抖地取出手帕，擤擤鼻子，打从那一天起，她的手就一直是颤抖的。她说：“我看到孩子们已经点上灯了。我希望他们把炉子也生好了。”

她沿着崎岖的小路慢慢地走回去，把薄衣裙和浆得发硬的衬裙拉在身边，一步步在尖利的小石块之间找好路走。她之所以要离开马房，是因为受不了待在汤普森先生身边；她走得这么慢又是因为她怕回到屋子里去。生活本身就是一种巨大的恐惧，乡邻的脸、孩子的脸、丈夫的脸、全世界的脸、她自己的房子的幢幢黑影、连草和树的气息，这些都使她感到害怕。没有地方可以一走了之，可以做的只有一件事，那就是好歹忍受下去——可是怎么忍受呢？她常常这样问自己。现在她该怎么生活下去呢？她究竟干吗要活在人世呢？她如今希望前几回生重病的时候干脆死掉就好了，现在这样活着真是活受罪。

孩子们在厨房里，赫伯特在看上星期天的报上的连环画——《顽童班》和《快乐的胡立根》。他双手托着下巴，胳膊肘支在桌子上，一本正经地在看解说，看图画，可是他脸上却并不显得快乐。阿瑟在生炉子，过上一阵便添一根木柴，他望着那根柴怎样燃起来，怎样熊熊燃烧。从脸上看，他比赫伯特显得更加心事重重、郁郁不欢，不过他本来生性就比较忧郁；汤普森太太想，他总爱把事情想得更严重一些。阿瑟说："你好，妈妈。"接着又去干他的活儿了。赫伯特把报纸收在一起，搬到长凳上去看。他们都是大孩子了——一个十五岁，一个十七岁，阿瑟都跟爸爸一般高了。汤普森太太在赫伯特身边坐下来，开始脱帽子。她说："我想你们都饿了吧。我们今天回来得晚了。今天我们走的是洛克谷路，这条路越来越不好走了。"她那苍白的嘴唇往下耷拉，两边各露出一条深深的皱纹。

"我猜你们去过曼宁家了吧？"赫伯特问。

"是的，还有弗格森家、奥尔布赖特家，以及新搬来的麦克莱伦家。"

"他们说什么了吗？"赫伯特问。

"没说什么，你知道的，无非就那些话，有几个人总是说，是啊，他们知道这个案子清清楚楚，判得也公平，他们还说你们的爸爸总算被判无罪，他们感到很高兴，如此等等。有几个人也的确显得挺高兴。可是看起来人们也并不真正完全支持他。我都快累坏了。”她说，泪珠重新从黑眼镜后面滴落下来，“我不明白这样干有什么好处，可是你们的爸爸不到处去说事情的经过，便好像不得安生。我真是不明白。”

“我觉得这没有用，一点用处也没有。”阿瑟边说边从炉子旁边走过来，“那只能让人家没完没了地注意这个问题，使得每一个人到处去说他听到的是怎么回事，结果是越弄越乱。这样做反而更糟。我希望你能劝爸爸别再跟人家谈这件事了。”

“你们的爸爸知道怎样做最最合适，”汤普森太太说，“你不应该指责他。他的烦恼已经够多了。”

阿瑟不再说什么，可是他的下巴僵着。汤普森先生进来了，眼睛凹陷无神，像死人的一样，他粗厚的双手是灰白色的，皱纹很清晰，因为他每天早上都要把手洗得干干净净，好出门去拜访乡邻，讲他当时的情况和理由。他穿着星期天穿的好衣服，那是一套椒盐色的西装，打着一条黑领带。

汤普森太太站起身来，脑袋晕晕乎乎的，“你们都到厨房外面去，这儿太热了，我嫌挤得慌。我要给大家弄点简单的晚饭，请你们出去给我腾点地方。”

他们出去了，似乎很乐意的样子。孩子们到外面院子里，汤普森先生进到他的卧室里。她听见他脱鞋时发出的呻吟声，又听见他躺下去时床的吱吱嘎嘎声。汤普森太太打开冰箱，感觉到宜人的凉气从里面流出来；她从来不敢指望能有冰箱，更不要说有钱能让里面的冰老是装得满满的了。在有了冰箱两三年之后，她仍然觉得不可思议。食物贮藏在里面，又凉爽又清洁，热一热马上就可以吃。要不是千巧万巧，赫尔顿先生有一天恰巧来到他们家，她是无论如何也购置不起这台冰箱的；赫尔顿先生多么俭省，多么能干，多么善良，汤普森太太想着，这时她胸间越来越发胀，她都担心自己又要晕过去了。她站在打开的门边，把头靠在门上。她一想起赫尔顿先生就难过得不能自持，他那张长长的脸那么忧郁，干什么都不出声，他一直是那么安静，那么善良，那么勤快，帮了汤普森先生那么大的忙。可是那天他像条被追逐的疯狗，急急忙忙奔过灼热的田野与树林时，所有的人都带了绳索、枪支和棍子去抓他，要捆住他。天哪，汤普森太太无泪地长长地叹息了一声，跪在冰箱前面摸索着取里面的菜，即使他们在牢房的地板和墙壁上都铺上垫子，还有五个人按住他不让他进一步伤害自己，可是他已经伤势太重，无论如何活不成了。这些都是警长巴比先生告诉她的。他说他们并不想伤害他，可是他们必须得抓住他，他像个疯子：他捡起一些石块，谁走近他就要用石块砸烂谁的脑袋。他工作服里还揣着两只口琴，警长说，可是扭打时口琴掉了出来，赫尔顿先生想去捡起来，这样他们才终于按倒了他。“他们不得不动武，汤普森太太，他乱打一气，像只野猫一样。”是啊，汤普森太太想，又是一阵辛酸，当然咯，他们不得不动武。他们永远是不得不动武的。汤普森先生也不能做到和一个人争吵之后，让他太太平平地离开自己的家；没有办法的，她想，一边站起来，关上冰箱的门，他非得把人杀死，他非得变成杀人者，从而毁掉两个儿子的一生，还使赫尔顿先生像只疯狗似的被人打死。

她的思路以一个小小的无声的爆发而中断，然后再度变得清晰，重新开始。赫尔顿先生其他的口琴仍然放在小屋里，每天到了一定的时候，他的曲调就会在汤普森太太的头脑里响起。每天黄昏，她听不到这调子还觉得若有所失呢。奇怪的是，以前她始终不知道歌名，也不知道歌的内容，赫尔顿走了以后才知道。汤普森太太膝头有点发软，她在水槽那儿倒了一杯水喝，把赤豆倒在烤盘里，开始把鸡块裹上生面，准备炸面拖鸡块。有那么一个时期，她对自己说，我以为我有邻居和朋友可以依靠，有那么一个时期，我们可以抬起头来做人，那时候我的丈夫没有杀人，对任何人关于任何事情我都可以讲实话。

汤普森先生躺在床上辗转反侧，他盘算，该做的事他都做了，从现在起他要想法子撂下这件事了。他的律师伯利先生从一开头就跟他说："现在你要镇定下来，振作精神。你的案子对你很有利，即使你没有目击证人。你太太必须出庭，她将是影响陪审团的一个有力的因素。你只消声称自己无罪就行了，别的事都有我呢。审判只不过是一个形式，你丝毫不用发愁。要不了多久你就可以从这件事中解脱出来了。"为了佐证自己的话，伯利先生只好把他所知道的附近一带为了某种原因不得不杀人——反正是为了自卫呗——的案例告诉他，后来这些人都没事。他甚至还告诉汤普森先生，从前，他自己的爸爸也曾开枪打死一个人，仅仅因为那人不听劝告，非要跨进他父亲的院子。"当然咯，"伯利先生的老太爷说，"我是为了自卫才打死那个流氓的；我告诉过他，如果他把脚踩到我院子里来，我就要向他开枪，他还往里走，于是我就开枪了。"伯利先生说，这两个人结成冤家已有多年，老太爷为了抓住那人的把柄等了好久，他抓到后当然不肯放过机会。

"可是我跟你说过了，"汤普森先生说，"是哈奇先生拿了猎刀向赫尔顿先生刺去的。正是为了这个，我才动手的。"

"那就更好了，"伯利先生说，"那个陌生人没有任何权利到你家里去干这样的事。哼，说真的，"伯利先生说，"你连误杀都不能算。你现在千万不要轻举妄动，只管沉住气好了。我不提醒你，你什么话也不要说。"

连误杀都不能算。那时候，汤普森先生不得不先用一块马车帆布把哈奇先生盖起来，自己骑马到镇上去报告警长。这件事使埃莉大为震惊。当他和警长、验尸官以及警长的两个副手一起回来时，他们发现她坐在路边一座架在小沟上的矮桥上，离家约有半英里路远。他让她坐在马鞍后面，带她回家。他已经告诉警长，他太太目睹了事情的全部经过，这会儿他要把她送回房去让她躺下，他就有机会告诉她，倘若他们问起来她该怎样回答。他没有说出赫尔顿先生一直是疯的这件事，可是审判时这事被翻了出来。汤普森先生按伯利先生的指导，假装对此事毫不知情：哈奇先生连一个字都没有提过。汤普森先生假装以为哈奇先生是来找赫尔顿先生报旧仇的。哈奇先生家里来了两个人，他们想让汤普森先生吃官司，可是毫无结果。在伯利先生的用心照拂下，这次审判草草了事。他开的诉讼费极为公道，汤普森先生照付了，而且心中非常感激，可是事情过后，汤普森先生进城时，有时拐到伯利先生办公室去，伯利先生好像不太乐意看见他。汤普森先生总想和律师谈谈，想把当初没想起来的一些事告诉律师，目的无非是要说明哈奇先生是一条何等下流、难以对付的猎狗。伯利先生似乎已经失去了兴趣，他一看见汤普森先生出现在门口便显得厌恶与不耐烦。汤普森先生老是对自己说，没错，他没有受到处罚，正如伯利先生所预言的那样，可是，可是——正是在这儿，汤普森先生的念头给卡住了，像一只戳在鱼钩上的蚯蚓那样蠕动不已：杀死哈奇先生的是他，他是一个杀人者。正是发生在他身上的这件事的真相是他不能领会的，尽管他嘴里可以对自己这样或那样说。本来嘛，杀人的事，他连想都没有想过，更不要说蓄意杀哈奇先生了。要是赫尔顿先生没有因为听见了吵架声出人意料地跑了过来，那么，就——不过，赫尔顿先生一路跑来是为了帮他忙的呀。他弄不明白的是紧接着发生的事。他明明看见哈奇先生拿了刀扑向了赫尔顿先生，他看见刀刃朝上，刀尖刺进了赫尔顿先生的肚子，然后向上切，就像宰猪那样，可是他们终于逮住赫尔顿先生时，他身上连一点刀伤也没有。汤普森先生知道自己双手握住了斧子把，也记得自己曾把斧子举起来，可是他不记得自己把斧子往哈奇先生脑袋上砸下去了。他不记得有这回事。他回忆不起来。他只记得他当时决心不让哈奇先生杀死赫尔顿先生。如果给他一个机会，他是可以把事情全部经过解释清楚的。可是过堂的时候他们不让他说话。他们光是向他提问，让他回答"是"或"不是"，他们根本不去寻根究底。审判过后，到现在，有一个星期了，他每天都梳洗干净，刮了脸，穿上最好的衣服，带了埃莉去拜访所有的乡邻，告诉他们他并非蓄意要杀死哈奇先生，可是那又有什么用呢？谁也不相信他。甚至，当他转过脸来对埃莉说："你当时在场，你看见了，是吗？"埃莉就开口说："是的，的确这样。汤普森先生是想救赫尔顿先生的命。"当他又接着说："如果你们不相信我，你们可以相信我的太太。她是不会说假话的。"甚至这种时候，汤普森先生也看出他们不相信他，他们所有人脸上有一种神情，使他沮丧，使他心里发虚，感到毫无气力。他们根本不相信他不是一个谋杀犯。

甚至埃莉也从不说一句话来安慰他。他希望她终于会这样说："我现在记起来了，汤普森先生，我的确是刚好赶到屋子拐角，看到了所发生的一切，那不是谎话，汤普森先生。你不要担心了。"可是他们一天天默默地赶着马车在崎岖的道路上颠簸，她仍然什么话也不说。天气虽然仍然炎热又干燥，但一天比一天短了，因为秋天近了。他们变得怕见另一幢房子，怕见屋子里的人了：所有的屋子现在看起来模样都差不多，所有的人也都一样——不管是老街坊还是新邻居——当汤普森先生告诉他们自己的来意，开始叙述自己所知的事实经过时，他们的表情都变得一模一样。他们的眼睛看起来好像有人从后面把眼珠子钳住了似的；它们萎缩了，光彩消失了。有些人坐下来想显得友好些，露着呆板、紧张的笑容，"是的，汤普森先生，我们知道你一定觉得很难过。汤普森太太，这事对你来说真是太可怕了。是的，你知道吗，我开始有点明白，确实是有自卫杀人这一种情况的。啊，当然啦，我们相信你的话，汤普森先生，我们干吗不相信你呢？你那次审判不是既公平又很正大光明吗？呃，这个，当然啦，汤普森先生，我们觉得你的行为是无可非议的。”

汤普森先生很满意他们没有怀疑他。有时候，他周围责怪他的气氛是那么浓，他简直要用拳头来反击，把它们推回去，他浑身流汗，用被尘土弄得浑浊不清的嗓音嚷嚷地说出他的道理，最后他总要这样大声吼叫：“我太太在这儿，你们是知道她的，她当时在场，她看见并听见了一切，如果你们不相信我，问她好了，她是不会说谎的！”而汤普森太太则双手紧握，直握得发痛，她下巴打着战，总是这么说：“是的，没错，这是真的——”

使汤普森先生最后认清一切都无望了的是今天这一趟。汤姆·奥尔布赖特，那是埃莉以前的男朋友，哼，他曾经围着埃莉转了整整一个夏天，可是今天，他们赶着车子经过他家门口时，汤姆走出来会见他们。他没戴帽子，站在路边，明摆着是不想让他们下马。他发窘地皱着眉头，不直接看他们，而是朝他们后面望去。他说他的小姨子带了一大帮小家伙来做客，家里闹哄哄的不成模样，不然的话，他一定请他们进去坐坐。“我们正打算去看你们呢，”奥尔布赖特先生又说，挪动着脚，做出一副很忙的样子，“可是这几天正好忙得够呛。”于是他们只好说：“哦，我们只不过是路过。”说完就继续赶路了。汤普森太太说：“奥尔布赖特家从来就是势利眼。”“他们眼睛里只看到自己，就是这么回事。”汤普森先生也说。可是，这样的话连自我安慰的效果也达不到。

最后，汤普森太太感到绝望了。“咱们回家吧，”她说，“老吉姆又累又渴了，咱们也走得太远了。”

汤普森先生说：“呃，咱们既然到了这儿，就不妨到麦克莱伦家停一停吧。”他们赶了车子顺着小路朝麦克莱伦家的屋子走去，见到一个头发乱蓬蓬的小男孩，便问他妈妈、爸爸可在家，说汤普森先生想见他们。那小男孩先是张大嘴傻愣愣地瞪着，接着一边跑进去一边喊道："娘，爹，快出来。杀死哈奇先生的那个人瞧你们来了！"

那个男人穿了短袜就跑了出来，一根背带吊着，另一根断了耷拉着，他说："下来吧，汤普森先生，进屋来坐，我老伴正在洗衣服，一会儿就会来的。"汤普森太太扶着车子走下来，在前廊的一张破摇椅上坐下，地板在她脚底下颤悠悠地陷了下去。这一家的女主人出来了，光着脚，穿着一件印花布的晨衣，她坐在廊沿上，那张病黄色的胖脸上充满了好奇的神情。汤普森先生开始了："呃，我想你们大概也知道了，我最近遇到了一些奇怪的麻烦事儿，啊，正像人们说的，这可不是一年之中每一天都能碰到的小问题，有些事我希望不至于在乡邻的头脑里引起误解，因此——"他停顿了下来，又磕磕巴巴地接着往下说，那两个听着的人的脸上浮现出一种鄙夷的表情，一种贪婪的、瞧不起人的表情，那副表情再明显不过地表露出他们的思想：天哪，你也真是走投无路了，才会上我们这儿来，关心我们是怎么想的，我们知道，要是有别人可以求，你哪会上这儿来呢——我的天，要是我的话，是绝对不会低声下气到这一步的。汤普森先生也替自己感到惭愧起来，突然之间他怒火中烧，真想揪住这对狗男女的脏脑袋对撞，这些下贱的穷白人——可是他压住了怒火，还是把话说完。"我太太可以告诉你们，"他说，这是最难启齿的部分，因为埃莉总是一点表情也没有，好像有谁在威胁说要揍她，把她吓僵了似的，"问我太太好了，她是不会说瞎话的。"

"这是真的，我看见的——"

"哦，那么，"那人毫无表情地说，把手伸到衬衣里去挠痒痒，"这可真是太糟糕了。不过，嗯，我瞧不出这档子事跟咱有什么相干。我瞧不出跟这桩谋杀案搞在一块有什么好处。不管从哪个方面看，反正这事跟咱不相干。不过，你们绕这么远的路来给我们叙说真情，这真是太好了。因为咱也听说了各式各样稀奇古怪的说法，离奇得没个准谱儿，我担保你听了根本摸不着头脑。”

“这年头儿，人们动不动就把别人打开瓢，”那个女的说，“咱可不喜欢杀人，《圣经》上说——”

“给我闭上你那张臭嘴，”那男的说，“牢牢闭着，要不我来给你闭。嗯，依我看——”

“咱们不能再耽搁了，”汤普森太太说，松开了她紧握着的手，“咱们已经待得太久了。时间不早了，咱们还有好多路要赶呢。”汤普森先生懂得她的意思，站起来跟她走了。那一对夫妻懒洋洋地靠在前廊歪歪斜斜的柱子上，目送他们离开。

如今，汤普森先生躺在床上，心里明白自己已经是穷途末路了。如今，在这个时刻，躺在他和埃莉一起睡了十八年的床上，待在他结婚前亲自铺瓦的屋顶下面，他用手指摸摸自己瘦削的下巴，早上刚修剪过，现在髭须又长出来了，汤普森先生觉得自己已经是个死人了。对于他从前的生活来说，他已经死了，他还不知道是怎么回事，便已经走到事情的结局了，他必须重新开始才行，可是他不知道该怎么开始。某件不一样的事情即将发生，可是他不明白那是什么事。这似乎不是他的事。他不觉得他将会与它有什么关系。他爬下床来，只觉得浑身酸痛，心中空虚，他走到厨房去，汤普森太太还在那儿做晚饭。

“把孩子们叫来吧？”汤普森太太说。孩子们到马房里去了。阿瑟进来前先吹灭灯，然后把它挂在门边的钉子上。汤普森先生不喜欢他们的沉默。打从那一天起，他们不管什么事情，都几乎没和他说过一句话。他们似乎在躲着他，他们俩自己把农场管了起来，好像他人不在这儿似的，他们干什么事都不来问他一声。“你们哥儿俩在干吗？”他问道，想显得亲切一些，“活儿干完了吗？”

“没干吗，爸爸，”阿瑟说，“没什么活儿好干的。只不过给车轴加了点油。”赫伯特什么也没说。汤普森太太低下了头：“为了这些以及您所有的恩赐……阿门。”她无力地细声说道。汤普森一家坐在那里低垂着眼睛，满面忧伤，仿佛他们在参加一次丧礼。

每回汤普森先生闭上眼睛，打算睡去，他的脑子里就活跃起来，就像有一只兔子在乱跑。他的思想从一处跳到另一处，想从这里或那里找到一些蛛丝马迹，把他杀死哈奇先生那天的事理出个头绪来。不管他怎么努力，除了想到过的事情以外，他再也想不出什么来，除了看到过的东西以外，他再也看不见什么，他知道这样是不行的。如果那一次他眼睛出了问题，那么他杀死哈奇先生的事从头到尾就都是错的，再使劲也无济于事，他大可死心了。他仍然觉得，那一天他做了也许不能算是正确的事，但是是他唯一能够做的事，可是究竟是不是这样呢？他是不是一定要杀死哈奇先生呢？他第一眼看见哈奇先生，就觉得再没有比这更加可憎的人了。他本能地知道这人是来找麻烦的。他现在觉得不能理解的是，他干吗不一开始就让哈奇先生滚蛋？

汤普森太太躺在他身边，双手交叉放在胸前一动不动，可是她似乎是醒着的。“睡着了吗？埃莉？”

毕竟，他是可以平和地叫哈奇先生滚的；他也可以制服哈奇，用那副手铐铐住他，把他扭送到警长那里去，告他一个扰乱治安。他们至多把哈奇关上几天，让他冷静下来，或是罚他几个钱。他也愿意设想一下当时可以对哈奇先生说些什么话。对了，比方说，这样说就挺合适：喂，我说，哈奇先生，我想跟你像男子汉对男子汉那样说几句话。可是他的脑袋里又空空如也了。他还能说些什么，干些什么呢？不过只要他当时采取的是任何别的行动，而不是杀死哈奇先生，那么赫尔顿先生是什么事也不会有的。汤普森先生几乎没有想到过赫尔顿先生。他的思想完全跳过了赫尔顿，到别的事情上去了。如果他停下来想想赫尔顿先生，他也就不知道会得出什么结论了。他试着想象一下，如果就是在今天晚上，赫尔顿先生仍然是安然无恙的，还在院子里他的小屋里吹他的口琴，情形会是怎样？他吹的依旧是那支歌：一早起来多么快活，一快活便把酒统统喝光，酒喝完心情也就更加痛快；而哈奇先生呢，也一定是好好地给关在监狱里，没准气得七窍生烟，可是伤害不了别人，只得听从劝告，反省自己的卑鄙行为。这条下流卑鄙的狗，竟来追踪迫害一个善良的人，把与他素来无冤无仇的家庭活活给毁了！汤普森先生觉得他额上的血管在扩张，他的双拳紧握，仿佛在攥住斧把；他周身冒汗，从床上猛地坐起来，喉咙里透不过气地喊了一声。埃莉吓得也醒了过来，喊道："哦，哦，别这样！别这样！"好像她刚做了一个噩梦。他浑身打战地站着，抖得骨头嘎嘎作响，他嗄声喊道：

"点灯呀，点灯呀，埃莉。"

可是，汤普森太太却无力地尖叫了一声，几乎跟那天他拿着斧子时她拐过屋角出来喊的那声一模一样。在黑暗中，他看不清她，可是她在床上乱翻乱滚。他害怕地摸索着，摸到她的胳膊，再往上，摸到她的手，她在扯自己的头发呢，她脖子往后仰着，她的尖叫使她透不过气来。他大喊着叫阿瑟和赫伯特。"你们的妈妈！"他大声吼道，嗓子都嘶哑了。正当他紧握着汤普森太太的双臂时，孩子们跌跌撞撞地冲了进来，阿瑟把灯举在头上。汤普森先生借助灯光看见汤普森太太眼睛睁得大大的，怪吓人地瞪着他，泪水汩汩地涌流出来。一看见孩子们，她便坐了起来，向他们伸去一只胳膊，那只手狂乱地扭动着，接着她又倒了下去，突然瘫了似的。阿瑟把灯往桌子上一放，转过身来看着汤普森太太。"她吓坏了，"他说，"她都快吓死了。"他满面怒容，拳头紧握，瞪着父亲，简直像要揍他。汤普森先生下巴耷拉着，大吃一惊，从床边退后去。赫伯特跑到床的那边。他们一人站在汤普森太太的一边，瞪着汤普森先生，仿佛他是一头危险的猛兽。“你把她怎么了？”阿瑟嚷道，那声音完全是成人的。“你敢再碰她一下，我把你的心都掏出来！”赫伯特脸色苍白，脸颊在抽搐，可他是站在阿瑟一边的；为了帮助阿瑟，他什么都干得出来。

汤普森先生再也无心与他们争斗。他膝盖发软，胸部塌陷。“唉，阿瑟，”他说，说话断断续续的，在气喘吁吁，“她又晕过去了。快去拿阿摩尼亚来。”阿瑟一动也不动。倒是赫伯特把药瓶拿了来，身子往后缩，远远地递给父亲。

汤普森先生把药水放在汤普森太太鼻子底下。他倒了一点在手掌里，揉她的额头。她长长地出了口气，睁开眼睛，却把脑袋转了过去，不看她丈夫。赫伯特开始悲伤、绝望地哭起鼻子来，“妈妈，”他不停地说，“妈妈你可不能死呀。”

“我没事，”汤普森太太说，“好了，你们不要担心。喂，赫伯特，你千万别那样。我没事。”她闭上眼睛。汤普森先生开始穿他那条最讲究的裤子，又穿上短袜和皮鞋。两个孩子坐在床的两边，望着汤普森太太的脸。汤普森先生接着又穿上衬衣和外衣。他说：“我看我得骑马去请大夫来。这样晕过去可不是什么好现象，你们看着点，我一会儿就回来。”他们仅仅听着，什么也不说。他又说：“你们可别胡思乱想。有意伤害你们的妈妈的事，我这辈子从来没有做过。”他走了出去，又回过头看看，只见赫伯特侧着头，一双眼睛从眉毛下面直愣愣地瞪着他，真是如同陌路了。“你们知道怎么照顾你们妈妈吧。”汤普森先生说。

汤普森先生走进厨房。在这里他点亮了灯笼，从孩子们放课本的架子上取下一本薄薄的便笺簿和一个铅笔头。他把灯笼挎在胳膊上，伸手到他放枪的柜子里去。那支猎枪就在手边，已经装上火药准备就绪，因为一个人是说不准什么时候需要用枪的。他走出屋子，不向旁边看一眼。他往前走，也没回过头来看看，经过马房时他也是视而不见。

他径直朝他田地的最远的一头走去，那是在东边半英里路以外。打击从四面八方向汤普森先生袭来，他都无法停下来琢磨一下自己哪儿挨打了。他往前走，越过耕地，穿过草场，小心翼翼地从带刺的铁丝网洞里爬出去，他把枪先放过去；现在他的眼睛已经习惯了，在黑暗里也看得清了。最后，他来到最靠外面的一道篱笆，在这里，他坐了下来，后背靠着一根桩子，灯笼放在一边，便笺簿放在膝上，他用舌头舔湿铅笔头，开始写道：

“全能的上帝，芸芸众生的审判者，当我即将趋前听候发落之际，请先听我庄严起誓：我杀死霍默·T. 哈奇先生，实非出于蓄意，纯由保护赫尔顿先生所致。我并非故意以斧头击打哈奇，仅为防其加害于赫尔顿而已。当时哈奇袭击赫尔顿，赫尔顿毫无戒备，倘我不加阻拦，赫尔顿必定丧命无疑。详细经过我已一一向法官及陪审团面陈。法庭判我无罪，然众人不信。我出于无奈，只得用此手段证明，我决非众人心目中的残忍凶犯。倘若当时受袭者是我，赫尔顿先生亦必为我采取同样行动。我至今仍坚信：舍我当时所作所为，别无他策。我妻——”

写到这里，汤普森先生停下来想了一会。他又用舌尖舔舔笔尖，把最后两个字画掉。他坐在那里，花了不少时间涂字，一直涂到有字的地方成为一个规整的黑长方块，然后他又接着往下写：

“霍默·T. 哈奇先生前来加害于一个忠厚善良的人。种种灾难，均由哈奇引起。哈奇固死有余辜，然结束其生命者竟为我，实为我一大憾事。”

他又舔舔笔尖，然后一丝不苟地签下他的全名，他把纸叠起，放在衣服外面的口袋里。接着，他把右脚的鞋、袜脱掉，让枪托支在地上，把双管枪口对着自己的头部。这样非常不得劲。他把脑袋支在枪口上想了片刻。他全身打战，脑袋里轰隆隆直响，到后来连什么也听不见，什么也看不见了。可是他还是侧着身子在地上躺了下来，拉过枪口对着自己的下巴，用大脚趾去探索扳机。只有这样他才能够击发。

（李文俊　译）

灰色马，灰色的骑手

在睡眠中，她知道自己睡在床上，不过不是她几个钟头以前躺下去的那张床，房间也不是原来那一间，而是她在别的什么地方见到过的一个房间。她的心成了一块石头，在她的身体外面，压在她的胸脯上；她的脉搏迟缓而间歇；她知道，快要出什么奇怪的事情了。这时候，从窗格外吹来的清晨的微风是凉飕飕的，一道道亮光是深蓝的，整所房子在酣睡。

在大家都寂静无声的时候，我可非起身出发不可了。我的东西在哪儿呢？在这地方，东西自己都有意志，爱藏哪儿就藏哪儿。曙光会突然猛击屋顶，吓得它们都站起身来，脸上带着微笑问，你要上哪儿去，你要干什么，你在想什么，你觉得怎么样，你干吗说这样的话，你这是什么意思？不睡啦。我的靴子在哪儿，我该骑哪一匹马呢？游荡儿、小灰，还是长鼻子、眼光邪恶的露西小姐？我多么喜欢这所曙光中的房子啊，那时我们大家还没有全都醒过来，像扔乱了的钓丝那样纠缠在一起。太多的人在这儿出生，太多的人在这儿哭得太多，笑得太多，在这儿太多的互相发火和强横霸道。已经有太多的人死在这张床上了，有太多太多的祖传的骨制品摆在壁炉架上；房子里有多得数不清的椅背套，她大声说，啊，历史尘埃的堆积真是始终得不到一刹那的安定。

那个陌生人呢？我记得那个瘦长、泛绿的陌生人老在这一带徘徊，受到我祖父、我姑婆、我的远亲、我衰老的猎狗和我银白的小猫的欢迎，他在哪儿呢？他们为什么喜欢他，我真不明白？再说，他们眼下在哪儿呢？然而，我在傍晚曾看到他经过窗口。除了他们以外，在这个世界上，还有什么是我的呢？什么也没有。什么也不是我的，我只有什么也没有，不过没有也够了，也挺美，没有就是我的一切嘛。难道我是一丝不挂地走来走去的吗，要不然，没有就是我借来遮羞的东西吗？嘿，为了我这一回不打算去的旅行，我该借哪一匹马呢，小灰，还是露西小姐，还是能够在黑暗中跨越沟渠和懂得怎样摆脱控制的游荡儿呢？清晨对我来说是最好的时刻，因为树都是一种风格的树，石头都是埋藏在被人认为是青草的阴影里的石头，没有虚假的形状和臆测，路仍然沉睡着，路面上的一层露珠还没有被踩碎。我挑中了小灰，因为它不怕桥。

来吧，小灰，她一边说，一边抓着马勒，我们一定要比死神和魔鬼跑得快。你们都做不到，她对其他备着马鞍、站在马厩门口的马说，那个陌生人的那匹马也跟它们在一起，也是灰色的，鼻子和耳朵都很晦暗。陌生人在她身旁飞身上马，身子探出老远，向她凑过来，毫无意义地盯着她看，那种凝视神情茫然，眼皮一眨也不眨，流露出并非有心的恶意，并不表示威胁，却能等待时机。她猛地一拉缰绳，让小灰掉了个头，催它跑起来。它跳过低矮的玫瑰树篱和窄沟，发出“嘚嘚”的响声的马蹄在小路上扬起浓密的尘土。陌生人骑着马，在她身旁，从容不迫，轻松灵活，半蜷着手，松松地握着缰绳，腰背笔挺，姿态优雅，褴褛的黑袍在骨头上飘扬着；他苍白的脸带着邪恶而恍惚的神情微笑着，他不向她看。啊，我以前看到过这个家伙，我认识这个人，可是想不起他是谁。对我来说，他不是陌生人。

她勒住小灰，从马镫上抬起身来喊叫，这一回我不跟你一起去——骑走吧！陌生人既没有停顿，也没有回头，骑走了。小灰的肋骨在她的身子底下起伏，她自己的肋骨上下颤动。啊，我为什么这样累，我一定要醒过来。"不过，先让我美美地打一个呵欠，"她一边说，一边睁开眼睛，伸了一个懒腰，"在我脸上泼点凉水，因为我又在睡梦中说话了，我听到自己在说话，可是我说的是什么呢？"

米兰达慢腾腾地、不情愿地、一点一点地从睡乡里挣扎着出来，眼花缭乱地等待着生命重新开始。她脑子里闪现出一个词儿，仿佛是响起一声警铃，使她整天想起她在睡梦中，而且只有在睡梦中能幸福地忘掉的那件事。战争，警铃提醒她，她摇摇头。她穿着拖鞋的两只脚懒洋洋地悬空摇晃着，她不由得想起坐在报馆办公室里她的办公桌上各种各样的人的那副模样。她天天发现有人不坐在准备着的椅子上，而偏要坐在她的办公桌上，摇晃着两条悬空的腿，眼睛骨碌碌地东张西望，满脑子尽是他的重要事务，等待着扑到不知哪一件上。"他们干吗不坐在椅子上呢？我要不要在椅子上挂一块牌子，写上'看在老天分上，坐在这儿'？"

她不但没有挂牌，相反地，她对那些来访的人连眉头也不皱一下。她通常压根儿不去注意他们，除非他们要求被看到的决心胜过她不要看到他们的决心。她舒适地躺在热水澡盆里想着，礼拜六将总是发薪日。或者说，我希望总是这样。她的思想模模糊糊地活动，不断地努力把她日常生活中各种叫人烦心的冲突会合并牢固地结合起来，她看得很清楚，日常生活已经变成这一连串巧妙的安排了。我欠——呃，我希望有纸和笔——哦，假定我现在真的掏五块钱买自由公债，我可能没法维持生活。也许是这样。十八块一礼拜。要付房租，要付伙食钱，另外，我还打算买几样东西，约莫五块光景。我会剩下两毛七分。我想这我办得到。我想我会心事重重。我已经心事重重了。好吧，我眼下已经心事重重，接下来会怎么样呢？两毛七分，这不怎么坏。真的，是净结余嘛。想想看，要是他们突然把我的工资加到二十块，我就有二块二毛七分余钱了。可是他们不会把我的工资加到二十块的。事实上，要是我不买自由公债，他们会把我解雇呢。我简直没法相信这话。我要去问比尔（比尔是本地新闻编辑主任）。我想这样的威胁恐怕可以算是勒索了吧。我认为，哪怕是勒斯克委员会[1]的成员也干不出这种事。

昨天，在她的打字机两边都有两条悬空摇晃的大腿，两双腿都密不通风地裹在看上去像是高级衣料做的深色裤腿里。她远远注意到一个有点上了年纪，一个年轻些，两个人都摆出一副狐假虎威的臭架子，显然他们是凭着同一种势力在耍威风。他们两人都显著地营养过剩，那个年纪比较轻的留着老派的小胡子。不管他们是为了什么事情而来的，单拿他们这副模样来说，一定是什么不愉快的事情了。米兰达对他们点点头，拉出她的椅子，帽子和手套都不脱，就把手向马蹄形长办公桌那儿送来的那堆信件和新闻稿伸去，好像她一分钟也不能耽搁似的。他们一动也不动，也不脱帽子。最后，她对他们说"早晨好"，还问他们是不是在等她？

两个人从办公桌上滑下来，把她的一些文件弄皱了。那个上了年纪的问她为什么不买自由公债。米兰达早就打量着他，而且对他印象很差。这个人长着一张虚胖的脸，满嘴粗话，有一双无神的小眼睛，米兰达想不通为什么挑来在国内处理战争事务的几乎全是他这种人。他可能是个什么都干的家伙，她想：巡回演出的先遣人员啊，滑头石油公司的发起人啊，宣布一场新歌舞表演开始的前酒吧老板啊，汽车推销员啊——是个遇上什么蒙人的买卖都要插一手的人。可现在他是个彻头彻尾的爱国分子，是为政府服务的。"喂，"他问她，"你知道在打仗吗，难道你不知道吗？"

这样的问题，他指望得到回答吗？别作声，米兰达对自己说，这是

① 1919年，纽约州立法机构组建调查煽动活动联合立法委员会，负责调查纽约州涉嫌煽动活动的个人与组织。委员会主席为当时的州参议员克莱顿·勒斯克。

免不了要发生的。早晚总要发生的。头脑要冷静。那人对她摇摇手指头："你知道吗？"他不罢休地追问，好像在启发一个倔强的孩子似的。

"啊，打仗。"米兰达用升高的声调重复着说，差一点对他微笑起来。你只要一提到这个词儿，或是听他们说这个词儿，就会带着莫名其妙的兴奋庄严地咧开嘴笑起来，这已经成为习惯，像自动装置一样了。"C'est la guerre[①]。"不管你是不是念得出，反正这样念更好，而且念的时候，你总是，总是会耸耸肩。

"是啊，"那个年纪比较轻的恶狠狠地说，"打仗。"米兰达被他的声气吓了一大跳，与他四目相对；他盯着人看的眼光是真正阴狠，真正冷酷无情，你可以料想会在拿着手枪躲在没有人的街角上的那种人的眼睛里看到这种眼光。这种表情使原来毫无特点的面相，使那些事情跟他们毫无关系的人的脸上暂时有了表情。"我们在打仗；有些人在买自由公债，而其他一些人似乎对这事一点也不热心，"他说，"这就是我们要指出的。"

米兰达皱起眉头，神经紧张，开始感到非常害怕。"你们是卖公债的吗？"她问，把打字机罩取下来后又套上去。

"不，我们不是卖公债的，"年纪比较大的那个说，"我们只是问问你，干吗一份也不买。"声音既婉转动听又带有威胁意味。

米兰达开始说明，她没有钱，也不知道上哪儿去弄钱，这时候，年纪比较大的那个打断她："这算不上理由，压根儿算不上理由，你也知道，德国兵在受尽苦难的比利时国土上横行霸道。"

"咱们的美国小伙子在贝洛森林作战，牺牲，"年纪比较轻的那个说，"任何人都能攒出五十块钱来为打败德国佬出一把力。"

米兰达赶紧说："我一礼拜挣十八块，此外一分钱也没有了。我实

---

① 法语，意为"这是战争"。

在一份也买不起。”

“你可以一礼拜付五块嘛，”年纪比较大的那个说（他们两人站在那儿，轮流在她的头顶上叽叽呱呱地说个没完），“像这个办公室里和许多别的办公室里许多人所做的那样。”

米兰达咬牙切齿地沉默着，心里想：“如果我不是个懦夫，而敢说出我的心里话；如果我说让这场肮脏的战争见鬼去吧；如果我问这个小流氓，你怎么啦，你干吗不去躺在贝洛森林里腐烂？我巴不得你……”

她开始整理信件和稿子，但她的手指头没法顺利地拣起东西来。年纪比较大的那个继续发表他预先准备好的那篇小小的讲演：当然是困难的喽；不用说，人人都在受苦；人人都得尽一份力；不过，说到自由公债，这可是你能办到的最安全的投资；这就像把钱存在银行里；当然啦，有政府做后台，还有什么投资比这更好呢？

“我同意你的话，”米兰达说，“可是我没有钱投资。”

当然啦，那个人继续说下去，她拿出五十块钱来买公债不会有什么了不起的影响。这只是表明她自己的好心罢了。表明她作为一个尽责任的、忠诚的美国人的好心。而且这件事像教会一样靠得住。嗨，要是他有一百万，他也会一股脑儿全买公债的……“你买了不可能有损失，”他几乎是仁慈地说，“你不买倒可能有大损失。仔细想想吧，整个报社里只有你一个人没有买。这个城市里家家公司都百分之百地买了。整个号角日报社里，没有一个人用得着去问第二次。”

“人家那儿工资高，”米兰达说，“不过，要是可能的话，我下礼拜买。现在不行，得等到下礼拜。”

“一定要买，”年纪比较轻的那个说，“这可不是闹着玩的事情。”

他们慢条斯理地走了，经过社交栏编辑的办公桌，经过本地新闻编辑主任比尔的办公桌，经过老板吉本斯的那张马蹄形的长办公桌，他通宵坐在桌旁，每隔一会儿就喊叫：“贾奇！贾奇！”那个送稿件的工友就会飞也似的跑来。“你的意思是指人们的时候，绝对不要说人民，”老板吉本斯指导过米兰达，“还有绝对不要说实际上，而要说事实上，还有看在老天分上，只要我还坐在这张办公桌旁，不管在什么情况下，不要用不合规范的‘只为’。我指点过你了，你可以走了。”那两个盘问她的人在楼梯口装模作样地摆出一副得意扬扬、自以为了不起的样子，站住脚，点上雪茄，把他们的帽子更紧地按在眼睛上面。

米兰达在令人身心舒畅的洗澡水里翻了个身。她真希望自己能在那儿睡着，直等到又是睡觉的时候才醒来。她的头火辣辣地、隐隐约约地发痛。现在她注意到了，记得自己一醒过来就头痛，事实上昨天黄昏就开始痛了。她一边穿衣服，一边试着追溯她那不知不觉中越来越厉害的头痛病，头痛是随着战争开始的，这样看来好像合乎情理。“头确实一向是痛的，可是跟这不一样。”昨天，那两个勒斯克委员会来的人走掉以后，她到盥洗室去，发现社交栏编辑玛丽·汤森默不作声，一个劲儿地在干活。她坐在那张当中凸起脊的、破旧的柳条长躺椅边上，在编织一件玫瑰色的衣服。她时常放下编织的衣服，双手捧着头摇晃，用惊奇、询问的声调说：“我的老天。”她的专栏叫《汤的闲话》，所以人人当然都管她叫汤尼。米兰达和汤尼有许多一样的地方，而且互相喜欢。她们两人从前都是响当当的记者，有一次被一起派去采访一件私奔丑闻，那一对男女后来没有结婚。那个被找回来的姑娘肿着脸，坐在她母亲身旁；她母亲盖着一大堆毯子，在一个劲地呻吟。母女两人痛哭流涕，哀求两位年轻的记者不要把最糟糕的那些情节写出来。她们没有写，但是第二天对家的报纸把全部事实都公布了。米兰达和汤尼一起受到了处分，被公开宣布降职，去承担那种照例由妇女担任的工作，一个管戏剧，另一个管社交。她们两人受到同样对待，只因为她们谁也想不出当初她们可能有什么别的办法，她们也知道编辑部里的其他人员认为她们是傻瓜——是好姑娘，不过是傻瓜。一看到米兰达，汤尼就憋不住她的一肚子火，发作起来了："我办不到。我再怎么也攒不出这笔钱。我告诉他们，我办不到，我办不到，可是他们不愿听。"

米兰达说："我早就知道，这个办公室里不是只有我一个人攒不出五块钱，我也告诉他们，我办不到，而且我的确是办不到嘛。"

"我的老天，"汤尼用同样的声调说，"他们告诉我，我会丢掉差使……"

"我要去问比尔，"米兰达说，"我不相信比尔会做这种事。"

"这事比尔做不了主，"汤尼说，"他们要是拿大道理压他的话，他就只得照办。你认为他们能把我们关进监牢吗？"

"我不知道，"米兰达说，"要是他们把我们关起来的话，我们也不会寂寞的。"她在汤尼身旁坐下来，捧着自己的头，"你这是在给什么样的士兵编的？多鲜艳的颜色，肯定会让他高兴的。"

"你扯到哪儿去啦，"汤尼说，她的针又动起来了，"我是给自己做的。就是这样。"

"好吧，"米兰达说，"我们不会寂寞的，我们能睡个痛快。"她洗了脸，重新涂脂抹粉，搽口红。她从衣袋里掏出干净的灰手套，赶去跟一群年轻的女人一起活动，那群女人是刚从乡下俱乐部的舞会上、清晨的桥头、义卖商场上和红十字会的工场间赶来的，她们都热衷于做好事。她们通过举行茶歇舞会攒钱，用攒下的钱买了许许多多糖啦、水果啦、烟卷和杂志啦，送给驻军医院里的病人。带着这些物品，她们出发了，一连串大马力的汽车载着一张张欢乐的、浓妆艳抹的脸去鼓舞那些勇敢的小伙子，你完全可以说，他们已经在保卫他们的祖国了。他们都热血沸腾地想尽快赶到海外战场上去，这样躺倒在床上，这些可爱的人一定难受得要命。是啊，而且其中有几个长得真俊，以前还真没见过那么招人喜欢的小伙子哪，我不知道国内有这么许多漂亮的男人，天啊，我说，他们是从哪儿来的呢？唷，亲爱的，这个问题你还是问你自己吧，谁知道他们是从哪儿来的？你说得对，我对这事的态度是，我一定要尽一切可能使他们满意，可是我绝不跟他们说话。我告诉那些为士兵举办舞会的负责人，不管哪个傻瓜请我跳，我都跟他跳，可是我不会跟他说话，我说，哪怕是在打仗。我就是这样跳舞跳了几百英里，除了说上一句"请别把膝盖碰到我的身子"以外，始终不开口。我很高兴，我们不再举行那种舞会了。是啊，反正男人不来了。不过，听我说，我听说有许多士兵是名门出身；我不善于记住人家的姓，记住的那几个我以前也没有听到过，所以我不知道……不过，在我看来，他们要是名门出身的话，你会知道的，对不？我的意思是，一个人要是从小就受到良好的教养，他就不会踩你的脚，是不？至少不会吧。我过去每一次参加那种舞会，差不多总要给踩坏一双舞鞋。至于现在呢，我认为不管哪一种社交生活都是非常不得体的，我认为我们大伙儿都应该戴上红十字会的头巾，在整个战争期间一直戴着。

米兰达带着一只篮子和一束鲜花，同那些年轻女人一起走进去，她们四下分散，向病房冲去，发出女孩子的嘻嘻哈哈的笑声，笑声原是打算逗人高兴的，但是其中却含有一种咬牙切齿的音调，不由得叫人胆战心惊。米兰达认为她干的事蠢得要命，感到很窘迫，急急忙忙地在两长排高床中间走着，这儿的床都是脚对脚排着，中间有一条狭窄的走道。那些男人，那些挑选出来、适宜接受慰问品的人，都把被子拉到下巴底下，没有什么了不起的病，都感到腻烦和急躁，其中大多数都乐意有件什么事情来解解闷。他们的胳膊或是脑袋上多半像模像样地扎着绷带，而那些看不出受伤的人呢，哪个不知趣的小姑娘尽管事先得到一本正经的嘱咐，不要去问一个男人他哪儿有病，但要是她忘掉了这话，还是提出这个问题时，他们总是千篇一律地回答："风湿病。"

和气、热切的人从他们又硬又窄的床上发出笑声和高声招呼，马上就给围了起来。米兰达拿着那束蔫了的花和那篮糖果和烟卷，东张西望，看到一个年轻人仰面躺着，右腿上着石膏，装着滑轮，眼睛里流露出不友好的、恶狠狠的光芒。她在他床脚旁站住，继续盯着他看，他绷着一张没有变化的、充满敌意的脸回看她。他的眼光清楚地告诉她，别来这一套，谢谢你，这事他妈的整个儿就是胡闹，你能不能行行好，把你这些玩意儿从我床上拿走？因为米兰达已经把东西放下来，探出身子把东西摆在如果他要就能拿得着的地方。她既然已经把东西放下，就不能再拿起来，只得匆匆忙忙地走掉，脸上火辣辣的。她沿着那条长走廊走到不暖和的十月的阳光中，在这地方，在阴冷、潮湿的营房里，人拥挤在一起，像暗褐色的虫子似的过着忙忙碌碌、毫无目标的生活。她绕到那个士兵躺着的附近的一扇窗外，望进去，悄悄地察看他。他躺在那儿，闭着眼睛，悲伤地含着怨气地皱紧眉头。她根本看不出他原来的身份，她想象不出他是哪儿人，也想象不出他"在生活中"是哪一种人，她对自己说。他的脸看上去挺年轻，而且长得轮廓分明，但是并不好看。那双手不是干力气活的人的手，不过也不是保养得很好的手。那是一双长得很有样子的、有用的手，现在正搁在床罩上。她突然想到，她遇到的是他，而不是一个喜欢吃零嘴、闲聊天、嬉皮笑脸、一副馋相的浑小子，这是她的幸运。这就像你一边专心地苦苦思索，一边在街角上拐弯的时候，忽然看到你自己的心境变成有形的物体出现在你的面前，她想。"这个有血有肉的人体现了我对这整个事情的看法。我再也不会上这儿来了，这种事做不得。真叫人恶心。"她坦率地告诉自己。"我当然会认出他来的，"她一边想，一边坐上她来时乘坐的汽车的后座，"这一回没白来，我懂得更多了。"

另一个姑娘出来了，看上去很累，上了汽车，坐在她身旁。短短地沉默了一会儿以后，她带着迷惑的神情说："说真的，我不知道这有什么好处。他们有些人根本什么也不要。我不喜欢这种事，你呢？”

“我讨厌。”米兰达说。

“不过，我认为这样做是对的。”那个姑娘小心谨慎地说。

“也许是的。”米兰达说，也变得小心谨慎起来了。

这是昨天的事情。米兰达断定，在这时候，回顾昨天是丝毫没有好处的，除非是回顾午夜以后她同亚当一起跳舞的那段时间。他几乎每时每刻都盘踞在她的脑海里，所以她简直不知道自己什么时候是特地在想他。他的形象始终在她的眼前，只是有时候比较清晰，有时候比较模糊，有时候更接近她思潮的表面，那叫她最愉快、叫她真正愉快的思潮。她对着两扇窗中间的那面镜子仔细观察自己的脸，并且断定她的忐忑不安并不纯粹是由于无中生有的胡思乱想。至少三天来，她一直感到别扭，她的表情是不自然的。她认为，不管怎么样，她都不得不攒五十块钱，要不，谁知道可能会发生什么事情。她听到过有些人的不幸遭遇，听到过有些人被荒谬地夸大罪名，受到无法容忍的谴责和特别严厉的处罚，而那些人的所作所为并不比她的过错——拒绝买公债大多少啊，她对那些传闻已经无动于衷了。唉，她发现自己长得一点也不讨人喜欢，没有红润、娇艳的脸，连她的头发摸上去好像也是有心朝相反的方向生长似的。我一定要做点什么来补救，我不能让亚当看到我这副模样，她告诉自己。她知道，就在眼下，他正在仔细听着她门上的球形把手有没有转动声，等她一走出去，他就会在过道或者门廊里出现，好像是纯属巧合似的。中午的阳光在房间里投下寒冷、歪斜的阴影，她说，我想我就是生活在阴影里，而这一天开始得很糟糕，不过现在由于这样那样的理由，一切都好了。她迷迷糊糊地在头发上洒了香水，戴上鼹鼠皮帽子，穿上鼹鼠皮短大衣，帽子和大衣是去年冬天买的，不过仍然挺新，穿起来挺好，她又为花了一笔数目惊人的钱买这两样东西感到高兴。她一直喜爱它们，再说，她现在也绝不会有那么多钱啦。也许她能把买公债这件事对付过去。她不得不弯下腰去摸索，否则就没法找到锁，接着她犹豫不决地站上一会儿，心里老是放不开这样的想法：她忘掉了什么将来她会非常惦记的东西。

亚当站在过道里，离他自己的房门一步路；他猛地转过身来，好像看到她吓了一大跳似的，接着说："喂，我今天总算用不着回营房了——运气很好，不是吗？"

米兰达快活地对他微笑，因为她一看到他，心里就高兴。他穿着新军服，从头发到皮靴，浑身是暗绿色、棕黄色和茶褐色、干草色和黄沙色。她又隐隐约约地注意到他总是从对她微笑开始的，随后他的微笑慢慢消逝，眼光变得直勾勾的，一副沉思的神情，好像他在暗淡的光线下看书似的。

他们一起走到秋天晴朗的天空下，拖着脚一路走去，脚底下踩着红黄斑斓的枯叶，脸向上仰着，望着辽阔的天空，只见一片蔚蓝，万里无云。在第一个拐角，他们站住等一支出殡的队伍经过，送葬的人坐得直挺挺、纹丝不动，好像因为遇到了悲伤的事而感到骄傲似的。

"我想我迟到了，"米兰达说，"跟往常一样。现在什么时间？"

"快一点半了。"他一边说，一边夸张地把胳膊向上一伸，使袖子往上退去。年轻的士兵仍然对戴手表感到害臊。米兰达知道，这样的小伙子都是从远离大西洋边缘的南方和西南方的小城市里来的，他们一向认为只有女人气的男人才戴手表。"我要揍你的手表。"一个演杂耍的小丑会装腔作势地对另一个说，而这始终是一句逗人的笑话，永远叫人听不腻。

"我想戴手表是完全切合实际的做法，"米兰达说，"你用不着害臊。"

"我差不多习惯了，"亚当说，他是得克萨斯人，"他们反复跟我们说，雄赳赳的正规部队人员也都戴手表。这是战争中叫人讨厌的事情，”他说，“我们都情绪消沉了吗？我想是这样。”

翻来覆去总是唠叨这种废话。“你看上去的确是情绪消沉了。”米兰达说。

他是个高个子，背上肌肉发达，腰身和胁腹却很窄，他全副武装，身上尽是纽扣、皮带，那套军服又瘦又硬，尽管料子的质地优良而柔软，裁剪得却像是疯子穿的紧身衣。有一天，米兰达对他说，他穿着那身新军服看上去蔫儿吧唧的，他对米兰达吐露，这身军服是他自己能找到的最好的裁缝做的。“反正做什么行头都挺困难的，”他对她说，“我至少能为亲爱的祖国做这件事，而不是穿得像个流浪汉一样到处转悠。”他二十四岁，是工兵部队的少尉，在休假，因为在等他的全副行头不久以后送来。“我上这儿来写我的遗嘱，”他对米兰达说，“还要采办一些牙刷和剃须刀片。你看我不知交上了什么好运，”他问她，“我偏偏挑中了你寄宿的这家公寓？我哪知道你住在这儿呢？”

他们溜达着，步调一致，他那双结实的、擦得亮晃晃的高级皮靴，在她的薄底黑山羊皮鞋旁，坚决地迈着步子，他们尽可能地延长在一起的时间，不愿分手，并且尽可能地继续他们的闲谈，这些谈话简直像是在他们脑子薄薄的表层的细纹上面来回飞翔，他们你一言、我一语，谈论着那些能放心谈论和聆听的事情，同时却丝毫也不妨碍欢乐的光辉闪耀和照射着这个简单而可爱的奇迹：这两个叫亚当和米兰达的人，都是二十四岁，同时生活在这个世界上。“你现在有兴致跳舞吗，米兰达？”回答是：“我一直有兴致跳舞，亚当！”不过还有不少事情要处理哪，跳舞是最后一个节目，这一天可还长着呢。

米兰达想，今天早晨，他真的看上去像个棒小伙子。在他们的谈话中，他往往夸口他有生以来从来不记得有什么痛苦。她不但没有被这个怪人吓坏，反而挺欣赏这种独一无二的怪体质。至于她自己呢，她有太多的痛苦要说，所以她干脆不说了。在一家晨报社干了三年以后，她有一种自以为成熟和有经验的幻觉；但是，她断定，这只是疲倦罢了，由于坚持她所受的教育叫她相信的那一套，她忍受不正常的工作时间，在肮脏的小饭馆里胡乱塞饱肚子，通宵喝劣质的咖啡，还不停抽烟。她对亚当谈到一些她的生活方式的时候，他盯着她的脸仔细看了几秒钟，好像他以前从来没有看到过她似的，接着直截了当地说："哦，这对你倒一点都没有损害，我认为你长得挺美的。"然后把她撇在那儿疑惑，闹不清他到底是不是认为她希望得到夸赞。她倒是希望得到夸赞，可不是在那会儿。亚当的生活方式也是有害健康的，或者说，在他们交往的十天里，他的生活方式是这样的。他一直不睡，待到一点钟带她出去吃晚饭；他也不断地抽烟，尽管她要是不打断他的话，他往往会正确地向她说明吸烟对肺的害处。"不过，"他说，"要是你反正就要去打仗的话，那有什么关系呢？"

"的确没有，"米兰达说，"要是你待在国内织袜子的话，那关系就更小了。给我一支烟卷，好吗？"他们在另一个路口的一棵树叶半凋的槭树下站住脚，几乎完全不向一支越来越近的送葬队伍瞟一眼。他的眼睛是淡褐色的，里面有橙色的小斑点，他头发的颜色像干草堆。你把草堆顶上日晒雨淋的草翻开，露出下面干净的草，那就是他头发的颜色。他掏出他的烟卷盒，用他的银打火机给她点上烟卷，接着又把打火机凑在自己的脸前打了几次，随后他们一边抽烟，一边向前走去。

"我能想象你织袜子的情形，"他说，"你的速度大概有问题。你很清楚，你不会织。"

"我做的工作更糟，"她一本正经地说，"我写文章劝别的年轻女人做编织，卷绷带，不要吃白糖，帮助战争取得胜利。"

"啊，得了，"亚当根据男人在这种问题上宽容的道德观念说，"这不过是你的职务罢了，不算数的。"

"我闹不清楚，"米兰达说，"你是怎么设法延长假期的？"

“是他们指示的，”亚当说，“没有什么理由。反正那儿人像苍蝇似的死去。这种古怪的新疾病，就是要你的命。”

“听起来像是一场瘟疫，”米兰达说，“中世纪的产物。你看到过这么多葬礼吗，看到过吗？”

“从来没有看到过。得了，让我们坚强起来，别让它败坏我们的兴致。我还有凭空掉下来的四天假期，一秒钟也绝不该白白放过。今晚怎么样？”

“还是老样子，”她告诉他，“不过得在一点半左右见面。除了我的日常工作以外，我还有个特殊任务。”

“你干的到底是什么差使，”亚当说，“什么正经事也不干，只是从一个叫人头晕眼花的娱乐场所赶到另一个，然后写一篇文章。”

“是啊，真是闹得人头晕眼花，简直都没法写。”米兰达说。一支送葬的队伍经过，他们站住脚；这一回，他们默不作声地望向这支队伍。米兰达把帽子移到某一个角度，在阳光中眨巴着眼睛，她有点头晕，脑子里像有金鱼在慢腾腾地打转，她对亚当说，“我头晕。我没有完全清醒，我得喝点咖啡。”

他们把胳膊肘搁在一家药房的柜台上，歪着身子。“待在国内的人喝咖啡不能加奶油，”她说，“而且只有一块糖。我呢，要么加两块，要么一块也不加；我正在成为这样的牺牲者。我打算从现在起靠白水煮卷心菜过活，穿再生毛料子做的衣服，做好充分的准备，应付下一轮战争。再也不会让战争偷偷摸摸地来到我身边，害得我措手不及了。”

“啊，不会再有战争啦，难道你不看报吗？”亚当问，“我们这一回要把战争彻底消灭，而战争是早晚会被消灭的，这就是将来的情况。”

“他们是这样告诉我的。”米兰达说，喝了一小口她那温吞的苦味饮料，显出愁眉苦脸的模样。他们的微笑流露出相互赞美，他们觉得谈话的调子是对头的，他们对战争谈论得很得体。米兰达心想，特别是，没有咬牙切齿，没有死命地拉头发，这样做会吵吵嚷嚷，有失体统，而且对自己一点用处也没有。

“简直是涮锅水，”亚当把杯子向后一推，粗鲁地说，“你只吃这一点东西当一餐早饭吗？”

“我甚至觉得太多了。”米兰达说。

“我在八点钟吃了荞麦饼，外加红肠和槭糖浆，还有两个香蕉和两杯咖啡，可是，现在我感到自己又像一个给撂在垃圾箱里的挨饿的孤儿了。我已经完全准备好，”亚当说，“对付烤牛排和炸土豆片，还有……”

“别往下说了，”米兰达说，“在我听来好像是在说胡话似的。等我走了以后，放开肚子去吃吧。”她从高凳上溜下来，微微靠在凳子上，脸对着她那面圆镜望着，在自己的嘴唇上搽口红，她断定自己的身体已经坏得不可救药了。

“我不舒服极了，”她对亚当说，“我感觉很不好。不可能光是天气和战争的原因。”

“天气是再好也不过了，”亚当说，“而战争呢，简直好得不像是真的。不过，你是什么时候开始的？昨天你还挺好的嘛。”

“我不知道。”她慢腾腾地说，声音听上去又细又轻。同往常一样，他们停在敞开着的门口，在通往报社那层楼的一段尽是碎纸的楼梯前站住脚。米兰达听了一会儿楼上滴滴答答的打字机响声和楼下印刷机单调的咕咚咕咚声。“我希望我们能把整个下午消磨在公园的长凳上，”她说，“要不，就坐汽车到山里去。”

“我也希望，”他说，“我们明天就这么办吧。”

“好吧，就在明天，除非又有什么事发生。我巴不得逃跑，”她对他说，“我们两人一起跑。”

“我？”亚当说，“我将要去的地方是谈不上跑的。大部分时间要把肚子贴在地上，在瓦砾堆中间爬来爬去。你也知道，有刺的铁丝网这一类玩意儿。这种事情一辈子只会遇到一回。”他沉思了一下，接着说下去：“我对那儿的事情他妈的一点也不知道，真的不知道，不过他们谈起来叫人觉得糟糕透顶。我听到的谈论可真多，所以我感觉自己好像已经去过那儿之后又回来了。开头气势汹汹，结果稀松平常，”他说，“就像你经常看某个地方的相片，等你真到了那个地方，你反而瞧不出什么名堂了。我感到自己好像一生下来就一直待在部队里似的。”

六个月，他的意思是说，就是永久了。他看上去衣着整洁，精神抖擞，而且有生以来从来没有过痛苦。那些去过那儿的人回来的时候，她看到过他们，他们再怎么也不可能是这副模样了。“已经是胜利归来的英雄喽，”她说，“可我不希望你变成那样。”

“我在第一个训练营学习使用刺刀的时候，”亚当说，“我从沙袋和干草袋里挖出来的五脏六腑多得没法记录。他们老是对我们吆喝：‘捅他，捅那个德国鬼子，刺中他，免得他刺中你！’——我们就像闪电似的向那些沙袋进攻，老实说，有时候，我看到沙子慢慢地流出来，感到自己激动得像个十足的傻瓜。我时常深夜里醒来，觉得干这种事真蠢。”

“我能够想象，”米兰达说，“那完全是胡闹。”他们逗留着，不肯说再见。停顿了一下以后，亚当好像为了要继续谈话，就问：“你知道一队坑道工兵开始干活儿后，他们的平均寿命是多少吗？”

“一定很短，我想。”

“只有九分钟，”亚当说，“不到一礼拜以前，我在你们的报上看到的。”

“倘若是十分钟，我也跟着去。”米兰达说。

“一秒钟也不能多，”亚当说，“刚好九分钟，不能讨价还价。”

“别瞎吹啦，”米兰达说，“这数字是谁算出来的？”

“一个非战斗人员，”亚当说，“一个害软骨病的人。”

这话听上去很滑稽，他们哈哈大笑起来，互相靠着对方的身子，米兰达听到她自己的笑声尖得有点刺耳。她抹掉眼眶里的泪水。“啊呀，真是一场古怪的战争，”她说，“对不？我每次一想到就会笑。”

亚当用双手握住她的一只手，轻轻地拉了一下她的手套指尖，还闻了闻。“你洒的香水可真香啊，”他说，“而且洒得还真不少哪。我喜欢手套和头发上洒上许多香水。”他说着，又闻了闻。

“我可能洒得太多了，”她说，“我今天鼻子不灵，而且耳聋眼花。我一定伤风得挺厉害。”

“千万伤风不得，”亚当说，“我的假期快要结束了，而且往后不会有了，怎么也不会有了。”他拉她戴着手套的手指头，把她的双手翻过来，好像那是新奇、有趣而且有重大价值的东西似的，她十个手指头扭动着；她变得腼腆和沉默。她喜欢他，她喜欢他，而且还不只是喜欢他，但是连想想也不行，因为他不是她的，也不是哪一个女人的，他已经同别人隔绝。并不是他自己有什么认识，也不是他自己有什么举动，就不得不去送死。她抽回双手。“再见，”她终于说，“今晚再见。”

她跑上楼去，在楼梯口回头看。他仍然望着她，举起一只手，脸上没有一丝笑意。米兰达几乎没有看到过谁说了再见以后还回头看的。她有时候忍不住回过头去，对刚才同她谈过话的人再瞟上一眼，好像这样做就会使她同最无关紧要的人的分手不致显得太粗鲁和太突然。但是人们匆匆离去，他们脸上的表情已经改变，变得神情专一，一个劲地向下一个目的地走去，已经一心一意地在盘算下一个行动或是约会。亚当却等着，好像在盼望她回去似的，而在他紧紧皱着的眉毛底下，他的眼睛漆黑如墨。

她坐在自己的办公桌旁，短上衣和帽子也没有脱，就拆开一个个信封，假装看信。今天，只有体育记者查克·朗西范尔和汤尼坐在她的办公桌上，她也喜欢他们坐在那儿。她高兴的时候，也坐在他们的办公桌上。汤尼和查克在谈话，没有停下。

“他们说，”汤尼说，“事实上，这是一艘德国船带到波士顿来的细菌造成的，当然喽，是一艘伪装的船，它不是挂着自己的国旗开来的。这不是挺荒谬的吗？”

“也许那是一艘潜水艇，”查克说，“在深夜里从海底偷偷地开进来的。这听起来倒像样些。”

“是啊，的确像样些，”汤尼说，“他们老是在那些什么细节上闹出破绽来……他们认为细菌是喷射在城市上空的——从波士顿开始的，你也知道——有人说看到一团奇怪的、黑压压的、阴沉沉的云从波士顿港浮起来，慢慢地铺开到城市的这一头。我想是一个老妇人看到的。”

“原来是这样。”查克说。

“我在一份纽约的报上看到的，”汤尼说，“所以应该可信。”

查克和米兰达听到这话，都放声大笑起来，闹得比尔站起来对他们瞪眼。“汤尼仍然在读报。”查克解释说。

“唔，这有什么可笑的？”比尔一边问，一边又坐下来，皱起眉头面对着眼前乱糟糟的一大堆新闻稿。

“是一个非战斗人员看到那团云的。”米兰达说。

“当然啦。”汤尼说。

“也许是勒斯克委员会的成员。”米兰达说。

“蒙斯的天使[①]，”查克说，“要不，就是拿象征性的工资为政府办事

① 1914年8月，英德两军在比利时蒙斯展开激战，双方损失惨重。9月，作家阿瑟·梅琴发表短篇小说《弓箭手》，小说从第一人称视角，虚构了蒙斯战役期间，圣·乔治突然显灵，带领一众天使击退了德军，使英军免于覆灭的故事。小说被当成真实事件而引发热议，并催生了一大批关于“蒙斯的天使”的传闻。

的人。”

米兰达巴不得既不用听人说话，也不用自己说话，她巴不得自己有五分钟时间，想想亚当，真正想想他，可是她没有时间。十天以前，她第一次看到他；从那时起，他们就一起遛大街，逛马路，在卡车、轿车、手推车和运农产品的货车中间匆匆穿过；他在门口，在充满炸肥肉的哈喇味的小饭馆里等她；他们一起吃东西，还随着爵士乐队像急促的哀鸣似的呜呜声和嘟嘟的喇叭声跳舞；他们还坐在沉闷的剧场里，因为米兰达要写一篇剧评。有一回，他们到山里去，撇下了汽车，从一条石头小路上爬上去，最后走到一块平坦而凸出的岩石上，他们坐在那儿，望着山谷里的景色光线变幻，米兰达说，这当然全是假的——“我们用不着相信它，不过它挺有诗意的。”她对他说。他们互相靠着对方的肩膀，一动也不动地坐在那儿望着。有两个礼拜天，他们去到地质博物馆，两个人都入迷地钻研大气现象啦、岩石地层啦、变成了化石的獠牙和树啦、印第安人的箭啦、金矿和银矿的洞穴啦。“想想看，那些古代的矿工在小河旁用小盘淘洗出他们的财富来，”亚当说，“而地底下有……”他告诉过她，他更喜欢那些长期形成的东西；他也喜欢飞机，各种机械，以及用木头和石头雕刻的东西。他对那些东西一点也不懂，但是他一看就认识它们。他承认，他就是没法从头至尾把一本书看完，什么书都不成，除非是工程学的教科书，他一看书就腻烦得要命；他懊悔没有把他的敞篷汽车带来，但是他没有想到他会需要一辆汽车；他喜欢开汽车，他不指望她相信他一天能开几百英里……他给她看过他站在自己的敞篷汽车的车轮旁拍的相片，还有他自己驾船的相片，看上去非常自由自在，被风吹拂着，各种角度的，拉着绳索；他原本要参加空军，但是每次他一提起这事，他母亲就歇斯底里发作。她似乎不明白为什么在空中混战比在夜晚的地面上当个坑道工程兵要安全得多。不过，他没有争辩过，因为她当然不懂得当坑道工程兵是怎么回事。眼下，他滞留在这儿，在这片一英里高的高原上，既没有河水可以行船，汽车又在家里，要不然，他们真的可以过得挺愉快。米兰达知道，他是在试着告诉她，要是他手边有那些机械的玩意儿，他会是个怎么样的人。她感到自己很清楚他是个怎么样的人，并且想要告诉他，要是他认为有了游船或是汽车，他就会心满意足，那他就大错特错了。电话丁零零地响起来，比尔在对一个人嚷着，那个人老是说："唔，可是听着，唔，可是听着……"可是没有人会听，当然啦，没有人。老板吉本斯绝望地吼叫："贾奇，贾奇……"

"反正都一样，"汤尼用最得意的、充满爱国心的声调说，"营房服务是个好主意，哪怕他们不需要我们，我们都应该自愿参加。"汤尼这些话说得真漂亮，米兰达望着她，心里想起盥洗室里她的玫瑰色毛衣和那张绷紧了的脸上流露出的叛逆神情。眼下，汤尼显出一脸荣耀和好心的表情，甘心情愿地为祖国牺牲她自己。"说到底，"汤尼说，"我跳舞和唱歌的水平挺不错，可以在业余的小剧院里表演，还可以为他们写信；在紧要关头，我还能开救护车。多年来，我一直开着一辆福特牌汽车。"

米兰达插嘴说："是啊，我也能跳舞和唱歌，可是谁来铺床叠被、打扫擦洗呢？那些营房可真难拾掇，这是个脏活儿，我们会吃尽苦头；我呢，已经在干艰苦的脏活儿，而且吃尽了苦头，我还是待在国内算了。"

"我认为，妇女不应该参与这种事，"查克·朗西范尔说，"她们只是给恐怖的战争景象添上了一点娘儿们的色彩。"查克有肺病，对错过这场好戏感到非常恼火，"我本来可以上前线去，这会儿已经缺了一条腿回来了。到时候就够我爹受的啦。那他就得自己去买私酒，要不，就只能干脆不喝。"

米兰达看到过查克在发薪的日子给他父亲钱去买私酒。他是个性情和气、善于讨好的老油子，这也是他最厉害的地方。他一边拿走他儿子的最后一个镍币，一边拍拍他的脊背表示夸奖，对他微笑，一双烂眼流露出父爱。

“是弗洛伦斯·南丁格尔破坏了战争，”查克接着说，“怎么会冒出这样的念头来，去爱护士兵，为他们包扎伤口，使他们发烧的额头减轻痛苦呢？这样就不是战争了。让他们倒在哪儿，就死在哪儿。他们上战场就是去送死的嘛。”

“你也说得出来。”汤尼说，也斜着眼瞟了他一下。

“你这是什么意思？”查克问，涨红了脸，弓起背，“你知道，我的肺有病，反正眼下也许半个肺都坏了。”

“你太多心了，”汤尼说，“我没有什么别的意思。”

比尔老是大发脾气，嚼着他那支点着了一半的雪茄，他的头发像刷子似的竖着，他的眼光温柔、和蔼，然而带着容易受惊的神情，像牡鹿的眼光。米兰达心里想，他即使活上一百年，顶多也只像十四岁的孩子，再说，这么长的岁数，按照他衰退的速度来说，他也活不到。他的一举一动活像电影里的本地新闻编辑主任，连那支被嚼的雪茄也像。难道他是按照电影形成了自己的派头，还是电影剧本的作者们一劳永逸地采用了比尔这个十全十美、一无缺陷的典型呢？比尔对查克嚷着说：“还有，要是他回到这儿来的话，带他到小巷里去，你动手把他的脑袋割下来！”

查克说：“他会回来的，别担心。”比尔已经在想别的事情了，温和地说：“嗯，把他的脑袋割下来。”汤尼回到她自己的办公桌旁，但是查克仍亲切地坐着，等待被带去看新的杂耍演出。米兰达有两张票，老是在礼拜一邀请一个记者同她一起去。查克在写体育报道方面过分苛刻和专业化，但是他跟米兰达说，他真的压根儿不把体育当一回事，这差使无非是能使他一直待在户外并且有足够的钱给他父亲买私酒。

他情愿采访戏剧，可是不明白为什么这差使总是落在女人手里。

“比尔今天要割谁？”米兰达问。

“你在今天早晨的报纸上骂过的那个舞蹈演员，”查克说，“他一大清早就上这儿来，要找那个写戏剧报道的家伙。他说他要把那个写文章的蠢货带到小巷里，揍他的鼻子。他说……”

“我希望他已经走了，”米兰达说，“我真希望他得去赶火车。”

查克站起来，整整他的栗色高领毛衣，低头瞟了一下肥大的、黄黑泛绿的粗呢运动裤和钉着平头钉的棕黄色皮靴，他指望靠这身行头来掩饰他有病和不关心体育的事实，接着他说：“他早就走了，别担心。我们去吧，你跟往常一样又要迟到了。”

米兰达扭过脸去，差点踩到一个戴着圆顶礼帽、黄褐色的小个子男人的脚尖。他原来可能是一个漂亮的家伙，但是现在他的嘴唇垂了下来，因为边上的牙已经掉光了，他那双红眼眶里的悲伤的眼睛不再飞眼风。稀稀拉拉的棕色鬈发涂着润发油，梳得整整齐齐，贴着圆顶礼帽的帽边。他没有移动他的脚，而是带着挤眉瞪眼的反抗态度，像生了根似的站着，问米兰达：“你就是这份乡巴佬报纸所谓的戏剧评论员吗？”

“我是。”米兰达说。

“好吧，”那个小个子说，“我只要求占用你一分钟宝贵的时间。”他的下嘴唇一下子突出来，他用颤抖的双手在背心口袋里摸来摸去。“我就是不想让你胡说一通，然后像什么事也没有似的就放过你，就是这么回事。”他翻着一卷破烂的剪报。“你稍微看一看，怎么样？然后我问你，你是不是认为，让一个小城镇上的评论员说长道短，我居然咽得下这口气，”他用平板的声调说，“瞧，这是各地的报纸，除了纽约的以外，还有布法罗的、芝加哥的、圣路易斯的、费城的、旧金山的。瞧，这些是最好的谈戏剧的刊物，《综艺》啦、《公告牌》啦，它们都详细介绍且承认丹尼·迪克森精通自己的本行。可你不同意这个看法，嗨？这就是我想要问你的一切。”

“对，我不同意这个看法，”米兰达说，尽可能说得生硬，“而且我没法不主张自己的看法。”

那个小个子凑得更近了，他说话的声音直打哆嗦，好像他已经神经质很久了，“喂，你到底不喜欢我什么呢？告诉我。”

米兰达说：“你压根儿用不着操心。我的想法有什么相干？”

“我才不在乎你怎么想哪，这算不了什么，”那个小个子说，“可是这种事情会传出去，东部那边预约演出的代理人不知道这儿到底是怎么一回事。我们在小镇上挨了骂，可他们认为这跟我们在芝加哥挨了骂一模一样，懂吗？他们不知道这不一样。他们不知道演出的水平越是高，乡巴佬评论员越是骂得凶。可是我一向被最懂行的人称为最精通本行的人，所以我想要知道你认为我哪儿不对头。”

查克说：“走吧，米兰达，戏要开场了。”米兰达把剪报递给那个小个子——那大多数是十年前的报纸，想要从他身旁挤过去。他又走到她的面前，不怎么有信心地说：“你要是个男人的话，我就会砸烂你的脑袋。”查克这当儿站起身，慢条斯理地走过来，从口袋里抽出双手，说：“既然你已经吹完了，还是出去的好。现在马上滚出去，要不，我就把你扔下楼去。”

那个小个子拉了拉领带打结的地方，一条蓝底红圆点的小领带，打结的地方有一点磨损。他把领带拉直，嘴里翻来覆去地说，好像在排练似的：“到外边小巷里去。”他红肿的眼眶里眼泪汪汪。查克说：“喂，住嘴。”然后跟在米兰达后面走出去，她正在向楼梯跑去。他在人行道上赶上她。“他在那儿低声下气地哭诉，嘟嘟囔囔地胡吹自己的声望，就是要找个逗乐的，”查克说，“这个可怜的老无赖。”

米兰达说：“眼下，世界上样样事情都叫人受不了。我巴不得坐在这儿的人行道边上，查克，就这样死掉，再也看不到……我巴不得能失去记忆力，忘却自己的名字……我巴不得……”

查克说：“坚强起来，米兰达。现在可没有时间心灰意懒。忘掉那个家伙。因为一百个干戏剧这一行的人当中，倒有九十九个人像他。不过，你处理得不妥。你自己招来了这场是非。你干的这份差使只要去捧那些红角儿就行了；那些倒霉的角色呢，你连提都不用提。要牢牢记住，这个城里的戏剧行业是雷平斯基一手包办的。讨雷平斯基喜欢了，你就会讨广告部喜欢，讨他们喜欢了，你就会加工资。互相利用嘛，我可怜的傻丫头，你永远学不会吗？”

“看来我一直尽学些错误的东西。”米兰达绝望地说。

“你确实是这样，”查克滑稽地对她说，“你跟我从前见识过的一样精通此道。现在你好受些了吧？”

“你请我来看的这场演出糟糕透顶，”查克说，“现在你打算怎么办？要是我来写一篇报道的话，我会……”

“你写吧，”米兰达说，“这一回，你来写。我反正准备离开了，不过眼下别跟其他人说。”

“你这话是真的吗？我这一辈子，”查克说，“一直指望在一份乡巴佬报纸上当一个所谓的戏剧评论员，这肯定是我的第一个机会。”

“最好抓住这个机会，”米兰达对他说。“也许是你最后一个机会了。”她想。这是一件事情的结束的开端，我将要发生一件不幸的事情了，在我将要去的地方，我用不着挣钱糊口。我要把位置让给查克。他有一个需要买私酒的可敬的爸爸。我希望他们能让他担任这个位置。啊，亚当，不管我遭遇什么事情，在我离开人世以前，我希望再看到你一次。“我希望战争结束，”她对查克说，好像他们在谈论战争似的，“我希望战争结束，我还希望再也不爆发战争。”

查克已经掏出本子和铅笔，写起了剧评。她的话听起来四平八稳，但是他怎么看待这话呢？“我才不在乎战争怎样开始，或是什么时候结束，”查克一边说，一边潦草地写着，“我不会上前线去的。”

所有征兵不合格的人都这么说，米兰达想。既然战争于他们没有份，战争就变成他们唯一需要的东西了。也许他们非常想去，他们中间有些人。他们都乜斜着眼睛看那些同他们谈论战争的女人，带着怨恨的戒备神情，好像在说：“别把我看作胆小鬼，你这个残酷的女人，我已经把自己的肉喂过乌鸦了，而它们却不要。”对于在国内的人说，关于战争最糟糕的是，没有人再谈论它了。你要是不提防的话，勒斯克委员会叫你吃不了兜着走。面包会打赢战争。工作会打赢战争，食糖会打赢战争，桃核会打赢战争。胡说。不是胡说，我告诉你，从桃核里能提炼出一种珍贵的烈性炸药。所以所有快活的主妇在做罐头水果的季节都匆匆忙忙地把一篮篮桃核奉献给祖国的神坛。这活儿使她们忙碌，还使她们感到自己是有用的人；要不安排这些女人做点事情，她们不知道会想出什么花样来，让她们跟男人一起乱窜乱跑是很危险的。一排排年轻的姑娘，她们是原封未动的未来发源地，纯洁、严肃的脸上恰当地披着红十字头巾，卷着永远不会送到后方医院去的歪歪斜斜的绷带，编织着永远不会使男人的胸脯温暖的毛衣，她们的心亲切地想着鲜血和泥泞，还有为航空队军官们在阿坎索斯俱乐部举办的下一次舞会。保持安宁和镇静会打赢战争。

“我就是去不成前线。”查克说，全神贯注地在构思他的剧评。可不是，亚当是会去的，米兰达想。她斜靠在椅子里，头枕在尽是灰尘的丝绒上，闭上眼，有一刹那，这一刹那就像是一辈子，叫她认清了一个确凿、重大和可怕的事实：不管是亚当还是她，都压根儿没有前途。压根儿没有。她睁开眼睛，把两只手平放在一起，手掌向上，盯着直瞧，试着了解被遗忘的处境。

“喂，瞧一下吧。”查克说；灯光亮了，观众又窸窸窣窣地转动和谈话。“甚至在那个红角儿上场以前，我就已经把文章写完了。那是老斯特拉·梅休，她一向表演出色，她出色地表演了四十年了，她待会儿要唱‘啊，忧伤只是叫人舒适的心病’。这就是你需要知道的关于她的全部情况。请瞧瞧这篇东西。你愿意在这上面签名吗？”

米兰达接过文稿，认真地看了起来，在恰当的时间（她希望是）看完，然后把稿子递回给他，“行，查克，行。我愿意签名。可是我不签。我们应该跟比尔说，是你写的，因为这也许是你的开端。”

“你一点也不欣赏这篇东西，”查克说，“你看得太快了。喂，听着……”接着他兴奋地嘟嘟囔囔念起来。在他念的时候，她望着他的脸。那张脸讨人喜欢，流露出某种活力，鼻子上面那个额头的轮廓显得非常严肃。自从她认识他以来，她第一次想知道查克到底在想什么。他看上去心事重重，心情忧伤，并不像他说起话来那么轻浮。人们一边拥挤地向通道走去，一边掏烟卷盒，准备一走进休息室就擦火柴；头发烫成波浪形的女人抓住她们的围巾，男人伸伸他们的脖子，使他们被硬领擦着的下巴舒服一些；接着查克说：“我们还是现在走吧。”米兰达扣上外套纽扣，走进移动着的人群，心里在想：我知道他们什么事情呢？这儿一定有许许多多人跟我一样的想法，而我们不敢交谈一句，谈谈我们的绝望，我们是听凭宰杀的哑巴牲口，可为什么呢？这儿有谁相信我们交谈的那些事情呢？

米兰达不舒适地躺在盥洗室里那张当中有条脊的柳条大躺椅上，等着时间过去，让亚当同她待在一起。时间的流逝似乎比往常更古怪；有时候，她脑子里朦朦胧胧地一片昏暗，半个钟头快得像是一秒钟，有时候，强烈的灯光清晰地照在她的手表上，挨过三分钟也是一件忍受不了的事情，她好像被绳子绑住了两个大拇指，悬空吊着。最后，她合情合理地想象到亚当走出清晨黑暗的房间，走进不久可能会变成雨点的蓝色的雾中，他很可能已经在路上了，归根结底，关于他也没有其他什么事情可想。只是希望看到他；害怕并且感到眼下有一种威胁：再也看不到他；因为他们互相向对方跨出的每一步看起来都是危险的，不像是使他们互相在靠近，而是使他们在分开，好像一个游泳的人尽管下了最大的决心，划动两条胳膊，仍然被潮水逼得慢腾腾地后退。"我不要爱情，"她不由自主地想起来，"不要亚当，没有时间，而且我们没有充分的准备来谈情说爱，然而这就是我们所有的一切……"

他在那边人行道上，一只脚踩在第一级台阶上；米兰达几乎是跑下去同他会面的。亚当握住她的双手，问："你现在感觉好些了吗？你饿吗？你累吗？看完戏以后，你还想跳舞吗？"

"全部都好，"米兰达说，"好啊，好啊……"她头晕得像是在旋转似的；她靠在他的一条胳膊上稳住身子。雾仍然是过一会儿可能会变成雨点的那种雾；尽管她嘴里的空气是新鲜而洁净的，但她断定，这并未使她的呼吸更顺畅。"我希望演出精彩，至少是有趣的，"她对他说，"不过，我没法担保。"

这是一出又长又闷的戏，但是亚当和米兰达非常安静地坐在一起，耐心地等待演出结束。亚当仔细而认真地脱掉她一只手套，握住她的手，好像他习惯于在剧院里握住她的手似的。有一次，他们两人扭过头来，四目相对，但是只有一次，而且那两双眼睛都是平静的，没有流露出什么神情。米兰达心里猛地打了个冷战，她开始有条不紊地克制自己的情绪，好像她在关上窗门，放下窗帘，挡住一场越来越大的暴风雨。亚当坐着看这出单调乏味的戏，兴奋得眼睛奇怪地闪闪发亮，而他的脸纹丝不动，一点表情也没有。

当幕布拉开，上演第三幕的时候，第三幕没有马上开始。台上显出一片背景。一面不恰当和不庄重地展开着的美国国旗差不多把整个背景都遮盖住了，国旗上面两头的角上钉着钉子，中间皱着，下面又钉着钉子，旗子耷拉着，尽是灰尘。国旗前面，装模作样地站着一个当地的拿象征性的工资、为政府办事的人，这会儿，他正在尽他的一分力量，当自由公债的推销员。他是一个已过中年的普通人，腆出一个大肚子，好像扣着的裤子和背心下面藏着一个滴溜滚圆的小瓜似的；紧闭着的嘴显出固执的神情；从他的脸和身材上，除了五十年酒色过度的生活给他留下的烙印以外，什么也看不到。但是，至少这一次，他在一个叫人难忘的场合变成了一个了不起的人物；他乐坏了，用演员腔装模作样地发表他的高论。

“看上去好像一只企鹅。”亚当说。他们转动身子，相对而笑，米兰达把她那只手缩回去，亚当把自己那只手握拢；他们又准备熬过老一套的、尽是灰尘的背景前的、叫人厌烦的讲演。米兰达想方设法不去听它，但是她还是听到了。这些下流的德国兵……光荣的贝洛森林……我们的关键词是牺牲……受尽折磨的比利时……在遭到伤痛以前一直做出贡献……我们的了不起的小伙子在那儿……德国佬的大炮……文明的死亡……德国鬼子……

“我头痛，”米兰达低声说，“唉，他干吗不闭上嘴？”

“他才不会哪，”亚当低声说，“我去给你买点阿司匹林。”

“在佛兰德原野上生长着罂粟花，在一排接一排的十字架中间”——“他的讲话快要结束了。”亚当低声说——罪大恶极的暴行，德国鬼子用刺刀把天真的孩子高高挑起……你的孩子和我的孩子……如果说我们的孩子没有遭到这样的惨事，那么，让我们怀着无限的敬意说，那些死去了的人并没有白死……战争，战争，结束战争的战争，为了民主、为了人道的战争，一个永远、永远安全的世界……为了互相向对方证明，并且向全世界证明我们对民主的信念，大伙儿一起来买自由公债吧，别吃糖和穿羊毛袜……是这样吗？米兰达问她自己，再说一遍。最末的一句我没听清。你提到亚当了吗？要是你没有提的话，我就不感兴趣。亚当怎么办，你这小肥猪？这一回我们要唱什么呢，《蒂珀雷里》还是《有一条长长的小路》？“唉，请让戏继续演吧，演完了就熬出头了。我不得不先写一篇关于这出戏的评论，才能跟亚当去跳舞，而我们没有时间。煤、石油、铁、黄金、国际金融，你干吗不告诉我们这些东西的情况呢，你这个撒谎的小混蛋？”

观众站起来唱道：“有一条长长的、蜿蜒的小路……”在反照的脚光中，他们张开的嘴黑黢黢的，脸色苍白；有几个人苦着脸，在哭，脸上有一道道闪闪发亮的东西，仿佛蜗牛爬过的痕迹。亚当和米兰达用最高的嗓音同大家一起唱，臊红了脸，龇牙咧嘴地互相看了一两次。

在街上，他们点了烟卷，同平时一样慢腾腾地走着。“无非又是一个喜欢看到年轻人去送死的下流的老头儿罢了。”米兰达小声说，“公猫想方设法要吃小公猫，你知道的。你没真上当吧，是不是，亚当？”

当时的年轻人谈起这事来都是这个样子。他们感到自己正在非常清楚地看穿这场把戏。她接着说：“我恨透这些大肚子、秃脑袋的家伙，他们长得太胖，年纪太老，胆子太小，所以不会去打仗了，他们知道自己是安全的；他们把你派出去代替……”

亚当把眼睛转向她，流露出惊讶的神情。“啊，那个家伙，”他说，“话得说回来，要是他们挑中了那个可怜的傻瓜，他能怎么办呢？这不是他的错，”他解释说，“他只能发表讲话，没别的办法。”他溜达着，笔挺的身子显得精力充沛、神态从容，浑身都流露出他对自己的青春的骄傲、他的克制和宽容、他对那个倒霉蛋的轻蔑，“你能指望他做什么呢，米兰达？”

她经常叫他的名字，他呢，倒是难得叫她的。她听到自己的名字从他的嘴里说出来，感到一阵小小的欢乐的震动，以致没有回答他的话。她踌躇了一下，开始从另一方面进攻。“亚当，”她说，“战争最糟糕的是使你在遇到的一切人的眼睛里看到恐惧、猜疑和可怕……好像他们已经关上头脑和心灵的百叶窗，而在窗内偷看你，要是你做一个手势或是说一句话而他们不能马上懂得，他们就会一下子扑上来。这叫我害怕，我也生活在恐惧中，可没有人应该生活在恐惧中。尽是欺骗，撒谎。这就是战争对头脑和心灵造成的危害，亚当，你可不能撇开这两样东西——战争对它们的影响比对肉体的危害更糟。”

过了一会儿，亚当严肃地说：“哦，可不是，不过，如果人毫发无损地回来了呢？头脑和心灵有时候会有恢复的机会，可要是那副可怜的身子骨遇到了什么，嘿，那他只得玩儿完了，就是这么回事。”

“啊，可不是，”米兰达模仿着说，“那他只得玩儿完了，就是这么回事。”

“我要是不去的话，”亚当用平淡的语调说，“我没法正眼看我自己的脸。”

原来一切都定下来了。米兰达把伸直的手指头贴在亚当的胳膊上，默不作声，想着他的心情。没有，他心里没有怨恨。也没有厌恶。纯洁，她心里想，一心一意、毫无缺点、完完整整，就像一只献祭的羔羊应该的那样。这只献祭的羔羊随意地迈着大步，让他的大步子迁就她的脚步，一直按照优良的美国作风让她走在人行道的里边，在街角过马路的时候扶着她，好像她是个瘸子——“我希望我们别走到一个泥坑前，不然他会抱着我走过去的。”——他喷出一口口烟卷的烟，散发出男性化的没有香味的肥皂味、刚刷干净的皮靴味和刚洗干净的皮肤味，这些气味顺利地钻进他的鼻子，传到他的肺里。他仰起头，向那仍然雾蒙蒙、可能会下雨的天空微笑。“嗨，好家伙，”他说，“多美的夜晚。你能不能赶紧写完你的剧评，这样我们就能开始玩了？”

报馆印刷间隔壁有一家饭馆，外号叫“油腻的调羹”，他就在那里要了一杯咖啡等她。她重新洗了脸，梳了头发，涂脂抹粉以后，下了楼来，第一眼就看到了亚当。他坐在邋遢的大玻璃橱窗后面，脸朝着街道，但是眼睛向下看。那是一张不寻常的脸，光滑、漂亮，在暗淡的灯光下是金黄色的，但是这会儿笼罩在隐蔽的忧愁中，脸上流露出痛苦的担心和幻灭的神情。就在这一刹那，她瞥到了年纪比较老的亚当一眼，他活不到那个岁数，有那样一张脸。这时候，他看到她了，便站起身来，闪闪发亮的容光又出现了。

亚当把他们桌子旁的两张椅子拉在一起；他们一边喝热茶，一边听乐队在演奏爵士乐曲《把烦恼打包》。

"装进一个旧帆布工具袋，微笑，微笑，微笑。"五六个还没有到应征年龄的小伙子拥在乐队附近的一张桌子旁高声歌唱。他们不连贯地乱嚷，发出一阵阵歇斯底里的狂笑，好像有什么东西逗得他们兴高采烈似的；他们还在桌子底下传递一个个盛着透明液体的扁瓶——因为在这个由纵酒喧闹的矿工奠基和建筑起来的西部城市里，谁也不准公开喝酒精——把液体兑在他们盛姜汁啤酒的高玻璃杯里，他们接着唱《漫漫长路到蒂珀雷里》。当乐曲变成《马德隆》的时候，亚当说："我们跳舞吧。"这个场所很小，布置得花哨俗气，而且又挤又热，烟雾弥漫，但是没有更好的地方了。音乐是轻快的，而生活反正变得疯狂了，米兰达心想，所以那有什么关系呢？这就是我们所有的一切，亚当和我，这就是我们将要得到的一切，我们的情况就是这样。她想要说："亚当，摆脱你的梦想，听我说。我胸口痛、头痛、心痛，这是真的。我浑身都痛，而你的处境是这么危险，我连想都不敢想，我们为什么不能互相搭救呢？"她搁在他的肩膀上的手一按紧，他搂着她的腰的胳膊马上也搂紧了，胳膊一直贴在那里，搂得紧紧的。他们一句话也不说，只是不断地相对微笑，古怪的、交换感情的微笑，好像他们找到了一种新语言。米兰达将脸靠近亚当的肩膀，注意到一对黑皮肤的年轻人坐在角落里一张桌子旁，互相用一条胳膊搂住对方的腰，他们的头凑在一起，眼睛盯着看同一样东西，不管是什么，只要是徘徊在他们面前那个空间里的东西。她的右手摆在桌子上；他的手盖在她的手上面，她哭得脸上尽是泪水，一片模糊。他时不时地抬起她的手，亲一亲，接着又放下去，握着；她的眼眶里又充满眼泪。他们并不是不知羞耻，只是忘掉了他们在哪里，也许是他们没有别的地方可去吧。他们一句话也不说，这场小小的哑剧又一再重复，像一部令人忧郁的电影短片单调地放了又放。米兰达羡慕他们。她羡慕那个姑娘。至少她可以哭，要是哭有点用处的话；而他呢，连问都用不着问：怎么啦？告诉我。他们面前放着两杯咖啡，过了好久——米兰达和亚当又跳了两次舞坐下来——咖啡已经凉透了，他们突然喝掉，接着像刚才一样搂在一起，一句话都不说，也难得互相看一眼。在他们两人中间，至少有件事情已经办妥了，确定了；这是值得羡慕的，值得羡慕的，他们可以安静地坐在一起，脸上带着同样的表情，向他们共同有份的地狱望进去，不管那是哪一种地狱吧，那是他们的，他们是在一起的。

在离亚当和米兰达最近的那张桌子旁，有一个年轻的女人靠在自己的胳膊肘上，在告诉她年轻的男朋友一件事，“我不喜欢他，因为他太不懂礼貌。他老是缠着我要我喝一杯；我老是告诉他，我不喝；可他说，喂，我想喝得要命，你不陪我喝，真太薄情了，我不能坐在这儿，独自一个人喝，他说。我跟他说，首先，你不是独自一个人，亏你说出这样的话来；再说，你如果想喝，就去喝吧。我跟他说，干吗要把我硬拉进去呢？他就叫侍者，要了一瓶姜汁啤酒和两个玻璃杯；我像往常那样一下子干了一杯，可是他在自己的杯子里倒了一些私酒。他为他那点私酒非常骄傲，说是他亲手用土豆做的。自己酿造的美酒，一喝进去嗓子就暖和，他跟我说，兑上三滴这样的酒，你的姜汁啤酒尝起来就会像玛姆[1]的上等产品。可是我说，不行，而我说不行可是认真的，难道你的脑袋里记不住我这句话吗？他又喝了一杯，说，啊，得了，宝贝儿，别这么固执，这会让你浑身摇摆。我对这种争论觉得烦了，就说我如果要浑身摇摆，用不着靠喝酒，我喝茶也能做到，我说。哦，那么，你干吗不喝呢，他想知道，我就告诉他——"

亚当没有踩出一点打扰她的脚步声，也没有使房门的铰链发出一点嘎吱声，走进了房间，突然打开电灯，这时候，她知道自己已经睡了很久了，而且她还知道来的是亚当，尽管她起初被灯光刺得睁不开眼，扭过头去。他马上走过来，坐在床边上，说起话来，好像在继续谈着他们刚才在谈的事情。他团皱一张纸，扔进壁炉。

"你没有看到我的纸条，"他说，"我把它塞进房门底下。我突然被召回去注射预防针。他们让我耽搁的时间比我估计的长，我来迟了。我打电话到报馆里去，他们告诉我，你今天没有去。我打电话给霍布小姐，她说你在睡觉，不能来接电话。她代我向你传话了吗？"

"没有。"米兰达打着瞌睡地说，"可是我想自己已经睡了整整一天了。啊，我记起来了。有个医生到这儿来过。比尔请他来的。我打过一次电话，因为比尔跟我说，他会叫一辆救护车来，把我送到医院里去。医生轻轻敲敲我的胸脯，开了一张药方，说他会再来的，不过他还没有来。"

"药方摆在哪儿？"亚当问。

"我不知道。不过，他是开了的，我看着他开的。"

亚当走来走去，在桌子和壁炉架上找药方。"找到了，"他说，"我过几分钟再来。我得去找一家通宵营业的药房。现在一点多了。再

---

[1] 玛姆，全球知名香槟酒品牌，于1827年在德国创立。

见。”

再见，再见。米兰达对着他走出去的房门望了好一会儿，接着就闭上眼睛想起来：我不在房里的时候，就想不起这个我住了将近一年的房间里的任何东西，只记得窗帘太薄，总是挡不住清早的亮光。霍布小姐答应过换比较厚的窗帘，但是始终没有送来。那天早晨，米兰达穿着晨衣在打电话的时候，霍布小姐端着一个盘子走过。她小个子，红头发，神情亲切，有点神经质，从她的样子就可以清楚地看出，她这地方收入很差，她手头拮据。

“我亲爱的孩子，”她对米兰达的衣服瞟了一眼，尖声说，“你怎么了？”

米兰达把电话听筒凑在耳朵旁说：“我猜是流行性感冒。”

“太可怕啦，”霍布小姐低声说，盘子在她的手里摇晃，“赶快回去躺在床上……赶快去！”

“我先得跟比尔说。”米兰达告诉她；霍布小姐急急忙忙走过去，没有回来。比尔大声对她发指示，答应样样事情都给她办好，医生啦、护士啦、救护车啦、医院啦、像往常一样的每礼拜的支票啦，样样办好，不过她得回去躺在床上，别起身。她躺到床上，心里想，在她见过的人当中，只有比尔激动到一定程度时会真的扯自己的头发……我想我应该要求把我送回家去，只要办得到的话，把死人交给家里人去料理是个应该受到尊重的古老的风俗。不，我要待在这儿，这是我自己的事，不过不是在这个房间里，我希望……我巴不得在寒冷的山上雪地里，那是我最喜欢的；而在她周围耸立着落基山终年积雪的整齐的山峰，峰顶上空是庄严的白雪和蓝天，好像山峰戴着桂冠，凛冽的寒风冻得她骨头都冰凉。啊，不行，我需要温暖——她的回忆转到另一个地方漫游起来，这个地方她一开始是认识和非常喜爱的，现在只看得出一个个片断的场面，什么棕榈树和杉树啦，黑魆魆的影子啦，温暖而不刺眼的天空啦，就像这个奇怪的天空刺眼而不使她温暖一样；在静悄悄的栎树的浓荫下，有灰色的苔藓在颤悠悠、慢腾腾地摇摆；辽阔的天空中有秃鹰在翱翔；岸边，踩烂的水生植物散发着气味；一点迹象也没有，眼前突然出现了一条广阔而平静的河，所有她认识的河都流到这条河里来了。周围的墙在一刹那中不快不慢、无声无息地斜下去了；有一艘长长的帆船停泊在附近，一块由于日晒雨淋变成黑色的跳板一头搁在她的床脚上。帆船后面是丛林，这片丛林刚在她眼前出现的时候，她就知道这是她从书刊上看到的、听人讲的、感觉到的或是想到的一切丛林的综合；一个危机四伏、神秘莫测、充满死亡的场所，暗藏着盘缠的花斑毒蛇、眼光恶毒的彩虹色的鸟、脸上流露出人的智慧的豹和鬣毛格外浓密的狮子；尖叫的长臂猴在宽阔的肉质叶中间翻筋斗，树叶闪耀着硫黄色的光，流出致死的腐液；叫不出名字的腐烂的树干倒在缓缓流动的沼泽地里。她躺在枕头上望着，毫不惊奇地看到自己匆匆忙忙地跑过那块跳板，登上倾斜的甲板，站在那里，靠在栏杆上，快活地向躺在床上的自己挥手，接着那条狭长的帆船张开翅膀，平稳地飞进丛林。所有的尖叫和嘶哑的吼叫一齐响起来，把空气都震得颤抖了，它们在她头上翻滚和猛撞，好像响声刺耳的暴风雨，后来，那许多声音变得只剩两个词儿，一起一伏，在她的耳朵旁叫嚷。危险，危险，危险，一切声音都在说，战争，战争，战争。她的房门开了一半，亚当站着，手握住球形门把，而霍布小姐呢，吓得脸都完全变了样，尖叫着："我跟你说，他们现在一定要来接她去，要不，我就把她放到人行道上去……我跟你说，这是瘟疫啊，是瘟疫啊，我的老天，我可有一房子的人得考虑啊！"

亚当说："我明白。他们明天早晨来接她。"

"明天早晨，我的老天，他们最好现在就来！"

"他们派不出救护车，"亚当说，"也没有床位。我们又找不到医生或是护士。他们都忙得很。到处都是这样。你别走进这房间得了，我会照顾她的。”

“是啊，你会照顾她的，我也看得出来。”霍布小姐用特别讨厌的声调说。

“是啊，这是我说的，”亚当干巴巴地说，“你别进来。”

他小心地关上房门。他带着一包包奇形怪状的东西。他的脸色出奇的平静。

“你听到她的话了吗？”他一边问，一边弯下身来，语调非常镇静。

“多半听到了，”米兰达说，“真是个光明的前景，不是吗？”

“我把你的药买来了，”亚当说，“你该马上吃药。她不能把你撵出去。”

“原来真的这么糟糕了。”米兰达说。

“真是要多糟糕有多糟糕，”亚当说，“所有的剧院和几乎所有的商店和饭馆都关了门；街上呢，整天尽是出殡的队伍和救护车……”

“可是没有一辆是来接我的。”米兰达说道，她觉得很滑稽，而且头昏眼花。她坐起来，拍了拍枕头，伸手去拿她的晨衣。“我真高兴你在这儿。我刚才在做噩梦。给我一支烟卷，好吗，你自己也点一支，把所有的窗户都打开，坐到一扇窗旁去。你在冒险呢，”她对他说，“你知道吗？你干吗要这么做呢？”

“没关系，”亚当说，“吃药吧。”接着递给她两大颗樱桃色的药丸。她马上把药丸吞下去，但是顿时呕吐了出来。“请原谅我，”她说，哈哈笑起来，“我真抱歉。”亚当一句话也没有说，带着非常担心的神情，用湿毛巾给她洗脸，从一个包里拿出一点碎冰给她，接着又坚决地给她两颗药丸。“在家里的时候，他们总是这样做的，”她讲给他听，“这办法挺有用。”她羞得头都抬不起来，双手蒙住脸，又痛苦地笑起来。

“另外还有两种办法，”亚当一边说，一边拉开她捂在自己脸上的双手，抬起她的下巴，“你才刚开始呢。我还买来了别的东西，橘子汁啦、冰淇淋啦——他们劝我喂你吃冰淇淋——还有一暖水瓶咖啡和一支体温表。你得熬过整个过程，所以还是想开一些的好。”

“昨天夜里这个时候，我们在跳舞。”米兰达说，接着她用调羹喝了一点什么。她的眼光跟着他在房间里转；他呢，在为她做事情，脸上一副心不在焉的神情，仿佛房间里只有他一个人似的；他时不时地走过来，把手悄悄地伸到她的头下面，把一个茶杯或是平底玻璃杯凑到她的嘴边；她就喝下去，接着眼光又跟着他转，心里不大清楚到底是怎么回事。

“亚当，”她说，“我刚想到了一个主意。也许他们忘掉了圣路加医院。打电话给那儿的嬷嬷，求她们别那么不顾别人死活，卡着那些破旧的病房不让人住。告诉她们，我只要一间很小的、又暗又差的房间待三天，少些日子也行。去试试看，亚当。”

他显然相信她的神志还是相当清醒的，因为她听到他用从容的声音在电话里说明情况。他几乎马上就回来了，说：“看来今天我注定要给坏脾气的老处女弄得晕头转向。那个嬷嬷说，哪怕她们有一个房间，没有医生的命令，你也不能住。何况她们一间也没有。她说的话可不好听哪。”

“哦，”米兰达瓮声瓮气地说，“我想这太粗鲁和卑鄙了，你说对吗？”她两条胳膊猛地一挥，坐起身来，接着又剧烈地呕吐起来。

“别发火，保持镇静。”亚当一边高声说，一边端脸盆。他扶着她的头，用冰水给她洗脸洗手，把她的头稳稳地放到枕头上，然后走过去，望着窗外。“嗯，”他又坐在她身旁，最后说，“她们一个房间也没有。她们一张床位也没有。她们连小孩睡的小床也没有，她就是这么说的。所以我想这倒也够干脆的，我们还是自己想办法的好。”

“救护车不来吗？”

"也许明天会来。"

他脱掉短上衣，挂在椅背上。他跪在壁炉前，小心地把引火柴搭成印第安人的帐篷那样的形状，中间塞一些纸支住它。他点着这堆引火柴，接着把木柴加上去，然后加大一点的木头。火烧旺以后，他时不时地加上更大的木柴，添几块煤，直到火光熊熊，用不着再加了。他站起来，拍掉手上的灰尘，火光从背后照亮他，使他的头发闪闪发亮。

"亚当，"米兰达说，"我想你长得挺美。"他一听这话，哈哈大笑起来，接着对她摇摇头。"对我来说，"他说，"这句话真是太妙啦。""我第一个念头就想到这句话。"她一边说，一边用胳膊撑起身来，凑近火光取暖，"这火生得真好。"

他又坐在床上，拉过一张椅子，把两只脚搁在横档上。他们相对微笑，这是那天夜晚他来了以后第一次微笑。"你现在觉得怎么样？"他问。

"好一点了，好多了，"她对他说，"我们来谈谈。让我们把自己原来打算做的事情讲给对方听听。"

"你先讲给我听，"亚当说，"我想要知道你的情况。"

"那你就会得到一个印象，那就是我过去的生活糟透了，"她说，"而且这也许是事实，不过，要是我现在过着那样的生活，我会挺高兴的。要是我能重新那样生活的话，我几乎会轻易地对任何事情感到幸福。这不见得是真的，不过，我现在的确是这么想的。"她停顿了一下说："要是生命现在结束的话，那么，归根结底，没有什么可讲的，因为在这一段时间里，我是在为一件时机一到、以后就会发生的事情做准备工作。所以现在没什么事情可讲。"

"不过，直到现在，你总该有值得经历的事情，对吗？"他认真地问，好像要知道的是件重大的事情似的。

"如果说，我的一生就这样了结，那么，就没有什么值得经历的事情。”她固执地重复着说。

“你过去感到过——幸福吗？”亚当问，他显然害怕这个词儿；他不好意思说这个词儿，就像他不好意思说爱情这个词儿一样，他看上去好像以前从来没有说过，所以也拿不准这个词儿的发音和意义。

“我不知道，”她说，“我只是生活，从来没有去想过这事。不过，我记得我喜欢的事情，还有期待的事情。”

“我过去想当个电气工程师。”亚当说。他突然停住嘴。“等我回来，我会完成学业的。”过了一会儿，他加上一句。

“你不喜欢生气勃勃的感觉吗？”米兰达问，“你喜不喜欢一天里不同时间的天气和色彩，还有各种声音和噪声，比如小孩在隔壁空地上的尖叫声啦、汽车的喇叭声啦、小小的乐队在街上的演奏声啦，还有饭菜的气味？”

“我还喜欢游泳。”亚当说。

“我也喜欢，”米兰达说，“我们还从来没有一起游泳过呢。”

“你记得哪段祈祷词吗？”她突然问他，“你在主日学校里学过吗？”

“学得不多，”亚当说，并没有懊悔的神情，“哦，学过主祷文。”

“可不是，还有《万福玛利亚》，”她说，“和那个真正有益的开头部分，我向全能的上帝、圣母玛利亚、圣徒彼得和保罗忏悔……”

“天主教徒。”他发表意见说。

“祈祷词完全一样，你这大个子卫理公会教徒。我敢打赌你是个卫理公会教徒。”

“不对，是长老会教徒。”

“唔，你还记得别的祈祷词吗？”

“‘现在我躺下安睡’……”亚当说。

“是啊，这一段，还有‘神圣的耶稣柔顺而温和’——你瞧，我没有遗忘受过的宗教教育呢。我甚至还记得一段祈祷词，开头是‘啊，阿波罗’。要听吗？”

“不要，”亚当说，“你在开玩笑吧。”

“我不是开玩笑，”米兰达说，“我在避免睡着。我害怕一睡着，就可能醒不过来了。别让我睡着，亚当。你知道《马太、马可、路加和约翰》[1]吗？守护着我安睡的床？”

“如果我在醒前就死去，我祈祷主接纳我的灵魂。是这一段吗？”亚当问，“不知什么缘故，听上去不对头。”

“请给我点一支烟卷，走过去，坐在窗口附近。我们老是忘掉新鲜空气。这你一定要有。”他点了一支烟卷，送到她的嘴边。她用手指头去夹住烟卷，但是烟卷掉到枕头底下去了。他找到了烟卷，把它捺熄在搁着平底玻璃杯的碟子里。她两眼发黑，头晕得像在旋转似的，过了一会儿，又清醒过来了；她惊慌地坐起来，甩掉她的被子，一下子折腾出一身大汗。亚当一副受到惊吓的神情，跳起身来，几乎马上端着一杯热咖啡，送到她的嘴边。

“你也得喝一点。”她对他说，接着又默不作声了；他们坐在床边上，挤在一起，沉默地喝咖啡。

亚当说：“你一定要再躺下去。现在你清醒了。”

“我们来唱歌吧，”米兰达说，“我知道一支黑人的圣歌，还能记得几句。”她声调自然地说。“现在我好了。”她开始用沙哑的低声唱起来：“‘灰色马，灰色的骑手，已经带走了我的爱人……’你知道这支歌吗！”

“知道，”亚当说，“我听得克萨斯州的黑人唱过，在油田里。”

“我听到他们在棉花地里唱过，”她说，“这是一支好歌。”

---

① 《马太、马可、路加和约翰》，也被称作“黑色祈祷文”，是一首英国儿童的睡前祷告文和儿歌。

他们一起唱着这一句。“可是后面的歌词我记不得了。”亚当说。

“灰色马，灰色的骑手，”米兰达说，“（我们确实需要一把班卓琴）已经带走了我的爱人……”她的嗓音变得清澈；她说：“可是我们应该唱下去。下一句是什么？”

“还有许许多多哪，”亚当说，“差不多还有四十个独唱部，骑手已经带走了妈妈、爸爸、哥哥、姐姐，除了那个爱人以外，已经带走了一家人……”

“不过，那个唱歌人没死，还没有死，”米兰达说，“死神总是留下一个唱歌人来哀悼。死神，”她唱起来，“啊，留下一个唱歌人来哀悼……”

“灰色马，灰色的骑手，”亚当合着拍子重复地唱着，“已经带走了我的爱人！（我想我们唱得不错，我想我们应该来点表演……）”

“参加营房服务，”米兰达说，“去唱给那儿那些可怜的、无法保卫自己的英雄听。”

“我们会弹起班卓琴，”亚当说，“我老是想弹班卓琴。”

米兰达叹了一口气，躺回到枕头上，心里想，我非说出来不可了。我再也忍不住了。只有这痛苦的疾病，只有这个房间，只有亚当。再也没有多样的生活，也没有回忆和希望，像牢固的绳索那样把她紧紧地竖捆着，拉来拽去。只有这个时刻，一个梦幻似的时刻；亚当的眼睛紧盯着，一眨也不眨，脸像是一片阴影，离她的脸很近，而且再也不会有别的了……

“亚当，”她从一步步把她拉下去的沉重而柔软的黑暗中说，“我爱你，我一直希望你也会对我这么说。”

他在她的身旁躺下来，一条胳膊伸在她的肩膀下面，把他光滑的脸贴在她的脸上，他的嘴朝她的嘴凑过去，接着停住了，“你能听到我说的话吗？……你觉得我这阵子一直想对你说的是什么呢？”

她向他转过身来，疑云一扫而空；她对他的脸看了一眼。他把被子拉过来，盖在她的身上，搂着她，说："睡吧，亲爱的，亲爱的，你要是现在睡上一个钟头的话，我之后就会叫醒你，给你端来热咖啡；明天呢，我们会找到人来帮忙的。我爱你，睡吧……"

事先几乎一点没有觉察，她握着他的手飘进了黑暗，进入的不是睡乡，而是梦境：一个小小的绿色树林，笼罩在清晰的黄昏的亮光中；那是一个杀气腾腾、危机四伏的树林，充满了隐蔽着的野蛮的尖叫，像是悲啸的箭声，接着她看到一阵利箭呼啸着射中并且刺透亚当的心房，呼啸地飞过他们走的小路，穿进树叶去。亚当顿时在她前面仰面倒下去，接着又站起来，一点没有受伤，而且生气勃勃；另一阵箭从看不见的弓上射出来，又射中了他，他又倒下去，然而又在她前面站起来，毫无伤痕，不断地死而复生。她冲到他前面，愤怒而出于私心，插在他和射来的箭中间，叫着，不行，不行，像是一个在游戏时受到欺骗的孩子，现在该轮到我啦，为什么总是一定要他死呢？接着一阵箭直接射中了她，穿透她的心房，接着穿透他的身子；他躺着死了，她却仍然活着；树林呼啸，歌唱，喊叫；所有的枝条、树叶和草叶发出特有的可怕的谴责声。她随即跑起来；亚当在房间中央追上了她，一边跑，一边说："宝贝儿，我一定也睡着了。出了什么事，你可怕地尖叫起来了？"

他帮她重新平静下来以后，她坐着，两个膝盖蜷缩在下巴颏下面，头靠在交叉的胳膊上，开始仔细地找寻合适的语言，因为清楚地讲明白是重要的。"这是个非常古怪的梦，我不知道为什么这个梦把我吓慌了。梦里出现一种老式的表示爱情的东西。一棵树上刻着两颗心，被同一支箭刺透——你也知道，亚当……"

"是啊，我知道，宝贝儿，"他一边带着最温柔的神情说，一边坐下来，熟稔地亲亲她的脸颊和额头，好像这个动作已经重复了很多年，"是印在花边纸上的玩意儿。"

“说得对，然而它们是有生命的，而且变成了我们，你也明白——我说的跟梦中的情况看来并不完全一样，不过有点相像。在梦中，事情发生在树林里……”

“好了。”亚当说。他站起来，穿上短上衣，拿起暖水瓶。“我再到那家小铺子去给我们买一些冰淇淋和热咖啡，”他对她说，“不到五分钟，我就会回来的；你安静地待着。五分钟后再见。”他说，用手掌托着她的下巴，设法引起她的注意，“你一定要非常安静。”

“再见，”她说，“我现在又醒了。”但她没有醒；在《蓝山新闻》那个吵吵嚷嚷的本地新闻编辑主任疯狂的催促下，两个年轻而机灵的县立医院实习医生来了，准备用一辆警察用的救护车把她运走，他们认为他们还是到楼下去取一副担架来的好。他们的声音惊醒了她；她坐起来，马上跨下床，站着，精神抖擞地东张西望。两个年轻人穿着白衣服，纽扣孔上插着一朵花，两个人都显得非常适合且胜任这个工作，其中皮肤比较黑、身体比较结实的那一个说：“唷，你情况挺好嘛。看来我背着你就行了。”他摊开一条白毯子，把她的身子裹起来，她抓住毯子的折叠处，拉着那个医生的胳膊，问：“可亚当在哪儿呢？”他把一只手按在她大汗淋漓的额头上，摇摇头，狠狠地看了她一眼，“亚当？”

“是啊，”米兰达像是吐露机密似的压低了声音对他说，“他刚才在这儿，现在走了。”

“啊，他就会回来的，”那个实习医生轻松地对她说，“他只是到街角去买烟卷的。别为亚当担心。他绝不会给你惹麻烦的。”

“他会知道上哪儿去找我吗？”她问，仍然不放心。

“我们给他留一张纸条。”那个实习医生说，“走吧，眼下我们该离开这儿了。”

他把她抱起来，转到背上。“我感到很不好，”她对他说，“我不知道为什么。”

“我敢断定，你会知道的。”他一边说，一边小心谨慎地迈着步子，另一个实习医生走在他们前面，摸索第一级楼梯。“用你的胳膊勾住我的脖子，”他教她，“这对你没有一点害处，对我可大有帮助。”

“你姓什么？”米兰达问，这时，另一个实习医生开了前门，接着他们走到寒冷而空气清新的户外。

“希尔德谢姆。”他用大人哄小孩的声调说。

“唔，希尔德谢姆医生，我们的情况很糟糕吗？”

“那还用说，糟透了。”希尔德谢姆医生说。

另一个年轻的实习医生穿着白上衣，仍然显得精神抖擞，干净利索，尽管他那朵康乃馨的花瓣边上都发蔫了，他凑过来，一边用听诊器听她的呼吸，一边轻轻地吹着口哨：“有一条长长的小路……”他时不时地一边吹口哨，一边手法灵敏地用两个手指头敲敲她的肋骨。米兰达盯着他看了一会儿，使他那双忙碌、明亮的淡褐色眼睛也盯着她看，离她那双眼睛不到四英寸。“我没有丧失知觉，”她在说明，“我知道我想要说些什么。”紧跟着，她吓得毛骨悚然，原来她听到自己在唠唠叨叨地胡言乱语，知道自己说的是胡言乱语，尽管她听不清自己在说些什么。她面前那两道关注的目光不见了，那个实习医生又继续一边敲肋骨，听呼吸，一边压低了声音嘘嘘地吹口哨。

“我希望你别吹口哨了。”她口齿清晰地说。声音没有了。“这支曲子难听死了。”她加了一句。只要能让她抓住一点点人类生活，任何东西，任何东西都行，只要在她和越来越远的世界中间有一条清楚的连通的路线，不管什么路线都行。“请让我见一见希尔德谢姆医生，”她说，“我有重要的事情跟他说。我现在非说不可。”另一个实习医生不见了。他没有走开，他无声无息地飞到空中去了，希尔德谢姆医生的脸代替他出现了。

"希尔德谢姆医生，我要问你关于亚当的事情。"

"那个年轻人？他刚才到这儿来过了，留下了一张纸条，又走了，"希尔德谢姆医生说，"他明天和后天会再来的。"他的声调轻松愉快极了。

"我不相信你的话。"米兰达沉痛地说，闭上嘴唇和眼睛，希望自己别哭出声来。

"坦纳小姐，"那个医生叫了一声，"你收下的那张纸条呢？"

坦纳小姐出现在她身旁，递给她一个没有封口的信封，接着又拿回去，摊开纸条，交给她。

"我看不清。"米兰达在那张用黑墨水匆匆忙忙、潦潦草草写满了字的纸上费劲地左看右看后说。

"那我来念，"坦纳小姐说，"纸条上写着：'我不在的时候，他们来把你接走了，现在他们不允许我见你。也许明天他们就会允许了，爱你的，亚当。'"坦纳小姐用坚定的、干巴巴的声调念着，发音清晰。"现在你信了吧？"她安慰地问。

米兰达一个字一个字地听着，一边听一边就忘了。"啊，再念一遍，纸条上写些什么？"她叫出声来，冲破压在她身上的沉默，追索着那些几乎被她碰到、偏偏又逃开的跳跃的字儿。"行了，"希尔德谢姆医生冷静而不容反驳地说，"床位在哪儿？"

"还没有床位。"坦纳小姐说，她的语气好像是在说，我们没有橘子。希尔德谢姆医生说："那么，我们得想想办法。"接着坦纳小姐把那张装着闪闪发亮的交叉金属支架和小橡胶轮的窄帆布床拉到走廊里一个凸出得很深的地方，床摆在那里不会妨碍那些穿着白衣服急急忙忙走过的人，他们都悄没声地穿进穿出，转来转去，一下子掠过，像水苍蝇。白色的墙陡直地屹立，像峭壁；十几个脸色冷淡、神态沉着的人一个接一个地走过一条白胡同，一个个默不作声地跌进一个积雪的深渊。

这一片白色和寂静除了没有痛苦以外，还有什么呢？米兰达躺着，用空闲的手指头轻轻夹起白毯子上的绒毛，望见铺在架子上的床单组成的那层宽阔的幕布后面那些从容不迫的长长的影子在移动，像是在跳舞。就在那儿，离她很近，靠着她这一边的墙，她能够清楚地看到并且欣赏；这景象是这么美，所以她没有好奇心去追究这到底是怎么回事。两个黑魆魆的人影点点头，弯弯腰，互相行礼，向后退，又鞠躬，贴近白晃晃的布幕影子，举起长长的胳膊，伸开大手；然后，紧跟着一个简单、迅速的动作，床单被撩开了，露出两个浑身衣服雪白、不说话的人，他们站着，另一个浑身雪白、不说话的人躺在一张没有床垫的白铁床的弹簧上。那个躺在弹簧上的人从头到脚裹得整整齐齐，一片白色，他的脸用绷带交叉包扎着，头顶上垂着一个硬邦邦的大结，像快活的兔子的耳朵。

那两个活人抬着一张床垫，弓着背靠墙站着，把床垫轻手轻脚、严严实实地铺在那个死人身上。他们一言不发，浑身雪白，推着那张有轮子的床，沿着走廊里走过去，不见了。这是一个从容不迫的迷人的场面，但是现在结束了。紧跟着他们的离去，悄悄地升起了一阵苍白的雾，在米兰达的眼前飘浮，雾中隐藏着被虐待、被伤害的生物的一切恐惧和一切疲乏，一切痛苦得变形的脸、扭曲的背和断折的腿，反映出他们混乱的痛苦和疯狂的心的一切形体；雾随时都可能散开，放出那群折磨人的家伙。她举起双手，说，眼下别来，眼下别来，但是太晚了。雾散开了，两个刽子手穿着白衣服，异常熟练而灵巧地用手推着一个身材畸形的老头儿，向她走来；那个老头儿穿得又脏又破，他弯着身子，脚硬撑着地面抵抗和拖延他们为他安排的命运，他稀疏的胡子在张开的嘴下面摇晃。他用刺耳的哭音试着向他们说明，他被控诉的罪行不足以处予他将身受的惩罚；除了这哭喊以外，他们走过来的时候，没有一点声息。老头儿肮脏、开裂的双手向上弯着，像哀求的乞丐的手那样伸出在身前，他说着："上帝作证，我没有罪。"但是他们抓着他的胳膊，推着他向前走，走了过去，不见了。

走向死亡的道路是布满痛苦的漫长路程；每经历一次新的恐怖，心就跳得衰弱一点儿；每跨一步，骨头都不听使唤；大脑亲自进行艰苦的抵抗；这到底是为了什么呢？障碍一个个倒下去；没有什么东西遮住眼睛，使人看不到那片灾难的景色和那里的犯罪现象。希尔德谢姆医生越过田野来了，他的脸变成一个戴着德国钢盔的骷髅，一只手里拿着一把刺刀，刀尖上挑着一个在扭动的赤身裸体的婴孩，另一只手里提着一个大石罐，罐上用黑体字表明有毒。他站在一口井前，米兰达记得那口井在她爸爸的庄园的牧场上，原是口枯井，但是现在井里却有汩汩冒着气泡的活水。他把孩子和毒药扔到清澈的井水深处，被玷污了的水一下子无声无息地退到地底下去了。米兰达一边尖叫，一边把两条胳膊举在头上奔跑；她的声音引来了回声，传到她的耳朵里像是狼嗥，希尔德谢姆是个德国佬，奸细，德国兵，杀死他，杀死他，免得他杀死你们……她号叫着醒来，她听到自己的嘴里没完没了地骂着希尔德谢姆医生的脏话；她睁开眼，看到自己在一个白色的小房间里，躺在一张床上，希尔德谢姆医生坐在她身旁，两个结实的手指头按在她的脉搏上。他的头发梳得油光水滑，纽扣孔里的花很鲜艳。窗外，星星发出闪闪烁烁的亮光；希尔德谢姆医生似乎盯着那些星星在看，脸上没有什么特殊的表情，他的听诊器晃晃悠悠地挂在他的脖子上。坦纳小姐站在床脚旁，在一张图表上写着什么。

"你好，"希尔德谢姆说，"至少你用喊叫把病发出来了。你可别下床到处乱跑。"米兰达花了好大的力气勉强睁开眼，清楚地看着他那张有点浓眉大眼的、显出忍耐心的脸，尽管她的脑子又摇摇晃晃，东倒西歪地活动起来，接着连底断开，像一个脱落的车轮在沟里旋转。"我不是有意这么说的，我从来没有这么想过，希尔德谢姆医生，你千万别放在心上……”接着等不及听到回答，她又昏迷过去了。

她干的这件错事缠着她，盘踞在她的梦境中：这件错事化身成种种她既不认识、又叫不出名字的模糊的恐怖形象，尽管她看到这些形象就感到畏缩。她的脑子已经分裂成两个，同时承认和否认她看到的东西，因为在越过疾病这个黑暗的深渊的过程中，她那有条有理的、理性的自我冷冷地望着那另一个自我的莫名其妙的、疯狂的举动，不愿承认它的视觉、它无法排除的悔恨和绝望是真实的。

“我知道这是你的双手，”她告诉坦纳小姐，“我知道，可是我看到的却是白色的塔拉图拉毒蜘蛛，别碰我。”

“闭上你的眼睛。”坦纳小姐说。

“不行，不行，”米兰达说，“因为那样我看到的东西更糟。”但是她的眼睛不由自主地闭上了，内心的折磨像漆黑的深夜似的把她团团包围。

米兰达一边用她的脑子在回忆中摸索她从前学过的、用来称呼她没看到过和不认识的东西的那些词儿，一边在想，遗忘是一个永远在原地旋转的灰色的旋涡……永远也许比到最遥远的星球去的距离更远。她躺在深渊上面一片狭窄而凸出的岩石上，她知道那是个无底的深渊，虽然她不可能了解它；凸出的岩石在她童年的梦中就使她感到危险；她把脊背紧贴在一堵叫人放心的花岗石峭壁上，一边盯着深渊看，一边思索，在这里，到底在这里了，这挺简单；像遗忘和永远这种精心形成的温和的词儿是挂在虚无前面的帘子。我不会知道这事什么时候发生，我不会觉得和记得，为什么眼下我不能同意呢，我已经走投无路，我再也没有一点希望。瞧，她对自己说，在这里了，这就是死亡，压根儿没什么可怕的。但是她不能同意，仍然死乞白赖地向后缩着身子，紧贴着花岗石峭壁，在她童年的梦中，峭壁使她感到安全，她慢腾腾地呼吸，害怕浪费气力，绝望地说，瞧，别害怕，这没什么，只是永远的归宿罢了。

花岗石峭壁、旋涡、星星是物体。其中没有一样是死亡，也不是死亡的形象化的比喻。死亡就是死亡，米兰达说，它不赋予死人任何象征。她不出声了，毫不费力地在黑暗中越沉越深，最后她像一块石头似的躺在最遥远的生命底层，又瞎又聋，说不出话，不再感觉到自己身体的各个部分，完全摆脱对人事的一切关心，然而特别清明而通达；一切理性的概念、合理的疑问，一切血肉的联系和七情六欲都从她身上渐渐消失，化为乌有，只剩下一颗微小而光线强烈的生命的火星，它只知道自己，只依靠自己，不依靠其他任何物体提供力量；它不受任何感染或者引诱的影响，完全由一个独一无二的动机——执着的生存意志所组成。这颗静止不动的火星毫无援助地全力抵抗着毁灭，挣扎着活下去，狂热地追求着生存，除了这唯一的决不放弃的目的以外，既没有动机，也没有计划。信任我，这一颗顽强不灭、光线强烈的火星说。信任我。我坚持着。

火星一下子变大，变得又扁又薄，成为一道美丽的光，像一把巨大的扇子那样展开，而且弯曲成一道虹；透过这道虹，着迷因而全然相信的米兰达看到一幅深远而清晰的风景，大海和沙滩啦、柔软的草地和天空啦，全刚冲洗过，闪烁着透明的蓝色。唔，当然喽，当然喽，米兰达说，丝毫不感到惊奇，而是带着安详的喜悦，好像一个答应过她的诺言在她不存实现的希望许久以后，终于履行了。她从狭窄的凸出的岩石上站起来，轻快地穿过那座气象万千地架设着的宏伟的虹桥，走过一个个桁架，桥下一边是蓝得像火焰的大海，另一边是阴凉的绿色草地。

微微起伏的水波不慌不忙地滚滚涌来，默默拍打着沙滩，又退下去；绿草在无声无息的风中摇摆。一大群人像白云似的在闪烁着微光的空气中慢悠悠地向她走来；而米兰达又惊又喜，看到他们全是她认识的活人。他们的脸都变了样，个个变得漂亮了，胜过在她记忆中的相貌；他们的眼神像晴朗的天气，清澈而平静；他们没有影子。他们是绝不可能被认错的，她没有叫他们的名字，或是回忆她同他们的关系，就个个都认识了。他们平静地把她围起来，没有发出一点脚步声，然后又把出神的脸转向大海；而她毫不费力地同他们一起行动，就像一个浪花在波浪中似的。这个移动的圈子扩大了，分散开来；每个人独立着，但是并不孤独；米兰达也是独立着，什么也不问，什么也不想要，在宁静的狂喜中，待在原处一动也不动，眼睛盯着那覆盖万物、深不可测的天空，那里永远是早晨。

米兰达舒坦地躺着，头枕在两条胳膊上，处在大海、天空和草地均匀地洋溢出来的源源不绝的温暖中，她接触得到周围那些安详地微笑着的熟人，但是没有去接触。突然，事前一点预兆也没有，她感到一阵模模糊糊的恐惧的战栗，她欢乐的心情中出现了一个小小的不信任的污点；一层薄霜落到她充满信心的平静的心境边缘上；缺少一样什么，缺少一个人，她失去了什么，她在另一片地域失去了什么贵重的东西，啊，那可能是什么呢？没有树，这儿没有树，她胆战心惊地说，我撇下什么事情还没有做完。一个念头在她脑海深处挣扎，终于清楚地出现，像是传到她耳朵里的说话声。死人在哪儿？我们把死人给忘了，啊，死人，他们在哪儿呢？顿时像幕拉下来似的，灿烂的景色不见了。她独自在一个陌生的、尽是石头的、冷得刺骨的地方，沿着一条白雪覆盖、容易滑跤的陡峭的小路小心翼翼地走着，大声喊叫，啊，我一定要回去！可是朝哪个方向呢？痛苦又来了，一阵像烈火那样强烈地折磨人的痛苦在她的血管里流动，她的鼻孔里充满腐烂的臭气，烂肉和脓水的叫人恶心的、甜滋滋的气味；她睁开眼，只见一片苍白的亮光透过一层粗白布照在她的脸上，知道死亡的气味在她自己的身体里，接着她勉强举起一只手。白布褪下去了；她看到坦纳小姐熟练而有条不紊地用装上皮下注射针头的注射器在抽药水，听到希尔德谢姆医生在说："我想这会有效的。再试一针。"坦纳小姐牢牢抓住米兰达肩膀附近的胳膊，接着那种难以置信的流转的痛苦又在她的血管里流动起来了。她挣扎着喊叫，说，让我走，让我走；但是听到的只是像痛苦的野兽发出的一连串混乱的声音。她看到医生和护士用刚参加某种教派的人看秘密仪式那样的眼光互相看了一眼，默默无声地点点头，他们的眼睛里闪烁着别人觉察得到的得意神情。他们对自己的病人稍微看了看，就匆匆走了。

钟声都不协调地叮当叮当响起来了，在半空中互相激荡，响成一片；喇叭声和汽笛声尖锐地同人的悲痛的叫声混在一起；硫黄色的亮光在黑沉沉的玻璃窗外爆破，像闪电似的在黑暗中消逝。米兰达从无梦的睡眠中醒来，问："出了什么事？"她并不指望得到回答，只是因为走廊里说话声和脚步声闹得沸沸扬扬，而空中有一片刺耳的噪声；遥远的吵嚷声不断地传来，愤怒的、发狂似的尖叫像是暴民在造反。

灯光亮了，坦纳小姐用嘶哑的声音说："听到了吗？他们在庆祝。停战了。仗打完了，亲爱的。"她的双手颤抖着。她把手里的调羹在杯子里搅得嗒嗒直响，接着停住手听了一阵，然后把杯子递给米兰达。从卧床不起的老妇人住的病房到楼下门厅里，都飘起嗓音沙哑、音调不齐的合唱声："我的祖国，这是你的……"

可爱的土地……啊，这个苦恼的世界上的这片糟糕的土地；在这里，欢乐的歌声是痛苦的叫喊，在这里，那些老妇人坐起来，一边等着她们黄昏时候喝的那杯可可，一边用沙哑、走调的声音唱着："可爱的自由的土地——"

"啊，我说，你想象得到吗？"那些难听得要命的声音接下来会问。各种响亮的金属乐器声在淹没她们的声音。"仗打完了。"坦纳小姐说，她的下嘴唇紧绷着，眼泪汪汪。米兰达说："劳驾把窗子打开，劳驾，我在这儿闻到了死亡的气味。"

但愿我记忆中在这个世界上看到过的真正的白天的光明会重新来到，但是始终是朦胧的暮色和破晓，白天从来没有出现。太阳怎么样了？这是最长、最寂寞的夜晚，然而它还不过去，让白天来到。我还能看到光明吗？

坐在靠窗的一张长椅上，看褪尽了蓝色的天空底下苍白的阳光斜照着白雪，这件事本身就是一个叫人伤感的奇迹。"这是我的脸吗？"米兰达问镜子，"这是我自己的手吗？"她一边问坦纳小姐，一边举起双手，让她看并紧的手指头中间熔蜡似的闪闪发亮的黄色。身子变成稀奇古怪的丑样，瘦得什么也容纳不了，人生活在这么一副躯壳中怎么会感到舒服呢？我到底可不可能对这副躯壳习惯呢？她问自己。她周围的人看上去好像个个无精打采，筋疲力尽，皮肤和眼睛都没有米兰达记忆中的光彩；从前她房间里雪白的墙面现在变成肮脏的灰色。慢悠悠地呼吸，昏沉沉地睡着，又醒过来，感到皮肤上溅到水花，吃东西，用最简短的词句同希尔德谢姆医生和坦纳小姐谈话，米兰达像个陌生人那样用暗藏着敌意的眼光来看待周围的一切事物，那个陌生人是既不喜欢他所在的那个国家，又不懂得那里的语言的，并且也不想学，他不打算住在这里，然而无可奈何，不能任意离开。

"是早晨了，"坦纳小姐会叹一口气说，因为她在过去的一个月里已经无可挽回地变得又老又疲倦了，"又是早晨了，亲爱的。"她让米兰达看那老一套的单调的景色——叫人沉闷的常青树和铅灰色的雪。她穿着浆得硬邦邦的裙子走来走去，发出窸窸窣窣的声音，脸上浓浓地敷着香粉，意志像优质钢那样坚强不屈，她会说："瞧，亲爱的，多美妙的早晨啊，简直像是水晶。"因为她喜欢眼前这个被抢救脱险的病人，这个默不作声、毫无感激之心的人，是她，科妮莉亚·坦纳，一个精通业务的护士，亲手从死神手里抢救回来的。“不管怎样，十之八九还是靠护理，”坦纳小姐会对其他护士说，“把这话牢牢记在心上。”连阳光也是坦纳小姐为了米兰达进一步恢复健康而亲手安排的妙药，医生们曾认为这个病人没有希望了，然而她还坐在这儿，是坦纳小姐的理论的活生生的证据。她说：“现在看看阳光吧。”她的声气就像可能在说：“这是我给你配的菜，亲爱的，坐起来吃吧。”

“真美。”米兰达会回答，甚至扭过头去看看，感谢坦纳小姐的好意，她那大半是关于天气的好意，“真美，我过去一直喜欢这种天气。”我可能会再喜欢上，要是我看得到的话，她心里想。不过事实上，她看不到。没有光明，也许永远不会再有光明了，因为她免不了老是拿她在那乐园的岸旁、非常平静的蓝色大海边看到的光明去对比。在童年的梦中，这乐园是一片迷人的草地，一个疲劳的人在熟睡的恬静的幻景，她想，可是我明知道不在做梦的时候也看到过的啊。她闭上眼，休息一会儿，回想那幅给予她巨大的喜悦的幻景，这种喜悦已经补偿了她在得到的过程中所经历的痛苦；睁开眼，她带着新的苦恼又看到这个她注定逃避不了的沉闷的世界，那里的灯看上去好像挂着蜘蛛网，一切光亮的表面都在腐蚀，线条分明的平面越来越残缺，甚至溶蚀变形，一切物体和人都丧失意义，啊，明明是死去和消亡的东西，偏要自以为生气勃勃！

夜晚，她在椅子上费劲躺了好长的时间以后，为自己这么短促地得到过的一切感到极度悲伤，她把疼痛的身子蜷缩在一起，默不作声，毫无顾忌地哭泣，可怜她自己和她失去的欢乐。没法逃避。希尔德谢姆医生、坦纳小姐、做病号饭的那些护士、药剂师、外科医生、医院里精密的医疗机械、一切人道信念和社会风俗，都同心协力使她那副分不开的骨架和消瘦了的肉体恢复健康，使她不正常的脑子重新正常，使她再度安全地走上人生的道路，而这条路会再次把她引向死亡。

查克·朗西范尔和玛丽·汤森来看她，带来了一捆他们为她保管的信。他们还带来了一个花篮，盛的是暖房里培育的娇艳的小花，铃兰啦、可爱的豌豆花啦，还有羽毛似的蕨类植物，他们的脸在这些鲜花上面显得愉快而憔悴。

玛丽说："你狠狠地搏斗了一场，是不是？"而查克说："干得好，你打退了病魔。对不对？"然后，不自在地停顿一下以后，他们告诉她，人人都在等着她再回到办公桌旁去。"他们又叫我去负责体育版块了，米兰达。"查克说。米兰达微笑着，说了十分钟话，告诉他们，她发觉自己能活下去后有多么愉快，多么喜出望外。因为辜负同心协力的抢救，挫伤活人的勇气，是不行的；再也没有比活下去更好的事情了，人人都同意这个说法；这是无可争辩的；谁试图否认这说法，就会被公认为胡说。"我很快就会回去的，"她说，"几乎完全复原了。"

她的那些信堆在她的膝盖上和椅子旁。她时不时地翻出一封来看看信封上的字，辨认出这个人或是那个人的笔迹，仔细察看邮戳和盖了邮戳的邮票，又随手放下。两三天来，这些信一直摆在她身旁的桌子上，她总是不敢拆开。"他们全都会告诉我，活着是多么好；又会说他们爱我，为我也活在世上感到高兴，而我对这些话能回答什么呢？"而她那颗冰冷、麻木的心对自身也绝望地战栗，因为它从前是温柔且能够去爱的。

希尔德谢姆医生说："怎么回事，这些信都还没有拆开？"接着坦纳小姐说："看看信吧，亲爱的，我来给你拆。"她站在床边，用一把裁纸刀把一个个信封整齐地裁开。米兰达被逼得没法逃避了，她在那些信中挑了又挑，直到她发现一封笔迹陌生的薄薄的信。"啊，现在别看这一封，"坦纳小姐说，"按来信的先后来看。开始吧，我会递给你的。"她坐下来，准备帮忙帮到底。

活着就是个巨大的胜利、出色的成就、了不起的幸福，这些信异口同声地唱着赞歌。一个个签名都是用的花体字，好像喇叭抒情曲调中回旋的旋律；那些名字都是她最喜爱的；有些是她很熟悉和看到了会高兴的；不过，时不时地有几个是她不放在心上的。那封笔迹陌生的薄薄的信，是亚当所在营房里的一个陌生人寄来的，信上告诉她，亚当在兵营医院里死于流行性感冒。亚当曾经要求他，万一出了什么事，一定要通知她。

万一出了什么事。一定要通知她。万一出了什么事。"你的朋友，亚当·巴克利……"那个陌生人写道。出事了——她看了看写信日期——那是一个多月以前。

"我在这儿待了很久了，是不是？"米兰达问坦纳小姐，她正在把一封封信折好，放进原来的信封。

"啊，相当久了，"坦纳小姐说，"不过，眼下，你快要出去了。可是你非得当心自己的身子不可，不要太劳累，你还应该时不时地上这儿来，让我们检查一下，因为有时候后遗症是非常……"

米兰达坐在镜子前，仔细地写着："一支唇膏，中号的，一扁瓶一盎司装的'冬天的树林'香水、一双没有搭扣的灰色羊皮长手套、两双边上不绣花的灰色的透明丝袜……"

汤尼在她背后看，说："样样东西都缺货，所以几乎什么也买不到吧？"

"好歹试一下，"米兰达说，"买不到的东西更好。一根木头包银、装着圆的银把手的手杖。"

"这东西挺贵的，"汤尼提醒说，"为了走路犯不上花这么多钱。"

"说得对，"米兰达一边说，一边在边上空白的地方写，"一根配得上我其他东西的好手杖。请查克为我去挑吧，玛丽。式样美观而不太沉。”拉撒路[1]，出来。不出来，除非你给我带来大礼帽和手杖。那你就待在老地方，你这势利鬼。我才不干哪。我出来啦。“一罐冷霜，”米兰达写着，“一盒杏仁粉——玛丽，我用不着眼影吧，对吧？”她朝镜子里自己的脸瞟了一眼，眼光马上移开，“不过，我们要是能恰如其分地指望人工修饰的效果的话，那没有人非得同情我这副跟死人差不多的模样不可啊。”

玛丽·汤森说：“你一礼拜后会认不出自己的。”

“玛丽，”米兰达问，“你觉得，我能回原来的房间里去住吗？”

“这应该没问题，”玛丽说，“我们跟霍布小姐一起把你所有在那儿的东西都收起来了。”米兰达又对活人为了帮助死人所花的时间和所添的麻烦感到惊讶起来。不过，现在不完全是死人了，她说服自己放心，现在一只脚在这个世界，另一只脚在另一个世界；我马上要跨回来了，又要回家了。光明看上去会像是真实的；我听到我的熟人死里逃生，会感到高兴。我会登门去看望那些死里逃生的人，帮他们穿衣服，对他们说，他们是多么幸运，我仍然跟他们在一起是多么幸运。玛丽很快就会带着我的手套和手杖回来，我现在该走了，我该跟坦纳小姐和希尔德谢姆医生说再见了。亚当，她说，现在你不用再死了，我仍然希望你在这儿；我希望你已经回来了，亚当，你在想我受到了这样的欺骗，为什么还要回来吗？

他一下就出现在她身旁了，看不见，但是分明在场，一个幽灵，但是比她更生气勃勃，她心中最后的无法容忍的假象；因为明知道这是不真实的，她还是舍不得放弃她痛苦的愿望制造的这个不可原谅的幻觉。她说：“我爱你。”接着抖抖簌簌地站起来，试图单凭意志的行动，使他出现在她的眼前。要是我能把你从坟墓里叫起来的话，我就会这

① 拉撒路，是在《圣经·约翰福音》中因病而死，最后被耶稣复活的一个人物。

样做，她说，要是我能看到你的幽灵的话，我就会说，我相信……“我相信，”她大声说道，“啊，让我再看你一次。”房间里静悄悄，空洞洞，那个鬼魂离开房间了，被她冷不防猛地站起来和大声说话吓跑了。她清醒过来，好像刚睡醒似的。啊，不行，这样可不对头，我再怎么也不能这样失魂落魄了，她提醒自己。坦纳小姐说：“你的出租汽车在等着了，亲爱的。”玛丽也在。准备走了。

不再有战争，不再有瘟疫，只有大炮声停止后茫然的静寂；拉上了窗帘的没有喧哗声的房子、空荡荡的街道、严寒彻骨的明天的光明。现在，有时间做任何事情了。

（鹿　金　译）

斜塔及其他故事

旧秩序

源　头

一年一度的初夏时分，当学校放假，孩子们要被送回农场之时，奶奶开始渴望到乡间去。她会亲切地、仿佛在问起一个宠爱的孩子的情况似的问些关于庄稼的问题，想知道黑人们把花园侍弄得怎么样了，牲口们的情况如何。她时不时会谈起，"我开始感到，我也需要一点变化和放松。"说的时候隐约带着使人安心的口气，仿佛在说，这并不意味着她打算哪怕片刻真正放松她对家庭事务强有力的掌控。她最喜爱的理论是，改变作业是休息的一种方式，而且可能是最好的一种方式。三个孙儿女会开始感觉到宅子里离家前的微微的、必然的忙碌；她的儿子——他们的父亲，会呈现出谨慎耐心的神态，但这并不能够很好地掩盖他对农场需要承受的、即将来临的折腾和不便的恼怒。"好啦，哈里，好啦，哈里！"他母亲会警告他，因为他的举止从来骗不了她；说实在的，他也从来不打算骗她；她会开始努力安抚他，假装纳闷她是不是有可能走得开，毕竟，在这儿还有这么多事情需要去做。她愉快地期盼能够呼吸一口乡间的空气。她总是想象自己悠闲地在果园的树荫下散步，看着桃子成熟；她满怀渴望地说到给玫瑰丛剪枝，或者亲手把攀缘的忍冬绑扎在格子棚架上。她会把夏季穿的黑裙子、薄的黑白紧身上衣收拾在行李包里，再拿出一顶戴得挺旧了的宽边牧羊女草帽来，那是战争刚结束的时候她自己编织的。她把帽子戴在头上试了试，在镜子前面挑剔地把头转来转去，她觉得这帽子能够很好地遮太阳，她一直都带着这顶帽子，但是从来不戴它，而是戴一顶浆得很挺括的白色平纹布系带无檐女帽，圆圆的帽顶用扣子扣在一条窄窄的帽边上；它仿佛要飞走似的调皮地停落在她的头顶上，长长的帽带硬挺挺地垂着。她那苍白、憔悴、紧绷、极其年老的脸，从这顶帽子下面庄严、平静地看着外面。

早春时分，当那株紧靠着她城里房屋的墙生长的印第安粘核桃子树开始开花的时候，她就会说，“我在三个州里种植了五个果园，而现在只看见一棵树在开花。”一阵柔和的、令人愉悦的忧郁会笼罩着她；她会一动不动地站立片刻，看着那棵唯一的树，那棵树代表了仍在开花、繁茂，以及将要在它们各自的地方结果的、她热爱的所有的树。

她留下曾给她带孩子的南妮阿姨照管城里的房屋，开始了她的旅行。

如果出发对孩子们而言是个开心的冒险，那么到达农场对奶奶来说就是个大事件。兴利跑过来开大门，墨黑的脸绽放出龇牙咧嘴的笑容，声音先于他飞了过来：“你好，索菲娅·简小姐！”他根本没有注意到，有篷轻便马车里面挤满了家庭里的其他成员。马缓步进门，腹部震颤摆动着。奶奶一面用节日的声音大声问候、一面由仆从簇拥着下了车，和她坐火车出行时表现的忙乱一个样子；但是现在她之所以怀着难以描述的返乡的感情，不是由于宅子，而是那松软、肥沃的黑土地，以及生活在那里的人们。她没有摘下带有长面纱的寡妇戴的帽子，直接穿过宅子，立刻就注意到一切都不对劲；她走到院子和园子里，默默四顾，当即做出改变的计划；她沿着小径经过谷仓，边走边扫视着谷仓里面和周围，这是坚决的、有目的的检查；她继续走过左边的甘蔗丛，右边的牧草田，直到抵达那排沿着橘子树丛而建的黑人住的小屋。

她走近时愉快地和大家打招呼，但这丝毫不保证她不会马上大发脾气。她走进他们的厨房，往装玉米面的大桶里看一眼，看看他们的烤炉，橱柜的搁板，每一条最细的缝隙和最小的角落，后面跟着利蒂、黛西、兴利、邦珀和凯格；他们力图解释，眼前有点乱，因为他们地里的活太多，没有来得及按他们打算的那样整理好，但是他们马上就着手去归置。

确实，奶奶清楚地知道，他们会这样做的。不到一个小时，就会有人受命赶着平板马车去买某种刷墙的石灰、多少加仑的煤油、多少石炭酸和除虫粉，会从洗衣房里拿出自制的碱性肥皂，于是开始了一场疯狂的忙乱。人们掏空了褥垫套里面的玉米苞叶后，把褥垫套用开水煮，农场上的每一个黑人小孩都被安排去收集一批新的玉米苞叶；每一座小屋都被厚厚地粉刷了一遍；放粮食的容器和橱柜被擦洗一新；每一把椅子和每一个床架都用清漆擦亮；每一条肮脏的被子都被拿到了光天化日之下，放在一口巨大的铁制浸槽里面煮，然后摊开在太阳下面晒：那份喧嚣具有任何一个一年一度的盛会的特点。黑人妇女被打发给男人和孩子们做一批新的衬衫，给她们自己做棉布连衣裙和围裙。任何想抱怨的人都抓住了现在的机会。哈里先生把给兴利买鞋子的事情忘得一干二净，看看兴利：他一直就像这个样子，整个长得没边的冬天都光着脚。米勒先生（一个长着红色八字胡的人，他在农场的地位不明确，哈里先生不在的时候他是监工，哈里先生在的时候他完全就是个雇工）一冬天都克扣他们的东西，只要你想得到的他全都克扣——没有足够的玉米面，连一半都不到的咸肉，木材不够，什么都不够。利蒂想在咖啡里放点糖，你认为米勒先生会允许吗？不会。米勒先生说，没有哪个人的咖啡需要糖。兴利说米勒先生自己的咖啡里都不放糖，因为他就是太吝啬了。三岁的小宝宝布斯科尔一月份耳朵痛，卡尔顿太太往他耳朵里涂了点鸦片酊。从那以后布斯科尔就表现得好像聋了似的。哈里先生去年秋天买的那匹黑马受惊了，跳过一道带刺的铁丝的围栏，差点儿把胸部都撕裂了，打那以后就废了。

所有这一切使人恼火的事情，以及几十件类似的事都必须立刻加以缓解、抚慰，然后奶奶的注意力转向了宅子本身，宅子必须得彻底检查。大写字台的抽屉都打开了，破旧的一套套狄更斯、司各特、萨克雷的作品，约翰逊博士的词典，蒲柏、弥尔顿、但丁和莎士比亚的巨著都被拿出来掸去尘土，然后又小心翼翼地收藏起来。窗帘被卸了下来，肮脏地堆在一起，然后又挺括地散发着香气地被再度挂好；地毯扬着尘土被费劲地拖出去，回来时平整整地又一次展露出艳丽的花朵；厨房不再昏暗肮脏，而成了一个无比整洁的地方，吸引人想要在此逗留。

下面轮到谷仓、做熏鱼熏肉的烟熏室和土豆窖，园子，每一棵树或藤蔓或灌木丛都必须得到修整。整整两个星期人们都在进行这些工作，而奶奶则是一个不知疲劳的、公正和高效的、逼迫那儿每一个人拼命干活的工头。孩子们在外面野跑，但是和她不在的时候不同。每天到一定的时候人们就把他们集中起来，抓住去洗澡，规规矩矩地穿好衣服，不用争斗就吃完放在他们面前的食物，到点就睡觉，不许胡闹……他们爱奶奶；在这个似乎没有奶奶就没有了坚定的权威或庇护的世界上，她是他们唯一的真实存在，因为他们的妈妈很早去世，只有大女儿还模模糊糊地记得她：不过他们照样感到奶奶是个暴君，希望能够摆脱她；因此，当某一天她到牧场去看望她那匹骑用的老马费德勒时，说明她快要结束对乡间的访问了，他们总会非常高兴。

他曾是一匹步伐受过严格完善训练的骏马，但现在已经成了一个疲乏、消沉的老勇士了，下巴和口部毛色已经灰白，现在整天就用松垂的嘴唇拱寻些许嫩草，或者谨慎地用松动的牙齿接受喂食的糖块。除了奶奶，他不在意任何人。每到夏天，当奶奶到牧场呼唤他的时候，他便蹒跚着走到她跟前，模糊不清的眼睛里几乎闪现出一道微光。两个老家伙会深情地互相问候。奶奶在对待她的动物朋友时，总仿佛他们暂时变成了人，但是她不会因为这种意外而免除他们能够承担的职责。她会让人给费德勒套上她那副老旧的女用鞍[1]以后带过来——她的小孙女们跨着骑马，她觉得这对她们没啥危害——她脚踩着金伯利大叔弯着的手掌上了马。费德勒于是会记起他的青春时代，开始僵直着腿奔跑起来，她骑在马上，黑纱饰带和老式的骑马裙飞舞着。他们总是慢步归来，奶奶像剑一样直挺挺地坐着，露出得意的微笑。她自己在上下马的踏脚墩子上下了马，在把费德勒交还给金伯利之前，总是轻轻地抚摸他的脖子，然后将裙裾庄重地搭在手臂上，步行离去。

这每年一次骑在费德勒背上的奔跑对她来说非常重要；这证明了她的力量，她未曾衰退的精力。现在，费德勒随时都可能当场倒下，但是她不会。她会说，“他膝盖僵了”，或者“今年他气短得厉害”，但是她本人走路轻捷，呼吸一如既往地毫不费力，至少她愿意这样认为。

同一天下午或是第二天，她会在果园里什么也不干，悠闲地散步，她早就答应自己要这样做的，她的孙儿女们跑在她前面，又跑回到她身边。她没有任何事情要做，两手十指交叉握着，长裙拖地，带起细枝条，拖翻小石子，在身后留下一道隐约的路径。她白色的无檐帽斜扣在一只眼睛上方，唇间带着专注的、不变的微笑，两眼洞察一切。这次散步通常以派遣兴利或金伯利立刻去果园，做些并不重要却不可或缺的改进工作而结束。

接着，她会强烈地感到，她正无所事事地继续待在这儿，而家里有那么多事情要做……于是会最后审视一下一切，指示、建议、告别、祝福。她会带着那种永别的奇怪表情出发，到达城里家中时，脸上是和

① 女用鞍，供女子骑马用的双腿在马身同一侧的马鞍。

到达乡间时同样的还乡的表情，伴随着一阵打招呼和问候的轻微激动，仿佛她走了有半年的时间了。她立即开始工作，恢复这儿的常规，毫无疑问，她离开期间多少总会出点毛病的。

（王家湘 译）

旅 程

晚年的时候，奶奶和老南妮每天常常有几个小时坐在一起做针线活。她们都酷爱把家里保存了五十年的华丽衣服的剩料剪成条条和三角形的块块，然后拼起来，精心地将不规则的布块缝制成拼布，用清晰的柠檬色绣花丝线、以流布针法绣出每一小块丝绒或缎子或塔夫绸的轮廓。她们创作出的床罩、长沙发罩、桌布、梳妆台的长条装饰布，足够布置好几户人家了。每一件拼布制品完成后，都用黄色绸子做衬里，折叠好，放进箱子里，从此不再见天日。奶奶是肯塔基最著名的开拓者的曾孙女：当他勘测肯塔基的时候，他相当熟练地用刀子给妻子劈削出了一根擀面杖。这根擀面杖是奶奶的无可替代的宝贝。她用一小块极其复杂的拼布将擀面杖盖了起来，在把手处加上了金色的流苏，将它挂在了她房间里一处显眼的地方。她父亲是1812年战争[①]中一位著名的英勇的上尉。她保留着他在粗皮革盒子里的剃刀，和他在老年时用达盖尔[②]银版摄影法拍摄的一张样子特别严肃的照片，照片中他的下

① 1812年战争，指的是美国与英国之间发生于1812年至1815年的战争，是美国独立后第一次对外战争。

② 达盖尔（1787—1851），法国舞台美术家和发明家，发明达盖尔银版摄影法，首创缩型立体布景及幻觉舞台布景。

巴在高大的硬领圈里面，黑色的缎子背心平展在仍然英俊的军人的胸膛上。于是她用拼布给粗皮革盒子配了一个套子，并且用割绒和紫色的缎子，以流布针法缝制了一个封套一样的东西放这幅照片。她把其余的手工制品都收了起来，这让她的孙辈们松了一口气，他们已经到了青春期，奶奶古怪的老式做派让他们很不舒服。

夏天的时候，两个女人坐在侧面园子里混杂生长的树下，那里可以俯瞰房屋的东厢、前后廊，大部分前院和一小片无花果树丛的一角。选择这个地方是她们理家策略的一个部分。几乎没有什么能逃过她们的眼睛：时不时地瞄上一眼，就能使她们很好地了解，在这块地盘上人们都在干些什么。确实，那天，她们没有看见米兰达把整个薄荷圃里的薄荷拔出来，给了一个讨人喜欢的陌生女人，而那女人只是停下来，问她要一小枝新鲜薄荷而已。她们始终没有搞清楚，是谁偷走了那些长得离篱笆太近的巨大的石榴。她们没有来得及阻止保罗在试验喷灯的时候把自己点着了，但是用毯子灭掉他身上的火，往他身上大把抹油以及训斥他的时候，她们都在场。她们从来没有看到过玛丽亚爬树，因为她挑房子另一侧的高大的树爬，这是玛丽亚的癖好，她若不能纵情于此就会郁郁寡欢。但是这类意外事故在事物永恒的周而复始中是如此微不足道，所以她们并不觉得自己失败了，也不觉得自己的策略不灵。夏天在许多方面都是非常称心如意的一个季节，但也有它的缺陷。孩子们同一时间中四散在各个地方，黑人们就爱躺在谷仓后面的朴树丛下，玩七分牌，吃西瓜。避暑别墅在离农场几英里的一个小镇上，是介乎城里的严格且有条理的宅子和那所任意铺展的、奶奶满怀着骄傲和苦心建造的旧农庄住宅之间的一个地方。她常说，乡间或城市所具有的任何长处这里都没有，却有着两者所有的不适。但是孩子们喜欢它。

冬天在城里，她们坐在奶奶的屋子里，这是间很大的近乎四方的房间，有一个烧煤的小壁炉。宅子里所有的声音似乎都在这里会合，回响，退去，返回。奶奶和南妮阿姨熟知所有这些声音的复杂内涵，只需通过交换一下眼光、抬抬眉毛，或者交谈中的些许停顿，就能理解并评论一切。

她们谈论过去，真的——永远是过去。即便是将来，当她们谈起的时候，似乎也像是某种业已过去了、结束了的事情。将来看起来不是她们的过去的延伸，而是过去的重复。她们都同意，生活里已经没有她们熟悉的东西了，世界在迅速变化，但是由于希望本身的神秘逻辑，她们坚决认为每一个变化都可能是最后一次；如果不是，那么一系列的变化可能会循环一圈，上帝保佑，然后把她们带回到熟悉的老路子上去。谁知道她们为什么热爱她们的过去？过去对她们俩而言都是痛苦的，她们都曾怀疑过每一天都必须遵守的、难以承受的规矩，但是她们没有反抗，也没有期望有什么答案。一直存在于她们心目中的这一系列疑问，无疑包含了人类生存的、可以说是建立在上帝的规划之上的基本法律的绝对正确和公正性；但是她们总是感到奇怪，如此巨大的痛苦和混乱状态，怎么能够在这样的一个基础上建立起来，并维持下去，不过她们只是偶尔相互示意，表露心中的不安。奶奶是当权者的角色，这一点她是知道的；她的职责是分派任务，需要时进行敦促或约束，在道德、礼仪、宗教方面进行教导，根据规定的标准惩罚或奖励全家一众人等。她把自己的疑虑和犹豫隐藏起来，并且提醒自己，这是职责所在。老南妮根本不知道自己在世界上的地位，这在出生之前就已经为她分配好了，至于她每天要做的惯常事务，她一辈子都听命于离她最近的当权者。

就这样，她们谈论有关上帝、天国、新种植一排玫瑰树篱、保存水果和蔬菜的新办法、来生，以及她们都希望能够一起快活地共度来生。手里的一小块丝绸常常会引起她们对家庭往事的一连串的回忆。当她们又注意到，两人的记忆的运作方式，竟然在如此重要的方面完全不同的时候，总会觉得特别有趣。南妮能够精准地回忆起人名；她总能说出所有重大活动时候的天气是什么样子的，某些女士们穿的什么衣服，某些先生们又有多么帅气，有些什么吃的喝的。奶奶脑子里有大量的日期，但是没有与之有关的记忆：她对事件的记忆似乎是超然的，超脱了时间地飘浮在那里。例如，1871年8月26日是她的某种有特殊意义的日子。当时她对自己说，她永远不会忘记这个日期；确实，她记得很牢，但是现在她一点儿也想不起来，那天发生了什么事，会把这个日期印在了她的记忆里。在这件事上南妮一点忙也帮不上，日期和她没有关系。她不知道自己是哪年出生的。奶奶当年——那时她十岁、还是索菲娅·简小姐——随手翻开了一本日历，闭上眼睛顺手用钢笔标出了一个日期，就这样，此后南妮的生日就落在了6月11号，而哪一年呢，索菲娅·简小姐决定应该是1827年，她自己是那年出生的，这使得南妮比自己的女主人小三个月。然后索菲娅·简在家用圣经上记下了南妮生日的日期，就插在她自己生日的下面。“南妮·盖伊，”她小心地用生硬的字母写道，“（黑人）”。尽管被发现后引起了一些哄闹，但墨水早已深深渗透进了纸里，再说，谁也没有真正生气到要把它擦掉的程度，于是就保留了下来，成了她们最愉快的参照点之一。

她们谈论宗教，谈论如今世界越来越懒散的样子，谈论行为举止的败坏，以及一提到这些话题总会使她们立刻想到的年轻孩子。在这些话题上，她们态度坚定、挑剔、从不糊涂。她们所受的教育使她们对生活中一切重要现象都秉持自信的心性，在培育后代上更是如此。她们仰仗一致默认的教义，认为怀孕是罪孽的后果，孩子在罪恶中出生。童年处于漫长的、为成年生活接受教导和察看的状态；成年则转而是长期的、艰难的、坚定不移的献身于责任，而责任的最主要部分是养育孩子。年轻人难对付、不听话、干起坏事来永不疲劳，尽管人们为他们做了一切，或者努力去做一切，他们长大以后仍会变得刻薄、没有责任感：当她们看着自己的成品时，心里会时不时地涌起小小的、痛苦的怀疑。南妮无法容忍她的新派的孙儿女们，“没用的、得过且过的一帮，完全是渣子，索菲娅·简小姐；我真是搞不懂，给了他们这么多的教育。”

奶奶替他们说话，并指责自己的第二代——而且还非常卖力，因为她真心觉得他们身上有很大的毛病——南妮转过来替奶奶的孩子们说话。“他们小的时候踩在你的脚上，长大了以后踩在你的心上。”关于任何一代儿童，所有可说的都在这里了，但是这个题材的魅力是无穷的。她们一遍又一遍地彻底地探讨着，带着无数不同的细微变化，总有自己的朋友或亲戚中的例子来证明自己的看法。她们自己就有足够的材料。奶奶生了十一个孩子，南妮生了十三个。她们以此自夸。奶奶会以微带惊奇的口气说，“我是十一个孩子的妈妈。”仿佛她几乎不指望有人会相信她，或者连她自己也不太能相信。但是她仍能指出九个来。南妮则失去了十个孩子。他们都埋葬在肯塔基州。南妮从来没有怀疑过、或指望别的什么人会怀疑她生过孩子。她的自夸来自另一个角度。“十三个，”她会以惊恐的声音说，“是的，我的上帝和救世主啊，十三个！”

这两个老太太之间的友谊开始于稚龄时期，建立在连她们自己也觉得几近神话般的事件之上。索菲娅·简小姐当时是个娇气的、被惯坏了的五岁小姑娘，一头浓密的黑色卷发，每天都要用一根烫发棒卷一卷，那天她穿着上等细麻布做的皱褶细密的宽松长裤和紧身马甲，跑着去迎接出门买马和黑人后回家的爸爸。她坐在他胳膊上，搂着他的脖子，看着四轮运货马车鱼贯地经过他们，去到谷仓和黑人住处。在第一辆马车的底板上坐着一男一女两个黑人，俩人之间拥着个衣不蔽体、骨瘦如柴的黑孩子，长着圆圆的毛糙糙的脑袋和专注的、亮亮的猴子眼睛。这个小黑娃有个大肚子，胳膊从手腕到肩膀像根棍子。她细细的、干瘪的皮革般的黑手指紧紧地抓住父母，一只手抓住一个。

“我要那个小猴子，”索菲娅·简偎依在爸爸的面颊旁指着说，“我要和她一起玩。”

在每一辆马车后面都有两匹牵着的马，但是在第二辆马车上有一匹粗毛小矮种马，有着结实的圆桶般的身体，浓密的鬃毛耷拉在眼睛前面，长长的尾巴像把刷子。它站在没膝深的干草里，被牢牢地拴在带护垫的隔栏里，有个黑人抓着马笼头。“你看见那个了吗？”爸爸问她，“那是给你的。你早该学骑马了。”

索菲娅·简高兴得几乎从他的胳膊上跳了下来。第二天她几乎不认识她的小马和猴子了：一个修剪了鬃毛，光洁漂亮；另一个干干净净，穿着新的蓝色棉布衣服。一时间她也拿不定主意自己更喜欢哪一个，南妮还是费德勒。但是费德勒不经久，一年后她骑着就嫌矮了，看着它被转给了一个弟弟，也不觉得有什么遗憾，但是她不许人家再叫它费德勒。她把这个名字留给了一连串的骑用马。她给第一匹马取名费德勒，是为了纪念费德勒·盖伊，一个为舞会和聚会伴乐的老黑人。只有一个南妮，她比索菲娅·简熬得更久。在她们共同的生活中，与其说是她们相互喜爱，不如说是无法想象没有了对方如何继续过下去的问题，就这么简单。

南妮清楚地记得，在一座宏伟的建筑物前面的一块挺大的热闹的地方，有个不高的平台，她在这个平台上。这是她平生看到的第一个城镇。她的父母和她在一起，周围拥挤着很多人。还有另外几小群偎依在一起的黑人，不时有白人男子把他们推来搡去。以前她从来没有看见过这些脸，后来也只见过其中的一个。她记得那想必是个夏天，因为她穿着棉布直筒连衣裙，并没有冷得发抖。还有，在他们站到平台上去之前，有人（可能是她妈妈）打了她的屁股，提醒她不要动。她的父母是干地里活的，从来没有在白人的房子里住过。一位个子很高、长着窄长脸、高鼻子弯鼻梁的先生，穿一件大领子蓝外衣和极长的浅色裤子（南妮闭上眼睛，依然可以清楚地看见他那天的样子），突然走到他们近前，这时响起了一片喧闹声。站在他们旁边树墩上的红脸汉子又是高声叫又是低声吼，摆动着手臂，指着南妮的父母。高个子先生不看平台上的黑人，时不时地举起一根手指。突然叫喊声停了下来，高个子先生走过来，对南妮的父母说，"好了，艾普！好了，斯蒂尼！吉姆逊先生一会儿来领你们。"他用戴着厚手套的食指捅了捅南妮的肚子。"快成十足的乌鸦美食了，"他对拍卖师说，"买了她你得给我点赠品。"

"我同意，现在确实是个没什么用的物件，先生，"拍卖师说道，"但是长大就好了。至于这两个搭档嘛，我发誓你找不到更好的了。"

"我瞧上他们好几年了。"高个子先生说着走开了，打着手势，走向坐在运货马车辕杆上的一个胖子，一面大口啐着烟草唾液。胖子站起身来，向南妮和她父母走过去。

南妮卖了二十美元：你可以说是送的礼，几乎不是卖掉的。她得知买一个真正上等的奴隶有时候要花一千美元以上。她活到听见奴隶们吹嘘自己的身价的时候。她一直不知道在拍卖台上自己卖的钱是多么少，直到她的母亲以此嘲弄她时才明白。这是南妮永远住进主人的大宅子，而她的父母仍然是干农活的黑奴以后的事。他们在那儿生活、干活，一直到死。彻底的驱虫治疗治好了南妮的大肚子，充足的食物和一种和蔼的仁慈——也许不像对待小狗那样纵容——使她茁壮成长；她觉得自己太幸运了。

两个老妇人常常谈到，这辈子事情发展的结果是多么奇怪。索菲娅·简的父亲说，南妮和她父母的第一个主人痴迷上了得克萨斯。在

1832年，那是一块新的迦南福地[①]。他卖掉了在肯塔基的农场和四个黑奴，筹集了钱到得克萨斯西南部买了二十英里之大的一片土地。他带着妻子和两个幼小的孩子出发前去，此后多年都没有他的消息。当奶奶四十年后到得克萨斯去的时候，发现他成了一个富足的大牧场主和区法官。很久以后，她最小的儿子遇见了他的孙女，爱上了她，娶了她——一切都发生在三个月之内。

法官那时已经八十五岁了，在婚礼上是个热闹有趣、快乐喜庆的人。他浑身散发着玉米威士忌酒的气味，张口闭口不离对上帝发誓，激动地谈论着肯塔基过去的好时光。奶奶带南妮见他，“你还认得出她吗？”“天哪！”法官大声喊叫道，“这就是我二十美元卖给你父亲的那个乌鸦美食吗？那时候对我来说，二十美元看起来就是一笔财富了！”

当她们沿着陡峭的岩石路，颠簸在从圣马科斯到奥斯汀的漫长的回家途中时，南妮终于说出了她的委屈，“看来他根本不在乎对别人的感情有多大的伤害。”

奶奶此时裹得严严实实，坐在那辆旧的单马有篷轻便马车后座的角落里，穿着边缘露出咖啡色的旧海豹皮上衣，眼睛闭着，两只手拧在一起，已经又一次全神贯注于使自己接受失去一个儿子的事实，以及像一贯的那样，接受她不能完全认可的一个姑娘和一个家庭。倒不是对他们任何人有什么严重的损害，只是——唉，她对儿子们的品位感到惊讶。他们一个个的，在他们选择的妻子身上看中了什么？奶奶脑子里一直知道，她每一个儿子需要的是什么样的妻子；她试图为他们带来比他们自己选择的更好的婚姻。但他们就是不满意，因为她在他们认为完全是个人的私事上横加干涉。直到她的小儿子多半在任何方面都不是个合格的丈夫，更不要说是个好丈夫的时候，她才意识到自

① 迦南福地，即《旧约》中的“流奶与蜜之地”。

己太纵容他，把他惯坏了。她这个新儿媳高个子、健美、端庄，看上去是个沉稳的年轻女子，说话、走路、谈论都是直截了当的，看起来这个被惯坏了的巨婴的舒服日子可能要结束了。看到新娘有多么沉着镇静，婚礼的安排直到最后的细节都是她说了算，她又是怎样时不时地用平静、富于幽默感、逼视的眼光看一眼她的新婚丈夫，仿佛她已经把他估摸透了似的，奶奶十分气恼。在婚宴上她甚至表示，她对蜜月的想法是，在她父亲的牧场上围拢牲口的时候跟在流动炊事马车后面，帮着给牛打烙印。当然她可能是在开玩笑。但是她整个儿太西部化、太摩登了，有点儿像开始不受约束的"新"妇女，要求选举权，离开家庭到外面世界去挣钱养活自己……

一想到女人如此使自己失去女性的特征，奶奶瘦小的身体就一阵战栗，直入骨髓。她陡地一惊，从阴郁的预感的沉思中醒来，嗓子里发苦，"别在意，南妮，法官说话根本没过脑子。他特别喜欢自己的兴奋劲。"

南妮一直睡的是床，是女主人的玩伴和工作伙伴；她们的争斗也是在几乎平等的条件下进行的。除了自己，索菲娅·简不许任何人管束南妮。当她们俩十七岁的时候，索菲娅·简小姐在一场热闹的婚礼后出嫁了。当时宅子都快挤爆了，在场的每个人之间至少都沾亲带故。两天的时间里，至少有四十辆马车和超过二百匹马需要照看。当最后的马车车轮在小路上消失以后（有些客人会逗留两个星期），储藏肉类和各种食物的容器空了一半，整个地方像被一队骑兵席卷而过了一样。几天后南妮嫁给了一个她到这个家以后就认识了的小伙子，俩人被作为结婚礼物，送给了索菲娅·简小姐。

索菲娅·简小姐和南妮此后就开始了她们残酷而可怕的生育比赛，每十六个月左右一个孩子，两个都吃南妮的奶，而索菲娅·简在极度的痛苦不安中用绷带和酒精回奶。当她们分别生下第四个孩子后，南妮差点死于产褥热，于是两个婴儿就都吃索菲娅·简的奶。她给那个黑婴儿取名查理，她自己的婴儿叫斯蒂芬，她轮流公平地喂奶，并不向着白皮肤的那个孩子，而南妮也是如此。索菲娅·简的丈夫感到震惊，力图禁止她这样做；她母亲来看她，也对她进行劝告。但他们发现她很执拗，很难对付。她已经开始形成了自己固有的特性，总的就是公正、仁爱、自尊、朴实。表面上她有许多小小的虚荣心和弱点：爱奢侈，对批评有气不忿的倾向。这一倾向是基于她感到自己的判断力和识别力几乎优于周围所有的人。这使得对她的掌控很是困难。她以一种平和的方式坚持自己的立场，使得她的对手相信，如果逼她屈服，她会真的去死，而不仅仅是威胁一番。她现在知道了，把自己的孩子交给另一个女人去哺乳是对她最大的欺骗，她决心再也不受这样的欺骗。她坐在那儿给自己的孩子和养子哺乳，享受着从未梦想过的温暖的感官愉悦，把她自然的身体缓解后的轻松变成了某种神圣的、上帝赐予的、来自上天的对她生孩子所受的痛苦的补偿。是的，还有她在婚床上没有体验到的东西的补偿，因为在婚床上也有某种缺失。她十分平静地对南妮说："从现在起，你哺育你的孩子，我哺育我的。"此后她们就这样做了。查理一直是黑孩子中她最偏爱的一个。"现在我明白了，"她对姐姐凯齐娅说，"为什么黑人奶妈爱她们的养子女了。我爱我的养子。"这样，查理是在宅子里作为她自己的儿子斯蒂芬的玩伴长大的，并且终身免于干苦力。

索菲娅·简曾被一个具有神秘吸引力的年轻人若即若离地追求过，他在她的记忆中是个挺瞧不起人的小男孩，有着和她一样的卷发，但是要短一些，穿一件白色带饰边的上衣，苏格兰格子呢褶裥短裙。他和她是远房表亲，长得和她非常像，甚至有人误以为他们是兄妹。他们的祖父是嫡堂兄弟。他们各自结婚多年以后，有时索菲娅·简会在他身上看到她哥哥们具有的她最憎恶的一切缺点：缺少目标，危急时刻不能采取行动，对实际事务泰然超脱，把项目建立起来后听任其消亡或由别人来完成的意志，还有一种根深蒂固的信念，觉得周围的每一个人都应该为辛勤地伺候他而感到快乐。她曾和她兄弟们身上的这些致命意志斗争，并且谨慎地在作为妻子的范围内和她丈夫身上的这些意志斗争，很久以后又和儿子中的两个及几个孙子身上的这些意志斗。她没有取得任何胜利，那些自私的、淡漠的、没有爱心的家伙到死都是老样子。但是在试图改变别人性格的行为准则下，奶奶形成了确实令人惊讶的性格。她的丈夫和她一样，有着家族锐利的眼光。她令人难以忍受的固执，还有她确信自己的做法不仅正确而且无可挑剔，以及即便是在最细小的事情上，她的感受也很重要、别人不能加以干预或者对之掉以轻心，这些都令他厌恶甚至畏惧。在他们成长的关键时刻，他消失了，去上大学，然后旅行；好长一段时间里，她忘记了他，等再见到他的时候，她已经忘记了他曾经是什么样子。她快乐、可爱、有礼貌，充满了虚荣和难以置信的扬扬得意的幻想，这些幻想时不时会威胁将她抛入某种神秘的被禁的疯狂之中。她经常梦见自己失去了贞操（她称之为自己的美德），而只有贞操，才能使她获得尊重、关怀，甚至生存的权利。在经受了可怕的、完全掩盖了肉体体验的道德上的折磨以后，她会在满身冷汗中醒来，脑子里一片混乱，万分惊恐。她听说斯蒂芬表哥有点儿“放纵”，但那没什么好奇怪的。无疑他在过着风流潇洒的生活，沉溺于男性的纵欲之中，每当她想到这一点，知晓堕落的甜蜜而隐秘的生活时，头发就会在头皮上蜷曲起来。啊，男人那愉悦、自由、美妙、神奇和可怕的生活！她老是想到这些。“小幻想家”，她的母亲或父亲会对她说，把她从出神状态中惊起，那时她正在绣花或看书，或脸向着一面墙、双手垂在膝头，双眼湿润、唇上留着些微的笑意。她为了这些时刻熟记了情操高尚的诗歌的片段，专门在父母问她呆呆地在想些什么的时候，立刻加以引用；或者她会唱一支她知道他们喜欢的忧郁的小曲。她会跑到钢琴那儿，用一只手敲出曲调，说，“我最喜欢这一部分。”使他们心里毫不怀疑刚才她自己心里想的到底是什么。她整个青年时期都是这么过的，一次都没有露过馅；直到中年时丈夫去世了，她的财产散失了，她发现自己手上是一屋子的小孩，要在另外一个地方为他们创造新生活，她肩负着男人的一切责任，却没有他们的特权，这时她才最终进入了某种真诚的生活：然而，她的真诚是充满激情的。她向来如此。

她和南妮一起坐在树下，她们俩都老了，和生活的漫长斗争即将结束，她抚摸着一小块缎子，说道，“真不公平，姐姐凯齐娅的结婚礼服用的是这块象牙色的锦缎，而我只有点子花薄洋纱做的……”

“你结婚的时候日子要困难一些，小姐，”南妮说，“就是那年，庄稼颗粒无收。”

“我记得此后都是那样。”奶奶说。

“我觉得，”南妮说，“好像你结婚的时候，点子花薄洋纱正流行呢。”

“我从来就没有喜欢过它。”奶奶说。

南妮生来就是奴隶，想到自己不会作为奴隶死去，她很高兴。伤害她的与其说是她的身份，不如说是形容这身份的语言。解放对她来说是一个甜蜜的字眼。她的生活方式丝毫也没有改变，但是她能够对女主人说，“只要你愿意，我打算还是和你在一起。”这使她感到自豪。解放似乎把像一根刺般扎在她心上的错误给纠正过来了。她无法理解为什么她热爱的上帝认为，因为一个种族没有某种皮肤，如此凶残地对待他们就是正当的。她和索菲娅·简小姐就这一点讨论了许多次。对此，索菲娅·简小姐总是干脆而武断地说：“瞎说！我告诉你，上帝并不知道皮肤是黑还是白。他看见的只有灵魂。别冒出这些怪念头，南妮——你当然是会上天堂的。”

南妮完全没有受过教育的脑子里有着基本的逻辑观念。她单纯而不带任何怨恨地想要知道，在今生对黑人如此残酷的上帝，来世会不会继续严酷地对待他们。索菲娅·简小姐喜欢安慰她，仿佛对南妮今生的肉体和灵魂都负有责任的她，可能也是末日审判席前南妮的保证人。

索菲娅·简小姐承担起了她杂乱的世界中的一切责任，一半白人，一半黑人，经常交织在一起，越来越乱。总有这么多人在这儿，妹夫小叔子啦，侄子外甥啦，近亲远亲啦。他们来拜访、住了下来，不知道他们会做什么，也没有任何办法管束他们不声不响的任性习惯。她很早就学会了不说什么，不流露出不安的样子，但是，多年以后她对她的大孙女说，只要黑人居住区里有婴儿出生，粉嫩嫩的像条蠕虫，她会连续三天不安地屏着气，看看新生儿在一定时间以后会不会变黑……这种紧张的压力对她产生了很大的影响，结果是使她对男人有了根深蒂固的蔑视。她没法不这样想，她看不起男人。她看不起他们，但被他们统治。她的丈夫在陌生的地区——路易斯安那、得克萨斯——进行轻率的投资，挥霍掉了她的嫁妆和财产；她没有抗议，只是看着他像个赌徒般耗尽了她的资产。她感到如果由她管理自己的资产，是能够获利的。但是她生来的活动是在别的事务上，做出所有决定、处理一切财务是男人的事情。然而，当她自己掌权以后，她的儿子又能够说服她经营这种或那种生意、做这样或那样的投资；她违背了自己的意愿和判断，接受了他们的建议，在他们共同努力下，他们又一次击碎了她为家庭的未来建立起来的堡垒。他们从她手里获得了开创生活的资本，需要的时候就回来索取新的帮助，并且互相对立。丈夫和其他服兵役年龄的男子一样，顽强地打完了这场战争；受了伤、无助地苟延残喘着、在绝望的失败使得那巨大的热情和激动消失了很久以后因伤死亡；当一个在战争中伤亡的人也许仅仅只能证明自己英勇甚于明智的时候；

她认为养家糊口是她天生的责任。处在这样的境地，她把全家召集在一起，出发去路易斯安那，她丈夫在那里用她的钱买了一家制糖厂。他说，糖业能发财，不在种植原料上，而在加工生产糖上。他脑袋里有许多规划：开轧棉厂，面粉厂，精炼厂。要是他活下去……但是他没有活下去，索菲娅·简几乎还没有修缮她买下的住房、种植果园，她就明白了，制糖厂在她手里不会成功。

她赔本卖掉了制糖厂，去到得克萨斯，几年前她丈夫在那儿几乎荒无人烟的地区，很便宜地买下了一大片肥沃的黑土地。和她一起去的有她的九个子女，最小的约两岁，最大的十七岁左右；南妮和她的三个儿子，金伯利大叔，以及另外两个黑人，全都身强力壮，充满了希望，强烈地想要活下去。她丈夫的幽灵在她身上继续存在着，他的死亡使她觉得受到了极大的伤害，几乎像是他故意抛弃了她。最初她哀悼他时，生气得一滴眼泪也没有流。二十年以后，在长时间未见后，当看到她那英年早逝的最喜爱的女儿的大儿子的时候，她认出了年轻时丈夫的相貌和神态，她哭了。

在得克萨斯那可怕的第二个年头，她的两个小一点的儿子，哈里和罗伯特，突然跑了。他们选择在天气好的五月中旬跑了。在离家几乎已经七英里的地方，一个邻近的农场主看见了他们，感到奇怪，问了问，结果把他们劝上了他的轻便马车，带回了家。

索菲娅·简小姐实行了她认为适合此种场合的令人生厌的例行惩罚。她用自己的马鞭抽打了他们。然后她让他们和她一起跪下，她为他们祈祷，请求上帝帮助他们改正错误，不要对母亲不孝；她尽到责任以后，无法控制自己的感情地搂着他们哭了起来。他们坚韧地忍受了对他们的惩罚，因为挨一个女人打的时候哭泣是丢人的事情，再说了，她也没有使劲打；他们沮丧地、面带愧色和她一起跪着，因为宗教感情是一种使他们难堪的女性之谜，但是当他们看到她的眼泪的时候，他们悔恨地放声大哭起来。他们只有九岁和十一岁。她用哀痛的声音诉说着，充满了绝望，把他们吓坏了，“你们为什么要从我身边逃走？你们认为我为什么要把你们带到这里来？”仿佛他们是成年人，能够明白情况是多么糟糕似的。他们也在哭泣，他们的回答就是，他们想回路易斯安那去吃甘蔗，整个冬天他们都在想着甘蔗……他们的母亲惊呆了。她建起了一座足够为他们所有人遮风避雨的房子，用的是人工锯下的、牛车拉了四十英里运来的木材，她在田地四周立起了栅栏，种上了庄稼。她相信给孩子们吃饱穿暖了，而现在她明白他们感到饥渴。这两个孩子像大人一样干活；透过一层薄薄的肌肉她能摸得到他们生长着的骨骼，记起了她多么无情地逼着他们拼命干活，就像她逼着自己、逼着黑人和马匹拼命干活一样，因为她别无选择。他们必须干超出体力的活，否则就是灭亡。她搂着他们坐在那里，感到自己的心碎了。她曾认为这是个愚蠢的词。但是在她身上发生了。倒不是说此后她没有感受的能力了，因为在某种程度上她更容易动感情、更敏感，但是悲伤再也不像以前那样持续得那么久了。从这一天起她开始宠溺孩子，并且害怕他们了。在长久茫然的沉默后，当他们在她胳膊的搂抱下开始变得不安的时候，她说道：“我们要在这里种植优良的甘蔗。这里的土壤种甘蔗太理想了。我们想要多少糖都会有的。但是咱们得有耐心。”

到她的子女开始结婚的时候，她已经能够给每一个人一大片好地和一点钱，能够卖掉自己的地，来帮助他们在他们喜欢的地方买更多的土地，一片又一片地，看到他们都能够有个好的开始，虽然不是所有人都能够有一个好的结果。他们做着自己的事情，四散开去，似乎失去了所有对奶奶来说弥足珍贵的家庭团结一致的观念。他们容忍她偶尔的拜访、她的建议和可怕的正确性，而难以忍受她的温情慈爱。当哈里的妻子去世的时候——她一向不待见哈里的妻子，她身体娇弱，在持家上绝对无能，甚至不能好好地生孩子，因为她生第三个孩子的时候死了——奶奶带走了孩子们，以几乎同样的热情和更多的溺爱开始重新生活。她刚把他们养到她觉得能够开始纠正他们的缺点的时候——她公正地承认，从家族两边遗传来的缺点——她去世了。事情发生得很突然，是十月初的一个下午，在她帮助三儿媳家的墨西哥园丁整理花园以后。当时她到得克萨斯遥远的西部去探望他们，在那里很快活。儿媳很气恼，但是表面上非常温顺，奶奶把她当成个孩子，根本没有注意到她的小情绪。儿子早就明白了不要去反对母亲。她的耐心、公正以及通情达理的论点使他厌烦。她很小心，从来不会冒险在任何事情上命令他。他安慰妻子，说等妈妈走了以后，她做的一切改变都可以改回来的。由于这个改变包括了移动一道五十英尺的土坯墙，所以他的安慰对妻子没有什么作用。那天，奶奶满脸通红，兴奋地走进屋子，正说着在清新的山间空气中感觉真好——一下子倒在门槛上，当即气绝身亡。

（王家湘　译）

见证人

金伯利大叔这么老了，这么多年弯着腰，把东西装配起来、拆散开去、翻新后凑合着用，使他的身子几乎完全弓了起来。他的手由于在干活时要紧紧攥着加工的物件，已经僵硬得张不开了，即使小孩子抓住他粗黑的手指，使劲想把它们掰直也不行了。他拄着根棍子一瘸一拐地走动，发紫的头皮从蜷曲的短发间露出片片光秃，短发已经变成绿灰色，看上去仿佛被蛾子蛀了似的。

他修理马具，给别的黑人的鞋子打前掌，他安栅栏，建鸡棚和装谷仓门；他拉直铁丝，给窗户换新玻璃，修理松斜的铰链，修补屋顶；他修理四轮马车的车篷和出了毛病的犁铧。他还有用木块雕刻出微型墓碑的才能，只要给他几乎任何一块木头，他都能做出一个墓碑来，形状非常像真墓碑，上面有雕刻，如果需要还能刻上名字和日期。常常有这种需要，因为一些小的兽类或鸟儿总在死去，需要恰当的仪式进行埋葬：小车装饰成灵车的样子，一个鞋盒作为棺材，上面盖着棺罩，摆放着大量的花，并且，当然啦，还有墓碑。金伯利大叔一面干着活，灵巧地转动着他的单刃猎刀长长的刀身，刻一朵花，把背面和侧面削平磨光，时不时停下来、伸直胳膊拿着它，闭着一只眼睛仔细端详，一面低声断断续续地、心不在焉地咕哝，仿佛在自言自语，但他其实是要说给人听的。有时候会是一个莫名其妙的鬼故事；听得再仔细，最后也不可能弄明白是不是金伯利大叔本人看见过这个鬼，以及这究竟是不是真是个鬼呢，还是只不过是另外一个人装成个鬼呢；他还会详细叙述奴隶时代的恐怖情况。

“他们总是把他们带到外面，捆起来，用鞭子抽，”他喃喃说道，“用你胳膊那么长、一英寸厚的大皮带抽，皮带上钻着圆孔，因此每抽一鞭子，皮和肉就成小圆块地被从骨头上带下来。当他们用鞭子抽得他们的背上皮开肉绽，血肉模糊以后，他们就往背上撒干玉米壳，点燃了把他们烤干，然后往身上倒醋……没错。然后，第二天他们就得回到地里去干活，不然他们会再来一遍。是的，就是这样。要是他们没有去干活，他们就从头再来一遍。”

孩子们——三个孩子：大一点的是个认真、拘谨的十岁女孩，一个是爱沉思的、样子愁苦的八岁男孩，和一个性急、容易激动的六岁小女孩——乖乖地围坐在金伯利大叔周围，带着些许的局促不安听他讲述。当然，他们知道，从前黑人曾经是奴隶；但是好久以前已经都被解放了，现在只是做仆人。很难意识到，像黑人总在说的那样，金伯利大叔生下来就是奴隶。孩子们认为，金伯利大叔出色地熬过了他的奴隶生活。从他们认识他的时候起，他从来就没有干过一件别人让他干的事情。他愿意干活就干，什么时候愿意干就干。如果你想要一块墓碑，你得非常小心怎么问他要。没有什么比他谈到奴隶制时的口气和态度更为冷漠和恍惚的了，但是孩子们有点坐立不安，并且感到内疚。保罗很想改变话题，但是米兰达、那个小急性子，却想知道最坏的情况。“他们那样对待你了吗，金伯利大叔？”她问道。

“没有，女士，”金伯利大叔说，“好了，你们要在这个墓碑上刻什么名字？他们从来没有过。他们那样对待那些在沼泽地那边水稻田里干活的。我总是在这宅子附近干活，或者在城里索菲娅小姐那里。在沼泽地那边……

“他们不会死吗，金伯利大叔？”保罗问道。

“当然会死，”金伯利大叔说，“当然会死——他们死了，”他继续说，阴郁地噘着嘴，“成千上万地死去。”

“你能刻上‘天堂安全’吗，金伯利大叔？”玛丽亚用她那令人愉快的声音装作斯文地问道。

“放置在一只温顺的长耳朵大野兔的墓上吗，小姐？”金伯利大叔愤慨地问道。他是非常虔诚的，“这么个不信上帝的东西？不行，女士，在沼泽地里，他们总是把他们绑在桩子上，一天一夜，一天一夜一天，捆住手脚，使他们不能抓挠，让蚊子活活吃了他们。蚊子把他们咬得全身肿得像气球，你能听见他们在沼泽里的一片号叫声和祈祷声。没错。就这样。不给一滴水、一口面包……没错，就这样。天哪，他们就是这么干的。赞美上帝！好啦，把这块墓碑拿走，别再烦我了……不然我就要……”

金伯利大叔常常会突然就生起气来，你永远不知道是为了什么。

有些事情很容易让他不高兴，但是他的威胁总是过分得离谱，所以连最最轻信的孩子都不会害怕。他打算对某人做出骇人听闻的事情，然后以一种令人作呕的方式处理尸体。他打算活剥某人，然后把他的皮钉在谷仓的门上；要不就是他正准备用一把小斧头砍下某人的耳朵，别在被剪去了耳朵尖的有深色斑纹的灰毛狗邦戈身上。他常常在心里都计划好了要拔掉某人的牙齿，用来给伦克老头做一副假牙……伦克老头是个流浪汉，整整一个夏天都住在鱼肉熏制房后面的小木屋里。他和黑人一起得到一份口粮，整天坐着咬嚼他那光秃秃的牙龈。他长着稀疏的仿佛嵌进蜡里面的黑胡须和红肿的眼皮。据说他吸食吗啡；但是吗啡究竟是什么，或者他是怎么吸食的，为什么吸食，好像没有人知道……你的牙齿可能会给伦克老头，没有什么比这个念头更恶心人的了。

为什么金伯利大叔从来没有干他威胁要干的事情，他说原因是他从来找不出时间去干。他手头永远有这么多别的活儿要干，所以从来没有赶得及去做。但是，总有一天，有人会大吃一惊的，与此同时，大家最好提防着点。

（王家湘　译）

马　戏

一块块长木板安装在支架上，一层层叠上去，高得吓人，一块接一块地围成一个大得叫人头昏眼花的椭圆形场子。木板上人坐得密密匝匝——“闹哄哄的跳蚤挤在一只狗耳朵上。”戴西紧紧地抓着米兰达的手，不赞成地看着周围说。三根同中心保持均等距离的支柱，支撑着往下垂的、不断晃动的巨大白帆布帐篷。那一家人坐下来，几乎占了一层的整整一个剖面。

在她们的一边，一长溜儿坐着爸爸、玛丽亚姐姐、保罗哥哥、奶奶，还有凯齐娅姑婆、凯齐娅姑爹和凯齐娅姑爹的孩子，他们刚从肯塔基来做客；查尔斯·布鲁叔叔、查尔斯·布鲁堂兄和玛丽－安·布鲁婶子。她们的另一边，坐着露西·布鲁堂妹、保罗·盖伊表哥和萨莉·盖伊姑婆（她吸鼻烟，所以是家族的耻辱）；两个极漂亮的陌生小伙子，他们也许是表哥，他们爱上了米兰达·盖伊表姐，这绝对错不了；还有米兰达·盖伊表姐，一个极爱打扮的年轻小姐，穿着波纹绸裙，同时穿了六条，浑身芳香扑鼻，出色的乌黑的鬈发下长着一双带着狂热的神情的灰色大眼睛，“像小马驹的眼睛。”爸爸说。米兰达指望自己将来长大了会跟她长得一模一样。她紧紧地拉着戴西的胳膊，探出身去，向米兰达表姐招手，米兰达表姐也微笑着用招手回答她，那两个陌生小伙子也向她招手。米兰达兴奋得透不过气来。这是她头一回进马戏场，也许也是她最后一回，因为全家人一致劝奶奶允许她跟他们一起来。“好吧，就这一回，”奶奶说，“既然是大团圆。”

就这一回！就这一回！她对什么都看不厌。她甚至从一层层的木板座位的宽阔的空隙中望下去，她惊奇地发现一伙神情古怪、衣着简陋的小男孩从下面尽是尘土的地方往上望。他们蹲着小小的身子，悄没声地往上盯着看。她直瞪瞪地望着其中一个的眼睛，他回看了她一眼，神情非常奇怪，使她盯着他看了又看，想要弄明白他的眼光中到底包含着什么意思。这是一种冒失的、嬉皮笑脸的凝视，不带任何友好的表情。他是个瘦削、肮脏的小男孩，戴一顶软绵绵的方格便帽，帽子罩在稀皱的红耳朵和土色的头发上。她盯着看的那会儿，他用胳膊肘轻轻地推他身旁那个小男孩，低声地说话，另一个小男孩吸引了她的注意。米兰达实在弄不懂。她拉拉戴西的袖子。“戴西，那些小男孩在下面那儿干什么？”“下面哪儿？”戴西问，不过她看上去好像已经明白了，因为她弯下身去，从空隙中看下去，两个膝盖并在一起，把裙子裹紧身子，沉着脸说：“你少管闲事，别把两条腿叉得这么开。别去看他们。待会儿的演出里面多的是猴子，你用不着去研究那一伙。”

庞大的铜管乐队似乎就在米兰达的耳朵旁奏起爆炸似的响声。声音、色彩和气味一股脑儿冲来，穿透她的皮肤和头发，在她的脑袋、手脚和胃里折腾，她跳起身来，直打哆嗦，莫名其妙地心惊胆战，几乎连呼吸都忘了。“啊，”她惊慌失措地大叫，闭上眼睛，死命地抓住戴西的手。刺眼的亮光像火似的透过她的眼睑，像怒吼似的大笑声淹没了从容不迫的鼓声和号声。她睁开眼睛……一个家伙穿着一件领口和袖口打着褶裥的邋遢的白罩衣，脑壳白得像骨头，脸白得像白土，额头中间两簇眉毛分得很开，黑眼睑形成锐角，一张长长的猩红的嘴一直延伸到两边凹陷下去的脸颊上，嘴角往上翘起，永远流露出一种痛苦、惊奇、辛酸的龇牙咧嘴的表情，不是微笑；他在一条一直伸到场子中央的钢丝上迈着大步走来，摇摇晃晃地横托着一根两头各有一个小轮子的细长杆子。米兰达起先以为他在空中走，或者飞，她对这并不感到惊奇；可是，她一看到钢丝，立刻就吓坏了。这个人不像人、鬼不像鬼的家伙高高地在他们的头顶上一边旋转两个小轮子，一边迈开大步走来。他站住脚，滑了一跤，那只垂下去的雪白的脚在空中摇晃；他打趔趄，摇摆，斜滑出去，猛地往下摔，死命用腿弯勾住钢索，头下脚上地挂在那儿，另一条腿像触须似的在头顶上摆动；他又滑倒了，脚跟发疯似的勾住钢索，来回摇晃，像一条围巾……观众乐得无法无天地乱嚷，可怕的笑声尖得刺耳，像魔鬼在兴致勃勃地折磨人的时候发出来的笑声……米兰达也尖叫起来，带着真正的痛苦，蜷起膝盖，双手紧紧按着肚子……一只脚挂在钢丝上的那个人的脑袋转来转去，像一颗图章，他那张吓人的血盆大口怪声怪气地抛着飞吻。接着，米兰达捂着眼睛尖叫，眼泪淌满脸颊和下巴。

“带她回家，”她的爸爸说，“马上把她从这儿带走。”可是他的脸上仍然带着笑意。他只向她瞟了一眼，又望着场子里了。“把她带走，戴西。”奶奶从她撩起一半的绉纱面罩下吩咐。戴西眼睛一直盯着那个在钢丝上摇晃的浑身雪白的家伙，不乐意地、很慢很慢地站起身来，抓着这个软弱、痛苦、给人添麻烦的小东西，迈着缓慢和沉重的脚步穿过人群，越过别人的脚和膝盖，走下看台的一层层座位，穿过一片铺着黄褐色鞣酸皮渣的空地，从帐篷门走出去。米兰达一直哭个不停，偶尔打一个嗝。入口处站着一个矮子，留着毛茸茸的络腮胡子，戴一顶尖角帽，穿一条红紧身裤，蹬一双脚趾朝上的长筒靴。他拿着一根细白杖。米兰达在看到他以前，差一点碰到他。她张着嘴，那张扭歪的脸上沾着闪亮的眼泪，她的脸几乎跟他的脸在同一高度。他探出身来，用亲切的、不像人眼的金色眼睛盯着她看，像一只近视的狗，接着模仿她的脸，向她扮了一个可怕的鬼脸。米兰达因为心情坏透了，一边尖叫，一边打他。戴西赶快把她拉开，可是米兰达在被拉开以前，突然看到他的脸上显出一种傲慢、冷漠的生气的神情，一种真正的成年人的神情。她对这种神情很熟悉。一种新的恐惧使她不寒而栗，她原来以为他不是真人。

“票根，把你的票根拿去！”一个长相很难看的人在她们走过的时候说。戴西向他转过身去，几乎掉下眼泪，“先生，你没看到我回不来了吗？我得照管这个小东西……那一小片纸对我还有什么用呢？”在回家的路上，她一直气呼呼的，低声嘀咕：讨厌的小鬼……胆小鬼……了不起的娇小姐……哪儿都没去过……什么都没见过……喂，现在走吧，赶快——老是把别人的一切都给糟蹋了……不让别人休息一会儿，不让别人痛痛快快地玩一回……喂，现在走吧，你要回家，你在回家了……她一路上恶狠狠地抓着米兰达，可是又小心谨慎，留神不做得过火，免得米兰达会直接告状：戴西这么整治我，或是这么数落我……戴西被允许有一定程度的自由。

天黑以前，这家人浩浩荡荡地回来了，接着分散到房子各处去。个个房间里传出闲聊声和笑声。别的孩子告诉米兰达她错过的表演：漂亮的小马驹的马勒上装饰着羽毛和铃铛，骑马的却是穿紫罗兰短上衣、戴尖顶帽的可爱的小猴子……受过训练的白山羊跳舞……一头象崽子前腿交叉，靠在笼子上，让人喂吃的，多乖的象崽子啊！……还有那些小丑，甚至比第一个更滑稽……一些满头亮晃晃的金发的美女穿着白绸紧身衣裤，系着红缎腰带，在白吊架上表演，她们也用脚趾勾住吊架挂在空中，可是体态多么轻盈，像飞鸟！一队大白马绕着场子一圈圈跑着打转，男男女女在马背上跳舞！一个男的用牙齿挂在帐篷顶上，另一个把脑袋塞进狮子嘴！唉，她不是都错过啦！人人都快快活活地看了一场马戏，偏偏她错过了这场她从来没有看过的盛大的表演，还把戴西的这一天也给糟蹋了。可怜的戴西。可怜的亲爱的戴西。别的孩子刚才压根儿没有想到戴西，直到这当儿才想起她，用悲伤的语言为她惋惜，用恶毒的眼光望着米兰达痛苦地扭动身子。戴西盼这一天盼了多少个礼拜！可米兰达偏偏吓坏了——“你能想象对那个滑稽的小丑感到害怕吗？”个个互相问着，接着他们怜悯地向她微笑……

再说，从另一方面看，这也是一件很重要的事情：这是奶奶听了别人的劝告，第一回去看马戏。从她的笼统的意见里，谁也听不出到底是她年轻的那会儿没有马戏呢，还是那时候马戏倒是有的，可看马戏有失体统。反正奶奶有种种正当的理由，从来不赞成看马戏；尽管她并不否认她对这有点儿感兴趣，不过，她坚持说在这种演出中，至少有一些景象和声音对年轻人的心灵是没有好处的。那些孩子，兄弟姐妹，还有来做客的堂表兄弟姐妹很早就吃过了晚饭，这时她的儿子哈里走进来，望着他们一张张眉开眼笑的脸，说：“这一拨小家伙看来没受到多大损害嘛。”他妈妈说：“他们现在是种下了因，后果要在将来很久以后才出现，咱们俩也许都活不到那一天，好弄清楚他们到底有没有受损害。麻烦就在这儿。”接着，她用勺子把热牛奶舀在他们的抹黄油的烤面包上。米兰达坐着，默不作声，下嘴唇耷拉着。她的爸爸取笑她。“你错过了好戏，孩子，”他低声说，“这对你有什么好处呢？”

米兰达又突然哇地哭起来，最后不得不被抱开，她的晚饭被端到她面前。戴西憋着一肚子火，默不作声。米兰达吃不下。她试想那些美丽而胆大包天的人儿穿着白缎、红缎和装饰着亮晶晶的金属片的衣服，在吊架上跳舞和嬉戏，想着漂亮的、毛茸茸的小马驹和穿着滑稽衣服的、可爱的猴子，好像她当真在回忆那一切似的。她睡熟了，她编造的回忆在真正的回忆前化为乌有了，那个快要摔死的穿邋遢的白罩衣的男人那张吓得没命的脸——啊，这玩笑开得太厉害啦——还有那个没有一丝笑意的矮子扮的可怕的鬼脸。她在睡梦中尖叫，坐起来，哭喊着要求把她从痛苦中搭救出来。

戴西来了，她那恼火的、瞌睡迷糊的眼睛半开半闭，深色的大嘴噘着，赤着一双肥胖的脚，在地板上踩出噔噔噔的声音。“老天爷啊，”她压低了沙哑而生气的声音说，“你怎么啦？你真需要被狠狠地揍一顿屁股哪，老天爷啊！这样要把大家都吵醒啦……”

米兰达完全被恐惧制服了。她一向有跟戴西顶嘴的毛病。她会说：“啊，闭嘴，戴西。”要不，她会说：“我用不着听你的话。除了奶奶的话以外，我用不着听谁的话。”这话挺气人，却一点也不假。她还会说：“你不懂得你自己在说些什么。”刚过去的那一天改变了这个情况。米兰达真心诚意地不想惹哪一个对她恼火，哪怕是戴西。不管她惹得周围那些被作难的成年人发多大的火，她通常都不在乎。要是戴西眼下一定要发火的话，她也并不真正在乎，只要戴西不关掉灯，把她撇在深不可测的恐怖的黑暗中，在那儿她又可能陷入梦中。她用两条胳膊搂住戴西，一边哭，一边说："别走，别撇下我。别生这么大的气！我受——受——不了！"

戴西发出一声呻吟的叹息，躺在她身旁，这表示她在加强自己的耐心，下定决心要记住自己是个基督徒，要忍受苦恼。"现在你睡吧，"她用跟往常一样的亲切而叫人安心的声调说，"现在你只要闭上眼睡就是了。我不会撇下你的。戴西不会对任何人发脾气的……不管是谁……"

（鹿　金　译）

最后一叶

老南妮坐在那儿，背弓缩着，期待着时刻会降临到自己身上的死亡。她们分别的时候，奶奶带着老人特有的从容的预见对她说，这次可能是她们在世的最后一次告别；她们拥抱，吻脸，并且再一次相互承诺天堂里再见面。南妮准备立刻开始这段旅程。孩子们聚集在她周围："南妮阿姨，别担心！我们爱你！"她并不关心，她不在乎他们爱不爱她。多年以后，年龄较大的女孩子玛丽亚极其痛苦地想到，他们其实对南妮阿姨不怎么好。他们一如既往地依赖她，让她承受越来越多的负担，她不该那么拼命干活，可他们却听之任之。老太太变得少言寡语了，背也弓得更厉害了——她是个瘦高个，有一张极好的、典型的黑人的脸，瘦骨嶙峋，纯净的深炭黑色，没有一点混血——她的背脊骨似乎一下子就垮了。他们能够听见她夜里跪在床边的呻吟，请求上帝使她安息。

一家黑人搬出了窄窄的小溪对面的一所小屋，那是多年以来第一所空出来的小屋，南妮去看了看屋子。她回来后就问哈里先生，"那个小屋你打算用来干什么？”哈里先生说，他“不打算用来干什么”；于是南妮问他要这小屋。她说，她想要一个自己的屋子；她一辈子也没有过一个自己的地方。哈里先生说，当然可以给她。但是全家人都感到惊奇，感到受到了些许伤害。“让我到那儿去平静地度过我最后的日子，孩子们。”她说道。他们把小屋擦洗干净，粉刷一遍，安上架子，清通烟囱，他们给了南妮一张好床和一条不错的地毯，允许她从宅子里搬去各种各样的小零碎，把她安顿好。他们惊奇地发现，南妮一直都喜欢并且希望拥有某些东西，而她以前似乎总是十分满足而无所求。她搬走了，孩子们后来彼此说道，看到她在离开的那天是如何努力不要显得太快活，他们觉得这有点好玩，又确实很令人高兴，虽然如此，他们还是觉得上了当。

此后她坐在小屋里，在安详懒散中做拼布活计和编制小毛毯。她的孙辈们和白人家庭的成员来看望她，各种各样的和南妮没有任何关系的白人也去看她，买她的小毛毯或留给她一些小礼物。

她一向都穿黑色毛料衣服，或者黑白图案的印花布衣服，围一条浆得挺括的白围裙，戴一顶白色头巾式褶边女帽，星期日则戴黑色塔夫绸帽子。她在作风上向来特别注重精确严谨，现在仍然如此。但她不再是忠实的老仆人、解放了的黑奴南妮了；她是个有着足以过温饱生活的财产的班图族老妇人，坐在台阶上，呼吸着自由的空气。她开始用一条蓝色扎染印花大头巾包头，在八十五岁的时候开始爱上了吸玉米芯烟斗。深邃冷漠的老眼的黑色虹膜变成了巧克力色，似乎遍及整个眼球的表面。随着视力越来越弱，眼皮皱在了一起，缩了进去，使她的脸像一个没有眼睛的面具。

孩子们是在过时的感情用事的理念中被培养长大的，一直自我满足地相信南妮是家庭真正的一员，和他们一起时非常快乐，而这个如此平静又如此坚决地表示出来的非难，使他们多少明白了一点。随着岁月的流逝，南妮继续坐在她的小屋的台阶上，他们越来越明白了其中的教训。他们长大了，时代在变化，旧世界正从他们脚下悄悄消失，而他们还没有抓住新的世界。他们每天想念南妮。随着他们财富的减少，他们的仆人变得越来越少，因而特别需要她。仅仅看到几乎在她刚刚搬出去以后，一切都松懈了下来，失去了和谐，没有了锐气，他们便意识到老太太为他们做了多少事情。工作不像以前那样自动就完成了。他们没有学会如何干自己的活，都非常懒，不会做出持续的努力或者制定规划。没有人教过他们，又还没有自己教育过自己。时不时地，南妮会回到山上去看望他们。那时她几乎会和以前一样地干活，带着一种满足感向他们证明，他们几乎少不了她。当她离开以后，他们会更加想念她。为了表示对她的感谢，以及希望她能够再来，他们会往她的篮子和桶里堆满她喜欢的没用的宝贝，她的某个曾孙子，斯基德或者黑斯蒂，会陪着她用小推车给她把东西推回家。在那片刻时间里，她会再一次成为那个和蔼可亲的、依附他们的、像家庭成员一样的老仆人："我知道我的孩子们不会让我空着手离开的。"

金伯利大叔仍旧干干这干干那的，修修挽具，给马梳刷梳刷，补补篱笆，时不时种上点东西，或者在春天给灌木周围松松土。他不停地自言自语，发蓝的嘴总是无休止地、不连贯地对过去和今天，甚至无疑还有未来的事物发出评论，虽然他身上没有什么东西显示出，他和即使是最近的将来有着任何的联系……玛丽亚直到奶奶去世以后才意识到，金伯利大叔和南妮阿姨是夫妻……使他们结为夫妻的，是个基于利害关系的婚姻，有着确实极佳的谋划，着眼于血缘和家庭的稳定，当使他们结合的原因消失了以后，他们的婚姻也就消失了……他们完全不注意彼此的存在，他们似乎忘记了他们一起有过孩子（各自都说"我的孩子们"），他们没有留下两个人都愿意拥有的共同记忆。南妮阿姨搬到她自己的房子里，甚至都没有想到或者看一眼金伯利大叔，他似乎也没有注意到她搬走了……他睡在鱼肉熏制房上面的小阁楼里，不定什么时候去厨房吃饭，想干什么就干什么，孤独得如同流浪的幽灵，几乎同样的隐身无形……但是，有一天他经过那所小屋，看见南妮阿姨拿着烟斗坐在自家的台阶上。他坐下来待了一会儿，呻吟着把身子弯成各种角度，像一条疲倦的老狗般晒着太阳。如果可以，他会从此待下去，但是南妮不愿意留下他。他想要知道，“你自己一个人住这么个大房子干什么？”“就只够我一个人住。”她直截了当地对他说，“我不打算在我最后的日子里伺候什么男人，”她补充道，“我已经服完劳役了，做完该做的了，就这样。”于是金伯利大叔缓慢地回到山上，爬回他鱼肉熏制房的阁楼里，再也没有走近过她……

夏日的黄昏，天黑以后她独自坐上很久，抽着烟斗熏蚊子，一直到要去睡觉的时候。她说她什么都不怕：从来没有怕过，以后也不会怕。她很久以前就习惯把黑夜想作是神的恩典，它带来了直到明天她都不用干活的时间。即使在她再也不用干活以后，她仍然怀着渴望期盼着黑夜，仿佛她一生累积的、深入骨髓的劳累仍然乞求能够得到舒缓。但是当黑夜来临时，她记起了她早上可以想睡到什么时候就睡到什么时候。因此她就会坐在那儿，享受可以任意支配世界上所有好时光所带给她的愉悦。

当年，当哈里先生在一些小争执上不同意她的话的时候，她总能够取胜，只要她用长长的手掌拍拍她石板般的老胸脯，大声说：“哎呀，哈里先生，你，你这样对我说话，难道不害臊吗？你就在这怀里吃过我的奶！”

哈里知道这话并不确切如实。其实只有他的三个哥哥吃的是她的奶；但是他总是马上就说，“好吧，妈妈，好吧，看在上帝分上！”——和他对自己妈妈说的一模一样，他暴躁地吼道，仿佛想清除掉一点空气中令人窒息的母权的专横，这是父亲去世后留给他的。但他还是承受了，因为他们是最后一代这样的儿子，无论多么不情愿、多么怨恨，仍然承认他们神秘的、永远无法豁免的、对养育了他们的子宫和哺育了他们的乳房所欠的恩情。

（王家湘　译）

无花果树

老南妮阿姨有个习惯，她给米兰达梳头或者扣衣服后背的扣子时，总是用两个膝盖夹着她。米兰达一扭动，南妮阿姨就夹得更紧，米兰达就会扭得更厉害，但是从来没能挣脱过。南妮阿姨把米兰达头顶的卷发紧紧拢在一起，用橡皮筋扎好，把一顶新浆好的白色薄条纹布无檐帽扣在她耳朵和前额上，用一个大别针把帽子顶别在那束卷发上，然后说：“总得有点办法让你别动。好啦，太阳下去以前不许把帽子从头上摘下来。”

“我不想戴这种帽子，太热了，我想要有帽檐的帽子。”米兰达说。

“你没有有帽檐的帽子，你只能戴你现有的帽子。”南妮阿姨用给他们梳洗穿衣时使用的霸道口气说道，“这还不算，这几天里我要把这顶无檐帽缝在你头顶的发髻上。你爸爸说要是你脸上有了晒斑，他就要怪我。好啦，你现在可以出发了。”

“咱们去哪儿啊，阿姨？”无论什么事情，米兰达总是要到最后一刻才能知道究竟。他们总是对她进行突然袭击。有一次她上自己的床睡觉，小猫咪蜷在她的枕头上呼噜着，后来她却在一列火车闷热逼仄的床铺上醒来，怀里抱着个热水袋；奶奶穿着麦克劳德牌的格子晨衣，伸展开躺在她旁边，眼睛睁得大大的。米兰达以为出了什么大好事，"天哪，奶奶，咱们这是去哪儿呀？"只不过是到埃尔帕索去看望比尔叔叔。

现在，汤姆和迪克已经被套在了停在大门外、捆满了箱子篮子的轻便马车上。奶奶独自慢慢地在宅子里走着，最后再看上一眼所有的一切。她时不时地把别的什么东西放在那只挎在胳膊上的大手提皮箱里，直到箱子都鼓鼓囊囊的了。她另一条胳膊上搭着一条黑色马海毛的长裙，是她骑马的时候穿在别的裙子外面的。她的儿子哈里，米兰达的父亲，跟在她身后说道："我不明白干吗在通知五分钟后，就要这么急匆匆地到哈利法克斯去。"

奶奶继续走着，说："确切地说是五个小时。"哈利法克斯根本不是奶奶农场的名字，农场的名字是雪松林，可是爸爸总管它叫哈利法克斯。当他想形容特别热的东西的时候，总说，"热得像哈利法克斯。"雪松林很热，但是他们每年夏天都去，因为奶奶喜欢那儿。"你出生以前，我已经到雪松林过了五十个夏天了。"她对米兰达说。去年夏天米兰达记得很清楚，前年夏天还记得一点。米兰达喜欢那儿，因为有西瓜和蚂蚱，以及一长排一长排的开花的楝树，猎狗在树下摊开身子睡觉，睡着了还发出呜呜声、眨眨眼皮、抽动抽动脚、微弱地吠叫。金伯利大叔说这是因为狗总是梦见它们在追赶着什么。中午，当米兰达越过浓密的绿色田野，俯视着小溪的时候，能看到的只有一片炎热：一切都现出忧郁、倦怠，鸽子咕咕哀鸣。

"阿姨，咱们是要去哈利法克斯吗？"

"要是你想知道，就去问你爸。"

"咱们是要去哈利法克斯吗，爸爸？"

爸爸把她的无檐帽拽直，把头发往前拉了拉好露出来，“你不能给晒坏了。别动了。露出漂亮的卷发来。今天晚饭前你就会在旋涡池里蹚水了。”

奶奶说：“孩子，别说哈利法克斯，说雪松林。要用正确的名字称呼东西。”

“是的，夫人。”米兰达说。奶奶再次对儿子说，“确切地说是五个小时，你伊丽莎姨妈已经有足够的时间收拾好她的望远镜，骑着我的马去了。现在她已经到那儿三个小时了。我猜想她已经把望远镜架在鸡舍顶上了。希望别出什么事。”

“妈妈，你太爱担心了。”儿子说，他努力掩盖自己的不耐烦。

“我没担心。”奶奶说，一边把骑马穿的裙子挪到拿手提皮箱的那只胳膊上。“带上这不会有什么用处，”她说，“其实，今年夏天还不如把它扔在一边呢。”

“没关系，妈妈，我们派人到布莱克农场去把蓬佩带过来，那是一匹听话的骑用马。”

“你自己骑吧，”奶奶说，“费德勒活着的时候，我是决不会骑蓬佩的，费德勒是我的马，我最恨轻率的骑马人伤了它的嘴。伊丽莎从来不会骑马，而且永远也不该……”

米兰达跳了起来，跑走了。这么说他们要去雪松林。米兰达总是感到惊讶，为什么大人对任何问题总是不会给人一个直截了当的回答，除非回答是“不”，那就会毫无困难地脱口而出。在稍远一点的地方，她听见奶奶说，“哈里，最近你看见我骑马用的短鞭了吗？”以及她爸爸的回答，至少他也许认为是个回答，“好啦，妈妈，看在上帝的分上，咱们就让这事过去了吧。”确切的原话。

她爸爸另外一个说话古怪的地方是管奶奶叫“娘”。简姨妈是娘。

有时候他叫奶奶“妈妈”，可是她也不是妈妈，她其实是奶奶。妈妈死了。死了的意思是永远走了。死亡是一件总在发生的事情，发生在人以及别的一切事物身上。某个人死去了，会有一长串马车缓慢地沿着小山的石头山脊向河边走去，同时钟声不断敲响，以后就没有人再见到那个人了。小猫小鸡，特别是小火鸡更是会经常死去，有时候小牛也会，但是几乎没有奶牛和马死去。石头上的蜥蜴变成壳，里面根本没有蜥蜴。当你用一根小棍子捅毛毛虫，如果它们卷成一团毛乎乎的一动不动，那就是说它们死去了——这准没错。

当米兰达发现任何动物不动了，或者不出声了，或者看起来总有点和活着的不一样，她总会把它埋在一个小坟墓里，墓上放上花，墓前放一块平滑的石头。就连一只蚂蚱也是如此。一切死亡了的东西都必须这样对待。“只能这样，不能有别的样子！”

米兰达沿着弯弯曲曲、平坦的石板小路，在草丛间拐来拐去地跳跃前行。先是石榴树和南非茉莉树丛混生在一起，然后树荫变得浓密阴暗，那是无花果树林。她走到她最喜欢的无花果树前，深处的树枝弯到齐她的下巴，无须爬树擦伤膝盖，就能够摘到无花果。上一次奶奶就没有记住带无花果到乡下去，她说在雪松林有很多无花果。可是雪松林的无花果是又大又软的白中带点绿的，家里的这些是黑色的，特别甜。奇怪的是，奶奶好像没有注意到它们的不同。无花果树林里空气清新，鸡们总是跑出养鸡场，奔到这儿来吃掉落在地上的无花果。一只母鸡奔来奔去，一边在地上抓挠一边咯咯叫着。它会在一个掉在地上的无花果四周抓挠，向它的孩子们咯咯叫，仿佛那是一条虫，它给它们挖了出来。

“取巧的老东西，”米兰达说，“你就是在装样子。”

当小鸡都跑到米兰达的无花果树下鸡妈妈身边的时候，有一只小鸡没有动。它侧身躺在那儿，闭着眼睛、张着嘴。它身上有的地方有黄绒毛，有的地方是新生的羽毛，其余的地方是光秃秃的，并且被晒伤了。“懒家伙。”米兰达用大脚指头捅捅它，说道。这时她注意到，小鸡死了。

啊呀，他们马上就要出发去哈利法克斯了。奶奶永远不会离开，她只是随时准备出发到什么地方去。她得赶紧把它像样地埋葬掉。回到宅子里，她踮着脚走路，希望没人看见她，因为奶奶总是会问：“孩子，你上哪儿去？你在干吗？你拿着的是什么东西？你在哪儿找到的？谁允许你拿的？”在米兰达解释完一切之后，即使没有发现任何问题，多好的事情也显得没有那么好了。再说了，要好长时间才能够走得开。

米兰达轻轻拉开柜子左手边往下数的第三个抽屉，她的新鞋子还在软纸里包着，放在一个很好的白色盒子里，大小正适合一只有新生的羽毛的小鸡。她有点颤抖地把窸窣作响的折叠好的白色东西和薰衣草包推开。下面屋前轻便马车的轮子在沙砾上发出刺耳的嘎吱声，伴随着金伯利大叔像雾角般的喊叫声，“嗨呀，那边，倒回来，那马！倒回来，说你呐！”当然啦，这意味着他正把汤姆和迪克转过来，使它们朝着哈利法克斯的方向。他们就要找她了，叫她、催她，她什么事都没时间做了，他们一个字也不会听她解释的。

在松松的干土上用她的小铲子挖个洞不是什么费劲的活。米兰达用软纸把那瘦弱的小鸡包了起来，努力包得好看一点，小心地放在了盒子里，上面堆成了一个好看的小土堆，就像人的坟一样。她还没有完全堆成坟墓的样子，正跪在那儿、弯着身子把它弄得光溜点，这时，突然从某处传来了一个奇怪的声音，一个非常悲伤的很小的哭泣的声音。声音出现了三次，缓慢地泣，泣，泣，就像这样，而且似乎是从那个土堆那里发出的。“天哪，”米兰达出声地问自己，“什么声音？”她把帽子从耳朵上推开使劲听。“泣，泣。”悲伤的小声音说。人们开始叫她、催她，声音越来越近。她也开始喊了起来。

“哎，阿姨，等一等，阿姨！”

“你马上过来，我们走了！”

“你一定得等等，阿姨！”

她爸爸正沿着无花果树边走过来，“赶紧的，宝贝，你会被落下的！”

米兰达受不了自己一个人被落下。她吓得浑身发抖地跑着。爸爸生气地看着她，每当他说了让她难过的话，然后看到她难过了，就总是这样看着她。他的话很体贴，但是他的声音里含着责备：“别这么激动，宝贝，你知道我们无论如何也不会落下你的。”米兰达想回嘴，“那你干吗要这么说？”但是她仍然在注意听着有没有那个微小的“泣，泣”声。她走得很慢，往后拽爸爸，回头张望。但是她爸爸催着她走向轻便马车。可是没有东西死了还会发出声音的。做不到的。那是死亡的标志之一。可是，啊，她听见了的。

她爸爸坐在前面驾驭马车，金伯利大叔就管下车开门。奶奶和南妮阿姨坐在后座上，米兰达夹在她俩中间。她很喜欢出发到什么地方去，大家微笑着安顿下来，抬头看看天气如何，马儿跳跃着拉动缰绳，弹簧带着吱吱声颠簸摇摆，使你感觉自己是在旅行。那晚，她将会和玛丽亚、保罗和金伯利大叔一起去蹚水，就在那晚，她会穿着睡衣躺在外面草地上乘凉，而且他们在睡觉前都会喝柠檬水。玛丽亚姐姐和保罗哥哥应该已经晒得像松饼了，因为他们一放假就被送过去了。玛丽亚姐姐已经有晒斑了，爸爸气坏了。“帽子得一直戴着，”他严厉地对米兰达说，“记住了，我不许再把你那张脸毁了。”可是，啊，是什么东西发出了那奇怪的声音？米兰达的耳朵嗡嗡作响，肋骨下面明显感到隐痛。她一定要回去把它放出来。缠着一堆软纸，被困在鞋盒里，靠自己它永远出不来。没有她它永远出不来。

“奶奶，我必须得回去。啊，奶奶，我必须得回去！”

奶奶托着米兰达的下巴，把她的脸转了过去，仔细地看着她，大人就是这样看人。奶奶的眼睛总是那个样子，从来不显得和蔼或悲伤，生气或疲累，或任何样子，就是一双蓝色、平静的眼睛。“你怎么了，米兰达，出了什么事？”

“啊，我必须得回去——我忘——记了一件重要东西。”

“别那么傻哭，告诉我你想要什么。”

米兰达停不住哭。她爸爸看上去很着急，“妈妈，宝贝说不定想吐。”他把手绢伸到她面前，“我的宝贝怎么了？你吃什么了？”

米兰达不得不站起来，拼命大声啼哭。车轮在路上摩擦得嘎嘎响，轻便马车晃得奶奶不得不拽住她的一只胳膊，她爸爸拽住她的另一只。他们越过米兰达的头顶对望着，米兰达常常看到这种一动不动的对视，他们的眼睛看上去一模一样。米兰达抬头眨着眼睛看他们，等着看谁赢。奶奶的手放下了，米兰达被交给了她爸爸。他把缰绳给了金伯利大叔，把她从座位上方提过去。她立刻停止了哭泣，摊靠在他的胸口和膝头上，仿佛他是一把扶手椅。“咱们不能就为了些小玩意儿回去一趟。”他用讲道理的口气对她说，奶奶责骂的时候，他总是用这种口气说话。他拿着头巾样的大手绢说，“使劲擤擤鼻涕。宝贝，你忘了什么东西？咱们再找一个。是你的娃娃吗？”

米兰达最讨厌娃娃了。她从来不玩娃娃。她总是扯下她们的假头发，像帽子那样绑在小猫头上。小猫立马就会扯下来。很好玩。她把娃娃的衣服给小猫穿上，任何一只小猫只要半分钟就能把衣服统统脱下来。猫咪知道好歹。米兰达突然号啕起来，“啊，我要我的娃娃！”又大哭起来，想要盖住那古怪的小声音，“泣，泣”——

“好吧，要是就为了这个，”她爸爸欣慰地说，“在雪松林有好多好多的娃娃，还有四十来只新猫咪。你觉得怎么样？”

“四十只？”米兰达问。

“差不多吧。”爸爸说。

老南妮阿姨俯身伸出手来，“瞧，宝贝，我给你带了一些很好的黑无花果。”

她的黑脸满是皱纹，看起来像戴着一顶白色、有褶皱饰边的帽子的倒放着的无花果。米兰达紧闭着眼睛，摇摇头。

“南妮阿姨要给你好东西的时候，这种表现合适吗？”奶奶用她温和、提醒的声调问道。

“不合适，夫人，”米兰达温顺地说，“谢谢你，南妮阿姨。”不过她没有收下那些无花果。

伊丽莎姨婆爬到靠在平顶鸡舍上的梯子一半的地方，正在告诉兴利怎么架她的望远镜。“对于一个从来没有见过或者听说过望远镜的人来说，”伊丽莎姨婆对奶奶说——奶奶其实是她的姐姐索菲娅·简——“他按照我说的，干得还不错。”

“我真希望你不要再费劲地爬梯子了，伊丽莎，”奶奶说，“你都这把年纪了。”

“我敢说你就是神经过敏，索菲娅。你什么时候听说我伤到过？”

“即便如此，”奶奶尖刻地说，“也还有行为恰当这一说吧，在你这个年……”

伊丽莎姨婆用一只手抓着她厚重的棕色褶皱裙的一道褶层，用另一只手紧握住梯子的上一个横档，又下了一级。“好了，兴利，”她大声喊道，“把它转到对着西边，平放着就行了。到时候我会按我的需要来调整。现在你可以下来了。”说完她自己下来了，对姐姐说：“只要你还能够骑在你那马上猛冲，索菲娅·简，那我就可以爬扶梯。我比你小三岁，在你这个年纪，这区别可就大了去了！”

奶奶的脸红了，就像海贝壳内层的颜色——那个放在她的缝纫桌上、里面有大海的声音的海贝壳；米兰达知道奶奶是她们俩人里漂亮的那个，现在也还漂亮，但是伊丽莎姨婆现在不漂亮，从来也没有漂亮过。米兰达观察着、倾听着——因为世界上的一切对她而言都是新奇的，是她需要知道的——她看见两个老太太，以成为奶奶而自豪，她们对小孩子说话时，总好像什么事情都是她们最了解，小孩子什么都不知道，她们整天让孩子们来这儿、去那儿、干这个、别干那个，她们永远是对的，小孩子从来都不对，除非他们一声不响马上去做让他们做的事情。可现在她们就像学校里的两个小姑娘一样斗嘴，甚至像米兰达和姐姐玛丽亚一样，斗嘴、指责、互相找茬、故意说些伤对方感情的事情。米兰达感到难过、奇怪，还有点害怕。她开始侧着身子慢慢走开。

“你要去哪儿，米兰达？”奶奶用她平常说话的声音问道。

“就到宅子里去。”米兰达说，心直往下沉。

“等等，和我们一起走。”奶奶说。她很瘦，脸色苍白，一头白发。在她旁边，伊丽莎姨婆像一座山赫然耸立，花白了的铁褐色头发像蜷曲的假发套，鼻烟色的眼睛上戴着一副钢丝边眼镜，鼻烟色的毛料裙子在她四周鼓起，她身上一股鼻烟味。她进门的时候把门都快塞满了。她坐下的时候椅子在她身下消失，从腰带直到地板，她好像是整个坐在自己身上。

奶奶坐在房间的另一头，在针线筐里翻找东西，假装什么也没看见，伊丽莎姨婆从口袋里拿出一个棕色的小瓶子，打开盖子，往两个鼻孔里各塞了一小撮鼻烟，大声打着喷嚏，用一块好像浆过的白色大手绢擦擦鼻子，把眼镜推到额头上，拿一根一头被咬成小刷子样的嫩枝，伸进小瓶子里转动，然后放在牙齿间紧紧咬住。米兰达曾听说过下层阶级的女人有这种可耻的习惯，但是没有听说过有贵妇人“擦鼻烟[①]”的，在家人里肯定没有。然而伊丽莎姨婆就算不很漂亮，也是个贵妇人，却在擦鼻烟。米兰达知道奶奶是什么感觉；她着迷地盯着伊丽莎姨婆，直看得流出了眼泪。伊丽莎姨婆也盯着她。

“喂，小家伙，要是我给你一块橡皮糖，你能不在这里碍手碍脚的吗？”

她从另外那个口袋里拿出了一块有点圆、看上去压得够呛的粉红色的橡皮糖，外面那层糖皮都裂开了，“给，拿着，今天别让我再看见你。”

米兰达急忙走开，手心里紧捏着那粒橡皮糖。走到厨房的时候，糖从手指缝里渗了出来。她走到水龙头前，把手放在水流下，试图洗掉鼻烟的气味。干了这件坏事以后，她真不敢马上就走近伊丽莎姨婆。她甚至觉得能够听见她问，“孩子，你是怎么打发那块橡皮糖的呀，这么快？”

米兰达几乎忘记了她通常感兴趣的事情，例如那儿的小猫和其他小动物，像猪、小鸡、兔子，随便什么动物，只要是个幼崽，她可以抚摸它，喂它；因为伊丽莎姨婆的作风和习惯使得米兰达到处跟着她，盯着看，或者隔着餐桌，盯着看；因为如果伊丽莎姨婆不在屋顶上的望远镜前——她总是在马上就要天亮或者天刚黑的时候在那儿，就是拿着显微镜和凸透镜走来走去，仔细观察她在树干上看见的、在草丛里发现的什么东西；她时而收集看上去像是干树叶的小碎片，或者小块树皮，拿到屋子里，铺放在一张白纸上，坐在那儿专心看着，一动不动，仿佛在祷告似的。吃饭的时候她会剖析一块土豆皮，或者她吃的别的

① 擦鼻烟，把鼻烟擦在牙齿和齿龈上。

任何东西。她俯身坐在那儿，时不时地说声，“嗯”。奶奶不允许孩子们把任何东西带到饭桌上去玩，而且坐在桌子旁除了吃饭不许干别的，却能忍住脾气，对她妹妹的行为举止不闻不问。后来有一天，当伊丽莎姨婆像只蜜蜂一样，对她用显微镜在葡萄干里发现的东西独自得意地哼哼时，奶奶说：“伊丽莎，要是很有趣，吃完饭给我看看，或者告诉我是什么东西。”

“告诉你你也不会明白的。”伊丽莎姨婆冷冷地说，一面把显微镜收起来，吃光了甜点。

终于，当他们要回到城里去之前，伊丽莎姨婆邀请孩子们和她一起爬上扶梯，去用望远镜看星星，他们惊奇得像陌生人般互相看着，一句话也没有说。米兰达只看见了一个巨大的闪烁着冷光的灰白色的圆盘，但她知道那是月亮，出于纯粹的狂喜，她大喊道，“啊，真像是另外一个世界！”

“哎，当然啦，孩子！”伊丽莎姨婆和蔼地用一贯吼叫的声音说道，“另外的世界，百万个另外的世界。”

“就像这个？”米兰达怯生生地问道。

“没有人知道，孩子……”

“没有人知道，没有人知道。”米兰达和着脑子里的一个曲调在唱，当其他人继续往前走的时候，喜悦使得她眼花缭乱，她独自落在了后面，和伊丽莎姨婆摆动着的提灯以及她大幅度摆动的裙子有了点距离。他们走的是穿过无花果林的沾满露水的小道，很像城里家中的那一条小路，充满了朝露引发的饱含汁液的树叶的清香气息。他们经过一棵有着低垂的树枝的无花果树，米兰达习惯性地伸手去够树枝以讨个好运。这时从她脚下的土地里传来了一个可怕的、微弱的、忧伤的声音，“泣，泣，泣，泣……”小小的哭泣的声音从窒息的土下，从坟墓里，传了出来。

米兰达像受惊的小马般跳了起来，撞在伊丽莎姨婆的膝盖后面，大喊道，“啊，啊，啊，等等……”

“究竟怎么啦，孩子？”

米兰达一把抓住向她伸来的温暖的有鼻烟味的手，使劲抓着不放，“啊，地底下有什么东西在说‘泣，泣’。”

伊丽莎姨婆弯下腰，双臂抱着米兰达，认真地听了一会儿。“听见了吗？”她说，“根本不是在地下的东西，是最早出来的雨蛙，意味着要下雨了，”她说，“泣泣——听见了吗？”

米兰达颤抖着深深地吸了一口气，听见了这声音。在树丛里。她们继续前行，米兰达拉着伊丽莎姨婆的手。

“想想看，”伊丽莎姨婆以她最具科学性的声音说，“当雨蛙蜕皮的时候，它们像脱去小衬衣那样将皮肤拉过头顶扯下来，然后吃掉。你能想象吗？它们有你看到过的最美的形状——什么时候我让你在显微镜下面看看。”

“谢谢你，夫人。”意识到是雨蛙在唱“泣泣”带给米兰达的狂喜使她如处云里雾里，最后她终于想了起来，对姨婆说道。

（王家湘　译）

坟

去世三十多年的爷爷，在他那长眠中，由于他的遗孀忠贞不贰和占有欲强而两次遭到骚扰。她先把他的尸骸移到路易斯安那州，后又迁到得克萨斯州，仿佛到处在给她自己物色茔地似的；她很清楚，自己再也不会回到她所离开的那些地方去了。她在得克萨斯州自己创建的第一个农场的角落里圈出一小块地作为坟地；此后随着家庭关系的增长，不少三亲六眷陆陆续续从肯塔基州迁来落户，那块坟地于是也就先后至少埋下了二十口棺木。奶奶去世以后，她的某些子孙为了自身利益，要把她的一部分土地卖掉，而坟地恰恰划在那块要出售的地盘里，因此又得把遗骨统统挖出来，迁往安葬奶奶的那座新的大公墓里那一片家族茔地去。她的老伴终于要按照她原来的计划永世长眠在她的身边了。

她家那块墓地原是一个不大有人问津的、挺像样儿的小花园，如今里面玫瑰缠结丛生，雪松翠柏参差不齐，一块块简单平坦的墓碑矗立在杂乱而芬芳的野草堆里。一个炎热的夏天，米兰达和保罗跨过铁栏杆来到这块墓地探寻宝藏，墓穴都已经给挖空，个个敞着口；兄妹俩往常总把他们的温彻斯特牌22型猎枪小心翼翼地架在那排铁栏杆上射击野兔和飞鸽。那时候，她九岁，他十二岁。

他俩目的十分明确地探视那些一模一样的墓坑，一边得意地交换探险的眼神，一边用庄严的声调感叹道："这些可都是坟墓啊！"兄妹都试图用话语来表达内心涌现的一股恰如其分的特殊感情，可是除了欣然感到一阵意外的惊奇之外，别无其他感觉：他俩正在目睹另一种景象，在干一些从来没干过的事呢。两人内心也都对这片实际上平淡无奇的景象稍感失望。一座坟墓，即使里面多年来一直安放过棺木，可是一旦把它移走，也不过是个土坑罢了。米兰达扑通一下跳进那个原来安放爷爷遗骨的墓坑。她就像小动物那样欢快而毫无目的地四下里扒土，随后捧起一块土块，在手心里掂一掂分量。土跟松针细叶掺杂在一起，散发出一股挺好闻的腐土香味；土块给掰开揉碎之后，她看到里面有个差不多像榛子那样大小的银鸽子，双翅展开，扇形尾巴整整齐齐，胸脯上有个又圆又深的窟窿。她把它捏起来，冲着炎阳照看一下，只见窟窿里还刻着细微的螺纹。她一边从墓坑里往外爬，弄得松软的土又哗哗落进坑里的一角，一边大声喊着，告诉保罗她找到了一样宝贝，可他得猜一猜那是什么……他从另外一个墓穴边上探出脑袋，面带微笑，向她摆动着一只攥紧的手。“我也找到了一点东西！”兄妹俩跑到一块儿，比一比各自找到的宝贝，把这当作游戏，双方都猜了好几遍，可谁也没猜对，最后两人摊开手心亮出来。保罗找到一枚宽而薄的金戒指，上面刻着复杂的花卉图案。米兰达一看到那枚戒指就给吸引住了，非要不可。保罗也好像对鸽子更感兴趣。两人只争吵几句便达成了交易。鸽子到手之后，保罗说：“你知道这是什么吗？这是棺材上用的螺丝钉帽啊！……我敢打赌世界上谁也没有一个这样儿的！”

米兰达朝它瞥一眼，毫不动心，她已经把金戒指戴在了自己的拇指上，倒也非常合适。“咱们是不是该走啦，”她说，“也许哪个黑家伙会看见咱俩，去告诉别人咧。”他俩都知道这片土地已经卖出去了，这块茔地也不再归他们所有；他俩觉得自己就像是侵犯他人土地的歹徒。兄妹俩于是又从铁栏杆上面爬过来，松松垮垮地挎着猎枪——他俩都打七岁起就开始用各式各样的枪支射击各种目标了——再到别处去寻找野兔、鸽子，或者任何其他可能碰上的小动物。在这类远征途中，米兰达一向紧跟在保罗身后，听从他的指挥，学习跨过栏杆时该怎样拿着枪支，怎样竖起来拿好，免得滑落或者突然走火，开枪前该怎样等待时机，而不是瞧也不瞧地光朝天砰砰乱发，连保罗的射击也给破坏了，因为他若是遇到机会，确实是有把握射中目标的。她时常一看到鸟儿突然从她眼前掠过，或者一只野兔从她脚尖上跃过，就会兴奋得失去冷静，抡起猎枪，几乎瞄也不瞄便扣动扳机。她几乎从来也没打中过什么目标。她对打猎根本一窍不通。她哥哥时常为这事非常讨厌她。“打不打中鸟儿你都无所谓，”他说，“哪能这样打猎。”米兰达对哥哥这种恼怒没法理解。她发现他一没打中目标就把帽子往地上一掼，暴跳如雷地吼叫。米兰达惹人生气而漫不经心地说：“我打猎就喜欢扣动扳机，听那砰砰的响声。”

“天哪，”保罗说，“那你干吗不回到山沟里去打靶？”

“我就愿意这样，”米兰达说，“还可以到处转悠转悠嘛。”

“那你就乖乖待在后边，别干扰我射击。”保罗说，他每发一枪都想确保自己命中目标。米兰达有一次独自打了二十发，也打下来一只鸟；可是每逢他俩同时开枪，不管打中什么猎物，她总坚持是她打着的，都该归她。这真叫人腻味，而且也不公平，她哥哥对这事真是厌烦透了。

“现在你听着，咱们见到的第一只鸽子或者野兔，那可是我的，”他告诉她，“第二只才是你的。记住了，别抖机灵。”

“要是蛇呢？”米兰达懒洋洋地问，“第一条蛇可不可以归我？”

米兰达慢慢摇晃拇指，瞧着那枚金戒指闪闪发光，她对打猎已经失去了兴趣。她穿着一身简朴的夏季装束：一条深蓝色工装裤、一件浅蓝色衬衫、一顶雇工戴的草帽和一双棕色宽条凉鞋。她哥哥也是同样打扮，不过他那身衣服是素净的山核桃色。米兰达平常最喜欢穿这条工装裤，尽管这在乡下引起了流言蜚语，因为那年头——1903年，在偏僻的乡下，按照妇女的礼仪端庄守则，那样打扮是不被许可的。她爸爸因为允许他的几个姑娘像男孩那样穿戴，劈开两条腿骑着光背马到处乱跑，而受到人们的非议。玛丽亚大姐，真正无拘无束，无所畏惧，尽管有点装模作样，常常骑一匹只在鼻子上结根缰绳的马，不要命地飞驰。大家都说，这个没娘的家庭，现在又没有奶奶维系着，开始走下坡路了。谁都知道老太太订遗嘱的时候亏待了她的儿子哈里，而他手头正很拮据。一些老邻居便幸灾乐祸地暗中琢磨现在他可能不会再像以往那样目中无人了，也不会再有那些腿抬得老高的骏马了。米兰达知道这事，可她也说不上是怎么得知的。她沿路遇见了那些过去对奶奶挺尊敬的、嘴里叼着玉米芯烟斗的老太婆。她们都用浮肿的老眼斜视这个小孙女，嘴里嘟哝道，“小姐，你难道不害臊吗？穿着这身衣服可违犯了教规。你爸爸到底在想啥啊？”米兰达一向对社会舆论非常敏感，就像有一套品质优良的天线从她每个汗毛孔发射出感应波，顿时感到羞愧万分，因为她很明白让别人，哪怕是脾气暴躁的老婆子，大吃一惊，都是粗鲁而缺乏教养的，然而她对爸爸的判断依然很有信心，何况自己穿上这身衣服也挺舒服。她爸爸说过，“这正是你所需要的。这样还可以使你省着点穿你上学的衣服……”这些话在她听来简单而自然。她一向是在非常俭朴的环境中长大的。浪费既卑俗而又触犯教规。这都是真理，她一再听到人们重复这些话，自己一次也没反驳过。

现在那枚赤金戒指在她那相当邋遢的拇指上闪烁发光，引起她对自己的工装裤、没穿袜子的脚、从宽条凉鞋缝里露出来的脚指头，都产生了反感。她要立刻返回农场里的住房，好好洗个凉水澡，厚厚抹上一层玛丽亚的紫罗兰香味的爽身粉——当然，这得在玛丽亚不在场反对的情况下进行——然后穿上她那件最薄最漂亮的衣服，再配上一条宽腰带，坐在树荫下一把柳条椅上乘凉……这些当然并不是她所需求的一切；她心中模模糊糊地骚动着奢侈的欲望，想过一种阔绰的日子，可是这在她的想象中并没能具体成形，而只是拿家庭里传说的过去的那种富有和闲逸作依据罢了。不过，那些舒适的生活安排倒是她马上能实现的，而且她马上就想实现。这会儿，她远远落在保罗的身后，突然想连吭都不吭一声就转回家去。她停住脚步，又想到保罗永远也不会这样对待她，因此还是应该先跟他打个招呼。这时有只野兔跃起，她便爽快地让给保罗。他一枪就把它打死了。

她赶到保罗身边，他已经跪在地上，手里拎着那只野兔，正在检验伤口。“瞧，正好打穿脑袋。”他得意扬扬地说，好像他本来就是朝那儿瞄准似的。他取出自己那把顺手的锋利猎刀，开始剥兔皮。他干得干净利落。金伯利大叔会处理皮革，所以米兰达的洋娃娃总有皮大衣穿，尽管她从来就没怎么在意娃娃，可她喜欢看到她的那些娃娃穿上皮大衣。两个孩子面对面跪在地上，瞧着那只丧命的小动物。米兰达羡慕地瞧着哥哥剥兔皮，就像脱下一只手套那样把它褪下来。去掉皮的兔肉显得深红、柔滑而结实；米兰达用大拇指和指头摸摸那纤细的肌肉，上面还有一根根瘪了的银筋把它们连接在关节上呐。哥哥又把鼓胀得出奇的肚子剖开。“你瞧，”他用一种惊讶的声调低声说，“它快生小家伙啦。”

他又小心谨慎地从肋骨中部到侧腹那儿切开一个口子，一个鲜红的囊袋就露了出来。他再切个口子，把囊袋打开，里面是一堆兔崽儿，每只身上都裹着一层红色薄胎膜。哥哥把胎膜揪下来，它们那深灰色的身躯就呈现在眼前，光滑湿润的绒毛上还有滑溜溜的卷纹，很像婴儿刚洗过的鬈发。那小得叫人难以置信的、娇嫩的耳朵紧紧折拢，眼睛紧闭的小脸几乎还没有成形。

米兰达悄没声儿地说：“噢，让我瞧瞧。”她看了又看——激动而并不害怕，因为她已经看惯猎获的死动物——内心充满怜悯和惊奇，而且一看到这些可爱的小畜生，就使她产生一种震惊的喜悦，它们可真漂亮。她十分小心地抚摸其中的一只，“哎呀，它们浑身是血啊！”她一边说，一边不知怎的直打哆嗦。可是她又非常想看个明白。看过之后，她倏地觉得自己好像对这事本来就很明白似的。她过去那种无知的想法消失殆尽，这种事她一向就明白。以往压根儿也没人对她直截了当地谈过什么，她也不善于仔细观察周围的动物生活，因为她和它们相处得太熟了。它们在生活习惯上好像漫无秩序，不可理解的粗鲁，可是又挺自然，叫人觉得并没有多大意思。她哥哥一谈起来就仿佛素来什么都知道似的。他也许过去全都见识过，可他一句也没跟她提起过。但是现在她至少也理解他的一部分知识了。这项秘密她略微懂得一点，身心中那种混沌的直觉一直在那样逐步稳定地明朗、成形，连她都没意识到自己正在学习应该知道的事物呢。保罗就像在谈论什么禁忌那样谨小慎微地说："它们本来就快生下来了。"说到最末一个字眼时，他的嗓音低沉下来。"我知道，"米兰达答道，"就跟生猫咪一样。我知道就跟生小孩儿一样。"她心情十分激动，默默地站起来，腋下夹着猎枪，瞧着那堆血淋淋的玩意儿。"我不要这张皮啦，"她说，"我不要啦。"保罗又把那几只兔崽儿塞进母兔的肚子，连皮带肉裹起来，把它抱到艾灌丛里去埋掉。他很快就走出来，带着殷切的友好表情，用他不大常有的信任口气对她说话，仿佛在以平等的地位同她谈一桩重大的秘密似的，"听我说。现在听我说，别忘了。你今天看到的事，可千万别跟任何一个活人谈。跟谁也别说。也别告诉爸爸，否则你就会给我招来麻烦。他会说我又在教你一些不该做的事。他总是这样说。所以你可别忘了，别又不知什么时候犯你那个老毛病，哇啦哇啦地乱说出去……这可是桩秘密。跟谁也别说。"

米兰达确实对谁也没说，她甚至不想告诉任何人。她怀着困惑不安的心情，对这件恼人的事足足思索了好几天。后来，这事也就在她脑海中渐渐被淡忘了，随后在差不多二十年之间，其他成千上万累积的印象便堆压在上面了。一天，她在一个陌生国家的陌生城市的一条菜市街上，正在泥坑和压碎的垃圾当中觅路行走的时候，那桩陈年往事又冷不防地从深深埋葬的地方蹦出来，出现在她的脑海里，清晰而鲜明，保留着原来的色彩，叫她觉得好像面对着一幅画框里的景色，自从画中描绘的事情发生以后就一直未曾有过任何变动似的。她莫名其妙地吓了一跳，蓦地张大眼睛站住，一阵幻觉把眼前的景象搞模糊了。一个印第安小贩正在她眼前举起一盘各种小动物形状的染色糖块，鸟儿啦，小鸡啦，兔崽儿啦，小绵羊啦，猪崽啦。它们都染着鲜艳的色彩，散发着香草味儿，莫非……这天天气酷热，集市上一堆堆生肉和发蔫的花朵散发出来的气味，就跟她那天在家乡空荡荡的墓地里所闻到的那股腐烂和芬芳掺混的气味完全一样：那天的情景，她至今依稀记得，当时她跟她哥哥正在那些坟坑里搜寻宝藏。一想到这事，可怖的景象便消失了，她又清晰地看见哥哥，她早已忘记他那童年的脸庞，如今他又站在灼热的阳光下，还是十二岁那副模样，两眼流露出得意而从容的笑意，一再在他手心里翻弄着那只银鸽子。

（屠　珍　译）

滑向认知

在有大窗户的四方形的卧室里，妈妈和爸爸正懒洋洋地靠在枕头上，交叉着腿，从放在小桌子上的一个黑色大托盘里拿东西递给对方。他们满面笑容，当小男孩浑身透着睡意进来，走到床前的时候，他们笑得更欢了。男孩靠着床，光脚指头在白色毛皮小地毯上扭动，继续吃着从睡衣口袋里拿出来的花生。他四岁。

"我的宝宝来了，"妈妈说，"把他抱上来，好吗？"

他变得软塌塌地像块破布一样，好让爸爸从胳肢窝下面把他举起，摆动着越过爸爸宽广而结实的胸膛。他沉在父母中间，像一只在温暖的窝里的小熊崽，舒服地躺在那儿。他又用牙齿咬住一颗花生，把壳咬开，挑出整粒花生米吃了下去。

"又不穿拖鞋满世界跑了，"妈妈说，"他的脚像冰柱子一样。"

"他吃起东西来像马一样，嚼得嘎吱嘎吱的，"爸爸说，"早餐前吃花生会把胃吃坏的。他哪儿来的花生？"

"你昨天带回来的，"妈妈记得清清楚楚，"放在一个讨厌的玻璃纸小袋子里。我总是要你别给他带吃的东西。把他弄出去，好吗？他把花生壳撒了我一身。"

小男孩几乎立刻就发现自己又在地板上了。他绕到大床妈妈的那一边，满怀信任地靠近她，又开始吃花生。他一面嚼，一面严肃地凝视着她的眼睛。

“小家伙看起来很聪明，不是吗？”爸爸问道，伸伸他的长腿，一面伸手拿浴袍，“我猜你会说，他笨得像头牛，都是我的错。”

“他是我的小宝宝，我唯一的宝宝，”妈妈搂着他得意地说，“他是只可爱的小羊羔。”在她有力的拥抱下，他脖子和肩膀的骨头都酥了。他停止咀嚼好让妈妈亲吻他满是碎屑的下巴。“他像三叶草一样可爱。”妈妈说。宝宝继续嚼了起来。

“瞧他，瞪着眼睛，像只猫头鹰。”爸爸说。

妈妈说：“他是个天使，我永远也无法习惯有他这么个孩子。”

“要是根本没有他，我们境况会好一些。”爸爸说。他在房间里走来走去，说这话的时候正背对着他们。片刻的寂静。小男孩停止吃花生，深切地凝视着他的妈妈。她看着爸爸的后脑勺，眼神几乎是阴郁的。“你老这么说，总有一天要倒霉的，”她低声对他说道，“我讨厌你说这话。”

爸爸说：“你把他惯坏了。不管他做什么事情，你从来不去纠正他。你也不爱护他。你听任他早饭前四处乱跑吃花生。”

“别忘了，是你给他的花生。”妈妈说。她坐直身子，又一次拥抱了她唯一的宝宝。他舒适地依偎在她的胳肢窝里。“走吧，我的宝贝。”她用最温柔的声音对他说，看着他的眼睛微笑着。“走吧，”她说，从他身上移开了胳膊，“去吃早饭吧。”

小男孩往门口走去的时候，必须经过他父亲身边。当他看见那只大手抬起在他头上的时候，他缩作了一团。“没错，出去，别回来。”爸爸说着轻轻把他往门那儿推了一下。推得并不使劲，但是小男孩感到难受。他悄悄走出去，努力不回头看，快步沿门厅走去。他怕有什么东西在跟着他，他想象不出来会是什么。有什么东西使他浑身难受，他不知道是为什么。

他不想吃早餐，他就不吃。他坐在那儿，搅动着黄色碗里的东西，听任它流下勺子，洒落在桌子上、他的胸口上、椅子上。他喜欢看着它洒落下来。他讨厌那东西，但是白色细流沿着他的睡衣流下，看起来很有趣。

“瞧瞧你在干什么，脏小孩，”玛乔丽说，“你这个小脏孩。”

小男孩第一次张开嘴说话，“你才脏呢。”他告诉她。

“没错，”玛乔丽朝他俯下身去说，这样她的声音就传不远了，“没错，就像你爸爸，卑鄙，”她悄声说，“卑鄙。”

小男孩两只手端起了他的盛满了加糖的奶油燕麦粥的黄碗，砰的一声摔在了桌子上。碗破裂开来，碗里的东西有的堆在一起，有的流得到处都是。他感觉好多了。

“你看吧？”玛乔丽说，一面把他从椅子里拽出来，用一块餐巾布把他擦干净。她敢多粗暴地对待他就多粗暴地对待他，直到他哭喊起来。“就是我刚才说的，不折不扣就是。”透过眼泪，他看见她的脸近得可怕，在硬挺的白色箍带下面，红红的，还皱着眉头，看上去像什么人的脸，这个人在夜里来，俯身站在他旁边叱责他，他既不能动也不能离开。“就像你爸爸，卑鄙。”

小男孩走到外面花园里，坐在一张绿色的长凳上摆动着腿。他干干净净，头发潮湿，蓝色羊毛套头衫使他的鼻子发痒。用肥皂洗过的脸感到紧绷绷的。他看见玛乔丽端着那个黑色托盘从一个窗户前走过。他知道那扇窗子的窗帘仍旧拉着，妈妈的房间。爸爸的房间。嬷妈啵爸的房间，这词很讨人喜欢，在他的唇间发出含糊的噼啪声；他的眼睛东张西望寻找着干点什么、有什么东西可玩的时候，这声音在他的脑子里窜来窜去。

嬷妈啵爸的声音不断地吸引着他的注意。妈妈又生爸爸的气了。他从声音就能听出来。他们的声音起起落落，猛升到某一点后哗啦落下、翻滚，就像在夜间打架的那两只公猫，玛乔丽总是这么说。爸爸也在生气，这一次他比妈妈更生气。他感到浑身发冷，烦恼不安，一动不动地坐着，他想上卫生间，但是卫生间紧挨着嬷妈啵爸的房间；他不敢想。随着声音变得越来越大，他几乎不再能够听见他们说话了，他急着要去卫生间。突然厨房的门打开了，玛乔丽跑了出来，打着手势，意思是要他到她那儿去。他没有动。她来到他的身边，脸仍旧发红，皱着眉头，但是她没有发怒，她和他一样害怕了。她说："快点，宝贝，咱们又得到你姥姥家去了。"她拉起他的手拽他，"快点，快，你姥姥等着你呢。"他滑下长凳。他妈妈的声音升高成了可怕的尖叫，他听不懂她在叫喊着什么，但是她气极了；他看见过她紧攥着拳头站在一个地方跺脚，闭着眼睛尖叫；他知道她的样子。她在尖叫着发脾气，就像他记得他听到过的那样。他一动不动地站着，躬下身子，整个身体似乎都散了，剧烈地呕吐起来。

"啊，天哪，"玛乔丽说，"啊，天哪。看看你。啊，天哪。我没办法停在这里把你收拾干净。"

他不知道自己是怎样到他姥姥家的，但是他终于在那儿了，又湿又脏，被人嫌弃地放在大澡盆里进行清理。他姥姥穿着黑色长裙在旁边说："也许他生病了，也许我们应该派人去把医生请来。"

"我看不用，太太，"玛乔丽说，"他没吃什么东西，就是吓着了。"

小男孩没法抬起眼睛来，他觉得太丢脸了。"把这张条子拿去给他母亲。"姥姥说。

她坐在一张宽大的椅子里，手抚摸着他的头，用手指梳理他的头发；她抬起他的下巴亲吻他。"可怜的小东西，"她说，"别担心，你在姥姥家总是很开心的，不是吗？就和上次一样，你待在这里会很开心的。"

小男孩靠在硬硬的、散发着干巴巴的气味的衣服上，觉得有什么事情让他特别伤心。他开始抽抽搭搭地说："我饿了。我想吃东西。"

这使他想起来了。他开始使劲喊叫，扑在地毯上，把鼻子在满是灰尘的毛茸茸的玫瑰花束上蹭来蹭去。“我要我的花生，”他哭嚎道，“有人把我的花生拿走了。”

姥姥跪在他身边把他抱了起来，她抱得那么紧，他简直动不了。在他的哭嚎声中，她用平静的声音叫在门口的老珍妮特，“给我拿点面包黄油，还有草莓酱。”

“我要花生。”小男孩拼命嚎叫道。

“不，你不要，乖宝宝，”姥姥说，“你不要让你不舒服的讨厌的花生。你要吃点姥姥的新鲜面包，上面有好吃的草莓。你要吃的就是这。”随后他非常安静地坐着，吃了又吃。姥姥坐在他旁边，老珍妮特站在一边，挨着靠近窗户旁桌子上的托盘，上面放着一个面包和一个装着果酱的玻璃钵子。窗外有一个棚架，爬满了管状红花，棕色的蜜蜂在花间嗡嗡鸣唱。

“我简直不知道该怎么办，”姥姥说，“真是非常……”

“就是，太太，”老珍妮特说，“确实是……”

姥姥说：“我看不出结果会怎样。真是件可怕……”

“确实很糟，”老珍妮特说，“一天到晚都是这些，所有这些烦乱苦恼，而他还只是这么个小娃娃。”

她们的声音令人宽慰地流淌着。小男孩吃着，忘记去听了。他只知道这些女人的名字，并不了解她们。他不懂她们谈论的是什么；她们的手、衣服和声音干巴巴的，很遥远；她们用尽是皱纹的眼睛察看他，他从她们的眼睛里看不见任何的感情。他坐在那儿，等待着她们下一步要对他做的不论什么事情。他希望她们会让他出去到院子里玩。房间里都是花和深红色的窗帘和大软椅子，窗户是开着的，可是不知怎的屋子里仍旧很暗，很暗，而且是一个他不熟悉、或者说不信任的地方。

“现在把你的牛奶喝了。”老珍妮特说，伸手端着一只银杯子。

“我不想喝牛奶。”他说着转开了头。

“好吧，珍妮特，他不想喝就算了，”姥姥很快说道，“现在到院子里去玩吧，亲爱的。珍妮特，把他的铁环拿来。”

晚上，一个大个子的陌生男人回到家里，他对待小男孩的态度使孩子很困惑。“说‘请’和‘谢谢’，年轻人。”当他给小男孩任何小得不能再小的东西的时候，都会吓人地吼叫道。“来吧，小伙子，准备好打一架了吗？”他会说，然后紧握巨大的满是汗毛的拳头，冲着他做出一些动作。“来呀，你必须学会拳击。”几次以后，他就觉得好玩了。

“别把他教得那么凶狠，”姥姥说，“以后再学也不晚。”

“哎，母亲，咱们可不希望他变成个胆小鬼吧，”大个子男人说，“他必须早早地强壮起来。来吧，小伙子，举起你的手套来。”小男孩喜欢这个与手有关的新词。他学会扑向这个陌生的大男人，这个人的名字叫戴维舅舅，并用全部力气击打他的胸部；这个大男人就会大笑起来，用他巨大的、没有捏紧的拳头回击他。有时候、但是并不经常如此，戴维舅舅中午就回家了。其他那些日子，小男孩会想念他，会守在大门口往街上看他回来没有。一天晚上，他胳膊下夹着一个方形大包回来了。

“过来，小伙子，看我带什么来了。”他说着，一面把盒子外面大量的绿纸和绳子扯下来，盒子里满是平平的折叠起来的颜色。他往小男孩手里放了样什么东西。这东西柔软、光滑、鲜绿色，一头是个软管。“谢谢你。”小男孩友好地说，但是不知道拿它来干什么。

“气球，”戴维舅舅得意地说，“现在就把你的嘴放在这里使劲吹气吧。”小男孩使劲吹气，那绿色的东西开始变圆、变薄、带上了银色的光泽。

“对你的肺有好处，”戴维舅舅说，“再吹点。”小男孩继续吹，气球不断膨胀。

“停，”戴维舅舅说，“行了。”他把管子扭住不让空气漏出来。“就这么弄，”他说，“现在我吹一个，你吹一个，看谁能够最快地吹起一个大气球来。”

他们吹个不停，特别是戴维舅舅。他气喘吁吁，用尽全力在吹，但是小男孩赢了。他的气球已经吹得滚圆的了，戴维舅舅的几乎才开始鼓起。小男孩特别自豪，开始手舞足蹈地叫喊，“我赢了，我赢了，”然后接着往气球里吹气。气球在他面前爆炸了，吓得他直想吐。“哈哈，呵呵呵，”戴维舅舅大叫，“这才是棒小伙呢。我打赌我不行。来，咱们试试看。”他一直吹到那漂亮的泡泡变大、飘动、爆炸得无影无踪，最后他手里只剩下一块彩色的小碎片。这个游戏太好玩了。他们一直玩到姥姥来说，“该吃晚饭了。不行，你们不能在饭桌上吹气球，明天再说吧。”于是游戏就结束了。

第二天他们并没有给他气球，而是早早地就硬让他起了床，在温热的肥皂水里洗了澡，给了他一顿丰富的早餐，有溏心鸡蛋、面包片、果酱和牛奶。他姥姥进屋来给他早安吻。“希望你会是个好孩子，听老师的话。”她对他说。

“什么是老师？”小男孩问。

“老师在学校，”姥姥说，“她会告诉你各种各样的事情，你一定要按她说的去做。”

妈妈和爸爸谈过很多关于学校的事，以及他们怎样必须把他送到那儿去。他们告诉过他，那是一个好地方，可以有各式各样的玩具，还可以和别的孩子一起玩。他觉得自己知道关于学校的事。“我不知道该上学校了，姥姥，”他说，“是今天吗？”

“是马上，”姥姥说，“我一个星期前就告诉你了。”

老珍妮特戴着无檐帽进来了。那帽子看上去毛扎扎的一堆，用她黑头发下面的一条黑色的宽橡皮带固定着。“快点，”她说，“我今天忙着呢。”她脖子上围着一只死猫，它的尖耳朵耷拉在她松垮下垂的下巴下面。

小男孩很激动，想往前跑。“像我说的那样抓着我的手，”老珍妮特说，“别那样往前跑，会丢了命的。”

“我会丢了命的，我会丢了命的。”小男孩唱着，自己编了个调子。

“别这么说，我浑身起鸡皮疙瘩了，”老珍妮特说，“现在抓着我的手。”她弯下身来看看他，不是看他的脸，而是看在他衣服上的什么东西。他的眼睛跟着她的眼睛看去。

“嘿，真怪，”老珍妮特说，“我确实忘记了。我打算给缝上来着。我该想到的。我对你姥姥说过会缝上的。”

“怎么啦？”小男孩问道。

“看看你自己。”老珍妮特生气地说。他看看自己。他自己的小头头从蓝色法兰绒短裤的衩口里露了出来。裤子到他大腿膝盖以上一半的地方，袜子到他小腿膝盖以下一半的地方，整个冬天他的膝盖都是冷的。这时他记起了在天冷的时候他的膝盖有多么冷，以及有时候他如何不得不把自己露到衩口外面来的那部分放回去，因为他那儿也冷。他立刻明白出了什么事，力图自己弄好，但是他的连指手套碍事。珍妮特说：“住手，你个坏孩子。”她用一个结实的大拇指把他弄整齐了，同时把手伸到他的腰带里面，把他的针织内衣往下扯了扯，交叠在前面。

“好啦，”她说，“尽量今天别出丑。”他感到自己有过错，满脸通红，因为他穿好衣服以后不应该露出来的东西露了出来。给他洗澡的各个女人总是很快地用毛巾把他包好，催他急急忙忙地穿好衣服，因为她们看到了他自己看不见的他的什么东西。她们催他，所以他从来没有机会看看她们看见的究竟是什么，尽管在脱掉衣服以后，他看着自己，却找不出什么地方有毛病。穿好衣服，他知道在外表上他看着和别人一样，但是在衣服里面，他一定有很大的毛病。为此他感到担心、迷惑、好奇。唯一似乎从来没有注意到他有毛病的人是嬷妈啵爸。他们从来没有叫过他坏孩子，整个夏天他们脱光他的衣服，让他在大海边的沙子上奔跑。

“看看他，难道他不可爱吗？”妈妈会说，爸爸就会看着说，“他有着职业拳击手的后背。”戴维舅舅紧握着拳头说“来呀，小伙子”的时候，他是个职业拳击手。

老珍妮特紧紧抓着他，在她宽大的发出沙沙声的裙子下面迈着长长的步子。他不喜欢老珍妮特的气味，就像湿鸡毛的气味，使他胃里有点发颤。

学校里挺轻松的。老师是个四方形的女人，方短发，短裙。有时候她碍手碍脚的，但是不经常这样。他周围的人都和他一样大小，他不必总是要伸脖子往上去凑弯下来的脸，他也不用爬就能坐在椅子上。所有的孩子都有名字，像弗朗西丝、伊夫琳、阿加莎、爱德华、马丁，他自己的名字是斯蒂芬。他不是妈妈的“宝宝”，也不是爸爸的“老兄”；他不是戴维舅舅的“伙计”或姥姥的“亲爱的”，甚至也不是老珍妮特的“坏孩子”。他是斯蒂芬。他在学认字，按着用粉笔写在黑板上的某种看起来怪怪的字母或符号唱出调子来。你说话用一种字，唱又是另外一种。所有的孩子轮流说话和唱歌，然后一起来。斯蒂芬觉得这是一个美好的游戏。他感到清醒和快乐。他们有软黏土、纸、金属丝和铁皮盒子里的彩色方块玩，有彩色积木可以盖房子。后来他们围成一个大圈跳舞，然后结对跳，男孩和女孩跳。斯蒂芬和弗朗西丝跳，弗朗西丝不断说：“你就照着我跳就行了。”她个子比他稍稍高一点，头上是竖起的短短的发亮的卷发，和爸爸书桌上烟灰缸的颜色一样。她会说："你不会跳舞。""我会跳。"斯蒂芬说着拉着她的手跳来跳去，"我也会跳舞。"他确信这一点。"你不会跳舞，"他告诉弗朗西丝，"你根本不会跳舞。"

然后他们得换舞伴，当他们又一次相遇的时候，弗朗西丝说："我不喜欢你跳舞的样子。"这次不一样了。他感到不安。当留声机的唱片开始又放出咚迪迪咚迪迪的节奏时，他没有跳得那么高。"跳啊，斯蒂芬，你跳得不错。"老师说，两只手一起很快地挥动。跳舞结束了，他们一起玩了五分钟的"放松"。放松的方式是前后摆动胳膊，然后不断转动脑袋。老珍妮特来接他的时候，他不想回家。吃午饭的时候，姥姥两次对他说不要把脸贴着盘子。"他们在学校就是这么教你的吗？"她问道。戴维舅舅在家。"给你，伙计。"他说着给了斯蒂芬两个气球。"谢谢你。"斯蒂芬说。他把气球放在口袋里，后来就给忘记了。"我告诉过你那孩子能学会点东西的，"戴维舅舅对姥姥说，"听见他说'谢谢你'了吗？"

下午在学校里，老师发给大家大块大块的黏土，告诉他们可以用来做东西，愿意做什么都行。斯蒂芬决定做一只猫，就像家里妈妈的喵喵。他不喜欢喵喵，但是觉得做个猫很容易。结果他根本没法把黏土鼓捣好，总是弄成一团团的。于是他停了下来，在套衫上擦擦手，想起了他的气球，开始吹了起来。

"看看斯蒂芬的马，"弗朗西丝说，"快看。"

"那不是马，是猫。"斯蒂芬说。其他孩子围了过来。"看起来像马，有一点像。"马丁说。

"是猫。"斯蒂芬说，一面跺着脚，感觉到自己脸上火辣辣的。其他孩子全都大笑起来，惊叹着斯蒂芬看着像马的猫。老师来到他们中间。通常她坐在房间一头的一张放满了作业和玩具的大桌子前。她拿起了斯蒂芬的那坨黏土，转动着用亲切的眼睛察看它。"好了，孩子们，”她说，“每一个人都有权利按自己喜欢的方式做一样东西。如果斯蒂芬说这是一只猫，那这就是一只猫。也许你当时想的是一匹马吧，斯蒂芬？”

“是只猫。”斯蒂芬说。他浑身疼痛。那时他意识到他起初就该说，“是的，是一匹马。”那样他们就会随他去了。他们永远也不会知道他试图做一只猫。“是喵喵，”他声音颤抖地说道，“可是我忘记她的样子了。”

他的气球完全瘪了。他开始再把它吹起来，努力憋住不哭。后来到回家的时间了，老珍妮特来接他。老师在和别的来接孩子回家的大人说话的时候，弗朗西丝说：“把你的气球给我，我没有气球。”斯蒂芬把气球递给了她。他很乐意给她。他把手伸进口袋，拿出了另一个气球。他高兴地把那个也给了她。弗朗西丝拿了，然后又递回给他，说：“现在你吹一个，我吹一个，咱们比赛。”他们的气球只吹起来了一半的时候，老珍妮特拉着斯蒂芬的胳膊说：“走吧，今天我太忙了。”

弗朗西丝追在他们后面喊道，“斯蒂芬，把我的气球还给我。”然后一把抢走了气球。斯蒂芬不知道究竟是发现自己拿着弗朗西丝的气球走了而感到惊奇，还是看到她抢走了气球、好像气球真的属于她似的而感到惊奇。他脑子里完全糊涂了，而老珍妮特正使劲拽着他往前走。有一件事他是知道的，他喜欢弗朗西丝，明天还会见到她，他会给她带更多的气球。

当晚，斯蒂芬和戴维舅舅打了一会儿拳击，戴维舅舅给了他一个漂亮的橘子。“吃了吧，”他说，“对你的健康有好处。”

“戴维舅舅，我可以再要些气球吗？”斯蒂芬问道。

“嗯，你先得说什么？”戴维舅舅问道，一面伸手去够在书架最上层的那个盒子。

“请问。”斯蒂芬说。

“对了。”戴维舅舅说。他拿出两个气球，一个红的，一个黄的。斯蒂芬第一次注意到气球上面有字母，非常小的字母，随着气球变得越来越圆，字母变得越长越宽。“好啦，伙计，全在这儿了，”戴维舅舅说，“别再要了，因为全在这儿了。”他把盒子放回书架上，但是斯蒂芬已经看见盒子里还几乎满是气球。他什么也没有说，而是继续吹气球，戴维舅舅也吹了。斯蒂芬觉得这是他所知道的最好玩的游戏了。

第二天，他只剩一个气球了，但是他把这个气球带到了学校里，给了弗朗西丝。“有好多呢，”他说，觉得非常骄傲和温暖，“我会带许多给你。”

弗朗西丝吹着气球，直到吹成了一个漂亮的大气泡，她说：“喂，我想让你看点东西。”她拿了一根他们用黏土做手工时用的尖头棍子，捅了捅气球，气球爆炸了。“你看。”她说。

“那有什么，”斯蒂芬说，“我再给你拿点来。”

放学以后，在戴维舅舅回家以前，当姥姥在休息，等老珍妮特给他喝了牛奶，让他跑远点别烦她的时候，斯蒂芬把一张椅子拖到书架前，站在椅子上把手伸进了盒子。他没有如他相信自己所打算的那样拿了三四个；一旦他的手放在了气球上，他能抓多少就抓了多少，然后紧紧抱着跳下了椅子。他把气球塞进他的双排扣水手上衣的口袋里，气球缩叠在一起，口袋都没怎么鼓起来。

他把所有的气球都给了弗朗西丝。气球太多了，于是弗朗西丝把一大半都给了别的孩子。给人礼物所带来的极度愉快是种新的快乐，斯蒂芬满脸发红，他几乎马上发现了又一种新的幸福。他突然受到了孩子们的欢迎，他们特地邀请他参加当时在玩的任何游戏；他们立刻就同意了他对游戏玩法的意见，还问他下面愿意干什么。他们欢庆气球节，把漂亮的球体吹得更大、更圆、更薄，不断变化，颜色从深色变成更浅更淡的色调，变得薄到光滑而透明、薄如气泡，然后像玩具枪发出的刺耳响声，砰的一声炸开。

生平第一次，斯蒂芬拥有了几乎太多他想要的东西，这冲昏了他的头脑，使他忘记了这么多东西是怎么来的，并且不再认为这件事是个秘密。第二天是星期六，弗朗西丝和她的保姆来拜访他。保姆和老珍妮特坐在老珍妮特的房间里喝咖啡聊闲天，孩子们坐在侧廊上吹气球。斯蒂芬选了一个苹果绿的气球，弗朗西丝选了一个浅绿的。在他们两人之间的长凳上放着一堆待享的快乐。

"我曾经有过一个银色的气球，"弗朗西丝说，"一个漂亮的银色气球，不像这些圆的，那是个长的。但是我想这些更好。"她很快补充道，因为她真的想表现得有礼貌。

"这个玩过以后，"斯蒂芬说，怀着喜爱之外又加上了赠予所产生的十足的幸福感凝视着她，"你可以吹一个蓝色的气球，然后一个粉红的，一个黄色的，一个紫色的。"他把那一堆软塌塌的东西推向她。她清澈的眼睛带着纤细的棕色光芒，很像车轮的轮辐，充满了对斯蒂芬的赞赏，"可是我不想太贪心，把你所有的气球都吹了。"

"还有好多呢。"斯蒂芬说，心脏在他细细的肋骨下膨胀。他用手指摸摸自己的肋骨，有点惊奇地发现，在中间什么地方肋骨就没有了；而弗朗西丝此时坐在那儿，没精打采地吹着气球。事实是，她对气球厌倦了。吹了六七个以后，会胸部发空，嘴唇起皱。她已经连续吹了三天气球了。她开始希望气球快吹完了。"还有好多好多盒呢，弗朗西丝，"斯蒂芬高兴地说，"太多了，我觉得如果我们每天不吹很多的话，好久好久都吹不完呢。"

弗朗西丝有点胆怯地说："我说，咱们休息一会儿，弄点什么糖水喝吧。你喜欢糖棒吗？"

"喜欢，"斯蒂芬说，"可是我没有啊。"

"咱们不能买点吗？"弗朗西丝问道，"每根只要一分钱，有弹性的、弯弯曲曲的那种。我们可以把它放在瓶子里，放点水，然后使劲摇晃，就会像果味汽水那样浮起一层泡泡，我们就可以喝了。我有点渴了，”她声音微弱地说，“我觉得老是吹气球会让人口渴。”

斯蒂芬默不出声，他意识到了一个可怕的事实，一阵麻木感袭上全身。他没有给弗朗西丝买甘草糖所需的一分钱，而她已经厌倦了他的气球。这是他一生中第一次真正感到惊恐，一分钟里就老了至少一岁，他蜷缩着，深陷的、严肃的蓝眼睛专注地看着鼻子下面沉思着。他能够做什么事情，不用花钱就能讨弗朗西丝的欢心？就在昨天戴维舅舅给过他五分钱，而他已经浪费在软糖上了。他后悔极了，以至于脖子和额头都汗湿了。他也渴了。

“我告诉你吧，”他说，一个绝妙的主意使他容光焕发，再一想又无力地越来越小声地说，“我知道我们可以做一件事，我要——我……”

“我渴了，”弗朗西丝温和地坚持道，“我想我太渴了，也许我不得不回家了。”不过她并没有离开长凳，而是坐着，把痛苦的嘴巴转向斯蒂芬。

斯蒂芬被面临的可怕冒险吓得直哆嗦，却壮着胆子说，“我做点柠檬水。我去弄点糖、柠檬和冰块，这样咱们就有柠檬水了。”

“啊，我爱喝柠檬水，”弗朗西丝大声说道，“比起糖水来，我更喜欢喝柠檬水。”

“待在那儿别动，”斯蒂芬说，“我去把东西都拿来。”

他沿着屋子外墙跑去，在老珍妮特的窗户下面，他听见了两个老妇人干枯的、喋喋不休的说话声，他必须瞒过她们才行。他踮着脚尖溜进了食品间，拿了一只单独放在一边的柠檬，抓了一把方块糖，拿了一把光滑的、画满了花和叶子的圆形瓷茶壶。他把这些东西放在厨房的桌子上，用从来不许他碰的一把尖利的金属小镐凿下一块冰来。他把冰块放在茶壶里，切开柠檬尽力把汁挤出来——柠檬比他原先想的更硬更滑溜——把糖和水混合在一起。他认定糖不够，因此又溜回去抓了一把。他在惊人的短促的时间里回到了侧廊上，脸紧绷着，双膝发抖，用虔诚的双手把冰柠檬水端到了口渴的弗朗西丝面前。

在距弗朗西丝一步之遥的地方，他停了下来，一个念头实实在在地刺穿了他。他在这里，在光天化日之下端着一只装着柠檬水的茶壶，而他的姥姥或者老珍妮特随时都可能从那个门里走出来。

“走，弗朗西丝，”他大声耳语道，“咱们绕到房子后面，到玫瑰树丛背后去，那儿有荫凉。”

弗朗西丝一跳而起，像只小鹿一样跑在他旁边，表情显示出她知道他们为什么要跑；斯蒂芬跑得很不自然，两只紧攥着的手呵护住他的茶壶。

玫瑰树丛后面很阴凉，而且也安全得多。他们并排坐在有点发潮的地上，腿屈在身下，轮流就着光彩漂亮的壶嘴喝柠檬水。斯蒂芬大口吞咽着沁凉可口的他的公平的一份。弗朗西丝喝的时候，她把圆圆的粉红的嘴优雅地贴在壶嘴上，她的喉咙像心脏那样平稳地鼓动着。斯蒂芬心里想，他确实为弗朗西丝做了一件挺好的事情。他不知道自己的快乐是什么；是和嘴里的甜酸味道以及内心的一种美妙的感觉混合在一起的，因为弗朗西丝在那儿喝着他冒着巨大的危险为她弄来的柠檬水。

又轮到他喝的时候，弗朗西丝说：“哎呀，你一大口一大口喝得真不少。”

“不比你的一口大，”他直截了当地对她说，“你喝的一口简直大极了。”

“嗯，”弗朗西丝说，把这个批评转变成了她有关事情的正确性的理由，“反正就该这么喝柠檬水。”她往茶壶里看了看。柠檬水还剩下挺多，她已经觉得自己喝够了。“咱们做个游戏，看谁喝的一口最大。”

这个念头太妙了，他们不顾后果地玩起来，把壶嘴举过头斜放在张开的嘴巴里，直到柠檬水溢出来，沿着下巴一道道流到前胸上。玩厌了以后，茶壶里还有柠檬水。他们先玩给玫瑰花丛喝柠檬水，最后给玫瑰花丛行洗礼。“以圣父圣子圣音[1]之名。”斯蒂芬一面往玫瑰花丛上倒柠檬水，一面大声说道。就在这时，老珍妮特的脸出现在低矮的树丛上，她的肩头上伸出了弗朗西丝的保姆那张棕褐色的、满是厌恶的脸。

“好哇，就像我想的那样，”老珍妮特说，“就像我预料的那样。”她下巴下面松垂的肉来回摆动着。

“我们渴了，”他说道，“我们渴得要命。”弗朗西丝什么话也没有说，她一动不动地盯着自己的鞋尖。

“把茶壶给我，”老珍妮特说着，粗鲁地伸手抓了过去，“仅仅因为你们渴了可不是理由，”老珍妮特说，“你可以问我们要东西，用不着去偷。”

“我们没有偷，”弗朗西丝突然喊道，“我们没偷。我们没偷！”

“你说够了，小姐，”她的保姆说，“你赶紧给我从那儿出来。这事和你没关系。”

“啊，这可说不准，”老珍妮特狠狠瞪着弗朗西丝的保姆说，“以前他可从来没干过这种事情。”

“得啦，”保姆对弗朗西丝说，“你不该来这里。”她拉着弗朗西丝的手腕，开始走开，她走得很快，弗朗西丝要跑着才能跟得上她。“谁也别想无缘无故地管咱们叫小偷。”

“就是别人需要去偷东西，你也用不着偷，”老珍妮特用传得很远的尖声对斯蒂芬说道，“哪怕你只是在别人家里偷了一只柠檬，也是一个小贼。”然后她放低了声音说道，“现在我要去告诉你姥姥，你就会知道厉害了。”

---

① 圣音，原文为“Holy Goat”，表示斯蒂芬年纪小，把“Holy Ghost”说成了“ Holy Goat”，翻译时权且把“灵”变音为“音”。

“他打开了冰箱，没有关上冰箱门，”珍妮特对姥姥说，“他拿了方块糖，撒得满地都是。脚底下到处是一块一块的糖。他把水滴在干净的厨房地上，到处都是，他还给玫瑰花树丛施行洗礼，说些亵渎的话。而且他拿了你那把斯波德茶壶[①]。”

“我才没有呐。”斯蒂芬大声说道，拼命想把手从老珍妮特巨大硬实的拳头里摆脱出来。

“别说谎，这是最要不得的。”

“啊，天哪，”姥姥说，“他已经不是个小娃娃了。”她合上了正在读的书，扯着他湿漉漉的套衫前襟把他拉到面前。“他身上这黏糊糊的东西是什么？”她问道，一面把眼镜扶好。

“柠檬水，”老珍妮特说，“他拿走了最后那个柠檬。”

他们在那间有红窗帘的黑暗的大房间里。戴维舅舅从放书柜的房间里走了进来，举起的手里拿着一个盒子。“喂，瞧瞧，”他对斯蒂芬说，“我的那些气球哪儿去了？”

斯蒂芬清楚地知道，戴维舅舅并不真的是在问问题。

斯蒂芬坐在姥姥膝旁的脚凳上，觉得困了，他昏昏欲睡地斜靠着，希望能够把脑袋放在姥姥的膝头，但那样他就可能会睡着，而在戴维舅舅还在说话的时候睡着是不对的。戴维舅舅手插在口袋里，在房间里走来走去，对姥姥说着话。时而他会走到一盏灯前，俯身从灯罩上方往下看，灯光照得他直眨眼，好像他指望在那里发现什么东西似的。

“就是遗传的，我对她说，”戴维舅舅说，“我告诉她，她得马上来接走他，把他留在她身边。她问我，我是不是打算管他叫小偷，我说如果她能够想出一个更确切的词，我很愿意听听。”

“你不该这么说。”姥姥平静地评论道。

---

① 斯波德茶壶，英国陶瓷工匠乔赛亚·斯波德（1733—1797）所制的精细陶瓷茶壶。

“为什么不该？她还是知道事实的好……想来他也是情不自禁，”戴维舅舅说，此时他在斯蒂芬面前停住脚步，低下头来，“我不该对他有太多的指望，可是还是要尽早开始——”

“问题是，”姥姥说道，在她说话的时候，她捏着斯蒂芬的下巴抬了起来，这样他就不得不和姥姥的目光相遇；她用悲伤的口气平稳地说着话，但是斯蒂芬听不懂，结尾时她说，“当然，不仅是关于气球。”

“就是关于气球，”戴维舅舅生气地说，“因为现在是气球，以后会是更糟的东西。可是你又能指望什么呢？他的父亲——唉，就是遗传的。他——”

“你说的是你姐姐的丈夫，”姥姥说，“把事情弄得更糟没有用。再说了，你并不真正知道。”

“我就是知道。”戴维舅舅说。他又一次走来走去，说话说得飞快。斯蒂芬努力想听懂，但是那声音很奇怪，就在他脑袋上方飘浮着。他们在谈论他的父亲，他们不喜欢他。戴维舅舅走过来，高高地站立在斯蒂芬和姥姥旁边。他皱着眉头弯身向着他们，他的长长的、扭曲的影子横过他们落在墙上。对斯蒂芬来说，他看起来像他的父亲，他紧缩着靠在姥姥的裙子上。

“问题是，现在该把他怎么办呢？”戴维舅舅问道，“如果我们把他留在这里，他只会是个——我不会为他操心了。他们为什么不能照顾自己的孩子？那家人太荒唐了，恐怕已经不可救药了。没有培养。没有榜样。”

“你是对的，他们必须接他回去，留在身边。”姥姥说。她的手在斯蒂芬的头上滑过，用拇指和食指温柔地捏着他的颈背。“你是姥姥的宝贝，”她对他说，“你已经在这儿快乐地住了很久了，现在你要回家去了。妈妈一会儿就要来接你了。这不是很好吗？”

“我要我妈妈。”斯蒂芬抽抽搭搭地说，因为姥姥的脸吓着他了。

她的笑容有点不对劲。

戴维舅舅坐下了。“过来，伙计。”他说，一面冲斯蒂芬摇动着一根食指。斯蒂芬慢吞吞地走过去，戴维舅舅把他拉到张开的、穿着松弛粗糙的裤子的两膝之间，对他说，“戴维舅舅已经给了你这么多的气球，你还要偷他的，你应该感到羞愧。”

“不是那样，”姥姥很快说道，“别说那个了。会留下印象——”

“我希望会留下印象，”戴维舅舅提高了声音说，“我希望他一辈子都记着。如果他是我的孩子，我会痛打他一顿。”

斯蒂芬感到他的嘴、下巴，他整张脸都在抽动。他张开嘴要吸一口气，涌出来的却是眼泪和哭声。“别哭，伙计，别哭。”戴维舅舅说，轻轻地晃动着他的肩膀，但是斯蒂芬停不下来。他又吸了一口气，换作一阵号啕。老珍妮特来到了门口。

“给我拿点冷水来。”姥姥喊道。一阵忙乱，一阵骚动，从门厅里吹进一丝凉风，门砰地关上，斯蒂芬听见了妈妈的声音。他的号哭声消失了，呼吸哽咽、颤抖，他转过模糊的泪眼，看见她站在那里。他的心融化了，向她跑去，发出羊羔般的声音，“妈啊啊啊啊妈”。妈妈扑过来跪在斯蒂芬身旁时，戴维舅舅往后退了一步。她将他拥入怀中，抱着他站了起来。

“你们怎么着我的宝贝了？”她声音沙哑地问戴维舅舅，“我根本不应该让他来这儿的。我本该明白——”

“你一直就该明白，”戴维舅舅说道，“可是你从来就不明白，也永远不会明白。你这里空空如也。”他对她说，一面敲敲自己的额头。

“戴维，”姥姥说，“那是你——”

“是，我知道，她是我姐姐，”戴维舅舅说，“我知道。但是她非得逃跑去嫁给一个——”

“闭嘴。”妈妈说。

“并且把更多像他这样的人带到世界上来，让她把他们留在家里。我说让她留——”

妈妈把斯蒂芬放在地上，拉着他的手，仿佛在读着什么似的快速地对姥姥说：“再见，妈妈。这是最后一次了，真的是最后一次。我无法再忍受了。对斯蒂芬说再见吧，你再也不会见到他了。你听任这种事发生，这是你的过错。你知道戴维是个懦夫和恃强凌弱的人，一辈子都是个伪善的卑微的畜生，而你从来没有在任何事情上反对过他。你总是听任他欺负我，听任他污蔑我的丈夫，管我的宝贝叫小偷，现在到此为止了……为了几个讨厌的小气球就管我的宝贝叫小偷，就因为他不喜欢我丈夫……”

她上气不接下气，挨个地盯着周围的人。大家都站着。这时姥姥说：“回家吧，闺女，走开，戴维。你们吵吵闹闹的让我烦透了。你们俩谁也没有让我安生过一天，或者有过一天的舒适。你们俩都让我烦透了。现在别打搅我了，别吵了。走开。”姥姥的声音颤抖着。她拿出手帕，擦了一只眼，然后又擦了另一只眼，说道，“所有这些恨啊怨的——都是为了什么？……就这样吧。好了，别打搅我了。”

“你和你那不值一提的广告气球，”妈妈对戴维舅舅说，“用气球做广告的正经的大商人，只要丢了一个气球就会毁了的大商人。还有你那糟透了的不值一提的道德观念…”

姥姥到门口去找老珍妮特，珍妮特递给她一杯水。姥姥把水一饮而尽，在原地站着。

“是你丈夫来接你呢，还是自己回家去？”她问妈妈。

“我自己开车，”仿佛心不在焉似的，妈妈声音恍惚地说道，“你知道他不愿意踏进这个门。”

“想来他也不会。”戴维舅舅说。

“走吧，亲爱的斯蒂芬，”妈妈说，“早就过了他的睡觉时间了。”

她说道，并没有针对什么人，“想想看，不让一个小宝宝睡觉，为了可怜的一点彩色橡皮玩意儿折磨他。”她往门口走去，经过戴维舅舅的时候，把自己挡在他和斯蒂芬之间，龇着两排牙齿冲他笑着。“没有崇高的道德标准，我们会处于怎样的境地啊，”她说，然后用她平常的声音对姥姥说，“晚安，妈妈，我过一两天来看你。”

“好的，当然，”姥姥高兴地说，陪着斯蒂芬和妈妈出来走到了门厅，“和我联系。明天给我打电话。希望你会感觉好一点。”

“我现在觉得非常好。”妈妈欢快地说，一面大笑着。她弯身亲吻了斯蒂芬。“困了吗，亲爱的？爸爸在等着你呢。别睡着了，等吻了爸爸晚安以后再睡。”

斯蒂芬猛地惊醒了。他抬起头往外伸了伸下巴。“我不想回家，”他说，“我想去学校。我不想看见爸爸，我不喜欢他。”

妈妈轻轻地用手掌捂住他的嘴，“亲爱的，不要这样。”

戴维舅舅把头伸出门外哼了一声。“你瞧，我说对了吧，”他说，“你听到正式声明了。”

妈妈打开门跑了，她几乎是抱着斯蒂芬跑着穿过了人行道，猛地拽开了车门，上车后把斯蒂芬拉上了车。她把车急转过来，向前突然猛冲，斯蒂芬几乎被甩出了座位。于是他拼命支撑着，手紧抓着坐垫。汽车快速行驶，树木和房屋飕飕地一闪而过，往后倒下。斯蒂芬突然对自己唱起歌来，一首无声的、内心的歌，这样妈妈就不会听见了。他歌唱着自己新的秘密，这是一首舒慰的、催眠的歌，“我恨爸爸，我恨妈妈，我恨姥姥，我恨戴维舅舅，我恨老珍妮特，我恨玛乔丽，我恨爸爸，我恨妈妈……”

他的头上下摆动，晃来晃去，最后靠在了妈妈的膝头，闭上了眼睛。妈妈用一只手开车，把他拉得更靠近自己，车子慢了下来。

（王家湘　译）

一天的工作

一阵沉闷的往上爬的声音，仿佛墙里有一只巨大的老鼠，表明那个送货升降机在往上升，楼下那个管门女人在使劲拉绳索哪。哈洛伦太太停顿了一下，把熨斗砰的一声放在板上，说："你瞧，迟了。你原可以在一个钟头以前穿上皮鞋，到街角去把东西取来。我没法样样都干啊。"

哈洛伦先生紧紧抓住椅子的扶手，费劲地抬起身来，懒洋洋地站稳身子，四下张望，好像指望看到附近摆着一副丁字形拐杖似的。"你连袜子也要磨破的嘛，"接着哈洛伦太太又说，"你要么干脆光着脚丫子去，要么按照上帝的意思在你的袜子外面穿上皮鞋。"她说，"光穿袜子，不穿皮鞋。这有什么用，我倒想要知道？既不是光着脚丫子，又不穿上皮鞋。"

她摊开一件卷着的橙红色女式纺绸睡袍，袍子上有奶油色花边和阔丝带；她提起睡袍，轻轻地抖搂一下，把它铺平在板上。"仁慈的上帝啊，瞧这不正派的玩意儿。"她说。她又砰的一声把熨斗放在那件皱巴巴的衣服上，来回熨着。"你该直接把东西放到食品橱里，"她说，"别撂在地板上。这你总可以办妥吧。"

哈洛伦先生从升降机上拿下一袋土豆，向墙角里冰箱旁的食品橱走去。"你还是多拿点儿好，"哈洛伦太太说，"根本用不着来回跑上五六回。我想哪怕是身子最不行的人，一回拿五磅多土豆也挺轻松的吧。不过，也不一定。”

她的声音传到哈洛伦先生的耳朵里，像木头轻轻敲着木头。“你少管闲事，好吗？”他问，并不是直接跟她说。他继续跟自己争辩。“啊，这我可办不到，宝贝先生，”他用单调的假嗓子回答，“哪怕是想一想都不可能。这没有用。”他说着，膝盖弯曲，一动也不动地站着，瞪着眼睛，眼光恶狠狠地掠过那袋土豆，望着那个他从来没有喜欢过的、瘦得只剩一把骨头的、生疏的女人，那个女人站在那儿，在熨衣服，神情痛苦，好像一个受难的圣徒。“我也许不太中用了，”他用真嗓子跟她说，“可是，请别忘了，我还是有本事把食品从送货升降机上取下来的。”

“这倒是个奇迹，”哈洛伦太太说，“我对此表示感谢。”

“电话铃在响。”哈洛伦先生一边说，一边又坐到扶手椅上，从衬衫袋里掏出烟斗。

“我也听到了。”哈洛伦太太一边说，一边用熨斗来回熨着那件橙红色的纺绸睡袍。

“是打给你的，我在这个世界上没什么事情了。”哈洛伦先生说。他那双泛着绿色的小眼睛闪闪发亮；他咧开嘴笑笑，露出两只尖犬齿。

“你也可以去接的嘛。可能又是拨错了电话号码的，或是打给楼下哪个人的。”哈洛伦太太说，她平淡的声音甚至更平淡了。

“不管什么情况，让它去响就是，”哈洛伦先生打定主意说，“我就是这么打算的。”他在椅子的扶手上擦着一根火柴，点着烟斗，吸进第一口烟，这时候，电话铃一直丁零零、丁零零地响个没完。

“也许又是玛吉打来的。”哈洛伦太太说。

“那就让她打吧。”哈洛伦先生一边说，一边靠在椅背上，架起腿。

“这个男人连他的亲女儿有事打电话来都不接，老天爷啊，”哈洛伦太太对着天花板发表议论，“可她呢，遇到了很大的苦恼哪，她丈夫像待条狗那样待她，一个子儿也不给她，成天跟那伙小坦慕尼协会[①]的人一起，在酒馆里坐上大半宿。他眼下跟麦考克里那帮人混在一起，干起政治来了。不会有好结果的，我把这些话告诉过她了。”

“她一点也不苦恼，她的男人是个精明的家伙，她要是由他去干的话，他会出人头地的。”哈洛伦先生说，“她没有什么可抱怨的，我可以告诉她。可是一个做爸爸的算得了什么呢？”哈洛伦先生向面向砖铺过道的窗口把头一抬，像一只公鸡那样神气活现地大声说，“眼下，一个做爸爸的算得了什么，谁会听他的劝告呢？”

“你用不着嚷给邻居听嘛，已经够丢脸的了。”哈洛伦太太说。她把熨斗放回到煤气灶上，走到二楼的楼梯平台上去接电话。哈洛伦先生探出身子，他瘦削的长着红毛的双手松弛地垂在膝盖中间，热乎乎的烟斗里冒出来的喷香的烟味直冲他的鼻子。那个女人既讨厌烟斗又讨厌烟味；她天生就是这样一个女人，哪个男人碰上她都会倒霉。在经济大萧条时期以前，那时候他还有一个好职位和升职的希望，在他靠救济金过活以前，在她把精致衣物取回家来洗熨以前，在以前那些好日子里，天可怜见的，她也并不是一直闭上嘴的；对于男人懂得的话，她没有一句找不到话回嘴的，不过她知道她是靠谁挣钱养活的，因此一直忍着罢了。现在，她自己挣钱糊口了，这她可一会儿也忘不了。话说回来，今天咱们没能坐上有烟灰缸、通话管和雕花玻璃花瓶的高级轿车，那可是她自己的过错。一个男人娶了一个正派女人，就会落到这个下场。杰拉尔德·麦考克里一开头就跟他这么说的。

“那个姑娘会花时间把你治得服服帖帖的，”杰拉尔德跟他说过，“你在把自己的脑袋放进一个圈套，它会把你勒得灵魂出窍。听听一个盼你好的人的劝告吧。”杰拉尔德·麦考克里说。这是一个礼拜天早晨，

---

① 坦慕尼协会，创建于 1789 年，起初是一个全国性的爱国慈善组织，十九世纪二十年代起，逐渐成为纽约市民主党的核心机构，曾卷入操控选举丑闻，后于 1967 年解散。

他在科尼岛第一眼看到莱西·马哈菲后说的话。麦考克里生来就能判断人性，他就是那种一眼就能把事情看清楚的人。他打量一个人，心里合计一下，就能得出结论。要是那个人够不上要求，麦考克里会客客气气地把他打发掉，一点也不落痕迹，会叫那个人始终闹不清这件事是怎么发生的。这就是麦考克里在这个世界上飞黄腾达的秘密。

“这就是罗西本人，”那个礼拜天，杰拉尔德在科尼岛上说，“见见未来的杰拉尔德·J. 麦考克里太太。”莱西·马哈菲那张窄脸在大草帽底下顿时沉下来，变得煞白。她只向罗西点了点头，罗西向哈洛伦先生看了一眼，窘得他简直像当场被剥光了衣服似的。哈洛伦先生也认为，麦考克里挑了一个奇怪的女人；她的确长得漂亮，不过哈洛伦要是对女人多少还有点儿了解的话，她有一副完全是十四号街上那种小妓女的派头。“走吧，”麦考克里说，他的胳膊搂着罗西的腰，“咱们都去坐过山车。”可是莱西不愿去。她说：“不去了，谢谢你。我们不打算多待，现在我们得走了。”在回家的路上，哈洛伦先生说：“莱西，你对人的判断太苛刻了。也许在本质上，那是个好姑娘；可机会不及你好。”莱西一下子把脸对着他，脸色难看得像一只发火的猫的脸，她说：“她是个放荡、下流的女人，把她介绍给我是对我的侮辱。”过了好一会儿，她的脸才恢复成哈洛伦先生喜爱的那张漂亮、娇嫩的脸。

第二天，在比利酒馆里，两人各自喝了三杯以后，麦考克里说：“小心，哈洛伦；想想你的将来。那是个不错的好姑娘，我一点也不怀疑，可是她不是那种跟别人合得来的人。一个干政治的男人需要的是一个能应付各种各样的人的妻子。一个男人需要的是一个懂得解开紧身胸衣后如何大大方方地坐着的女人。”

哈洛伦太太的说话声一直从过道里传来，平稳、干枯的唠唠叨叨的声音，就像风吹过公园长凳上的旧报纸的声音，“我以前就跟你说过，现在你带着苦恼上我这儿来也没有用。我当时提醒过你，可是你听不进去嘛……我早就跟你说过，事情会闹到什么地步的，我是尽了力的啊……没有用，你听不进，你总是比你妈更明智嘛……所以现在你该做的只是遵守你的结婚誓言，尽力而为……现在听我的，你想要他行为正当，你就得先行为正当。女人得先行为正当；那么，要是男人不肯也行为正当的话，那就不是女人的过错了。不管他的行为正当，还是不正当，你反正得行为正当，因为他的行为不正当不能成为你的借口。"

"啊，你听到这话了吗？"哈洛伦先生敬畏地冲过道问道，"这可真是一个难对付的圣徒哪。"

"……女人得先行为正当，我在跟你说嘛，"哈洛伦太太对着电话听筒说，"然后，要是他不顾这情况，还是穷凶极恶的话，那她得不到他的一点帮助，干吗得行为正当呢。"她提高声音，这样，要是那些邻居想听的话，可以听个痛快。"我早就了解你了，你活像你爸爸。你一定自己干了什么不正当的事，要不，你绝不会落得这么为难的。你眼下的行为就是不正当的嘛，在你应该把手头的活儿干完的时候，打电话来唠叨。我烧着熨斗哪，在熨一件下流的睡袍，我要是有个男人照顾我的话，穿那种衣服的女人我拿脚去踩还嫌脏呢。所以现在你先去干完你的家务，然后换上一身衣服，出去散散步，呼吸一下新鲜空气……"

"一点儿新鲜空气对谁都绝不会有害处，"哈洛伦先生对着开着的窗大声发表意见，"煤气才叫人受不了哪。"

"喂，听我的话，玛吉，打公用电话来唠叨可不行。喂，你别又哭又嚷啦，去干你的活儿，别再叫我烦心啦。别说什么要跟你的丈夫离婚啦，首先，离了婚你上哪儿去呢？你要去当妓女吗，还是在你的厨房里开洗衣店呢？你不能回这儿来，你一定要跟你的丈夫一起待在你们自己的家里。别傻了，玛吉。你有你的生活了，不知有多少比你好的女人都过着这种生活。对，你爸爸挺好。不，他坐在那儿，还是老样子。

天知道我们会落得什么结果。可是，你知道他是个怎么样的人，他才不关心哪……喂，记住这话，玛吉，要是你婚后生活出了什么岔子的话，那是你自己的过错，你没必要上这儿来要求同情……我不能再在这上面浪费时间了。再见。”

哈洛伦先生一边紧张地听着，生怕漏掉一个字，一边在想杰拉尔德·J. 麦考克里跟罗西怎样在生活中顺利地越爬越高；可是麦考克里每往上爬一步，他，迈克尔·哈洛伦跟莱西·马哈菲却是往下退一步。他们都是从毛头小伙开始的，同时有着同样的机会和同样的朋友，可是一遇到机会，麦考克里总是紧紧地抓住不放，跟地区里那些干政治的大人物打得越来越火热，一件好事引来另一件好事。罗西懂得怎样支持他，推动他干下去。多少年来，麦考克里两口子一直邀请他和莱西上他们家去，跟那一帮人拉交情，可是莱西不干。

“你想要保住你的职位的话，就不能跟着那伙人混，一宿宿地喝个没完没了，”莱西说，“你应该懂点事吧，怎么会要你的妻子去跟那个女人结交呢？”哈洛伦先生时常独自上那儿去，这已经变成习惯了，因为麦考克里仍然喜欢他，仍然愿意在恰当的地方帮帮他，并且仍然在选举的时候要求他帮忙。麦考克里两口子的家里老是有一大帮生气勃勃的人，不管他们的家在哪儿；因为他们时不时地搬到更好的房子里去，家具也越来越多。罗西帮忙端酒，自己也喝上一点儿，跟每个人说上几句话。自动钢琴，或是留声机使劲地奏着音乐，人人都在跳舞，看上去全像有的是钱，而且前途光明。那样的夜晚，他总是很晚才回家，回到那套一直没有搬过的、既不供应热水又没有电梯的小公寓房间里，因为莱西不愿花一个子儿在排场上。她说，一定要把所有的钱都攒起来养老。他肚子里装满了美酒好菜，却发现莱西围着干活的围裙，又在把炸土豆重又炸热，她憋着一肚子火，沉着脸一声不吭，耷拉着脑袋，闻到他嘴里的酒气就皱起了眉头。“我炸了这些土豆，一直在等你，你至少应该把这些吃了吧。"她会说。"啊，你自己吃吧，我可吃不下。"他对她和她促使他过的生活感到失望，会粗暴地嚷叫。

多少年来，他真心诚意地相信，有一天，他会成为他工作的那家G&I连锁食品杂货店的经理；后来，他渐渐死了这条心，可还是相信等他退休，他总归会拿到那笔养老金。没想到，在他的工作年限还有两年要到期的时候，他们辞退了他。他们说，因为经济萧条。他一下子给撵到了人行道上，无处可去，只得带着这个消息回家。"天啊。"哈洛伦先生说，他失业将近有七年了，可仍然记得那一天。

经济萧条并没有影响麦考克里。他不断地越爬越高，办牛排大餐，举行郊游宴会和啤酒舞会，犒赏比利酒馆里那帮小兄弟，总是跟走运的人混在一起，从不错过捞一把的机会。最后，杰拉尔德·J.麦考克里俱乐部包了一艘游艇，畅畅快快地在河上游览。那是了不起的一天，莱西却坐在家里生闷气。选举以后，报上登出了罗西的相片，她在向麦考克里微笑哪；确实一点也不胖，真是个身段漂亮的女人，斑斑点点的皮大衣上佩着鲜花，她的牙齿还是那么好。啊，老天爷，这是一个人人看得上眼的姑娘。哈洛伦先生用眼角看着莱西·马哈菲弯着瘦削的脊背，一只脚站着，让另一只休息，像一匹疲乏的老马，两手撑着身子，等着熨斗烧热。

"是玛吉打来的电话，有一肚子苦水。"她说。

"我希望你给她出了一些好主意，"哈洛伦先生说，"我希望你告诉她，拿上她的帽子，撇下他离家出走。"

哈洛伦太太在一条粉红缎短裤上方停下了熨斗。"我跟她说行为要正当，把坏事都留给男人们去做，"她说话的声音像是从留声机唱片里传出来的似的，"我跟她说，忍受上帝赐给她的苦恼吧，就像她的妈妈忍受的那样。"

哈洛伦先生大声咕哝了一下，在椅子扶手上敲掉烟斗里的烟灰。

"老婆子，你要是办得到的话，凭着你邪恶的灵魂，你会把整个世界毁掉的。这么对待一个新婚的姑娘，好像她既没有家又没有爹娘那儿可去似的。不过，她要是坐在那儿削土豆皮，任由一个男人抛弃她的话，那就不是我的女儿。不是我的女儿，我就会跟她这么说，她要是……"

"你知道得很清楚，她是你的女儿，所以闭上你的嘴，"哈洛伦太太说，"她要是听你的话，这会儿就在当妓女喽。我把她教育成一个正派的姑娘，她会做个正派的女人的，要不，我会把她按在我的膝盖上揍一顿，就像她小时候我揍她那样。你给我记住了，哈洛伦。"

哈洛伦先生斜靠在椅子上，尽可能地向后探出身子，顺着他头顶上的一块搁板摸过去，直到他的手指头碰到他刚才看到的那半块钱。他把钱藏在手心里，马上站起身来，四下张望，找他的帽子。

"管好你的女儿吧，莱西·马哈菲，"他说，"她压根儿不是我的孩子，而是你跟圣灵长期在一起过罪恶生活的结果。现在我要出去转悠一下，喝上两杯啤酒，免得我的脑子完全坏掉。"

"你刚才偷偷摸摸地在搁板上捞了一块钱，你不能把那块钱拿走，"哈洛伦太太说，"再说，难道你以为我是瞎子吗？放回到你拿的地方去。这是要用来买咱们天天要吃的面包的。"

"我天天吃面包吃腻了，"哈洛伦先生说，"我需要啤酒。而且你明知道，这不是一块钱，而是半块。"

"不管那是多少，"哈洛伦太太说，"反正我是拿它当一块的。你得拿出来。"

"明天的土豆钱这会儿早就缝在你的衣袋里了，天知道除了生活储蓄以外，你那个藏在什么地方的黑匣子里到底攒了多少钱，"哈洛伦先生说，"这半块钱是我的救济金，要花得得当。我不回来吃晚饭了，你也可以省上一餐。再见，莱西·马哈菲，我走了。"

"哪怕你永远不回来，还不是一个样。"哈洛伦太太说，头也不抬。

“要是我衣袋里塞满了钱回来的话，你就会高兴看到我了。”哈洛伦先生说。

“那可得一大笔钱哪。”哈洛伦太太说。

哈洛伦先生砰的一声随手关上门。

他踱出来，眼下是天气晴朗的秋天，黄昏的阳光照得他脖子暖乎乎的，照亮了佩里街上那些陈旧的、高台阶的红砖房子。过了这些年，他要上比利酒馆去，他可能会在那儿交上好运。不过，他一边走，一边不慌不忙地跟邻居们招呼。“下午好，哈洛伦先生。”“您好，卡弗里太太。”……“今年这季节天气真好，戈加蒂先生。”“是啊，哈洛伦先生。”哈洛伦先生善于客套，礼貌周到，他喜欢挥舞帽子，大声问好，显出一副没有心事的人的派头。啊，原来是街角附近 G&I 食品杂货店里的那个小伙子。他知道哈洛伦先生从前在那儿担任过的职位。“您好，哈洛伦先生。”“您好，麦金纳尼先生，您那儿的买卖怎么样？”“拿眼下的情况来说，算好的喽，哈洛伦先生，这是我最好的说法了。”“情况一点没有起色，麦金纳尼先生。”“事实上，咱们都是咬着牙在过日子啊，哈洛伦先生。”

听到这番人人都遭遇不幸的声明，哈洛伦先生感到安慰，他向街角那个年轻的警察打招呼。那个警察在人行道对面，用敏锐的眼光盯着一个报摊上的一份报纸，正在匆匆忙忙地看上几段新闻。“您好啊，扬·奥法伦，”哈洛伦先生问，“近来您的买卖兴旺吗？”

“这一带平静得像坟墓，”扬·奥法伦说，“可是眼下康诺利可惨了。”他瞟了一眼那份报纸。

“他死了吗？”哈洛伦先生问，“我今天才出来，此前也没看报。”

“啊，还没死，”扬·奥法伦说，“可是联邦调查局的人员在找他碴，看来这一回他肯定逃不出他们的手掌了。”

“康诺利得罪了联邦调查局的人？我的老天爷，”哈洛伦先生说，

“他们下一个要找谁呢？这帮惹是生非的人。”

“都只为经营彩票，”警察说，“这有什么害处，我倒想要知道？一个干政治的人总得从什么地方弄钱嘛。他们应当给他一个机会。”

“康诺利是个好样的，愿上帝保佑他，我希望他乘他们不备溜掉，”哈洛伦先生说，“我希望他像一只涂油的猪那样一下子从他们的手掌中逃掉。”

“他挺精明，”警察说，“康诺利那家伙是个手段圆滑的人。他会摆脱困境的。”

啊，可是，他会吗？哈洛伦先生问他自己。要是康诺利都身败名裂的话，那么，谁是安全的呢？等我把康诺利的消息告诉莱西·马哈菲再说吧；二十年来，我第一回想要看看她的脸。莱西老是说：“一个人要是非要靠欺骗发财，就是个彻头彻尾的蠢货。许多最善良的人发了财，可从不坑骗害人。嘿，瞧康诺利两口子，诚心、按教规办事的天主教徒，生了九个孩子，要是上帝还要给他们的话，还会生呢。他们天天去做弥撒，可他们钱多得数不清，比那干尽坏事的麦考克里两口子更有钱。”莱西·马哈菲，又错了，事情就是这样，祝福你那虔诚的康诺利两口子吧。不过，话得说回来，完全是靠康诺利的提拔，杰拉尔德·麦考克里才有机会开始他的事业；麦考克里当过康诺利的宣传员，后来当他的竞选经理人，那时候康诺利掌握着坦慕尼协会，算得上权势滔天。而麦考克里是白手起家的，老天爷也知道的嘛。他一开始经营一个地下室酒馆，租金低得几乎为零，地点正好在那个区的边上，康诺利俱乐部和坦慕尼协会的小兄弟们都能拐进来消磨安静的黄昏，玩一局纸牌，一边谈话一边喝上一杯。一点没有下流的行为，一切都是按照习惯来办，他靠这个地方向赢家抽一份头儿，从酒上挣很多钱，也让那一伙人有个聚会的所在。那儿孕育出了许多庞大的计划，那些计划实现以后，人人都得到了好处。人人都得到了好处，只有我一点也没有，这是怎么回事呢？麦考克里跟我说过："你现在可以接手，为麦考克里俱乐部经营这家酒馆。"啊，我的机会来了，可是莱西·马哈菲听也不愿听；恰巧那会儿，她快要生玛吉了，不能刺激她。

哈洛伦先生继续走下去，他那双脚认识上比利酒馆去的路，所以他让双脚带路；他耷拉着脑袋，不再跟过路人谈话，而是一路上自言自语，说个不停。走在这样一条路上，他清清楚楚地看到一个个他可以向不同的方向拐弯的十字路口；拐弯的方向不同，他的命运就会大不相同了；可是他没有那样做，他走的是另一条路，如今太迟了。她不开口便罢，一开口就是："这事不正当，你也知道的嘛，哈洛伦。"那么，总的来说，一个男人还有什么可做的呢？啊，你原可以跟别的男人一样继续干你那些正当的事情，哈洛伦，女人压根儿没有权决定这种事；她一看到钱，就会改变主意的；要不，狠狠地揍她一顿，她就会老实了。世上的女人再没有比莱西·马哈菲更需要狠狠地挨顿揍的了，可是他心里却从来没有产生过揍她是为她好的想法。你有许多过错，这就是其中一个，哈洛伦。不过，当时在G&I食品杂货店里有个终生职位嘛，再说家里也多少比较平静。在那些日子里，我记得还有许多人羡慕我呢；我有储蓄，还知道自己将来依靠储蓄和养老金能干些小买卖，可以安度晚年，所以一点也不愁。"落得个什么结果呢？"哈洛伦望望周围，低声问。没有人回答。你知道得挺清楚，落得个什么结果，哈洛伦。在你的工作年限还有两年就要到期的时候，你被辞退了，就像你是个送货员似的。在这以前，你一直看到别人受骗上当，很清楚这种事也可能落到你的头上，可你干吗始终不相信你亲眼看到的事情，只是干坐在那儿呢？我还是个毛头小伙的时候，G&I食品杂货店给了我就业的机会，他们跟我是一路人；或者，我当时是这么想的。得了，现在完了。可不是，现在完了；不过，在那些年头里，你原可以跟那些最有主意的人一起靠彩票挣钱，帮助收保护费，拿你那一份儿。你原可以攒下一大笔钱，用莱西的户名安全地存在银行里，悄悄地、万无一失地拿利息，没有比这更聪明的了。可是他们现在更聪明了，哈洛伦，别忘了；还是照样要碰钉子，吃苦头啊。康诺利也许玩儿完啦；莱西·马哈菲说过："彩票不过是换一种方式偷穷人的钱罢了，你不像那个麦考克里那样，生来就是个小偷。"啊，老天爷，是啊，哈洛伦，你生来是靠救济金过苦日子的，也许这对她是够正当的了。那个莱西——反正用她的户名存一大笔钱对我没有一点好处。眼下她已经攥住了这点儿存款不放，她会省吃俭用，她会挨饿，她会情愿洗脏衣服，她会舍不得花一个子儿在日常生活上。麦考克里，她像骨头咔嗒咔嗒响的骷髅，挡住了我的道儿，你当初对她的看法一点也不错，她已经成了我的灾星。"啊，还不晚嘛，哈洛伦。"麦考克里说，他清清楚楚地出现在哈洛伦先生的脑子里，脸和神态一点也没有变。"千万别灰心丧气，哈洛伦。选举马上又要开始了，大伙儿又要忙起来了，有的是活儿干，你正是我要找的人。你干吗不早点儿来看我，你知道我从来不忘掉一个老朋友。你不该这么倒霉，哈洛伦。"麦考克里告诉他，"我跟别人这么说过，我现在当面跟你说，你比谁都应该过更好的日子，哈洛伦，不过，事实是，好运气不是随时都能遇上；可是现在轮到你了，我终于给你找到了一个你干得了的差使。对你这样一个人来说，这压根儿算不了一回事，你绑着一只手也能轻松地完成，哈洛伦，而且能挣许多钱啊。组织工作，就在你自己的那些邻居中间，他们都认识并尊敬你，知道你是个有信用的人，又是杰拉尔德·麦考克里的老朋友。喂，哈洛伦，"杰拉尔德·麦考克里说，向他眨眨眼，"我还需要说什么吗？我们在找大批有选举权的人，哈洛伦，你得去把他们弄来，活的死的都行。随时注意情况，需要的时候，就来跟我联系。要多少钱，你说个数目吧。有时间的话，上我家来嘛，哈洛伦，你干吗不来？罗西问过我上百回：'那个舞会的灵魂哈洛伦，到底怎么啦？'罗西对你很有好感，哈洛伦。我们现在住在一套两层楼的公寓里，有绿丝绒窗帘，地毯厚得能遮住你的皮鞋面，再说，你凭什么不该住同样的房子啊，你要是想住的话。你有的是才能，从来没有人认为你会成为穷人。”

啊，可是莱西·马哈菲也许不同意。“那么，给你自己换个女人，哈洛伦，你还挺结实的嘛，给你自己找一个罗西那样的女人晚上一起睡就是。”话是不错，可是麦考克里，你忘了莱西·马哈菲的大腿、头发、眼睛和皮肤是适合当歌剧合唱队的女演员的啊。可是，她愿意利用这一切干些什么吗？决不。你相信吗，居然有这样的女人，甚至在洗澡的时候都不愿一下子把衣服全脱光？她邪恶的脑子里认为样样事情都是罪孽，从来不给男人机会让他用任何方式去表明他自己是个男子汉，她是个多么可恨的人啊。可是她现在年老色衰了，她浑身都显出她有颗下流的灵魂，现在她丑得就像罪孽本身，麦考克里。“我跟你说过会发生这种事情的，”麦考克里说，“不过，你现在有了差使和钱，就能走你自己的道儿，让莱西·马哈菲走她的去吧。”我会的，麦考克里。“把康诺利忘掉。要记得我是独立自主的，而且一向是这样的。康诺利玩儿完了，我可没有。没有了康诺利，哈洛伦，我甚至更强大了。我早就知道会有这么一天。我事先避开了。他们没法乘我不备对我下手，哈洛伦。我几乎忘了……这一点儿钱拿去做刚开始的活动经费。眼下先拿这些，将来还会给你……”

哈洛伦先生突然站住脚，一阵熟悉的香味飘到他的鼻子边。比利酒馆的强烈的啤酒味和牛排味，锯木屑味和洋葱味，也许跟其他酒吧的味儿差不多，可是除此以外，还有一种它自己的味儿。他心里的谈话也停住了，好像有一只手按在他的头上似的。他从裤兜里抽出一个拳头，简直在指望从手里看到钞票，那枚半块钱的硬币在手掌心里。“我要等到酒馆关门，希望麦考克里会来。”

哈洛伦先生一跨进去，就看到麦考克里站在酒吧柜前，他正拿起身前的一个酒瓶在给自己倒酒。比利在麦考克里前面懒洋洋地擦着酒吧柜，他的眼睛像泡在自己的液体里的牡蛎，眼神飘忽地望向哈洛伦。麦考克里也看到他了。"唷，那不是G&I食品杂货店的我的老伙计吗？"他说，他原来的梅奥郡口音几乎听不出了，"真是做梦也想不到。过来啊，哈洛伦。"他说道，那张脸还是跟从前一样一点表情也没有，从来没有人看到过杰拉尔德·麦考克里对什么东西感到惊奇。"过来啊，想喝什么随便点。"

哈洛伦先生顿时感到心里一阵温暖，满脸通红，他一看到麦考克里，心里总是暖乎乎的。他说不出这是怎么一回事，可是那个人就是有股热乎劲儿。啊，还是那个杰拉尔德，一点也没有变，他虽然脸像花岗岩，一双眼睛像蓝玛瑙，人硬得简直像石头，可从来不忘掉一个朋友，看起来也似乎从不计较他的朋友是不是有钱。他就在那儿，说："过来啊。"好像他们只是昨天才分别似的；他长得又高大又结实，跟往常一样穿着一套看上去挺阔气的衣服，他的灰色呢帽比他衣服的颜色深一些，帽边自然地卷着，非常时髦，可是，你看，并不炫耀。一切都是第一流的，做工考究，穿在他身上挺合适，使他越发显得有权有势。哈洛伦先生说："啊，麦考克里，今天，在这个滚圆的地球上，你是我唯一希望看到的人，可是我跟自己说，也许眼下他并不时常上比利酒馆来了。"

"干吗不常来啊？"麦考克里问，"二十五年来，我一直到比利酒馆来，这儿仍然是麦考克里俱乐部的元老的总部。哈洛伦。"他对哈洛伦先生从头到脚瞟了一眼，接着向酒瓶转过身去。

"我本来打算来杯啤酒，"哈洛伦先生说，"可是一闻到威士忌，就不由得改变主意了。"麦考克里倒了第二杯，他们举起酒杯，胳膊同样地一弯，手腕互相向对方一扭。

"为罪恶干杯。"麦考克里说，"为看到你干杯。"哈洛伦先生愉快地说。啊，管它呢，他回到了他熟悉的地方，跟要好的伙伴在一起。他把脚搁在酒吧柜的横档上，咕嘟一口喝下威士忌；他把杯子一放到酒吧柜上，麦考克里马上又给他倒满。“在那些小伙子上这儿来以前，”他说，“赶紧先灌上几杯。”哈洛伦先生把那一杯又干了，接着他才注意到麦考克里没有把他自己的酒杯倒满。“我比你先喝，”麦考克里说，“我这一杯免了。”

短促地停顿了一下，一阵静默像从麦考克里身体深处渗出来的雾似的笼罩着他们两人，麦考克里这个人突然好像根本不在那儿，或是根本没有说过话似的。接着，他干脆地说：“好吧，哈洛伦，咱们谈谈吧。你有什么心事？”说着，他又倒了两杯酒。这是十足的麦考克里作风：看出你心里在想什么，直截了当地挑明。

哈洛伦先生握着他的酒杯，盯着那一小杯威士忌。“也许咱们还是坐下吧。”他说，觉得一下子膝盖发软。麦考克里拿起酒瓶，走到最近的一张桌子旁。他坐着，脸向着门，时不时地向门口溜上一眼，可是他脸上显出一副一本正经、专心静听的表情，好像不管是什么，他都准备听似的。

“你知道，这些年来，我在家里是什么滋味。”哈洛伦先生神情严肃地开始说，接着停住了。

“啊，老天爷，是啊，”麦考克里说，坦率地表示关怀，“这些日子，她怎么样？”

“比从前更糟，”哈洛伦先生说，“不过，倒不是为了这事。”

“那么，是什么事呢，哈洛伦？”麦考克里一边问，一边倒酒，“你很清楚，你能对我吐露心事。想借钱吗？”

“不，”哈洛伦先生说，“想找份差使。”

“唷，这可是件意料之外的事，”麦考克里说，“要怎么样的差使？”

哈洛伦先生脑袋耷拉在胸前，看到六个人走进来，一溜儿站在酒吧柜前，麦考克里向他们挥挥手，点点头。"几个小伙子，"麦考克里说，"往下说吧。"他脸上的表情更强硬、更平静了，好像他喝了酒，头脑反而更冷静似的。哈洛伦先生说着他打算说的那些话，在他上这儿来的路上已经说过的那些话，在他听来，这些话仍然是合情合理、完全正确的。麦考克里等他说完，站起身来，把一只手放在哈洛伦先生的肩膀上。"待在这儿，要喝自己倒，"他一边说，一边把酒瓶稍微推一下，"要别的什么，哈洛伦，你叫就是，我来付账。我过几分钟就回来，你知道的，只要我办得到，我会帮你解决的。"

哈洛伦心里都明白，不过眼前有一片模模糊糊的、暖乎乎的雾，他几乎没有注意到麦考克里跟那些人又从他身旁走过，他们全都鬼鬼祟祟、轻手轻脚，就像黑暗的街上的拦路强盗。他们走进那间后房，房门打开，房内灯光明亮，接着房门又关上了；哈洛伦先生伸手拿过酒瓶，给自己倒酒，等着麦考克里带着好消息回来。他感到舒服和自在，好像他的身子里既没有骨头也没有肌肉，他的胳膊肘从桌面上滑下去了一两次，他还把酒泼翻在了袖口上。啊，麦考克里，你让我一家人都干这一行了吗？因为我的玛吉的丈夫眼下都跟小坦慕尼协会挂上钩了。"那个聪明的小伙子会发迹的，我已经看上他了，哈洛伦。"麦考克里的友好的声音在他的脑子里说，那张棕色的脸比他记忆中的更温和，清楚地在他闭着的眼睛后面浮现出来。

"啊，好吧，就好像我也通过他完全重新开始吧，"哈洛伦先生出声说，"再说我的差使吧，我要是早点儿来找你的话，也许早就有差使了。"

"对你来说，确实是这样，"麦考克里在他的脑子里用愉快的梅奥郡口音说，"喂，看在过去的老交情上，让咱们为愉快的未来干杯，让莱西·马哈菲见鬼去吧。"哈洛伦先生伸手去拿酒瓶，没想到酒瓶向旁边一跳，像一只动物似的从手中滚开去，掉在他脚旁砸碎了。他站起身来的时候，椅子从他身子底下向后倒去。他靠在桌子上，桌子在他手底下像硬纸板那样塌了下去。

“喂，等一下，别着急。”麦考克里说，他来了，果然是他，在一边把哈洛伦先生紧紧地抓住，向后房里的那些小伙子招招手，他们都悄悄地走出来，其中有几个在另一边抓住哈洛伦先生。他们的面相看上去都是爱尔兰人，可是在这一伙爱尔兰人中，哈洛伦先生一个也不认识，而且他一张脸也不喜欢。“放开我，”他庄重地说，“我上这儿来找杰拉尔德·麦考克里，我一个多年的老朋友，你们这伙流氓，我可不让你们哪一个碰我。”

“得了，大人物，”一个年纪比较轻的说，声音像锉子在摩擦那么刺耳，“得了，是回家的时候了。”

“你挑来做帮手的这一伙真差劲，麦考克里。”哈洛伦先生一边说，一边脚跟使劲，不让他们慢慢地把他向门口推去，“我一个也不信任他们，要是我能抓住哪一个的尾巴，就把他扔出去。”

“好了，好了，哈洛伦，”麦考克里说，“跟我来吧。放开他，芬尼根。”他向哈洛伦先生弯下身子，把什么东西塞在他的右手里。那是钱，整整齐齐的一小卷，货真价实的、可爱的钱，世界上没有别的东西摸上去是这个感觉，你不可能搞错的。啊，他要给莱西·马哈菲看看，会吓得她趴在地上。凭干活挣来的正当的钱。“你会跟往常一样说话算数的吧，麦考克里？”他一边问，一边抬起头盯着那张岩石颜色的脸看，两条腿摇摇晃晃，像跳舞似的，他感激得心都快要碎了。

“啊，当然，当然。”麦考克里大声说，亲切的语气中带一点儿咬牙切齿的声调，“看在老天爷的份上，把他弄走，行了。”哈洛伦先生发现自己被轻手轻脚地挪进停在人行道旁的一辆出租汽车里，麦考克里一边在跟驾驶员说话，一边在付钱。“再见，大人物，”那些面相像流氓的人中有一个说，接着汽车门砰地关上了。哈洛伦先生坐在汽车里摇来晃去了一会儿，开动脑筋在想。他探出身去，跟那个驾驶员说，“送我到我的朋友杰拉尔德·J. 麦考克里家去，我有重要的事情。别管他的话，送我到他家里去。”

“是吗？”那个驾驶员头也不回地说，“得了，你在这儿下车，知道吗？就在这儿。”他伸出手去，打开汽车门。停得真是地方，哈洛伦先生正巧站在佩里街那套公寓前面的人行道上，只有他一个人，还有一排排垃圾桶，那辆出租汽车响着喇叭在街角拐弯，一个警察向他走来，在街灯光下看得清清楚楚。

“你应该给麦考克里投票，他是穷人的朋友，”哈洛伦先生跟那个警察说，“麦考克里这个人会改善大伙儿的处境，像个疯子似的为老朋友撑腰，娶了个叫罗西的女人做妻子。投麦考克里的票。”哈洛伦先生说，他卖力地干起活来了，“麦考克里一掌权，你就会当上警察局长的。”

“让麦考克里见鬼去吧，那个小丑。”警察说，他一宿宿地巡逻，总得说一些话，看到和干一些事情，所以说起话来直截了当，态度生硬。“敢情你又喝酒了，哈洛伦，真不害臊，莱西・马哈菲趴在洗衣板上干得气也透不过来，就为了买啤酒给你喝哪。”

“请注意，我喝的不是啤酒，而且也不是她买的，”哈洛伦先生说，“再说，你知道多少莱西・马哈菲的情况？”

“我很久以前就认识她了，那会儿我时常为圣维罗妮卡教堂打杂，”警察说，“甚至在那时候，她就是个了不起的人了。谁也比不上她。”

“现在依旧如此。”哈洛伦先生说，有一会儿几乎清醒了。

“好吧，现在上楼去吧，等你看上去像个正常人后再出来。”警察毫不留情地说。

“你是约翰尼・马金尼斯，”哈洛伦先生说，“我对你很熟悉。”

“你现在也该认出我来了。”警察说。

哈洛伦先生靠了双手和膝盖帮忙，好不容易才走上楼梯，可是一走到家门前，他立刻站起身来，用拳头在门板上狠狠地砸了一下，转动球形把手，身子靠在门上像一个浪头那样涌进去，向哈洛伦太太掏出钞票。她已经熨罢衣服，在缝补了。

她缓慢地站起身来，一只骨头突出的手按在嘴上，瞪眼盯着她看到的东西。“啊，你偷来的吗？”她问，“你杀了人抢来的吗？”这些话从她的喉咙里冒出来，像锉刀摩擦那样刺耳，声音低得叫人听不清。哈洛伦先生一脸畏惧地瞪着她。

“受苦的圣徒啊，莱西·马哈菲，”他大声喊叫，响得整所房子里的人都能听到他的话，“难道你一点头脑也没有，你看不出你的丈夫从今宿起已经时来运转，有了差使，境况改变了吗？偷来的，是吗？那是你的了不起的朋友，虔诚信教的康诺利一家子干的事。康诺利才偷哪，可是哈洛伦是个正派人，在麦考克里俱乐部干活，所以兜里才有钱。”

“麦考克里，是吗？”哈洛伦太太也大声说，“啊，这么说，一家人，年轻的和年老的，为非作歹的和纯洁无辜的，最后都靠麦考克里吃饭了。得了，我才不吃呢，我要跟往常一样自己挣钱糊口，你可以把这些肮脏钱留着自己花，哈洛伦，听好了，我这话是认真的。”

“伟大的上帝啊，女人。”哈洛伦先生呻吟着说，接着他磕磕绊绊地从门口走到桌子旁，走到熨衣板前，站在那儿，气得快要哭出来了，“你难道没有灵魂，甚至在你丈夫骑在老虎背上奔向财富和荣誉的时候，在样样东西唾手可得，没有人质疑的时候，你也不愿意跟他一起走吗？”

“不错，我有一颗灵魂，”哈洛伦太太喊叫着，攥紧拳头，连头发都抖动起来了，“我当然有一颗灵魂，而且不管你怎么样，我也要拯救我的灵魂……”

她站在他面前，像是裹在褪了色的方格花布裹尸布里，她死去了的双手高举着，她死去了的眼睛看不见东西，可还是盯着他，她说话的声音空洞得像是从幽深的坟墓里冒出来的似的，她的嗓子沙哑得仿佛带有墓穴里的潮气。莱西·马哈菲的幽灵在威胁他，她越走越近，走得越近个子越高，脸变成恶魔的脸，眼光呆滞，脸上显出不变的龇牙咧嘴的微笑。“全是空肚子喝了酒的缘故。”那个幽灵说，发出沙哑的咆哮。哈洛伦先生吓得灵魂都出窍了，一声尖叫，一把抓起木板上的熨斗。“啊，该死的东西，莱西·马哈菲，你这魔鬼，滚开，滚开。”他号叫着，可是她轻飘飘地走上前来，龇牙咧嘴地微笑和咆哮。他举起熨斗，没有瞄准就扔了出去，不管那个幽灵是谁，是什么，反正她倒下去了，不见了。他看也不看，就一下子冲出房间，回到人行道上，直到这时候他才知道他是存心到那儿去的。马金尼斯马上走来。“嗨，瞧，哈洛伦，”他说，“这一回我可是当真的。你上楼去，要不，我就把你撵进去。马上走，这一回我扶你回家去，这可是最后一回。你靠救济金过活，却喝得稀里糊涂。”

哈洛伦先生突然平静下来，神态安详；他要跟马金尼斯讲明白，让他知道刚才的事情。“我不再靠救济金了，你要是想找什么麻烦的话，去看我的朋友麦考克里。他会告诉你我是什么人的。”

“你的事情我哪一件不知道，麦考克里也不能告诉我什么新鲜事。”马金尼斯说，“喂，站起来。”因为哈洛伦又想用双手和膝盖爬上去了。

“别管我，”哈洛伦先生一边说，一边打算坐在那个警察的脚边，“我终于把莱西·马哈菲杀了，你听了会感到高兴的，”他一边说，一边抬起头，盯着那个警察的脸看，“刚才可热闹哪，现在已经结束了。不过，我没偷过钱。”

“好吧，那不是太糟糕了吗？”那个警察一边说，一边把手伸进他的胳肢窝底下，把他拉起来。“别闹啦，你有机会的时候，干吗不好好利用呢？喂，站起来。啊，真不像话，站起来，要不，我要揍你一顿。”

哈洛伦先生说：“好吧，你不相信，那你等着瞧吧。”

这当儿，他们两人都向上瞟了一眼，看到哈洛伦太太正在下楼。她抓着楼梯栏杆。即使在过道里斑点似的灯光中，他们也看得出她额头上凸起一个肿块，青一片紫一片的。她站住脚，看上去好像一点也不感到惊奇。

“敢情你在这儿，马金尼斯警官，”她说，“把他扶上去吧。”

“你这一回眼睛上面狠狠地挨了一下啊，哈洛伦太太。”马金尼斯警官有礼貌地发表议论。

“我摔了一跤，脑袋磕在熨衣板上，”哈洛伦太太说，“白天黑夜地，干得太累了，心里又烦，就出这种事了。一下子晕了过去，马金尼斯警官。瞧，小心你那双大脚，你这走运的白痴。”她向哈洛伦先生说了一句，“他现在找到差使喽，你也许不相信，马金尼斯警官，可这是真的。扶他上去吧，谢谢你。”

她走在他们前面带路，打开房门，穿过厨房，走进卧室，翻开被子，马金尼斯警官把哈洛伦先生撂在被褥和枕头中间。哈洛伦先生深深地呻吟了一声，翻了个身，闭上眼睛。

“多谢你，马金尼斯警官。”哈洛伦太太说。

“不用客气，哈洛伦太太。”马金尼斯警官说。

等房门关上，锁好，哈洛伦太太走到厨房里，在自来水龙头下泡湿了一条大浴巾。她把浴巾绞干，在一头打了几个很硬的结，试着在桌子边上啪地抽了一下。她走进卧房，站在床旁，使出全身劲儿把打结的浴巾劈头盖脸地向哈洛伦先生抽去。他不自在地挪动身子，咕咕哝哝。“这一下为的是你扔熨斗，哈洛伦。”她跟他说，细声细气地，好像在自言自语似的，接着啪的一声，毛巾又抽下来了。“这一下为的是你拿了半块钱，”她一边说，一边啪的一下，“这一下为的是你喝得醉醺醺的……”她的胳膊有节奏地抡着，最后狠狠地砸在那张脸上，那张脸开始扭曲，喘气，从枕头上抬起来，再倒下去，显出迷惑的痛苦神情。“为的是你不穿皮鞋光穿袜，”哈洛伦太太一边跟他说，一边啪的一下，“还有懒惰，这一下为的是你不去做弥撒和……”说到这儿，她把毛巾抡了五六回，“这一下为的是你的女儿和她像你的那部分……”

她向后站住脚，喘着粗气，额头上那个肿块青一片紫一片的肿得很厉害。哈洛伦先生用胳膊护着他的脑袋，挣扎着站起来，她推了他一下，他又倒了下去。“待在那儿，别跟我说话。”哈洛伦太太说。他把枕头拉过来盖在脸上，又平静地躺着，这一回干脆睡熟了。

哈洛伦太太很从容地走来走去。她把那条湿毛巾裹在头上，打结的一头垂在她的肩膀上。她把手伸进自己的围裙兜，抽出来的时候拿着那笔钱。一张五块钱的、三张一块钱的卷在一起。还有那个她以为早就花掉了的半块钱的硬币。“可怜的开头，不过好歹有点儿到手。”她说，接着用一把长钥匙打开碗橱门。她把手伸进去，从墙上拉下一块松松地装着的木板，取出一个黑漆的金属匣。她打开匣上的锁，从乱七八糟的钞票和硬币中拿了一个五分的硬币。接着她把新到手的那笔钱放进去，锁上金属匣，把匣子藏好，重新装上木板，关上碗橱，锁好。她走到外面电话跟前，把硬币塞进那个裂口，报了一个号码，等着。

“是你吗，玛吉？现在你的情况好一点儿了吗？那就好。这时候打电话是很晚了，可是有关于你爸爸的消息。不，不，不是那种事情，他找到了一份差使。我说的是一份差使。可不是，我一直逼他想办法去找，总算找到了……我安排他躺下了，让他好好睡一觉，把醉意睡掉，明天他好麻利地去干活……不错，是政治工作，将近选举的日子了嘛，跟杰拉尔德·麦考克里在一起。不过，这没有什么坏处，争取选票和做其他一切工作，他要光明正大去干，这可不是说，我会不得不跟那些低三下四的人来往，永远不会。这是相当正经的工作，收入也挺好；要是说这不是我祈求的工作的话，也至少比没有要好，玛吉。我经受了那么些折磨……这真像个奇迹。你瞧，凭着耐心和尽你的本分，会有什么结果，玛吉。听着，待你自己的丈夫也要这么好。”

（鹿　金　译）

假 日

当时，相对于遇到的一些麻烦来说，我还是太年轻，还没有学会该怎么处理。那是些什么样的麻烦，或者最后怎么样了，现在都已经不再要紧了。那时我似乎觉得除了逃跑，没有别的办法了，尽管我所有的传统、背景和教育都无可辩驳地教导我，除了懦夫，没有人会在任何事物前逃跑。真是一派胡言！他们应该教我辨别勇敢和鲁莽的区别，而不是听由我自己去弄明白。最后我终于懂得了，如果我仍然具有与生俱来的理智的话，一出现某些危险的预兆时，我就应该像只鹿一样撒丫子就跑。但是我即将告诉你的这个故事，是在我感受到这个伟大的真理之前发生的——如果确实是自己的麻烦和危险，我们不要逃避，早了解这些是什么比晚了解要好；而如果不是，那不逃跑的就是傻瓜。

我向我的朋友路易丝说出的，不是我遇到的麻烦，而是我的小问题。路易丝和我年龄相仿，我们曾经是同学。我说我想到个什么地方去度春假，就我一个人，到乡间去。这地方要非常纯朴，令人愉快，当然，还要不贵，她不能告诉任何人我去了哪儿；不过如果她愿意，要是有什么有趣的事情发生，我会时不时地给她写封信。她说她爱收信，可是讨厌写回信；说她知道有个特别适合我的地方，而且她不会对任何人透露任何信息。那时候路易丝几乎是个天才——她现在也还是——能把未必如此的人物、地方和情景说得听起来很有吸引力。她讲的有趣的故事，只有在一段时间以后，当你偶然亲眼看见、亲耳听见的时候，才会变得令人生畏。这个故事就是这样。可以说一切和路易丝说的一样，而同时一切又相当的不同。

“我知道这样一个地方，”路易丝说道，“一家真正老式的德国农民，住在得克萨斯州黑土地深处的乡村里，一个真正家长制的家庭——那种你不愿生活于其中但是去做客住住却是非常愉快的地方。老父亲，连他的胡子以及其他的一切，就是全能的上帝；老母亲，处于男人地位的女家长；那地方到处是没完没了的女儿、儿子、女婿和胖乎乎的婴儿；还有胖胖的小狗——我最喜欢的是一只叫作库诺的可爱的黑色小东西——奶牛、牛崽子、绵羊和羊羔、山羊、火鸡、珍珠鸡在低矮的绿色山丘上漫步游荡，鸭子和鹅在池塘里戏游。我在那里的时候是夏天，桃子和西瓜都——”

“现在是三月底。”我说道，心怀疑虑。

“那儿春天来得早，”路易丝说，“我给穆勒家写封介绍你的信，你就准备好去吧。”

“这个天堂到底在哪儿？”

“离路易斯安那的边界线不远，”路易丝说，“我要他们把我的顶楼给你——啊，那可是个可爱的地方！是一间大屋子，两边屋顶一直斜到地面，下雨的时候屋顶有点漏雨，因此木瓦片都染上了漂亮的条纹，黑色、灰色和苔绿色，在一个角落里原来有一堆内容怪诞恐怖的廉价小说，《公爵夫人》、奥维达[①]、E. D. E. N. 索恩沃斯[②]、埃拉·惠勒·威尔科克斯[③]的诗歌——有一年夏天，他们有个女房客，特别爱看书，她

---

① 奥维达（1839—1908），英国女小说家，本名为玛利亚·路易斯·雷米，以写上流社会生活的传奇式作品闻名，著有长篇小说《奴隶生活》，动物故事《佛兰德斯的狗》等。

② E. D. E. N. 索恩沃斯（1819—1899），美国作家，一生创作了六十多部小说，是当时最受欢迎的美国小说家之一。

③ 埃拉·惠勒·威尔科克斯（1850—1919），美国女诗人，出版诗集二十余部，包括《激情诗集》《欢乐诗集》《伤感诗集》等。

离开时留下了她的藏书。我太开心了！每一个人都是那样健康和好心肠，天气太棒了……你打算待多久？"

我没有想到这一点，因此随口说道，"大概一个月吧。"

几天后，我发现自己像个快递包裹，从一列狭窄、肮脏、爬行的火车上被扔在了一个乡间火车站湿漉漉的站台上。站长出来，没等火车拐弯就把候车室锁上了。他脚步沉重地走过我身边的时候，把嘴里嚼的烟草移到腮帮子下面，问道，"你去哪儿？"

"去穆勒农场。"我站在我的小行李箱和手提箱旁说道，刺骨的寒风穿透了我薄薄的大衣。

"有人来接你吗？"他问道，并没有停下来。

"他们说来接。"

"好吧。"说着他钻进了由一匹过度负重致背部凹陷的马拉着的、破旧的小四轮马车，驾车离开了。

我把行李箱竖起来放着，迎风坐在上面，眼前是荒凉的泥土色的不成样子的景色，开始琢磨给路易丝的第一封信。首先我要告诉她，除非她想做个小说家，否则她没有理由要有这么丰富的想象力。我要告诉她，在日常生活中，应该不畏艰辛地坚持诸如明显的事实这样的有用的东西。任何别的东西都会导致像眼前这样的混乱。我正开始享受给路易丝写信的乐趣，一个大约十二岁的壮实男孩穿过了站台。他走近我的时候摘下了他那顶粗厚的帽子，在他指节处脏兮兮的粗厚的手里揉成一团。他圆圆的脸蛋、圆圆的鼻子、圆圆的下巴都是又酷又健康的红色。他的脸庞圆得仿佛是用鲜亮的彩色粉笔画出来的球体，在这上面，他清澈如浅蓝色的水的、细长的眼梢上扬的眼睛似乎显得格格不入，仿佛两种不相容的血统在构成他的时候产生了碰撞。这是一双漂亮的眼睛，而对他脸的其余部分就不必认真计较了。一件一直扣到下巴的蓝色毛料上衣在腰部突然消失，似乎再过半小时衣服就会嫌小穿不上了，蓝色的粗斜纹布马裤拍打着他的脚踝，脚上穿着大了好几码的土里土气的旧鞋子。总之，他显然不是第一个穿这身衣服的人。在起伏的棕色土地和云层凌乱的阴沉天空的衬托下，他是个快乐的、超脱的、泰然自若的幽灵，尽管我感到自己的脸像是湿黏土，但还是勉力对他一笑。

他回我以微微一笑，没有看我的眼睛，而用手势让我提起手提箱。他把我的行李箱一悠顶在了头上，踉跄地穿过凹凸不平的站台，走下泥滑的梯级，我猜想会看到他在那儿滑倒，被身上的重负压碎，就像一只石块下的蚂蚁。他把行李箱举起砰的一声放在了四轮马车的后部，接着拿过我的手提箱扔了进去，然后越过一侧的前轮爬上了车，我也越过另一侧的前轮爬了上去。

那匹像越冬的熊一样长满了粗毛的矮种马，小心而勉强地小跑起来；那男孩则弓着身子、帽子拉下盖住了耳朵和眉毛，松揽着缰绳，陷入了沉思。我琢磨着挽具，真是不可思议。它在各种各样难以预料的地方交叉缠结，在看起来是关键的连接处分离开来。在具有危险性的地方用一小截一小截毛糙的绳子草草修补起来，而别的似乎不重要的部分则用金属丝牢牢地捆绑在一起。马勒对于矮种马的粗壮的头来说太长了，因此显然马从一开始就把嚼子甩到了嘴巴外面，以自己的速度按着自己的路往前走。

我们的车子是某种被称作四轮弹簧马车的东西的低配版本。谁知道为什么？其实根本没有弹簧，后部适用于运载各种家庭用品的低低的围起来的平台，已经被磨损得几乎只有后轮的一半高了，其一侧不断刮擦着铁轮箍。车轮本身也不像一般的车轮那样单调地转啊转，而是呈椭圆形转，因为轮毂松动了，所以我们以一种醉醺醺的、滑稽的、得意忘形的姿态行进，活像波浪翻滚的大海中一叶起伏摆动的小舟。

饱吸水分的棕色田野在小路两边退去，高低不平的饱经严冬摧残的庄稼茬子，随时会倒下再度变成泥土。沿着附近田地的边缘伸展着树木稀疏、落光了叶子的小树林。眼下除了预示春的来临，这些小树林没有任何美丽可言，这皆因我憎恶荒凉；但是想到除此之外，事物本身的存在就可能会有某种美，便会使我感到愉悦：如由河岸塑造并包容的一条河流，或者脱去一切只剩下其本身价值、耕耘完毕等待着种子的一片田地。小路突然急转，一时间几乎没有了踪影，我们正在穿过小树林。弯曲的树枝近在咫尺，这使我确信春天已经开始来到，即使还不明显，还有几分不情愿：叶芽正含苞萌发出水绿色的细小叶球，缀满了所有的嫩枝；缓缓的细雨重又开始飘落下来，不像雾那样不透光，只是一层仅仅在头顶上方逐渐变浓的水汽，下沉着，直到云团在一片笼罩一切的柔和的灰色中变成了细雨。

我们出了小树林，男孩振作起来，不声不响地指着前方。我们正沿着一个美丽的桃园的边缘驶向农场。桃园被新生的苞芽染上了一层淡淡的色彩，却没有任何东西掩饰农场房屋本身的荒凉和令人痛苦的丑陋。在这个得克萨斯山谷中，在小山峰和浅滩的徐缓调节下，在这个农民称之为“起伏的乡村地带”的地方，这处房屋建在一片隆起的光秃秃的土地的最高处，似乎是出于节俭选择了最贫瘠的地方来建立一个栖身之所。它立在那儿，十分显眼，毫无遮蔽，宛如一个闯入的陌生者，即便是在其后延伸排列的、屋檐低矮、在日晒雨淋下颜色变得像石头般的谷仓旁，也显得异常陌生。

狭窄的窗户和陡直斜下的屋顶使我感到压抑，我想要转身回去。我心想，大老远地来这里，得到的却是如此巨大的失望，然而，我必须坚持，因为在这里不可能有比我留在身后的更大的痛苦。但当我们接近那所农舍的时候，除了屋子后部那也许是来自厨房的灯光以外，整所房子已经几乎看不见了，我的感情又变得趋于热情和温柔了，或者只是感觉自己也许会再有此种感情。

马车停在了门廊前，我开始下车。我的脚刚一挨地，一只巨大的、令人讨厌的黑色德国牧羊犬一声不响地向我扑来，我同样一声不响地用胳膊捂着脸往后一跳。“库诺，下来！”男孩喊道，一面冲了过去。前门猛地打开，一位黄头发的年轻姑娘跑下台阶，一把抓住了那凶暴的畜生的颈背。“它没有恶意，”她用英语认真地说，“它只不过是条狗而已。”

这就是路易丝的可爱的小狗库诺了，我心里想，长大了一岁左右。库诺哀叫着，低头欠身，一只前脚爪刮着地以示道歉，姑娘抓着它的颈背腼腆而自豪地说：“是我教它的。它总是这么没礼貌，但是我有教它！”

看来，我到的时候，农场晚间的例行杂务正要开始。整个穆勒家族拥出门外，每一个男女都在忙着眼前的事情。那个年轻姑娘和我一起走上门廊，说道：“这是我的兄弟汉斯，”一个年轻人停下、握手、走了过去。“这是我的兄弟弗里茨。”她说，弗里茨走过时拉了拉我的手，放下。“我的姐姐安内特杰。”姑娘说，一个肩膀上像搭着一条围巾般搭着一个小宝宝的文静的年轻女人微笑着伸出了手。一只又一只的手从我身边经过，手掌各色各样，年轻一点或者年老一点的、大的或者小的、男人的或者女人的，但是都是厚实正经的农民的手，温暖而有力。而且在每一张脸上，我又看到了那浅色的、眼梢上扬的眼睛；每一个头上都长着太妃糖颜色的头发，仿佛他们都可能是兄弟姐妹似的，尽管安内特杰的丈夫和另一个姐妹的丈夫已经走过，和我打过招呼了。在一个宽阔的、充满了浑浊的灯光和肥皂气味的、前后都有门的大厅里，老母亲也正在往外走，她停住脚步向我伸出了手。她是个高个子、看上去很强健的女人，头上围着黑色羊毛三角披巾，裙子拢成环形掖在棕色的法兰绒衬裙外面。子女们可不是从她那儿得到那清澈如水的眼睛的。她的眼睛是黑色的，精明而锐利，一束头发显示出黑发已经开始灰白，她皴裂的干巴巴的脸像风干的树皮一样呈棕褐色。她穿着橡胶靴子走路，步态像个男人。她短暂地和我握了手，用德国式英语向我表示欢迎，微笑着露出了发黑的牙齿。

“这是我的姑娘黑斯蒂，”她对我说，“她会带你去你的房间。”黑斯蒂拉起我的手，仿佛我是一个小孩子，需要引导似的。跟着她走上一段像梯子般陡直的楼梯，我们就到了路易丝的有着下斜的屋顶的顶楼。没错，木瓦片沾染上了她所说的各种颜色，角落里堆满了那些廉价小说。就这一次，路易丝算把事情说对了，这里亲切而熟悉，就仿佛我以前见过这地方似的。“我母亲说，我们可以在楼下给你一个好一点的地方，”黑斯蒂说，她的英语柔和含糊，“但是她在信里说你愿意像现在这样。”我告诉她是的，我确实喜欢这样。于是她走下了那陡直的楼梯。她弟弟上来了，像在爬树似的，头上顶着行李箱，右手提着手提箱，我不知道是什么使得行李箱没有哗啦啦掉到楼底下，因为他用左手在爬。我想帮助他，但是害怕这对他会是个侮辱，因为我见到他此前轻而易举地、气派地将我的行李扔来扔去，一个强壮的人在一个弱小的观众面前完成了他的工作。他放下重负，站直了身子，扭动扭动肩膀，只不过有一点点气喘。我向他表示感谢，他把帽子往后推推，然后又往前拉一拉，我认为这是某种礼貌的回应；他大声咔嗒咔嗒地走了出去。几分钟后，我从窗户向外看时，见他拿着一盏点亮了的提灯和一个大的钢制捕兽夹，出发穿过田野而去。

我开始改写给路易丝的第一封信。“我会喜欢这儿的。我不太知道是为什么，但是一切都会很好。也许以后我能够告诉你——”

楼下一家人说德语的声音是使人感到愉快的一个部分，因为他们不是在和我讲话，没有期待我回答。那时候所有我懂得的德语，都包括在五首极度伤感的、熟记于心的、海涅[1]的小曲里；而现在我听到的

---

① 海涅（1797—1856），德国诗人、散文家、政论家，以其爱情诗歌著称，主要作品有《佛罗伦萨之夜》《德国，一个冬天的童话》等。

是一种非常不同的语言，被称作低地德语的德国北部的方言，经过三代人在异国使用后变得极不标准。十几英里以外，得克萨斯和路易斯安那两州在一个腐烂中的沼泽地带交融，那儿沼泽腐烂物的下层缓慢逆流，滋养了松树和柏树的根，在那里有一个法国移民的聚居区，他们在那里已经过了两百年离乡背井的生活，他们并不是完全不受影响，却不可思议地刻骨地忠实、顽固地使用他们的老式法语，如今这法语对法国人来说，和英国人同样感到陌生。在快乐的记忆中的某一个长夏，我曾经认识许多这样的家庭，此刻在这里，我再次听着除了这个小小的农业社区的人，其余任何人都听不懂的另一种语言，我知道我又进入了一个被永恒放逐的家庭。这些都是扎实、务实、顽强、拥有土地的德裔农民，他们把鹤嘴锄深深地挖进地下，无论在哪儿都固守阵地，因为对于他们来说，生命和土地是不可分的一体；但是他们无论如何都不会把国籍和居住地混为一谈。

我喜欢那厚重、亲切的声音，而且不需要去懂得他们在说些什么也很不错。我喜欢那种寂静，这意味着没有不断来自别的头脑、别的见解、别的感情的压力；能够自由地不受打扰地停歇下来，回归本我，去再度发现——因为这永远是一种重新发现——不管是什么样的生灵在最终支配着我，做出所有决定，各种不管是谁，或是我自己，认为是自己做出的决定；是谁一点一点地蚕食了除去我生活中不能没有的那唯一的东西之外的一切，是谁有一天会说，“现在你唯一剩下的就只有我了——接受我吧。”在此我停顿了很久，一面听着这压低了声音的陌生语言，这是包含着音乐的静谧；这会令我感动，受触动，却不会使我烦恼，如蛙鸣或林中的风声一般。

我注意到，我窗旁的梓树在长叶子的时候，会挡住谷仓和远处田野的景色。开花时，树枝几乎会伸到窗子里来。但是眼下只是一层薄薄的纱帘，透过它，红白斑点的牛犊在因日晒雨淋而颜色发黑的牲口棚的衬托下可爱地移动着。褐色的田野很快就会是一片绿色。经雨水的冲洗，羊群呈现出洁净的灰色。眼前景色之美和连绵起伏直到小树林边缘的山谷是协调一致的。这里是内陆地带，有着一切不被喜爱的事物的凄凉外表；在南方这一地区，冬季是垂死的昏迷，而不是北方那保证必然会复活的死亡之眠。但是在我的南方，在我那深爱并永远不会忘却的乡间，在她漫长的疾病以后，只要一点微微的萌动，两次呼吸之间眼睛睁开，昼夜之间，大地复苏，一下子就进入了花果齐放的丰足的春天，春和夏共存于炎热闪烁的蓝天下。

清新的风预示着傍晚会再有一场平静的小雨。楼下的声音散布开来，分别在圈栏和谷仓里大呼小叫起来。老太太大步沿路向牛棚走去，黑斯蒂跑着跟在她后面。妇人肩头轻松地横挑着木扁担，上面挂着盖起来的、用铁搭扣扣住的挤奶桶，而她女儿用胳膊挎着两个马口铁的挤奶桶。当她们推开了开向田野的杉木栅栏时，母牛哞哞叫着一拥而入，牛犊蹦跳着伸出张开的嘴巴，各自找到自己的妈妈。然后，当这些饥饿的孩子们吃完那少得可怜的定量以后，把饥饿的孩子和母亲分开的战斗就开始了。老太太张开手掌拍打着它们的小屁股，黑斯蒂拽着母牛的缰绳，她的脚在泥地上滑来滑去，母牛吼叫着、晃动它们的犄角，牛犊像不听话的婴儿般声嘶力竭地叫唤。黑斯蒂黄颜色的长辫子在肩膀上甩来甩去，她的笑声——越过母牛愤怒的声音和老太太沙哑的叫喊——呈现出一种刺耳的欢快。

从楼下厨房的门廊上传来了水的溅泼声、水泵摇把的吱嘎声，以及男人穿着靴子的跺脚声。我坐在窗口望着夜色慢慢降临，所有的灯被点亮。我自己这个小灯的油盏上有一个手柄，像茶杯上的柄一样。还有一个有毛玻璃灯罩的提灯，挂在墙上的钉子上。楼梯底下有个声音在叫我，我朝下一望，看见一个肤色浅黑、亚麻色头发、孕晚期的年轻妇女，一只胳膊紧搂着一个叉开腿跨骑在她胯上的一岁大的壮实男孩子，另一只胳膊举在头上，手里的提灯照在他们的头上。“晚餐准备好了。”她说，等着我下楼后才转身走开。

在那间巨大的方形房间里，全家聚集在一张铺着红方格子棉桌布的桌子旁边，桌子两头放着大盘子，上面堆满了热气腾腾的食物。一个身体严重畸形的跛足女仆正在往桌子上摆放一罐罐牛奶。她的脸低垂得几乎看不见了，整个身子不知是被什么痛苦而不可思议的方式造成了严重的缺陷，也说不定是先天性的，不过她似乎结实而耐劳。她骨节突出的手抖个不停，摆动的头和她永不停顿的胳膊肘协调一致。她摇摇晃晃地绕着桌子跑，分放盘子，躲开挡路的不管什么人；没有人为她挪开身子，或者和她说话，甚至在她消失在厨房里的时候都没有人瞄一眼她的背影。

男人们随后向他们的椅子走去。穆勒老爸坐在桌子上首家长的位置上，穆勒老妈像一块黑色巨石耸现在他身后。年轻些的男人排列在桌子的一侧，妻子站在丈夫椅子后面伺候他们；在这个国家生活了整整三代，也并没有使他们对此感到难为情，或者影响了他们这个古老的习俗。两个女婿和三个儿子在开吃前放下了卷起的袖子。他们的脸刚刚擦洗得发亮，敞开的领子是潮湿的。

穆勒老妈指着我，然后朝她家人挥手，快速地说出他们的名字。我是个陌生人，又是个客人，所以被安排在男人的一侧就座，黑斯蒂——原来她的真名叫胡尔达——是家里的未婚姑娘，坐在餐桌小孩子的一边，照顾他们，让他们守秩序。这些小孩子年龄分布在两岁到十岁之间，一共五个——不算那个在他父亲椅子后面、仍然叉开腿跨骑在他妈妈胯上的小孩——分别属于那两个结了婚的女儿。孩子们狼吞虎咽，一个劲儿地往嘴里塞吃的，还把手伸进糖罐里，往他们吃的一切食物上撒糖，不声不响地吃得兴高采烈，毫不理会黑斯蒂，她和他们争斗所使的劲，仅仅略少于和牛犊争斗时使的劲，而且她几乎没有吃什么东西。她大约十七岁，嘴唇苍白，人也太瘦了。她好看的油亮的奶黄色头发上，有一道道深浅不同的条纹，是真正的德国农民的头发，给予她一种纤弱的神态。但是她和大家一样，都是大骨架，具有无穷的能量和动物般的活力，这些在房间里像是种肉体的存在。看着穆勒老爸深陷的眼窝、浅灰色的易怒的眼睛和高高的颧骨，追溯围坐桌旁的人哪些有着家族的相像之处就很容易了：很明显，可怜的穆勒老妈从来都没有过一个像她自己的孩子——黑眼睛黑头发的德国南部人。不错，他们是她生的，但是仅此而已；他们都属于父亲，就连肤色黄褐的格蕾琴，头发也像拉长了的太妃糖的颜色，还有那双清澈的、眼梢上扬的眼睛。她又快要生孩子了，显然她是全家的宠儿，有着一个被惯坏了的孩子的俏皮的、笑眯眯的姿态，还带着懒散的、健康的小动物的满足神情，看上去好像总是要打哈欠的样子。这时她站在那里，把小男孩的重量小心地慢慢移到丈夫坐着的椅子背上，左胳膊时不时地伸出去，越过他的肩膀往他盘子里添加食物。

大女儿安内特杰把新生的宝宝抱在肩头上，宝宝的口水自在地顺着她的后背流下，与此同时，安内特杰用勺子从大盘子和大碗里为丈夫舀食物。每当眼光相遇，他们就会微笑，眼中总带着柔和含蓄的温情，那微笑中有着长期的、坚定的友谊。

穆勒老爸根本不相信他的子女有必要结婚离家。结婚，当然；但是就必须把一个儿子或者女儿从他身边带走吗？他总是能够为他女儿们的丈夫提供工作和在家里的栖身之所，到时候也会为儿子们的妻子这样做的。安内特杰从她丈夫的头上方倾身，隔着餐桌对我解释说，最近在东北边添造了一间新屋，黑斯蒂结婚后就会住在那儿。黑斯蒂的脸优雅地红了起来，脑袋几乎扎到了盘子里，然后大胆地抬起头，说道，“是，是，我快结婚了！”除了穆勒老妈，大家都笑了，老妈用德语说，在家里的姑娘们永远不会知道她们什么时候过的是好日子——非得去带回个丈夫来。这话好像没有让任何人感到不舒服，格蕾琴说真高兴婚礼时我会在这儿。这让安内特杰想起了什么，她用英语向大家说，路德会的牧师建议她要多去教堂做礼拜，并且让孩子去主日学校，这样上帝就会祝福她的第五个孩子。我又转着数了一遍，没错，算上格蕾琴还没有出生的孩子，餐桌旁有八个十岁以下的孩子；毫无疑问，在这么一大群人里，会有人需要祝福的。穆勒老爸用德语对他的女儿说了短短的一段话，然后转向我，说道，“我说的是，到教堂把大笔的钱付给传教士去听他说些废话，纯粹是疯了。要是说他付钱让我去听，那我就去。”在他的高颧骨处直接生发出来的、夹杂着斑点的灰黄色相间的方形络腮胡子上方，他的眼睛突然凶狠地瞪着，“这么说，他认为我的时间也许不值钱？很好，让他付给我钱！”

穆勒老妈气愤地哼了一声，倒腾着两只脚，“哎，你总是说个不停，要是牧师听见了，你会惹他大发雷霆的。要是他不给宝宝们施洗礼怎么办？”

“你给他钱，他就会施洗礼，”穆勒老爸大喊道，“你等着瞧吧！”

“啊，肯定的，是这样，”穆勒老妈同意道，“就是别让他听见！”

随即是一阵用德语进行的激动的谈话，夹杂着大量用刀把敲桌子的声音。我放弃了想听懂的努力，但是留神观察他们的脸。听起来像是一场激烈的对阵，但是他们对什么事情正取得一致的意见。如同在任何事情上一样，他们在宗族怀疑论上也是一致的。他们所有人其实都是外貌不同的同一个人，就连女婿也包括在内，这给我留下了深刻的印象。跛足女仆端来了更多的食物，收拢盘子，一瘸一拐地跑着离开了，而对我来说，她似乎是这个屋子里唯一的个体。即使是我自己，也感到仿佛分成了许多碎片，在每一个我游历过的地方、在我触动过的每一个生命中，都留下了或失去了自己的一部分；特别是，每一个亲近的人的死亡，都把活生生的我的某个部分带进了坟墓。但是那个女仆，她是完整的，不属于哪个地方。

我相当轻松地适应了这家人边缘化的生活方式和习俗。在穆勒家，一天很早开始，我们在黄色的灯光下吃早餐，昏暗潮湿的风带着春的柔和从敞开的窗户里吹进来。男人们戴着帽子，站着咽下热气腾腾的最后一杯咖啡，走出去在日出时给马套上犁。安内特杰把胖胖的宝贝搭在肩膀上抱着，用一只手打扫房间或者铺床，在一天还没有完全开始之前就做完了；一天其余的时间里，她都在室外，照料养的鸡和猪。时而她会拿进一浅盒刚孵出来的小鸡，可怜巴巴的、湿漉漉的、蓬松的小团团，放在她卧室里的桌子上，以便在它们孵出来的第一天好好地照看它们。穆勒老妈迈着大步走来走去，到处下命令；而穆勒老爸抚平胡子、点燃烟斗，驾车往镇上去，穆勒老妈在他背后喊出关于家庭所需品的最后命令和指示。他从来不对她说一个字，好像没有在听似的，但是他在几小时后回来时，总是严格地完成了所有的差事和任务。在我整理好自己的床，收拾好我的顶楼以后，就完全没有事情可做了，我离开这热情满满的忙乱，走到小巷里，感到自己没用到了极点。但是这种安宁，以及他们在从事体力活动时脑力上几乎不可思议的惰性，一点一点地感染了我，我默默地、充满感激地吸取了这一切，感觉到自己心中所有隐藏着的、纠结不解的痛苦之处开始松弛。呼吸轻松了，如果我愿意，甚至可以哭泣。在短短的几天以后，我不再想哭了。

一天早晨，我看见黑斯蒂在用铁锹翻挖自家菜地，便提出帮她播撒种子，给种子盖土，她同意了。我们每天早晨干几个小时的活，直到温暖的太阳和弯腰俯身的姿势使我感到舒舒服服、晕晕乎乎，我忘记了数日子，日复一日，只有空气中的颜色在改变，随着季节的推进变深、变暖，还有脚下的土地因不断隆起的、纠缠拥挤的植物根茎而变得坚实。

在餐桌上闹哄哄、像饿狼一样的孩子们，在前院沉默而全神贯注地玩游戏时，都是平和的小人儿。他们总是在把泥巴揉成大面包和馅饼，在他们破损的玩偶和碎布做的动物身上，完成居家生活的一切工作。他们给他们吃东西，安顿他们睡觉，让他们起床，又给他们吃东西，安排他们干家务活，做更多的泥土面包；要不就把自己套在他们的小车上，疾驰到宅子对面的一棵巨大多荫的栗子树下。这棵树在这儿变成了杂技俱乐部，他们自己再一次成了人类，认真地小步跳舞，做出喝啤酒的动作。接着，他们神奇地又一次变成了马，把自己套在车上奔跑回家。他们像自己的玩具或动物玩伴一样，听话地按要求来吃饭、上床睡觉。他们的母亲本能地、始终如一地、温柔和蔼地对待他们；她们似乎从来没有为他们劳神费心过。她们像猫妈妈对待自己的小猫崽一样慈爱地照管他们。

有时候，我推着婴儿车，车里是安内特杰两岁大的倒数第二个孩子，我们穿过果园，果树的枝条已经开始长出水绿色的孢子叶球，接着我们进入一条小路。一会儿后，我会拐进一条更窄的小路，因为走的人少，路更平一些，我们会慢慢走在桑树间的小径上，树上的果实开始垂下，蜷曲着像毛茸茸的绿色蠕虫。小宝宝坐在厚实的法兰绒和印花棉布堆上，在帽子下面，眼梢上扬的浅蓝色眼睛亮闪闪的，两颗下牙在快活的微笑中露了出来。有时候，别的几个孩子会不声不响地跟着。我转身回去的时候，他们也都问也不问地转身回去，我们就会像出发时一样安详地走回宅子去。

我发现那狭窄的小路通向河流，于是它成了我特别喜爱的散步之处。几乎每一天我都沿着光秃的小树林的边缘散步，充满热情地全神贯注地寻找着春的踪迹。那里的变化是如此微妙渐进，有一天我发现，柳枝和黑刺莓藤蔓的小枝上全都布满了小绿点；颜色一夜之间就变了，至少似乎看来是如此，而且我知道，明天整个山谷、树林和河岸，将会因风中吹舞的金绿色而变得轻柔灵动。

而情况也确实如此。那天，直到天黑以后我才离开小河，穿过沼泽地回家；猫头鹰和欧夜鹰在头顶号叫，在林间奇特地、断断续续地齐声呼唤，直到最远处传来朦胧的回应声。当我穿过果园时，树上萤火虫满枝。我停下脚步，看了很久，然后慢慢走开了，心中充满了惊奇，因为我从来没有看见过比这更美的景象。树木新近绽放出了浅浅的花朵，枝条在薄暮中一动不动，但是花簇在柔和交织的光线下颤动着，跳着无声的舞蹈，如树叶在微风里轻快地旋转，如喷泉水一般律动着。每一棵树都绽放出了充满活力的、脉动着的闪光，如气泡般纤弱冷艳。当我打开大门的时候，它们的光照在我的手上，宛如磷火。我回头看去，金黄的光仍在那里微微闪烁着，这不是梦。

黑斯蒂在餐厅里，正跪在地上，用深色厚布擦洗地板。她总是在夜里擦地，这样，穿着厚靴子的男人们就不会再留下带泥的脚印，早上地板就会一尘不染了。她把累得发呆的年轻的脸转向我。“奥蒂莉！奥蒂莉！”她大声喊道，没等我开口说话，她说道，“奥蒂莉会给你上晚餐的，都准备好了，等着呢。”我力图告诉她我不饿，但是她想要让我放心，“哎，咱们都得吃饭。现在或者之后，不麻烦。”她身子往后坐在脚后跟上，抬起头，越过窗台看着果园。她微笑着，停了片刻，快活地说道，“现在春天来了，每年春天我们都会吃那个。”她拿着擦地布，再次把身子弯在那一大桶水上。

那个跛足女仆走进来，在滑滑的地板上危险地蹒跚着，在我面前放下一盘食物：小扁豆配香肠和切碎的红甘蓝，热乎乎且好吃，我满怀感激，因为发现自己的确是饿了。我看着她——这么说她的名字是奥蒂莉？——说道，“谢谢你。”“她说不了话。”黑斯蒂说，俨然只是在陈述一件不必强调的事实。那张模糊的、暗黑的脸既不年轻也不苍老，而是挤压出了纵横交叉的皱纹，和年龄或者痛苦无关；就是皱纹，没有形状的变黑了的裂缝，仿佛那容易损毁的肌肉曾被一个残忍有力的拳头猛烈地拧扭过。然而，在那毁了容的脸上，我看到了高颧骨、水蓝色的眼梢上扬的眼睛、大大的紧张的瞳孔，里面满是向充满了危险的黑暗凝视的人的焦虑。她转身时沉重地撞在桌子上，弓着的背因萎缩的胳膊的不停颤动而一起抖动着，她无目的地、迫切地匆匆跑了出去。

黑斯蒂又在脚后跟上坐了片刻，把辫子甩到肩膀后面，说道，“那就是奥蒂莉，她现在没有病了。她在婴儿时期生病后才成这个样子的，但是她像我一样干活利索。她会做饭，但是她不会说话，所以你懂了吧。”她跪着直起腰来，弯下身子，以新的精力又开始使劲擦地。她确实是由纤细紧绷的韧带和如组合钢条般弹性十足的长肌肉构成的网状系统。她总是过分辛苦地干活，劳累一生，而且永远不知道，这种状况绝不是自然的；每一个人无时无刻不在干活，因为当他们结束了手头的工作后，总是有更多的工作在等着。我吃完晚饭，把盘子拿到厨房去，放在了桌子上。奥蒂莉坐在一张厨房用的椅子上，两只脚搁在敞着的炉子里，交叉着两臂，头微微晃动着。她没有看见或听见我。

在家里，黑斯蒂穿一件旧棕色灯芯绒连衣裙，赤脚穿一双高筒橡皮套鞋。她的裙子短到露出瘦瘦的腿，膝盖以下的小腿稍微有点弯，好像走路走得太早了。“黑斯蒂是个机灵的好姑娘。”穆勒老妈说，她从不轻易赞扬任何人或事。星期六，黑斯蒂在厨房后面的小间里，在大澡盆中酣畅地洗澡，小间里还储放着多余的便盆、污水桶以及水罐。然后她散开金黄色的发辫，用粉色的棉制玫瑰花蕾编成的花环把卷曲的细发扎起来，穿上她浅蓝色的中国丝绸连衣裙，去杂技俱乐部和她的追求者跳舞，喝上一大杯深褐色啤酒。她的追求者和她的兄弟长得很像，像到足以被当成她的亲兄弟，不过我相信除了我，没有人注意到这一点，而我什么都没有说，因为这会是一个陌生人和不像样的外人的评论。星期日，全家人进行了大量的清洗，穿上浆得挺括的衣服和衬衫，把一篮篮的食物放在马车里，就出发到杂技俱乐部去了。女仆奥蒂莉会冲出来送他们。她站在那儿，两只抖动的胳膊在额头上方交叠着，给有毛病的眼睛挡光，一直看着他们到了小巷的拐弯处。她看来似乎是全哑，也不会连贯的手语。然而一天三次，她在那张巨大的餐桌上摆满了丰盛的食物：新烤制的面包、大盘大盘的蔬菜、过多的烤肉、奢华的水果馅饼、果馅卷、馅饼——足够二十个人吃的。如果在某个节日，邻居来待上一个下午，奥蒂莉会磕磕绊绊地来到北屋大客厅——那里摆放着美式金黄色栎木簧风琴，铺着绿得扎眼的布鲁塞尔地毯，挂着诺丁汉网眼织物窗帘，还有套着钩针编织的网眼椅背套的椅子——给他们端上加糖和奶油的咖啡，以及厚厚的鸡蛋糕片。

穆勒老妈很少坐在客厅里，而且总是带着拘谨不安的神情，巨大多茧的手指紧攥在一起。但是穆勒老爸晚上常常坐在那里，除非有命令，没人敢跟着他进去；有时候他和大女婿下棋，后者老早就得知，穆勒老爸棋下得很好，最痛恨轻易获胜，因此他不敢不尽全力拼杀，但即使如此，如果穆勒老爸感到赢得太多了，就会大喊："没有，你没有努力！没有尽全力！咱们别再瞎玩了！"女婿就会发现自己暂时失宠，被打发走了。

然而多数晚上，穆勒老爸独自坐着读《资本论》。他会把自己深深地安顿在那张红色长毛绒底的摇椅里，把书打开在面前的矮桌上。这是用污暗的黑色德国字体印刷的早期版本，皮质书面已经破损、沾上了污渍，书都快散架了，那是一本不折不扣的圣书。他几乎能够整章整章地背诵那权威性的、已经发表的文本，一字不加、一字不减。在我那个年纪，我不能说从来没有听说过《资本论》，但是我从不认识任何读过它的人，尽管如果有人提到这本书的时候，总是持极度反对的态度。这不是一本人们为了拒绝它而必须去读的书。但是这位可敬的老农场主将书中的信条作为宗教来接受——也就是说，它传奇般不适用的概念是公正的、正确的、恰当的，当然，你必须相信；但是生活，每天的日子，是另外的、不相关的事情。穆勒老爸是当地最富有的人；邻近的每一个农民几乎都租种他的地，有的是按收益分成的。一天晚上，在放弃了试图教我下棋以后，他对我解释了这事。对于我学不会下棋、至少不是学一次就会，他并不感到奇怪，关于我对《资本论》的一无所知，也不感到奇怪。他是这样对我解释他的安排的："这些人，他们无法买地。地是必须买的，因为资本拥有土地，而资本是不会把土地还给干活的人的。嗯，不知怎的，我总能够购买土地。为什么？我不知道。我只知道，我用最初在这地里的好收成，买了更多的土地，我便宜地出租，比任何人都便宜。我把钱借给别人，以便邻居不会落入银行的手中，因此我不是资本。有朝一日，这些干活的人可以从我这儿买地，比任何别的地方都便宜。呃，这就是我能够做的，就这么回事。"他翻了一页书，愤怒的灰色眼睛从粗浓的眉毛下看着我，"我通过艰苦的工作买了地，一生都是如此，然后便宜地租给了邻居，然而他们说，他们不会选我的女婿、安内特杰的丈夫做县治安官，因为我是个无神论者。于是我就说，好吧，但是明年你租地得交更多的钱，或者提高给我分成的比例。如果我是个无神论者，我就要像个无神论者那样行事。因此，我的安内特杰的丈夫当上了县治安官，就这样。"

他之前把一根又短又粗的食指放在一行字上来标明他读到的地方，现在他又沉浸到了书里，我没有说晚安，就静悄悄地离开了。

杂技俱乐部其实就是一座八角亭阁，建造在穆勒老爸拥有的一片林中空地上。住在聚居地的德裔移民到这里来，在凉快的树荫下四处坐坐，一支小小的铜管乐队演奏着节奏明快的乡村舞曲。姑娘们跳舞时充满了活力和目标，浆过的裙子如枯叶般发出沙沙声。小伙子们笨拙一些，但是乐意于此；他们紧搂着舞伴的腰，在手搂过的地方留下皱皱巴巴的点点汗渍。在一周的辛劳以后，穆勒老妈在这里享受闲适。她消瘦的四肢会放松下来，双膝摊开，和她同辈的妇女喝着啤酒闲聊。她们偶尔会向在近处玩耍的孩子们关心地看上一眼，让年轻的母亲们自由地跳跳舞，或不受打扰地和她们的朋友一起坐坐。

在亭子的另一侧，穆勒老爸和庄重的祖父辈的人们坐在一起。在他们极度严肃地讨论当地的政治时，长长的弯烟斗在胸前摆动着，他们具有强烈的农民的宿命论思想。他们精于世故，完全不信任一切他们不认识的官员以及与自己眼前利益无关的政治规划，而且只有在这时，他们的宿命论思想才稍稍有所缓和。穆勒老爸说话的时候，大家抱着对他作为一个强有力的人物、自己家族和社区的首领的信任，都尊敬地听着。每当他把烟斗从嘴里拿出来，做着手势，抓着烟斗的斗，仿佛那是一块他准备好了要投掷的石头的时候，他们都慢慢地点着头。一天晚上，我们从杂技俱乐部回家的路上，穆勒老妈对我说，“好了，现在，托上帝的恩典，黑斯蒂和她男人一切都定下来了。下个星期日的这个时候，他们就要结婚了。”

星期日通常到杂技俱乐部去的人，那天都到穆勒家来参加婚礼了。他们带来了有用的礼物，大多是床上用品，枕头套、一条白色的床罩，还有一些新房的装饰品——一块自制的圆形彩色小地毯，一盏黄铜底座的灯、圆形粉红色灯罩上装饰着红玫瑰，一个硬质陶器洗脸盆和一个也描画着红玫瑰的水罐；新郎给新娘的礼物是一条双串红珊瑚枝项链。就在短短的仪式开始之前，他用颤抖的双手，给她把项链从头上戴上。她仰脸向他紧张地微笑，帮助他把缠结在一起的珊瑚和短面纱分开，然后他们拉起手，把脸转向了牧师，直到交换戒指的时候才松开——无疑是能够找得到的最宽、最厚、最红的金戒指——那一刻，俩人不再微笑，脸色变得有点苍白。新郎先恢复常态，他弯下身子——

他比她高很多——吻了她的前额。他的眼睛是深蓝色的，头发并不是穆勒家的太妃糖颜色，而是浅栗色的；我认定这是个好看的、脾气温和的小伙子，他看着黑斯蒂，像是喜欢面前的这个人。他们跪下，再度紧拉起手做最后的祈祷，然后一同站起，交换新婚的互吻，非常纯洁保守的一吻，仍旧没有吻嘴唇。然后大家都来和新人握手，男人都亲吻新娘，女人都亲吻新郎。有的女人在黑斯蒂耳边低语，除了黑斯蒂，大家都大笑起来，黑斯蒂从前额到喉咙变得通红。她随即对丈夫低语，丈夫点头同意了。于是她试图偷偷溜走，但是警惕的姑娘们跟着她，很快我们就看见她穿过开着花的果园奔跑，用手提起有皱褶饰边的白裙子，所有的姑娘们都在追她，像激动的猎人般尖声喊叫着，因为第一个追上并触碰她的人将会是下一个新娘。她们气喘吁吁地拉着那位幸运的姑娘回来了，尽管她欣喜若狂地挣扎着，她们还是把她按住了，然后所有的小伙子都亲吻了她。

客人们留下来享用丰富的晚餐。奥蒂莉走进来，系了一条干净的蓝围裙，沿着桌子传递食物，她前额的皱纹和形状不定的嘴巴周围渗出了汗珠。男人们先吃，然后黑斯蒂和女人们进来，她仍然戴着用桃花系在头发上的白色棉纱网方形小面纱，桃花在此前的追逐中已经散落了。晚餐后，一个姑娘用簧风琴弹奏华尔兹和波尔卡舞曲，于是大家跳起舞来。新郎从大厅摆放的小桶里接了大量的啤酒。午夜时分，大家离去，情绪热烈而快活。我下楼到厨房去接一罐热水。女仆仍在收拾东西，在桌子和碗柜之间一瘸一拐地走来走去。她棕色的脸上一片焦虑，眼睛茫然地大睁着。她不稳定的双手使锅盆碰得咯咯作响，但是什么也不能使她显得真实，或者说以任何方式和她周围的生活联系起来。然而当我把水罐放在炉灶上时，她提起了沉重的水壶，一滴不洒地把滚烫的水倒进了水罐里。

清晨那明净的蜜绿色天空是璀璨大地的一面镜子。树林的边缘，小小的白色和浅色的花朵不声不响地猛然开放。每株桃树这时都成了缀满玫红和白色贝壳形花苞的花束。我离开了宅子，打算走近路到桑树小道去。妇女们还在宅子深处，男人们都到了地里，牲口被赶进了牧场，只看得见奥蒂莉坐在后廊的台阶上削土豆。她朝着我的方向看过来，目光却并没有触及我，似乎聚焦在我们中间的一个点上，没有任何表示。然后她放下刀，站了起来，嘴巴张合了几下，她使劲朝我这边探身，用右手比画着。我走到她面前，她把手伸出来抓住我的袖子，片刻间，我害怕会听见她的声音。但她没有出声，只是拉着我跟她走，满怀着某种神秘的目的。她打开了一扇门，里面是一间昏暗的、气味难闻的房间。房间没有窗子，打开门就是厨房，就在黑斯蒂洗澡的小间旁边。一张狭窄不平的小床和一个五斗橱，这些就几乎占满了整个空间，五斗橱上支着一个镜面已经起泡的镜子。奥蒂莉的嘴唇动着，挣扎着想说话，同时她在最上面抽屉里的一堆破烂里又翻又拽，拿出了一张照片放在我手里。这是一张老式的照片，褪成了污黄色，裱贴在精心裁制、四边涂成金色的硬纸板上。

照片上有一个大约五岁的小女孩，那是一个微笑着的漂亮的德国宝宝，看上去奇特地像是比安内特杰的两岁孩子稍稍大一点的姐姐。她穿着带荷叶边的连衣裙，头顶上是一个金色的大发卷，圆得像香肠的强壮的腿包在白色螺纹长袜里，结实方正的脚上穿着老式的黑色软底系带靴子。奥蒂莉扭着脖子凝视着照片，然后抬眼看着我的脸。我再次看见了穆勒式的浅蓝色眼梢上扬的眼睛和高高的颧骨，损伤了、几乎毁坏掉了，但是错不了。这上面的孩子就是曾经的她，而她无疑是安内特杰、格蕾琴和黑斯蒂的大姐；她用急迫的动作和手势强调就是这么回事——她拍拍照片和她自己的脸，拼命想说话。她指指仔细地写在照片背面的名字，奥蒂莉，用弯着的指关节触摸自己的嘴巴。

她的头不停地摆动着，她颤抖的手仿佛调皮而滑稽地在朝我扇打着照片。那一小块硬纸板以某种方式把她立刻和我认知的人类世界联系了起来；刹那间，某种比蜘蛛丝还要轻的细丝在她和我的生命活力的中心之间结网，这细丝出自某个中心，把我们连接在我们无法摆脱的共同根源上，因此，她的生命和我的生命是相似的，甚至都是对方的一部分，她的痛苦和怪异消失了。她清楚地知道她曾是奥蒂莉，有着那壮实的腿和专注的眼睛，而在内心她仍旧是奥蒂莉。片刻间，她又充满了活力，她知道自己承受着苦难，站在那儿，默默地哭得浑身发抖，用张开的手掌抹去眼泪。即使面颊上泪痕未干，她的脸却变了样子。她的眼睛清澈起来，凝视着空中的一点，对她来说，那里似乎包含着她难以解释的、可怕的不幸。她转过头去，似乎听见了一个声音，然后蹒跚地跑着消失在厨房里，留下开着的抽屉和面朝下放在五斗橱上的照片。

午餐的时候，她急匆匆地进来，把咖啡洒在了白色的地板上，回复到了她永远带着困惑的秘密生存状态，我再次像所有人那样，在她心里成了一个陌生人，但是对于我，她不是陌生人，再也不可能是陌生人了。

最小的弟弟进来了，举着一只他用捕兽夹捉到的负鼠。他左右甩动着这毛茸茸的身体，在向我们展示这血肉模糊的家伙的时候，眼睛骄傲地眯了起来。“的确，这是残酷的，即使对野生动物也是如此，”温和的安内特杰对我说，“但是男孩子们就是酷爱杀戮，酷爱伤害东西。我总是担心他会夹住可怜的库诺。”我心想，具有狼性、粗野的库诺不会是捕兽夹能轻易对付的对手。安内特杰总是满怀着默默的温柔的关怀。她特别关心小猫、小狗、小鸡、小羊羔、小牛犊。当她们把装着牛奶的盆子放在正在断奶的牛犊面前时，只有她会抚摸轻拍它们。她的孩子似乎就和尚未出生那样仍旧是她的一部分。不过，她好像忘记了奥蒂莉是她的姐姐。其余的人也忘记了。我记得黑斯蒂是如何说了她的名字而没有说她是自己的姐姐。我意识到，他们关于她的沉默就是这样——简单的忘却。她在他们之间活动，在他们的想象中，就像幽灵一样无形。他们的姐妹奥蒂莉是久远前发生的痛苦的往事，现在已经过去了、结束了；他们无法带着那个记忆，或有形的引起回忆的东西生活下去——他们纯粹为了自我保护而把她忘掉了。但是我无法忘掉她。她就像被水流冲下的一棵野草，随波逐流进到我的心里，被缠住，漂浮着，但是不能移动，不愿被水流带走。我分析这件事。对于奥蒂莉，穆勒家的人除此之外又能做些什么呢？由于童年时期身体上不幸的意外，除了仅仅存活在世，她被剥夺了一切。这不是一个过度照顾病残成员的社会或阶层。人只要活着，就要做自己的一份工作。这就是她的位置，在这个她生于此也必将死于此的家庭里；她痛苦吗？没有人问过，没有人留意要弄明白。有生活就有痛苦，痛苦和劳作。人活着就得工作，就是这么一回事，而且不要抱怨，因为没有人有时间听，每个人都有自己的烦恼。因此，对于奥蒂莉，他们不这样又能做些什么呢？至于我，我什么也不能做，只能期待我也会忘掉她，并在余生一直记住她。

坐在长餐桌旁，我会注视着奥蒂莉痛苦地、匆匆忙忙地、啪嗒啪嗒地走来走去，端进来没完没了的、体现了她一生劳作的食物。我的神思会跟随她进入厨房，我能看到她在那儿朝那些巨大的、轻轻沸腾着的水壶和满满的烤箱里张望，她整个身体仅仅是一台引起痛苦的机器。这时，下述想法会直达我头脑的表层，急切而清晰，仿佛要把时间驱赶向这一渴望的事件：就在现在吧，就在现在吧。甚至不是明天，不，今天。让她安静地坐在她那把在火炉边的摇摇晃晃的椅子上，交叉起那双手臂，就让她像那样待在那个地方，头向前耷拉在膝盖上。那时她就会休息了。我会等待着，希望她不再进那扇门了，再也不进来了。我眼睛畏缩着紧盯那扇门，好像我可能会看到难以忍受的某物走进来。那时她会进来，正是奥蒂莉。毕竟，奥蒂莉是在家人的怀抱之中，而且是最有用、最有能力的成员之一；他们以正确的、深刻的直觉，学会了根据现存的条件以及她本人的状况和她的不幸共处；他们接受了、也利用了对他们来说只是一个多灾多难的世界里的又一个痛苦的事件，比这更糟的多了去了；就这样，在穆勒家的人接受奥蒂莉，以及对她生命的使用的过程中，我一步一步、尽可能贴近地跟随着，以某种我无法向自己很好地解释的方式，在他们的沉着坚定和不去可怜任何人，尤其是不可怜自己的态度里，我发现了巨大的道德和勇气。

一天夜晚，在亲切温顺的雨声中，格蕾琴在晚餐和睡觉之间便利的时间里生了个儿子。第二天，几英里之内的邻家妇女都来了，孩子被她们传来传去，好像他是一种新的健身实心球似的。她们在舞会上庄重羞怯，在婚礼上情绪激动，在婴儿出生时开粗俗的玩笑。人们喝着咖啡和啤酒，谈话变得露骨，纵情的粗嘎的说话声被大笑声吞没；那些可敬的辛勤劳作的妻子和母亲们，在那几小时里把生活看作是热情洋溢的低俗笑料，而这对她们有好处。婴儿声嘶力竭地哭着，像小牛犊那样吃奶，家里的男人们进屋看孩子，他们快活的粗话加入其中。

多云的天气把他们提早赶回了家。整个天空布满了条条烟黑色和灰色的水汽，像烟囱里的煤烟一缕缕参差不齐地悬挂着。随着地平线慢慢地转红，树林的边缘变成了暗紫色，然后逐渐暗淡，一阵低沉震颤的隆隆雷声传遍天空。穆勒家所有的人都急急忙忙地穿上橡胶靴子和油布防护服，大声互相叫喊着，计划他们的行动。最小的男孩和库诺一起越过山脊，联手把羊群赶进圈里。库诺汪汪叫，大羊咩咩，羊羔呜呜，卸下了犁的马兴奋不已，背起耳朵嘶叫着在缰绳范围内小跑。母牛痛苦地声嘶力竭地吼叫，牛犊的叫声回应着她们。所有的男人一齐把牲口赶在一起，使它们安静下来，安全地圈好。就在穆勒老妈把半打衬裙撩起塞进高及臀部的长筒橡胶靴，大步走向谷仓加入其他人的时候，一道势不可挡的闪电突然袭来，把云团彻底撕裂，倾盆而下的暴雨以大浪撞击船只的力度冲击着他们的房屋。大风吹破了窗子上的玻璃，大水直灌了进来。屋顶的横梁承受着巨大的压力，墙向里倾斜，但是房子坚定地耸立在地基上。孩子们挤进了里面的卧室里，和格蕾琴在一起。"过来和我一起坐在床上吧，"她平静地对他们说，"别乱动。"她坐起来，围着披巾给婴儿喂奶。这时，安内特杰进来，也把小宝宝留给了格蕾琴；她站在门前的台阶上，一只胳膊勾着门廊的栏杆，身子向下探进涨到了门槛的狂暴的大水中，把一只淹得半死的小羊羔拉了上来。我跟在她后面。在隆隆的雷声中，我们听不见对方的话，但是我们一起把小家伙抬进了大厅的楼梯下面，用破布擦它湿透了的毛，按压它的胃部让它把水吐出来，最后终于使得它蜷腿坐了起来。安内特杰满怀成功的喜悦，不断高兴地说："活着，活着！看呀！"

当我们听见男人们叫喊、敲打厨房门的时候，立刻丢下羊羔跑去开门。他们进来了，穆勒老妈也在其中，挑着扁担和牛奶桶。她站在那儿，水从裙子上倾泻而下，头上的那块三角形黑色油布往下滴着水，橡胶靴子的靴筒被塞在里面的衬裙坠得往下皱着。她和穆勒老爸站在一起，看上去像两棵被电击的饱经风霜的老树，他的胡子和油布衣服湿淋淋的，两人的脸突然暗淡、衰老、疲劳，永远地疲劳了；此生他们将永远不得安歇。穆勒老爸突然对她大声吼叫道，"去换上干衣服，你想把自己搞病吗？"

"嗬，"她边说边放下扁担，把奶桶放在地上，"你自己去换衣服吧。我给你带干袜子。"一个男孩告诉我，她背着一头刚出生一天的牛犊，爬上靠在谷仓内墙上的梯子，把牛犊安全地放在一排大包后面的干草棚里。然后她把圈里的奶牛排成一行，在不断上涨的水中，坐在挤奶凳上，给每头奶牛都挤了奶。她好像不觉得这是个事。

"黑斯蒂！"她喊道，"来帮我弄弄这牛奶！"脸色苍白的小黑斯蒂光着脚飞跑进来，因为喊她的时候，她正在脱掉湿淋淋的鞋子，她一面跑，粗粗的黄银色的辫子砰砰地甩打在肩头上。她新婚的丈夫跟在后面，在丈母娘面前有点腼腆。

"我来吧。"他说，希望不让他亲爱的新娘干这么重的活，并且动手去提那些大桶。"别！"穆勒老妈叫喊道，那个可怜的年轻人几乎吓了一大跳。"不用你来，弄牛奶不是男人做的事。"他往后退了退，站在那儿，看着黑斯蒂把牛奶倒进盆子里，黑色的泥流从他的靴子里渗出来。穆勒老妈准备跟在丈夫后面去照料他，但是在门口又转过身子说："奥蒂莉呢？"没人知道，没人看到她。"找到她，"穆勒老妈一面走一面说，"告诉她我们现在要吃晚饭了。"

黑斯蒂向丈夫示意，然后俩人踮着脚尖走到奥蒂莉的房门前，悄没声息地开了门。凭着厨房里照进来的亮光，他们看见奥蒂莉独自俯身坐在床边。黑斯蒂一把将门推得大开，让更多的光能够照进来，她像对聋子或离得很远的人那样大声刺耳地喊道："奥蒂莉，是吃晚饭的时候了，我们饿了！"接着这对年轻人离开厨房，到楼梯下面去看看安内特杰的那只羊羔怎么样了。然后安内特杰、黑斯蒂和我找来扫帚，开始扫掉大厅和餐厅地上的脏水和玻璃碎片。

暴风雨逐渐减弱，但是造成泛滥的雨仍在下着。吃晚饭的时候，大家谈到了损失的牲畜和需要的补充。所有的作物都必须重种，一季的劳动都白费了。他们全都疲惫不堪，又浑身湿透，但是都痛快而平静地吃着，以增强自己的力量，来面对明天一大早必须开始的整修和补救的劳作。

到早晨的时候，屋顶上嗒嗒的雨声几乎停息了；从我的窗户看出去，一大片深褐色的水正缓慢地流向山谷。谷仓的屋顶像长形帐篷的横梁那样下陷，一些淹死的动物漂在水上，或被围栏挂住。早餐时，穆勒老妈一面喝咖啡一面抱怨，"哎哟，"她说，"脑袋这么疼是怎么回事。

还有这儿，”她捶着胸口，“哪儿都疼。哎呀，上帝，我病了。”她嘶哑地叹口气，站起身来。她双颊发红，叫黑斯蒂和安内特杰到谷仓去帮她干活。

她们很快就回来了，裙子拖拽到膝盖，两姐妹扶着母亲，她说不出话来，几乎站立不住。她们让她在床上睡下，她躺在那里一动不动，脸色通红。大家都慌乱起来，没有人知道该怎么办。他们给她掖好被子，她把被子掀掉。他们给她咖啡、凉水、啤酒，但是她转开了头。儿子们走进来，站在她旁边，一起喊道，“亲爱的母亲，母亲，母亲[1]，我们能够做些什么？告诉我们，你需要什么？”但是她无法告诉他们。眼下不可能坐车到十二英里外的城里看医生；栅栏和桥梁倒塌了，路被冲坏了。全家人都挤到了房间里，惊恐使他们不知所措，除非这个生病的女人苏醒过来，告诉他们要为她做什么。穆勒老爸走进来，跪在她旁边，握住她的手，深情地对她说话，而当她没有回答的时候，他旁若无人地大声哭了起来，眼泪大滴大滴地滚下，“啊，上帝，上帝。银行里有十万美元，”——他瞪眼看着周围的家人，用不流利的英语对他们说，似乎他对自己来说是个陌生人，忘记了自己的语言——“告诉我，告诉我，有什么用处？”

这让其他人都害怕起来。突然，他们都开始尖叫、呼唤、恳求她，乱成一团，完全无法控制。他们嘈杂的悲痛和恐惧填满了房间。在这个当口，穆勒老妈去世了。

半下午的时候，雨过天晴，太阳是极度明亮的天空中的一个铜盘。大片的水浑浊地向河里流去，留下了光秃秃的棕褐色的小山，栅栏乱糟糟地倒在地上，小桃树的花被一扫而光，树根下陷。在小树林里，突

① 原文为德语。

然猛烈地生长出热带丛林式浓密丰满的绿叶，光洁、炽热，形成大片聚集起来的带钴蓝色阴影的浓郁的孔雀绿。

家里出奇的安静，我得仔细听，才能知道有人住在里面。所有的人，就连年幼的孩子，都踮着脚尖走路，低声低气说话。整个下午，榔头的敲击声和锯子的嗖嗖声在谷仓的阁楼上一直单调地响着。天黑的时候，男人们抬进来一口带绳子把手的发亮的新黄松木棺材，放在了门厅里。棺材在地上放了一小时左右，经过的人都得从上面迈过去。然后给遗体净身穿衣的安内特杰和黑斯蒂出现在门口，示意说："你们现在可以抬进来了。"

穆勒老妈入殓后，整夜被安置在客厅供人凭吊，她穿着黑色丝绸裙服，领子有小块白色花边，头上戴一顶小小的网眼帽。她的丈夫坐在她身边的一张长毛绒椅子上，看着她的脸。这张脸深思熟虑、温柔、疏远。他不时默默地哭泣，用一块大手绢擦脸和头。女儿们时不时地给他端来咖啡。临近清早的时候，他就在那儿睡着了。

厨房里的灯几乎也整夜亮着，伴随着奥蒂莉沉重的靴子不稳地、重重地走来走去的脚步声的，是咖啡豆研磨机蝗虫般的嗡嗡声和烤面包的气味。黑斯蒂到我房间里来，对我说："有咖啡和蛋糕，你最好吃上一点。"说罢转身哭了，拿着的那片蛋糕在手里捏碎了。我们呆呆地站着，默默地吃。奥蒂莉拿进来一壶新煮的咖啡，泪眼模糊，目光呆滞，她的步态和往常一样，看似没有目的和匆匆忙忙，当咖啡泼洒了一点在她手上的时候，她好像毫无感觉。

他们又等了一天；然后最小的孩子去接路德会的牧师，有几个邻居和他们一起来了。到中午的时候，来了更多的人，身上溅着泥点，马匹喘着粗气，浑身是汗。每一次的迎接，家人都控制不住又会哭起来，和小孩子一样自然而不加掩饰。他们的脸浸透了眼泪，柔和起来；脸上的肌肉有一种舒缓的神情。能够释放出来、无需借口和解释地哭泣，是有好处的。他们的眼泪既是一种奢侈，也是对心灵的治疗。他们的哭泣带走了在每一个个体的心灵深处都怀有的隐秘忧虑的硬核，令他们在共同的悲伤中安下心来；通过分担悲伤，他们得以相互安慰。在一段时间里，他们会去扫墓、缅怀，然后生活会以另外一种常规重新安排自己，然而还会是同样的。活着的人的思想已经在转向明天了，那时他们会做着重建、重种、修复的工作——即使是现在，今天，他们会在安葬后赶回去挤奶、喂鸡，他们可能会哭上好几天，直到眼泪最终使他们愈合。

那天我第一次认识到的不是死亡，而是死亡的恐怖。当他们把棺材抬到乡下的小灵车上，我看到送葬的行列即将形成的时候，我回到房间里躺了下来。我盯着天花板，听到并且感觉到了下面的活动和声音里包含的不祥的秩序与目的——马具的吱嘎声、马蹄的嘚嘚声，以及车轮的摩擦声，压低的沉重的说话声——就仿佛我的血液因害怕而虚弱退潮，而与此同时，我的头脑无比清醒，以接受这可怕的印象。然而，当我知道他们正离开院子时，恐惧开始离开我。随着声音越来越小，我躺在那儿，什么也不想，什么感觉也没有，宽慰和困乏使我昏昏欲睡。

在半睡半醒的状态下，我听见了一只狗凄厉的号叫声，好像是一个梦，我怎么都醒不过来。我梦见库诺被捕兽夹夹住了；后来觉得它真的被夹住了，这不是个梦，我必须醒过来，因为没有别人在，只有我能去把它救出来。我一下子完全醒过来了，叫声像一阵风那样向我扑过来，但那并不是狗的号叫。我跑下楼，往格蕾琴的房间里看了一眼。她蜷缩在婴儿旁边，母子都睡着了。我跑向厨房。

奥蒂莉坐在她那把破椅子里，脚放在早已冷却了的敞开的炉灶的边沿上。她的手垂在两侧，手指弯在手掌里；她的头向后靠在肩膀上，没有眼泪地号叫着，身体猛烈地扭动，脖子向上伸。她看见我，站起来走到我面前，把头靠在我胸口，双手往前垂下了片刻。她浑身颤抖，唠叨、号叫着，透过开着的窗户朝果园里被打得光秃秃的树枝那头发狂地挥动胳膊，在那儿的小路上，送葬的队伍已经整顿成正式的行列。我抓住她粗糙的袖子下面肌肉不自然地绷紧鼓起的胳膊；我领着她走到门外的台阶上，留下她坐在那儿，她的头不断晃动着。

在谷仓旁的场地上，只剩下了那辆第一天把我接到农场来的快散架的四轮弹簧马车，和那匹长满了粗毛的矮种马。挽具仍然是个神秘的东西，但我还是设法把矮种马、挽具和四轮弹簧马车还不算太不安全地结合在了一起，或者说，我只能希望是这样。我推着、拉着、拖着、抬着奥蒂莉，直到她坐到了座位上，缰绳握在了我手里。我们歪歪斜斜地勉强以小跑的速度沿路驶去，矮种马像个搅拌器颠簸摇晃，车轮呈椭圆形转动，表现出一种真正放任的喜剧式的扬扬得意。我留神观察着车轮快活的古怪样子，期望有最好的结果。我们滑进绿色的小圆泥坑，颠簸着危险地跌入原来有小桥的涵洞里。有一次，在原先是大路的地方，我站起来想看看是否能够赶上葬礼的队伍；是的，就在那儿，一个跌跌撞撞着前进的黑色甲壳虫队伍，一点一点地沿着大路越过小山，在土块上杂乱地蠕动着。

奥蒂莉沉默着，弯着身子，在座位的边沿上任由自己滑动。我用闲着的那只手抓住她结实的腰带，手指滑进了她的衣服和肉体之间，我的指骨触摸到突出、瘦削、枯干的肋骨。我意识到这个被损毁了的、本是个女人的人的真实存在，感受到她的人性，这使我如此震惊，以至于和她一样的、狗一般的绝望的号叫在我心中升起，但没有发出来，而是旋即消失，成为永远的幽灵。奥蒂莉斜着眼睛盯着我，我回眸凝视。她脸上缠结在一起的皱纹发生了奇异的变化，她发出了轻声哽噎的呜咽，突然她笑出声来，像一种短而尖的叫喊，但是毫无疑问是在笑，并且快乐地拍手，微笑的嘴和痛苦的眼睛转向天空。她的头随着我们东倒西歪的前进而上下晃动、左右摇摆，有种小丑式的幽默感。炽热的太阳晒在背上的感觉、明亮的空气、车轮快活而毫无意义的摇晃、孔雀绿的天空：这些里面有什么触及了她。她快乐幸福，发出咯咯的笑声，在座位上摇动着，靠在我身上，向周围轻松地挥手，仿佛是在向我展示她看到了怎样的奇景。

我停下马，仔细查看了一阵她的脸，思考着我那令人啼笑皆非的错误。我不能为奥蒂莉做任何事情，尽管我自私地希望在她的事情上我能够使自己安心；我无法触及她，任何人都无法触及她，然而，在我试图否认并弥合我们之间的距离——更确切地说，是她离开我的距离——的时候，比起其他人来，难道我不是离她更近吗？哎，我们俩都同样是被生活愚弄的人，都是逃离死亡的同路人。至少，我们又多逃离了一天。我们要庆祝我们的好运气，我们可以有一个小小的、偷得的假日，在这个美好的、节日的下午，呼吸些许春天和自由的气息。

奥蒂莉烦躁起来，我们的停止不动使她感到心神不定。于是我抖动缰绳，马开始前行，我们拐过了一道浅沟，在那儿，从主路上岔出一条小道。我估量了一下缓慢西下的太阳，还有足够的时间驾车沿着桑树夹道的小径去到河边，然后在送葬人回来之前回到家里。奥蒂莉会有足够的时间为他们准备好可口的晚餐。他们甚至不需要知道她外出过。

（王家湘　译）

斜 塔

一九三一年十二月二十七日，查尔斯·厄普顿到柏林的第六天，一大清早，他就从黑德曼大街上他住的那家沉闷的小旅馆里溜出来，逃到对街的咖啡馆去了。旅馆里的气氛给他一种神秘的压抑感；旅馆的男女主人是一个黄脸女人和一个看上去性子很坏的胖子；他们在开着的存放亚麻布床单的壁橱前，在餐厅的角落里，在过道里，或是坐在门厅里一张堆着账本的清漆办公桌后面，看上去好像总在搞什么阴谋诡计。他的房间幽暗、不通风、寒冷；有一次，他在那儿吃晚饭，白色的小虫从他盘子里的鹅肝肠中间一扭一扭地爬出来。再说，旅馆的费用对他而言也太贵，所以他已经打定主意，要搬出去了。那个咖啡馆也是沉闷的，不过，有一副兴旺的欢乐模样，而且查尔斯对这家咖啡馆有一些愉快的联想。他在那儿，跟一小伙态度亲切、吵吵嚷嚷的人在一起，度过他在欧洲的第一个圣诞节前夜，从那伙人的谈吐听起来，他们似乎是在同一家工厂干活的。除了那个年老的侍者以外，没有人跟他说过一句话，他们用查尔斯已经分辨得出的柏林口音聊得兴高采烈，柏林口音是硬邦邦的，尽是叽叽呱呱的和牙齿缝里挤出来的粗硬的声音。他乘着一艘德国船航行的那会儿，德国乘客一有机会就夸赞自己家乡的口音，但在这一点上从来不给柏林说一句好话，哪怕柏林人自己也不说。查尔斯的德语一部分是从教科书上学来的，一部分是从唱片上学来的，还有一点儿是听他家乡的德国人讲话学来的。他高兴地一边听他们讲这种粗声粗气的话，一边慢腾腾地喝啤酒，这种优质的黑啤酒使他觉得任何别的啤酒味儿都不够好了；他相当坚定地要使自己相信没有打错主意。可不是，德国对他来说是合适的地方，柏林是合适的城市，库诺说得一点都不错，要是库诺知道自己的朋友终于来到这儿了，他一定会很高兴的。

他在圣诞节前夜不时想到库诺，而不是他的父母，尽管他们给他写来了一封封算定他会在节日期间收到的长信，说由于他不在家，他们过节会多么沉闷。他发了一个电报给他们，含蓄地表示他一直想念他们，但其实他并不。那天早晨，他又坐在咖啡馆里，带着一张柏林地图和一份给旅游者看的小册子，那上面有膳宿公寓的价目表；他发觉自己在想库诺，想起一幅幅相当突兀的、意料不到的景象，甚至看到当时他自己的模样，一幕幕回忆重叠在其他的一幕幕回忆上，而整个故事，不管那是什么，从他心底深处浮现。他和库诺记不起他们两人不认识的时光。他们的第一个回忆是两人紧挨着，站在一排像他们那样的孩子中间唱歌，或是这一类事儿——那一定是在幼儿园里。他们一起生活在得克萨斯州一个早就有西班牙人定居的、古老的小城里，一起上学。墨西哥人啊、西班牙人啊、德国人啊，还有大多数是从肯塔基州来的美国人啊，好几代人还算舒适地混居在那儿。尽管他们都是平等的公民，不过西班牙人大都有钱而且神气，不时地回西班牙去，德国人回德国去，而墨西哥人呢，大部分分开住在老区，在出得起旅费的时候，回墨西哥去。只有肯塔基人老待在他们住的地方，他们当中甚至难得有哪一个回肯塔基；尽管查尔斯听他们时常亲切地谈起那个地方，那儿似乎比德国更远，而且比较差劲儿，因为库诺会跟他的父母到德国去。

虽然传说库诺的妈妈在德国是位女男爵，但在得克萨斯，她可是一个殷实的商人，一个家具商的妻子。尽管肯塔基人觉得越来越难靠土地填饱肚子，可他们还是认为种地是唯一体面的求生之道，除非有专业技能，那又另当别论。事实上，查尔斯一家是靠一个黑土农场生活的，所以库诺得意扬扬地带着查尔斯走过他爸爸的那个家具店的橱窗前，指给他看那些最近陈列的、擦得亮晃晃、垫得软绵绵的时髦家具时，查尔斯总是想不通这有什么可得意的哪。透过宽阔、干净的橱窗望向店堂深处，可以模模糊糊地看到库诺的爸爸希伦塔费尔先生，他耳朵后面夹着一支铅笔，穿着羊驼毛黑上衣，在顾客面前殷勤地耷拉着脑袋。查尔斯看惯了他爸爸坐在马背上，或是跟黑人一起站在牲口棚附近，看着牲口，或是穿着大皮靴走在田野上，或是坐在铸铁的座位上犁地或是耙地。他心想，要是看到他爸爸在店铺里，跟在别人后面，千方百计地想推销什么货物，他会害臊的。他只有一回恨不得跟库诺干一仗，那是在库诺第二次从德国回来以后，当时他们两人都是八岁光景。那天，库诺轻蔑地谈到种地的，用一个查尔斯听不懂的德国词儿叫他们。"他们一点也不比开店的差，"查尔斯说，发火了，"你的爸爸不过是个开店的。"库诺嚷着回嘴："我妈妈是个女男爵，而且我们都是生在德国的，所以我们算德国人。在德国，只有下三烂才种地。"

"好吧，你们要是德国人的话，干吗不回德国去呢？"查尔斯嚷着。库诺接着非常骄傲地说："那儿在打一场大仗，他们原来要把我妈妈、我爸爸，把我们大伙儿留在那边，可是我们不得不回来。"库诺随即装出一副神秘的模样，开始解释，他们差一点回不来了；他们差一点给关在什么地方的一个监牢里，可是来了位重要的大人物，把他们救了出来。库诺讲的这个叫人兴奋却又困惑的故事，令查尔斯听得忘了自己在跟库诺吵架。"因为我妈妈是女男爵，"库诺说，"所以我们才能够脱身。"

可是在战后，希伦塔费尔先生每两年带着一家人回德国去待几个月。库诺从遥远的地方，譬如说不来梅啊，威斯巴登啊，曼海姆啊，海德堡啊，还有柏林啊，寄来一张张贴着外国邮票的明信片，把那个巨大的世界，那个寂静、幽深、蓝色的欧洲世界，远隔重洋送来，一直送到查尔斯的门前。库诺每次回来，总是穿着古怪而一本正经的新衣服。他带来迷人的机械玩具；后来，带来别致而贵重的料子做的领带、缝有衣袋的上衣，还有淡棕色圆头厚皮鞋，全是手工做的，他说。库诺每次回美国，讲起英语来总是带一点外国口音，这毛病得过几个礼拜才能够改掉。他会带着外国口音说："可不是，你要是没去过柏林的话，你就错过了一切。我们老是在那些讨厌的小地方，就像曼海姆什么的，糟蹋时间，我们不得不去看那些愁眉苦脸的亲戚，不用说，他们在那儿困难得要命，可是在柏林……"他会一连几个钟头地讲着柏林，以至于查尔斯在幻想中看到了那座尽是城堡的微微闪光的巨大城市屹立在雾蒙蒙的亮光中。他怎么得到了这么一个印象呢？库诺只是说："条条街道都擦得像桌面那样亮晃晃，而且都有——"他会用眼光估量他们正在走的街道，一条在西班牙殖民时代的老城里的、歪歪斜斜、很窄很脏的小街——"啊，都有五倍这样的街道一样宽。至于建筑呢——"他会抬头对那些低低地罩着他们的平屋顶瞟上一眼，脸上露出厌恶的神情——"全都是石头和大理石的，还有雕刻，那上面简直都雕满了，到处是柱子和雕像，楼梯比房子更宽，弯弯曲曲的……"

"我爸爸说，"有一回，查尔斯为了表明他对豪华事物的见闻不亚于库诺，说，"在墨西哥，马勒都是用银做的。"

"我不相信，"库诺说，"他们要是这样做的话，那是胡闹。谁会这么傻，拿银子去做马勒？可是在柏林，有的是雕满了玫瑰花、雕满了一个个玫瑰花圈的大理石房子……"

"这听起来也挺傻。"查尔斯说，可是说得有气无力，因为这听起来一点儿不傻，跟墨西哥的银马勒一样不傻。那些东西正是他喜欢的，正是他指望看到的，接着他轻松地说："有一天，我会上那儿去的。"

库诺学小提琴；一礼拜两回，他上一个严格的德国老教师那儿去学习；他一拉错，老人就用琴弓打他的脑袋；他的父母还逼他天天练习三个钟头哪。查尔斯想学绘画，可是他的父母认为那玩意儿是浪费时间，应该干些有用的事情嘛，譬如说念书，所以他只得用木炭在零碎的纸片上乱涂，或是躲在一个僻静的地方，用他那可怜的颜料盒里的几支脱毛的画笔胡乱画上几个钟头。第四次或是第五次到德国去的时候，库诺约莫有十五岁了，他死在了那儿，埋在威斯巴登。他的父母除了带回来他的哥哥和姐姐以外，还带回一个新生的娃娃，在查尔斯的记忆中，那是第二个；做父母的对这件事都绝口不提。他们都是白皮肤、金头发、高个子、身手灵活、相当无趣的人；查尔斯只跟库诺是朋友，除此以外，跟他们哪一个都没有交情，那之后他就很少看到他们了，或者也不再想到他们了。

查尔斯坐在咖啡馆里，提醒自己非得去找一个比较便宜的房间不可。他心里想，要不是为了库诺，我这辈子决不会上这儿来的。我会去巴黎，或是马德里。也许我该去墨西哥。对画画的人来说，那儿是个好地方……这儿可不行。城市的外形有点儿不对头，或者是光线吧，或者是什么别的……

查尔斯的爸爸年轻的时候去过墨西哥，告诉过他一些挺长的故事；不过，查尔斯从来没有像听库诺讲柏林那样专心地听他的爸爸讲墨西哥。所以他来到了这儿，打算做个画家，甚至到现在还相信自己真的打算成为一个出色的画家；他还相信，他上这儿来是全凭他自己的思考做出的决定。在他模糊的、几乎是难以捉摸的新的疑惑中，却有一种他没法完全否认的失望——那是什么呢——他开始明白，他上这儿来，是因为库诺把这个城市说得像是个叫人羡慕的地方。他眼下几乎不再想到库诺了，或者说，有好久不曾想到了，只是想到库诺已经去世，不过库诺的去世也是一直叫人难以相信的；不过，到底是库诺的那些彩色明信片和故事，以及库诺当年对这个城市的感受和传染给他的感受，把他带到了这儿。清醒地面对事实以后，他断定这不足以成为理由，连一半的理由也够不上。不过，他仍然决定待下去，要是他可以的话。

离新年还差四天，查尔斯开始认真地盘算起钱来。下一艘船会给他带来一张他爸爸开的支票。做爸爸的对儿子的才能有点既失望又骄傲，决定帮助他。查尔斯把账一笔笔都记在一个本子上，下定决心，将来要全部归还。一家小型艺术杂志的编辑将要刊登他的一组素描，刊出后才付给他稿费。他心里很清楚，要是这件事吹了，那在欢度新年的时候他连啤酒也喝不成。不过，早晚，当然是越早越好喽，有一艘船会从美国开来，给他带钱来，数目不大，不过够他过下去。这会儿，他想起他那台高级照相机，那是住在肯塔基州的一个姑妈送给他的，他决定马上把它送进当铺。他还有他爷爷的那块大金表呢。嗨，他还挺有钱哪。这样安排停当以后，他就不再为缺钱花操心了，只是在想到他原有的那些钱是怎么花掉的时候，心里才稍微有点不自在。在圣诞节以前的那几天里，他连数也不数，就满不在乎地把零钱扔到街上那些男人的帽子里，或是张开的手绢里。那些人在尽量利用节日允许乞讨的规定。他们有些人成群结队，排得整整齐齐地乞讨，唱着他熟悉的圣诞颂歌。当年在美国，从他的父母带他到“德国人歌唱会”去的那些日子起，他就熟悉这些歌曲了，什么《神圣的夜》啊、《啊，云杉树》啊、马丁·路德的《摇篮曲》啊，歌声匀称、洪亮、悦耳，就像熟悉的歌唱会上的歌声。他们站在那儿，破皮鞋踩在烂糊糊的雪地里，饿着肚子，鼻子冻得发青，声调悲伤地唱着，接受硬币的时候庄重地点点头，一边用手轻轻地打拍子，一边眼睛互相盯着。

其他一些人独自站着，这些人是最惨的，个个孤独地陷在没法挽救的苦难中。那些在战争中瞎了眼的，或是缺胳膊断腿的，袖口上围着一条带子，表明他们比别人更有权利乞讨，格外应该得到施舍。查尔斯的衣兜几乎个个都是空的，那里面只装着他自己觉得有的未来。他看到一个瘦得不像样的高个子年轻人，那个人的脸颊上斑斑点点的皮肤紧绷在两溜突起的牙齿上，他站在街旁，脖子上挂着一个牌子，那上面写着：不管什么工作，我都愿意干。查尔斯几乎是偷偷摸摸地塞了一个马克在那只瘦骨嶙峋而有气无力的手掌里，接着走进附近的门道，躲在一家店铺前的一堆云杉后面，闻着云杉的香味，他用冰冷的手指头急急忙忙地速写下那个穿着一身破破烂烂的衣服、冻僵了的身子和身子上面那个饿得皮包骨头的脑袋。

他一边走，一边想，用不着去参加庆祝什么，真叫人松一口气；眼下闻着刚砍下的云杉的气味，他想起了在纽约的街旁闻到的苹果香味，那会儿他正在等船，到处转悠，参观画廊。人们站着，在水果旁直打哆嗦，或是在人行道上走来走去，说："兄弟，你能施舍一毛钱吗？"这句话马上变成名言，变成口号。接下来，几乎在一夜间，整个事情简直变成了一种有声有色的时代风貌、一个富有地方色彩的事件、一种流行的爱好。哪怕人们真的在受苦，那也不会长久的；排队买面包只是暂时的事情，报纸上坚持这么说，而且找出稀奇古怪、妙不可言、牵强附会的理由来说明这个情况，好像这是一种自然现象，就像一场地震，或是一次暴雨似的。

这儿，查尔斯能看到，苦难的真实性被承认，受苦的人看上去好像知道他们没有理由存什么希望。没有卖苹果的人那种低声下气的态度，只有彻头彻尾的绝望和心如死灰的忍受……可是，在他们背后，库菲斯滕丹大街和菩提树下大街上的橱窗里摆满了高级的毛衣、皮衣、大衣，还有闪闪发亮的大汽车。查尔斯一边走，一边盯着看，拿这儿的橱窗跟纽约那些卖苹果的和要饭的人背后的橱窗进行比较。这儿的橱窗小得多，可是主顾在哪儿呢？在纽约，眉开眼笑的主顾在店铺里川流不息，把一毛的硬币放在伸出的手里。这儿，只有几个穿得不显眼的人站着，瞪大了眼睛，可是他从橱窗外望进去，店里几乎人影也没有。街上尽是瘦削而结实的年轻人，男男女女都穿着皮夹克，或是同一式样的蓝滑雪衣，他们蹬着自行车在街上横冲直撞，根本不向橱窗瞟上一眼。查尔斯看到他们肩上扛着滑雪橇，成群结队地又嚷又笑，赶到山区去度周末。他羡慕地望着他们；要是他待得够久的话，也许他会认识他们中间一些人，也蹬着自行车去滑雪。不过，这看来不大可能。

他打算一路逛过去；他发现身在越来越拥挤的人堆里，人在异乡的感觉反而越来越强烈。他看到一群中年男女默默聚在两个相连的橱窗前，默不作声地盯着陈列的玩具猪和糖猪。说也奇怪，这些人都是同一种模样，而且都是最普遍的那种。街上尽是他们这样的人——沉着脸、胖得吓人、走起路来摇摇晃晃的短腿女人和颈窝里有一嘟噜一嘟噜肥肉的圆脸男人，他们好像在使劲挺起胸膛，来支撑他们腆出的肚子。他们几乎都用花哨的皮带牵着一对对身子细长、娇生惯养的矮脚狗。这些狗都穿着过冬的服装：羊毛衫啊、皮围脖啊，还有呢子绲边的橡胶靴哪。这些畜生呜呜地叫着，诉着苦，打着哆嗦；主人亲切地把它们抱起来，让它们看猪。

在一个橱窗里，有红肠、火腿、咸肉、粉红的小排；全是猪肉，真的猪肉，新鲜的、烟熏的、腌的、烤的、叉烧的、跟泡菜一起煮的、加了香料的，还有烧成胶状的。另一个橱窗里都是精致的仿造猪肉，杏仁粉的猪肉、粉红的糖做的排骨、巧克力做的红肠、柔软的奶油做的小火腿和咸肉，那上面的条纹和颜色简直跟真的一模一样。后面，在金属箔和花边纸中间，还有各种别的猪：长毛绒的猪、黑丝绒的猪、斑斑点点的棉布猪、金属和木头的机械猪，全都有淘气的弯尾巴和可爱的娃娃脸。

那些胖得像一大堆一大堆肥肉的人，抱着他们胆小的、呜呜乱叫的狗，站在那儿，陶醉在对猪的崇拜里，神情恍惚，眼睛湿润润的，显出一副赞美和馋嘴的模样。他们就像以他们自己为原型的最刻薄的漫画像，可他们也是霍尔拜因、丢勒和乌尔斯·格拉夫画过的那种人：不是隐隐约约的像，而是一望可知的像，他们的中世纪后期的脸上显露出一种由幻觉产生的恶意和迟钝而强烈的残忍，这种残忍仿佛是从他们的心底深处慢腾腾地、透过一层层因贪嘴积下来的、厚得没法对付的脂肪，好不容易才升到他们的脸上的。

雪还在稀稀拉拉地下，圆滚滚的肩膀和高低不平的帽边被染成了白色。查尔斯觉得雪花飘进了他的领圈。他一路走去，存心不去看那一片叫他厌恶的景象。他已经走到腓特烈大街，在刚暗下来的暮色中，零零散散的妓女出现在那儿，快步在人行道中间走来走去；虽然她们看上去都像是要上哪儿去似的，可是她们个个都再怎么也不把自己固定的地方让给别人。她们穿着黑纱裙和镀金高跟皮鞋，戴着有羽毛的帽子，脸上浓妆艳抹，在查尔斯看来，这些娘们都是冷冰冰的。他来到柏林的第一个黄昏，一个没有一丝笑意的年轻妓女跟他说话，不冷不热地勾搭他跟她一起去。他结结巴巴地说了一句，希望能把意思说清楚："我现在没工夫。"生怕她会缠着不放。她带着严肃和估量的神情瞟了他一眼，看得他脸都臊红了，她发觉找错了主顾，冷淡地说了一声："好吧，再见。"就走掉了。在美国，查尔斯对他认识的姑娘个个都得试上一试，反正随时随地有的是机会。不管遇到什么机会，都可能进行得很顺利，不过也可能不顺利；他觉得从他自己所谓的那一套纠缠、制衡、试错的方法中学到不少东西。这些神情冷淡的出卖皮肉的女人，几乎像是受军纪管辖的穿制服的士兵，在他的心里激起了令人不安的好奇心和不信任。他念念不忘地指望自己会遇到一些寻欢作乐的姑娘，也许是学生吧；看来这儿多的是这样的姑娘，不过还没有一个向他抛媚眼哪。他站在门道里，匆匆忙忙地速写了几幅大屁股的身段、没精打采的脸，还有穿衣服的猪。他画下了一个特别憔悴而沮丧的妓女，她那顶有羽毛的帽子奇形怪状地歪戴着。他起先设法不让别人看到他在干什么，可是他马上发现完全不用担心，因为事实上，根本没人注意他。

他脑子里都是这些零零碎碎的印象；他心里对这些印象感到很不满意，于是折起地图和小册子，动身准备在柏林找一个住处。他一路走去，走过了十来个广场，遇见了五个带着病容的年轻人，脸颊上都新近受过伤，又长又深的刀伤马马虎虎地用胶布和棉花包着！他心想，没有人跟他说过会看到这种景象啊。

两天以后，他仍然在一条条街上踩着积雪转悠，按着一家家门铃，然后在暮色苍茫中，拖着沉重的脚步走回那家小旅馆，两条腿简直麻得动不了。第三天早晨，他找到了巴姆贝格大街上一所外观坚固的公寓的三楼，他打起精神，仔细观察那个来开门的女人的脸。在这短短的时间里，他已经尝到了这个城市里的女房东的滋味，对她们感到害怕，不得不小心提防了。她们是微笑的狐狸、饿慌了的狼、邋遢的家猫、地道的母老虎，阴险得像鬣狗、凶暴得像复仇女神、贪婪得像鸟身女妖，最糟糕的是，有时候她们却是眼光呆滞、神情忧伤的人，脸上显出以前受苦受难的痕迹，她们看到他逃走，几乎要哭出来，好像他带走了她们最后的希望似的。此前，除了在一所比较小的南方大学里度过四个冬天以外，查尔斯一直住在家里。他以前从来没有去找过住所，所以他一家家去看房子时，有点心虚，好像自己是在从裂缝和钥匙孔中偷看人家，在暗中察看别人家的缺陷似的，什么厨房的气味啊，不通风的卧房啊；穷人家呢，一副倒霉相；富裕人家呢，家具挤得密不通风。他给带到厨房后面备用的耗子洞似的小房间里去看过，在那些准备出租的空房间里，娃娃的衣服被晾在绳子上。他给领去看过尽是镀金的雕刻和磨旧了的长毛绒装饰的地方，那儿有一股昨天的白菜味。有几次，他大着胆子闯进玻璃砖和铬钢组成的宽大的房间，那儿稀稀拉拉地陈列着白皮面长沙发和玻璃面桌子；结果，房东希望他至少住上一年，房租也贵得吓人。他打量过一个湿漉漉的地窖，觉得在那儿杀人倒挺合适；他还见过另一个地窖，一个年轻女人沉着脸在收拾行李，她的内衣堆在床上，使整个房间里弥漫着难闻的香味。她故意向他流露出下流的微笑，那个女房东语气非常粗暴地在跟她说着什么。不过，大多数房间都是拾掇得干干净净而且塞满家具的，有一种家务事永远做不完的压抑气氛，还有一种叫人讨厌的硬装体面的派头，不同的只是鸭绒被褥的厚薄和帷幕的好坏。他从一个个房间里逃回街上，逃入自由。

那个女人很快把门打开了，他看到那是个长得挺和气的人，约莫五十岁光景，或是出头一点——在查尔斯看来，在超过了一定的年纪之后，女人都长得很像——淡粉色的脸、白头发、一双非常有神的淡蓝眼睛。她给人一种穿着盛装的印象，有点傲慢，不过看起来没什么恶意；她显然很高兴看到他。他注意到过道里几乎是空的，可是擦得闪闪发亮，也许这儿是一个最好的折中的地方，既没有围得密不通风的长毛绒，又不是耗子笼。

女房东带他去看她最好的一个房间，只有这一间还没有人住，她说明情况道。他也许乐意知道，她这套房子里住的都是有教养的年轻人，实际上有三位，她希望他可能成为第四位。“我这儿有，”她得意扬扬地说，“一个柏林大学的大学生、一个年轻的钢琴家，还有一个请了病假、从海德堡来的年轻学生，所以你瞧，这些伴儿不怎么差。我可以请问你是干哪一行的吗？”

“我算是个画家吧。”查尔斯说，雄心勃勃。

“太棒了，”女房东说，“我们就只缺个艺术家了。”

“我希望你会原谅我德语说得很差。”查尔斯说，有点被她夸张的口气闹得不知怎么办才好。

“你会学会的。”女房东一边说，一边像母亲似的优雅地微笑，接着她又说："我是维也纳人，所以你也许能明白，我说的话跟你在柏林通常听到的话有那么一点儿不一样。我可以说，维也纳人的谈吐方式不是世界上最糟糕的，要是你待在这儿的这一段时间里真的希望学德语的话。"

那个房间。唉，那个房间。他已经看到过几回了。他要是有的选的话，决不会挑上它的，可是他现在认识到这是一种固定的风格，在这种风格中，这一间算得上是最不讨厌的，有既素净又鲜艳的豪华地毯，用绳环系起的丝绒幔帐，幔帐后面还有薄纱的窗帘，大圆桌上铺着另一条闪着丝光的豪华毛毯，色彩美丽、优雅。一个角落里，摆着一溜很深的长沙发，那上面堆着丝的和天鹅绒的垫子。沙发上方的墙上装着一个玻璃陈列柜，柜里摆满了小摆设，大多数是银丝的和精瓷的玩意儿，而在桌上摆着一个大台灯，套着一个华丽的粉红丝质灯罩，灯罩上镶着银色的细条，滚着银色的边，垂着银色的穗子。床上，闪光绸床罩下是一大堆鸭绒被褥，擦得闪闪发亮的、巨大的乌木衣柜上雕满了形状走样的装饰。

真是个糟透了的地方，可是他要租下来。女房东看上去通情达理，而租金呢，拿这么大一个布置得奇形怪状的房间来说，也一点不比别处要得多。他需要一张朴素的工作台和一盏书桌台灯，她一口答应，又接着说："我希望你打算在这儿待上六个月。"

"很抱歉，"查尔斯说，他一直在等这句话，"我只待三个月。"

女房东用甜美的微笑来掩饰她的失望，可是表情勉强。"通常是签六个月合同。"她跟他说。

"可是我三个月后要到别的国家去。"查尔斯说。

"啊，真的吗？你要上哪儿去？"她问，满面喜色，好像是她未来的旅行似的。

"去意大利，也许，"查尔斯说，"先去罗马，接着去佛罗伦萨。然后去欧洲各地。”他随口乱说，自己甚至第一次相信这是真的，是一定会实现的。

“啊，意大利，”女房东嚷起来了，“我在那儿度过一生中最愉快的三个月。我一直梦想着回去。”

查尔斯站在桌子附近。台灯旁，丝光毯上摆着一个小小的比萨斜塔的石膏复制品，约莫有五英寸高。在他们两人谈话的时候，他不安分地把手向斜塔伸去。他用手指尖抓住塔身轻轻地拿起来，没想到不经碰的石膏肋拱就陷进去了。他这一碰，所有的肋拱直接就塌了；他赶快把手缩回来，碎片纷纷落在加重的底座周围。女房东霎时脸色煞白，蓝眼睛顿时泪汪汪，他立刻吓坏了。

斜塔一塌，查尔斯就慌了。他意识到这个事故对女房东而言极其严重，他害臊地觉得，在她的心目中，他被事实证明是个笨手笨脚的人，有莫名其妙、神思恍惚的好奇心和乱抓东西的坏习惯，只得结结巴巴地说：“啊，我感到非常抱歉。”他怎么就管不住自己的两只手呢？“请容许我赔一个。”

“这是没法赔的，”女房东带着极度震惊的庄严神情说，“这是那次到意大利去旅行的一件纪念品。我丈夫和我把它带回来，当作我们蜜月旅行中一个欢乐的点缀。我丈夫已经去世多年了。不行，这座小塔是无可替代的。”

查尔斯一心想从这个丢脸的场合逃到户外去，说：“那我还是去取行李吧。我一个钟头以后回来。”

“好吧，”她一边心不在焉地说，一边把那些碎片一片片拾在一张纸上，“我唯一的希望是，它也许能修补。”

“至少请你一定要让我来付钱，”查尔斯说，“我感到非常抱歉。”

“这不是你的过错。是我的，”女房东说，“我压根儿不应该把它摆在这儿，给——”她突然停住嘴，双手弯着捧住那张纸走开了。给野蛮人看，给粗野的外国人看，而他们对珍贵的物品一点不尊重，透过她的脸和声音，这个意思显而易见。

查尔斯涨红了脸，皱紧眉头，小心谨慎地绕过家具，向窗口走去。一个坏开头，确实是个很坏的开头。两扇玻璃窗严严实实地关着，暖气片使整个房间均匀地温暖。他拉开薄纱窗帘，看向对面街上。在冬天上午十点光景，灰白的玻璃反光中，对面屋顶上有十几个跟娃娃一样大小的、陶瓷做的赤条精光的丘比特，身子肉嘟嘟的，四肢矮胖，一副淘气的模样，浑身是俗气的粉红色，脚、脸颊和屁股却是通红的，似乎是为了避免从陡峭的屋顶上摔下来，它们好像永远在往上爬。查尔斯冷酷地观察着它们那跟真的一样的脚趾牢牢地抠在石板瓦中间，它们那胖嘟嘟的手紧紧地抓着，它们的嘴咧开着，显出白痴似的笑容。他想，在倾盆大雨中，它们也不得不玩这种愚蠢的游戏。在下雪天，它们的鼻子会完全埋在雪里。冬天，它们的屁股当然会受尽寒风的折磨。他想到当初那个把它们摆在那儿的人，是有意使它们年复一年地这么古怪和这么滑稽的。他突然感到一股强烈的冲动，猛地抓起帽子和大衣，只想悄悄地溜出去，走得无影无踪。也许他干脆不回来了。反正他还没有签合同，也没有付过钱。啊，他虽然这么想，可还是得签。因为女房东马上端着一个银托盘进来了；她又脸带微笑，神态安详，带来了一张卡片、一张印着字的纸、钢笔、墨水和还没写数字的收据，这些东西是一股脑儿放在那个银托盘里的。他写了一份给警察局的详细的报告，叙述他自己的经历，在一份租借房间三个月的合同上签了名，还用马克，而不是用美元，付了一个月的房租；直到这些东西都放进了银托盘，他才能够脱身。“真可惜，你没有美元。”她满脸堆笑地说，向他歪着脸，做了一个漂亮的手势，表示接受。她的左手戴着一个大得有点显眼的钻戒，方方的，闪着蓝光，一眼就看得出是质地很好的钻石，精巧的镶工使它格外美观。他刚才没有发觉。

旅馆那个病恹恹的黄脸女主人一看到他走近她的办公桌，就带着几乎是愉快的表情招呼他。他一说明已经另外找了一个房间，而且马上就要搬走，她的脸色一下子就变了，这叫他大吃一惊。她顿时看上去好像愤怒和绝望地要哭出来了。

“我可真不懂，”她口气生硬地跟他说，而且眼睑红了，“你同意待一个月的，我给了你特别优待的价格，可是才待了八天，你现在却说你一定要走了。你也许是觉得我们招待得不好吧？难道你的房间拾掇得不够干净吗？到底是什么事？”

“事实只是，我不得不找一个更便宜的房间，”他小心谨慎地说，“就是这么一回事。”

“不过，我们的价钱是最公平的，”她说，干巴的嘴唇在长牙齿上一个劲地动，“你干吗不待下去呢？”

“价钱倒公道。”他承认道，感到很窘迫，接着好像是在招供什么不体面的事情似的，说，“可是我付不起。”

那个女人打开她的账本，飞快地抄写起来。她气呼呼地绷着脸，好像她当场逮住他抢她的钱包似的。“这我们可管不了，”她低声跟他说，“不过，在这种情况下，你当然明白得按天付钱了吧。”

“当然了。”他表示同意。

“你会发现你不得不为改变主意而破费，”那个女人用严厉的、教训人的口气说，“三心二意会付出昂贵的代价。”

“我想是这样。”查尔斯说，不自在地望着那张纸上的数字迅速变长。

她抬起头，眼光越过他的肩膀望了望，接着查尔斯看到她的脸色又变得冷酷严峻了，她提高声音，蛮横地厉声说：“你得按照我开的账单付钱，不然我就叫警察。”

查尔斯已经把钱攥在手里，准备按她说的数目付钱，一时以为自己没有完全听懂她的话。他向她瞟了一眼的那个方向转过头去，看到几英尺外站着旅馆那个矮胖的中年男主人。他的脑袋像一个柔软的假头，上面有一些稀稀拉拉的灰白色胡子茬儿。他双手插在袋里，打量着查尔斯，几乎没有嘴唇的阔嘴上流露出古怪而恶毒的微笑。查尔斯看着写在纸尾的数字感到惊奇，突然害怕他要是给她整数，她是不会找零的，于是就把这笔钱，包括芬尼[1]的零头，数清了给她。她一把把钱和账单从他那儿搂过去，一句话不说。

“请你开张收条给我好吗？”查尔斯问。

她不回答，只把身子挪开一点，接着那个男人悄悄地走近，用尖得刺耳的、假客气的声音说：“我得要求你在走以前让我看一下你的证件。”

查尔斯说：“我住进来的时候，已经给你们看过了。”接着提起两个衣箱。

“可是没给我看过。”那个男人说，他那虚肿的眼睑后面那双灰白色小眼睛里流露出叫人厌恶的凶光，“没给我看过，我遗憾地说，在准许你走以前，这是不可缺少的手续，我跟你讲清楚了吧。”

他看上去好像在拼命压制内心的兴奋。他的脖子涨得通红，嘴紧紧地闭着，只成了脸上的一条裂缝，脚踮着，身子微微摇晃。查尔斯早就有充分的思想准备，知道自己会遇到没完没了的监视。有经验的旅行者跟他说过，在欧洲，尤其是在德国，他起先会觉得自己像一个假释的罪犯，不过，不久就会习惯的，还说不管是谁要求看他的证件，他都得马上交出去。他放下衣箱，在一个个衣袋里摸索，后来，才记起来他把藏证件的那个扁皮盒放在衣箱里了。哪一个呢？

他打开了大的那一个，露出一堆脏衣服。那一对男女探出身子，

---

① 芬尼，德国货币单位，100 芬尼等于 1 马克。

盯着他箱子里的东西看，那个女的用轻蔑的声音说："啃。"查尔斯憋着一肚子火，一声不吭地关上这个衣箱，打开另一个。他把皮盒递给那个男人，那个人把护照和别的证件一份份抽出来，动作慢得叫人恼火，然后用怀疑的眼光看了又看，一会儿鼓起脸颊，一会儿咂咂舌头。他慢条斯理地把证件递回给查尔斯，说："很好。你现在可以走了。"他摆出一副侮辱人的上司派头，好像一个小官僚在打发一个下属似的。

他们继续默不作声地带着仇恨的神情望着他，横眉竖眼，面相几乎变得滑稽了，他们用这表情来表露他们的恶意到底有多深。好像他们从他的行为来看，还闹不清他是不是明白他们侮辱和欺骗他到了什么程度，要不，就好像他们自知处于万无一失的有利地位，希望惹得他沉不住气顶撞起来，他们就可以进一步给他吃苦头。在他们紧盯着的眼光下，查尔斯笨手笨脚地把皮盒重又放进衣箱，花了一番手脚拴上带子，好不容易才把衣箱关上。他身后的门一关上，他就听到他们两人哈哈大笑起来，像一对鬣狗，他们故意笑得很响，好让他听到。

他突然发觉自己手头相当拮据，坐不起出租汽车，所以只得拖着相当寒碜的行李步行；行李越来越沉，路程越发漫长，他模模糊糊地回想起刚才的遭遇来。他是个高个子、漂亮的年轻人，他的面貌和打算都没有什么不对劲，虽然他这时候有点愁眉苦脸，帽子压到眼睛上，看上去好像在生气，而且相当难看。他的第一个愤怒的冲动是向那个胖子的嘴上狠狠揍上一拳，可是马上就被冷静的理智压下去了。他知道，这个局面是没法改变的，压根儿没有弥补的机会，他只能一声不吭，赶紧离开那两个无赖，要不只会惹出更大的麻烦来。他的怒气一直不消，埋在心里，变得根深蒂固，简直成为他的一部分了。

女房东又为他开门。他发觉这家好像没有用人。经过一阵比较正式的礼节性的谈话以后，他对自己说他需要理发，又心神不安地上街去了。靠着地图指引，他一路向库菲斯滕丹大街走去。太阳落下去了，天气一下子变得更冷，又开始下雪了，雪下在光滑的、黑沉沉的街道上，在灯光中，那些街道像擦得锃亮的金属那样闪着微光。沉重而辛勤的城市在刚黑下来的天空下变得麻木了。

理发铺小而干净，到处都是白毛巾、闪闪发亮的镜子和散发着肥皂气味的蒸汽。一个身子单薄、没有血色的小个子男人侍候他，在他的脖子周围塞紧白布。这个理发师长着稀稀拉拉得可怜的头发，颜色像亚麻屑，还有叫人讨厌的口臭。他要把查尔斯的头发理成这样的式样：头顶的头发留得很长，头后面的头发都剃光，耳朵上面露出一大片头发茬。他自己剃的就是这种发型，街上也尽是剃成这种式样的脑袋。一张从报上剪下来的相片黏在镜子角上，是一个正在喊叫的小个子政客的相片，他头顶的头发竖着，大张着的嘴上装饰着一撮整齐的小胡子，明摆着是这个人使这种发型流行的。查尔斯拼命地摇头，不顾一切地用胡乱凑起来的德语表示不同意，还指着一本发型刊物上的其他相片，好不容易才说服那个理发师接受比较合理的选择。

那个理发师即使在最快活的时候也是悲伤的，当他以肉眼几乎觉察不出的变化，把查尔斯的头发越靠近脖子处剪得越短的时候，他就越发垂头丧气了；为了改变话题，他谈起天气来。最近一两天是暖和的，比任何人所想的更暖和，因为鹳鸟都受骗了。那天早晨的报上说，有人看到鹳鸟飞过这个城市的上空，这是天气好和早春的迹象。年轻的先生有注意到纽约发来的一条报道吗？那条报道说，中央公园里的树都在长绿芽了——想想看，在这个季节里啊。

“在蒂尔加滕[①]这里可是一点绿影子也没有哪，”小个子理发师说，叹了口气，“冬天，这儿是个阴暗的地方。我从前在马拉加[②]待过，我在那儿一家理发铺里干了整整一年——实际上，将近十三个月。那儿

① 蒂尔加滕，是德国柏林米特区下辖的一个分区。

② 马拉加，位于西班牙东南部海岸，气候宜人。

的理发铺跟这儿不一样，脏得很，可是那儿十二月里户外还开着鲜花。那儿，他们用真正的杏仁油洗头发——真正的杏仁油呢。再说，他们的迷迭香精你在其他任何地方都找不到。比较穷的人呢，用橄榄油抹头，也用来烧菜。橄榄油啊，想想看，这儿可贵得很哪，那儿他们却洒在头上。他们告诉我，用橄榄油啊，又是吃又是抹，这会使头发生长。嗯，也许是这样。可这儿人人都要使自己的头发干燥，"他又回到这个讨厌的话题上来了，"而且他们通常喜欢把耳朵上面的头发剃光，头顶上的却留得很长。嗐，这只是我们德国人的可怜的审美观念。"他带着怨气说，接着又说，"在马拉加，整个冬天我从来不穿大衣。啊，我简直不知道那是冬天。"他的手指头黏糊糊的，他的门牙看上去很不牢固，好像一开头就长得不正常似的。"考虑到他们那种人，不用说，那儿有许多奇怪的地方，不过，当时他们倒不用为生活这么担心。有时候，我在那儿把手伸进口袋，摸摸我最后一个比塞塔[1]，可是一点也不慌，不像在这儿。我当时想，钱花光了，我可以再挣。我在那儿原该攒点钱的，"他说，显出后悔的神情，"可是我不攒，在这儿呢，我攒啊攒的，可什么也没攒下。"他咳嗽了一声，转过头去。"在马拉加，"他说，像一个在谈论失去了祖国的人似的，"我从来不咳嗽，可是在这儿我一直咳个不停。"

"流行性感冒吗？"查尔斯说，脸上捂着毛巾。

"不是，是空气，"小个子理发师谨慎地说，"打仗嘛。"

沉闷地停顿了一下，查尔斯说："几天前，我注意到，今年冬天马拉加也冷得结冰。"

"哦。可不是，也许有那么回事，不过只有几天，"理发师承认道，慢腾腾地摇摇头，"有那么回事，也许……"

---

① 比塞塔，西班牙以前的货币单位，于2002年为欧元所取代。

查尔斯仔细地从口袋里掏出最小的硬币付账，心里感到不自在，因为他知道这点钱是不够的，可是，他想到要以防万一，突然不敢手头大方了，要不是必需的话，哪怕一个芬尼他也不敢乱花，免得减少存款；那个理发师伸出他那只有点发青的窄手，小心地瞟了手掌心一眼，微笑起来，接着真心诚意地说："谢谢你，非常谢谢你。"查尔斯难为情地点点头，赶快走掉。

查尔斯拿着钥匙，弯下身去的时候，有人在门里转动球形把手，门一下子打开了，接着女房东就用清脆悦耳的声调跟他亲切地说起话来。她一直在盼他回来呢，猜不透是什么事情把他留住了。她刚才恰巧在过道里，听到他上楼梯的脚步声。她相信现在她已经给他安排妥当了，还有，他下午喜欢什么时候喝咖啡？查尔斯说，他想在五点钟喝。"好的。"她说，歪着头满面春风地笑了笑，查尔斯觉得她的神情有点过分亲密和自作主张了。她脸带微笑，匆匆忙忙地走到过道的另一头去，砰砰地敲着一扇关着的门。

门马上打开了，查尔斯清楚地看到一个身子结实、没精打采、皮肤黝黑的年轻人，他的大脑袋剃成平头，一脸萎靡不振。女房东从他身旁笔直走过，语带权威地迅速说着话，好像在发号施令似的。查尔斯关上自己的房门，松一口气，找起行李来。行李不见了。他向大衣柜里瞟了一眼，看到他的东西都拿出来了，旋即产生了一种遭到侵犯的诡异感觉——他的衣箱钥匙丢了好久了，而且他反正从来没有锁东西的习惯——东西放置得整整齐齐，这样一来，更显得那些东西全都又低档又破旧。他的皮鞋摆在木架上，需要小小地修补一下和擦油。他的另外两套衣服，都是花呢的，纽扣垂着，套在有衬垫的丝质衣架上。他的简单的梳洗用具、磨损了的头发刷和那个没弹力的皮盒都摆在中间架子上。在那些东西中间，惹人注目的是他那瓶一夸脱装的白兰地，三分之一是空的，不知怎么的，显得不太体面；他记得很清楚，那是他找住所的那几天随身带着悄悄地喝的。他向挂在钩子上的那个鼓鼓囊囊的盛脏衣服的袋子望去，带着男性的羞愧打了个冷战。雪白的、香喷喷的袋子里藏着需要织补的袜子啊，为了节约洗衣钱而穿得太久的脏衣服啊，还有他穿得松松垮垮的内衣。床上的枕头微微地露出女性化的抽纱枕头褶边，枕头上放着一套折得整整齐齐的干净睡衣。

最放肆的是，那个女人竟然把他的图画纸、画具，还有硬纸板夹子里的未完成的画稿，都打开了。她看过那些画了吗？他希望她看得津津有味。他的许多速写是不打算出版的。所有东西都仔细地堆放着，表明摆东西的人十分重视整洁和对称的外观。他以前就注意到，家庭妇女对纸有莫名其妙的反感。她们似乎把纸看作"整齐"的对头，是讨厌的招灰尘的玩意儿。在家里那会儿，他为了纸，跟他的妈妈和那些女用人进行着一场不出声的、没完没了的战斗。她们要把纸理齐，或者最好是，把它们藏在壁橱的最深的架上。看在上帝的份上吧，她们为什么不能别碰他的作品呢？可是，在好奇心的驱使下，她们就是办不到；这个女人也办不到，这显而易见。他在他那本德语短语小书里查找，开始拼凑和记熟一句有礼貌的句子，句子的开头是："请别费心收拾我的桌子……"

工作台很大，可是并不朴素，书桌台灯倒挺不错，不过那把直靠背椅却是个精巧的玩意儿，曲线的纺锤形椅腿，椅座和椅背上都摆着织补过的旧毛毯；查尔斯断定，毫无疑问，它该放到博物馆里去了。接着他试坐上去，椅子倒经得起。他打算把这糟透了的情况整个儿撇开和忘掉，把东西整理好，然后开始工作。他首先把随手塞在各个口袋里的东西掏出来，什么笔记本啊、速写本啊、收条啊、潦草记下的餐馆地址啊、他从博物馆买来的印有绘画复制品的明信片啊，还有他签的在这所房子里居住三个月的合同啊，他注意到那个女房东叫罗莎·赖希尔，签名的字体是长长的，画了许多圈，显出一种做作的秀丽。他不知道这三个月的生活会有什么结果。他感到自己那股莫名其妙的怨气越发大了，因为这段生活不可能有什么特殊目的，而且他感到走投无路，好像自己听信了馊主意而上了当似的。模模糊糊地，可是极不愉快地，他觉得有个他信任的人在他危难的时刻撇下他不管了；当然了，这是胡说，就像库诺时常说的那样。“胡说”是库诺喜欢用的一个词儿，尤其是他刚从国外回来的那阵子。

隔壁房间里继续传来说话的声音，比刚才响了，而且有点紧张，带着激动的情绪，可能是发火吧。查尔斯仔细地听着，并不觉得自己是在偷听，跟往常一样，他为自己的德语理解能力这么好，可是口语能力这么差感到惊奇。

“布森先生，布森先生，”赖希尔太太在叫，声调浮躁而激动，她轻声轻气的维也纳口音有点被破坏了，“你怎么这么对待我这些好椅子，这些美丽的椅子我置了这么久，都是有年份的啦——我别的麻烦已经不少啦，你还非得给我惹这麻烦不可吗？你明知道我再怎么也置不起这些椅子了，怎么能这么乱来呢？”

查尔斯本来已经在检查蜡笔和削铅笔了，他停下来，点了一支烟卷，靠在那张椅子上。他有那么短短一秒钟翘起了椅子的前腿，只听到椅子里单薄的榫头吱吱嘎嘎地响起来，活像人在诉告，他马上砰的一声把椅子放平，吓得心都几乎要翻个了。

布森先生开头还有气无力地为自己辩护上几句，后来就屈服了，老老实实地接受训斥，好像赖希尔太太是他的妈妈，或者是良心。是啊，他不是个不懂事的人，查尔斯听他用沉重的低地德语在说，他是被规规矩矩地抚养大的，哪怕她不这么想。他的妈妈也有这样的椅子，他不会再闹出这种事情来的。在查尔斯听来，布森先生的话好像某种笨拙的英国方言，不过不管他用哪种语言，他都不是赖希尔太太的对手。查尔斯听到他心慌意乱地赔不是，为这个可怜的家伙感到很难受；他求她原谅他这一回，要是可以的话。

“说得倒好听，这一回，”赖希尔太太回答，恼火得一点情面都不顾了，“这一回，”她用最亲切的语调讥讽地说，“以前和将来，到底有多少回啊？”

布森先生没法回答这句话。在一个沉默的胜利时刻后，赖希尔太太走出房间，嚓嚓地走过查尔斯的房门；他呢，不自在地等她在房门前站住脚；而她却在敲他右边那扇房门了。

“谁啊？”房间里那个年轻人用迷迷糊糊的声音喊道，好像刚从熟睡中突然被人吵醒似的。“谁啊？谁啊？进来。”接着，一个欢乐而年轻的声音变得清晰了，又说下去：“啊，原来是你，亲爱的罗莎。嘿，我刚才想一定是哪儿着火啦。”

罗莎，难道不是吗？查尔斯一边想，一边听他们压低了声调又快又亲切地说个不停，还时不时地发出一阵高兴的笑声。罗莎听起来确实非常愉快，她一边说，一边在那个房间里走来走去，还来来回回地穿过过道，到她自己住的房间去了好几次。最后，她说：“喂，你需要什么，告诉我就是。不过，别再要冰了。冰没有了。”

“谁在乎呢？”那个年轻人大声说，罗莎又笑起来。查尔斯开始觉得她，罗莎，是一个讨厌的人，要是房子里整天这样吵闹的话。

白天的亮光暗下去了。查尔斯坚决地在灯光下动手画画，台灯光比他料想的更好。他开始有许多小小的担心。万一那个编辑改变主意呢？万一到头来他的画不出版，拿不到稿费呢？他爸爸不断地给他寄钱，能寄多久呢？寄多久，这才是真正的问题，是他最担心的事。他一直从他爸爸那儿拿钱，能拿多久呢？他到底该不该上欧洲来？有多少出色的画家从来没到过欧洲呢。他试着想起一个。唉，他来到这儿，给闹得心烦意乱，而且确实过得很凄惨，他还是面对事实吧，他在这个地方受到了比他料想的更沉重的打击。至少，他得设法找出他上这儿来的原因，要是这并不只是一次毫无收获的奔波的话。他集中思想不再去听房子里的声音，眼光盯着纸上的一个地方，记起他打算画的东西，开始工作了。他所有的精力都倾注和集中到右手上，他感到稳定和自在，开始得心应手，全神贯注地工作。后来，他干脆把自己都忘掉了。过了一些时候，他靠在椅背上看自己刚才画的作品。画得不行，简直完全不对头。

一阵轻轻的敲门声救了他。他有了个停笔的借口，便把纸翻过来，打算放一阵子再看。罗莎几乎没等他出声，就进来了。她迅速地向台灯瞟了一眼，接着望着那张已经乱七八糟的桌子。

“啊，原来你需要早早就开灯。”她发表意见，流露出捉摸不定的微笑，不赞成地歪着头。“至于布森先生，他是不在傍晚工作的，总是吃罢晚饭才开始。迈先生呢，就是那位波兰先生，他经常在黑暗里弹钢琴，因为他想要这样做。那位海德堡来的大学生这会儿除了他的脸以外，什么也不想，而且脸上的灯光越少越好。啊呀，真难看。不过，”她亲切而神秘地说，“他还年轻，这是他第一回，下一回他就知道会尝到什么滋味了。不过，伤口感染了，你知道，他是来治疗的。啊，这个小伙子啊，”她温柔地说，双手交叉着按在胸脯上，“他白天是很勇敢的，可是天一黑下来，他就很不好受了。他是这么年轻和温柔，”她跟查尔斯说道，她感到既骄傲，又怜悯，几乎要掉眼泪了，“可是他干得不错。那伤口——嘿，可美啊！”

她一边说，一边在房间里走来走去，把椅子稍微摆正，在这个垫子上轻轻掸一掸，那个垫子上轻轻拍一拍。她走到桌子前，站在查尔斯身旁，甚至从他身前把手伸过去，轻轻地翻翻那些纸，把他的烟灰缸和墨汁移动几英寸，惹起一场小小的混乱。“归根结底，白天的亮光没有了，”她最后承认说，“你要是画画的话，就需要亮光，确实是这样吧？现在我得马上去把你的咖啡端来。”她满脸堆笑地告诉他，随即带着她那种异乎寻常的忙碌神态走掉了。

白天的亮光没有了，查尔斯感到走投无路，好像他在演戏的时候忘掉了本来记得的台词。他一边等着咖啡送来，一边望着街景：在纷纷落下的雪花中，大街寂静无声，在街角上闪烁的暗淡的灯光下，显得空荡荡的。对面房子的许多窗口，灯光一盏接一盏地亮起来。

过去几天里，他每天早晨开着灯，看光线微弱的太阳越来越迟地只爬到跟屋顶一样高，就慢腾腾地以很小的弧度滑过去，到下午三四点钟就落下去了。漫漫的长夜带着莫名其妙的危险预兆压得他受不了。黑暗像一个仍然精力充沛的对头，像一头从更古老、更寒冷、更可怕的洪荒时代的世界遗留下来的无声的怪物，它用巨大的爪子紧紧攥着这个陌生的城市。“这不过是因为我出生在阳光明媚的地方，所以认为夏天是理所当然的事情。”他跟自己说，可是这并没有解释他为什么不能耐心地忍受，甚至欣赏异国的陌生天气，连把它当作值得一看的新事物都办不到。当然了，这并不只是天气的缘故。只要衣服穿得适当，没有人会注意天气的；他记得他的一个老师有一次说过，所有的大城市都建在没法居住的地方。他知道，只要是自己熟悉的地方，人们甚至会喜欢那里最恶劣的气候，而且对外地人关于当地气候的感受还可能感到惊讶。在得克萨斯家里，他看到过北方来的旅客声嘶力竭地大骂南方的天气；这给了他们所需要的借口去憎恨当地的其他一切他们憎恨的东西。这样，事情就会变得非常容易和简单，就能用这样的话来结束争论：“我没法在这地方待下去，因为这儿十二月里太阳要十点钟才升起。”不过，这不是他在这儿的烦恼。

一张张脸。眼睛很小的脸。而那些很小的眼睛，苍白，没有亮光，嵌在尽是皱纹的脸上，像咬出来的窟窿似的；要不就更糟，胖得呆头呆脑的脸，虚肿的眼睑，小得可怜的眼睛陷在那里，像瞎子似的张望，好像喂到行动笨重的身子里去的一切食物，一盘盘的菜，什么煮土豆啊、猪蹄啊、卷心菜啊，只是压得身子行动不便，对身子一点没有好处似的。女人脸上的小眼睛动不动就掉眼泪。查尔斯在柏林遇到的第一件事情就让他摸不着头脑。当时他在一家小铺子里买了几双便宜的袜子。回到旅馆里，他发现袜子太小了，马上回去想换尺码大一些的。那个卖袜子给他的女人看到他拿着那个纸包走进来，记起了他，顿时愣住了，眼泪一下子涌到眼眶里。他窘得要命，设法说明他只是希望换几双比刚才卖给他的尺码大一些的袜子，这时候，眼泪从她的脸颊上滚下来了，接着她说："我没有尺码大一些的。"

"你能给我弄到吗？"他问，她随即说："啊，行。"语气是这么痛苦，吓得查尔斯尴尬地说："别费事了，我不换了。"说罢，他就跑出去，又恼火又迷惑。过了一两天，他才彻底搞清楚这件事，而且觉得非常正常。那个女人急着要卖掉她手头的货。她没钱去进几双尺码大一些的袜子。她害怕手头的货色卖不出去，所以故意把铺子里现有的袜子卖给他，希望他这个外国人、旅游者，找不到原路回来交涉。

在狭小、冷僻的角落里卖酒和水果的男人，尽管卖的是味道可口、叫人兴奋的商品，但看来买卖并不兴旺。他们没有从生意中获取利益，明摆着他们也没钱享用。这些男人通常是中年人，全都一声不吭，都紧绷着脸。要是查尔斯随口问些什么，他们一听出外国口音，就会扯着嗓门回答，好像在大发脾气似的，尽管他们的话并没有什么恶意。他们自己谈起话来，都神情沮丧，语调死气沉沉，看上去这好像是个老习惯。他手头比较紧，害怕到任何卖东西的地方去。因为钱不多，所以他总是到比较落魄的地方去，却感到好像掉进了陷阱，因为他们不让他走，除非他买点什么。他们死乞白赖地缠着他，向他推销他不想要的和不需要的、没法用的和买不起的商品。设法向他们说明是毫无甩处的。他们根本不听。

不再有白天的亮光。不再有冰。不再有铺着垫子、前腿翘起后腿就会折断的椅子。不再有那些颜色俗气的桌毯。要是房间角落里的那个小摆设柜碰翻了的话，只要碰翻一次，就不再有那些傻里傻气的小摆设了，那倒也是件好事，查尔斯想着，他的心随即硬起来了。

“咖啡来了。”罗莎一边说，一边跨进房间，手里端着一个摆得很讲究的托盘。这一回，她没敲门。五点钟后就不再有咖啡了，除非你是外国人，而且——自然的——是有钱人。查尔斯觉得自己现在生活在那种虚伪的掩饰下，这正是他早先所受的教育教导他要轻视的。“我比她更穷。”他一边想，一边望着罗莎把蝴蝶柄的细瓷杯摆到桌上，铺开薄餐巾。“不过，事实当然不是这样了。一艘从美国出发的船正在为我开来，她可没有。在这所房子里，除了我以外，没有人有一艘带着钱为他从美国开来的船。我可以待在这儿，也可以随时离开，我始终可以回家……”

他觉得自己年轻、无知、笨拙，有许多东西要学，简直不知道从哪儿学起。他始终可以回家，可是这不是重点。从他现在的地方回到家里，路程可远着哪，这他完全明白。罗莎最后装模作样地、轻轻地拍了一下桌子，好像她简直没法离开咖啡桌似的，接着就走到后面去，说：“好了，你想坐下的话，我来给你倒咖啡。真可惜，咱们不在维也纳。”这时候，他内疚地记起来了，不再有比萨斜塔。她接着跟他说，显出一副活泼可爱的神情，“不然我就能给你喝真正的咖啡了。不过，这也不是世界上最糟糕的咖啡。”说罢，她跑掉了，她匆忙的行动带起了一阵风，等她走后几秒钟才平息。

咖啡确实跟查尔斯以前喝过的一样好，可以说非常好。他刚喝了第一口，只听得布森先生在过道里说话。“嗨，”他用响亮的低地德语发表意见，“这咖啡一股臭气。”

“你还是别跟我说你不喜欢吧，”罗莎恶狠狠地说，“你像个巨婴那样喝牛奶，把脏瓶子都搁在床底下。你真不害臊，布森先生。”

他们在钢琴声中静下来，起先是既有力又柔和的声音，紧接着传来了波澜起伏、绵绵不断的漫长的乐曲。查尔斯说不出什么缘故，很喜欢这音乐，就仔细地听起来。大概是那个波兰学生在弹吧，而查尔斯觉得他似乎弹得挺不错的。查尔斯靠在椅背上，感到一种心迷神醉的喜悦，好像受到了那恬静的节奏催眠，乐滋滋地陶醉在他能舒适地领会的曲调中。罗莎轻轻地敲敲门，踮着脚走进来，一个手指头按在嘴上，扬起眉毛，眼睛闪闪发亮。她走到桌旁，谨慎而麻利地拾掇餐巾和银咖啡壶。"迈先生，"她低声说，接着尊敬地加上一句，"肖邦……"查尔斯还没想好怎么回答，她端起盘子，踮着脚又走了。

查尔斯蒙蒙眬眬地睡着了，梦见这所房子快要烧光，处处都是无声无息地在颤动和跳跃的火焰。他一点也不害怕或者踌躇，从冒出熊熊火光的墙壁中间安全地穿过，走到外面宽阔、明亮的街道上，手里提着一个老撞他膝盖、累得他够呛的手提箱，可是他不能丢掉它，因为箱子里藏着他打算画一生的素描稿。他走到一个安全的地方，望着那所像塔一样高的房子的黑沉沉的骨架屹立在熊熊的烈火中，发觉只剩下他一个人，他惊奇地说："原来他们也都逃走啦。"这时候，一阵可怕的大声呻吟传到他的耳朵里。他立刻转过身去，连人影也没看到。呻吟声又从他背后响起来，冷不防把他吵醒了。他发现自己在重重叠叠不透气的鸭绒被里翻身，又沉又热。他好不容易挣扎着坐起来倾听，一会儿朝这面，一会儿朝那面，想辨明声音是从哪儿传来的。

"啊——啊喔喔喔喔。"从右面房间里传来绝望的叹气声，这声音越来越低，变成一阵快要听不见的挤压出来的疲劳的喘息。查尔斯还没有决定怎么办，就发现自己已经站在右面的门前，用手指尖轻轻地敲着。

"喂，有什么事情？"传来的声音带着睡意，可是明显地透露出怒气。

“我能为你做些什么吗？”查尔斯问。

“不，不，”那个声音绝望地说，“不，谢谢你，不，不……”

“对不起。”查尔斯一边说，一边想着自从他来到这个城市以来，整天而且天天地对这个人，或是那个人，说这句话，要不，就是想到这句话，或是感觉到这句话。他的脚底在光溜溜的地板上感到刺痛。

“不过，请进来吧。”那个声音说，语气变得稍微亲切一些了。

那个年轻人坐在乱糟糟的床边，头发淡黄，肤色极白。查尔斯经常在街上遇到的那些年轻人当中看到这样的人。他的头发、眉毛和眼睫毛都是淡乳脂色的，皮肤是乳白色的，眼睛淡蓝里泛出灰色，几乎是没有表情的；只是眼睑有点突起，使他看上去像只聪明的小狐狸。他的脑袋又长又窄，面貌光洁，轮廓分明，查尔斯模模糊糊地想到这样的脸是贵族的面相。从眼前看到的来说，这是个相貌堂堂的人，也许是二十一岁吧。他慢腾腾地站起来；查尔斯身高六英尺，这个人的身高只到他的眼睛那儿。他身上只有一处出了毛病：他左边的脸肿得厉害，左眼下面肿得几乎连眼睛也睁不开了，从左耳到嘴那半边脸颊上粘着一条一英寸宽的贴膏，贴膏边上的肉呈现出肮脏的蓝色、绿色和紫色的斑点。错不了，他准是那个海德堡学生。他站起来，微微弯着的手轻轻地虚按在左边脸颊上，并不用力碰到皮肉。

“好吧，”他说，嘴一直紧绷着，眼睛从绒毛似的浅色眉毛下望着查尔斯，“你可以亲眼看看。没什么可说的，可是它把我折磨得好苦。像牙痛，你也知道。我听到自己在睡梦中吼叫。”他说，而他的眼神暗暗地令查尔斯怀疑起他的话。“我一叫就醒过来了。你敲门的时候，说实话，我还以为是罗莎送冰袋来了。我不需要冰袋了。请坐吧。”

查尔斯说：“我还有点白兰地，也许那倒有点用处。”

小伙子说：“天啊，那还用说。”接着又不由自主地呻吟起来。他毫无目的地在房间里转来转去，一只伸开着的手老放在脸旁，好像他料到自己的脑袋要掉下来，希望在它往下掉的时候，能把它接住似的。他穿着一套淡色的棉睡衣睡裤，在淡黄色的床头灯光中，看上去像要逐渐消失一样。

查尔斯穿着他的旧羊毛长袍和毡拖鞋，拿来两个玻璃杯和一瓶白兰地。他倒酒的时候，那个年轻人望着杯子里的酒渐渐倒满，那副模样好像要扑上来似的。不过，在查尔斯把杯子递给他以前，他控制住了自己的双手，他在杯子边上闻了闻，然后他们碰了碰杯，喝起来。

"啊。"那个年轻人说着，小心地把酒咽下去，脑袋一仰，稍微向右歪一点。他把右嘴角向查尔斯卷起来，闪着微光的右眼带着感激的神情望着他。"真舒服。"他突然加上一句："汉斯·冯·格林，听候吩咐。"

查尔斯说了自己的名字，那个人点点头，说话停顿的时候，酒杯又倒满了。

"你喜欢柏林这里吗？"汉斯有礼貌地问，用两只手焐暖他的白兰地。

"到眼下为止，挺好的，"查尔斯说，"当然了，我还没有安定下来。"他注意着汉斯的脸色，希望自己的德语不至于妨碍他们的谈话。汉斯看上去好像完全听得懂。他点点头，又喝起来。

"我差不多走遍了全城，到过许多博物馆啊、咖啡馆啊，当然，都是第一流的。这是一座伟大的城市。不过，柏林人倒不为它骄傲，要不，就是假装不为它骄傲。"

"他们知道，跟其他城市比起来，它压根儿不算好，"汉斯直截了当地说，"我真想不通，你干吗上这儿来。可去的地方有的是，干吗偏上这个城市来呢？你爱上哪儿都行，是吧？"

"我想是这样，"查尔斯说，"可不是，一点儿不错。"

汉斯说："我爸爸叫我上这儿来请一个医生治疗，那是他的一个老朋友，可是十天以后，我就要回海德堡了。那个波兰人是个弹钢琴的，所以他上这儿来，因为弹钢琴的似乎都认为施瓦茨科普夫是唯一的大师。过道南边的布森先生啊，是个低地德国人，而且住在达尔马提亚，所以对他来说，不管发生任何事情，也许都是一个比较好的变化。他自以为在这儿受教育，可能是这样。不过，瞧你。一个自由自在的人，可你却来柏林。”他脸的一边浮起微笑，接着痛苦地哆嗦了一下，“这么说，你要待下去啰？”

“三个月，”查尔斯说，相当沮丧，“除了我从前有个好朋友，他是德国人以外，我不知道自己干吗要来。他以前常跟他家人上这儿来——这是多少年前的事了——他总是说，去柏林。我一直认为该上这儿来；话说回来，要是没见识过许多别的地方的话，这儿看来也挺好的。当然啦，还有纽约。我只在那儿待了一礼拜，可是我喜欢它，我想我会愿意在那儿过日子。”

“当然啦，那可是纽约，”汉斯满不在乎地说，“可是在这儿，明明还有维也纳和布拉格、慕尼黑和布达佩斯、尼斯、罗马和佛罗伦萨，还有，啊，巴黎，巴黎，巴黎。”汉斯说着，几乎突然快活起来。他模仿一个德国演员模仿法国人的动作，亲亲自己的手指，然后手指轻轻地向西方扭动。

“我过一阵子要到巴黎去，”查尔斯说，“你去过那儿吗？”

“没有，不过，我将来要去的，”汉斯说，“我的计划都安排好了。”他站起身来，好像这句话使他兴奋起来了似的，他把长袍裹住两个膝盖，轻轻地摸摸脸颊，又坐下来。

“我希望在那儿待上一年，我要进一个画室，画一些画。也许我还没离开那儿，你就来了。”

“啊，我还得在海德堡待一年，”汉斯说，“我爷爷老了，是他给我钱的，所以我一定要先跟他在一起至少待几个月。那之后，我就可以去了，那时候，我就能自由自在地过一阵子，也许有两年吧。”

“真奇怪，把一切都这么安排好了，”查尔斯说，“我还没有想过，从现在起，我在接下来的两年里会在哪儿。也许会发生什么事情，叫我连巴黎也去不成哪。”

“啊，一切都需要有个计划，”汉斯一本正经地说，“要不，咱们怎么可能知道自己的处境呢？再说，家里人都把事情安排妥当了。我甚至知道我将来要娶哪个姑娘，”他说，“还知道她有多少钱。她是个极出色的姑娘，”他说，并不兴奋，“不过，巴黎之旅会是我自己的假日。到时候我可以爱干什么就干什么。”

“总之，”查尔斯认真地说，“我挺高兴自己到这儿来了。所有美国人都想早晚到欧洲来一回，你知道。他们认为这儿有些东西值得瞧瞧。”他背靠在椅子上，架起腿，觉得跟汉斯在一起挺舒服。

“欧洲是有些东西值得瞧瞧的，”汉斯说，“可是不在柏林。你在这儿是白费时间。要是办得到的话，就去巴黎。”他踢掉拖鞋，钻进被子，堆高枕头，非常小心地让脑袋靠上去。

“我希望你现在好受一点，”查尔斯说，“也许你现在能睡了。”

汉斯微微皱起眉头，往下躺去。“我没有什么不对头，”他声明，“我刚才睡着了。完全正常，这时常发生的。”

“好吧，再见。”查尔斯一边说，一边站起来。

“啊，别走，再待一会儿。”汉斯说，挪动着身子坐起来，决定不睡了。“我告诉你——去敲塔德乌什的门，把他也叫起来。他睡得太多了，就在隔壁。去吧，你愿意的话，亲爱的朋友。他会高兴的。”

查尔斯敲门后，有一会儿寂静无声，接着门在黑暗中无声地打开了。一个瘦长的年轻人出现在过道里，他小小的尖脑袋向前伸出着，像鸟脑袋一样。他穿着一件单薄的紫红色丝质晨衣，两只泛黄的长手平放在胸前，一只手按在另一只上，手指头都并在一起。他看上去没有一点睡意，那双尖锐的、小小的黑眼睛里流露出微笑和亲切的神情。“出了什么事？”他问，他的英语没有一点儿波兰口音，“那个该死的决斗者又在鬼哭狼嚎了吗？”

“不完全是。”查尔斯说，他因听到对方说英语而感到很高兴，而且对他的措辞感到讶异，“不过，他睡得也不安稳。我们刚才喝了一点白兰地。我是查尔斯·厄普顿。”

“塔德乌什·迈。”那个波兰人说，悄悄地溜出来，随手轻轻地关上门。他说起话来慢条斯理，声音只比耳语高一点。“尽管有一个叫人误会的姓，但我确实是波兰人。任性的奶奶嫁了个奥地利人。我家族里其他人都有像扎莫伊斯基这样的姓，幸运的家伙。”

他们走进汉斯的房间，塔德乌什马上用德语说：“行，行，你会有一个挺漂亮的伤疤的，”接着探出身去，用内行的眼光察看伤口，“恢复得挺不错。”

“会永远留下伤疤。”汉斯说。他脸上的表情是查尔斯完全没法理解的。这表情在他的脸上像是光线的变化，缓慢而深沉，看不到丝毫眼睑和脸部肌肉的扭动。这是从汉斯内心深处那个神秘的所在，他的生命真正的居住地点，涌上来的表情；这是惊人的骄横、喜悦、无法说明的虚荣心和自我满足。他躺着，一动也不动；随着他的本质的起伏变化，这副神情出现，显著，减退并消失。查尔斯想，唷，我要是画他而不画出这副神情的话，那我压根儿就没画出他。塔德乌什低声谈着，亲切地说着法语和德语。这么轻松地使用各种语言，令查尔斯感到不可思议。他紧张地听着，可是塔德乌什利落地挥挥手里的白兰地酒杯，看上去好像是在随意说话，不过汉斯也专心地听着。

查尔斯觉得不说话挺自在的，便设法想象汉斯带着那个伤疤在巴黎的情景，又设法想象他带着那个伤疤在美国，譬如说，在一个像圣安东尼奥那样的美国小城里的情景。在巴黎，人们也许会明白这是怎么一回事，可是在得克萨斯州的圣安东尼奥，那个伤疤会引起什么猜想呢？那儿的人们会以为他干了什么丢人的事，很可能是狼狈地落在一个墨西哥人手里，挨了刀子，要不，就是他坐的汽车失事过。他们会想，这样一个漂亮的人破相得这么厉害，真是可惜；他们会知趣地绝口不提，眼光避开他的脸。查尔斯猜想，哪怕是在巴黎，那些明白这档子事的人也会不赞成的。有那么一些德国人，煞费苦心地在脸上留下一道一辈子都不会消失的凹凸不平的青黑色的决斗伤疤，汉斯不过是其中一个罢了。他不由得想起，除了在这个小小的国家里，没有其他地方能使汉斯炫耀他的伤疤和制造伤疤的办法。在任何其他地方，这样做看起来都是奇怪的，是不幸的，或者说，是丢脸的。查尔斯一边听塔德乌什唠唠叨叨地讲个没完没了，一边望着汉斯；他陷在一连串解决不了问题的循环论证中苦苦思索，想方设法地要摆脱出来。这不过是这个国家的一种风俗罢了，就是这么一回事。当然了，看待这件事情就得用这个态度。不过，在查尔斯认识的朋友当中，凡是看到汉斯的，没有一个——过去没有，将来也很可能不会有——事后不会悄悄地问："他怎么留下这道伤疤的？"也许库诺除外。可是库诺从来没有说过这种事情。库诺说过，军官们走过来的时候，你要是不从人行道上走开，就会被推开，还说他妈妈和他一起走的时候，她老是走到街心，给他们让路。库诺对这并不生气，他还相当羡慕那些穿着大衣、戴着头盔的高个子军官呢，可是他妈妈却对此非常讨厌。多年来，查尔斯一直记得这些话；这跟他亲身经历过的任何事情毫无关系，然而他一直把它作为毋庸置疑的事实贮藏在记忆中。在他看来，库诺在陌生的异国度过的那部分生活，比他们在一起度过的任何生活更真实。

职业拳击手的耳朵会变成菜花耳[①]，不过，这并不是有意的，是比赛造成的危害。侍者们害一种叫腰子脚的毛病。吹玻璃的工人吹得脸

① 菜花耳，指的是耳朵因多次遭殴打而永远肿胀。

颊都变了形，像口袋似的垂下来。小提琴手的下巴上一直夹小提琴的部位有时候会有脓肿。士兵们的脸时常被炸得破相，不得不通过外科手术整容。各行各业的人在干活的时候，会遭遇各种各样的事情，发生意外事故，要不就是日积月累、几乎在不知不觉中变得畸形，等到发现，已经来不及补救了。决斗几乎在各处都是一个受尊敬的古老的风俗，可是总得先翻脸啊。他看到过他曾祖父的决斗手枪，一件放在天鹅绒衬里的盒子里的传家宝。可是，什么人会只是为了好玩，就冷酷地站着，让另一个人当面在他脸上留下一道口子呢？而且从此以后，尽管人人都知道他是怎么受伤的，他还会因伤口摆出一副扬扬自得的神情呢？而你还应该赞赏他这样做。查尔斯一看到汉斯就喜欢他，可是哪怕他们两人在一起住上一千年，他的有些事情查尔斯还是弄不懂的；这种事情你要么赞成，要么反对，一点含糊不得，查尔斯在当时当地反对那个伤口，反对伤口存在的原因，反对一切允许制造伤口的说法，只是因为他接受不了这种行为。

不过，他还是喜欢汉斯，并且希望他没有那个伤口。可是伤口明摆着，成为一个不大可能的、叫人毛骨悚然的存在，就好像大中午的，他竟然在库菲斯滕丹大街上遇到一个披着甲胄的骑士，或是《死亡之舞》中的那个骷髅。

“你会讲法语吗？”塔德乌什终于转过脸来问查尔斯。

“会一点儿。”查尔斯说，可是他害怕讲法语。

“你真幸运，”塔德乌什说，“你使用的是人人都想学的语言。法国人使用的语言也是。可是拿我来说吧，各种讨厌的语言我都得学，因为除了波兰人以外，没人说波兰语。”

他是个身材狭窄、脸色泛绿的年轻人；他的眼睛在亮光下呈鹅肝色。不知什么缘故，他看上去好像性子暴躁；他一边说话，一边不断地捻着头顶上一绺枯黄的头发，嘴角流露出一丝不自然的聪明的微笑。

“我甚至能讲低地德语，可是布森先生假装听不懂我的话。”

“他就是今天被咱们的女房东骂过的那个人。”查尔斯话一出口，顿时觉得自己说得不得体。

“今天？”塔德乌什问，“她天天骂他，不是为这就是为那。他很蠢。所有低地德国人都蠢得叫人意想不到。让罗莎把气都出在他身上吧。这样她就不会尽找咱们其余人的麻烦了。她讨厌得要命，那个女人。”

“得了，”汉斯烦躁地说，翘起下巴，“你能指望什么呢？这是膳宿公寓。”

“还被列入了推荐名单呢。”塔德乌什亲切地说，吸了一口烟，他用第三和第四两个手指头的最后一节夹住烟卷，点着的那一头朝向手掌，“我不指望什么。”

“只要她别碰我的纸就行。”查尔斯说。

“你是给我们大伙儿付房租的有钱的美国人，”塔德乌什微笑着说，“你有真正的薄纱窗帘，最好的鸭绒被褥。不过，你要是干出什么不得体的事情来，记住，布森先生会逮住你的。”

查尔斯听到这话，摇摇头，心里想这太接近真实情况了，因而一点也不好笑。他再倒了一点白兰地，他们又都点了一支烟卷。两个客人舒适地靠在椅子上，汉斯翻身侧睡。他们都感到心平气和，友好亲切，好像他们开始互相熟悉起来。门上响起三下短促而清晰的敲门声，接着传来了罗莎的说话。她用预先准备好的措辞，口气亲切而严厉地提醒他们，已经三点钟了，房子里别人可能会想睡一会儿哪。他们露出同谋的微笑，互相瞟了一眼。

“罗莎，亲爱的，”汉斯说，耐着性子一心要说服她，“我难受得要命，他们来陪我。”

“你不需要任何人陪你。”罗莎尖刻地说，“你需要睡觉。”

塔德乌什悄悄地站起来，突然打开门；罗莎发出低低一声尖叫，飞快地逃走，仿佛一个穿晨衣、戴发网的幽灵。他在她后面大声安慰她："我们马上就走。"接着转过身来，近视的小眼睛里显出淘气的闪光。"我就知道这一招会把她吓跑的，"他说，"这个女人挺爱虚荣，好像她还是二十岁似的。你会觉得咱们像是住在一座该死的监狱里，"他又拿起酒杯，接着说，"不过，整个柏林都是这样，老实告诉你，"他跟查尔斯说，"我巴不得马上回伦敦。你无论如何应该上那儿去。说真的，我几乎观光过所有的城市——你那个大得像寓言中的城市纽约除外，那些从空中拍的相片可把我吓坏了——而伦敦是唯一适合文明人住的地方。"

汉斯谨慎地摇摇头，重复着说："不，巴黎，巴黎。"

"对，"塔德乌什用英语说，"Okay。这是我从一个美国人那儿学来的：典型的百分之百的样本，他这么告诉我。他是从亚利桑那州来的一个牛仔，戴着阔边牛仔帽。他是个狂热的教徒和素食者；每天早晨，吃早饭以前，他会喝下满满一大杯威士忌。他爱上了一个玩蛇的女人，她还表演扇舞哪。我认识他的时候，他在左岸开一家小酒馆，墙上挂满了鹿角和套索。他跟那个玩蛇的女人吵翻了，用套索套住她，拖着她在地板上到处乱走。她立刻就跟他分手了，可是临走前，在他床上放了一条毒蛇。亏得没有伤人。他就是这样说的，对他来说，一切 Okay。"

汉斯说："请问，你在说些什么？别忘了我不懂英语。"

塔德乌什用德语说："我在说明我是从哪儿学会说 Okay 的。"

汉斯点点头，"啊，是啊，我也完全明白这个字的意思，Okay。说到英语嘛，我只懂得这一个字。"

为了证明他们是不受人摆布的男人，他们还稍微逗留了一会儿，从容地说了明天见，然后分别。

早晨，查尔斯从洗澡间里出来，在过道里遇见了布森先生。布森先生穿着一件棉布短浴衣，拿着一条脏兮兮的湿毛巾。他肥胖的圆脸上露出伤心和迷惑的神情，好像他是一个在家里受到非常严厉的管教的孩子，所以在世界上其他地方也不敢奢望会有比较好的待遇了。查尔斯是被罗莎为了什么事情骂布森先生的声音吵醒的。过了一会儿，她端来了咖啡、面包和黄油。这么一大早，她的头发已经梳好，衣服穿得整整齐齐，只是眼睛里微微闪着怒火。她拉开窗帘，关掉电灯，把冬日里像脏水一样混浊的白天的亮光放进房间来。她转身走出去，敲敲洗澡间的门，用一本正经的、权威人士的口气说："十五分钟了，你的时间到了，布森先生。"回到房间，她一挥手，掀起被子，查尔斯坐在桌子旁，头上感到她扬起的一阵微风。紧挨他站着，她突然叹了一口气："啊，井井有条、平平静静地生活有多困难啊，我以前过惯的是这种正常的生活嘛。就拿洗澡间来说吧，老是有刮胡皂啊、牙膏啊、水啊，漆布上有水，镜子上都溅着水渍，样样都不干净。啊，厄普顿先生，我真不懂男人为什么从来不洗浴缸。啊，就说那个布森先生吧。他的床上天天都尽是干酪和饼干屑，而柜子里他的衣服中间，时常有一罐罐开了罐的沙丁鱼；他吃胡桃，把壳藏在壁橱里。说什么他将来会当教授，这可算不上理由啊。而且房租每个月都迟付。我要是不能按时收到房租的话，他觉得我该怎么活下去呢？"

查尔斯窘得满脸通红，站起身来，说："你要是等几分钟的话，我马上就出去，不会妨碍你了。"

"你并不妨碍我。我干我的活儿，你干你的。并没有妨碍嘛。"她眉开眼笑地望着他，似乎摆脱了刚才那种绝望的心情，"老实告诉你吧，大战以前，我有五个用人，管花园的和开汽车的还没算在内呢，我的上衣是从巴黎买来的；家具呢，是在英国买的；那会儿，我有三条钻石项链，厄普顿先生，三条哪——我有时候弄不懂自己怎么会落到这个地步，这种想法并不奇怪吧？我像个用人那样铺床，"她说，"我还擦洗脏地板哪……”

查尔斯觉得被她逼得走投无路，便拿起帽子和大衣，用德语结结巴巴地说了一句连他自己也听不懂的话，匆匆忙忙地走了出去。罗莎这样不顾体面地吐露她个人的事情，而且她还知道了他有弄脏洗澡间这个丢人的习惯，这把他吓坏了。

他当掉了他的照相机。他原本估计几乎拿不到什么钱，可是那个沉默的小个子男人把他那个瘦削的鼻子从一本书上抬起来，用内行的眼光满意地察看那个漂亮的机器，然后一句话也不问，给了他一百马克。查尔斯感到自己一下子发了大财，兴高采烈地跑回公寓，希望工作一会儿。离他自己那所房子的门还有几步路，他看到布森先生走进去，攥着一个棕色小纸包——也许是面包和鹅肝肠吧——在冷得刺骨的天气里连大衣也不穿。查尔斯在楼梯那儿赶上了他，因为布森先生弯着肩膀走得慢吞吞的。从背后看，他好像是个中年人，可是向查尔斯转过来的那张脸看上去好像比实际年纪更年轻，还隐隐约约地显出即将消逝的童年的痕迹。他的鼻子又红又湿，两只眼睛里含着眼泪，没有戴手套的手拿着那个纸包，指关节都开裂了。

“早上好。”布森先生说，他那张迟钝的脸有一刹那露出喜悦的神情，好像他希望遇到什么高兴的事情似的。查尔斯放慢脚步，他们交换了姓名，默不作声地一起走着。罗莎为他们开了门。

“啊，”她说，怀疑地从这一个瞟到那一个，“原来你们已经认识了？”

“是啊。”他们异口同声地说，而且团结一致，从她身旁走过，不再吭一声。罗莎一边走进她自己住的地方，一边自言自语。

“她每次跟你说话，都侮辱你吗？”布森先生带着逆来顺受的忍耐的神情问道。

“还没有。”查尔斯说，他开始发觉没挨骂对自己不利。他感到自己不愿站在罗莎的那边。哪怕他有办法做罗莎的宠儿，他也不情愿。布森先生说："她天天至少侮辱我半个钟头，接着她就去侮辱迈先生，不过方式不一样罢了，因为他非常机灵，会用她不懂的滑稽的谈吐回答她，转过来侮辱她一通。她把冯·格林先生变成一只家猫，因为他进行了一次决斗，不过，这情形不会长久的；她对你有礼貌，是因为你是个外国人，而且房租比我们付得多。不过，你等着吧。反正会轮到你的。"

"好吧，哪一天轮到我，"查尔斯满不在乎地说，"我就搬走。"

"难道你付得起整三个月的房租，以免她去警察局告你吗？"布森先生惊讶地说，"天啊，你一定很有钱。"

查尔斯摇摇头，觉得这些几乎全是废话。布森先生的脸上露出一种强烈得近乎憎恨的嫉妒神色，他停住嘴，从头到脚地打量着查尔斯，好像查尔斯是另一种不大可能存在的、有点讨厌的生物。"啊，我说，"他说，"这可不是闹着玩的，我劝你遵守我们这些莫名其妙的习惯，不要惹出任何乱子，哪怕是最细小的事情，都会惹起警察的注意。我告诉你这些，是因为你对这个国家不熟悉——他们不喜欢外国人上这儿来。"

"谢谢你。"查尔斯沉着脸说，憋着一肚子气。

这次扫兴的谈话先是叫他沮丧，接着使他生气。他觉得又好气又好笑，转而坐下来，急匆匆地画起来，根本没有什么计划。他不时抬起胳膊肘，尽量吸进空气。墙壁似乎从四面八方向他逼近，他想象他能听到其他房间里的那些人的呼吸，他闻到汉斯的绷带上的碘酒味儿、布森先生嘴里的变质了的沙丁鱼味儿，罗莎的叫他恶心的有点亲热的女性歇斯底里。他画旅馆里的那两口子，把女的画成一只病恹恹的狐狸，把男的画成半猪半虎。他画布森先生那张无知的脸，画了几次，每画一次就感到更亲切。那家伙有点道理。他带着满腔怨恨画罗莎，先把她画成邋遢的烧饭女用人，接着把她画成干瘪的老妓女，最后把她画成赤身裸体。

仔细看着这些画，他确定自己已经大大地发泄了对她的怒气，接着把它们一股脑儿撕成碎片。他顿时又感到惋惜，可是没有一个地方可以把那些画藏起来不让她看到。接着，他非常平静地开始根据记忆，画汉斯脸上流露出的为他的伤口感到骄傲的奇怪表情。他全神贯注地画着，心情越来越平静，开始对自己的生气感到害臊，弄不懂自己刚才怎么会冒火的。他们都是好人，都困难得要命，一起挤在这套小公寓里，没有足够的空气、足够的空间、足够的钱，什么足够的东西都没有，没有地方可去，没有事情可做，只是互相折磨。我随时能回家，他告诉自己，不过，我原先干吗上这儿来呢？

塔德乌什的钢琴声打断了他作画。他愉悦地听着，舒适地靠在椅子上。这家伙弹得真不赖。查尔斯在收音机上听到过许多著名的钢琴家演奏；在他听来，他们弹得并不比塔德乌什好多少。塔德乌什懂得怎么演奏。他画塔德乌什坐在钢琴前，像鸟一样的脑袋，嘴角上尽是细细的绷紧的皱纹，手指头像鸟爪子。"活见鬼，也许我是个漫画家。"他想，可是他并不真为这件事挂心。之后他又静心作画，忘了去听了。

过道里突然响起一阵急匆匆的脚步声，接着罗莎的尖厉的哭喊声慢腾腾地传到他的耳朵里，他还没有完全回过神来，直到她一边砰砰地敲门，一边用确实吓慌了的声调大叫："啊，天啊，啊，天啊，厄普顿先生，来帮帮我。来帮帮忙。布森先生……"查尔斯这才清醒过来。他打开门。塔德乌什和汉斯已经站在布森先生的房门口了。罗莎的脸上淌着眼泪，她蓬头散发，"布森先生服毒了。"

查尔斯吓得浑身冰凉，打了个冷战。他马上跨出房门，和其他人一起走进布森先生的房间。

布森先生跪在床边，两条胳膊紧紧搂着一个卧房里用的大罐在呕吐，一句话也不说，只是在一阵阵痉挛稍微平静的当儿喘一口气。可是，他还能举起一只手，强烈地挥动，咕哝着：“走开，走开……”

“把他挪到洗澡间去，”罗莎喊叫，“去找一个医生，去拿水来，看在老天分上，小心别弄脏地毯。”接着查尔斯双手伸到布森先生的胳肢窝底下，把他扶起来，这时，塔德乌什拿着湿毛巾走来了；汉斯呢，正捂着他的脸，赶去打电话。

“别去，别去，他妈的，”布森先生拼命嚷叫，“别去请医生，别去。”他稍微挣开查尔斯的搀扶，身子倒伏在床前的踏脚板上，手按着肚子，显然痛得很厉害，他的脸变成吓人的紫绿色，汗珠像阵雨似的从他的眉毛和鼻子上流下来。

“啊，你干吗做出这样的事来？”罗莎一边哭，一边大声说，“竟然服毒了，跟你的朋友们待在一起嘛，你怎么能干这种事呢？”

布森先生强打起精神来抗议。“我跟你说过，我没有服毒，”他用浑厚悦耳的男中音喊道，“我跟你说过，我吃了点东西，然后食物中毒了。”他又瘫在大口罐上，开始呕吐了。

“把他挪到洗澡间去。”罗莎喊叫道，扭着双手。“我知道，”她说，又对着布森先生发火了，“那红肠，所有那些沙丁鱼，那鹅肝酱，我提醒过你，可是你不听，你偏不听，就是不听，只有你是个明白人嘛。我跟你说过多少回……”

“别管我，”布森先生拼命喊叫，“别拉我。”

查尔斯和塔德乌什一起使劲儿了。“来吧，”塔德乌什用熟络的口气说着低地德语，“来吧，我们会扶着你的。”

他们搂住他的腰部，这样一来，他就像个麻袋似的垂下来；他们尽可能轻手轻脚地拖他。“啊，全能的上帝啊，”布森先生呻吟着，确实感到绝望了，“别管我。”不过，他们一点也不尊重他的想法，好像他已经咽气似的，径直把他拖进了洗澡间，关上门，而且把门锁起来。查尔斯马上又出来，撒腿跑出公寓，帽子也没有戴。只过了几分钟，他回来了，拿着一大包从药房里买来的药，不理睬罗莎问的话，又关上洗澡间的门，他和塔德乌什认真地给布森先生治疗。

罗莎转向汉斯，脸上尽是眼泪，她还在哭，一边吩咐汉斯回房间去睡。汉斯说："不，你不必费心了。我好多了。现在我要到诊所去了。"

"你会使伤势恶化的。"罗莎哭哭啼啼地说。

"不会的，你可能想不到，我会完全好起来的。"汉斯冷静地说，接着就走了。

布森先生安稳地躺在床上，额头上放着一个冰袋，他的三个新朋友减轻了他的痛苦，安慰他，还为他做了清洁，全心全意地侍候他，他一声不吭，满脸怨气，丝毫没有感激的神色。他看起来并不乐意跟我们在一起，查尔斯想，而我们还是干劲十足地做了一件好事。布森先生——他们干吗这样正式地称呼他呢？他还不到二十四岁——看上去瘦削而腼腆，他一直闭着眼，要不，就脸向着墙；塔德乌什端着一盆从馆子里买来的热汤走进来，他摇摇头，看上去好像快要掉眼泪了。罗莎看到那盆汤，自尊心也受到伤害。

"你一定要让我来准备他的伙食，"她跟塔德乌什说，"我不想让他再食物中毒。"她把汤端走，然后把这热得滚烫的汤又摆在一个精致的托盘里再端进来。她看上去很温和，而布森先生呢，蔫头蔫脑的，没有食欲。

查尔斯注意到布森先生的书桌上摆着一叠叠纸，纸上写的尽是没完没了的数学计算，这些数字他认得出，可是看不懂。罗莎摆弄着那些纸，设法把它们理整齐。在过道里，她跟查尔斯说："你可能不知道，布森先生在大学里被认为是一个非常有才气的数学家。他有希望成为一个学识渊博的人。"她说着，神情骄傲，好像布森先生是属于她的，

“如果说，我有时候为他生气，那是因为他需要有个人教他养成良好习惯。他的伙食啊——唉，简直糟得不像话。现在他感到害臊了，因为你已经发现他的日子过得多苦了。穷真是太可怕了。”眼泪似乎不但从她的眼睛里，而且从她的皮肤里淌出来，眼泪和汗水混成一片，盖满她的脸，“我们该做些什么呢？我们会落到什么地步呢？”

塔德乌什走出来，抓住她的胳膊。“别说了，罗莎，”他一边说，一边轻轻地摇她，“到底是怎么一回事，知道吗？原来布森先生吃了一条沙丁鱼，给自己惹下了麻烦。去睡吧，我们会照顾他，而且不会造成任何打扰的。”

“我太紧张了。”罗莎一边说，一边感激地对他微笑。

他们望进去，看向布森先生。他安静地躺着，一条胳膊横在脸上，好像安眠药粉起作用了。“随我来，”塔德乌什跟查尔斯说，“我也有一点儿白兰地。”

汉斯走进来，脸上用新纱布和橡皮膏包扎着，伤好多了。他没有喝倒给他的白兰地，说：“你们认为咱们应该去看护他吗？你们认为应该去吗？”

“不用，我以为压根儿不用去，”塔德乌什短短地停顿了一下，说，“你呢？”他问查尔斯。

“我认为这是实话。”查尔斯说。

“好，”汉斯说，“给我留一杯，”他说，接着关上他的房门。

塔德乌什的狭窄的房间里拥挤地摆着一架竖式钢琴，还有个小小的不发声的键盘，查尔斯仔细地察看，还笨手笨脚地抚摸。“我一天在那上面弹七个钟头。”塔德乌什说，伸开双手，把手翻来覆去，“你们应该高兴才对。这场该死的自杀风波总算平息了，我今天可没法再弹了。我们不妨大醉一场。”他一边说，一边给查尔斯看瓶里还剩下四英寸白兰地，“说正经的，我并不贪杯。不过，要是在这地方待得太久，我会喝得很凶的。”

查尔斯说：“这地方也叫我沮丧，我真希望找出原因。跟真正穷苦的人比，那种人我在这儿和美国都见过，哪怕是布森先生也几乎可以算是有钱人。跟真正有钱的人比，我想我也只能算是穷光蛋。可是我从来不觉得自己穷，我也从来不怕穷。我一直认为，我要是真的什么都不要，一心只想弄钱的话，我是办得到的。可是在这儿——我不知道……人人看上去都这么觉得受排挤，不知怎么的，都这么担心，而且他们一秒钟也没法不想钱。”

“请别忘了，他们打了败仗，”塔德乌什说，手指头滑过那个不发声的键盘，弄出一阵均匀的嗒嗒的木头声，“这无限地损伤了一个民族的品格，你也知道。不过，我一点都不同情他们。至于谈到受排挤的感觉，哈，你得变成一个波兰人才能懂得这到底是什么滋味。那些又肥又大的丑东西，”接着他架起腿，开始扯头顶上的那绺头发，“老天在上，他们应该做一阵子波兰人，才能知道肚子饿是什么滋味。”

“他们并不都长得丑，”查尔斯说，“完全不是。”

“说得对。”塔德乌什冷淡地说，闭上了那双小眼睛。查尔斯想，我该说些什么呢？我应该热烈地为波兰人辩护呢？还是对德国人进行谴责？他确实想起了他那件长毛绒里子的大衣，拿不准把它送给布森先生是不是合适，也不知道怎么去送给他。他能干脆地敲敲房门，这样说吗？——“这件大衣反正我不需要了。”（不行，这样说不行）要不，就说：“你要是没有大衣的话，干吗不把这一件拿去用一阵子呢？”应该找一个得体的办法。他向塔德乌什说明，征求他的意见。

“啊，千万别送，”塔德乌什说，“这事你做不得。他非常骄傲，会火得要命的。再说，”塔德乌什摇摇一只脚，“咱们不得不承认，一个人的痛苦是他自己的，他时常为了个人的什么目的，甘心情愿地吃苦——咱们怎么知道呢？咱们往往为了错误的理由去怜悯别人。他们也许并不需要，或是压根儿不想要，你知道。可怜的老布森啊，咱们之所以这么说，是因为咱们觉得自己的处境比较好，比较安稳。有时候，有些事情比挨冻和饿肚子更糟糕。你想到过吗？你到底知道他对自己的想法，或是计划吗？我认为，在你确实知道以前，别去管他。”

“今天，咱们要是不管的话，他现在可能已经死了。”查尔斯说。

“即使是这样，咱们也可能是做了错事，”塔德乌什平静地说，“现在咱们只能等着瞧了。当然喽，咱们要是能给他钱或是吃的，而不让他知道咱们为什么这样做，那就另当别论了。可是，咱们办不到。出了这样的事情，你要是就这样去送给他一件大衣，嘿，你能指望什么呢？他会恨不得把大衣扔还到你的身上呢。一个人要是不担心施主的轻蔑的话，就可能会接受施舍。只有好朋友才能接受，或是互相提供帮助。要不然，是行不通的。”塔德乌什站起身来，快步走来走去，接着弯下腰来，盯着查尔斯，“亲爱的朋友，请别生气，我要说你们美国人总有一些很古怪的想法。干吗要这么乐善好施呢？你们指望从这种行为中得到什么呢？”

查尔斯说：“我不指望从中得到什么，我指望送掉一件大衣。我并不需要这件大衣，”他说，“总之就我来说，这件事就此结束了。”

“你的话听起来有火气。”塔德乌什说。他在查尔斯跟前站住脚，微笑起来。“别生气，你听我的美国话说得有多好？你因为能送掉一件大衣，会感到骄傲。而布森先生呢，身上会暖和。可是他收下那件大衣，就是接受一个外国人的施舍，那可能会毁掉他整个事业。试着理解这个情况吧。这我比你懂得多。要是有一天我到你的国家去的话，我会接受你对美国人的意见的。”

“我不相信美国人跟其他人有多不一样。”查尔斯说。

“相信我说的话，”塔德乌什说，“在我们看来，你们就像从另一个星球来的人。别送大衣给布森先生。他会为这件事恨你的。”

查尔斯说："我确实没法相信。"

"你要是硬要做恩人的话，"塔德乌什说，"你就得预料到被人憎恨。告诉你一件事。我知道有一个很有钱的人希望拿出一大笔钱去帮助年轻的音乐家。不过，他去找他的律师，坚持说捐款必须是匿名的，不管在什么情况下，不得公布捐款人的姓名。好吧，那个律师说，当然，这是能安排妥当的，可是费事，真是不可思议，他的委托人干吗要这么办呢？接着那个深谋远虑的人说：'我这人迷信，所以我不想让他们诅咒我的姓名。'"

"天啊。"查尔斯惊呼，他真的吓坏了。

"啊，可不是，天啊。"塔德乌什和气地说。

查尔斯把大衣留在壁橱里，带了牛奶和橙子去看布森先生。汉斯已经在那儿了，他坐在床边，劝布森先生再喝些汤。

那个病人接受了，像吞苦药似的吞下食物。查尔斯想，可不是，一点不假，他并没有任何好转；他看得很清楚，布森先生觉得他自己在慢腾腾地陷入一笔他无法偿还的债务。查尔斯在床脚旁，脑子里闪过一个有趣的场面：布森先生，这个施舍的对象，像一头在白雪覆盖的荒野上逃跑的公鹿，而汉斯、塔德乌什和罗莎，还有他自己，查尔斯，却像一群猎狗，为了要给他帮助和舒适，汪汪地叫着紧追他，要把他咬得跑不了，如果需要的话，咬喉咙也行。查尔斯好像听到了他爸爸的那群棕色斑点猎狗的低沉的、叫人沮丧的叫声。

罗莎用托盘端着咖啡走进来，盘子的一头摆着一个外形并不显眼的涂着黑漆的金属盒子。她站着，没有倒咖啡，双手摆在桌子上，低声说："我想这对任何人都不是个很好的日子。不过，我一直数落布森先生，心里感到很不安。我把这话告诉了他，他也答复我了，答复得很友好，"她说，"可是我知道，你，一个外国人，而且是从一个有钱的国家来的……”

“国家也许是有钱的，”查尔斯说，“可是那个国家里的大多数人并不……”

“这话怎么能指望别人听得懂呢，”罗莎摆摆手，不睬他的话，只顾说下去，“瞧，我要给你看点儿东西，那么，你也许多少会明白我们的遭遇。全世界的外国人上这儿来，带着钱……”

“我告诉你，拿我来说吧，我并不是有钱人。”查尔斯绝望地说。她瞪了他一眼，很像是在对他的撒谎表示轻蔑；她不至于这么蠢。他是最坏的那种有钱的美国人，装穷的那种。“带着钱，”她气呼呼地提高声音说，“然后他们就以为我们是下贱的人，因为我们担心怎么过日子。你们瞧不起我们，因为我们垮了，可我们为什么会垮呢，告诉我好吗？这是因为你们的国家在战争中抛弃和出卖了我们，你们原应该帮助我们，可是你们却没有。”她的声音低下去，变得沉痛和平静。

查尔斯用实事求是、通情达理的声调说：“我在船上的时候，一路上，那些德国人老是这么跟我说。事实上，我这一辈子一直听到人们谈论那场战争，可是我对它几乎没有什么记忆。我不得不承认，我也不大去想它。要是我想着那场战争的话，也许我压根儿不会上这儿来了。”

“你用不着去想它，”罗莎说，“可是在这儿，我们没有别的事可想。”她打开那个黑漆盒子，里面全是纸币，厚厚的一捆捆都用橡皮圈箍着。查尔斯只在一家大银行的栅栏窗的后面，一个行员的胳膊肘旁，看到过几眼这样大量的纸币。罗莎举起一捆。

“这些算不了什么，”她装出一副活泼的模样说，“这些每张只有十万马克……等一下。”她举起另一捆，用手指头捋捋纸币的边。“这些是每张五十万马克的——瞧，”她说，声音颤抖起来了。“这些呢，每张一百万马克。”她一边说，一边把一捆捆的纸币摆在他们身旁的桌子上，一眼也不看。她的脸上显出惶悚不安和肃然起敬的神色，好像这一刹那，她又跟以前一样相信这些纸的价值了。“你看到过一张五百万马克的纸币吗？这儿有一百张，你再怎么也看不到了——啊，”她突然感到一阵悲痛，哭了起来，双手紧紧抓着这些骗人的玩意儿，“现在去试试看，把这些一股脑儿拿去买一个面包，去试试看，试试看嘛！”

她的声音提高了，她毫无顾忌地哭着，丝毫不遮住自己的脸，两条胳膊无力地垂着，那些一钱不值的纸币掉到地板上。

查尔斯看着周围，好像在指望出现奇迹，得到帮助和拯救似的。他从她身旁退去，一心只想逃走，尽可能地措辞婉转：“我知道这是极可怕的事——不过，我有什么办法呢？”

这句笨拙的问话却有惊人的效果。罗莎的眼泪几乎立刻干了，她的声音变得更深沉，她说起话来，怒火直冒。“你什么办法也没有，”她激烈地说，“没有办法，你压根儿什么也不知道，你甚至没法想象……”

查尔斯从地毯上把钱拾起来，罗莎动手把一捆捆硬邦邦的灰色纸币再放进盒子，放得很仔细，先是这样摆，接着又那样摆，不时停下来用一条小手绢擤擤鼻子。“没什么可说，没什么可做。”她重复着，怨恨地瞪了他一眼，倒好像是他不管她的死活似的，这种怨恨的神情所表示的密切和气愤的程度，好像她跟他是一家人，要不，至少是熟络的朋友，要不——罗莎到底跟他有什么关系呢？一个陌生的中年女人，租借了一个房间给他，这个人他原来估计也许一礼拜只见上一面，交谈一回，而她在这儿，挤在他的身旁，紧挨着他哭哭啼啼，诉说她的苦恼，把对世界上的一切苦恼的责备强加在他身上，把他逼得走投无路，而且他找不到一个摆脱困境的办法。她关上盒子，双手搁在桌子上。“你落得这么穷以后，”她说，“就会害怕穷人和不幸的人。我害怕布森先生——不，我几乎恨他。我心里天天想：‘天啊，这样的人会给咱们大伙儿带来坏运气，他会把咱们大伙儿一起拖垮的。’”她压低了声调说，“不过，今天我发觉布森先生什么都顶得住，他为人坚强，真的毫不害怕。而这对我是个安慰，因为我样样都怕。”

她倒了咖啡，拿起那个漆盒，走了出去。

那一晚，公寓里所有的人都平静下来，美美地睡了一觉。查尔斯想，在自己和发生的事情中间，插进一个漫长、安静的黑夜，真叫人高兴。如果布森突然死了呢？他对布森感到亲切起来，那个人仍然活着——事实上，在用低沉的呻吟打呼噜，好像他没法使劲地呼吸似的。

第二天早晨，查尔斯伸进头去看布森先生，只见两个神情庄严、瘦得皮包骨头、有同样的棕褐色额发的年轻人跟他坐在一起，一个坐在床上，另一个坐在那张纤巧的椅子上。他们转过头来，盯着这个陌生人看，两人有着一模一样的深蓝色眼睛；布森先生看起来气色很好，人很高兴，向查尔斯介绍。孪生兄弟，他说，他的同学，现在快要实现他们一生中的目标了。在新年前夕，他们自己经营的一家有歌舞表演的小酒馆要开张了，酒馆开在一个舒适的小地下室里，供应最好的啤酒、冷菜，还有会唱歌跳舞的漂亮姑娘。规模不大，可是地方挺不错。布森先生希望，在开张的第一天夜晚，查尔斯能跟他一起去祝贺。查尔斯说，他觉得这是个好主意，还认为也许汉斯和塔德乌什也会高兴去的。哥儿俩打量着他，没有一点儿表情。

布森先生坐起来，好像身子里有了新的活力似的。“啊，可不是，咱们大伙儿一起去。”哥儿俩站起来，身材高得像巨人，其中一个说：“也不会花很多钱的。”好像为能报告这个好消息而感到高兴，他带着直爽而叫人放心的神情对查尔斯咧开嘴笑笑；查尔斯呢，也咧开嘴笑笑，算是回答。他跟布森先生说：“我要出去。我能给你带点什么来吗？”

“啊，不用了，”布森先生坚决地说，摇摇头，眼睛里隐隐闪着怨恨的亮光，“谢谢你，什么都不要。我马上要起床了。”

一段不长的台阶通向那家新开的有歌舞表演的酒馆，台阶的底部旁，摆着一盆给饥饿的小动物吃的碎食物。一只黑猫在那儿，吃得很快，一边吃，一边神经质地扭过头来瞟上一眼。孪生兄弟中的一个探出头来，满脸堆笑地请四位客人进去，他们发觉了那只猫，便仪式性地说："但愿这对它有好处。"他推开门，里面是一间小小的屋子，刚油漆过，灯光明亮，摆满了桌子，桌上全铺着红方格的台布，算是个过得去的酒吧间。屋子的尽头有一张长桌，桌上摆满冷菜。屋内的一切一览无余。彩色纸的装饰啊，垂挂在镜子上面的羽毛似的金银箔啊，那个摆满啤酒杯的架子啊，还有一个报时声像杜鹃叫的小钟，都显出自制的风味。

这不是查尔斯心目中的柏林的有歌舞表演的酒馆；他听人谈论过柏林的夜生活，指望看到更高雅的排场。他把这个想法直率地告诉了塔德乌什。

"啊，不一样，"塔德乌什说，"这儿完全是另外一回事。这儿将打造一种规矩、保守的德国中产阶级气派，大量供应欢乐的情绪和啤酒。你可以带你的最天真的孩子上这儿来，要是你有一个天真的孩子的话。"他看上去兴高采烈，汉斯和布森先生的兴致也挺高：他们走来走去，称赞兄弟俩的一切布置。他们都高兴得兴奋起来，因为他们从前都不认识任何经营有歌舞表演的酒馆的人，而这一回居然知道这家酒馆开办的情况，觉得有趣极了。他们几乎顿时叫起布森先生的名字来了。塔德乌什是第一个这样做的。

"奥托，亲爱的朋友，你能借我个火吗？"他问，奥托其实并不抽烟，但也高兴得涨红了脸，在一个个口袋里摸索，好像他指望找到火柴似的。

他们是第一批来客。兄弟两人从那扇通向厨房的转门里跑进跑出，还在忙着最后的准备工作，奥托带头走到冷菜桌跟前，他们在那儿惬意而又爱惜地品尝起来，因为周围有一种节约食物的气氛，好像干酪和红肠是点过数的，面包是称过重的，也许吧。一个穿白上衣的侍者给他们端来大杯的啤酒；他们互相举杯祝酒，还冲那哥儿俩摇摇杯子，接着大口地喝起来。

"在慕尼黑，"塔德乌什说，"我时常跟学音乐的学生一起喝酒，全是德国人。我们喝个不停，第一个不得不离开桌子的人，负责给大伙儿买单。我老是买单。确实是件叫人烦躁的事。"

"顶多是个无聊的习惯，"汉斯发表意见说，"当然喽，外国人偏会注意这种事情，而且传来传去，好像有什么代表性似的。"他看上去有点儿恼火，眼光越过塔德乌什，可塔德乌什不买他的账。

"我已经表示过相同的看法，这是叫人烦恼的事，"他说，"归根结底，只是慕尼黑生活中的一件小事。"他的声调既带有安慰和宽容的意味，又有一点儿骄横。查尔斯看着，心里感到有点惊奇，原来这些人并不互相喜爱。他几乎顿时对他们两人都感到冷淡起来，还有点讨厌，而且有一种不自在的感觉：他跟一伙不对劲的人在一起；他满心希望自己没有跟他们一起上这个地方来。

孪生兄弟中的一个带着直爽和头脑简单的神情，向他们弯下身来，叫他们注意刚进来的两个客人。一个相貌漂亮、有点蠢头蠢脑的年轻人，他自以为像神的额头一样高的额头上披着一片仔细梳过的浓密的鬈发，他正在帮一个浅褐色皮肤、黄头发的年轻女人脱大衣。"一个电影明星，"孪生兄弟中的一个兴奋地说，"那个姑娘是他的情妇，也是他的女主角。"他笨手笨脚地向那两位著名人士直冲过去，安排他们坐定了，一会儿又折回来。"现在进来的是吕特，是个模特儿，算得上是柏林数一数二的美人了，"他说，声音也颤抖了，"到时候，她会为咱们跳一支伦巴。"

自然而然地，他们带着好奇心扭过头去，确实看到一个漂亮而苗条的姑娘，她穿着一条相当暴露的黑裙，可她的头却像一朵银黄的牡丹那样闪闪发亮。她微笑着，向他们摆摆手，他们站起身来鞠躬，可是她并没有像他们希望的那样走到他们跟前来。她靠在酒吧柜上，跟那个穿白上衣的侍者聊了起来。接着，房间里很快地挤满了人，人们争先恐后地向那张摆冷菜的长桌子拥去，而那哥儿俩因为买卖兴隆而红光满面，眉开眼笑，端着盘子和啤酒来回跑个不停。一个小小的乐队来到酒吧柜旁的空地上。

查尔斯注意到，几乎所有的客人都带着乐器，小提琴啊、长笛啊、白色的键盘式手风琴啊、单簧管啊；有一个人竟然费了很大的劲儿，把一把装在绿粗呢盒子里的大提琴磕磕绊绊地搬了进来。一个大腿粗壮、屁股肥大的女人，光滑的棕色发髻垂在没有扑粉的脖子上，独自走进来，脸上显出淡淡的微笑，向周围看了一下，没有人理睬她的笑意，她随即走到酒吧柜后面，开始熟练地供应一盘盘啤酒。

"你看她在那儿，"汉斯望着吕特说，流露出占有欲，"最纯正的典型德国美人儿——告诉我，你在哪儿看到过更出色的人吗？"

"啊，得了，"塔德乌什温和地说，"在这个城市里，找不出半打像她那样的人。瞧她的腿和脚，明摆着不是典型的吧？她可能有法国血统，或者甚至有一点波兰血统哪，"他说，"只是就波兰人来说，她的胸脯也许平了一点儿。"

"你看来永远不会懂得，"汉斯说，声音稍微有点刺耳，"我说德国人的时候，并不是指庄稼人和肥胖的柏林人。"

"咱们提到一个种族的时候，也许一般应该都是指庄稼人，"塔德乌什说，"贵族和皇室的血统永远是混杂的，十足的混血儿，实际上，他们什么民族也说不上。甚至中产阶级也到处通婚，只有庄稼人才待在他自己的那个地区，跟他自己的种族通婚，一代又一代，所以我认为，他们才算是很纯的种族。"

“这种看法的问题在于，”汉斯说，“几乎任何国家的庄稼人看上去都跟另一个国家的很像。”

“啊，表面上是这样，”奥托说，“但你要是研究他们的话，会发现他们的头都很不一样。”他热切地探出身子。“不管怎么样，”他跟他们说，“真正伟大、古老的典型日耳曼人是瘦高个儿，像神一样美的。”他的额头上显出一条很深的皱纹，在他的眉心间凹下去，形成一个肉嘟嘟的缺口。他那双浮肿的小眼睛一往情深地闪着泪花，他衣领上的肥肉因为心情激动而涨得通红。“我们决不都是像猪的那种模样，”他低声下气地说，伸开厚墩墩的双手，“尽管我知道外国的漫画把我们都画成那副模样。那些人也许是古老的文德人的后裔；说到头来，他们只是一个部族罢了，他们不是古老而真正伟大的日耳曼……”

“人种，”塔德乌什稍微有点不礼貌地代他把话说完，“那么，咱们一致同意，德国人都是美的最高典型，他们还有好得异乎寻常的礼貌。瞧他们那一套，咔嚓一声立正，深深地一鞠躬，还有文雅高尚的谈吐。一个七英尺高的警察在准备砸碎你的脑壳的时候，还能彬彬有礼，脸带微笑哪。我亲眼看到过这种情况。可不是，汉斯，你们这儿有伟大的文化，那不用说，可是我认为没有文明。你们是地球上最不可能有文明的种族，可是这有什么关系呢？”

“从另一方面说，”汉斯极有礼貌地微笑着说，眼睛里闪着冷光，“你要是喜欢那种高颧骨、低额头的鞑靼人典型的话，波兰人也有伟大的肉体美，可是他们对世界文化确实毫无贡献，他们有的是中世纪方式的文明，我想。”

“谢谢，”塔德乌什一边说，一边向汉斯转过脸去，好像是想让汉斯看他的凹陷下去的脸颊、又窄又高的额头，“我有一个奶奶是鞑靼人，你能看到我是多么典型。”

“你还有一个奶奶是奥地利人，”奥托说，“我从来不认为你是波兰人。在我看来，你是个奥地利人。”

“啊，老天在上，我没法同意这话。”塔德乌什斩钉截铁地说，接着闭紧了嘴唇笑起来。“不，不，我首先是个鞑靼人。不过，我仍然是波兰人。”

除了那几个在美国南方什么地方铺铁路枕木的短大腿、宽脸膛的男人以外，查尔斯从来没有看到过波兰人，而且要不是有人告诉他的话，他也不会知道他们是波兰人，而告诉他的那个人管他们叫波兰佬。他对塔德乌什是完全陌生的；不过，汉斯和奥托这两个人看起来倒像是他以前就认识的。得克萨斯州里尽是奥托那样的男孩，而汉斯则叫他想起了库诺。在他看来，这种讨论不会有什么结果，这叫他想起他做学生的那会儿，德国男孩、墨西哥男孩和肯塔基男孩间的争吵；爱尔兰男孩跟人人都打架，而查尔斯有一部分爱尔兰血统，他记得自己打过许多回架，等到大打出手的时候，原来争论的一切看法都消失在对暴力的单纯爱好中。他说：“我在船上的时候，一路上，那些德国人老是跟我说，我不是个典型的美国人。他们怎么能知道呢？我当然是个不折不扣的典型。”

“啊，完全不是这么一回事，”塔德乌什说，这时候他的心情很好，“我们都知道你们美国人。美国人都是牛仔，要不，就很有钱，他们有了钱，就来到一些穷国，喝得醉醺醺的，把一千法郎一张的纸币粘在手提箱上，要不，就用来点烟卷……”

“天啊，”查尔斯立刻说，“谁编了这个故事？”甚至美国游客也带着自鸣得意和极端厌恶的神情到处重复这个故事，好像想用它来证明自己不是那样的游客。

“你知道问题在哪儿吗？”塔德乌什亲切地问，“我们见到的美国人都是钱多得数不清的。欧洲人呢，对财富的爱好、渴望、贪图，胜过其他一切。我们要是不认为你们的国家遍地是钱的话，那你们就不会被认为特别不对头。”

“反正我们已经给骂得晕头转向，”查尔斯说，“我们再也不在乎了。”

“欧洲人互相憎恨，为了所有事情，又不为任何事情；两千年来，他们一直在想方设法，试图消灭对方；你们美国人干吗要指望他们喜欢你们呢？”塔德乌什问。

“我们并不指望，”查尔斯说，“谁说我们指望来着？我们生来就非常喜欢一切人。我们是容易动感情的。就像德国人。你们要别人只爱你们自己，而且你们还永远正确：你们永远弄不懂为什么别人不能把你们看得像你们看自己那么光辉灿烂。瞧，你们是多么光荣的民族。可是没有人爱你们。唉，这真是非常遗憾的事。”

奥托的眼光从两条浓眉下热切地盯着查尔斯，他摇摇头，说：“我并不认为你们真的喜欢任何人，你们美国人。你们对一切人都很冷淡，所以你们快活，无忧无虑，看上去好像还很友好。你们其实是冷酷无情的民族。你们没有烦恼。你们没有烦恼，因为你们不知道怎样才会有烦恼。哪怕你们有了烦恼，你们会认为那只是寄给隔壁房间里的人的一个邮包，是错寄给你们的。这是我真正的看法。”

查尔斯给惹火了，说：“我没法谈论整个国家，因为我压根儿不了解一个完整的国家。哪怕是我自己的。我只在这儿那儿认识几个人，有些人我喜欢，而有些人呢，我不喜欢；再说，我过去从来不认为这是什么大不了的事情，只是个人的事情罢了……”

塔德乌什说：“啊，亲爱的朋友，这话未免谦虚得过分了。抬高自己的整个诀窍就是把个人的好恶提高到道德和美学原则的水平，把最细小的个人经验运用到国际规模的事情上去……要是有人踩了你的脚，你是不会罢休的。直到你组织一支部队为你报了仇，事情才结束……拿咱们来说，咱们该怎么打发这个黄昏呢？照这样下去的话，我会消化不良的……”

“咱们的朋友，法国人怎么样呢？”汉斯突然问，“哪一个能挑他们的茬子呢？他们的饭菜、他们的酒、他们的衣服、他们的礼仪……”他举起啤酒杯，不辨滋味地喝着，接着又说，“一伙猴子。”

“他们的礼仪很差劲，”塔德乌什说，“而且他们会为了到手五个法郎，用一把钝剪子把你绞成碎片。一个眼光短浅而自私的民族，可我是多么爱他们啊。不过，不像我爱英国人那样。拿英国人来说……”

“说说意大利人吧，”查尔斯说，“拿他们全体人民来说。”

“但丁以后，不值一提，”塔德乌什说，“我讨厌他们死气沉沉的文艺复兴。”

“确实如此，”查尔斯说，“咱们来谈谈俾格米人，或是冰岛人，或是婆罗洲的割取敌人的脑袋当战利品的野人……”

“我都爱他们，”塔德乌什嚷着说，“尤其是爱尔兰人。我喜欢爱尔兰人，因为他们几乎跟波兰人一样不要命地爱国。”

“我是在爱尔兰爱国主义教育下长大的，”查尔斯说，“我的妈妈姓奥哈拉，我应该为这感到骄傲，可是你要是在学校里被人叫作哈普和土豆脸[1]，而那所学校里其他的人都是苏格兰长老会教徒和英格兰人的后裔，你要是感到骄傲的话，日子会很不好过呢。”

塔德乌什说：“不可理喻。”接着他愉快而平静地谈起伟大、古老的凯尔特人，巧妙地针对汉斯，赞美他们古老的文化，还说在欧洲各地都能找到他们的文化遗迹。“可不是，那种文化甚至促使德国人进步。”他说。汉斯和奥托摇摇头，可是他们的怒气似乎平息了，他们的脸色变得和善，他们又互相坦率地望着对方的眼睛。查尔斯发觉除了自己的亲人以外，终于有一个人承认爱尔兰人伟大，感到安慰和荣幸。他跟塔

① 土豆在爱尔兰的引进和扩大种植为增加人口以及解决人们的温饱发挥了重大作用，曾一度成为广受欢迎的主食，但这种单一作物结构也为 1845 年至 1852 年的爱尔兰大饥荒埋下了祸根。

德乌什说：“我的爸爸时常跟我说：‘啊，爱尔兰人，我的孩子。天知道他们为什么很早就衰落了，可是别忘了，不列颠人还在把自己的身子涂成蓝色的时候，爱尔兰人就已经有伟大的民族文化，而且古老的法国人还时常跟他们交换学者哪！’”

塔德乌什把这话翻译给汉斯和奥托听，逗得汉斯冷不防地笑起来，他一只手按在脸颊上，做了个怪脸。“小心，”塔德乌什说，带着医生治病的神气望着那个伤口，他一直这样做，他知道这叫汉斯喜欢。查尔斯接着说，他在任何历史书上都从来没有看到过这种说法，在历史书上，关于爱尔兰人在跟不列颠人打仗以前的叙述，都很不清楚。书上说，实际上，那时候，他们只是一伙在泥地里跳来跳去的野人。他为他的爸爸感到难受，想方设法要从这个叙述往昔的光荣的神话中硬找出一点安慰来，可是他尽管经常翻阅有关这个问题的历史书籍，却始终没有证实这种说法。他倒情愿认为，那只是他找错了书。

“他们很像波兰人，”塔德乌什说，“那些爱尔兰人，靠他们过去的光荣生活，靠他们的诗歌和珍贵的《凯尔斯书》和古老的爱尔兰的了不起的圣餐杯和皇冠过活，靠回忆那些壮烈而神圣的胜利和失败，以及重新光荣的崛起的希望过活；同时，”他接着说，“不断地战斗，可是很不成功。”

汉斯探出身子，像是一个在上课的教授似的，神气活现地开口道：“爱尔兰的命运，还有波兰的，塔德乌什，别忘了，是一个例子，一个最可怕的例子：一个国家发生内讧，让敌人长驱直入以后，可能会发生什么事情……尽管爱尔兰人直到今天仍然有强烈的民族主义思想，却仍然是分裂的。他们指望什么呢？他们原可以在早先团结起来，向敌人进攻，借此保全自己，而不是等着挨打。”

塔德乌什提醒他：“汉斯，这个办法也并不始终管用。”可是汉斯不理会这小小的嘲笑。

查尔斯虽然所知不深，陷在这些普通的历史事实中，就像陷在流沙中那样动弹不得，没法反驳，可是这整个看法使他产生反感，“话得说回来，干吗要向一个人扑过去呢，除非他先下手嘛？”

汉斯，这个年轻的先知，早就准备好了，“干吗，因为他老是在你不注意的时候，或是在你不提防的一刹那，向你进攻。那么，你就要因为粗心大意，因为不费心去摸清你的敌人的意图，受到惩罚了。你就要给打垮了，这就是你的下场，除非你能积蓄力量再较量一番。”

“凯尔特人没有完，”塔德乌什说，“他们还有许多人活着，散布在各处，在他们所到的每一处地方，还有影响。”

“影响？”汉斯问，“无非是转弯抹角、软弱无力、毫无价值的东西，没什么影响。权力，不折不扣的权力，才对一个民族或者一个种族有价值。你一定要能指挥别人干些什么，最重要的是，要能吩咐他们，什么事情不能做；你一定要能强制执行你发布的每一条命令，不管遇到什么反抗；当你要求什么东西的时候，别人一定要毫不迟疑地奉上。这就是独一无二的权力，而世界上只有权力才算得上是有价值和重要的东西。”

“可是，它一点也不比某些其他的东西持久，”塔德乌什说，“它并不始终像出色的策略和聪明的计谋那样行得通。从长远的观点来看，它迟早是要垮台的。”

“也许它是要垮台的，因为强有力的人民会对权力厌倦，”奥托说，他的头靠在一只手上，神情沮丧，“也许他们对殴打别的人民，暗中监视他们，命令他们行动，掠夺他们，终于感到腻烦了。也许他们自己筋疲力尽了。”

“也许有一天，他们自相倾轧，发生内讧，或是一个新的年轻的权力崛起，把他们一股脑儿消灭，”塔德乌什说，“这样的事情发生过。”

“也许他们发觉这样做得不到好处。”查尔斯说。

“这样做始终能得到好处，”汉斯说，“这才是主要的。这样做能得到好处，其他的办法一概不行。跟它一比，其他的办法都是儿戏。奥托，你叫我感到惊奇。对你来说，这可是个奇怪的观点。”

奥托没精打采，感到内疚和不自在。“我不是个军人，”他说，“我喜爱研究和安静。”

汉斯直挺挺地坐着，眼里显出冷漠和含有敌意的闪光。他侧着身子，向查尔斯说：“我们德国人在最近一次战争中打败了，在一定程度上得谢谢你们那个伟大的国家，不过，下一回，我们会打赢的。”

查尔斯感到脊背上一阵寒冷，他耸了耸肩膀。他们都有点喝醉了。要是他们不克制自己，就会吵起来。他不想跟谁吵翻，也不想再打仗。“战争结束那会儿，咱们大伙儿还都穿着短裤哪。”他说。汉斯马上回答：“啊，可不是，不过，在下一次战争中，咱们大伙儿就都得穿军服啦。”

塔德乌什说：“啊，得了，亲爱的汉斯。我这一辈子一直是最不爱好流血的。我只想弹钢琴。”

“我想画画。”查尔斯说。

“我想教数学。”奥托说。

“我也不爱好流血，”汉斯说，“可是我知道会发生什么事情。”他的一边脸颊在橡皮膏的包扎下，比那天黄昏时候肿了一些。他的左手指轻轻地抚摸着发炎的伤口边上的青紫色的肉。他用响亮和不带个人感情的声调说：“瞧，我想起了一件更有意思的事情。我们原应该打赢那场战争的，而我们在开头三天就输了，可是四年来，我们不知道，要不，就是没法相信。问题出在哪儿呢？只是一道命令被耽搁了，只是一支部队出动的时间不对头，就是那次越过比利时的进军时机。耽搁了三天，我们就打输了这次战争。下一回不会出这种事了。”

“不见得，”塔德乌什心平气和地说，“下一回，会有别的错误，别的完全不一样的事情会出问题，谁知道怎么出的问题或是为什么出问题呢？事情总是这样。战争不是靠智力打赢的，汉斯。难道你不明白吗？世界上一切高明的计划都不能保证一支军队不遇到一个那样的人，他偏偏会在关键时刻耽误军机，或是发布错误的命令，或是不在恰当的岗位上。嗯，那一回，对方从头到尾尽犯错误，可他们还是打赢了。”

“海军强国，”查尔斯说，“了不起的海军强国。我敢打赌。从长远观点来看，它会打赢的。”

“迦太基是个海军强国，可是它没打垮罗马。”奥托说。

“下一回，”汉斯冷静而固执地说，“他们赢不了的。你们等着瞧吧。下一回，我们不会犯错误的。”

“我能等，”塔德乌什说，“我并不着急。”

“没关系，我也能等，”查尔斯说，“眼下，让我来点儿啤酒。”

在客人们的小提琴、长笛和大提琴的帮衬下，乐队发出的声音实在闹腾，所以四个人的声音都渐渐提高了。“咱们暂时别谈这个话题了，”塔德乌什说，“反正今天晚上，这问题解决不了。”

那个电影演员和他的情妇走了，只剩下吕特成了这里唯一的美人儿。她跟几个年轻男人和一个姑娘坐在附近一张桌子旁，都大口地喝着啤酒，不断地哈哈大笑，不时互相拥抱和出声地亲着脸颊，小伙子同样热烈地亲着小伙子或是姑娘。吕特发觉查尔斯在偷偷地看她，便向他摇摇啤酒杯。他也摇摇啤酒杯作为回答，兴奋地微笑起来。她是个引人注目的人，他强烈地渴望跟她有进一步的接触。可是，即使在这当儿，他内心突然涌起一种最可怕的灾祸的预兆，好像某种不治之症的最初的症状；尽管被酒意、陌生的环境、似懂非懂的说话声、刻骨铭心的冤屈和愤恨的气氛弄得大脑一片混乱，他却隐隐约约地想起那些依稀记得的故事，拿破仑的啊、成吉思汗的啊、匈奴王阿提拉的啊、所有的恺撒的啊、亚历山大大帝的啊、大流士的啊、那些模糊不清的法老的啊，还有史实已经湮没的巴比伦的啊。他望着身旁三张陌生的脸，觉得自己无依无靠，毫无保护，于是决定不再喝酒，因为他千万不能比他们喝得更醉；他一个也不信任他们。

奥托放下啤酒走开，孪生兄弟中的一个在他走过的时候，给了他一架白色键盘式手风琴。简直像是出现了奇迹，他那郁郁不乐的脸色一下子变成尽情享乐的神情，他一边接着乐队在演奏的曲子奏下去，一边在桌子间转悠，手风琴在他的怀里一下子拉开，一下子折拢，他圆滚滚的手指头在键盘上飞快地移动。在一阵响亮的喝彩声中，他开始唱了：

> 我这个可怜的异国人，
> 我再也不能往前走……

"往前走！"在场的人个个欢乐地嚷叫，"我再也不能往前走。"

奥托唱道：

> 我丢掉了一支横笛
> 从我的旅行袋里……

"旅行袋里！"所有人喊叫着合唱，"从我的旅行袋里。"

汉斯站起来，用清晰、柔和的声音唱："我捡到，我捡到了你丢掉的东西……"

"捡到啦！"所有人扯着嗓门合唱，这时候，人人都站了起来，满脸堆笑，天真和纯洁得像在玩耍的羔羊，"你丢掉的东西捡到啦。"

唱罢，响起一阵巨大的笑声，接着乐队突然奏起《花生小贩》。吕特神情严肃，好像在完成任务似的，站起来开始跳舞。不用说，她跳的应该是伦巴，可是在查尔斯看来，那好像是把黑人扭摆舞和肌肉舞糅合在一起的舞蹈，就像在他天真的童年，他在得克萨斯州跟别的孩子一起偷偷摸摸地溜出去，在巡回演出的杂耍场子里看到的那种舞蹈。他从在家乡小城里起，越过大西洋，直到不来梅港，一路上都是按照《花生小贩》的曲调跳伦巴。他想眼下他确实能露一手。从那个有气无力地在沙沙地摇着葫芦的平静的小个子手里，他把两个葫芦拿过来，开始表演伦巴，他信心十足地摇着葫芦，发出沙沙的声音。

他能听到整个房间里的人都在合着节拍拍手，吕特也不再单独表演，而跟他一起跳起舞来。他马上把葫芦递还给那人，紧紧地搂住她那单薄衣服裹着的温暖和扭动着的腰。她绷紧身子，把脸向后仰，挺像样地模仿着银幕上销魂荡魄的美人的微笑，相当笨拙地，可是带着露骨的含义用屁股撞他。他把她搂紧，尽可能使她贴着他的身子，可是她又绷紧身子撞他，这一回直接撞在他的肚子上。“咱们别卖弄技巧，自然而然地跳，怎么样？”查尔斯说，神情端庄。

“这话是什么意思？”她出乎意料地用英语问道，“我不懂。”

“唷，”查尔斯说，亲亲她的脸颊，“原来你会讲英语啊。”她没有回亲他，不过她的身子变得柔软了，开始跳得自然起来。

“我跟今晚上这儿来的那个电影女演员一样美吗？”吕特期待地问。

“你比她强多了。”查尔斯说。

“我到美国去，到你们的好莱坞去拍电影，行吗？”她一边问，一边靠在他的身上。

“别撞，”查尔斯说，“行，你会在好莱坞走红的。”

“我跳舞跳得还不错吧？”吕特问。

“不错，宝贝儿，你跳得挺不错。你是个迷人的女人。”

“迷人是什么意思？”

“了不起的意思，”查尔斯说，“贴在我身上，宝贝儿。”

“你在好莱坞有熟人吗？”吕特问，揪着她唯一感兴趣的事情不放。

“不认识，可是你可以去，”查尔斯说，“整个德国和中欧都已经在那儿了；你一定会遇到不少朋友的。反正不用多久，你就不会感到孤单了。”

吕特把她那张像熟透了的桃子一样的嘴凑在他的耳朵上，一股热乎乎的气息吹着他的耳朵，低声说：“你带我到美国去吧。”

“咱们走吧。”查尔斯说，接着他把她搂得更紧，向门口快步走了几步。她往后退，“别，我是认真的，我要去美国。”

“我也是认真的，”查尔斯毫无顾忌地说，“人人都是认真的。”

“这话可不对。”吕特气势汹汹地说，站住不动了。这时候，汉斯插进来了。查尔斯坐下来，觉得自己上了当。吕特的态度完全改变了。她对汉斯非常温柔；他们两人慢腾腾地跳舞，在他们跳舞的时候，她温和地、不断地、轻轻地亲他右边的脸颊，她的嘴温顺而亲切，她的眼睛几乎闭着。汉斯的破了相的脸上又摆出那种意得志满的骄傲神情、心安理得的自我赞赏——蛮横的神情，“蛮横”这个词儿用得恰到好处。查尔斯的心头闪过一丝对汉斯的强烈憎恨。接着，这种憎恨就过去了。“见鬼，”他出声说，不过不是对任何人，“那又怎么样呢？”

“我也这么想，”塔德乌什说，“我想，见鬼，那又怎么样呢？”

“咱们来点儿白兰地吧。”查尔斯说。奥托安静地坐着，他从昏昏沉沉的状态中被惊醒，微笑起来。

“多美的一个夜晚！”他说，“咱们都是朋友了，是不是？”

“一点不错，”塔德乌什说，“我们跟你都是朋友，奥托。”他的神态越来越安静柔和了，他的眼睛在尽是皱纹的眼睑中间迷迷糊糊地凝视着，脸上老是挂着一丝不自然的微笑。“我简直醉得不省人事了，我的良心很快就要开始刺痛了。”他心满意足地说。接着，另外两人模模糊糊地听他讲一些他在克拉科夫的童年的故事。“……在我们家的那所老房子里，从十二世纪起我们就住在那儿了……”他说，“每逢复活节，我们只吃猪肉，表示对犹太人的轻蔑，经过大斋期的长期斋戒以后，我们自然都不害臊地狼吞虎咽……复活节早晨，参加完大弥撒，我要吃得肚子圆滚滚的，感到胀痛才罢休。接下来，我就躺在床上哭；别人问我哪儿不舒服，我因为害臊，就说我的良心刺痛我。她们便充满敬意地安慰我。不过，有时候，我看到某只眼睛里有一丝闪光，或者某张脸上有一晃而过的表情——不是在我妈妈的脸上，而是在我姐姐的脸上，也许是这样——她是一个叫人讨厌的鬼精灵——还有我的保姆的脸上。有一天，我的保姆给我喝了一点镇静糖浆，装出一副叫人恼火的同情态度给我揉肚子，说：‘瞧，你的良心好受一点啦，对不对？’我大吵大嚷起来，告诉我妈妈，我的保姆在我的肚子上踢了一脚。接着，我把复活节吃的猪肉一股脑吐了出来，所以这一回犹太人总算报了仇。我的保姆说：‘这小东西真凶。’她随即和我妈妈在隔壁房间里谈话；后来，她们微笑着进来，我知道这把戏算完了。从此以后，我再也没有跟她们提过良心。不过，我长大成人以后，或是快要成人的那会儿，有一回，我喝得醉醺醺的，在早晨四点钟回家，我一路爬上楼梯，突然觉得人走路一直都用后腿，这件事看起来好像很不合理。楼梯上铺着红地毯，所以我感到非常安全和放心，我现在还记得，当时我感到自己有点像为人类干了好事的先知，恢复了一种古老的行动方式，只要我一旦证明这种方式的乐趣和切实可行，它就会给整个社会带来彻底的改革。我遇到的第一个障碍是我的妈妈。她站在楼梯尽头，手里拿着一支点着的蜡烛，一声不吭地等着。我伸出一只手去，向她摇摇，可是她没有反应。当我把脑袋探出最后一级的时候，她一脚踢在我的下巴上，差一点把我踢倒。她从来不提这件事，我也几乎不敢相信出过这样的事情，只是第二天我的舌头痛得很。哦，我就是在那个古老的城市里这样长大的，可是我现在一往情深地记着它，它既有点像一片墓地，又有点像一个被遗忘的乐园，响着一片嘹亮的钟声……”

奥托说：“也许咱们该来点儿啤酒。”接着他用悲伤的口气谈起自己的童年琐事。有一天，他在砸胡桃吃，他的妈妈不说缘由就狠狠地揍了他。他淌着眼泪，问她为什么，不料她说：“别问我什么理由。对马丁·路德都干得的事情，对你也干得。”后来，他在一本童书上看到，路德的妈妈把他打得出血，因为他砸硬壳果的声音把她惹火了。“在那以前，我一直认为路德虽然伟大，却是个残酷、可怕、喜爱流血的人，可是从那以后，我为他难受。他曾经跟我一样是个可怜的无助的孩子，无缘无故地挨了打，”奥托说，“然而他成了伟大的人物。”他的脸上充满了谦逊的抱歉的神情。“这是小孩子的胡言乱语，可是这个想法帮助我活了下来。”他说。

浮动的烟雾、灯光、人声，还有音乐声，混合在一起，在他们头顶飘荡。那个在酒吧柜旁帮忙的大个子年轻女人这时候走过来，她那个贴在脖子上的发髻垂得更低了，她看上去要把桌椅靠墙推去。她肥大的屁股在绷得很紧的裙子底下轻轻地摇晃；随着她的胳膊举起和放低，她巨大的乳房也绷紧和垂下；她推桌子的时候，两条粗大的大腿叉得很开。坐在周围的男人望着她，一动也不动，也不提出帮忙。查尔斯注意到奥托的脸上又起了变化。他热切地望着那个姑娘，嘴唇湿润。他看上去好像高兴得恍惚起来，他的鼻子扭曲，眼睛瞪得滚圆，像公猫那样显出恶狠狠的贪婪神情。那个姑娘探出身去，露出了膝盖低洼处；她挺着身子，脊背和肩膀上的肌肉扭动着。她逐渐意识到奥托在盯着她看，开始涨红了脸。她的脖子都臊红了，她的脸颊、额头，甚至整个脸蛋都紧绷着，红得发紫，好像她在克制痛苦，或是一阵狂怒似的。不过，她那柔软的、有点歪的嘴角上却挂着一丝微笑，而且她飞快地瞟了一眼以后，就不再抬起眼睛。她冷不防把最后一张椅子猛地一推，砰的一声把它摆好，跑掉了，她的整个身子尽是笨拙、矛盾的动作。奥托向查尔斯转过脸来，他盯着那个姑娘看的火辣辣的眼光还来不及收敛，一下子倾注在他的身上。

“搂起来可是满满一抱，”他说，“我喜欢结实的大个子姑娘。”查尔斯点点头，好像表示同意似的，接着又望着吕特，她仍然在跟汉斯跳舞，亲他。

一只跟蜂鸟差不多大小的木头杜鹃从钟面上那扇小门里跳出来，开始叫起来。顿时，人人站起身来，个个搂住挨他最近的人，叫着：“新年快乐，祝您健康，祝您幸运，新年快乐，上帝保佑您。”人们把酒杯和啤酒杯高高举起，挥出一个个半圆形，泼出来的泡沫落在仰起的脸上。一个乱糟糟的人圈形成了，胳膊勾着胳膊，有一个人用刺耳的声音唱起歌来，歌声几乎马上缓和下来，陷入深沉的合唱声中，在查尔斯不知道的种种欢乐的曲调声中，美妙的歌声围绕着他们。查尔斯跟那一圈人一起摇摆身子，并被卷入其中，他张开嘴，既不知道歌词，又不合调地唱起来。他陶醉在真正的欢乐中，热情奔放，无忧无虑；这地方值得来，这些都是极好的人，他确实喜欢在场的每一个人。人圈散开，又并拢，旋转，松开，最后散掉了。

汉斯走过来，脸的一边挂着微笑，吕特在他身旁。他们用胳膊搂着查尔斯，祝他新年快乐。他站在那儿，一边搂一个，一切嫉妒都化为乌有。吕特亲热地吻他的嘴，他像孩子那样回亲她。接着，他们都看到塔德乌什弯着身子，在看奥托，奥托趴在小桌旁，头枕着胳膊。

“他醉得像个死人，他撇下了我们，”塔德乌什说，“我们今晚不管上哪儿去，只得拉着他跟我们一起走了。”

“我们不到别的地方去了吧？”查尔斯问，“看在老天分上，别去啦。”

奥托确实醉得像个死人。他们抓住他的胳膊，把他拉起来，手忙脚乱地折腾了一阵，好不容易才来到人行道上，只见街上有一个高个子警察和善地注视着他们；他们钻进一辆出租汽车，他们的脚毫无办法地缠在一起，接着他们几乎马上都危险地把身子探出车窗。吕特一视同仁地对他们大伙儿说："再见，新年快乐。"她的脸闪闪发亮，可是神志清醒。

在楼梯上，奥托整个人垮了下去。三个人慢腾腾地把他一路拽上去，每跨一级都要站住脚。有几次，这一堆人摇摇晃晃，磕磕绊绊，没法抓住别人，踩在了奥托的脚上，他呻吟和号叫出声，可是并没有不满。然后他们更坚决地挣扎着站稳身子，重新开始往上爬，并发出一阵阵狂笑，互相点头，好像在对某件没法解释、可是滑稽得要命的事实表示同意似的。"咱们爬吧，"查尔斯对塔德乌什大声说，"也许这一回能成功了。"汉斯立即反对这个主意。

"不能爬，"他说，马上发号施令起来，"大家用脚走上去，也许奥托除外。"他们又一次聚在一起，做最后的努力，终于来到他们自己的公寓房间门前。

罗莎的房门微微开着，一道灯光照进过道。他们盯着这道灯光，变得神志清醒，心情沉重起来，担心门会冷不防打开，罗莎会冲出来呵责，结果什么也没有发生。他们就改变策略，拉着奥托，向她的房门冲过去，一边不断地敲门，一边毫无顾忌地喊叫："新年快乐，罗斯兰，罗斯兰，新年快乐。"

房间里有一阵小小的忙乱，门又打开了几英寸，罗莎探出梳得油光水滑、整整齐齐的脑袋。她的眼睛有点儿红，显得睡意迷糊，可是她流露出欢乐而迷人的微笑。她的房客喝得酩酊大醉，这她一眼就看出来了，可是没有闹出比这更糟的事，谢天谢地。汉斯的一边脸颊变得更苍白了一点，可是他在笑，查尔斯和塔德乌什比较安静，极力装出清醒和可靠的模样，可是他们的眼睑耷拉下来，他们滑稽地乜斜着眼瞟。这三个人把布森先生夹在中间，不让他摔倒，而布森先生呢，歪歪斜斜地缠在他们身上，膝盖弯着，睡着的脸上显出幸福和天真的信任表情。

"新年快乐，你们这帮夜游神。"罗莎说，她为她的房客懂得怎样庆贺节日感到骄傲。"我也跟朋友一起喝了点香槟，还有过新年喝的潘趣酒。我也小小地乐了一下。"她吹嘘般地告诉他们，"现在去睡吧，瞧，已经是新年了。明天，你们得有个好开头。明儿见。"

查尔斯坐在鸭绒被褥上，费劲地脱身上的衣服，硬把它们扒下来，随它们掉在哪儿。他笨手笨脚地穿睡衣睡裤的时候，眼睛在脑袋上骨碌碌地转来转去，先是看到一件东西，接着是另一件东西，可是没有一件是熟悉的，没有一件是他的。他终于注意到那座斜塔好像回来了，现在安全地摆在墙角那个陈列柜的玻璃后面。他绕了个圈子，终于走到房间的另一头，来到斜塔跟前。斜塔是在那儿，的确是，而且很明显地能看出是修补过的，它再怎么也没法复原了。不过，他认为，对罗莎那个可怜的老妇人来说，这总比完全失去好一些。它代表她从前有过的，或是她认为有过的某种重要的东西。哪怕眼下它整个儿是粘在一起的，而且一开始就毫无价值，但对她来说，它却是件重要的东西，而他仍然对打破它而感到害臊，这件事使他觉得自己像个小偷。它大模大样地摆在那儿，又小又不经碰，好像在招惹他闯祸似的；他很清楚，只要用大拇指和食指一捏，它单薄的肋拱就会粉碎；只消吹一口气，那些修补过的地方就会掉下来。倾斜着，悬在半空中，永远好像要倒下、可是始终没有真的倒下来，这件危险的小东西——从一开始就是个错误，是件异想天开的讨厌的东西，说真的，首先，塔不应该是斜的；一件小摆设，好像那些快要从屋顶上摔下来的丘比特——然而在查尔斯的脑子里却有某种意义。那么，是什么呢？他揉头发，擦眼睛，接着擦着整个脑袋，大大地打了个呵欠，几乎把自己的五脏六腑翻了个个儿。这件无聊的小玩意儿叫他想起了从前的什么来着？他知道有一个回答，他要是想得出那是什么的话，可是现在不是时候。不过，尽管这样，还是有什么东西在他体内或是在他周围折腾得挺凶，他说不上那是什么东西。这东西转瞬即逝，可是咄咄逼人，叫人心神不定，悬在他的头顶上，要不，就是愤怒而危险地在他背后活动。要是他现在不能找出是什么在折磨他，也许他永远都不会知道了。他站在那儿，觉得自己的醉意像痛苦，又像负担，压在他的身上，他没法清晰地思索，只是感到一种以前从来没有体验过的感觉，一种铭心刻骨的凄凉情绪，令他心里发冷和想到死亡。他用胳膊围在胸前，狠狠地呼了一口气，浑身突然淌下一阵冷汗。他走到床前，躺下去，蜷成一团，对自己相当不满。“你需要的就是大哭一场，就一切妥当了。”他说。可是，他并不为自己感到难受，而一场大哭，或是一场别的什么，在这个世界上，对他永远不会有一点儿用处。

柏林，1931

（鹿　金　译）

图书在版编目（CIP）数据

凯瑟琳·安·波特中短篇小说全集 / (美) 凯瑟琳·安·波特 (Katherine Anne Porter) 著 ; 王家湘等译. -- 长沙 : 湖南文艺出版社, 2022.6

（大鱼文库）

书名原文: The Collected Stories of Katherine Anne Porter

ISBN 978-7-5404-9513-8

Ⅰ. ①凯… Ⅱ. ①凯… ②王… Ⅲ. ①中篇小说—小说集—美国—现代②短篇小说—小说集—美国—现代 Ⅳ. ①I712.45

中国版本图书馆CIP数据核字(2021)第032033号

凯瑟琳·安·波特中短篇小说全集

KAISELIN AN BOTE ZHONG-DUANPIAN XIAOSHUO QUANJI

著　　者: 〔美〕凯瑟琳·安·波特
译　　者: 王家湘　鹿　金　李文俊　曹　庸　屠　珍
出 版 人: 陈新文
责任编辑: 夏必玄
封面设计: 少　少
内文排版: 钟灿霞　钟小科
出版发行: 湖南文艺出版社
（长沙市雨花区东二环一段508号 邮编：410014）
印　　刷: 湖南省众鑫印务有限公司
开　　本: 880 mm×1230 mm 1/32
印　　张: 18.5
字　　数: 460千字
版　　次: 2022年6月第1版
印　　次: 2022年6月第1次印刷
书　　号: ISBN 978-7-5404-9513-8
定　　价: 98.00 元

THE COLLECTED STORIES OF KATHERINE ANNE PORTER

by Katherine Anne Porter

Published by arrangement with HarperCollins Publishers LLC through Bardon-Chinese Media Agency

著作权合同图字：18–2019–23